KB126974

휴 그랜트도 모르면서

The Knockoff

휴 그랜트도 모르면서

루시 사이크스·조 피아자 장편소설

이수영 옮김

나무옆의자

위언, 타이터스, 히스클리프 같은 소년들을 위해

존과 트레이시를 위해

모든 이머진 테이트를 위해

차례

"항상 적들을 용서하라. 그들에게 그보다 짜증 나는 일은 없다."

−오스카 와일드

"대체 불가능한 사람이 되려면 항상 남달라야 한다."

−코코 샤넬

프롤로그

1999년 9월 5일

예쁘고 어린 보조 에디터는 맨다리를 꼬고 앉아 오른발을 초조하게 까딱거렸다. 자신의 검은 부클레 펜슬스커트가 맨 앞줄에 앉기엔 너무 짧은가 걱정이 됐다. 고급 이탈리아 천에 프랑스 디자인, 미국적 감성으로 만들어진 검은 옷 일색의 남녀 무리 가운데서, 그녀는 누가 뭐래도 완벽하게 평범했다. 제대로 차려입은 옷이었다.

정말 여기에 오다니 믿기지 않았다. 그녀의 인생에 뉴욕 패션위크의 패션쇼에서 맨 앞줄에 앉는 날이 오리라곤 상상하지 못했다. 가죽으로 만들어져 묵직한 초청장을 또 한 번 획 넘겨 금으로 새겨진 글자를 읽었다. 잘못 본 건 아니었다. 좌석번호는 11A, 자신의 자리였고, 시간도 틀림없었다. 스물여섯의 이머진 테이트는 모다moda 잡지에서 5년간 근무하며 상사와 함께 이런 패션쇼 사진들을 눈이 빠지게 보고 또 봤지만 직접 와보기는 처음이었다. 오스카르 데라렌타의 패션쇼 참석이라는 횡재가 이머진에게까지 굴러들어오게 된 것은 선배 에디터들의 스케줄이 넘쳐났기 때문이다.

눈에 확 띄는 흑인 모델이자 이머진의 룸메이트 세 명 가운데 하나인 브리짓 하트가 들어오고 있었다. 이머진은 손목시계를 보았다. 5시 30분. 패션쇼는 5시에 시작하기로 돼 있지만 좌석은 전혀 차지 않았다. 패션위크 때 정시에 시작하는 쇼는 하나도 없다고 브리짓이 장담하긴 했지만, 이머진은 4시 45분에 맞춰 도착했다. 일찍 오는 게 나았다. 열 좌석 떨어져 『트리뷴』 기자랑 수다를 떠는 버그도프굿맨 백화점의 홍보 담당인 친구 오드리한테 인사하러 가볼까도 싶었지만, 일어났다가 누구한테 자리를 뺏기는 건 아닌지 염려됐다. 벼락부자가 됐지만 패션쇼 앞줄을 확보하지는 못한 사교계 신출내기들이 주변에서 호시탐탐 노리다가 임자가 보이지 않는 좌석을 덮친다고 들었다.

머리칼 한 가닥이 흘러내려 재빨리 귀 뒤로 넘겼다. 이머진은 한동안 계속 인상적인 짙은 색으로 염색하고 다니다가 지난주 새 미용사의 설득으로 원래의 금발로 돌아왔다. 아주 노랗게 만들지는 않았다. '시크'란 미국에서의 이머진의 생활을 표현하는 데 적합한 단어였다.

"아얏!" 이머진은 발을 들어 올리며, 자신의 가장 좋은 (그리고 유일한) 뱀가죽끈 샌들 앞으로 비죽 나온 발가락을 밟은 파파라치를 향해 인상을 썼다.

"걸리적거리니까 그렇지." 남자가 쏘아붙였다.

"난 '내' 자리에 앉아 있다고." 이머진이 영국 억양을 최대한 살려 맞받았다. '내'에 강세를 덧붙였다. 정말이지 그녀의 자리였고 초청장에 그녀의 이름이 적혀 있었다. 이건 특별한 일이었다. 패션 산업은 디자이너, 에디터, 구매 담당자, 엄선된 상속녀 들로 이뤄진 배타적 공동체였다. 이런 행사의 입장권은 아주 까다롭게 할당되었고 박탈되기도 쉬웠다.

"그래, 뭐, 니 자리가 걸리적거리잖아." 성질 더러운 사진가는 이리 내

뺄고는 아직 비닐이 덮여 있는 런웨이를 가로질러 달려가, 이머진의 맞은편 자리에 우아하게 앉는 『보그』의 편집장 애나 윈터를 찍었다. 애나가 앉자 드디어 쇼가 시작되었다. 커다란 무전기를 들고 검은 터틀넥을 입은 우락부락한 경호원이 사진가를 런웨이 끝 철책 안으로 몰아넣었다. 패션쇼에서 사진 촬영은 엄격히 제한되며 디자이너의 허락에 달려 있다. 이머진도 조그만 똑딱이 카메라를 가방에 넣어왔지만 감히 꺼낼 수 없었다. 패션쇼가 열리는 텐트 바깥, 브라이언트파크에서는 사진을 잔뜩 찍었으니 잡지사로 돌아가는 길에 거리의 '20분 현상소'에 맡길 작정이었다. 핸드백에서는 검은 수첩만 꺼냈다.

머리끝에서 발끝까지 검은색으로 차려입은 진행 보조들이 런웨이에서 보호 비닐을 벗겨내자 순백의 표면이 드러났다. 조명이 어두워지며 실내가 조용해졌다. 관중은 엄숙하게 핸드백과 서류가방들을 의자 밑으로 넣었다. 조명이 낮아지자 속삭임 소리도, 무릎 위 종이를 넘기는 소리도 들리지 않을 만큼 사람들은 일제히 런웨이에 집중했다.

침묵 가운데 댄스음악의 비트가 쿵쿵거리며 울려 퍼지기 시작했고 리키 마틴의 〈리빙 라 비다 로카Livin' La Vida Loca〉와 함께 백색 조명이 쏟아졌다. 모델들이 눈빛 한 번 흐트러짐 없이 캣워크로 쭉쭉 걸어 나왔다. 이머진은 의상 하나하나에 대해 모두 수첩에 적어 넣을 시간이 부족했다. 정말 카메라가 필요한 순간이었지만 감히 꺼낼 수가 없었다.

건너편에 사진가 자크 상투스가 보였다. 대형 잡지사 크리에이티브 디렉터가 된, 특유의 화이트진을 입은 그가 갑자기 니콘 카메라를 꺼내더니 자기 앞을 지나가는 모델 사진을 맹렬히 찍기 시작했다. 멀리 런웨이 끝에 서 있던 보안요원이 꿈틀 움직이는 게 보였다. 자크가 일어나 부감 사진을 찍으려고 카메라를 머리 위로 들어 올리는 순간 보안요원이 튀어왔다. 다른 모델이 오기 전 완벽한 타이밍에, 보안요원이 덮쳐 프랑스 사진가를 쓰러뜨렸고 카메라를 압수했다. 사진가는 어안이 벙벙한 채 런웨이에 뻗어버렸다.

이머진의 조각상 같은 친구 브리짓은 눈 하나 깜짝 않고 허벅지까지 올라오는 가죽 부츠를 신은 발을 차분히 들어 사진가를 넘어간 다음, 흑표범처럼 우아하게 런웨이를 마쳤다. 번쩍 들어 올리던 오른쪽 발끝이 좀 예리해 보였다. 보안요원이 자크를 일으켜 몸을 털어주고 자리에 앉혔다. 그리고 카메라에서 필름을 뺀 다음 돌려주더니 자기 자리로 돌아갔다.

쇼는 계속되었다.

1

2015년 8월

사무실에 들어선 이머진은, 자홍색 토리버치 플랫슈즈를 신고 같은 색으로 맞춰 칠한 손톱 사진을 찍으며 의자에 앉아 빙글 돌고 있는 여자애가 누구인지 알아보지 못했다. 한 손에는 금색의 아이폰을 움켜쥐고 다른 손은 팔을 쭉 뻗어 발까지 갖다 댄 다음, 그 앞에 매니큐어 칠한 손톱을 쫙 펼치고 있었다.

이머진은 섬세한 금발머리를 매만져 귀 뒤로 넘긴 다음 당당하게 오른쪽 구두 굽을 또각 굴러, 이제는 입술을 내밀고 셀피selfie를 찍고 있는 여자애가 자신의 존재를 눈치채도록 했다.

"아." 이브 모턴이 화들짝 놀라 돌아보며 전화기를 떨어뜨렸다. 이머진의 이전 어시스턴트였다. 코너 자리에서 이브는 이머진 뒤쪽에 누가 더 나타나지 않나 흘긋거리며 쉰 목소리로 외쳤다. "돌아오셨어요?" 여자애는 망아지처럼 펄쩍거리며 뛰어와 좀 너무 다정하게 이머진을 얼싸안았다. 많이 달라진 모습이었다. 적갈색 곱슬머리는 케라틴 트리트먼트라도 받았는지 착 가라앉았다. 쭉쭉 뻗어 찰랑거리는 머리칼에 감싸인, 잡티 하나 보이지 않게 화장한 얼굴엔, 새로 한 듯 예전보다 귀여워진 코가 자리 잡았다.

'왜 이브가 편집장 자리에, 내 책상에 앉아 있는 거지?'

이머진은 이브가 이 건물 안에, 그것도 이렇게 이른 시간에 있을 이유가 있는지 머릿속을 뒤져보았다. 이브는 여기 직원이 아니었다. 2년 전 이머진의 어시스턴트를 그만두었다.

이브는 비상하게 유능한 어시스턴트였고 사실상 이머진의 친구가 되었지만, 직장 복귀 첫날 이렇게 마주치니 당황스러웠다. 다른 직원들이 출근하기 전에 자리를 좀 잡은 다음 카푸치노 한 잔 가져오라 하고 누굴 불러서 그동안 쌓인 이메일의 밀림을 헤쳐나가는 데 도움을 받아야 했던 것이다.

"이런, 이브 아니야? 여긴 웬일이지? 하버드 경영대학원 간 줄 알았는데?" 이머진이 이브를 슬쩍 피해 자신의 의자에 앉았다. 이렇게 오랜만에 가죽 시트가 폭신히 몸을 감싸니 느낌이 좋았다.

여자애는 이머진 맞은편에 앉으며 긴 다리를 꼬는 대신 의자 밑으로 접어 넣었다. "거긴 1월에 마쳤어요. 팰로앨토의 신생 인큐베이터에 들어갔었는데 몇 달 있다 그만두고 7월에 여기로 돌아왔죠."

'신생 인큐베이터가 뭐지?' 이머진은 알 수가 없었다. 양계 관련 업체인가 싶었지만 물어볼 관심도 의지도 생기지 않았다.

"뉴욕으로 돌아온 거야? 잘됐네. MBA를 받았으니 어마어마한 투자은행에서 인재를 낚아챘겠지." 이머진이 심상하게 대꾸하며 컴퓨터 전원을 켰다.

이브는 고개를 뒤로 젖히고 목청껏 웃음을 터뜨렸다. 이머진은 그 웃음이 어찌나 굵직하고 원숙한지 놀랐다. 예전 웃음소리는 상냥하고 경쾌

했는데, 이 웃음소리는 매우 낯설었다. "아뇨, 여기 글로시Glossy로 돌아 왔다고요! 1월에 워싱턴 씨에게 이력서를 보냈어요. 이머진이 병가 내기 직전에 연락이 왔고요. 7월에는 다시 들어오게 됐죠. 여긴… 꿈의 직장 이잖아요. 워싱턴 씨가 이머진한테도 말하겠다고 했는데…. 그리고 원래 이렇게 일찍 출근 안 했잖아요. 보통 10시에 오지 않았어요? 그리고 워 싱턴 씨랑 먼저 회의가 있을 줄 알았는데. 내 새 직책에 대해서도 알려 주고요."

옛 어시스턴트. 새 직책. 스물여섯의 이브는 가지색의 아이라이너를 잔뜩 칠한 눈에 반짝이는 야망을 담고 이머진 사무실에 앉아 있었다.

이머진은 휴직한 여섯 달 동안 자신의 상사이자 발행인인 카터 워싱 턴과 정확히 두 번 연락을 주고받았다. 오늘 아침 글로시 사무실의 출입 구로 들어선 이래 처음으로 이머진은 주변을 꼼꼼히 둘러보기 시작했다. 작은 변화들이 눈에 띄었다. 조명 대부분은 여전히 어둑해서 엘리베이터 가 있는 복도 건너 창문들로 비쳐 드는 아침 햇살의 일렁임이 눈부셔 보 였다. 하지만 전통적으로 미니멀하게 디자인되었던 사무실이 좀 더 혼잡 해 보였다. 휴직하기 전에는 낮은 칸막이에 둘러싸인 각각의 자리가 널 찍널찍했다. 책상들에도 키보드와 모니터를 놓을 충분한 공간이 있었다. 지금은 칸막이가 사라지고 랩톱컴퓨터가 놓인 아담한 책상들이 서로 다 닥다닥 붙어, 막 넘어지기 직전의 도미노 조각들처럼 조르륵 줄짓고 있 었다. 이머진이 좋아했던 사진, 마리오 테스티노가 근접 촬영한 케이트 모스의 얼굴은 벽에서 사라지고 없었다. 대신 옆으로 긴 화이트보드 위 에 온갖 색의 매직으로 번호를 붙인 목록과 어지러운 낙서 같은 것들이 가득 적혀 있었다. 다른 은은한 회색 벽에는 흘림체로 인쇄된 표어에 유 치한 색 테두리를 둘러 여기저기 붙여놓았다.

'위험은 에너지를 부른다!' '두렵지 않다면 어떤 일을 하겠나?' '비욘세라면 어떻게 했을까?' '굿, 그레이트, 고저스, 글로시!'

이머진의 사무실에서 한 가지 중요한 물건이 사라졌다. 커다란 코르크 보드 말이다. 잡지 스크랩, 촬영 아이디어 스케치, 직물 조각, 옛날 사진 등 이머진의 마음에 들거나 영감을 주는 모든 것으로 뒤덮여 있던 게시판이었다. '누가 감히 내 게시판을 치워도 된다고 생각한 거지?'

마음 깊은 곳에서부터 알 수 없는 불안감이 서서히 차오르기 시작했다. 회사는 묘하게 달라져 있었고 뭔가 잘못된 것 같았다. 떠오르는 말이라고는 '내 사무실에서 나가'뿐이었지만 그 대신, 아주 잠시 뜸을 들인 후, 이머진이 정중하게 물었다.

"정확히 이브가 여기서 맡게 된 일이 뭐지?" 그 순간 이머진은 이 방 한쪽 구석을 차지하고 있는 발레리나핑크빛 콩주머니 의자를 발견했다.

"글로시닷컴의 디지털 콘텐트를 책임지고 있어요." 매니큐어를 긁고 있던 이브가 짧은, 어색한 미소를 지으며 말했다.

이머진은 무표정을 유지하며 속으로 안도의 한숨을 쉬었다. 좋아. 이브는 인터넷만 맡고 있을 뿐이야. 이머진도 모르게 주요 직책을 맡게 된 줄 알고 잠시 아연했다. 물론 지금은 2015년이니 글로시 잡지에는 웹사이트가 있고 그것도 다 중요하다. 하지만 웹사이트는 실제 잡지 발행물의 불가피한 부속물에 불과하다. 주로 광고주들에게 선심을 쓰고 남아도는 기사들을 처리하는 쓰레기장으로 이용된다. 그렇지 않은가? 이 여자애는 비교적 대수롭지 않은 일을 맡고 있을 뿐이다. 그렇더라도, 왜 이머진의 예전 어시스턴트를 새로운 직책에 고용하기 전에 이머진과 상의한 사람이 아무도 없었을까? 일 처리가 형편없었다.

이브는 급히 말을 이었다. "얼마나 달라졌는지 전부 알려드리고 싶어 미치겠어요. 더 이상 예전의 웹사이트가 아니에요. 엄청나요. 이머진도 새 웹사이트를 정말 좋아할 거예요."

이머진은 두개골 밑바닥부터 두통이 확 일어나려 해서 걱정이 됐다. "드디어 새로 디자인을 했다니 정말 잘됐네. 그리고 이브가 돌아와서 기뻐. 좀 정리가 되고 나면 같이 점심 먹자." 이머진은 고개를 끄덕이며 말하고는, 이 애가 이제 좀 가주어서 일을 시작할 수 있었으면 싶었다. 우스갯소리를 던져서 눈치를 주는 것도 좋을지 모른다. "새 웹디자인이 내 잡지와 경쟁 관계가 아니라면 말이야." 설마 알아듣겠지. "그리고 내 사무실을 빼앗긴 게 아니라면 말이지."

이브가 어리둥절한 듯 눈을 깜빡였다. 연장 시술을 받은 속눈썹이 벌새 날개처럼 파닥였다.

"이머진, 카터와 먼저 대화를 하셔야겠어요." 이제 스물여섯이 된 이브가 목소리에 알 수 없는 권위를 싣고 말하는 듯해 이상했다. 게다가 그들의 상사인 카터 워싱턴을 이름으로 부르다니 더욱 의아했다. 이머진은 즉시 심장박동이 다시 빨라지는 걸 느낄 수 있었다. 첫 느낌이 맞았던 것이다. 이브는 그저 웹사이트만 맡고 있는 게 아니었다. 이머진은 잠시, 예전에 그토록 자신의 요구를 잘 알아채던 이브가, 지금 자신의 속마음도 알아채는 게 아닌지 걱정이 됐다. 이머진은 일어섰다.

"그러잖아도 만나기로 했어." 거짓말이었다. "출근하자마자. 이제 올라가봐야겠네."

그리고 몸을 돌려 사무실을 나가, 점차 출근을 하고 있는, 처음 보는 어린 여자애 몇 명을 지나 걸어갔다. 얼굴에는 변함없이 미소를 띠고 있었지만 로비로 향하는 엘리베이터 버튼을 누르는 이머진의 손이 떨렸다. 이렇게 큰 빌딩에서는, 더 높이 올라가려면 다시 1층으로 내려가야 한다.

서둘러 다른 엘리베이터로 옮겨 타려는데, 로비의 커피숍에서 거스가 카운터를 풀쩍 뛰어넘다시피 하며 춤을 추듯 달려왔다.

"다시 돌아오지 않을 줄 알았어요!" 소리치며 시나몬과 우유 끓인 달콤한 냄새를 풍겼다. 한 마디 한 마디에 모랫빛 콧수염이 꿈틀거렸다. "어떻게 편집장 없이 여섯 달이나 잡지가 살아남을 수 있죠? 직원들이 정말 힘들었을 거예요!" 거스는 이머진의 손을 꼭 쥐었다. 물론 그도 이머진이 휴직한 이유를 알았다. 외부에선 모르게 하려고 노력했지만 요즘 같은 시대에 가십 기사를 막기란 쉽지 않다.

반년 전인 2월에 이머진은 왼쪽 가슴에 유방암 2기 진단을 받았다. 할머니와 두 고모를 앗아간 병이었다. 종양을 제거하고 전이를 방지하기 위해 3월에 양쪽 다 절제하고 재건 수술을 받았다. 6개월 동안 화학요법을 받고 회복 기간을 가졌다.

"이렇게 돌아왔네요." 이머진이 억지로 따스한 미소를 지어 보였다. 이 역시 아침 9시 전에 겪기엔 너무 과한 일이었다. 하지만 적어도 거스는 친절과 함께 카페인도 제공해주는 남자였다. 그는 별말 없이 이머진을 커피 카운터로 데리고 가서 분주히 그녀를 위한 음료를 만든 다음 애정 어린 하트로 거품을 마무리했다. 이머진이 지갑에서 빳빳한 네 장의 지폐를 꺼내자 거스는 손사래를 치며 컵을 떠밀었다.

"내가 쏠게요. 오늘은 특별한 날이잖아요! 미리 알았더라면 아줌마보고 뭐 좀 특별한 걸 만들게 했을 텐데. 바클라바[견과로 만든 터키 과자]라든가… 이머진이 좋아하는 꿀도 넣어서. 내일도 올 거죠? 오늘 밤에 만들 거예요. 내일 줄게요, 꿀도 넣어서."

이머진은 고개를 끄덕이며 고맙다고 하고 엘리베이터로 가며 정신이 번쩍 드는 카페인의 자극을 음미했다. 이제 출근자들이 끊임없이 로비로 밀려들고 있었다. 말끔한 정장에 가슴주머니엔 손수건을 꽂고 머리가 희끗희끗한, 잘생긴 중년 남자가 엘리베이터에 같이 타면서 이머진의 다리를 인정하는 시선을 던졌다.

위로 올라가는 동안 이머진의 머릿속은 여전히 어지러웠다. 그녀는 5년 전 자신의 인생 속으로 이브 모턴이 들어오던 순간을 똑똑히 기억했다. 이머진은 막 글로시의 편집장으로 승진해서 새 어시스턴트를 뽑느라 몇 주째 지치도록 면접을 봤었다. 인사부에서는 르로제(Le Rosey, 미국 부유층이 망나니 아이를 보내 다른 미국 부유층과 어울리도록 하는 스위스의 사립기숙 고등학교) 졸업반 전체를 이머진과 면접 보게 할 작정인 듯했다. 모두 특권에 겨운 아이들뿐이었다. 글로시에서 두각을 나타내고 싶어 안달이 날 정도로 굶주린 아이는 아무도 없었다.

이머진은 이런 직업에 그런 강렬한 욕구가 얼마나 중요한지 누구보다 잘 알았다. 자신도 한때 어시스턴트였고, 첫 상사이자 스승은 모다 잡지 편집장인 몰리 왓슨이었다. 그녀는 이머진이 지금까지 만나본 사람 중 가장 중요한 영감을 준 사람이었다.

이브 모턴이 글로시 사무실로 처음 걸어 들어오던 날, 그녀는 뉴욕대학교를 졸업하기 전 마지막 수업 한 시간만 남겨놓은 상황이었다. 구깃구깃한 트렌치코트를 입고 흠뻑 젖어 얼굴 양옆으로 머리칼을 축 늘어뜨린 꼴은 거리에 나동그라진 새끼 고양이 같았다. 비 내리는 4월의 바깥 날씨는 천하무적 뉴요커조차도 다음 목적지까지 직행 차편이 준비되지 않으면 모험에 나설 엄두가 나지 않는, 기죽은 관광객처럼 바꿔놓을 판이었다.

이브는 키가 크고 체격이 좋았지만 소심하고 긴장돼 보였다. 그럼에도 불구하고 랩톱을 꺼내며 반짝이는 눈에선 욕망이 엿보였다. 실행시킨 파워포인트 파일에는 1990년대 초부터 현재에까지 이르는 잡지 사진들이 담겨 있었다.

"당신이 편집한 잡지는 모두 읽었어요." 이브가 다소 비뚤어진, 그러나 아주 못나지는 않은 입으로 말을 쏟아냈다. "이 회사에 이렇게 들어와 앉아 있다니, 내 인생 최고로 신나는 순간이에요. 정말이지 세계 최고의 매거진 편집장 중 하나잖아요. 당신에 대한 기사는 전부 읽은 것 같아요. 패션위크 동안 당신이 주최하는 디자이너 파티도 전부 끝내주고 런던 쇼에서 킴 카다시안 가까이 앉고 싶지 않다고 분명하게 요청한 것도 정말 멋져요. 글로시 혁신안들도 다 너무 좋았어요. 내가 잡지계에서 일하고 싶게 된 건 당신 때문이에요."

이머진은 아부에 약했지만, 주의 깊게 갈고 닦아온 거짓말 탐지법이 있었다. 어쨌거나 지난 3년간의 『글로시』와 그 전 『하퍼스바자』 2년 치, 그리고 그 전 『엘르』 2년 치를 모두 읽었다는 사람은 본 적이 없는 것 같았다. 이머진 자신조차도 그 모든 잡지를 처음부터 끝까지 읽었다고 정색하고 주장하긴 어려웠다. 이머진은 자기 앞의 여자애를 의심스레 뜯어보았다. 사무실에 깔린 하얀 원목마루 위로 그녀의 제이크루 스커트에서 아직도 물이 뚝뚝 떨어지고 있었다.

"뭐, 고마워요. 하지만 그렇게 오래 내가 만든 잡지들을 읽어왔기엔 너무 어려 보이네."

"아, 저는 글자 배우면서부터 패션지를 읽기 시작했어요. 당신이 타임스퀘어 70층 건물 유리창 닦는 비계에서 쿠튀르 컬렉션 촬영한 거, 진짜 죽여줬죠."

이브가 말한 촬영은 훗날 언론에서 '죽든지 하든지'로 일컬어진 이벤트로, 유리창 세척업자의 위치에 있는 모델들과 다른 층에서 구경꾼의 위치에 있는 사진가라는 구상이었다. 당대를 대표하는 슈퍼모델들이 아찔한 비계에 날벌레처럼 매달려 있고 그들의 치맛단이 일부러 연출한 듯한 미풍에 부풀어올랐다. 그때 치른 보험료가 어마어마했다. 이머진은 그에 굴하지 않고 다음 달 촬영에선 지하철역 하나를, 그다음 촬영에선 퀸스의 슈퍼마켓 하나를 통째로 전세 냈다.

"그걸 보고… 내 인생 행로가 완전히 바뀌어버렸어요." 이브의 말에 이머진은 추억에서 깨어났지만 그 말을 전적으로 믿기는 어려웠다.

"그랬어요? 나 때문에? 세상에, 왜죠?"

"그 이미지들이 머릿속에 박혀버렸죠. 계속 생각이 났어요. 이 세상에서 일어난 일이 아닌 것 같았어요. 그러고 나자 옷들도 다른 의미를 띠고 다가오기 시작했고요. 그때부터 이 세상에서 내가 할 일은 하나뿐임을 깨달았어요. 그 순간 나는 뉴욕으로 갈 운명임을 알았죠. 이 잡지가 만들어지고 있는 곳으로요. 뉴욕대학교와 뉴욕주립패션공대에 지원했어요. 둘 다 합격했는데 뉴욕대를 선택해서 마케팅, 관리, 패션사를 중점적으로 공부하는 전공을 스스로 만들었어요. 그때부터 내가 원했던 건 여기서 당신과 함께 일하는 거였어요. 당신이 패션 매거진에서 만들어낸 혁신은 수십 년 동안 잡지에서 기획된 콘텐트 중에 제일 신나는 거였어요."

그제야 이브의 어깨에서 힘이 좀 풀어졌다. 손자국과 세척제 얼룩에 뒤덮인 기숙사 방 거울 앞에서 수십 번 연습한 독백을 마치고 나니 한시름 덜어낸 듯했다.

이머진은 미소를 지었다. 칭찬을 받는 데는 익숙했지만, 누구보다 노련한 에고이스트라도 덥석 받아들이기는 어려운 얘기였다. "그래요…. 그래서 이렇게 직접 와보니 어떤가요?"

이브는 잔받침만 한 초록색 눈으로 주변을 둘러보았다. "생각했던 것보다도 더 좋아요. 정말 많은 것을 배울 수 있을 것 같고 무슨 일이 있어도 하시는 일을 돕는 데 전력을 다하고 싶어요."

그리고 덧붙였다. "꼭 기회를 주세요. 제가 당신의 삶을 바꿔놓을게요." 그 말에 섬뜩한 기운을 느꼈어야 했는데. 하지만 이머진에겐 미래를 꿰뚫어보는 능력이 없는 데다, 당장 일을 시작할 수 있는 헌신적이고 열정적인 일꾼이 절실했다.

이브 모턴은 자신의 약속을 그대로 지켰다. 모든 일을 파악해내며 기민하게 움직였다. 배우는 속도가 빨랐고, 결과도 기대 이상으로, 크고 작은 일에서 모두 자신의 가치를 증명해 보였다. 이머진은 이브와 온종일 모든 일을 터놓고 의논했다. 이브를 채용하고 나서 곧 이머진의 어린 아들 조니가 폐렴에 걸려 몇 주를 앓았다. 이머진이 아들을 돌보느라 몇 시간씩 회사를 비워도 다른 직원들은 알아차리지 못하도록 둘이 은밀한 시스템을 꾸몄다. 이브가 이머진 사무실 밖에서 보초를 서며 모든 전화를 휴대전화로 돌리고 방문자들에게는 편집장이 몰두 중인 일이 있어 방해하면 안 된다고 설명했다. 모두 퇴근하고 나면 이브가 새로 나온 편집안을 프린터로 뽑아서 이머진의 집으로 가지고 왔다. 거기에 이머진이 손으로 수정을 하면 이브가 그걸 다음 날 아침까지 인상적인 기획안으로 정리해냈다. 헤아릴 수 없이 귀중한 도움이 돼주었던 것이다.

이머진은 이브와 일을 시작하면서부터 그녀가 얼마나 사람들 말을 잘 들어주고 마음에 들려 애쓰는지 충격을 받을 정도였다. 식당을 예약해야 한다고 하면 이브는 다섯 개의 선택지를 보내주었다. 누가 이브의 팔찌가 마음에 든다고 칭찬하면 하나 사서 그 사람 생일에 선물로 주었다. 이머진이 머리에 꿀색 부분염색을 했더니 이브도 똑같이 따라 했다.

이브의 옷차림도 단순한 제이크루에서 훨씬 야심찬 디자이너 브랜드들로 업그레이드됐다. 주로 훨씬 나이 많은 신사들의 도움 덕분이었다. 일련의 구애자들이 늦은 밤마다 기사 딸린 자동차를 타고 와서 퇴근하는 이브를 태워갔다. 이브는 겹겹의 러시아 인형처럼 야망을 내면에 쟁여두고 있었고, 한 꺼풀 벗을 때마다 더욱 자신감 있고 자부심 강한 모습이 되어 나타났다.

두 해 반에 걸친 헌신적인 서비스를 받고 나서 어시스턴트 에디터로 승진시킬까 진지하게 고려하고 있을 때, 이브가 눈이 발갛게 되어 이머진의 방문을 두드렸다. 고교 풋볼 코치로 위스콘신 주를 휩쓰는 불굴의 아버지, 패션계에서 일하는 딸이 아니라 성공한 은행가 아들을 두었더라면, 하는 고집 센 아버지를 기쁘게 하기 위해 이브는 GMAT 시험을 쳤고 경영대학원에 지원했다. 합격하리라 기대 못 했는데, 하버드에서 MBA 장학금을 제안했다. 이브는 아버지에게 못 하겠다고 말할 수 없었다.

그렇게 이머진은 최고의 어시스턴트를 잃었다. 작별 선물로 빨간색의 빈티지 에르메스 능직 실크스카프를 주었다.

이브는 이머진이 아프단 소식을 듣고 두 번 꽃을 보냈다. 꽃다발 하나에는 슬픈 표정의 새끼 고양이가 더 나이 들고 뚱뚱한 얼룩 고양이에게 기대고 있는 그림 카드에 '얼른 회복되길'이라고 써서 보냈다. 다른 하나는 이머진이 제일 좋아하는 상아색 목련이 담긴 꽃병에 카드는 없이 그냥 '이브'라고 커다랗게 휘갈긴 종이 한 장만 붙어 있었다.

워싱턴의 사무실이 있는 상층으로 가는 엘리베이터 안에서 이머진은 스스로에게 작은 격려의 말을 속삭였다. 나는 이머진 테이트다. 성공적인 편집장, 모두가 불가능하다고 말했을 때 글로시를 살려내 활기를 불어넣은 장본인. 상도 타고 광고주들의 호감을 받았다. 올라가는 짧은 시간 동안 이머진은 어떤 일이 있어도 가능한 한 냉정하게 대처하리라 마음먹었다. 그녀의 상사 워싱턴은 이머진의 변함없는 침착함을 좋아하고 존경했다. 이머진은 자신의 최대 강점인, 개인과 집단 둘 다를 읽을 수 있는 능력에 대해 생각해보았다.

어깨를 쫙 편 후 소박한 생김새의 두 어시스턴트를 성큼성큼 차분히 지나쳤다. 미인대회 출신이자 발행인의 전 어시스턴트(워싱턴이 세 번째 아내와 결혼했을 당시)인 네 번째 아내가 뽑은 아이들이었다. 자기 남편이 야심만만한 젊은 여자애들과 무슨 일을 저지를지 잘 알고 있었으니까. 어린 어시스턴트 하나가 이머진을 막으려 움직였다. 하지만 어울리지 않게 입은 바닥까지 끌리는 치마 때문에 굼떴다. 이머진이 멋들어진 참나무 문을 밀치고 들어가자, 늘 일찍 일어나는, 특히 요즘엔 아시아와 관련된 사업이 많아 더 그렇게 된 워싱턴이 맨해튼 시내가 내려다보이는 유리 벽 옆에 서 있었다. 사무실은 아르데코 양식의 유람선처럼 철, 유리, 짙은 색 나무의 조합으로 꾸며져 있고 조명은 한때 커나드 대양 여객선의 연회장을 빛내던 독일산 청동 제품이었다. 통통한 손가락으로 골프 퍼터를 나른하게 쥔 모습은 허슈펠드 만화에 나오는 배부른 중역 캐릭터와 닮았다. 못생긴 남자였지만 부자인 덕에 잘생겨 보였다. 둥글납작한 코와 조그만 분홍색 귀를 보면 『파리 대왕』에 나오는 '꽃돼지'가 우두머리 수컷으로 자라난 꼴이었다. 그의 전처들 모두 그를 배꼽 빠지게 웃기고 괴짜이며 천재인 미치광이라고 묘사했다.

"이머진." 워싱턴이 외쳤다. "끝내주게 멋져 보이는데. 살 빠졌어?" 이머진을 위아래로 훑어보던 눈이 가슴에 너무 오래 머물렀다. 가슴을 키웠는지 궁금한 건가? '그래, 카터. 약 10년 정도 젊어지고 오뚝해지고 탄탄해졌지. 조금 더 둥글어졌는지도 몰라. 알아봐줘서 고맙네.' 이머진은 그런 생각이 떠오르지 않을 수 없었다. 기술자가 엔진을 갈고 나면 약간의 조율이 필요한 법이다.

차분하고 흔들리지 않는 태도를 유지하자는 마음을 다잡고 이머진은 미소를 지으며 워싱턴이 골프 연습을 하고 있던 퍼팅그린 오른쪽에 놓인, 보드라운 가죽 안락의자에 우아하게 앉았다. 그리고 곧장 용건을 꺼냈다. "이브 모턴을 다시 채용한 걸 보니 기뻐요." 철제 제멜리 탁자 위에 워싱턴의 새 회고록이 수직으로 쌓여 있었다. 표지 하단부에 굵은 글씨로 '가치'라고 쓰인 제목 위로 그의 턱살을 포토숍으로 매만진 턱선이 자리 잡고 있었다.

"그래그래. 똑똑한 아이지, 이브는. 하버드에서 MBA를 받았으니… 게다가 그렇게 긴 다리는, 젊은 수전 서랜던을 보는 것 같다니까. 아, 그 계집도 옛날엔 파티 좀 했는데." 워싱턴이 딱히 누구에게랄 것도 없이 윙크를 했다. 워싱턴의 머릿속에서 여자란, 수전 서랜던을 포함해서 모두 계집, 영계, 처녀 들이고 온전한 인격체라기보다는 아름답거나 그렇지 못한 부위들의 조합일 뿐이라는 사실에 이머진은 오래전부터 익숙해 있었다. 맨해튼의 출판인이라기보다는 애틀랜틱시티 카지노 야바위꾼에 걸맞은 언어 습관이었다. 한가로운 잡담 따위에는 관심이 없는 남자였지만 그래도 오늘이 이머진의 복귀 첫날이라는 사실은 알고 저러는 건가 궁금했다. 게다가 하버드 MBA와 길디긴 다리가 매거진 웹사이트 일과 무슨 관계가 있는 건지 알 수 없었다. 이머진에게도 1990년대 후반과 2000년대 초 경영대학원에 간 친구들이 있었다. 지금이야 어떤지 알 수 없지만 그때 많은 친구에게 들은 바로 MBA는 맥주파티와 현장학습으로 이어지는 2년간의 성인용 여름캠프나 마찬가지였다. 다음 납세 등급으로 무차별 방출되기 전, 잠시 유예기간을 주는 곳이었다.

워싱턴이 이브를 상당히 좋게 생각한다는 건 알 수 있었다. 그래서 이머진은 장단을 맞춰주었다.

"정말이지 최고의 인재죠. 다시 같이 일하게 돼서 너무 좋네요." 이머진은 정교하게 조율된 미소를 지으며 말했다. "웹사이트가 그런 인재를 맞이하게 되다니."

"단순한 웹사이트 이상이 될 거야, 이머진. 솔직히 말해서 나도 어떤 모양새가 될지 완전히 파악은 못 하겠어. 하지만 우라지게 많은 돈을 벌어줄 거야!" 워싱턴은 회사에 다시 한 번 어마어마한 돈을 벌어다 줄 성공을 그려보는 듯 말을 멈추었다. 얼마 전에 컨설팅 회사 매키트릭 앤 드레슬러가 매너링에 감사팀을 꾸리고 회사 돈이, 특히 매거진 분사에서 왜 이렇게 줄줄 새는지 조사했더랬다. 시간당 500달러인 컨설팅팀은 한 시간도 안 돼 돈이 다 어디로 가는지 알아냈다. 파리 제1구에 주말여행용 아파트를 두고 젊은 남자를 바꿔대는 고위 편집장이 있어 제일 문제였다. 밀라노에는 포시즌스에 영구임대 스위트룸이 있어 간부급 직원들은 패션쇼 기간이나 다른 주말에도 번갈아가며 이용할 수 있었다. 편집장들(이머진도 마찬가지로) 고용 계약에는 별도로 자동차, 옷, 드라이클리닝이 포함돼 있었다. 워싱턴은 좋았던 시절 생각을 하며 한숨을 쉬고 골프 공을 쳐서 퍼팅그린의 구멍 속으로 집어넣었다.

그리고 말을 이었다. "좋아하니 잘됐네. 새 소식을 잘 받아들이지 못할까 봐 걱정이었거든. 글로시 잡지에 얼마나 헌신적인지 알고 있으니까. 디지털 매거진으로 전환한 걸 좋아하지 않을 줄 알았지. 실은 아예 떠나버리는 거 아닌가 걱정했다니까. 하지만 이젠 디지털이 먼저인 시대가 된 걸 우리 모두 깨달아야 하지."

'디지털 매거진이 뭐지?' 저 물고기 같은 주둥이에서 나오는 말들이 도무지 이해가 가지 않았다. 물론 이머진은 글로시라는 잡지에 헌신적

이었다. 자신의 천직이었으니까. 잡지 내용을 좀 더 인터넷에 올리겠다
는 뜻인가? 그래서 이브를 데려온 건가? 요즘 MBA에서는 마침내 잡지
콘텐츠를 인터넷에 올려 돈을 버는 방법을 알아냈나 보지? 이머진은 그
게 가능해진지 미처 몰랐다. 최근 몇 년간만 해도 너무나 많은 것이 바뀌
었다. 출판계도 전혀 다른 세상이 되었다. 이머진도 알고 있었다. 블로그,
웹사이트, 트위터, 상호 인용하고 동시다발로 글을 올리고. 사람들은 그
런 것에만 신경을 쓰게 되었다.

워싱턴은 주머니에서 새하얀 공을 꺼내며 말을 계속했다. "이브가 작
업하고 있는 새 사업 모델은 이제껏 봐왔던 것들과 달라. 아마존과 네타
포르테[패션지처럼 디자인된 명품 온라인 쇼핑몰]를 합쳐 근육강화제를 주었달
까. 그리고… 우리가 한 제품을 팔 때마다 떨어지는 이윤을 생각해 봐. 그
래야 회사가 살 수 있다고. 인쇄와 배본에 드는 돈이 절약되는 건 말할
것도 없고."

이 새로운 정보의 무게가 차차 실감 남에 따라, 이머진은 사무실 벽이
자신을 향해 기우뚱 무너져 내리는 기분이 들었다. 눈 주위가 팽팽히 긴
장되며 경련이 일었다. 머릿속이 쿵쿵 울리며 배 속이 확 뭉쳤다. 움켜쥔
주먹 안에서 손톱이 손바닥을 파고들었다. '정신 똑바로 차려.' 몇 달 동
안이나 직장을 떠나 있었으면서 돌아가면 모든 것이 그대로 있으리라 생
각한 자신이 바보였다.

이머진은 간신히 또다른 미소를 지어 보였다.

"카터, 무슨 말을 하는 거죠? 내 매거진이 어떻게 된 거예요?"

워싱턴은 지극히 무심한 표정으로 그녀를 바라보았다. 그리고 자신의
다섯 살 난 쌍둥이 아이들에게나 쓰는 말투로 말했다. "당신 매거진은 이
제 '앱'이 됐어."

2

워싱턴의 사무실에서 다시 글로시 사무실이 있는 층으로 돌아오니, 온통 모르는 얼굴들이 아침 회의를 하러 회의실에 모여 있었다. 이머진은 자신의 직원들을 만나기 전에 준비할 시간이 좀 더 있을 줄 알았다. 지난주 동안 이머진은 복귀 첫날 바로 이 회의 때 할 연설을 연습해왔다. 유리벽을 통해 들여다보이는 얼굴들 가운데, 탁자에 둘러앉은 사람들 가운데도, 뒤쪽 의자에 앉은 사람들 가운데서도, 아는 얼굴은 보이지 않았다. 편집부장인 제니 패커와 크리에이티브 디렉터인 맥스웰 토드 역시 이상하게도 보이지 않았다. 이머진은 회의실로 들어가 긴 흰 탁자 윗자리에 앉으면서도 낯익은 얼굴을 찾아 두리번거렸다. 이제 보니 세일즈와 마케팅 부서 몇 명은 알아볼 수 있었지만 에디터는 아무도 보이지 않았다.

건너편에 앉은 젊은 여자가 이머진을 보며 헤벌쭉 웃고 있었다. 이머진이 시선을 맞춘 게 실수였다.

"이머진 테이트!!!!" 여자애가 꺅 소리를 질렀다. "너무너무 좋아해요. 복귀해서 기뻐요! 패션계의 여신 같은 분이잖아요. 정말 여신이죠. 방금 당신이 우리랑 회의하러 왔다고 트위터에 올렸더니, 글쎄, 글쎄, 벌써 열

다섯 번 리트윗됐어요. 내 친구들 전부 완전 부러워해요. 이렇게 당신이
랑 한방에 앉아서 같은 공기를 들이마시게 되다니." 여자애는 탁자 위로
손을, 손톱을 네온핑크로 칠하고 끝은 바닐라케이크 장식처럼 덧칠한 손
을 탁자 위로 내밀었다. 악수를 하며 흘긋 보니 손목에 두른 두툼한 검은
고무 팔찌에 분홍색으로 '굿, 그레이트, 고져스, 글로시닷컴!'이라는 글씨
가 새겨 있었다.

"전 애슐리예요. 당신의 어시스턴트죠. 또한 웹사이트 커뮤니티 매니
저이기도 해요." 애슐리의 목소리는 애들처럼 앙앙거렸고 문장을 의문문
처럼 한 톤 올려 끝맺었다. 그렇다고 정말 질문은 아닌 게 분명했다. 이
머진이 떠나기 전에 새 어시스턴트를 찾고 있었으니, 새 여자애를 찾느
라 에너지를 낭비하지 않게 된 건 좋았지만, 이런 세트 선물로 받는 건
문제가 있었다. 어떻게 이 애는 이머진의 어시스턴트도 하는 동시에, 뭔
진 몰라도, 커뮤니티 관리까지 할 수 있지?

"정확히 어떤 커뮤니티를 관리하는 거지, 자기?" 이머진이 애슐리의
긴 옥수수염 같은 머리와 연한 푸른색의 커다란 눈과 진짜일 수도 있
는 터무니없이 긴 속눈썹을 뜯어보며 물었다. 벌에 쏘인 듯한 입술을 덧
씌운 어두운 빨강 립스틱은 그런 식으로 사용되어선 안 됐지만, 어쩐지
그녀에게 강렬하고 아름다운 인상을 만들어주었다. 다 비슷비슷해 보이
는 회사의 여자애들 가운데서 확실히 독창적이었다.

애슐리는 웃으며 래브라도 강아지 같은 에너지로 벌떡 자리에서 일어
났다. 머리칼이 비단처럼 출렁였다. "웹 커뮤니티요. 소셜미디어는 전부
관리해요. 트위터, 크래클, 페이스북, 핀터레스트, 스크리머, 유튜브, 블로
그로그, 인스타그램, 스냅챗, 챗스냅. 실은 지금 텀블러는 한 업체에 외주
를 주고 있지만, 여전히 신경은 쓰고 있죠."

이머진은 끄덕이며 그중 반 이상은 알고 있다는 인상을 주기를 바랐다.

그때 이브가 한 손에는 랩톱을 받쳐 들고 다른 한 손으론 아이패드를 들고 들어와서는 애슐리를 쏘아보며 호되게 꾸짖었다. "여기가 여대생 클럽인 줄 알아?"

이머진에겐 대학 학위가 없었다. 런던의 옷 가게 점원이었던 열일곱 살의 그녀를 몰리 왓슨이 발굴했고 이머진은 그 이후로 계속 전력을 다해 일해왔다. 그래서인지 여대생 클럽이라는 말을 들으면, 〈뉴욕의 진짜 주부들Real Housewives of New York〉[부유층 주부들을 등장시키는 리얼리티쇼]이 되기 전 잠시 세상 경험을 쌓는 아름답고 못돼 처먹은 여자애들이 자동으로 연상되었다.

이머진은 탁자에 둘러앉은 새로운 여자 무리를 찬찬히 살펴보았다. 대부분 이십대 초반이었다. 내 직원들은 어디 갔을까? 이 애들의 패션 취향은 두 가지 중 하나였다. 매춘부 아니면 운동광. 운동광들은 딱 달라붙는 원피스나 그에 어울리는 운동바지에 후드티를 입고 있었다.

이 방의 누구도 패션계의 암묵적 규칙에 따라 옷을 입은 사람은 없었다. 당연히 패션 잡지는 밝은 색상과 도가 지나친 장신구들, 화려한 주름과 테크노 레더로 온통 장식된 정교하게 디자인된 옷들의 향연이며, 각양각색의 모피로 가득 채워지는 경우도 왕왕 있다. 하지만 패션을 창조하는 사람들은 대부분 개인적으로 단순하며 꾸밈없는 옷을 입는다. 패션 위크 때 보안요원의 눈을 피해 몰래 숨어든 외부인은 금방 눈에 뛴다. 전형적인 패션 에디터들은 대충 서둘러 걸쳐 입은 듯한 셀린느룩이라고 할 수 있는 차림을 하고 있다. 이브생로랑 블라우스에 오래된 에르메스 트렌치 정도랄까. 그들의 옷은 정신없는 환경 속에서 제복 같은 의미와 차분함을 지킨다. 그레이스 코딩턴[보그의 크리에이티브 디렉터]이 여전히 매일 검은 옷을 입는 이유가 있다. 최고의 에디터와 디자이너들은 대부분 매니큐어를 칠하지 않는다. 이머진은 애나 윈터의 손톱에서 색깔 한 점 본 적이 없었다. 발톱이라면 모를까 손에는 하지 않는다.

회의실에선 모두가 아이폰과 태블릿의 조그만 화면을 쪼아대고 있었다. 이머진은 전화기를 그냥 책상 위에 두고 온 자신이 문득 벌거벗은 듯, 뭔가 부족한 사람처럼 느껴졌다. 전화기를 회의에 가져온 적은 한 번도 없다. 무례한 일이었으니까.

이브가 손뼉을 쳐도 톡톡 소리는 줄어들기만 할 뿐 완전히 멈추지는 않았다.

"여기 봐! 다들 보다시피, 오늘 회의엔 새로운 인물이 있으니까" 하면서 이브는 이머진을 향해 미소 지었다. "우리 편집장 이머진 테이트를 아는 사람도 있겠지만, 모르는 사람도 많겠지. 6개월 동안 병가였어." 이머진은 순간적으로 인상을 썼다. '병가'라. 그렇게 지칭되고 싶지 않았다. 안식월 혹은 휴식기를 가졌던 것이다. "때마침 글로시의 놀라운 새 웹사이트와 앱 출시에 맞춰 돌아왔어. 이번 주 모두 따뜻한 글로시닷컴의 환영을 확실히 하자!" 이머진이 자리에서 일어나 직원들에게 한마디 할 기회를 갖기도 전에, 회의는 재빨리 다음 안건으로 넘어갔다. 이머진 사무실 밖에 앉아서 전화 응대를 하던 이브라고는 생각할 수 없는 완전히 새로운 모습이었다. 맹렬히 엔진을 가동시키고 있는 그녀는 이머진이 기억하던 것보다 훨씬 똑똑하고 활달하고 재미있는 사람이 돼 있었다.

그러고 보니 예전 예약 담당이었던 어시스턴트가 이번 주 화보 촬영 일정을 간단히 보고했다. 이브가 복잡한 통계 수치들을 읊어댔다. 순 방문자 수, 자연 유입량, 추천 유입량, 창구 교차 파악 등. 이머진은 이게 다 뭔지 알 수 없었다. 스마이슨 수첩 첫 페이지에 알아들은 말 몇 개와 숫자들을 받아 적으면서 이 모든 수난을 겪는 내내 미소를 잃지 않았다. 그녀는 이머진 테이트였다. 여전히 편집장이기도 했다. 패션지에 웹사이트가 있어야 한다고 제일 먼저 주장했던 에디터 중 하나기도 했지만 직접 웹사이트에 공을 들이진 않았다. 이 모든 걸 누가 가르쳐주겠는가?

뭔가의 전환율에 대해 말하기를 끝내자마자 이브는 또다시 박수를 짝치며 강한 긴박성을 담아 외쳤다.

"자, 어서, 움직여!"

모두 일제히 탁자에서 물러나 마치 쟁반을 나르는 웨이트리스들처럼 한 손에는 맥북에어를 받쳐 들고 조용히, 쏜살같이 자기 자리로 돌아갔다. 이머진은 이브에게 다가갔지만 너무 늦었다. 이브는 벌써 전화기에 연결된 이어폰으로 통화를 하고 있었다. 이브는 시계도 없는 손목을 가리키며 '잠깐만요'라고 입모양을 해 보였다.

잠깐 화장실에라도 들러서 정신을 수습해야 했다. 변기에 앉아서 이머진은 관자놀이를 꾹꾹 눌렀다. 대체 뭐가 어떻게 돼가고 있는 거지? 떠날 때와 완전히 다른 회사가 돼 있다. 이브는 잡지 내 서열 따위에는 더 이상 관심이 없는 듯했다. 선배에 대한 존중은 어디로 갔지? 이머진의 부하들은 어디에서도 보이지 않았다.

화장실에서 나오면서 보니 이머진 사무실에 사람들이 모여 있는 것이 보였다. 그나마 마음이 좀 밝아졌다. 작은 환영 파티라도 열어주려나?

가까이 가자, 새로운 여자애들이 방 안 곳곳에 걸터앉아 있고 이머진 책상 뒤에 있는 화이트보드에 이브가 보라색 펜으로 맹렬하게 표를 그리고 있었다.

이머진이 큰 소리로 목청을 가다듬었으나 회의의 기세를 늦추진 못했다.

"이브!" 이머진이 생각보다 큰 소리로 불렀다.

"이머진, 어서 와요. 같이하죠. 새로운 아이디어가 있어서 즉석 아이디어 회의를 좀 하고 있었어요."

즉석 회의라고? "보통 내 사무실에서 즉흥 회의를 하나?"

이브가 진지하게 고개를 끄덕였다. "그래요. 엔지니어들이 밤을 새웠거든요. 회의실에서 낮잠을 자야 해서." 이브가 넓은 어깨를 으쓱 올렸다. "당신이 휴직 중이었으니 빈 공간을 활용한 건데요."

'남의 사무실에 맘대로 쳐들어와 벽에 낙서를 휘갈겨도 괜찮다는 건가?'

"아가씨들, 회의는 나중에 하면 어때요? 내가 따라잡을 시간을 좀 줄래요?"

방 안의 젊은 여자들이 이머진과 이브를 번갈아 보며 이 상황에서 누구 말을 따라야 하는 건지 살폈다. 이브는 눈썹 한쪽을 치켜올리며 싸움이라도 시작할까 생각하는 듯했지만 마음을 고쳐먹었다.

"물론이죠." 이브는 손가락을 들어 세 번 딱딱딱 튀겼다. "내 책상 주위로 모입시다." 이브가 직원들을 줄줄 데리고 나가며 말했다. "당신도 와도 돼요, 이머진."

"이브." 이머진이 불렀다. "이것도 가져가줘." 구석에 있던 분홍 괴물 같은 콩주머니 의자를 들어 올려 이브에게 넘겨주었다. 보기보다 무거웠다. "여기 놓일 물건이 아냐, 자기." 이머진이 단호하게 말했다.

그제야 자리로 돌아가보니 자신의 아이폰이 외로이 핸드백 위에 놓여 있었다. 자기도 다른 기기들을 따라 회의에 가고 싶다고 끽끽거리는 듯했다. 키보드 위에는 애슐리가 했던 것과 같은 검은 팔찌가 놓여 있었다. '굿, 그레이트, 고저스, 글로시닷컴!' 마케팅 부서에서 만든 홍보물이겠지, 생각하고 쓰레기통에 던져버렸다. 컴퓨터 화면은 깜빡이는 알림 메시지들로 난리도 아니었다. 마우스 오른쪽 버튼을 클릭했다가 이머진은 헉 소리를 내고 말았다. 화면이 아케이드게임처럼 차오르며 하단부에선 아이콘들이 폴짝거리고 왼쪽 윗부분에는 알림 메시지들이 모여 연달아 깜빡였다. 받은편지함은 넘쳐났다. 도무지 혼자서는 감당이 안 되는 상황이었다. 어디를 먼저 봐야 할지 알 수 없었다. 새 어시스턴트 애슐리는 어디에 있지? 받은편지함을 비워줄 사람이 필요했다. 사무실 밖에는 이제 어시스턴트 책상이 없어졌고 그 활기 넘치던 여자애는 어디에도 보이지 않았다.

가장 최근의 이메일 열 개를 얼른 훑어보니 다들 아침 회의를 하면서 일을 처리하고 있었다. 이머진으로서는 전자기기들은 좀 놔두고 동료들과 브레인스토밍 하고 하루 일과를 계획하는 시간이라고 생각했던 회의 시간에, 다들 '모두에게 답장하기' 이메일을 보내고 있었다.

마치 이머진과 다른 직원들이 서로 다른 회의에 참석했던 것 같았다. 회의실에서 오간 대화들 속에 담겨진 의미를 이머진은 전혀 파악을 못하고 있었다.

거론된 화보 촬영은 이미 일정이 잡혔다. 이머진이 추천하는 사람이 아닌 사진가가 선정되었다. 헤어와 메이크업은 아직 미정이었다.

잠깐.

설마.

마우스를 위로 굴렸다.

헤어와 메이크업도 선정되었다. 출장 요리 비용은 너무 높았다.

거꾸로 된 데자뷔 같았다.

이머진은 책상 위 전화를 들어 이브의 구내번호를 눌렀다. 롱아일랜드 억양의 걸걸한 남자 목소리가 나오는 음성사서함으로 넘어갔다. 그렇지,

이브가 예전과 같은 구내번호를 사용할 리 없었다. 유선전화가 자리에 있기는 한가? 자리는 또 어디지?

이머진은 수화기 후크를 검지로 누른 다음 0을 눌러 안내를 찾았다. 즉시 자동 안내 음성이 나와 사람 이름이나 성의 첫 네 글자를 누르라고 했다. 이머진은 3, 8, 3을 눌렀다.

"이브 모턴에게 연결하려면 3번을 누르거나 696번으로 전화를 거세요."

전화를 받지 않았다. 이머진은 끊었다가 다시 전화해보았다.

드디어 이브가 전화를 받았지만 좀 놀라고 의심스러워하는 목소리였다.

"여보세요?"

"이브, 이머진이야. 몇 가지 물어보려고."

"왜 전화한 거죠?"

귀가 먹었나? 이머진은 다시 한 번 천천히, 약간 큰 소리로 다시 말했다. "몇 가지 물어보고 싶어서."

"알아요. 들었다고요. 왜 이메일을 쓰지 않은 거죠?"

"전화가 더 빠르니까."

"요즘 누가 전화를 해요? 이메일을 주세요. 문자를 하든지. 나 지금 정신없이, 어, 그러니까, 쉰 가지쯤의 일을 동시에 처리 중이라고요. 제발 전화하지 말아요." 전화가 뚝 끊겼다. 아무도 전화를 안 한다고? 이브는 이머진이 방금 엄청나게 시대착오적인 짓을 저지른 것처럼 굴었다. 무슨 봉화불이라도 피워 올린 것처럼.

컴퓨터 화면 상단에서 빨간 점이 깜빡였다. 이머진이 클릭해보니 회사 내부 메신저에서 온 쪽지가 하나 있었다.

아, 잘됐네. 어시스턴트 애슐리가 업무 시작 쪽지를 보냈다.

'편집장님 너무 귀여워요! 웃겨서 데굴데굴!' 일할 준비가 돼 있다는 뜻은 아닌 것 같았다. 쪽지에는 Bitly[긴 웹 주소를 짧게 줄여주는 서비스]라는 짧은 링크가 붙어 있었다. Bitly라니, 귀여운 척하는 접미사로 볼 때, Etsy의 소녀 친구 뻘 웹사이트쯤 되나 보다 짐작했다. Etsy는 학교 엄마들이 아이를 기다리며 아이폰으로 체로키 원주민의 피가 반 이상은 섞인 산타페 장인이 만든 매듭화분걸이 상품평을 보고 침을 줄줄 흘리는 수공예품 쇼핑몰이었다.

Bitly도 비슷한 거겠지. 그보단 조금 작은 물건들을 팔려나? 매듭화분걸이 축소품 같은 거?

하지만 링크는 Bitly라는 사이트로 이어지지 않았다. 대신 Keek.com이라는 사이트가 나타났다. 이머진은 잠시 좌우를 둘러보았다. Keek.com이라니 임산부 교실에서 배웠던 골반 수축 운동[회음부를 조이는 케겔 운동을 말한다]과 어쩐지 비슷한 발음 아닌가. 애슐리가 대체 무슨 링크를 보낸 거지?

형광 녹색 Keek.com 로고 아래 비디오가 표시돼 있었다. 이머진은 컴퓨터 볼륨을 줄여놓고 나서야 재생 버튼을 눌렀다.

다시 한 번 기겁하고 말았다.

이머진 자신의 모습이었다.

맙소사. 회의 때 하품하는 모습이었다. 한 번도 아니고 두 번씩이나 연달아. 화면 속의 그녀는 잠시 눈이 감기기도 했다.

애슐리가 몰래 찍은 것이다. 회의 중에. 그러고 나서 인터넷에 올렸다. 무슨 이런 말도 안 되는 프라이버시 침해가 있단 말인가! '허락도 구하지 않고 비디오를 찍어? 그것도 회의에 참석했을 뿐인 사람을?' 이머진은 피곤해 보였다. 더로The Row의 빳빳한 검은 크레이프 원피스도 옆자리의 노랑 후드티와 대조되어 칙칙하고 낡아 보였다. 애슐리의 카메라는 해상도가 수백만 메가픽셀은 되는 듯, 이머진이 입을 쩍 벌리는 순간 눈가에 퍼진 주름 하나하나를 남김없이 잡아냈다. 이머진은 두 번은 고사하고 한 번도 하품한 기억이 없었다. 비디오에는 캡션이 붙어 있었다. '이머진 테이트의 귀환 @글로시. #만세 #사랑해 #멋진여자상사 #그녀가돌아왔다'.

웹페이지 오른쪽을 보니 다른 동영상들도 있었다. 맨 위의 동영상을 클릭했다. 마케팅팀의 페리였다. 짧은 치마와 블레이저에, 고양이 하나가 있는 이상한 티셔츠를 입고 있었는데 방금 전 회의 때 찍힌 영상이었다. 애슐리를 똑바로 보며 혀를 내밀고 있었다.

그 아래 동영상에서는 회계부서의 애덤이 촬영 예산을 검토하고 있었다. 장비와 조정 비용에 대해 막힘없이 읊어대면서도 뻔질나게 카메라 쪽을 흘긋거리며 윙크를 하고 과장되게 엄지를 치켜 보였다.

회의에 참석한 모두가 애슐리의 촬영을 알고 있었던 것이다. 끝난 후에 토막 영상을 올린다는 것도. 즉 이머진의 하품 역시 모두가 보도록 공유되었다.

모든 직원이 동영상을 보았다는 알림이 30초도 안 돼 도착했다.

이브에게서도 쪽지가 왔다. '졸려요? 집에 가야 할 것 같으면 말해줘요. 원하면 구글 행아웃으로 얘기하면 되니까.' 이머진이 삭제 버튼을 누르고 고개를 들어보니 사무실 문 앞에 애슐리가 보였다. 잔뜩 긴장해서 발을 동동거리고 있었다.

"동영상 마음에 드세요?"

이머진은 자신을 가지고 장난친 이 아이에게 엄중한 경고를 해줄까 아니면 자기도 같이 즐길 수 있다는 걸 보여줄까 망설였다. 후자를 택하기로 했다.

"그렇게 가까이 찍을 줄 알았으면 대비 좀 할걸. 다음엔 찍기 전에 미리 알려줘."

애슐리의 얼굴에서 안도의 표정이 퍼져나갔다. "물론이죠. 꼭 그럴게요, 다음에는."

"애슐리, 이브의 사무실은 어디지?"

"이브는 사무실이 없어요. 그런 건 필요 없대요. 페이스북에서도 그렇잖아요. 아무도, 셰릴 샌드버그조차 사무실 없는 거 알죠?" 이머진은 그런 줄 몰랐다. "모두 똑같은 책상에 앉아요." 애슐리가 주변을 돌아보더니 목소리를 낮췄다. "이브는 당신 사무실을 낮잠실로 만들고 싶어 해요."

"무슨 실?"

"낮잠실요."

이머진은 고개를 절레절레 저었다. 낮잠실이 대체 뭐지?

"그럴 일은 없어."

이머진은 진이 빠졌다. 하지만 조퇴를 해서 이브를 흡족하게 만들 순 없었다. 케네디가 카스트로에게 배를 드러내는 거나 마찬가지일 것이다. 대신 이머진은 쉬지 않고 일하며 받은메일함을 청소하고 기존 촬영 일정을 취소한 후 완전히 다른 결과물을 만들어낼 제대로 된 사진가를 섭외하도록 했다.

이브에게는 사무실이 없었지만 창문에 둘러싸인 모서리 자리에 자기만의 영역을 구축하고 있었다. 그리고 가슴 높이까지 올라오는 책상에 서서 일했다.

일과가 끝날 무렵 이머진은 내키지 않는 발걸음을 끌고 이브의 구역으로 갔다. "이머진, 서서 일하는 책상 갖고 싶어요? 카터에게 말해서 하나 주문해달라고 할게요. 구글에선 다 이 책상이래요. 인간은 앉아서 일할 때보다 서서 일할 때 79퍼센트 더 효율적이라고 하죠. 결정도 빨리 내리고 회의도 빨리 끝내게 되고. 좋더라고요. 하루 종일 칼로리도 많이 소비하는 것 같아."

"난 괜찮아, 이브. 집에서 아이들이랑 있으면 항상 서 있게 되는 것 같으니까." '하루 종일 서 있으면 누가 훈장이라도 준단 말인가?'

이브가 짜증 난다는 듯 눈알을 굴렸다. 예전에는 감히 생각할 수 없던 태도였다. "깜빡했네요. 아이들이 있었지."

'지금 농담하나? 이브가 내 아이들에 대해 잊을 수는 없을 텐데.'

이머진은 자신의 이십대를 돌이켜보았다. 아이를 가진다는 것이 장애로만 생각되던 시절. 아직 조니는 네 살이지만, 애너벨은 열 살이라 거의 모든 일을 혼자 할 수 있게 되었고, 그러다 보니 오히려 뭔가 더 해주고 싶어진다. 머리를 땋아준다든가 손 안 닿는 지퍼를 올려주고 분수 관련 복잡한 수학 문제를 설명해준다든가.

매일 아침 애너벨이 이머진의 도움 없이도 집을 나설 수 있게 되는 날을 생각하면 가슴이 아리다.

이머진은 애서 마음을 다잡고 밝게 응수했다. "아이들은 아주 착하게 잘 지내. 조니가 얼마나 컸는지 보면 놀랄 거야. 지금이 제일 귀여울 때지."

이브가 억지로 희미한 미소를 지었다. "그렇겠죠…. 그래, 무슨 일이에요?"

"에디터들에 대해 확인해보려고. 무슨 일이 있어서 다들 자릴 비웠나? 오늘 보이는 사람이 별로 없네. 모르는 얼굴도 너무 많고. 새로 온 아이들 몇 명도 만났으면 하는데."

컴퓨터에서 고개도 들지 않고 이브는 이머진이 병가로 쉬는 동안 직원 수가 두 배로 늘었다고 설명했다. 평균 연령 역시 열두 살은 어려진 건 말할 필요가 없었다. 이머진도 충분히 보았으니까.

"너어무 많은 초과 수화물은 제거했어요." 이브가 말을 이었다. 사람 얘기를 하고 있다는 사실을 깨닫는 데 시간이 좀 걸렸다. 이머진이 고용한 사람들을 비경제적인 짐짝에 비유하고 있었다.

"70년대에 회사에 들어와서 지금까지 무슨 일을 하고 있었는지 알 수 없는 잉여 인력이 너무 많았어요." 이브가 말했다.

이브는 예전 직원들의 봉급으로 웹사이트에(그리고 곧 출시할 앱에!) '유입량을 몰아오는' 기사를, 온종일 밤낮으로 그리고 주말에도 주조해낼 콘텐트 생산자를 서른 명 고용했다. 그 수를 단계적으로 증가시켜서 어마어마한 디지털 광고 수익과 상품을 클릭할 소비자들을 끌어올 것이다.

"알겠죠?" 이브의 말투는 딱 부러졌다. 중간에 이머진이 끼어들 틈도 주지 않았다. "그렇게 될 거예요. 며칠만 두고 보자고요. 알게 될 테니."

지금 거들먹거리는 거야? 이브 모턴이 누굴 가르치려 드는 거지?

"이브, 난 이 일 오래해왔어. 그런 게 우주과학은 아니라고."

권력의 이동과 함께, 마치 보도에 떨어진 도넛 한 조각에 개미 떼가 몰려가듯이, 충성심도 이브가 쓸어가버렸음을 이머진은 느낄 수 있었다.

편집부장인 제니 패커는 텍사스 억양이 심한 일본계와 유대계의 혼혈 미인으로 이머진이 입사하기 전에 오래 대장 노릇을 했던 사람인데, 주방 뒤쪽 창문도 없는 외진 구석에 비품 창고와 비슷한 곳에서 일하고 있었다. 그날 아침 회의 때는 참석하지 않았다.

이머진은 새 공책과 연필을 찾다가 태블릿과 패블릿, 온갖 스마트 기기로 이루어진 이 새로운 회사에선 아예 없어져버린 건가 싶은 순간, 제니 패커와 마주쳤다. 이머진의 친애하는 동료는 부스스한 머리에, 부은 타이어 같은 다크서클이 눈 밑에서 굴을 파고 있었다. 이머진은 너무 반가워 제니를 덥썩 껴안았다. 실크 터커 셔츠 아래로 갈비뼈만 느껴졌다.

"새 사무실이야." 제니가 팔을 쫙 펼치자 비좁은 공간의 양 벽이 손끝에 닿을 지경이었다. 제니의 예전 사무실은 이머진 사무실 근처였다. 편집장 사무실만큼 크지는 않았지만 꽤 널찍했고 도심이 내려다보였다. 우선 안부부터 나눴다. 이머진 건강은 어떤지? 제니의 남편 스티브, 브루클린의 윌리엄스버그를 가장 뜨는 동네로 만들고 있는 건축가는 요즘 무슨 일을 하고 있는지? 앨릭스는 매컬린 사건에 푹 파묻혀 있는지? 그렇다고 할 수밖에 없었다. 이머진이 직장에 복귀한 첫날이니 지금쯤이면 남편이 연락 한번 주지 않을까 했지만 앨릭스 마레티 검사는 새벽 6시부터 사무실에 나가, 20년 만의 최대 다단계 이자 사기 적발로 급속히 밝혀지고 있는 사건을 맡고 있었다. 피고인 '얼간이' 마티 매컬린은 승승장구하던 증권중개인이었으나 결국 내부 고발자와 검찰에 의해 투자 내역 전체가 거짓이었음이 밝혀졌다. 공소장에 따르면 매컬린은 허위운용보고서를 만들어 거래를 소급적용하고 투자자에게 조작된 보고를 하고 결국 다른 사람의 투자금을 빼서 다른 사람의 거짓 배당금을 지불해왔다. 앨릭스가 승소하면 경력에 큰 도움이 될 것이다.

이머진은 주변을 둘러보았다. 조그만 공간에 둘이 서서 얘기하자니 거의 몸을 맞대고 있어야 할 정도였다. "왜 이런 데 와 있는 거야. 걔가 자기 사무실도 낮잠실로 만들었어?"

"그럼." 제니가 끄덕여 이머진은 더 이상 웃을 수 없었다. 농담이었는데…. "애들을 24시간 일하게 만들고 있는데, 잠은 자야 하니까. 집에서

41

제대로 자야 하는데 말이야. 어쨌든 퇴근을 못 하게 하니까. 어디든 쉴 곳이 있어야지. 난 괜찮아, 정말." 제니의 말투엔 확실한 체념이 깃들어 있었다. "여기 별로 더 다닐 것 같지도 않고." 이브가 벌이고 있는 일들을 두고 하는 말이었다.

내용물을 배치하고 세부 편집할 종이 페이지가 없어지니 편집부장의 능력은 무용지물이 되었다.

"코딩하는 법을 배워야 해요." 제니는 이브의 새로운 가식적 말투를 능숙하게 흉내 냈다. 대폭 약화된 모음과 잘난 척하는 억양의, 보스턴과 예전 뉴욕 사이 어디쯤의 말투였다. 제니가 새 웹사이트에서 자신은 무얼 할지 묻자 이브가 그렇게 말했다. "대양 한복판에서 익사하게 될 처지에 디지털의 미래로 올라탈 구명조끼를 던져주는 거라나."

"지랄하네!" 이머진이 고개를 저었다. "무슨 코딩을 배우라는 건데? 모르스부호 코딩?" 이머진이 생각해낼 수 있는 코딩은 그것뿐이었다. 말을 뱉는 순간에 그게 아니라는 걸 깨달았다. 솔직히 말하자면 지난 몇 년간 인터넷에서 벌어지는 일들을 외면하고 살았던 것이다. '나랑 상관없는 일이야', '지금 문제가 없는데' 하고 생각했다. 다른 사람들이 신경 쓰면 되는 거였으니까.

제니는 기운 없는 미소를 짓고 이머진의 팔뚝을 토닥였다. "HTML이랑 루비온레일즈 같은 웹사이트 만드는 프로그램 코딩 말이야. 속상해하지 마. 그 멍청한 암송아지가 무슨 말을 하는지 나도 잘 몰랐는데, 공부를 해봤지. 있잖아, 난 그런 거 별로 적성에 안 맞아. 내가 프로그래머도 아니고 프로그래머가 되고 싶지도 않아. 스티브랑 허드슨밸리에 있는 집에서 좀 쉬면서 내 소설도 끝내야 할 것 같고. 내가 이 회사에서 중요한 사람인 줄 알았는데, 이제는 환영도 못 받는 손님 취급을 받아. 내 의견도 묻지 않고 회의가 언제인지 알려주는 사람도 없어. 내가 그만두기만 기다리는 거지."

"내가 얘기해볼게." 이머진이 말했다. "내가 해결할 수 있어."

제니는 왠지 안됐다는 표정으로 이머진을 보는 듯했다.

"고마워, 정말. 하지만 난 이미 마음을 정했는걸. 매너링에서 명예퇴직을 제안하고 있어. 봉급이 쓸데없이 높은 우리 같은 고참은 모두 내보내고 싶어 해." 제니는 인상을 쓰며 '쓸데없이 높은' 부분을 강조했다. "나로서는 받아들이지 않을 이유가 없고."

다음 두 시간 동안 이머진의 유일한 목표는 공황 상태에 빠지지 않도록 노력하는 것이었다.

독서용 안경을 쓰지 않고 일해 눈이 침침해진 이머진은 시계가 6시를 가리킬 즈음 '우먼스 웨어 데일리' 웹사이트로 빠져나가 업계 소식에 몰두했다. 그러다 심장이 덜컥 내려앉는 뉴스를 보았다. 지금의 이머진이 존재하게 만든 모다 매거진의 몰리 왓슨이 40년 근무 끝에 해고되었다는, 미디어 칼럼니스트 애디슨 카오가 쓴 글이었다.

'미즈 왓슨의 자리는 일련의 "발탁 편집장"들로 채워질 것이다. 대중적 우상의 지위를 얻은 디자이너들, 스타일리스트들, 그리고 이전 에디터들이 돌아가며 선택돼 한 달간 편집장 역할을 하고 다음 번 뜨는 인물에게 지휘봉을 넘겨준다.'

이머진의 근사한 직함, 그토록 오랜 세월 갈망해왔던 자리가 이젠 전혀 대단할 것 없는 자리로 느껴졌다. 누구나 한 달 동안 한 번씩 해볼 수 있는 자리가 된 것이다.

이머진은 의자를 돌려 뒤쪽 창문을 향했다. 몰리의 퇴직 소식에 밀려오는 감정을 숨기기 힘들었다. 몰리, 언제나 옳은 일을 했고 비열한 반칙으로 악명 높은 업계에서 늘 고고한 길을 택했던 몰리. 이머진이 여기까지 온 것도 그녀 덕분이었다.

1990년대 초 런던 첼시의 킹스로드에 있던 카우보이부츠 가게 알솔즈에서 일하던 이머진을 처음 알아봐준 멘토.

늦은 사춘기로 키만 멀쑥하던 이머진은 당시 머리를 검게 염색하고 거꾸로 빗은 다음 스프레이를 잔뜩 써서 벌통처럼 부풀렸다. 검은 리퀴드라이너로 만든 고양이 눈과 스파이스 립라이너를 바르지 않고는 집을 나서지 않았다. 깃털처럼 가벼운 몸에는 조그만 빈티지 블루 강엄 미니 원피스조차 남아돌아 보일 정도였다. 검은 망사스타킹 위에 하얀 카우걸 부츠로 차림이 완성됐더랬다.

가게 주인 러스티는 이머진에게 마음대로 가게를 꾸밀 자유를 주었다. 어느 추운 1월 아침 이머진이 거리에서 빨간 가죽 소파를 끌고 오면 러스티는 바닥을 검게 칠하고 아늑한 구석 자리를 만들어 고혹적으로 낡은 가죽 바이커재킷을 진열했다. 정말 낡아빠진 제임스 딘 스타일로 말이다. 이머진은 또 〈하운드 독hound dog〉 시절의 어린 엘비스 프레슬리의 흑백사진들로 가게를 장식했다. 서른 이후의 사진은 하나도 넣지 않았다. 노동계급의 발음을 흉내 내며 비트족으로 차려입은 기숙사 도련님들에게 이머진은 산더미 같은 카우보이부츠를 팔아치웠다. 그들은 여름방학에 바베이도스로 휴가를 가지 않은 동안은 킹스로드를 몰려다니며 말보로라이트로 줄담배를 피워댔다. 이머진의 진짜 런던 남부 발음을 좋아하며 첼시키친에서 홍차를 사다 주거나 가치담배를 내밀었다.

러스티는 제정신이 아닐 때가 많았고 늘 형광색 운동복에 검은 농구화를 신었다. 폴 오컨폴드의 트랜스음악을 디스크맨으로 들으며 팔을 마구 휘저으며 가게 안을 춤추고 돌아다녔다. 그러다가 가게로 들어선 몰리 왓슨을 칠 뻔했다. 어느 눈부신 7월 토요일 날이었다. 그녀는 미국인 이었고 멋진 부자였으며 어리고 잘생긴 영국 조카 두 명과 함께였다.

"애들 걸로 두 켤레 살게요. 사이즈 2 하나와 3 하나요. 여기 카드요." 몰리는 이머진에게 쉬지 않고 단숨에 말했다. "누가 가게를 꾸몄나요? 좋네요. 당신인가요?"

그때부터 이머진은 몰리의 비호 아래에 있었다. 하지만 지금 몰리는 어디 있을까?

3

다음 날 이머진이 9시에 출근해보니 여자애들 대부분이 벌써 와서 일하고 있었다. 랩톱 앞에 잔뜩 웅크리고 앉아 키보드를 정신없이 쪼아대면서도 머리에는 거대한 색색의 헤드폰을 쓰고 있었다. 무지개색으로 출시된 도넛 모양 귀마개 같았다. 탁탁거리는 소리 이외엔 회사가 조용했다. 이머진은 책상들을 지나가다가 한쪽 구석에 영화 촬영장에서 흔히 볼 수 있는 간식 테이블이 차려져 있는 것을 보고 다가갔다. 네온핑크색 푯말이 제일 먼저 눈에 띄었다. '우리가 먹는 것이 우리를 만든다!' 다음으로 생과일 대접들과 견과, 씨앗, 그래놀라가 담긴 길쭉한 병들이 긴 탁자에 놓인 모습이 보였다.

"이러니 퇴근할 필요가 없죠." 애슐리가 일본 공포영화에 나오는 소녀 유령처럼 소리 없이 뒤에서 다가왔다. 그러더니 검은 가죽레깅스에 착 감긴 늘씬한 다리를 경중거리며 이머진 주변을 빙빙 돌았다. 그리고 가리킨 것은 여덟 가지 종류의 콤부차[찻잎에 균과 설탕을 넣어 발효시킨 차] 옆에 치아씨푸딩과 그릭요거트가 진열된 유리문 냉장고였다. "건강에 좋은 것들은 전부 여기 있지만, 진짜 좋은 건 아래쪽에 있어요." 애슐리가 무릎을 꿇더니 냉장고 아래 달린 서랍을 열었다. 그 안에는 감자칩, 젤리사탕, 초코바, 땅콩버터쿠키 등이 들어 있었다.

"긍정 심리학의 원리예요. 살찌는 음식들은 꺼내려면 힘도 들고, 눈에 잘 안 띄게 만들었어요. 보이지 않으면 생각도 나지 않겠죠. 이브가 구글 보고 따라 한 거예요. 매일 아침 배달 서비스와 7시에 저녁 도시락도 막 시작했어요. 화요일에는 채식 타코를 먹고요. '화요일엔 타코!'"

애슐리는 구호라도 외치는 것처럼 신을 냈다. 이머진은 부시의 재집권 이전, 흥청망청 점심을 먹던 시절이 떠올랐지만 회사에서 모든 끼니를 해결하다니 끔찍하다는 생각이 들었다.

자리로 돌아와서 이머진은 웹브라우저에 글로시닷컴을 쳐보았다. 오른 쪽 부분은 목록과 질문들로 빼곡했다. 그중 '에르메스 팝업스토어에서 꼭 사야 할 다섯 가지'라는 목록에 눈이 갔다. 하지만 '간단 테스트: 당신은 어떤 구두?' 같은 질문이라든지 '폴부티를 입은 귀여운 고양이와 함께한 10명의 터무니없는 유명인' 항목은 마음에 들지 않았다. 웹사이트 상단 부에선 이머진이 병가에 들어가기 직전 촬영했던 사진들이 현란하게 돌아가고 있었다. 섹시하고 도발적이었으며, 종이 잡지에서만큼이나 컴퓨터 화면에서도 자극적으로 보였다. 화면 아래쪽 작은 상자 안에 나타난 글자가 총 12,315명이 사진을 좋아하고 5,535명의 소비자가 이 촬영에 사용된 물건들을 샀다고 알려주고 있었다. 조잡해 보이는 윌포드 타이츠를 클릭했더니 진짜 타이츠가 100달러도 안 되는 가격으로 나왔다. 페이지를 내려가며 가격이 떨어져 단순한 까만 레깅스 하나에 2.99달러까지 떨어졌다.

놀라울 정도로 빨리 5시가 되었다. 간식이 있으니 좋긴 했다. 몹시 배가 고팠지만 애슐리에게 부탁하긴 왠지 불편했다.

회사에서 이머진에게 새 랩톱을 교부했는데, 사용법을 알 수 없었다. 예전엔 어시스턴트가 이메일을 대부분 프린트해주었다. 애슐리가 들어와서 클라우드컴퓨팅의 기초를 가르쳐주긴 했다. 지난 10년간 컴퓨터를 바꾼 적이 없던 글로시 사무실에, 이젠 개별 컴퓨터에는 아무것도 저장하지 않는 시스템이 도입되었다.

"이렇게 하면 어디에 가더라도 무슨 일이든 다 처리할 수 있어요." 애슐리가 유치원 교사와도 같은 인내심으로 이머진이 알아야 할 것들을 하나하나 설명하고 나서 덧붙였다.

애슐리에 의하면 '방화벽'이라는 것이 네 개나 있어서, 그것들을 통과하기 위해 네 개의 서로 다른 암호가 필요했다. 이머진은 암호들을 수첩에 적어놓았다.

"외우셔야 할 거예요. 이브가 보안 문제라면 난리를 치거든요." 애슐리가 말했다.

이머진이 왜 이런 것들을 외워야 하지? 이런 일들을 대신하라고 어시스턴트가 있는 게 아닌가? 이 모든 것이 이머진의 시간을 어마어마하게 낭비하는 것 같았다. 이머진은 큰 그림을 생각해야 했다. 하루 종일 망할 화면만 노려보면서 인터넷상에만 존재하는 이 잘난 '직관적'으로 이해 가능한 데이터베이스를 파악하느라 머리를 싸매고 있을 순 없었다.

이머진은 계속 저장해보려 했지만 파일은 매번 가상공간 속 어딘가로 사라져버렸다. 아무리 클릭해봐야 오류 문구만 나타났고 좌절감만 점점 커졌다.

똥개 훈련시키는 것도 아니고. "좋아, 알았어." 이머진은 말하며 폴더 하나를 클릭했다. "아냐, 잠깐. 없어졌네."

"좀 더 하다 보면 될 거예요." 애슐리가 안됐다는 듯 말했다. "내일 다시 해보죠."

이머진이 애슐리의 팔을 잡았다. "한 가지만 더 해줘. 프린터 연결 좀. 너한테 매번 내 이메일 프린트를 시킬 순 없으니까.

"내일 아침에 오자마자 해드리면 어떨까요?" 애슐리가 명랑하게 대꾸했다. "우리 일 끝나고 한잔하러 가기로 했는데, 같이 가요. 이브가 오늘 몇 달 만에 처음으로 일찍 퇴근하거든요. 그래서 우리도 빠져나갈 수 있을 것 같아요."

이머진은 같이 일하는 어린 여자애들과 어울리는 것을 좋아했다. 젊은 인재 육성은 그녀의 업무 중에서도 제일 좋아하는 부분 중 하나였다. 그들의 에너지도 흡수하고 싶었다.

"유모에게 전화 좀 해볼게."

스물두 살짜리들과 술을 마시면 특별한 즐거움도 느낄 수 있지만 두려운 점도 있다. 우선 누구를 비난하듯 시계를 확인해가며 9시가 넘으면 발현되는 유모들의 소극적 공격성에 대해 불쑥 주절대는 사람이 아무도 없는 자유의 감각을 느낄 수 있다. 그리고 서른이 넘으면 슬슬 지키게 되는 어른들의 음주 규칙을 내던지는 데서 오는 공포심도 있다. 즉 스트레이트 잔은 사절하고, 파란색을 띠는 술은 마시지 않고, 술을 한 잔 마시면 반드시 물도 한 컵 마실 것 등이다. 다 이유가 있어서 지키는 규칙이지만 이머진은 오늘 저녁, 자리가 나기를 기다리며 바에 선 채 데킬라 첫 잔을 스트레이트로 들이켰다. 이십대들이 퇴근하고 몰려가는 술집이었다. 날씬한 몸매들이 북적이며 서로 부딪치다가 몇 잔 들어가면 새로운 상대와 하룻밤을 보낼 수 있는 분위기가 조성되는 곳. 이곳의 풍경과 이머진이 보낸 이십대 때의 비슷한 풍경에서 차이점이 있다면, 이곳에서는 다들 다른 사람들을 둘러보는 대신 자기 전화기에 푹 빠져 있다는 것이었다. 문자를 보내고 트위터와 페이스북을 확인하느라 주변의 실제 세상엔 관심이 없었다. 이럴 바엔 같은 공간에 함께 있는 게 의미가 없지 않나? 그들의 모든 삶이 손바닥 위에 압축되어 들어가 있는 듯했다.

술집이 꽉 차고 분위기가 달아오르자 글로시의 여자애들도 회갈색 계통의 짧은 가죽 라이더재킷을 벗고 완벽하게 태운 어깨를 드러냈다.

다들 '이봐'라는 새 모바일앱 때문에 흥분하고 있었다.

"뭐 하는 건데?" 이머진이 물었다.

"어떤 사람한테 '이봐' 하고 말을 걸 수 있게 해주는 앱이에요." 맨디가 말했다.

"무슨 뜻으로?"

맨디가 좀 킥킥거렸다. "그냥 '이봐'라는 뜻으로요." 맨디는 고개를 흔들흔들 하고서 손을 까닥여, 만났을 때 하는 인사의 몸짓을 해 보였다.

"말도 안 돼!" 이머진이 진심으로 어이없어하며 말했다. 맨디는 어깨를 으쓱했고 알리는 격하게 고개를 끄덕였다.

"나도 그렇게 생각해요. 웃기지도 않잖아요." 알리가 말했다. "그러고서 100만 달러를 투자받았대요. 타코 사진만 보낼 수 있게 해주는 앱도 있대요. 그것도 투자를 받은 것 같아요."

예전엔 주로 커피를 마시며 후배 에디터들과 어울렸다. 이따금씩 칵테일파티를 할 때도 있었지만 이런 술집에서 모이니 차원이 다르게 친밀해졌다. 딱딱한 거리감도 사라졌다. 그래도 여자애들은 존경심을 가지고 이머진을 대했다. 가만 보니 모두 그 검은 팔찌를 차고 있었다.

와인을 주문할 때가 되자 여자애들이 이머진을 쳐다보았다. 마케팅팀의 페리가 그다지 길지 않은 리스트를 수줍게 건네며 말했다. "우리보다 훨씬 많이 아실 테니까." 사실이었다. 이머진은 와인 고르는 법을 알았다. 이십대의 통장 잔고를 바닥내지 않으면서도 미뢰가 느끼지 못하게 빨리 넘겨버리지 않아도 되는 좋은 와인을 말이다. 이머진은 보르사오 로제 두 병을 주문했다. 와인이 오기를 기다리는 동안 윗사람 구실에 흐뭇했던 기분은 오래가지 못했다. 애슐리가 자기를 미치게 만드는 어머니에 대해 한탄을 늘어놓았다.

"폐경기인 거야." 애슐리가 투덜거렸다. 이머진은 자신을 향해 흘긋거리는 시선들을 무시하기로 했다. 이 애들은 정말 마흔이 되는 순간 폐경이 찾아오는 거라고 생각하는 걸까? 이머진의 집에는 네 살짜리 아이가 있고 생리 주기는 시계처럼 정확했다. 하지만 이머진은 이 애들을 너그럽게 봐주기로 했다. 자신도 스물두 살 때는 서른이 넘으면 다 같은 노인인 줄 알았다. 마흔을 넘는 것이 불안하긴 했다. 점원들도 이머진을 '부인'이라고 전혀 장난기 없이 부르기 시작했다. 마흔보다는 쉰에 가까운 (것을 운전면허증을 우연히 훔쳐보고 알게 된) 친구 하나는 마흔을 '인생의 혼잡 시간대'라고 표현했다. 빅토르 위고는 '젊음의 말기'라고 했다. 이머진은 자신이 여전히 젊다고 느끼기도 했지만 그 이상으로, 인생의 황금기를 경험하고 있다고 생각했다.

"나도 어머니가 말도 없이 물 건너와 짠 나타나면 진짜 황당했어." 이머진도 대화에 끼어들었다. "우리 엄만 늘 영국 선물을 들고 왔는데, 웨이트로즈 홍차나 라벤더 주머니, 보온 물주머니 같은 거였지. 관리인한테서 집 열쇠를 얻어낸 이후로는, 안에서 누가 뭘 하고 있든지, 노크하고 들어오는 법이 없었어."

이머진은 한자리에 앉은 동료들에게 그녀가 그들 나이 때의 이야기를 들려주었다. 한번은 로스앤젤레스에서 어느 유명인 촬영을 나흘 연속으로 하고 자신의 생일날 밤이 되어서야 뉴욕으로 돌아왔다. 촬영에 썼던 베르사체 은색 스팽글 장식의 미니드레스를 몰래 가져와 역시 은색 끈으로 장식된 댄스화와 함께 택시 안에서 갈아입었다. 택시 기사가 못 보게 얇은 패시미나를 둘러 가리고 말이다. 모다의 다른 어시스턴트들 모두 그리니치빌리지의, 이름이 생각나지 않는 어느 흡연 라운지에 모여 있었다. 그렇게 저녁을 보내고 이머진은 휴 그랜트 닮은 남자 하나와 비틀거리며 집으로 왔다. 다음 날 아침 이머진의 엄마가 스콘과 직접 만든 퀼트 이불을 들고 들어온 순간 그 치렁거리는 머리의 신사는 희디흰 엉덩이를 천장을 향해 내밀고 있었다.

여자애들은 이머진의 이야기를 듣고 예의 바르게 웃었지만 보아하니 휴 그랜트가 누군지 잘 모르는 듯했다.

"자기 부모님은 어디 사셔?" 이머진이 애슐리에게 물으며 다시 화제를 돌렸다.

"우린 센트럴파크 옆 85번가에 살아요." 애슐리가 대답했다. "그래도 당신과 어머니 사이엔 대서양이 있었잖아요. 부모랑 늘 같이 사니 전 어떻겠어요."

애슐리가 부모랑 산다고? 이머진은 놀란 표정을 감추려 애썼다.

"따로 나와 살 집을 찾기 전까지 부모님과 살고 있는 거야?"

"네, 몇 년 더 있어야 할 것 같아요." 애슐리가 종잇장 같은 프로슈토를 감은 아스파라거스를 씹으며 말했다. 그 밖에 웨이터가 가져온 에피타이저 접시들에는 수북한 루콜라 이파리 위에 역시 종잇장처럼 얇게 간 파르메산치즈가 살짝 덮여 있었다. "내년 여름에 새 운동실도 생긴대요."

다른 여자애들도 이해 간다는 듯 일제히 고개를 끄덕였다. 이머진은 더욱 의아해졌다.

"그 전에 나오고 싶진 않아?"

"뭐하려고? 우린 다 부모님과 살아요." 다들 또다시 일제히 고개를 끄덕였다. "맨디는 그렇지 않지만, 그건 부모님이, 어, 아이다호 주던가에 살아서 그래요."

"버지니아 주야." 맨디가 끼어들었다[버지니아 주는 비교적 뉴욕 가까운 동부에 있지만 아이다호 주는 멀리 중서부에 있는 오지다].

"어쨌든 너도 부모님이 윌리엄스버그[뉴욕 중심에서 약간 벗어났으나 젊은이들 사이에서 뜨는 동네]의 로프트[건물 맨 위층 천장이 높고 전망이 좋은 집] 집세 내주잖아. 부모님 집에 필요한 게 다 있는데 뭐하러 따로 집을 얻겠어요? 제대로 된 음식이 늘 있고. 빨래실도 있지. 우리 봉급에 맨해튼에서 어떻게 집을 구해요?"

여자애들이 모두 어깨에 걸치고 있는, 저 어울리지 않는 샤넬 2.55 백이 이제야 이해가 갔다. 이머진도 처음 뉴욕에 왔을 때 1년에 3만 5천 달러로 생활해야 했다. 빌리지보이스의 줄광고란에서 찾은 어퍼이스트사이드의 기차칸 같은 아파트에서 다른 여자애 둘과 함께 살았다. 벽에는 정신없는 보라색 페인트칠이 돼 있고 계단참에서는 늘 불건전한 섹스 냄새가 떠도는 듯했다. 집이 너무 작아서 좁은 화장실에서 누가 더운 물로 샤워라도 하면 집 반대편 주방 창문에 부옇게 김이 서렸다.

"경비실이 있는 집은 꿈도 못 꿀 테고." 페리가 말했다. "게다가 계단은 어떻게 올라가?"

이머진은 여자애들의 대화를 홀린 듯 들었다. 이들은 이머진이 어느 여름 마드리드에서 보았던 스페인 젊은이들과도 달랐다. 스페인 젊은이들은 공원에 모여 놀고 혼잡한 지하철에서 애무를 하며 때로는 더한 모습도 보였는데, 결혼 전까지는 부모와 함께 살기 때문이었다. 한편으로는 안됐다는 생각도 들었다. 이들은 조그만 공간을 다른 친구들과 나누는 기쁨은 결코 경험해보지 못할 것이다. 모두 같은 처지의 친구들과 멋진 가게 개점식에서 꿍쳐온 프링글스 같은 과자로 연명하던 시절을 말이다. 한번은 룸메이트 브리짓이 캘빈클라인 시프트드레스 앞자락에 돔 페리뇽 한 병을 숨겨온 적도 있었다. 거리에서 딸기를 사고 늘 상비된 노란 빅Bic 라이터로 허쉬초콜릿을 녹여 퐁듀를 만든 다음, 이 세상에서 가장 섬세한 기포가 혀를 간질이는 황금 액체와 함께 즐겼다. 그런 밤이면, 샴페인을 훔치고 하루에 말보로 한 갑을 피우는 이십대 시절을 졸업하고 나서 어떤 어른이 되고 싶은지 이야기꽃을 피우며 새벽을 맞곤 했다. 그렇게 이야기를 나누다가 이머진은 처음으로 패션지의 편집장이 되겠노라고 선언했다. 아무도 웃지 않았다. 다들 진지하고도 높은 야망을 품고 있었고 그 대부분은 이제 사십대가 되어 결실을 맺었다.

그 시절 냉장고에는 화장품만 그득했고 주방 싱크대는 빈티지 스웨터로 꽉 차 있었다. 옷을 거는 바퀴 달린 행거만 겹겹이 벽을 따라 세워져 방 하나짜리 집이라기보다는 잠잘 구석을 조그맣게 남겨놓은 옷장이라고 할 수 있었다.

그때 그 아파트에서 고생하면서 다짐하지 않았더라면, 오늘날의 이머진은 존재할 수 없었을 것이다.

이머진이 글로시의 신품종 처녀들을 무책임한 바보들로 치부해버리려던 찰나, 그들도 자신만의 치밀한 사업 계획을 펼쳐놓기 시작했다. 누구 하나 야심에 들끓지 않는 이가 없었다. 한 아이는 남는 시간에 전 세계 여성들이 서로의 옷장에서 단기 또는 장기간 물건을 빌리면서 물물교환에 기초한 쇼핑을 할 수 있는 웹사이트를 만들었다. 또 하나는 구두 쇼핑에만 집중하는 소셜네트워크 사이트를 만들겠다는 결의에 차 있었다.

편집장이라거나 CEO 같은 지위에 관심 있는 사람은 없었다. 오직 회원 수와 투자 유치, 상장과 지분 확보 등에 대해서만 이야기했다. 수십억 달러를 거론하고 있는 것이다.

"나한테 성공이란 열정을 쏟을 수 있는 일을 하는 거야. 언젠가 내 회사를 갖는 게, 그래서 뭔가 의미 있는 일을 하는 데 뭐라도 기여하고 세상을 더 나은 곳으로 만들 수 있게 되는 게 내 목표라고. 그래서 테크업계로 들어온 거야." 맨디가 말했다.

지금 이 애들이 일하고 있는 곳이 테크 회사라고? 이들은 참 순수한 것 같다. 취직을 하고도 부모랑 살면서 회사일과 개인 작업까지 병행하려 정신없이 일하고 있다. 이머진은 갑자기 알 수 없는 에너지가 솟아오르는 것을 느꼈다. 자신의 잡지가 어떻게 온라인으로만 존재할 수 있는지 여전히 알 수 없었지만, 이 애들에게는 잡지가 온라인 이외의 곳에서도 존재할 수 있는 미래란 상상 불가능한 게 분명했다.

그날 저녁이 끝날 즈음, 와인 세 잔에 뇌신경이 좀먹힌 이머진은 다시한 번 위기감을 느꼈다. 이 애들은 생활 방식은 어린애 같을지 몰라도 생각은 어른스러웠다. 인간적으로는 늦됐으되 비즈니스 감각은 탁월했다. 기술적 역량과 자각은 위협적일 정도였다. 이 세대에 대해 이머진이 배운 게 하나 있다면 그들 모두가 서로 아주 다른 특별한 눈송이라는 점을 그들 자신이 확고하게 인식하고 있다는 점이었다.

이머진은 이브에게 이메일을 받고 자리를 뜰 구실이 생기자 안도감마저 들었다.

From: 이브 모턴 (EMorton@Glossy.com)

To: 이머진 테이트 (ITate@Glossy.com)

이머진,

　아마 '많이' 당황하고 있겠죠. 내일 아침 같이 먹어요. 8:00 어때요? 허심탄회하게 얘기해볼 수 있을 거예요. 이제 나를 미워하거나 하는 건 아니죠? 그렇지 않다고 믿을래요. 이 일에는 당신이 필요해요. 새 사이트는 **완전 끝내줄 거예요. 패션계를 뒤집어 놓을 거라고요!!!!!!** ♥♥♥X★🐟🍥

키스를 담아,

이브.

　그래서 이머진은 와인을 더 하는 대신 물을 한 잔 주문하고서 점잖게 인사를 하고 나왔다.

From: 이머진 테이트 (ITate@Glossy.com)

To: 이브 모턴 (EMorton@Glossy.com)

이브.

　8:30. 포시즌스에서 봐.

그럼,

이머진.

　이머진이 지갑에서 빳빳한 100달러 지폐를 꺼내는데 페리가 좌중에 대고 외치기 시작했다.

　"내 아멕스 카드로 계산할게. 포인트 좀 쌓게. 다들 나한테 벤모Venmo 해줄 거지?"

이머진은 지폐를 건넸다. "뭘 해달라고? 난 현금 있어. 100달러 줄게."

"벤모 해주면 정말 편하겠는데요." 페리가 고집했다.

오늘 벌써 몇 번째인지, 이머진은 또다시 누군가의 입에서 나오는 단어가 무슨 뜻인지 알 수 없었다. 갑자기 간단한 것도 기억나지 않게 된 희귀 뇌질환에 걸린 건지 잠시 걱정이 될 지경이었다.

"벤모는 앱이에요." 페리가 말했다. "은행 계좌에서 다른 사람 계좌로 바로 송금해주는."

"하지만 그냥 돈으로 줄 수도 있는 거잖아." 이머진은 심상하게 대꾸했다. 페리는 병균이라도 묻은 것처럼 100달러 지폐를 쳐다보았다.

"현금 가지고 다니기 싫단 말이에요. 벤모가 훨씬 편한데."

"나는 그냥 지폐를 너한테 줄 수 있으면 정말 편하겠는데." 이머진은 말하며, 그 애랑 입씨름하기가 너무 피곤해 그냥 지폐를 페리의 손에 억지로 쥐여주다시피 했다.

애슐리가 이머진에게서 지폐를 잡아챈 다음 페리에게 눈짓을 해 보였다. "내가 대신 벤모 해줄게. 잘되지 않을 때도 있으니까. 택시 같이 탈래요?"

그들은 매디슨 애비뉴까지 한 블록을 걸어간 후에야 택시를 부를 수 있었다. "저는 이스트사이드에 내려주실래요?" 애슐리는 넉넉한 미소를 짓고 나서 아이폰 자판 위에서 맹렬히 엄지를 움직이기 시작했다. 이머진도 끄덕이고 나서 자기 아이폰으로 눈을 돌렸다. 택시 기사가 미터기를 꺾었다. 앨릭스가 한 시간 전에 집에 와서 유모 틸리를 보내고 침대에서 기다리고 있었다. 이머진이 자기 전에 오려고 노력했는데 정작 이머진은 집에 없는 데 대한 불만이 앨릭스의 문자에서 전해졌다.

이머진은 아무 말 없이 있는 게 불편해서 애슐리에게 물었다. "지금 무슨 일 하고 있어?"

애슐리는 이머진이 말을 걸어 깜짝 놀란 듯했다. "아, 일하는 거 아니에요. 물론 집에 가서 더 일해야 하긴 하지만. 지금은 그냥 심리스Seamless [음식배달 앱]했어요. 집에 들어가면서 바로 타이음식 배달받을 수 있게."

이머진은 고개를 끄덕였다. 하지만 여전히 집요하게 자판을 두드리는 애슐리를 보고 호기심이 더 솟은 건 아마 와인 때문이었을 것이다. "아직도 배달 주문 중인 거야?"

애슐리가 웃음을 터뜨렸다. "아뇨, 지금은 남자 주문하고 있었어요. 픽스드Fixd로."

"뭐라고?"

"픽스드요. 페이스북, 트위터, 인스타그램에 올린 키워드와 자기소개, 지역을 인식해서 1킬로미터 반경 인맥 중에 나랑 잘 맞을 남자를 찾아주는 앱이에요. 지금 당장 만나려는 건 아니고요" 하며 애슐리는 얼굴을 붉혔다. "당장 집으로 와줄 남자를 찾는 픽스드 사용자는 아니거든요. 그냥 이번 주말에 같이 놀 사람이 없나 보는 거예요."

"그래, 편리해 보이네." 이머진은 그렇게 말할 수밖에 없었다.

애슐리가 어깨를 으쓱했고 택시는 그녀가 내릴 곳에 멈춰 섰다. "데이트는 얼마든지 할 수 있죠…. 그치만 매주 한두 명씩과 문자로 헤어져야 한다는 것도 참 힘든 일이에요." 둘은 우아한 양볼 뽀뽀를 어색하게 주고받았고 애슐리는 택시에서 내려 팟타이와 주말 데이트가 기다리고 있는 집으로 향했다.

밤늦은 귀가는 이머진에게 드문 일이 아니었다. 부부 둘 다 바쁜 직업이었고 칵테일파티나 자선 행사, 이머진의 경우엔 투자자나 광고주와, 앨릭스의 경우엔 법률가나 정치인들과 갑작스러운 저녁 모임까지, 사교

모임에 종종 참석할 필요가 있었다. 하지만 어쩐 일인지 오늘 저녁은 매우 지치는 듯했다. 회사 여자애들의 끝 모르는 에너지 덕분이었고, 그 에너지는 분명 대부분이 복용하고 있을 조그만 에더럴[원래는 ADHD 치료약이었으나 기억력 향상제로 공공연히 유통된다] 파란 캡슐을 원료로 삼고 있을 터였다.

이머진은 가슴이 답답해졌다. 42번가에서 14번가까지, 스물여덟 블록을 가는 동안 그녀는 자괴감이 들었다. 내가 지금 뭘 하고 있는 거지? 그렇게 절망적인 기분에 막 빠져들려는 순간, 그녀의 마음이 전해지기라도 한 것처럼, 지금 가장 통화하고 싶던 친구에게서 전화가 왔다.

"안녕, 예쁜이."

"안녕, 멋쟁이."

4년 전, 모다 매거진의 패션 에디터이자 이머진의 전 인턴이었던 마시모 프라차노가 몬탁에서 하프마라톤을 뛰었다. 병원에서 나중에 말하길 그가 마라톤을 마치고 나서 좀 어지럽고 갈증이 났을 수 있다고 했다. 마시모는 자기 집 풀장의 깊은 쪽에서 다이빙을 하는 대신 얕은 쪽으로 머리부터 뛰어들어 턱을 바닥에 부딪치며 C4 경추가 부러졌다. 물 위에 엎어져 떠 있는 그를 1분도 안 돼 파트너인 스콧이 발견했다. 즉시 응급처치를 해서 간신히 살려내고 헬리콥터로 맨해튼으로 이송했다. 의료진은 열여덟 시간 수술을 끝마치고 나와 모여 있던 지인들에게 설명했다. 다시는 걷지 못할 거라고. 팔도 못 쓰게 될지 모른다고 했다. 이머진도 조니를 임신한 만삭의 몸으로 그 자리에 갔다. 마시모는 며칠이 지나도록 아무와도 말하지 않았다. 스콧은 마시모가 극단적인 자해를 할까 봐 걱정했다. 나흘 후 마시모가 모두를 입원실로 불렀다.

마시모는 삭발한 머리에 붕대를 두르고 침대를 올려 기대앉아 있었다.

이머진은 울지 않으려 입술을 깨물었다.

"난 다시 걸을 거야." 마시모는 한 점의 의구심도 내비치지 않는 평온한 목소리로 말했다. "난 다시 걸을 거야." 그것으로 되었다. 그날 이래 이머진은 마시모를 만날 때 슬픈 티를 낸 적이 없다. 마시모가 허용치 않았다. 마시모는 너무 재미있는 사람이었고 이머진은 자주 같이 저녁을 먹고 쇼핑을 하며 기분 전환을 하고 영감을 받았다. 마시모는 신경이 손상되어 땀 분비가 제대로 되지 않았다. 스콧의 도움을 받아 손상된 피부를 진정시키고 수분을 공급하는 유기농 연고들을 개발했는데, 알고 보니 이를 꼭 필요로 하던 수요가 있었다. 마시모의 제품은 곧 바니스와 프레드시걸의 매대를 장식하기 시작했다. 마시모는 여전히 휠체어 신세지만, 신경 복원 수술과 끈기 있는 노력으로 팔은 사용할 수 있게 되었다. 작년에는 배와 등의 감각도 회복되기 시작했다. 이번에는 이머진이 수술받으러 들어가던 날, 마시모는 허벅지에도 냉온 감각이 돌아오기 시작했다고 말했다.

이머진이 우중충한 암 병동에서 수술을 마치고 눈을 떠보니 마시모가 앨릭스와 나란히 서 있었다. 해변에서 아이들과 춤추는 사진을 딱딱한 플라스틱 침대 발판에 붙여놓은 것도 마시모였다. 자꾸 떨어졌지만 이머진은 수없이 테이프를 덧붙여 도로 붙여놓았다.

마시모는 이머진에게 절망감이 들 틈을 주지 않았다. "앨릭스, 나 잠깐만 안을 들여다봐도 될까? 분명히 좀 향상된 것 같단 말이야." 매니큐어를 공들여 칠한 손으로 붕대 감긴 가슴을 가리키며 말하는 것이 전형적인 마시모식 유머였다. 이머진은 종종 마시모가 선물인 것만 같은 이기적인 생각이 들었다. 긴 회복기 동안 공포에 질려 내내 자기 연민의 구렁텅이에서 뒹굴지 않을 수 있었던 건 마시모 덕분이었다.

택시 뒷좌석에 앉아, 이머진은 자신의 친구에게 복귀 첫날 있었던 일을 자세히 들려주었다. 마시모는 듣는 내내 말이 없었다.

"네가 왜 끝내주는 에디터인지 알아, 이머진?"

"내 다리가 마놀로랑 너무 잘 어울려서?"

"그것도 있지. 게다가 넌 늘 기꺼이 틀에서 벗어나잖아. 도전 앞에서 주저한 적이 없었지. 지금도 새로운 큰일을 해낼 기회인지 몰라. 정말 힘들고 어려운 일이지만 네 인생을 완전히 바꿔놓을 수도 있어."

마시모는 늘 옳은 말을 한다. 다른 사람이 했더라면 싸구려 포춘쿠키에서 나온 격언처럼 케케묵은 말로 들리겠지만 마시모가 얘기하면 상처받은 영혼에 기적을 일으킨다.

"자기, 우리 언제 볼 수 있어? 패션위크 첫날?" 마시모가 물었다.

마시모는 사고 후에 모다 매거진에서 편집위원으로 계속 일하면서, 휠체어는 패션위크의 맨 앞줄을 보장해준, 자기 인생 최고의 사건이라고 농담하곤 했다.

"그래야지, 자기. 정말 익숙했던 일들이 그리워! 내가 뭐 도와줄 일 없어? 프리실라도 같이 올 거야?"

마시모는 아름다운 여자들을 아주 좋아했다. 마시모의 비서이자 간호사인 프리실라를 봐도 나오미 와츠의 판박이에다 그렇게 윤기 나는 머릿결은 처음 보았다.

"그럼. 좋은 남자를 찾아줘야 하는데. 좋은 여자를 찾아주든지. 온종일 불구자 뒤만 따라다닐 순 없잖아."

둘은 1분 정도 더 농담을 주고받다가 이머진이 사는 붉은 벽돌의 타운하우스[옛날 부유층의 시내용 주택으로 지어졌으나 현대엔 고급 빌라로 개조된 경우가 많다] 앞에 당도했다. 전화를 끊고 나서야 이머진은 마시모에게 몰리의 소식을 물어봤어야 했다는 생각이 들었다. 수다를 참아준 택시 운전사에게 팁을 후하게 주었다.

앨릭스는 깨어 있으려고 무진 노력했는지, 침대에 기대앉은 채 입을 떡 벌리고 조용히 코를 골고 있었다. 긴 속눈썹이 드리워진 감은 눈꺼풀 위엔 금속테 안경을 그대로 걸치고 있었다. 이머진은 자는 아이들에게 입맞춤을 해주고 앨릭스를 살살 눕힌 다음 탄탄한 허리를 끌어안았다. 앨릭스도 몸의 긴장이 풀리며 안겨왔다. 10년 된 파자마의 흐늘흐늘한 감촉이 느껴졌다. 옷감이 닳아 허벅지 뒤엔 살이 드러날 정도였다. 앨릭스가 뭐든 버리길 싫어해서 이머진은 몰래 똑같은 파자마로 바꿔놔야겠다고 생각하고 있었다. 어깨 사이에 얼굴을 묻자 앨릭스가 몸을 뒤척였다.

"마누라가 결혼 12년이 지난 후에도 데킬라 냄새를 풍기며 귀가하다니 멋진걸." 앨릭스가 중얼거리며 몸을 돌렸고 손을 잡아 입을 맞춰주었다. "이제 퇴근한 거야?" 앨릭스가 중얼거렸다. 수술 이후로 그는 이머진에게 "오늘 잘 지냈어?" 하고 묻지 않게 되었다.

"너무 피곤해, 앨." 이머진이 속삭였다. 다음 스물네 시간을 생각하니 더욱 힘들게 느껴졌다.

"알아, 여보, 알지. 내일은 좀 나을 거라고 해주고 싶지만, 거짓말은 못 하겠네."

"아냐, 거짓말 좀 해줘. 제발."

앨릭스가 웃었다. 이머진은 그의 안경을 벗기고 키스한 다음 돌아누웠다. 앨릭스가 안아주었지만 잠이 들기까지는 시간이 걸렸다.

애슐리 안스데일은 파크 애비뉴 740번지 로비를 걸어가면서도 쉴 없이 전화기를 두들겼다. 이곳은 24년 전, 그녀가 태어난 지 이틀 만에 부모의 품에 안겨 들어왔던 바로 그 건물이었다. 애슐리는 잠깐 프런트데

스크에 들러 야간 근무자 JP에게서 갈색 봉투를 받았다. 84번가의 '황금
연꽃'에서 배달된 글루텐이 들지 않은 팟타이였다.

엘리베이터에서 에슐리는 사용하던 앱을 픽스드에서 앤젤레이즈AngelRaise
로 바꿨다. 새로 뜨는 앤젤투자 앱이었다.

이머진과 술을 마시며 개인 사업에 대해 털어놓다니 다른 애들은 얼
마나 순진한지. 좀 웃겼다. 애슐리는 자신이 열정을 쏟는 다른 사업에 종
일 정신이 팔려 있다고 새 상사가 생각하게끔 만들고 싶지 않았다. 하루
종일 그런 건 아니니까. 가끔씩 신경 쓸진 몰라도, 글로시에 있을 때는
중심을 글로시에 두고 있다. 애슐리는 이 일이 정말 좋았다. 그리고 이머
진 테이트를 위해 일하는 것도 좋았다. 정말 특별한 여자다. 이브는… 애
슐리는 이브에 대해 생각해보았다. 우엑.

엘리베이터 문이 열렸고 집 안 불은 모두 꺼져 있었다. 애슐리의 부모
인 콘스턴스와 아널드는 이번 주 웨스트팜비치에 가고 없었다. 옆에만
없으면 부모와 함께 사는 것도 그렇게 나쁘지 않다.

"아싸!" 애슐리는 아무도 없는 집에서 앤젤레이즈를 스크롤해 내려 보
다가 혼자 외쳤다. 섬싱올드닷컴SomethingOld.com에 또 1만 달러를 투자받
았다. 애슐리는 마구 춤을 추며 모든 불을 다 켰다. 어두운 게 싫었다. 개
인적으로 계획하고 있는 앱과 웹사이트 개발 비용에 큰 도움이 될 것이
다. 섬싱올드는 매월 결제 서비스로 넷플릭스 비슷한 거지만, 옷을 대여
해준다. 중고옷을. 6호선 지하철을 타고 이스트빌리지로 혼자 놀러 갈
수 있게 된 이래, 애슐리는 독특한 물건을 찾아 중고옷 가게를 샅샅이
뒤지는 일에 푹 빠졌다. 그렇게 수집한 옷이 옷장 두 개에 가득 차고 넘
쳤다. 이제는 놀라운 물건들만 가득한 작은 창고 여섯 개의 소유자가 되
었다. 하지만 자신을 위한 옷들이 아니다. 섬싱올드는 가입자들의 취향

과 체격을 알아낼 것이다. 가입자들이 옷장에 가지고 있는 기존 옷들이 파악되면 애슐리의 감식안과 기획력으로 4주마다 중고옷을 한 벌씩을 보낼 것이다. 마치 개인 구매대행자를 둔 것처럼 매달 선물을 하나씩 받는 것이다. 전혀 다른 시대에서 보내는, 미치도록 쿨한 선물이다.

먹다 남은 팟타이 반을 다음 날 먹으려 냉장고에 넣으면서, 애슐리는 이머진이 섬싱올드를 보면 뭐라고 할까 궁금해졌다. 애슐리는 옷을 다 벗고 보이쇼츠[남자 어린이용과 비슷하게 생긴 팬티]와 탱크톱만 입고 침실에 딸린 조그만 베란다에 맨발로 나갔다. 베란다에서 애슐리는 작은 도심정원을 가꾸고 있었다. 땀 나는 술집에 너무 오래 있다 왔더니 약간 차가운 공기가 시원하게 느껴졌다. 이머진이 부모님과 사느냐고 물었을 때 좀 창피했지만, 어쩌겠나. 이렇게 크고 고풍스러운 아파트를 두고 어딜 가겠어? 애슐리는 널찍한 집이 좋았다. 이 작은 정원도 정말 좋고. 이머진의 딸이 스무디 만들기를 좋아했던가? 애슐리는 아침에 회사로 가져가려 싱싱한 민트잎을 한 줌 뜯었다.

이머진과 남편은 오래전부터 이미 안정적이고 반복적인 일상을 정착시킨 상태였다. 앨릭스는 거의 매일 6시 반이면 집을 나서 권투 체육관으로 갔다. 이머진은 일주일에 두세 번 필라테스 강사를 집으로 오게 해서 운동을 했다. 오늘도 가볍게 운동할 생각이었는데, 이밴절린이 생리통 운운하며 직전에 취소했다. 새 트레이너를 알아볼 시점이었다.

혼자 남겨진 이머진은 새로 생긴 좋지 못한 습관 중 하나에 굴복하고 말았다. 홀딱 벗고 욕실 문 뒤에 달린 전신 거울 앞에 섰다. 서린 김을 닦아내고 상반신을 비춰 보았다. 허리가 생각보다 좀 불어 있었다. 하지만 여전히 마른 축이었다. 이머진의 어머니는 이런 몸을 마른 비만이라고 했다. 새 유방을 한참 쳐다보았다. 예전에는 '가슴'이라고 하거나 좀 킬킬거리며 '젖'이라고 하면 했지 '유방'이라는 말을 쓴 적은 없었는데, 몸에 달린 이 두 살덩어리가 자신의 것이 아니라는 생각이 들다 보니, '유방'이 적절한 표현 같았다. 더 둥글어지고 확실히 더 딱딱한 촉감이 되었다. 유두에서 아래쪽으로 이어진 양쪽 상처를 만져보았다. 어쩐지 매일의 이 대면이 삶의 균형을 잡아주는 듯했다. 너무 오래 이러지만 않는다면 말이다. 늘 그랬듯 딱 3분만 욕실 거울 응시의 시간을 가지고 나서 옷을 입고 집을 나섰다.

한 시간 후 이머진은 포시즌스로 천천히 들어갔다. 무릎까지 내려오는 아름다운 까만색 샤넬 크레이프드레스가 사락거리는 감촉과 위험천만하게 높은 검은 가죽 마놀로블라닉 펌프스의 또각거리는 소리가 기분 좋게 느껴졌다.

"나는 생각이 열려 있고 편견 없는 사람이다." 이머진은 주문처럼 다짐을 했다. 멀리 로비 건너편에서 커다랗게 덜렁거리는 귀걸이를 하고 소방차 같은 빨간색 매니큐어를 칠한 이브를 발견하고서 다시 한 번 마음을 다졌다. 이브는 스타일이라곤 찾아볼 수 없는 사람이었다. 파리에서 패션쇼 후 만찬 때 랠프가 뭐라고 했더라? "스타일은 아주 개인적인 거야. 패션과는 상관이 없지. 유행은 빨리 지나가지만 스타일은 영원하니까."

이브가 선택한 파우더블루색의 몸을 조이고 붕대를 감은 듯한 밴디지 드레스는 이런 이른 아침에 살갗을 드러내도 너무 많이 드러냈다. 넓은 어깨엔 소름이 돋아 있는 게 보였다.

드넓은 로비지만 포시즌스에선 왠지 친밀하고 다정한 분위기를 느낄 수 있었다. 직원들은 늘 이머진의 이름을 기억해주었고 요청하지 않아도 메트르드[maître d'hôtel의 준말로 '호텔 지배인'이란 뜻] 프레더릭은 특히 더 뜨거운 저지방 카푸치노를 가져왔다. 이머진이 글로시 화보 촬영 때 엑스트라로 등장시킨 적이 있었고 프레더릭은 그 작은 유명세를 기꺼이 즐거워했다. 프레더릭이 이머진을 보고 정수리의 완벽한 원형 대머리를 보여주며 살짝 고개를 숙였다. 정치인, 소프트웨어 거물, 유명 디자이너로 가득한 곳에서도 누구에게든 가장 중요한 사람으로 대접받는 느낌을 줄 수 있는 남자였다.

"여왕이 복귀하셨네요." 프레더릭이 미소 지었다. 이머진은 이브의 얼굴에 잠깐 스쳐가는, 기죽은 표정을 보고 흐뭇했다. 이브는 눈에 띄게 곤두서서 즉시 일 이야기를 늘어놓기 시작했다. 오래 현업에서 일하며 경험을 쌓아온 사람이라면 어떤 일 관계 만남에서든 본론으로 들어가기 전에 반드시 거치게 마련인 미묘한 대화의 조정 시간 따위는 집어치우고 말이다.

심지어 팔을 있는 대로 휘두르며 주장을 너무 열심히 피력하다가 탁자 위의 우유 컵을 쳐 쓰러뜨렸다. 쏟아진 상아색 액체가 이머진의 무릎까지 막 흘러내리려던 순간 프레더릭이 쏜살같이 달려와 냅킨으로 닦아냈다. 이브는 잠시 꼼짝 않다가 이머진의 맨 팔목을 노려보았다. "팔찌 왜 안 했어요?"

"무슨 팔찌?"

"글로시닷컴 팔찌요. 내가 당신 책상에 놔뒀는데." 순간 이머진은 뜨끔했다. 쓰레기통에 버린 번들거리던 검은색 팔찌가 생각났다. "이브, 자상하기도 하지. 하지만 정말 내 스타일이 아니라서."

이브는 더욱 열을 내며 얼굴이 붉으락푸르락해졌다. "우리 모두 하고 있잖아요, 이머진. 우린 팀이란 말이에요."

"샤넬과는 어울리지 않는 팔찌야, 이브."

"검은색이에요. 뭐하고든 어울린다고. 게다가 그냥 팔찌가 아니에요. 피트붐FitBoom이야. 보행 수와 칼로리, 신진대사량을 전부 측정해줘요!" 자기 검은 팔찌를 당겼다가 팔목을 때려 찰싹 소리가 나도록 놓으면서 이브가 짜증을 부렸다.

이머진의 예전 어시스턴트가 오늘 아침 다른 일벌들과 함께 컴퓨터를 보면서 대마씨 그래놀라나 오물거리는 대신, 왜 이렇게 비싼 아침을 먹으며 만나자고 했는지, 그 목적을 밝히는 데는 10분밖에 걸리지 않았다.

"당신 없이는 디자이너들을 참여시킬 수 없잖아요." 이브가 순순히 인정했다. "어휴, 그 사람들은 인터넷을 미워하니까. '앱' 소리를 듣자마자 돌아서겠지. 하지만 당신은 알잖아요. 우리가 누구랑 일해야 하고 또 그 사람들을 참여시키려면 어떻게 해야 하는지."

이머진이 맨해튼에서 밀라노에 이르기까지 사실상 모든 패션 디자이너로부터 신뢰를 받고 그들을 움직일 수 있는 건 사실이었다. 편집장들은 1990년대에 록스타와 같은 전성기를 누리다가 푸드네트워크 같은 방송의 요리사들에게 명성을 내주었고 결국 오늘날은 테크 백만장자들과 개인 운동 트레이너들에게 유명인의 지위를 넘겨주었다. 하지만 이머진이 업계 내에서나 외부에서도 여전히 사랑을 받는 이유는 간단했다. 그녀는 착했다. 그것이 이머진의 가장 큰 장점이었고 그래서 아직도 약간의 유명세를 유지하고 있었다. 그녀에 관한 모든 기사는 다양하면서도 똑같은 취지의 한 문장으로 시작된다. '이머진 테이트는 너무나 완벽하게 다정한 사람이어서 미워하려야 미워할 수가 없다.' 친절하지 않을 이유가 뭐란 말인가? 정말이지 못되게 구는 것보다 별로 더 어려운 일도 아니다.

이머진의 인맥이 얼마나 대단한지 하늘이 슬쩍 드러내주기라도 하려는 것처럼, 패션계 중진 가운데 하나인 에이드리언 벨라스케스가 그들 옆을 슥 지나가며 이머진에게 키스를 날리고 앨릭스의 안부를 물었다. 에이드리언은 『엘르』 매거진의 패션 디렉터로 최근 햇병아리 디자이너 들이 쓰레기통에서 찾아낸 천 조각으로 기상천외한 옷을 만드는 브라보 TV의 리얼리티쇼 덕분에 엄청난 스타가 되었다. 공동 사회자는 전 슈퍼 모델 그레천 코프와 뉴욕주립 패션공과대학 수장인 맥스 막스였다.

이브가 얼굴 새빨개져서 끽끽거렸다.

"에이드리언 벨라스케스를 개인적으로 알아요?" 에이드리언은 그레천 과 맥스가 기다리는, 햇살이 환히 어른거리는 구석 자리로 가서 앉았다.

"당연히 알지." 이머진은 이브가 왜 그렇게 놀라는지 의아했다.

"완전 팬이에요. 내가 이 세상에서 제일 좋아하는 패션계 사람이에요. 아아, 〈프로젝트 패션〉을 단 한 편도 빼놓지 않고 봤어요. 혹시 다시 우리 자리로 불러줄 수 있어요?" 당황스럽게도 이브는 씩씩거리며 과호흡 증 상 비슷한 것을 일으키고 있었다. 이머진은 업계의 지각변동을 다시 한 번 실감해야 했다. 에이드리언은 텔레비전에 나오는 진짜 유명 인사가 되었다. 같은 업계 사람으로서 에이드리언에게 사인을 요청하는 것이 얼 마나 완벽하게 수준 낮은 행동이 되는지 이브가 이해 못 하는 것도 무리 는 아니었다. 에이드리언은 이머진의 후배란 말이다.

이머진은 이브에 대한 우월감을 잠시 즐기며 함박웃음을 지어주었다. "좀 먹고 나서 나가는 길에 인사하러 가자." 나머지 식사 시간 동안은 패 션위크 때의 계획에 대한 얘기가 주를 이루었다. 이브에 의하면 다음 달 '작전 항목'은 뉴욕, 파리, 런던, 밀라노의 패션쇼 직후 온라인 보도를 장 악하는 것이라고, '작전'이라는 말끝마다 달걀흰자 오믈렛을 찔러대며 설명했다. 올해는 처음으로 이머진이 유럽에 출장 가지 않는 해가 될 것이다. 알다시피 글로시닷컴에 예산이 부족하니까. 이머진은 풍족한 환경에서 자라지 못했지만, 외국으로 출장 다니는 특권을 얻은 이후 그런 환경에 빠르게 익숙해졌다. 이머진과 브리짓은 늘 나란히 방을 잡고 매일 밤 빠짐없이 다른 이의 돈으로 파티를 개최했다. 한 푼도 제 돈을 들인 적은 없었다. 앨릭스는 이머진과 사귀기 시작한 지 6개월 만에 파리를 깜짝 방문했다가 매일 아침 미용사가 방으로 와서 드라이를 해주는 것을 보고 이별을 고민할 뻔했다. 진짜 VIP가 되었다고 착각하며 너무나 쉽게 젖어 들게 되는 거품 같은 생활 방식 때문이었다. 이머진은 돌아와서 자신이 정말 애초에 앨릭스가 좋아했던 견실한 여자라는 점을 증명하기 위해 노력해야 했다. 한동안은 스스로도 그러기로 결심했었다.

이브의 다음 폭탄선언은 이머진에게 패션위크 마지막 날 글로시닷컴 개장 파티를 열어달라는 것이었다. 이머진이 멋진 친구들을 모두 초대하고 이브가 이머진의 주소록을 아무 제약 없이 들여다볼 수 있도록 흔쾌히 열어줘서 그 초대에 차질이 없음을 확인받아야 했다.

계산서가 오자 이브는 말을 다 하고 일어섰다. "이제 그레천에게 소개해줘요." 예의 따위는 갖추지 않은 요구였다.

에이드리언은 늘 그렇듯 우아했고, 이머진이 소개하자 이브는 허둥거리며 바로 모두 같이 사진을 찍어달라고 했다. 그레천 코프가 이머진 뺨에 키스하려 자리에서 일어나는데, 이브는 그레천의 어깨에 팔을 걸치고 휴대전화를 쭉 앞으로 뻗으며 외쳤다.

"웃어요!" 명령을 받은 그레천, 맥스, 에이드리언 세 명은 이런 상황에 이골이 난 듯 최선을 다해 표정을 지어주고 바로 돌아서 자기 자리로 가려 했다.

하지만 이브는 단념을 몰랐다. "당신들 이름을 태그해서 사진을 올릴

게요, 괜찮죠? 그레천, 우리 새로운 글로시 앱에 참여해주세요." 이브는 캐비어가 툭툭 터지듯 종횡무진 들이댔다. "우리 파티에도 꼭 와야 해요!"

"이브, 지금은 적당한 때가 아닌 것 같아." 이머진이 이브의 허리에 손을 올리며 말리려 했다. 그레천과 맥스는 서로 눈짓을 하고 이머진을 보았다. 무례하게 굴고 싶지도 않고, 품위 있는 아침 식사 중에 업무상 제안을 거북하게 거절하고 싶지도 않았던 것이다.

"왜 아니에요? 우린 새 사이트를 띄울 거라고요! 그레천, 맥스, 에이드리언은 최고예요. 꼭 참석해야 해요." 이브가 고집 센 아이처럼 굴자, 늘 온화한 중재자 역할을 맡는 그레천이 상황을 매끄럽게 정리했다. 팬에게 거부당했다는 느낌을 주지 않으면서도 주의를 다른 데로 돌려, 너무 부담이 되기 전에 만남을 종료하는 기술을 오랫동안 익혀온 사람이었다. 그레천은 미소를 지으며 둘의 등을 감싸고서 간드러지게 말했다. "어머, 이제 보내드려야겠네." 마지못해 보내준다는 투였다.

"연락할게요, 자기." 그레천에겐 독일식 발음이 섹시하게 남아 있었다. "우리가 연락해도 되죠?"

이머진은 그레천에게만 들리게 "고마워" 하고 나서 이브를 아이 다루듯 이끌고 출구로 나갔다.

9시의 미드타운 도로는 장난이 아니어서 이머진이 빈 차 등이 켜진 택시를 향해 손을 들었지만 소용없었다. 이브는 아이폰을 더듬으며 방향 맞는 우버[일반 차를 택시처럼 쓸 수 있게 하는 차량 공유 앱. 그중 검은 차는 고급형] 택시가 있나 보았다. 이머진은 뭐라 말을 꺼내려다가 입을 닫았다.

검은 차가 보도 옆에 와서 섰다.

이브가 원피스를 확 끌어내리고 타운카 뒷좌석에 털썩 주저앉았다. 그리고 재촉하듯 발을 탁탁거리며 "안 타요?" 하고 물었다.

"안 탈게." 이머진이 단호하게 대답하고서, 이브가 미처 제대로 자리 잡을 틈도 없이 문을 쾅 닫아버렸다.

대학 입학 전 주에 뉴욕에 도착한 이후, 이브 모턴은 아무 고민 없이 택시를 타는 사람, 끊임없이 미터기를 흘긋거리며 저 요금이면 밥을 몇 끼 먹을 수 있나 생각하지 않는 사람 가운데 하나가 되고 싶었다. 뉴욕에 살기 시작한 첫 해, 택시를 탄 횟수는 한 손으로 꼽을 정도였다.

이제 이브는 사실 그렇게 나쁘지 않은 임금을 받고 있었다. 비록 이머진 테이트가 받는 터무니없는 봉급(잡지 편집장이 왜 뇌수술 전문의에 맞먹는 봉급을 받아야 하는지는 모르겠지만) 근처에 가지 못할지라도 말이다. 올라가는 미터기를 보며 충분히 지불할 수 있다는 자신감에 기분이 좋았다. 하지만 잘빠진 검은색 우버 타운카를 잡아타면서 요금이 신용카드사로 자동으로 청구되기에 실제 돈을 주고받을 일은 없다는 것이 왠지 아쉽긴 했다.

이브는 이머진이 테크놀러지에 익숙지 못하다는 것을 누구보다 잘 알았다. 이머진의 어시스턴트로 일할 때 이브의 업무 중 하나가 이메일을 전부 인쇄해준 다음 답장을 보내는 것이었다. 그때는 꽤 표준적인 어시스턴트의 업무였다. 그래도 이브가 학교로 떠나간 2년 동안 예전 상사가 어느 정도는 기술 문명을 따라잡았을 줄 알았다. 세상이 그렇게 바뀌었으니까.

아침 식사는 괜찮았다고 이브는 생각했다.

에이드리언 벨라스케스와 마주친 상황에서 이머진의 태도는 정말이지 너무나 쿨하지 못했지만. 이브가 원하면 에이드리언과 직접 친구가 되지 못할 이유가 뭐란 말인가? 이머진의 행동은 너무 이상했다. 이머진 같은 사람들은 자신의 인맥을 너무 소중하게 생각하며 자신들의 모임에 다른 사람을 들이는 문제에 대해서도 너무 까다롭다. 천만다행히도 우리

세대는 그렇지 않다. 이브는 자신의 또래들 사이에서 느껴지는 유대감이 정말 좋았다. 만일 트위터에서 친구를 맺으면, 그건 실제 삶에서 절친이 되는 것과 마찬가지였다. 이브는 사람을 차별하지 않았다. 패션계의 구세력들에겐 한심한 위계와 암묵적 규칙이 너무 많았다. 그래서 힘들고 답답하다.

적어도 이머진은 쓸모가 있고(계획대로 잘 따라와주기만 한다면) 그런 장벽들을 헤쳐나가는 데 도움을 줄 것이다. 새로운 글로시 앱의 왕국을 구축하는 데 열쇠를 쥐고 있다고 해도 과언이 아니다. 아주 조금만 더 상황 파악을 잘해준다면….

이브는 무심결에 전화기를 봤다가 이메일 하나를 발견하고 앗 소리를 질렀다. 이제야 보내다니. 하지만 상관없다. 대박 사건이다. 이브는 재빨리 이머진에게 이메일을 날렸다.

From: 이브 모턴 (EMorton@Glossy.com)
To: 이머진 테이트 (ITate@Glossy.com)
Subject: 분열테크

우리 내일 오후에 샌프란시스코로 가야 해요. '분열테크 콘퍼런스'에 초청받았어요. 자세한 내용은 여기서. www.Disrupttech.com

4

다음 날 저녁 이머진은 맨해튼을 선회하는 비행기의 이코노미 클래스에서 차가운 유리창에 이마를 댄 채 어둠 속에서 가장무도회의 장신구처럼 반짝이는 불빛들을 내려다보았다.

이머진은 겹겹의 여행용 의상을 입고 있었다. 다년간 1년에 두 번씩 국제 패션쇼들을 왔다 갔다 하면서 완성된 스타일로, 가벼운 긴소매 회색 캐시미어 티셔츠, 골이 진 검은색 카디건, 래그앤본의 낡고 중성적인 골반 청바지, 회색과 검은색의 커다란 에르메스 스카프는 추운 비행기 안에서 담요 대용으로 사용할 수 있는 것이었다. 고전적인 검은 레이밴 선글라스는 머리띠 역할도 했다. 지난 15년간 비행기 여행은 바쁜 지상에서의 생활로부터 잠시 유예의 시간이 되어주었다. 전화도, 문자도, 이메일도, 인터넷도 끊긴 공간이니까. 실은 이제 그렇지 않게 돼가고 있다는 걸 알지만 그래도 이머진은 아직 비행이 잠시 디지털과의 달콤한 이별을 즐기는 방해받지 않는 휴식이라는 관념에 애착을 느끼고 있다. 평소에는 모른 척하던 연예인 가십 잡지도 보고 말이다.

"랩톱 안 가지고 왔어요?" 비행기가 순항 모드에 들어서자마자 이브가 자기 랩톱을 척 열며 물었다.

"아니. 겨우 하루 갔다 올 건데?" 이머진이 가방에 손을 넣어 『유에스 위클리US Weekly』를 찾으며 대답했다.

"이 비행기는 와이파이가 된단 말이에요." 이브가 어이없다는 듯 말했다. 이렇게 귀한 인터넷이 제공되는 곳에서 어떻게 1초도 헛되이 보낼 수 있느냐는 투였다.

"참 좋은 비행기네." 이십대가 자신을 바보 취급 하지 않을 정도로만 적당히 대꾸하고 이머진은 「할리우드 성형 수술의 비밀」심층 기사를 펼쳤다. 하지만 잠시 후 생각을 고쳐먹었다. 이브와 다시 대화를 이어볼 좋은 기회였다. 여행자가 아픈 발로 길을 떠나선 좋을 게 없었다. 이머진은 잡지를 접고 이브의 팔꿈치를 잡았다.

이브는 엄청 짜증스레 이어폰 한쪽을 빼고 덜렁거리게 내버려두었다.

"왜요?"

"경영대학원이 어땠는지 좀 들려줄래?" 이브는 깜짝 놀라는 듯하더니, 이야기가 시작되자 하버드에서의 경험이 자신을 어떻게 바꿔놓았는지 말할 기회를 얻은 게 아주 기쁜 듯했다.

"글로시에만 있었다면 지금쯤 그냥 그런 하급 편집자 중 하나가 됐겠지." 이브는 심각한 얼굴로 말했다. "하지만 지금의 나를 봐요. 이 회사 전체를 변화시키고 있다고. 그러니까 경영대학원은 내 인생 최고의 결정이었어요."

그리고 나서 이브는 대화를 사실상 마치고 다시 컴퓨터를 들여다보았다.

이머진은 비즈니스 클래스 쪽을 슬프게 바라보았다. 조금만 더 미리 알았더라면 기꺼이 자신의 마일리지를 사용해 저 상쾌한 좌석 가운데 하나에 앉아, 네모난 플라스틱 박스에 담기지 않은 진짜 음식을 먹을 수 있었을 텐데.

"이렇게 짧은 거리에 비즈니스 클래스는 좀 웃기지. 안 그래요?" 이머진의 시선을 보고 이브가 경멸의 콧방귀를 뀌며 말했다. "어차피 하루에 다섯 시간은 회사 자리에 앉아서 일하잖아요. 이 비행기 자리는 뭐가 부족해서 그렇게 못 하겠어요? 작년엔 샌프란시스코를 이렇게 열 번이나 왔다 갔다 했는데."

이머진은 다시 잡지를 들여다보았다.

착륙하니 밤 9시가 좀 지나 있었다. 이브는 그제야 둘이 컨벤션 센터 근처 '데이즈인'에서 한 방을 쓸 거라고 밝혔다.

"파자마 파티 같을 거예요." 이브는 택시 안에서 사무적으로 말했다.

"침대는 몇 개지, 이브?"

"킹 베드 하나. 우린 지금 일종의 신생이잖아요, 이머진. 그러니 예산도 신생 기업답게 써야지."

"빼내면 침대가 되는 소파는 설마 있겠지?" 이머진이 한숨을 쉬며 헛된 희망을 피력해보았다.

이브는 이머진에게서 관심을 끄고 또다시 자기 사진을 찍는 데 열중해 있었다. 사진가 벤 와츠의 모델들이 모두 취하는 유명한 '셧' 포즈를 따라 하면서 입을 쫙 오므리고 검지를 립스틱 칠한 입 위에 대는 만국 공통의 '조용히' 신호를 보냈다. 마치 스마트폰 카메라 속에 벤 와츠가 들어 있기라도 한 것처럼 강렬한 눈빛으로 렌즈를 응시했다. 그럴듯해 보인다는 걸 이머진도 인정할 수밖에 없었다.

"이브?"

"있죠, 완벽한 셀피는 눈빛에 달린 거예요. 사람들은 미소에 달렸다고 생각하지만 그렇지 않아. 눈빛을 제대로 살려야 하죠." 이브는 이머진의 질문은 완전히 무시하고 말했다.

"소파침대는?" 이머진이 다시 물었다.

"없어요. 그런 게 있을 것 같진 않네."

이머진이 더 묻기도 전에 택시는 황량하고 조그만 모텔 앞에 섰다. 지저분한 길고양이가 택시 불빛을 노려보았다. 이브는 택시에서 가볍게 뛰어내려 경쾌하게 안으로 들어가 안내 데스크 앞에 섰다. 택시비는 이머진이 지불해야 했다. 저 버르장머리는 뭐지?

헛간 같은 곳이었다. 이머진은 심호흡을 했다. 밤공기가 뉴욕보다 신선하고 차가웠다.

안내 데스크 앞에서 이머진은 다시 이브에게 말을 걸어보았다.

"그럼 우린 한 침대를 써야겠네?"

"그럼요. 자매처럼!" 이브가 이머진의 팔뚝을 지나치게 꽉 잡으며 주근깨투성이 야간 당직 직원에게 체셔고양이 같은 미소를 씩 날렸다. 직원은 그저 〈창고 전쟁Storage Wars〉[임대료가 체불된 창고의 물건을 팔아주는 직업인들의 세계를 다룬 리얼리티쇼]을 얼른 다시 보고 싶을 뿐인 듯했다.

결혼했거나 성관계를 할 생각이 아닌 성인들은 한 침대에서 같이 자지 않는다. 이머진은 10년이 넘도록 남편이나 아이들을 제외하고 누구와도 같은 침대에서 자본 적이 없었다.

"우린 한 침대에서 못 자."

하지만 이머진에게는 결정권이 없었다. 놀랍게도 모텔은 방이 다 찼고 근처의 더 나은 숙박업소도 대부분 마찬가지였다. 내일 참가할 테크 콘퍼런스는 인기가 급상승했는데, 작년에 특급 배우 몇 명이 등장한 덕이 컸다. 많은 연예인이 신생 기술 회사에 투자하려고 싸구려 의류나 일본 화장품 광고로 가외 수입을 얻곤 했는데, 그런 부류가 아니어서 더 눈길을 끌었다.

이 숙박업소는 모든 면에서 싸구려 티가 났다. 방 하나에 두 사람이 묵는 가격이 샌프란시스코 중심 유니온스퀘어 근처에 있는 페어몬트나 르 메리디앙 호텔의 3분의 1도 되지 않았다.

마그네틱 띠가 거의 지워져가는 키카드를 세 번이나 긋고 나서야 조그만 방으로 들어갔다. 이머진은 자고 싶었다.

"내일은 굉장할 거예요, 이머진." 이브가 말하며 이머진 옆에 앉았다. 이머진은 편한 자리를 찾으려 침대에서 이리저리 움직여보았다. "우린 이 콘퍼런스에서 죽여줄 거예요." 이브는 하이파이브를 하자는 듯 손을 올렸다가 생각을 바꿔 새끼손가락을 내밀었다.

"약속해요. 정말 끝내줄 거라고." 이머진은 어떻게 해야 할지 알 수 없어서 그냥 새끼손가락을 내밀어주었다. 이브는 즉각 깍지를 끼더니 격하게 위아래로 흔들었다.

"새끼손가락 걸기 약속을 다시 유행시켜야겠어." 이브는 이머진에게라기보다는 허름한 방 전체에 대고 외쳤다. "오오, 트위터에 올려야겠어." 이브는 키보드를 하나하나 치면서 소리쳤다. "새끼손가락 걸고 약속하기가 다시 돌아오다, 야호!"

그러고서 몸을 휙 굴려 잠자리에 들었다.

이머진은 지치고 시차 때문에 피곤했지만, 생각이 멈추질 않았다.

'내가 정말 복귀한 지 이틀 된 게 맞나?'

모든 것이 너무 빨리 너무 많이 변해서 파악하기도 어려웠다. 어젯밤에도 앨릭스와 의논할 시간이 많지 않았다. 법률가 남편은 이머진에게 즉시 고용법 변호사와 상의해보라고 했다.

"당신에겐 그럴 권리가 있어." 남편이 말했다.

무슨 권리? 이머진은 해고되지 않았고 직급을 강등당하지도 않았다. 단지 환경이 바뀌었을 뿐이다. 아예 기반이 바뀌었다. 오늘 아침 짐을 싸고 나서 아이들과 짧은 작별 인사를 하고 샌프란시스코로 와야 했다. 여기가 바로 실리콘밸리가 있는 곳이지 않은가?

이머진은 침대에 누워 뒤척이며 울퉁불퉁한 시트 위에서 조금이라도 편한 자세를 취하려 애썼다. 막막한 기분은 마치 남편이 코앞에서 바람피우는 꼴을, 정부를 저녁 모임에 데려와 후배라고 능치는 꼴을 보는 기분이었다. 어떻게 자신의 잡지에서 이런 일들이 일어나도록 모르고 있었을까?

이 모든 게 다 그 망할 암 때문이다. 수술은 힘들었다. 게다가 아이들이 있었고 앨릭스는 새 사건을 맡았다. 이머진은 직장이나 사교 생활에 신경 쓸 여력이 없었다. 주말을 대부분 새그하버의 별장에서 보냈다. 그렇게 오랜 세월을 일중독으로 살아왔지만, 이번에는 쉬어야 했다. 그럼에도 이 모든 변화는 너무 빨리 일어났다. 이브는 겨우 6월에 학교를 졸업하고 7월에 회사에 다시 들어왔다. 그런데 다음 주면 벌써 앱이 나온다고 한다.

동이 트기 전 이머진은 얼음 기계가 작동되는 소리에 잠이 깼다. 각얼음이 떨어지는 소리로 보아, 얼음주머니는 비어 있었던 듯했다. 얼음이 밀려나와 비닐봉지에 떨어지는 소리였다. 슉, 폭, 슉, 폭. 이브는 보라색 금속 장식 안대를 하고 코를 드르렁거렸다.

이머진은 조금씩 눈을 떴다. 싸구려 나일론 커튼 사이로 빛이 들어와 1990년대 유물처럼 합판 장 위에 툭 불거진 브라운관 텔레비전을 비췄다.

'꼭 나 같군.' 이머진은 쓸쓸하게 웃으며 지난 출장의 추억에 잠시 빠져들었다. 지난 2월 밀라노 컬렉션으로 이탈리아에 나흘 갔다 왔다. 그게 벌써 까마득한 옛날로 느껴졌다. 그때는 번쩍이는 검은 차가 집으로 와서 공항까지 데려다주었다. 그러고 나면 일등석으로 안내되어 샴페인 한 잔을 받고, 따뜻한 수건과 부드러운 담요를 제공받았다. 승무원들은 이머진의 이름을 알고 개인적으로 인사를 건넸다. 이머진은 여섯 시간 수면을 취하고 다시 반짝이고 상쾌한 냄새가 풍기는 검은 차를 타고 포시즌스의 가장 좋은 스위트룸 가운데 하나로 갔다. 그런 방들은 너무 호화로워서 하루 종일 서른 개쯤의 기성복 발표는 얼마든지 견딜 수 있었다. 이머진이 더 노력했더라면 지금도 그 폭신한 하얀 시트에서 잠을 자고 있었을 것이다. 그냥 아름다운 검은 글씨로 '사랑을 담아, 톰 포드'라고 적힌 작은 카드가 꽂힌 완벽한 하얀 난꽃을 옆에 두고 말이다. '포드'를 가로지르던 멋들어진 선이 생각난다.

지금 샌프란시스코에서는 종잇장처럼 얇은 벽을 통해, 욕설을 곁들인 날랜 발차기에 맞춰 제빙기가 토해내는 둔탁한 신음 소리가 들려왔다. 복도에서 누가 새벽부터 마실 음료를 식혀줄 얼음 조각이 절실히 필요한 모양이었다.

이머진은 침대에서 나와 기지개를 켰다. 방 안에 가득 페인트 냄새에 코가 아렸다. 제일 좋아하는 향수인 조 멀론의 레드로즈를 뿌려 공기를 좀 정화시키고 옷장을 열었다. 혹시나 목욕 가운이 들어 있지 않을까 했지만 철사 옷걸이 몇 개뿐이었다.

이브가 20분간 샤워를 마치고 허리에만 타월을 두르고 나타나 충고했다. "찌질이 스타일로 입어요." 왼쪽 허리에서 배꼽까지 유쾌한 돌고래 문신이 넘실거렸다. 주둥이는 이브의 얼굴을 향해 흠모하듯 미소를 짓고 있었다. 이머진의 얼굴이 약간 붉어졌다. 이머진은 내숭 떠는 타입은 아니었다. 수년간 온갖 모델들이 반쯤 벗은 상태로 뛰어다니는 모습을 봐왔다. 하지만 이브는 모델이 아니었고 지금이 화보 촬영 중도 아니었다. 그녀의 완벽하게 둥글고 오뚝 솟은 가슴, 하얀 부분이 없어 스프레이 태닝임을 알 수 있는 피부색 같은 것들이 여봐란듯이 드러나 눈을 어디 둬야 할지 알 수 없었다.

"준비 음악 좀 틀어볼까?" 이브가 침대로 풀쩍 뛰어들더니 이머진이 말릴 새도 없이, 보라색 하트 모양 휴대용 스피커에서 비욘세의 〈드렁크 인 러브Drunk in Love〉가 울려나왔다.

이 새로운 이브, 더 이상 이머진의 어시스턴트가 아닌 이브는 도무지 맥락을 알기가 어려웠다. 다른 사람들은 매번 이브가 무슨 뜻으로 하는 말인지 모두 알아듣는 모양이었다. 그래서 이머진도 굳이 '찌질이 스타일'이 뭔지 묻지 않기로 했다. 미리 알려준 것도 아니고 이제 와서 얼마 안 되는 여행 옷가지 가운데 고르려니, 빳빳한 검은색 재킷에 돌아가는 비행기 안에서 입으려 했던, 적당히 낡게 만든 검은 중성적 청바지를 걸쳐 입는 수밖에 없었다. 뿔테안경을 쓴 것은 찌질이 스타일을 내기 위한 것이라기보다는 독서 안경이 필요해서였다. 흠집투성이 욕실 거울로 비춰 보며, 연노랑 금발을 하나로 쫙 모아 묶고 입술엔 바셀린만 쓱 바르니 제나 라이언스[의류회사 제이크루의 대표로 '미국을 입히는 여자'라는 칭호를 얻었다]가 따로 없었다. 이건 고전적인 '이렇게 화장 안 한 것처럼 보이려면 돈이 얼마나 드는지 너희는 모른다' 스타일로, 업계 중년 여성들에 의해 완성된 것이었다. 이머진도 감정을 표현하는 얼굴 부위에 주름살이 몇 개 생겼지만, 정기적으로, 그리고 점점 더 자주 얼굴에 칼을 대지 않는 한 어쩔 수 없었다. 대신 이머진은 친구 도나 캐런[DKNY를 설립한 패션 디자이너]이 몇 년 전 칵테일파티에서 알려준 수법에 의존했다.

"머리를 쫙 당겨 묶으면 임시 페이스리프팅 효과가 있지."

도나 캐런의 조언에 따라 이머진은 자신만의 스타일을 만들었다.

'분열테크!' 콘퍼런스는 샌프란시스코 여기저기서 개최되었다. 하지만 오늘 아침 이머진과 이브가 향한 곳은 마켓 스트리트 남측의 공장 지역 창고였던 곳이다. 내부는 콘크리트 맨 벽에 여기저기 붙어 있는 굵은 서체의 표지판, 형광등 조명, 축축한 손바닥에 꼭 들어맞는 태블릿에 얼굴을 처박고 있는 음울한 표정의 남자애들뿐이었다. 이머진은 자신이 가장 나이가 많은 사람이 된 행사에 참석해보기는 처음이었다. 아무래도 여기서 자신이 공산주의 몰락을 기억하는 유일한 사람일 거라는 생각이 들어 기분이 좋지 않았다. 문을 들어서는 순간부터 위화감에 휩싸였다. 기운을 내려 노력해보았다. 전부 너무 젊은 사람들뿐이라고 해서 신경 쓸 필요가 뭐 있나? 모든 것은, 사람도 마찬가지로, 시간이 지날수록 더 좋아지기 마련이라고 이머진은 생각했다. 그러니 이 젊은 에너지로 가득한 곳에서 어깨 근육이 뭉치도록 긴장할 필요는 없다.

어젯밤에 이브는 글로시의 새 앱을 수많은 '분열테크!' 참가자들에게 소개하기 위해서 이곳에 가는 거라고 했다. 이제 곧 이브는 새 제품을 공개할 것이고 이머진은 그녀를 소개하는 역할을 맡을 것이다. 이머진이 보기에는 결함 있는 낙하산을 메고 비행기에서 뛰쳐나오는 것과 별반 다르지 않은 행동이라는 느낌이 강하게 들었지만, 이미 어쩔 수 없는 일이었고, 그녀도 이 기술과 미래를 찬양하는 꼴사나운 콘크리트 구조물 안의 모두와 같은 생각인 것처럼, 적당히 장단을 맞춰주기로 했다. 또다시, 좋았던 옛날(말해두지만, 그리 오래전이 아니다) 생각이 났다. '분열'적이란 나쁜 것이었고 정신이상자가 비행기에서 벌이는 행동 같은 것을 두고 일컫는 말이었던 시절 말이다. 언제부터 이것이 기업가들과 눈 깜짝할 사이에 등장한 억만장자들이 즐겨 쓰는 유행어가 되었을까?

글로시 앱의 출시 전까지는 비밀을 유지하기로 돼 있었기 때문에 이브는 이를 백조자리 별자리 이름을 따서 시그너스라고 불렀다. 즉 잡지가 앱 혹은 웹사이트로 재탄생하는 것이 못생긴 새끼 오리가 백조로 변신하는 것과 같다는 의미였다. 공개 발표 동안 이머진이 할 일은 글로시의 '구파' 혹은 '못생긴 오리'를 대표하여, 글로시의 창조 신화와 미래지향적 사고의 역사를 들려주는 것이었다. 글로시는 1950년에 창립되었지만, 패션의 관습을 깨면서 판을 뒤흔들기 시작한 것은 60년대부터였다. 글로시는 60년대 모드족이 요동칠 때 처음으로 표지에 미니스커트를 등장시킨 잡지였고, 70년대엔 딕 애버던이 파리의 하맘[터키식 목욕탕]에서 비키니를 입은 모델 베루슈카를 촬영하기도 했다. 80년대엔 린다, 케이트, 나오미, 크리스티 같은 슈퍼모델들이 경력을 시작한 곳이다.

이제 글로시는 디지털의 미래를 전적으로 끌어안는 최초의 패션 매거진이 되려 한다. 이머진은 이브가 발표할 내용의 반도 알아들을 수 없었다. 그 내용은 다음과 같았다.

패션 3.0: 패션 매체의 실시간 연관

기업가이자 편집이사인 이브 모턴이 패션 산업 내 주요 테크놀로지 트렌드를 분석하고 나서, '글로시'에 의한 새로운 분열적인 소비자 상거래 인터페이스를 공개한다. 그녀의 목표는 현재의 전통적 잡지 광고 관습을 비판하고 혁신을 촉진시키는 것이다. 이브는 글로시에서 경력을 시작하여 하버드에서 MBA를 받았다. 현재 글로시의 편집장인 이머진 테이트도 함께할 것이다.

이머진은 보조였다.

이브는 평소보다 더 정신이 없어 보였다. '찌질이 스타일'로 옷을 입으라는 자기 자신의 충고를 지키지 않고, 몸에 착 붙는 검은색과 크림색의 에르베레제 원피스를 입었다. 다리와 가슴밖에 안 보였다. 라벤더색 아이섀도는 두터운 매니큐어와 완벽하게 맞아떨어졌다.

"난 내 역할을 하는 것뿐예요." 이브가 방어하듯 주근깨투성이 가슴골 위로 팔짱을 꼈다 풀었다 하며 말했다. "나는 패션 테크의 새로운 기수고 이머진은 패션 미디어의 구세력인 거죠. 무대에 오르면 그렇게 역할을 구분해야 해요."

이머진은 점잖게 미소를 지으며 의욕적인 모습을 보이려 가방에서 아이폰을 꺼내 노트앱을 켰다. 이런 행사에서 수첩일랑은 버킨 백 깊숙이 감춰두어야 했다. 무심코 펜이라도 꺼냈다간 불을 피우려 부싯돌이라도 부딪은 꼴이 되리라. 이머진은 병가를 내기 직전에야 믿음직했던 블랙베리를 버렸는데, 워드프로세서에서 피시로 바뀌던 때와 아주 비슷한 적응기가 필요했다. 블랙베리 키보드를 쓰면 이머진보다 빨리 이메일을 보내는 사람이 드물 정도였지만, 아이폰으로는 더듬거릴 수밖에 없었다. 심지어 키보드를 일본어에서 영어로 바꾸는 데도 이틀이 걸렸다. 아이폰은 상당히 급박한 소리를 냈다. 삐삐거리는 소리도, 딩딩거리는 소리도 아닌, 쩍쩍, 펑펑, 붕붕, 멍멍 같은 소리를 냈다. 서부로 와서도 아이폰은 별로 도움되지 않았다. 여기는 이제 겨우 해가 떴지만, 뉴욕 회사 사람들은 벌써 근무를 시작한 지 한참이 지났다. 207통의 읽지 않은 이메일이 와 있었다.

"이 옷 어때요?" 이브가 물었다. 새로운 모습의 이브는 끊임없이 칭찬이 필요한 듯했다. 자꾸 이머진에게 자기 원피스나 구두가 어떠냐고 물었다. 그녀의 극단적인 자신감은 강렬한 불안감과 뒤섞여 있었다.

"멋지네."

"섹시하진 않고요?"

이머진은 하품이 났다. 간밤에 세 시간밖에 못 자서 잠이 부족했다. 이른 시간이긴 했지만 분열테크! 참가자들은 모두 그보다 더 지쳐 보였다. 이머진보다도 힘들어 보였다.

"어제 해커톤이 있었거든요. 다들 24시간째 깨 있는 거예요." 이브가 눈짓을 하며 설명했다. 이머진은 해커톤hackathon이 뭔지 물어보고 싶지 않았지만, 이브가 먼저 설명을 시작했다.

"해커톤에는 두 종류가 있는데, 미리 팀을 짜서 참가하는 게 있고 참석한 다음 팀이 만들어지는 게 있어요. 그다음 과제가 주어지죠. '몇 시간 내에 무얼 만드시오.' 대부분 24시간이 주어져요. 더 짧을 때도 있지만. 개발자들이 제한된 시간 내에 같은 과제를 수행해서 최소 기능 제품을 만들어내고 승자를 가리는 거죠.

이머진은 더 어리둥절해져서 짜증이 일었지만 흥미로운 척 물어보았다. "제품 디자인을 하는 거야? 하룻밤 사이에 완성품도? 전시도 하나?"

이브는 검은 구멍이 뚫린 어금니가 드러나도록 입을 크게 벌리고 껄껄거리며 이머진의 무지를 비웃었다. 그녀는 말 한마디, 몸짓 하나로 이머진을 바보로 만드는 법을 알았다.

"앱을 만든다고요. 웹사이트나. 아니면 기존 앱이나 웹사이트에 새 기능을 만들거나. 프로그램을 짜는 거예요. 밤새 컴퓨터 앞에 앉아서."

그래서 너도나도 팝업 카페 냉장고에서 과라나주스로 만든 에너지 드링크를 꺼내는 좀비 몰골들로 행사장이 가득했던 거였다. 이머진도 마키아토 한 잔이 간절했지만 커피를 마시는 인간은 하나도 없었다. 탈커피

세대라도 되나? 이제 커피는 완전히 유행이 끝난 거야?

"참가하는 애들은 그냥 공돌이들뿐이에요. 사업가들은 아니에요. 공돌이들은 밤샘을 좋아하니까. 괴짜들의 무도회장이랄까. '에드워드 샤프 앤 마그네틱 지로스'가 어제 여기서 공연했대요. 자정에 바비 플레이도 와서 돼지 한 마리를 통째로 바비큐 했고요."

이브는 자신의 테크 업계 동료들을 찌질이, 괴짜, 공부벌레 들이라고 얕잡아 부르며 아주 신이 난 것 같았다. 하지만 이머진조차도 이브가 저들만큼의 능력은 없다는 것을 짐작할 수 있었다. 이곳에서 15센티미터 높이의 하이힐을 신은 것은 이브뿐이었다. 이브는 진정 독보적인 차림이었다. 이머진은 리드크라코프의 로퍼를 선택했다.

콘퍼런스 등록 데스크에서 이머진은 목청을 가다듬고 목소리에 권위를 실으려 노력하며 자신의 이름을 댔다. "글로시 편집장 이머진 테이트." 아무도 고개를 드는 사람이 없어서 보니, 모두 랩톱에 연결된 작은 하얀 이어폰을 귀에 꽂고 있었다. 무스 사슴 한 마리가 아기와 함께 수영장에 뛰어드는 동영상을 다들 보고 있었다.

1분은 족히 지났을까. 검은 직모에 일자로 자른 앞머리, 암사슴 같은 눈망울의 여자애가 이머진과 이브를 보았다.

"미안합니다. 배지 발급은 어제 끝났어요."

이브가 끼어들었다. "우리가 어제 떠나기 전에 늦게 도착할 거라고 당신 상관에게 연락했는데요. 내 이름은 이브 모턴이에요. 다시 확인해봐요. 우리 배지가 남아 있을 거예요." 여자애는 한숨을 내쉬더니 탁자 아래 상자들을 뒤졌다.

"아, 여기 있네요." 무미건조하게 대답하더니 물었다. "탁구 대전에 등록하시겠어요?"

이브가 고개를 저었다. "그렇게 오래 못 있어요. 내년엔 해야죠."

"그거 안타깝네요. 올해 정말 불꽃 튈 텐데." 여자애는 조금 흥분을 하며 말했다.

"탁구 대전이라고?" 이머진이 여자애에겐 들리지 않게 물었다.

"여기 참가한 회사는 모두 두 사람씩 등록시켜서 '분열탁구 시합'을 해요. 우린 못 해서 아쉽네요." 이브가 대답하며 이름표 스티커가 잔뜩 쌓여 있는 탁자를 보았다. 반들거리는 종잇조각을 떼어 붙이게 돼 있는 이름표는 골뱅이[@] 표시 말고는 공란으로 돼 있었다. 이머진은 어리둥절한 표정을 짓지 않으려 애를 썼지만 또 들키고 말았다. 이브가 답답하다는 듯 얼굴을 찌푸렸다.

"트위터 아이디 쓰는 거예요." 이브가 한숨을 쉬며 이머진을 팔꿈치로 밀어내고 두꺼운 빨간 매직으로 @GlossyEvie라고 썼다.

이머진은 눈을 껌뻑였다. "어, 난 아직 트위터 계정 없는데. 우리 모두가 테크놀로지의 유혹에 굴복한 건 아니라고." 이머진은 그러며 웃었지만 다들 멍하니 노려볼 뿐이었다. "나도 가입해야지 생각했는데, 왠지 좀 실없는 것 같아서." 다시 한 번 소심한 저항을 시도하며, 머릿속에선 목청껏 외치고 싶었다. '그래! 트위터는 웃기지도 않는다고! 내 생각이 옳아!' 다른 등록 데스크에 앉아 있던 남자애 둘이 고개를 들고 사태를 주시하고 있었다. 마치 외국어를 들은 것처럼 고개를 갸우뚱하고서.

이브는 얼굴이 벌개져서 화를 억누르며 말했다. "그냥 @Glossy만 써요." 그러고서 성가신 조그만 아이 다루듯이 이머진의 이름표를 대신 써 주었다.

저쪽에선 사람들이 술렁이며 모여들고 있었다. 집업후드와 멜빵바지를 입고 지저분한 컨버스 운동화를 신은 이십대 남자분 때문이었다. 매부리코에 여드름 자국 난 뺨, 툭 튀어나온 이마 위로 쭉 이어진 눈썹.

"버즈Buzz의 창립자 리드 백스터예요." 이브가 설명했다. "여기서는 저스틴 팀버레이크나 마찬가지죠. 서서 잔다는 소문이 있어요. 열세 가지 언어를 알고, 힙스터인 약혼녀 이름이 메도 플라워즈고, 매일 회사에 와서 윗도리를 벗고 지내면서 고차원 의식 획득을 위한 명상을 한대요. 직원들은 일주일에 7일씩 24시간 일하고요. 〈왕좌의 게임〉을 재현한 결혼식을 올릴 거래요. 끝내주죠."

신흥 권력자와 어떻게든 가까워지고 싶어 하는 이브의 열망을 뻔히 들여다볼 수 있었다.

"버즈는 차세대 소셜 메시지가 될 거예요. 트위터의 140자, 바인Vine의 비디오, 인스타그램의 보정된 사진, 스냅챗의 즉시성을 결합한 서비스니까요. 리드는 첫 회사에서 손가락만 몇 번 두드리면 되는 소비자 결재 플랫폼으로 수억 달러를 벌었어요. 여기서 나가기 전에 얼굴 도장 좀 찍어놔야 해요. 아예 글로시닷컴에 참여시킬 수 있으면 진짜 좋은데."

리드 백스터는 사실상 사춘기 소년이나 마찬가지인 얼굴에 시종일관 거드름이 가득한 표정을 짓고 있었다. 두 명의 인상적인 여성, 이곳에서 이브를 제외하고 유일하게 살갗을 드러낸 여성 둘이 리드의 양옆에 찰싹 붙어 있었다. 그가 일어서면 여자들도 일어나고, 그가 앉으면 여자들도 앉았다.

이머진은 리드와 같은 남자애를 만난 적은 없었지만, 이브보다는 더 잘 파악할 수 있었다. 경험상 남자들이란, 나이나 아이큐에 상관없이, 돈과 권력을 얻고 나면 모두 똑같은 것을 원했다. 섹스와 관심.

이브는 마치 대학 안내자가 들뜬 열여섯짜리와 부모들에게 훌륭한 어른이 되려면 이 대학에 1년에 10만 달러씩 내고 다녀야 한다고 역설할 때처럼, 행사장 이곳저곳의 얼개를 이머진에게 차례차례 설명했다.

몇몇 '분열테크!' 참가자는 대학 졸업은 고사하고 고등학교도 졸업하지 않은 나이로 보였다. 여자 하나에 남자 다섯 정도의 비율로, 압도적으로 남자가 많았다. 청바지와 면티가 표준이었고 이머진만 뿔테안경을 낀 게 아니었다. 이렇게 옷 못 입는 사람들 틈에 있어보기도 오랜만이었다. 이머진도 진을 입었지만 정말이지 이곳에는 어울리지 않는 사람처럼 느껴졌다.

이머진의 아이폰이 울렸다. 앨릭스한테 온 문자였다.

>> 잘 견뎌봐. 사랑해. 어떤 폭력적인 행동도 저지르지 않도록 노력해야 해. 현실에서든 디지털 세계에서든.
>> 캘리포니아는 초범에게 관대해. 특히 마흔두 살 된 두 아이의 엄마에겐.

이머진은 더듬거리다가, 윙크 이모티콘을 보낸다는 것이 찡그린 이모티콘을 보내버리고 말았다.

발표회가 열릴 회의장은 사실상 아무것도 없는 덩그런 방이었다. 무대 뒤엔 LED 화면 하나에 옛날 컴퓨터 같은 초록 바탕으로 '분열!'이라는 글자만 번쩍이고 있었다. 500개의 플라스틱 등받이 의자가 줄줄이 놓여 있었다. 관중이 꾸물거리며 들어왔지만, 잠옷 같은 걸 입고 있는 사람이 많았다. 이머진 옆에 앉은 두 남자애는 '동글dongle'이라는 것에 대해 지저분한 농담을 하면서 쪼개더니 둘 중 하나는 뺨에 붙어 있던 딱지를 잡아떼 얼른 입에 집어넣었다.

이머진이 인체공학적으로 불편한 의자에서 뒤척이고 있는데, 이브가 다이어트 레드불을 마셔야겠다며 일어섰다. 이머진이 하품을 하고 있는

데 누가 어깨를 건드렸다. 돌아보니 너무 놀라운 모습의 남자애였다. 아니, 맨해튼의 14번가에서 보았다면 놀랍지 않았겠지만 '분열테크!' 회의장에서라니 너무 이상해 보였다. 긴 검은 머리는 머리 꼭대기로 틀어 올렸고 특이한 모양의 반절 콧수염은 조그만 털벌레처럼 코밑에 바짝 붙어 있었다. 시크교도라 저런 머리를 했나 싶었지만, 옆머리가 인용부호 모양으로 깎여 있는 게 보였다. 강청색 셔츠를 턱 밑까지 단추를 채워 입었고 목에 맨 조그맣고 통통한 타이는 끝에 아주 작은 단추가 달려 그 자체로 느낌표를 이룬 듯했다. 내려다보니 매끄러운 노란 실크 바지는 발목 바로 위까지 내려와 양말을 신지 않은 스타일을 뽐내며, 완벽하게 수제된 이탈리아 흰 가죽 투톤 단화를 신고 있었다. 이머진은 즉시 그가 마음에 들었다.

"면전에 대고 하품해서 미안하게 됐네요. 내가 엄청 무례한 사람이라고 생각했겠죠. 좀 지쳐서요. 어제 밤늦게 도착했거든요." 시끄럽게 올라가는 EDM^{electronic dance music} 때문에 이머신은 목소리를 꽤 높여야 했다.

젊은이의 아몬드 모양 눈이 휘둥그레지더니 반가워하며 한쪽 무릎을 찰싹 쳤다. "런던에서 왔어요?" 이머진의 발음을 듣고 하는 말이었다.

"아뇨, 뉴욕에서 왔어요. 지금은 뉴욕에 살고 있죠. 벌써 20년도 넘었군요. 아메릴리시, 브리티칸이죠." 이머진은 자주 국적 농담으로 사람들을 웃겼다. 폭발적 반응은 별로 못 받았지만.

젊은이는 고개를 끄덕였지만 20년 전에 어딘가로 이사 가서 지금까지 살아왔다는 게 어떤 건지 이해가 잘 가지 않는 표정이었다. 그리고 지금은 영국에 살지 않는다니 약간의 실망감도 내보였다. 진짜 런던 발음을 사랑하지 않을 사람이 어디 있겠나.

"실제로 하품하는 걸 보고 말을 걸었어요. 졸음에 특효약이 있거든요.

시도해볼래요?" 이머진은 고개를 힘차게 끄덕였다. 정말이지 또 하품이 나오려는 걸 억지로 참고 있는 중이니 말이다. 게다가 이머진은 세계 어느 곳에 가든, 이런 부류의 사람을 만나면 유쾌해졌다. 가는 곳마다 이런 사람들을 찜해서 수첩에 연락처를 적어놓고 몇 년씩 파티 초대 명부에 올려주었다. 이런 인연이 수십 년을 가기도 했다.

"저는 8, 8, 8 원칙을 지켜요. 하루를 여덟 시간 단위로 쪼개는 거죠." 젊은이는 설명하면서 자신만의 박자에 맞춰 머리를 왼쪽, 오른쪽으로 까딱였다. "음, 실은 일곱 시간 단위에다 세 시간가량의 유동 시간을 둔다고 해야겠죠. 난 보통 오전 11시에 일어나요. 회사로 가서 일곱 시간 이어서 회의를 하죠. 그러고 나서 한 시간가량 여유를 가지고 사교 시간을 보내거나 친구들과 저녁을 먹어요. 그런 다음 이메일도 확인하고 다음 날 일곱 시간 동안 해야 할 일을 완벽히 준비해놓죠. 3시에 자고요. 이렇게 계속 돌아가다가 주말에도 마찬가지지만, 밤에 이메일을 확인하는 대신 클럽에 가요. 정말 효율적인 생활이죠."

젊은이는 설명을 마친 후에야 예의 차릴 생각이 난 듯했다. "저는 라시드라고 해요. '블라스트Blast!' 창립자죠. 이따가 발표할 거예요." 젊은이는 이머진의 매끄러운 머릿단, 단순하지만 비싼 구두, 지나치게 완벽한 자세를 훑어보았다. 그리고 언뜻 알아채기 어려울 만큼 슬쩍 고개를 끄덕여 그녀의 외모에 대한 인정을 표시했다.

이머진도 그가 그런 스케줄을 지키고 있다니 인상 깊지 않을 수 없었다. 더구나 스무 살도 안 돼 보이는 남자애가 그런다니 놀라웠다. '블라스트!'라고 할 때의 말투를 보아서 이머진이 그게 뭔지 알고 있으리라 생각하는 게 분명했다. 사람들이 '난 소니에 다녀', '내 직장은 뱅크오브아메리카야' 할 때처럼 말이다.

"나도 한번 시도해봐야겠네." 이머진이 매력적인 미소를 지으며 덧붙였다. "나도 블라스트! 좋아하는데." '대체 블라스트!가 뭐람?' 앱일 수도 있고, 웹사이트, 회사, 심지어 밤에 체온에 따라 온도가 변해 목을 따뜻하게 해주는 베개일 수도 있는 것이다. 꿈까지 녹음해줄지도 모른다.

"블라스트!를 알아요?"

아는 척할 수도 있었지만, 그래봐야 소용없을 것 같았다. "전혀 모르죠!"

라시드는 손을 맞잡고 비비며 말했다. "우린 꿈을 테크놀로지 속 현실로 만들어줘요. 앱도 만들어드릴 수 있고, 웹사이트든 회사 자체든 메모 한 장만으로도 현실화시킬 수 있죠. 우린 컨설턴트예요. 테크 분야의 매킨지라고 하고 싶어요…. 실은 몇 년 전부터 매킨지에서 데려온 애들이 꽤 있어요."

그러고 나서 라시드는 화제를 바꿨다. "오늘 밤 '지상 최고의 파티'에 올 수 있어요?"

"어느 파티에 가면 되죠?" 이머진이 물었다. 파티에 초대를 받다니 흐뭇했다.

"지상 최고의 파티요."

"그렇겠죠. 근데 어느 파티인데?"

라시드는 이머진이 아무것도 모르고 있는 데다, 파티 이름이 헷갈릴 만하다는 걸 깨닫고 웃었다. "오늘 '분열테크!'에서 개최하는 큰 파티가 있어요. 이름이 '지상 최고의 파티'예요." 이브라면 이머진을 바보 취급했겠지만 라시드는 이 테크놀러지 콘퍼런스에 대해 잘 모르는 이머진의 모습이 귀엽다고 생각하는 듯했다.

"내가 초대받았는지 모르겠네."

"콘퍼런스 배지가 있으면 들어갈 수 있어요."

"그래, 그럼 꼭 가야겠네. 기껏 여기까지 와서 '지상 최고의 파티'를 놓칠 수는 없지."

"이름이 좀 재미있죠?" 라시드가 웃으며 비싸 보이는 흰 이를 활짝 드러냈다.

이머진도, 좀 실없긴 하지만 재미있는 이름이라는 생각이 들었다. 파티에 대해 더 물어보려는데 이브가 나타났다. 대화를 듣고 있었던 듯했다. "친구를 사귀었네요, 이머진! 참 잘했어요." 이브가 머리를 휙 넘기고 가슴을 출렁였다. "난 잠을 거의 안 자요." 이브가 라시드에게 빼기듯 말했다. 마치 휴식에 대한 경시가 자신의 탁월함을 드러내는 방편인 것처럼. 이머진도 라시드에게 명함을 주고 입 모양으로 말했다. "전화해요." 그런데 순간 "이메일 줘요"라든지 "트윗 보내요"라고 했어야 하는 게 아닌가 하는 생각이 들었다. 요즘 아이들이 진짜 그렇게 말하는지는 알 수 없었지만.

당연히 이브가 한마디 하지 않고 이 기회를 보낼 리 없었다.

"아직도 명함을 쓰는 사람이 있다니, 귀엽네요." 이브는 라시드의 손에서 명함을 뺏어 유물이라도 들여다보는 척하다가 그냥 바닥에 버렸다.

이머진과 이브의 발표는 '신생 전쟁터'에 속해 있었다. 글로시는 형식적으로 로버트매너링 미디어 제국의 자회사였지만, 매너링이 요즘 다른 사업에 더 집중하기 위해(주로 중국에서의 비디오 스트리밍 서비스) 수익성 낮은 자산 몇 군데(주로 잡지사)를 떨궈내는 중이었기 때문에, 글로시를 신생 기업처럼 경영하면서 자금을 모으도록 허가했다.

'신생 전쟁터'에 지원한 수백 개의 회사 가운데 서른 개가 뽑혔다. 시연과 설명, 질문 공세를 거쳐서, 심판들(주로 벤처 투자자, 노련한 기업가, 기술

전문 언론으로 구성)이 우승자를 뽑아 5만 달러의 상금과 '분열 컵'인지 하는, 플로피디스크를 녹여 만든 상패를 준다.

이브가 이런 설명을 하는 동안 이머진은, 그나저나 플로피디스크는 어떻게 된 거냐고 묻고 싶은 걸 꾹 참았다. 그러고 보니 플로피디스크를 본 지 정말 오래됐지만, 대체 언제 무엇이 플로피디스크를 대체해버린 건지, 이머진은 아직도 알 수가 없었다. 적어도 플로피디스크는 머리로 이해가 가능한 물건이었다. 만질 수도 있고 냄새를 맡을 수도 있었다. 종이 잡지처럼 말이다. 요즘 모두가 일할 때 사용하는 조그만 컴퓨터와 인터넷은 도무지 실감이 나지 않았다. 새로운 글로시닷컴도 만져볼 수가 없었다. 앱인지, 디지털 매거진인지, 뭐라고 불러야 할지도 알 수 없었다.

글로시는 '신생 전쟁터'의 네 번째 발표자였는데, 이제 시간이 7분도 남지 않았다. 세 번째 발표자가 설명을 마치자 이머진을 눈을 감고 코로 몇 번 심호흡을 했다. 하지만 연단에 오르자 자신감이 생겼고 그날 아침 이후 처음으로 확신이 들었다. 이머진이 잘하는 일이었다. 이머진의 매력이 진가를 발휘하는 업무였다. 이머진은 수년 동안 세계적 패션 대기업들의 광고주를 구슬려왔다. 억만장자들을 위해 만찬을 주최하고 국가 수반들을 만나왔다.

이머진은 먼저 그녀가 가장 좋아하는 오스카 와일드의 명언 중 하나를 인용하며 발표를 시작했다. "패션은 참을 수 없을 만큼 추한 것이라서, 6개월마다 바꿔줘야 한다." 그러고 나서 약간의 익살을 떨었다. "와일드 씨가 매달 패션을 재창조해야 했던 나를 봤다면 발언을 재고했을 텐데요."

그러면 몇 명이 킬킬거려주곤 했다. 하지만 지금은 다들 멍하니 노려볼 뿐이었다. 잠시 당황했던 이머진은 메모를 내려다보고 나서, 글로시의 역사를 읊어 내려가며, 이 청중에게 뭔가 인상을 남길 방법이 없나 머릿속을 뒤져보았다. '저들과 나 사이의 공통점이 뭐지? 쟤들이 누굴 좋아하더라?' 이머진은 분위기 파악에 빠른 편이었다.

"스티브 잡스가 첫 아이폰 시제품을 출시한 후, 나랑 만난 적이 있어요." 이머진이 승부수를 날렸다. "그는 나에게 아이폰이 내 삶을 바꿀 거라고 말했죠. 반신반의했는데, 내가 기술을 받아들이는 데 빠른 편은 아니라서, 이제야 정말 그렇게 됐죠. 내가 화난 새를 쏘아 돼지 요새를 맞히는 데 그렇게 재능이 있으리라고는 꿈에도 생각해본 적 없었거든요."

이번엔 먹혔다. 청중이 웃음을 터뜨렸다. 모두 앨릭스 덕분이었다. 이머진이 테크놀러지 콘퍼런스에 발표하러 가야 한다고 한탄했더니, "잘 안 풀린다 싶으면 앵그리버드 농담이라도 해줘. 걔들 게임 좋아할 거 아냐" 하고 아이디어를 주었다. 밀레니얼 세대[1980년대부터 2000년대 사이에 태어난 세대] 중범죄자들을 다뤄온 남자와 결혼해서 얻은 행운이었다.

"고마워요, 이머진." 이머진에게 쏟아지는 박수를 가로채고 싶어 안달이 난 이브가 이머진 앞으로 걸어 들어오며 말했다. "지금 오스카 와일드가 살아 있다면, 온라인에선 6분마다 패션을 재창조해줘야 한다는 걸 깨달았을 겁니다."

청중이 좋아했다. 환호, 야유와 함께 더 많은 박수가 터졌다.

이브가 묵직한 768페이지짜리 『글로시』 9월호를 꺼내 들었다. "종이 양이 엄청나죠. 많은 나무가 들어갔어요." 환경에 대해서는 어떤 관심도 드러내본 적 없으면서 정말 걱정이라는 표정이었다. 남극과 연결된 것 같이 보이는, 무대 뒤 스카이프 장치에서 전 부통령 앨 고어가 고개를 끄덕였다.

"6분마다 패션을 재창조하는 것이 바로 우리의 목표입니다. 그리고 우리는 이를 전적으로 친환경적인 방식으로 하려고 합니다."

그리고 팔을 힘껏 휘둘러 잡지를 뒤쪽으로 휙 던져서, 거기 서 있던 이머진의 얼굴을, 그 날카로운 책등 모서리가 간발의 차로 스치고 지나 갔다.

"다음 달 글로시는 완전한 디지털로 전환되는 최초의 전통적 패션 월간지가 될 겁니다. 기사들이 실시간으로 업데이트됩니다. 아카데미 시상식의 레드카펫 행사에 대한 실감 나는 보도? 우리가 실시간 스트리밍 하겠습니다. 왕세손의 생일파티에 케이트 미들턴이 뭘 입었는지 보고 싶다? 그 마음 우리가 압니다. 온라인상에서 누군가의 관심을 사로잡는 데 정확히 0.05초가 걸립니다. 우리 콘텐츠는 너무 좋아서 그 절반으로도 가능해요. 하지만 우리가 오늘 여기서 말씀드릴 것은 그게 아닙니다. 더 이상 새롭지 않은 일이니까요. 그런 건 아무것도 분열시키지 못합니다. 블로그들이 이미 수년간 해왔던 일일 뿐입니다."

'분열'이라는 말에 누군가 "그렇지!" 하고 외쳤다.

이브가 간밤에 연습하는 소릴 듣긴 했지만, 이머진에겐 여전히 전부 알 수 없는 말로 들렸다. 글로시의 새 사업 모델이자 이브의 계획은 패션과 뷰티 매체와 전자상거래의 완벽한 결혼을 이뤄내려는 원대한 포부를 가지고 있었다. 글로시 사이트는 기본적으로 잡지 내용을 그대로 가져올 것이지만, 모든 기사가 상품 제시 및 상표 설명과 결합될 것이었다. 방문자가 인상적인 사진들에 푹 빠졌다가도 클릭 한 번으로 거기 나온 옷 전부를 구매할 수 있다.

콘텐츠 일부는 예전 잡지에서 그랬던 것처럼 아름답게 촬영된 것이겠지만, 새로운 요소들도 있다. '목록들'이 그것이다. 종잡을 수 없는 열여덟부터 서른까지의 세대가 열광하는 목록들 말이다. 버즈피드BuzzFeed라는 사이트가 처음으로 재미를 본 이래, 요즘은 모두가 똑같이 따라 하고 있다. '당신이 몰랐던 11가지 패션 실수' '당신 인생을 바꿀 17가지 제이드 스웨터' '그를 신음하게 만들 고양이 구두 13선!'

새로운 대상인 밀레니얼 세대는 거친 세상에서 살아왔다. 9·11테러의 그늘 아래 성인이 되었으며, 대학에서 졸업하자 취업시장이 암울해졌다. 대학원을 졸업하자 상황은 더욱 나빠졌다. 이들은 재미있고 낙천적인 콘텐트를 소비하고 싶어 하면서도 최대 2분을 투자하면 충분하길 요구한다. 몇 시간씩 한가하게 잡지를 뒤적거리지 않는다. 휙 쓸어 넘기고, 좋아요 하고, 톡톡 누른 다음, 공유한다. 가장 중요하게는, 단숨에 사로잡혀 열광할 만한 콘텐트라면, 그것이 광고나 판매와 연결되었는지는 상관하지 않는다.

새로운 앱은 상품 소개 잡지의 장점과 매끄러운 쇼핑 사이트의 편리함을 완벽하게 결합시켜, 오랫동안 특별한 보상도 없이 패션 산업의 구축과 유지를 지원해온 잡지계가 매출의 도약을 이루도록 만들 것이다. 아, 물론 패션 회사들이 늘 잡지에 광고를 실어주었지만, 모든 화면에서 손가락 한 번만 누르면 되는 이브의 원탭one-tap 쇼핑에서 벌어들일 수익에 비할 바가 아니다.

기술 개발은 이브의 하버드 경영대학원 친구가 했다. 둘은 함께 패션 기사 위로 쇼핑 카트 프로그램을 입힐 방법을 알아냈다.

이브는 청중에게 모두 태블릿 피시를 꺼내달라고 요청했다. 대부분 이미 무릎에 올려놓고 있었기에 불필요한 요청이었다. 그리고 Glossy.beta. test에 자기 '성'과 암호인 '백조자리'를 입력해달라고 말했다.

"오늘날 1억 6,700만 명이 온라인 쇼핑을 경험했습니다. 내년에는 작년보다 천억 달러를 더 온라인 쇼핑에 쓸 것입니다. 그 천억 달러를 누가 거머쥐게 될까요? 쇼핑하기가 엄청 어렵게 만들어놓으면, 구매하기가 엄청 어렵겠죠." 이머진은 이브가 '엄청'이라는 말을 단숨에 몇 번이나 집어넣는지 놀라워하며 듣고 있었다. "우리는 쇼핑과 구매를 엄청 쉽게 만들었어요. 오늘 아침 콘퍼런스에 입장한 후, 우리 엔지니어들이 여러분 각각의 계정을 만들었어요. 각 계정에 100달러씩 넣어두었습니다. 자, 즐겨보세요."

글로시닷컴의 새 콘텐트가 이브 뒤의 화면을 채웠다.

모두가 고양이가 있는 구두를 클릭했다. 고양이 얼굴이 그려진 검은 척 테일러 컨버스화, 조그만 고양이 꼬리가 뒤축에 붙어 있는 보라색 장화. 각 아이템 위마다 '바로 구매!'라고 소리치는 눈부신 별표가 어른거렸다.

이브가 씩 웃더니 외쳤다. "바로 구매하세요!"

그리고 클릭 한 번에, 200명의 청중이 구매를 했다.

"여러분의 정보가 이미 시스템에 저장되었습니다. 그리고 개별 소매업자에게 전달했습니다. 우리는 여러분이 어디로 배달받기 원하는지 알고 있습니다. 어떻게 배달받기를 원하는지도 알고 있습니다. 페이지를 벗어날 필요도 없어요. 영수증은 이메일로 갈 겁니다. 기사를 계속 읽어도 됩니다. 열여덟 시간 안에 제품이 오리란 사실을 알고서 말이죠."

청중은 즐거워했다. 하지만 이브가 준비한 진짜는 다음 단계였다. 투자자들이 군침 흘리게 만들 내용이었다.

이브는 거대한 화면에 줄줄이 수많은 도표를 띄웠다. 진정한 알짜 수익이 창출되는 것은 앱 출시 1년 후부터였다. 언제, 어디서, 왜, 어떻게 소비자들이 쇼핑하는지에 대한 데이터를 이용할 수 있게 되는 것이다. 데이터의 축적과 분류는 수십억 달러의 가치를 지니게 될 것이다.

이브는 기립 박수를 받았다. 이머진도 이브의 퍼포먼스와 카리스마에 깊은 인상을 받지 않을 수 없었다. 흥분도 되고 무섭기도 했다. 이브가 방향키를 쥔 '백조자리', 그리고 그것이 이제 글로시닷컴이 될 준비를 마쳤다. 이머진은 회사에서 자신이 왜 필요한지, 왜 내보내지 않는지 알 수 없었다.

이브 옆에 있자니 자신이 초라하게 느껴졌다. 이전 어시스턴트는 이제 자신들의 미래에 대해 두려움 하나 없는 젊은이들로 가득한 이곳에서 커다랗게 빛나는 별이 돼 있었다. 이브는 테크놀러지 시대의 만인의 연인이었다.

이머진은 계속 미소를 지으며 박수를 쳤다. 정말이지 이런 고역이 따로 없었다. 진작 떠났어야 했던 게 아닐까?

'아주 조그만 비디오, 거대한 충격' '삶은 파기다. 인장을 찍지 말라' '오르가슴: 인맥의 광대역 회선'. 이브가 자기 태블릿을 손톱으로 쭉 그으며, 콘퍼런스 일정 가운데 그날 오후 참가하고 싶은 토론회 제목을 읊었다. 몇 개는 링크를 눌러 누가 패널로 나서는지 보았다.

"윽, 이 남자 왕재수야. 저 남자는 진짜 짜증 나는 인간인데. 우웩. 누가 얘를 집어넣은 거야? 왜 나는 아무도 포함시켜주지 않은 거지? 저 남자보다 내가 훨 나은데." 이브가 툴툴거렸다.

이머진의 배지에 달려 있는 줄이 머리칼과 엉켜서 풀어보려고 배지를 머리 위로 벗었다.

"배지 걸고 있어요." 이브가 쳐다보며 딱딱거렸다. 그 말투에 이머진도 더 이상 참을 수 없었다. 이머진은 무례를 참아주는 사람이 아니었다. 미운 네 살을 둘이나 겪었는데, 세 번이나 겪을 순 없었다.

"배지는 오늘만 필요한 거잖아. 이제 난 호텔로 돌아가겠어." 끊임없는 사소한 타박에 지친 이머진이 말했다.

"그러든지… 여기선 배지가 많을수록 더 중요한 사람이 된단 말이에요." 그러고 보니 이브는 밝은 색 플라스틱 네모들을 주렁주렁 목에 걸고 팔에는 플라스틱 팔찌를 줄줄이 끼고 있었다. 부스와 행사장을 여기저기 다니며 모아들인 것이다.

"이브, 난 지쳤어."

"한심하네. 기껏 왔는데 열심히 다녀야죠."

'방금 나한테 "한심하다"고 한 거야?' "난 지쳤고 여긴 내 분야도 아냐."

이 행사장에 여자가 얼마나 드문지 놀라울 지경이었다. 이머진은 이렇게 테스토스테론이 넘쳐나는 곳, 조용하고 어두운 방에서 혼자 있는 편을 선호할 것으로 보이는 사람들로 가득한 곳은 처음이었다. 이브는 눈을 가늘게 뜨고 입에 힘을 주었다. 이런 유명 테크 콘퍼런스에 참가한 게 얼마나 중대한 일인지 또 일장 설명을 늘어놓을 태세였다. 그러다가 이브는 고개를 돌렸고 금방 다른 데 정신이 팔렸다. "앗, 저기 '패션 폭탄'의 조던 브래스먼이 있네! 콘텐트 파트너십 맺는 것 때문에 이메일 주고받았는데. 가서 얘기해봐야겠어요." 그러고서 이브는 이중문을 두 손으로 확 밀어젖히며 더 중요한 누군가에게로 인사도 없이 가버렸다.

문이 닫히자 이머진은 안도의 한숨을 내쉬며 다시 배지와 이름표를 전부 빼내려 분투했다.

"이머진?"

대체 여기서 누구 아는 사람이 있는지 보려 돌아섰다. 밝은 파랑 셔츠가 태양빛 아래서 더욱 눈부셨다.

"라시드예요. 아까 만났죠."

여기서 조금이라도 낯익은 얼굴을 만나니 얼마나 기쁜지 놀라울 정도였다.

"아, 그래요. 다시 봐서 반갑네."

"이제부턴 뭘 할 예정이에요?" 라시드는 뒷짐을 지고 정말 궁금하다는 듯 미소를 지었다.

"어디서 택시를 타는지 알아보려는 중이었어요. 호텔로 돌아가려고. 내일 아침 일찍 비행기를 타야 하거든." 말을 그렇게 하는 동안에도, 그 우중충한 호텔로 돌아간다는 게, 이브 없이 쉴 수 있는 행복한 몇 시간이 생겼다는 엄청난 장점에도 불구하고, 점점 더 내키지 않아졌다.

"안타깝군요. 좀 더 있을 줄 알았는데. 좀 즐기기도 하시지. '지상 최고의 파티'가 있잖아요…"

이머진은 시계를 확인하고 얼음 기계 소리를 떠올려보았다. 더 나빠질 게 뭐 있겠어?

"한두 시간 정도 따라가봐도 좋겠네. 거기서 정확히 뭘 하는 거죠?"

"뭘 할 수 없냐고 물어야죠! 아가씨, 제대로 된 '분열테크!' 체험을 시켜드리죠." 라시드는 한쪽 무릎을 꿇었다. "준비됐나요?

이머진은 고개를 절레절레 저었다. "사실 준비가 안 된 것 같군요."

라시드는 이머진에게 우유팩 비슷한 걸 건네주었다. "먼저 물 한 갑 드세요."

"물 한 갑이라고?" 이머진은 손에 든 네모난 팩을 뒤집어보았다.

"지구를 지켜야죠. 아마로 만든, 재활용과 생분해가 가능한 판지예요."

용기 옆면엔 그냥 이렇게 씌어 있었다. '나는 물병이 아닙니다.'

라시드는 이머진을 두 명의 동료에게 소개해주었다. 최고 기술 책임자인 AJ는 지금까지 이머진이 실제로 만난 아시아인 가운데 가장 키가 큰 신사였다. 앞쪽에 색 바랜 만화 두 칸이 그려진 티셔츠를 입고 있었다. 첫 번째 칸에서 막대기 모양의 남자 형상이 몸을 숙이고 두 번째 칸에 있는 아기 새를 쓰다듬어주고 있었다. 위의 말풍선에는 다음과 같이 씌어 있었다. '영계를 낚는 법'. 블라스트!의 최고 관리 책임자인 조용한 말투의 네이선은, 오언 윌슨의 도플갱어 같았다. 덥수룩한 머리에 피곤해 보이는 눈, 중간에 확 꺾인 코가 특이했지만 잘생겨 보였다.

다음 세 시간 중에 그들은, 네덜란드의 '심장 테크놀러지' 텐트에서 3D 셀피를 찍었다. 저지대 나라에서 온 키 큰 금발 남자애들이 멋진 가구처럼 어슬렁거리는 곳이었다. 같은 3D 프린터로 만든 사탕도 하나 먹었는데, 이머진은 바로 눈앞에서 프린트돼 나온 물건을 입안에 넣기가 주저됐지만, 먹어보니 사과 맛이 나는 좀 너무 단 사탕이었다. 그래도 뭔가 정말 유쾌한 경험이었다. 토론회도 하나 들었는데, 디지털 제품의 세계화가 전쟁의 참화에 시달리는 나라의 학생들이 스마트폰을 이용하여 아침마다 학교까지 안전한 길을 찾도록 도와준다고 했다. 라시드가 반은 통역해줘야 했지만, 정말 훌륭한 이야기였다. 그러고서 유명한 난쟁이 고양이 둘과 사진을 찍으려 길게 늘어선 줄에도 꼈다. 한 마리는 혀를 나른하게 늘어뜨리고 있었고 또 한 마리는 영원히 낙담하고 있는 것 같은 얼굴을 하고 있었다. 네스트닷컴Nest.com의 텀블링 그물로 뛰어내리는 건 하지 않기로 했지만, 코트넬cottonelle의 '미래의 화장실 휴지' 천막에서 공짜 안마는 받았다. 이머진은 조니와 애너벨에게 주려고 '분열테크!' 후드티 검은색과 노란색 두 벌을 샀다.

"여자애들은 다 어디 있을까? 남자뿐이네?" 시보레-3M-이슈런스[온라인 자동차 보험사] 아이디어 교환 전시관에서 펩시 생반응 #미디어퓨처 광장으로 가면서 이머진이 물었다. 펩시에서 주최하는 수영장 파티가 열리고 무료 음료 제공에 디제이 공연, 고래 풍선으로 가득 채운 수영장이 있다고 했다. 근무 중 수영장 파티에 가는 사람들도 있는 것이다.

라시드가 쪽진 머리를 위아래로 흔들며 머리에는 비디오카메라가 달린 헬멧을 쓰고 세그웨이를 탄 남자에게 인사했다. "이런 데는 남초가 되기 마련이죠. 테크 분야에도 멋진 여자들이 있지만 이 콘퍼런스는 비율이 너무 기울었네요."

"그리고 왜 다들 날 쳐다보는 거 같지? 내가 자기들 엄마뻘이라는 건가?"

"그게 아니라, 여기서 아름다운 여성을 보는 일이 흔하지 않기 때문일 거예요." 라시드의 얼굴이 붉어져, 코코아색 피부가 먼지 앉은 장밋빛이 되었다. "이머진이 여기서 제일 나이가 많은 건 아니에요. 이 콘퍼런스 참가자들이 어리긴 하지만. TED에 가보면 분열테크! 억만장자 버전이 어떤지 알 수 있죠. 샌드라 데이 오코너[2006년에 은퇴한 미국 최초의 여성 대법관]가 네이선 미어볼드[마이크로소프트의 이전 최고 기술 책임자]와 크렘브륄레를 나눠 먹으며 고고학, 숯불구이, 영속적 디지털의 합법성에 대해 수다를 떠는 곳이니까."

이머진은 잠시 생각에 잠겼다. "어쨌든 아름다운 여자든 뭐든, 지금은 배가 너무 고프네. 이 시간에도 유니언스퀘어 근처의 식당으로 예약되는 데가 있을까?"

"그럴 필요 없어요." 라시드가 웃었다. "삼성-블라스트! 푸드트럭 마당으로 가면 돼요."

이머진이 뭐라 대꾸하기도 전에 라시드가 몸을 돌려, 이동주택 주차 구역 비슷해 보이는, 넓디넓은 주차장으로 쏜살같이 가버렸다. 가까이 가서 보니 푸드트럭이 줄줄이 늘어서 있었다.

"미국 전역에서 모인 트럭들이에요." 라시드가 자랑스레 말했다. "우리 팀 멤버 하나가 아이디어를 생각해냈죠."

김치 감자튀김을 사러 함께 줄을 서 있는데, 청록색 집업 후드티에 애시드워시 데님 조끼와 블랙 진을 입고 뾰족한 검은 타조가죽 부츠를 신은 덩치 큰 남자한테 떠밀렸다. 이머진은 매력적인 미소를 날려주었다.

겨우 주문 차례가 오자 라시드가 이머진에게 어떤 스타일의 김치 감자튀김을 좋아하냐고 물었다.

"이런 말 하기 좀 그렇지만, 내가 튀김을 안 먹은 지 꽤 오래돼서." 이머진이 망설이며 고백했다.

"그럴 것 같았어요." 라시드는 뒷사람들의 재촉을 받으며 메뉴를 넘겨보았다. "하지만 어때요. 한인생인데."

"한인생?"

"한 번 사는 인생(YOLO: You Only Live Once)."

"한인생." 이머진은 낯선 단어를 중얼거려보았다. "좋아. 그럼 여기서 제일 기본이고 정석인 감자튀김을 먹겠어."

"잘 생각했어요. 토핑을 너무 올리면 이상해져버려요."

라시드는 주문받는 남자애에게 말했다. "보통 김치 감자튀김 두 개요." 그러고 나서 금속색 플라스틱 팔찌를 매대 옆에 갖다 댔다.

"현금 줄까?" 이머진이 급히 가방을 뒤져 지폐를 몇 개 꺼냈다.

라시드가 웃었다. "아뇨, 괜찮아요. 방금 결제했어요."

"그랬어?"

"네." 라시드가 팔찌를 들어 보였다. "이걸로요. 손목밴드 안에 신용카드랑 연결된 칩이 있어서 여기 콘퍼런스의 모든 것을 결제할 수 있어요."

"다른 데서도 다 쓰고?" 이머진은 팔찌가 그냥 매끈하고 아주 단순하게 생긴 데 감탄하며 물었다.

"아직은 아니에요. 베타버전이거든요. 여기랑 올해 다른 행사장 몇 군데서 테스트 중이에요."

밤이 끝나갈 때쯤엔, 생각보다 훨씬 즐거웠음에도 불구하고, 이머진은 그만 호텔방으로 돌아가고 싶어졌다. 아무리 음울한 곳이어도 말이다.

애슐리에게 잠깐 전화해서 별문제 없는지 물었다. 동부는 자정에 가까운 시간이었음에도 불구하고, 애슐리는 회사에 있었다.

"분열테크 재밌어요?" 애슐리가 물었다. "이브의 인스타그램 보다가 최악의 왕기분을 겪고 있어요. 이브랑 그 커다란 풍선 고래들 있는 수영장에 같이 갔어요?"

"아니, 보기는 했어. 그런데 뭘 겪었다고? 한인생?" 이머진이 새로 배운 단어를 시도해보았다.

애슐리가 킥킥 웃더니 "한인생!" 하고 외쳤다. "아뇨, 왕기분을 겪었다고요. '왕따된 기분.' 페이스북이나 인스타그램에서 끝내주는 데 가 있거나 끝내주는 걸 하고 있는 사람들 사진을 보면, 갑자기 엄청 불안해지면서 왕기분에 휩싸이는 거죠. 나는 저렇게 멋진 데서 멋진 걸 하고 있지 않으니까. 그런 기분 들 때 많아요!!"

"그거 별로 건강하지 못한데." 이머진이 말하자 애슐리가 한숨지었다.

"나도 알아요."

그러고 시간이 꽤 지나, 누가 갑자기 발을 손으로 드럼 치듯 두드리는 통에 이머진은 벌떡 일어났다.

"로젠버그 부부, 수소폭탄, 슈거 레이, 판다 맘즈, 브랜도, 왕과 나, 호밀밭의 파수꾼… 하우스 온 파이어, 안녕히! 우리가 불을 지피지 않았지, 세상이 돌기 시작한 이래 늘 불타고 있었지. 우린 불을 지피지 않았지.' …같이 불러요, 이머진!"

이머진이 일어나 앉아 잠을 깨려 눈을 비볐다. 이브는 자기 머릿속에서 울려 퍼지는 일그러진 버전의 〈우리가 불을 지피진 않았지We Didn't Start the Fire〉에 맞춰 어깨를 들썩이며 머리칼을 앞뒤로 휘두르고 있었다.

"무슨 일이야, 이브?"

"버즈 파티에서 노래방 버스를 빌렸어요. 리드 벡스터가 1천 달러를 더 주고 머린까지 직접 운전해 갔다 오면서 다 같이 노래를…."

"이브, 우리 6시 비행기잖아. 지금 몇 시야?"

"3시요. 데이비 크로켓, 피터 팬, 엘비스 프레슬리, 디즈니랜드… 어서요, 이머진… 옛날 노래잖아요. 당신도 알 텐데."

이머진도 아는 노래였다. 사실 피아노 맨[가수 빌리 조엘의 첫 히트곡이자 그의 별칭]의 새거포닉 바닷가 집에서 다 같이 부른 적도 있었다.

"휴, 나는 30분만 더 자고 싶어."

이머진은 이브의 동공을 확인해보려 했지만, 뭐에 취한 건지 아니면 그냥 혼자 흥분한 건지 알 수 없었다.

"재미없게, 이머진." 이브가 툴툴거리든 말든 이머진은 다시 누워 얇은 베개에 머리를 묻었다.

"맞아, 이브, 난 재미없는 사람이야."

5

이브는 이륙하는 동안 왜 컴퓨터를 꺼야 하는지 납득하지 못했다. 비행기에서 휴대전화와 랩톱을 끄는 것은 사람들에게 이제 그만 담배를 끊어야 한다고 했을 때 같이 버려야 했던 구시대적 규칙이었다.

이브는 이륙 때 컴퓨터를 끄지 않겠다고 버텼다. "내가 일이 얼마나 많은지 알아요?" 하면서 승무원에게 설명하려고 애썼다.

"손님, 규칙은 규칙이에요. 만일 미연방항공국의 이륙 규정에 협조하지 못하겠다면 이 비행기에서 내려야 합니다." 승무원은 한숨을 쉬며 불안하게 일반석과 일등석을 갈라놓은 누런 커튼 쪽을 흘긋거렸다.

"나보고 내리라고요?" 이브는 문장 끝을 올리지 않고 내려 말하며, 저항의 의사를 분명히 했다. 얇은 맥북을 가슴에 꽉 끌어안고 얼마 남지 않았던 다이어트 레드불을 꿀꺽 다 마셔버렸다. "나를 내리게 만들겠다는 말이죠? 정말 황당한 소리네. 너무 황당한 말이라 공유를 해야겠어. 트윗을 날려서 엄청난 수의 글로시닷컴 팔로워들에게 알릴 거야. 어떻게 생각해요?"

이머진이 이브의 팔을 잡았다. "이브."

이브는 뿌리쳤다. 나이 든 스튜어디스는 이브가 장난치고 있다고 생각하는 듯했다. 아니면, 이머진처럼 트위터가 뭔지 모르거나. 트윗 한 줄이 어떤 힘을 가졌는지 모르는 것이다. 이브는 생각했다. '내가 보여주지. 다시는 날 함부로 하지 못하게 가르쳐주겠어.'

"지금 바로 트윗 날릴게요. @JetEasy 항공이 강제로 내 컴퓨터와 전화기가 폭탄이라도 되는 것처럼 빼앗아가려고 하네." '좋아. 그리고 하나 더.' "그렇군! @JetEasy는 내가 비행기에 폭탄이라도 들고 탄 것처럼 구네. 테러리스트로 취급하는 거지! 진짜로!"

이제 두고 보라지.

이브가 비행기에 폭탄 어쩌고 하는 글을 올리고 테러리스트 어쩌고 하는 농담을 한 지 얼마 되지 않아 둘은 기내 보안요원에게 끌려 나왔다. 국토안전부가 두 사람을 뉴욕으로 가는 다음 비행기에 태워주기까지 이머진의 마일리지 대부분과 두 시간이 필요했다.

다행히도 이브는 이머진 뒤쪽으로 몇 줄 떨어져 앉았다. 이머진은 머리가 지끈거리며 쿵쿵 울리는 듯해, 비행기 엔진의 굉음이 오히려 고마웠다. 수첩을 꺼내 글로시닷컴을 떠나야 하는 이유를 꼽아보기 시작했다.

1 웹사이트에 뭘 어떻게 올려야 할지 잘 모르겠다.

2 페이스북도 겨우 작년에 가입했고 달랑 세 건 올린 상태다.

3 트위터, 인스타그램, 핀터레스트 같은 것은 아예 안 한다.

4 최근에 인터넷을 월드와이드웹이라고 한 적 있다. 잘못한 거 아닌가? 그렇지?

5 책을 모두 스트랜드 서점에서 산다. 온라인에서 사지 않고.

6 소시오패스와 이렇게 가까이서 일 못 하겠다.

라과디아 공항에서 이브는 파란 애더럴 캡슐 두 알을 삼키더니 택시를 타고 바로 회사로 갔다. 착륙하자 이미 오후 4시가 넘은 시각이었는데 말이다. 오래된 타운하우스 건물 벽이 오랫동안 보지 못했던 엄마처럼 이머진을 꼭 안아주는 듯했다. 이머진의 아이들은 틸리와 있었고, 남편은 평소처럼 직장에 있었다. 이머진은 갓 세탁한 시트 속으로 푹 쓰러졌다. 솜털 베개에 머리를 파묻고 닳은 캐시미어 담요 속에 몸을 웅크리고 깊은 잠에 빠졌다. 알람은 켜놓지 않았다.

꿈속에서 이머진은 중학생이었다. 시험공부를 하나도 하지 않았고 시간표조차 알 수 없었으며 어디서 찾아봐야 할지도 막막했다. 그러다 대수학 시간이 되었고 눈앞의 작은 책상에는 시험지가 올려져 있었다. 무슨 시험인지 몰라서 쩔쩔매고 있는데 교실 앞 커다란 나무 책상에서 교사가 학생들을 향해 휙 돌아섰다. 이브 모턴이었다. 종이 울려 이머진은 깨어났다.

6

2015년 9월

새로 혁신한 글로시닷컴 웹사이트와 앱은 순탄하게 출시되었다. 『타임스』 비즈니스 섹션에서 매너링 그룹의 성공이라고 평했고 워싱턴은 신선한 젊은 재원을 알아본 안목으로 칭찬받았다. 언론에서는 아직 이머진 테이트가 조타 장치를 잡고 있다고 하면서도 기자들은 모두 이브와 인터뷰하고 싶어 했다.

이머진은 이브를 보다 면밀히 연구하기 시작했다. 몇 주가 지나자 이브의 특이한 정신분열적 인성과 행동이 어느 정도 파악되었다. 회의 때 이브는 정력적이고 카리스마가 넘쳤다. 일대일로 대할 때는 차갑고 무관심하기가 마치 파충류 같았다. 그러나 이메일이나 소셜미디어로는 따뜻함이 철철 넘쳐흘렀고 상대방과 전 세계에 이브가 선하고 재미있고 공정하면서도 포부에 가득 찬 사람임을 보여주려고 애썼다. 그 목적을 달성하기 위해 이브는 매주 누군가를 '미즈 글로시'로 뽑는 전체 이메일을 보냈다. 매주 목요일 아침 날아오는 그 이메일에는 여중생용 어휘를 사용한 칭찬의 말이 가득했지만, 이머진이 알기론, 일주일간 가질 수 있는 싸구려 플라스틱 왕관 말고 딱히 다른 포상이 없었다. 이브에 따르면 미즈 글로시 칭호는 그 주 최고의 팀 플레이어에게 주어졌다. 이번 주 목요일에는 '고객통찰팀'의 에이미에게 그 호칭이 주어졌다.

From: 이브 모턴 (EMorton@Glossy.com)

To: 글로시 전직원 (GlossyStaff@Glossy.com)

모두 안녕,

이번 주 미즈 글로시를 뽑을 수 있어서 무척 기뻐.

우와! 이 사랑스러운 아가씨는 최근 40개 이상의 블로그 포스트를 올리는 위업을 달성했어(그래, 우린 다 세고 있다고!). 이 정도면 수상자로 선정할 수 있겠지! 정말 '블링'의 수직 관리를 한 단계 향상시켰고 이번 주 수요일 밤 우리 모두 야근할 때 2인3각 경주를 조직한 보석 같은 소녀야. 얼마나 예쁜지 몰라! 그래서 이번 미즈 글로시 왕관은 열심히 일하고 재치 넘치며 조그만 몸집(상태 좋은 날에는 사이즈 0. 주스 장세척 만세)에 강력한 한 방을 품고 있는 사람에게 가게 됐어. 다들 나와 함께, 역대 최고로 귀여운(^0^) 우리의 새 미즈 글로시 수상자 '분홍 속옷' 에이미 독슨을 축하해줘.

힘내자, 매혹적인 소녀들! 🐀★👑♥👄✂

포옹을 담아,

이브

이메일은 이브가 회사 한복판 책상 위에 올라가서 글로시 앱을 개인적으로 사용해보지 않은 직원들을 호되게 꾸짖은 지 한 시간 후에 발송되었다.

"가만 보니, 글로시 앱을 다운조차 하지 않은 사람이 몇 있어." 이브가 인상을 쓰며 경멸을 가득 담아 말했다. "절대 용납할 수 없는 일이야. 모두가 우리 제품을 사용해야만 성공할 수 있다고. 만일 우리 앱 같은 거 깔기 싫거나 쇼핑할 때 사용하고 싶지 않다는 사람은, 여기서 고생하지 말고 나가서 딴 직장을 알아봐." 이브는 중대 선언 후 갈채를 기대했으나, 대신 다들 고개를 숙였고, 몇 명은 자리로 돌아가 앱을 내려받느라 정신이 없었다. 그리고 나서 미즈 글로시 발표로 분위기가 반전되리라 기대한 게 틀림없었다.

이머진이 이메일 내용을 다 파악하려고 애쓰고 있을 때, 웃음이나 포옹 이모티콘 따윈 가지고 있지 않은 현실의 이브가 슬슬 다가왔다.

"내일 패션위크가 시작하면 이머진이 실시간으로 트위터에 올려줘야 하는데… 애슐리보고 등록해주라고 할까? 아직 계정 안 만들었죠?"

이머진은 페이스북도, 아이들 학교에서 모든 공지(조기 귀가, 모금 소식, 행사 안내 등)를 그걸로 하는 바람에, 그리고 딸아이 애너벨이 하루가 다르게 크면서 소원해지는 듯해서, 억지로 깔게 됐다. 겨우 140자로 매번 재치 있는 말을 올려야 하다니 생각만 해도 괴로웠다. 이미 하루 일과가 꽉 차 있는데, 트위터까지 하게 되면 시간을 얼마나 잡아먹을지 알 수 없었다. 이머진은 딱히 테크놀러지를 싫어하진 않았다. 그냥 이해가 가지 않고 부담스러울 뿐이었다. 다들 조그만 화면에 눈을 박고 있지 않던 시절이 그리웠다. 예전엔 엘리베이터를 타면 낯선 이와도 눈인사를 주고받고 택시 운전사와도 대화를 나눴는데, 이젠 저녁 상대가 작약꽃 식탁 장식을 배경으로 인스타그램용 사진 촬영을 마칠 때까지 음식도 못 먹었다. 이머진은 점점 사람들이 소셜미디어에 인생 전체를 지배당하는 게 아닌지 걱정됐다. 단지 인스타그램에서 좋아 보이기 위해 이 파티에서 저 파티로 옮겨가는 건 아닐까? 오로지 트위터에 올리기 위해 글들을 읽는 건 아닐까? 이제 다들 모든 것을 공유하는 데 급급한 나머지 삶을 즐기는 건 중단해버린 걸까?

"회사를 위해서예요." 이머진이 내켜하지 않는 것을 알고 이브가 말했다. "잘해내면, 다음 주 미즈 글로시에 뽑힐지도 몰라요."

황송하기도 하지.

이머진이 이길 수 없는 싸움이었다. "해보려 하고 있었어." 이머진이 미소 지었다. "비법 몇 가지만 알려줘."

미리 짜기라도 한 듯 애슐리가 나타났다. 20센티미터 힐을 신고 한 걸음 한 걸음 후들거리며 들어섰다. 언젠가는 애슐리도 높은 신을 신고 숙녀처럼 걷는 법을 익히겠지만 오늘은 아니었다. 걸을 때 발끝이 약간씩 안으로 모이며 무릎이 자꾸 서로 부딪쳤다. 이머진은 이 여자애의 계속되는 스타일 변신이 놀라웠다. 1970년대 이브 생로랑도, 1990년대 베르사체도 될 수 있었다. 하루는 탈리타 게티 같은 보헤미안으로 빙의했다가 다음 날은 로스앤젤레스의 서핑족 여자애가 되었다. 대단한 정성이었다. 완벽하게 흐트러진 머리와 화장을 연출하려면 매일 아침 적어도 두 시간은 들여야 할 터였다.

"어서 해보죠!" 애슐리가 흥을 내며 손뼉을 쳤다. "트위터 타임."

이머진에게 트위터 계정을 만들어주는 일은 예상치 못한 문제에 부딪쳤다. 맹렬한 글로시 팬인 미네소타 주 세인트폴의 드랙퀸[화려한 여성 옷차림을 즐기는 남자나 게이]이 풀메이크업과 금발 가발로 이머진과 기이할 정도로 닮은 외모를 하고는 @ImogenTate라는 이름을 선점해 쓰고 있었다.

"트위터에 연락해서 이 계정을 취소시킬 수 있는지 알아볼게요." 애슐리가 이머진 대신 모욕이라도 당한 것처럼 얼굴이 벌게져서 말했다.

드랙퀸 이머진 테이트는 너무 웃겼다. 패션과 〈오렌지카운티의 진짜 주부들〉[리얼리티쇼]과 집에서 하는 제모술에 대해 강한 지론을 피력하고 있었다. 차라리 이 사람을 고용해서 패션위크 동안 이머진을 대신해 트윗을 쓰게 하는 게 훨씬 간단하지 않을까? 이머진은 암산을 해보았다. 미네소타에서 오는 비행기값, 소호 그랜드의 방값, 여기저기 식사비, 새 가발도 최대 5천 달러 정도 들이면 비용을 다 합쳐도 그만한 값어치를 할 것이다.

"관두죠. 어쨌든 '글로시'를 넣어야 하니까. 이브는 @GlossyEvie이고 난 @GlossyAshley예요. 편집장님은 @GlossyImogen으로 하면 돼요." 애슐리는 마우스로 클릭을 몇 번 하고 글자들을 쳐 넣었다. "@GlossyImogen이에요. 됐어요."

이머진이 화면 속 이름과 하늘색 네모 속에 외로이 들어 있는 달걀을 노려보았다.

"얼굴 사진을 넣어야죠."

이머진이 자신의 전화기를 뒤져 수술 몇 달 전 앨릭스와 같이 찍은 사진을 찾아냈다. 지금보다 좀 더 살이 오른(건강해 보이는) 얼굴이었다. 〈세 브린느〉 스타일의 쭉 곧은 머리 위로 검은 모피 목도리를 얌전히 두르고 있었다.

"이거 어때?"

애슐리가 코를 찡긋하자 입 주변 파운데이션이 갈라졌다. "그래요. 지금은 그걸 올리죠. 이브는 좀 더 자연스러운 사진을 좋아해요. '접근성이 좋은' 거라고 표현하죠. 이것 봐요. 이브 사진이에요."

상반신 사진에서 이브는 즐겨 하는 자세를 취하고 있었다. 가슴과 이 밖에 안 보이도록 고개를 뒤로 젖히고 입을 한껏 벌려 저녁먹이를 앞에 두고 환호하는 당나귀 같았다. 수없이 포즈를 연습하고 사진을 찍다가 애써 건진 게 분명했다. 거기에 자연스러움 따위는 찾아볼 수 없었다.

"궁리해볼게." 이머진이 말했다. "꼭 이런 사진은 아니겠지만, 멋진 걸 찾아보지. 지금을 일단 이걸 넣어놓자."

"트윗 쓸 수 있겠어요?"

"뭐, 꽤 간단하잖아? 글자를 쳐 넣고 보내기를 누르면 되지."

"그렇긴 해요. 프로필을 간단히 만들어보죠. 현재 직함이 뭐죠?"

"여전히 편집장이야." 이머진은 자존심이 구겨지는 것을 느꼈다.

"좋아요. 그럼 어떻게 쓰죠?

"글로시 편집장."

"글로시닷컴인데요."

"그래, 글로시닷컴. 그 밖에 또 뭘 쓰지?"

"음, 이건 제 프로필인데요…." 애슐리가 개인 트위터 계정을 클릭했다. "최고에 최신, 날렵한 얼굴, 괜찮은 뒤태. 트윗은 완전 내 거야! 푸힛." 애슐리가 고개를 저었다. "이렇게는 안 되겠죠. 좀 더 비슷한 나이대의 프로필을 봐야겠어요." 애슐리는 입술을 깨물고 키보드를 초조하게 두드리며 생각에 잠겼다. "이거다! 힐러리 클린턴 프로필이에요. 아내, 엄마, 법률가, 여성과 아이의 변호사, 아칸소 주지사의 아내, 미 대통령의 아내, 미 상원의원, 미 국무장관, 작가, 애견인, 헤어스타일의 선도자, 바지정장 마니아, 유리천장 파괴자…."

"내가 졌네." 이머진은 웃었다. 힐러리 클린턴은 자유세계를 통치할 준비를 하면서도 트위터를 하고 완벽하면서도 익살맞은 프로필을 작성할 시간까지 있다니 이머진은 게으름뱅이가 된 기분이었다. "이건 어때? '글로시닷컴 편집장, 엄마, 아내, 딸, 미쳐 돌아가는 패션업계에서 싸움꾼이 아닌 사랑꾼으로 살아가는 사람'."

애슐리는 마치 골든리트리버가 공을 어디다 빠뜨렸을까 생각하는 것처럼 고개를 기우뚱했다.

"괜찮은데요." 또다시 박수를 치며 말했다. "방법을 아시는 것 같으니, 혼자 하시게 놔둘게요. 일단 시작하면 빠져들게 될 거예요. 제가 이미 회사 사람들 전부 팔로우해놨어요. 글로시닷컴 공식 계정의 200만 팔로워에게 바로 당신을 팔로우하라고 알릴게요. 즐거운 경험 되시길!"

새로운 트위터 계정과 함께 홀로 남겨진 이머진은 손바닥에 땀이 차는 걸 느꼈다. 뭐 그렇게 어렵겠어? 한두 문장 쓰고 보내기 버튼만 누르면 되는데. 트윗[쩍쩍]이라니. 작명도 참…. 그 말을 들을 때마다 이머진의 머릿속엔, 먼 옛날 2000년에서 2015년의 미래로 타임머신을 타고 온 시간여행자가 구글하다, 트윗하다, 트워크하다 같은 신세계 동사들을 이해하려고 애쓰는 모습이 떠올랐다.

이머진은 일단 한 줄을 입력해보았다. 아, 이건 아닌데. 이런 말을 쓰려던 게 전혀 아니었다. 걱정 말자. 들어가서 수정하면 된다. 트윗을 어떻게 수정하면 되는지 잘 모르겠네. 수정이 되긴 하는 건가? 그냥 지우고 다시 시작하면 되지. 지우기는 어떻게 하지? 이머진은 애슐리에게 묻고 싶지 않았다. 예전 트윗이 보이지 않는 걸 보니 지워졌는지도 모르겠다. 또 해보자.

@GlossyImogen: 안녕 트위터! 나 트워크[성적으로 자극적인 춤] 시작해요.

@GlossyImogen: 안녕 트위티! 나 트윗 시작해요.

@GlossyImogen: 이게 아닌데. 잘못 썼네. 트위티가 아니라 트위터. 미안, 새 팔로워들.

@GlossyImogen: 트위터 처음 해봐요. 아직 공부 중.

@GlossyImogen: 나 취한 거 아녜요. 잘 몰라서 그런 거지.

@GlossyImogen: 젠장. 포기다.

천천히 트위터에서 빠져나왔다. 이런 연습 아무리 해봐야 득 될 게 없었다. 오늘 오후 내내 트위터를 가지고 씨름할 것 같았다. 이머진에겐 네 명의 팔로워가 생겼다. 애슐리, 이브, 그리고 모르는 두 사람은 아직 하늘색 배경에 불길한 달걀 하나가 그려진 사진이었다. 적어도 아직 이머진의 트윗 대실패를 본 사람은 없었다. 점심 먹고 나서 마시모에게 전화해 트윗을 어떻게 지우는지 알아보는 게 좋을 듯했다. 마시모는 자칭 트위터 록스타였다. 레이디 가가보다 더 많은 팔로워를 모으는 게 목표라던가.

"휠체어 탄 남자를 맞팔 안 해주면 진짜 못된 인간이지"라고 했다.

그러고 나서 한 시간 동안 카롤리나 에레라의 크리에이티브 디렉터와 전화로 회의를 했다. 이머진은 글로시닷컴으로 발전한 글로시에 대해 설명해주고 카롤리나 에레라를 어떻게 참여시킬지 의논했다.

"생각해보죠"라는 대답으로 전화는 끊어졌다. 요즘처럼 '생각해보죠'라는 말을 많은 들은 적은 평생 처음이었다. 전화기를 내려놓는데 숨이 턱까지 찬 애슐리가 이머진 사무실의 깨끗한 유리문에 철퍼덕 기댔다. 그러고 안으로 들어오며 비틀거렸다.

"트위터 그만해요."

"애슐리, 45분도 더 전에 이미 멈췄어. 아직 더 연구해봐야 해서."

"편집장님 트위터가, 테크, 블라에, 떴어요."

"그게 뭔데?"

"테크블라닷컴이요. 테크업계 사이트예요. 가십 같은 걸 다루는. 테크 쪽 사람들의 '페이지 식스'[『뉴욕포스트』의 연예 섹션]라고요. 이브가 보기 전에 빨리 해결해야 해요."

이머진은 자신의 이름을 브라우저에서 검색해보았다. 테크블라라니. 이름하고는. 가짜 웹사이트처럼 들렸다.

이머진은 작게 헉 소리를 냈다. 어떤 행사의 레드카펫 위에 서 있는 자신의 예쁜 사진이 있었다. 자세히 보니 어떤 사진에서 오려낸 건지 알 수 있었다. 3월에 유방암 인식 개선 모금 행사에서 스티븐 스필버그와 함께 찍은 사진이었다.

나이 든 이들의 트윗
—애스트리드 파커슨

누가 글로시닷컴의 이머진 테이트(45세, 그런데 요즘 그녀는 거기서 뭘 하는지?)에게 소셜미디어 관리자를 붙여줘야겠다. 예전 편집장이 오늘 트위터를 해보려 했던 것 같다. 하지만 아무도 방법을 알려준 이가 없었는지, 4년 전의 우리 엄마와 비슷한 수준이었다. 우리는 그녀가 술에 취해 트위터를 한 건 아닐 거라고 추측하지만, 나이 든 이들이 점심때 마티니 한 잔을 곁들이는 걸 얼마나 좋아하는지 알지 않나…

우선, 이머진은 45세가 아니라 42세였다.

갑자기 홍보팀의 알렉시스가 나타났다. "이머진, 정말 죄송해요. 애스트리드 파커슨이 대체 당신 트위터 계정을 어떻게 알았는지 모르겠어요. 하지만 걱정 마세요. 꼭 진상을 밝혀내고 말겠어요."

이머진에게는 두 가지 선택지가 있었다. 겁에 질려(실제 기분은 그랬다) 허둥대느냐, 그냥 웃어넘기느냐.

이머진은 눈을 치뜨고 최대한, 좀 지나칠 정도로, 조앤 크로퍼드처럼 호탕한 웃음을 터뜨렸다.

"그 정도면 괜찮네. 적어도 진짜 망신스러운 트윗을 내보내진 않았잖아?" 이머진은 자신의 트위터 페이지를 열었다. "기사 때문에 얼마나 팔로워가 늘었는지 봐." 이머진의 팔로워 수는 이제 5,500명에 달했다. 이 브보다 500명이 더 많았다. "인터넷에서 이제야 좀 유명해졌네. 애슐리, 내 옆에 앉아서 새 팔로워들에게 몇 자 적는 동안 봐줘."

애슐리도 알렉시스도 그제야 한숨 놓았다. 이머진이 문제 삼지 않는다면, 다른 사람이 문제 삼을 이유는 없었다.

@GlossyImogen: 고마워요, 테크블라. 덕분에 새 팔로워가 잔뜩 생겼네. 환영해요! 내가 헤매는 동안 여러분이 즐거워해주면 좋죠.

@GlossyImogen: 그나저나 @BlabAstrid의 엄마를 팔로우하려면 어떻게 해야 하죠? 듣자니 트위터의 달인이라고요! 스승이 필요하던 참이었는데.

그로부터 한 시간가량 새 팔로워와 리트윗이 쏟아졌다. 누가 #이머진 힘내라 해시태그도 만들었다. 이머진도 드디어 왜 다들 소셜미디어 때문에 난리인지 이해가 가기 시작했다. 이런 식으로 인정을 받는다는 것도 꽤 기분 좋았다. 이제 전화기로 트윗을 올리는 법만 확실하게 익히면 되었다. 그러면 내일 아침부터 난생처음 패션위크 생중계를 시작해도 전혀 문제 없을 터였다. 매번 매력적이고 재치 넘치는 글을 올려야 한다는 점은 여전히 무척 부담되긴 했다. 걱정이 됐다.

몇 시간 후 이머진은 사무실에서 나가다가 이브와 부딪힐 뻔했다.

"트위터 좀 적당히 해요, 이머진." 이브가 빈정거렸다. "투자자들이 우리 에디터들이 근무 중에 술을 마신다고 생각하면 안 되잖아요."

"나 트위터 꽤 잘하고 있는데? 알고 보니 꽤 재밌더라고. 게다가 오늘 첫날 팔로워가 거의 만 명 생겼어." 이머진은 이브가 숫자를 듣고 놀라는 것을 보자 뿌듯했다.

"내일 쇼트윗 할 때 우리 망신 주지나 말아요." 이브가 말하고 자기 팔목의 피트붐을 흘긋 내려다보았다. "계단으로 가야겠네. 만 걸음 채워야지."

엘리베이터 문이 닫히려는 찰나 애슐리가 뛰어들었다. 이머진에게 할 말이 있는 듯 초조해 보였다. 네 번이나 이머진을 흘긋거리다가 뭐라 할 듯하더니 그냥 입을 다물고 몸을 움츠렸다.

이머진이 캐물었다. "애슐리, 무슨 일 있니?"

"아, 말씀드려야 할지 잘 모르겠네요."

"그냥 말해. 혹시 내 트윗에 대한 거라면, 벌써 별소릴 다 들었는데 어떤 지적이든 받아들일 수 있어."

"트위터에 대한 거긴 하지만 이머진에 대한 건 아니에요. 정말 얘기하면 안 되는데, 아셔야 할 것 같아서. 당신은 제 상사잖아요. 미안해요, 이머진." 애슐리는 금방이라도 울먹일 것 같았다.

이머진은 최대한 인자한 표정을 지어 보였다. "애슐리, 무슨 일인지 그냥 말해줘. 화내지 않는다고 약속할게."

"나한테 화낼까 봐 걱정하는 게 아니란 말이에요오오오." 애슐리는 주먹을 쥐었다 폈다 하면서 아래턱을 앞뒤로 움직여 딱딱 소리까지 냈다. "그래, 알았어요. 있죠, 제가 테크블라의 애스트리드랑 친구거든요. 진짜 친구는 아니고 '친한 적'이라고 할 수 있을 거예요. 같은 여대생 클럽이었고 그렇거든요. 그 애 글을 읽고 너무 기분 나빴어요. 걘 이머진이 누

119

군지도 모르는 앤데, 왜 그런 악의적인 글을 썼는지 이해가 안 가더라고요. 어쨌든, 제가 이메일을 보냈어요. '야, 뭔 짓이야?' 하고. 그랬더니 글쎄 '어, 이브가 알려줘서 썼는데, 관심 있어 하는 사람이 있을 줄 몰랐네' 하는 거 있죠."

이머진은 이 말을 듣고 처음엔 무슨 상황인지 바로 파악되지 않았다. 그러나 엘리베이터 문이 열리고 로비가 보일 때쯤엔 깨달을 수 있었다. 이브가 방해 공작을 꾸민 것이다. 이머진에 대한 심술궂은 기사를 테크블라에 사주했다. 못된 년에게 뒤통수를 맞았다. 이머진은 열이 오르며 얼굴이 붉어지는 것을 느낄 수 있었다. 하지만 애슐리에게 동요하는 모습을 보여선 안 되었다.

"이브는 좋은 홍보 기회라고 생각했을 거야. 실제로 그렇게 됐고. 오늘 내 팔로워가 얼마나 늘었니. 정말 마케팅 천재야."

애슐리는 안도하며 기뻐했다. "그럼 화 안 내는 거예요? 진짜 기분 나빠할 줄 알았어요. 이머진은 언제나 너무 침착하고 쿨해요. 이브랑은 달라." 그러고 나서 쓸데없는 말까지 했다고 깨달았는지, 얼른 고개를 숙이고 재빨리 이머진을 어색하게 한번 껴안은 후 쌩하니 출구로 나갔다.

이브 모턴은 대체 뭐 하는 년이지? 이머진은 가슴이 분노로 꽉 죄어오는 것을 느꼈다. 아드레날린이 용솟음쳤다. 이브에게 소리를 지르며 욕을 해주고 그 흉하게 덜렁거리는 귀걸이를 잡아 뜯고 싶었다.

계속 걷자. 숨을 쉬자.

숨을 쉬자. 계속 걷자.

이머진의 집 주방 조리대 위에 과일과 채소가 흩어져 있었다. 이머진이 들어서는데, 유모이자 이머진이 늘 있었으면 했던 여동생 같은 틸리가 손을 들어 올렸다. 잠시 들어오지 말고 조용히 있으라는 표시였다. 애너벨이 조리대 앞에서 완벽한 아보카도, 케일, 민트 스무디를 만드는 비율을 차근차근 설명하고 있었고 틸리는 그 모습을 영상으로 찍고 있었다. 애너벨은 벌써 자기만의 스타일 감각을 가지고 있었다. 미니 버전의 교복과 구식 남자 의상을 매치해서 조그마한 몸집의 톰 브라운[클래식하면서도 귀여운 남자 옷을 주로 만드는 패션 디자이너] 모델이나 디킨스 소설에 나오는 고아 중 패션 안목이 있는 아이처럼 보였다. 이머진은 딸아이가 사랑스러웠다.

지난해부터는 유기농 스무디를 만드는 데 빠져서, 어린 앨리스 워터스[미국 슬로푸드 창시자이며, 유기농 레스토랑 '셰 파니스'로 유명해진 요리사]라도 되는 것처럼 텃밭 채소로 만든 스무디 비법을 영상으로 찍어야 한다고 고집을 부렸다.

앞으로 훌륭한 요리사가 되는 준비를 하는 거라고(고작 열 살인데?) 한참을 애걸하고 다짐하고 설명을 하는 통에, 앨릭스와 이머진은 애너벨에게 유튜브에 비디오를 올리도록 허락했다. 1년 동안은 다른 학부모들도 항상 얘기하듯이 컴퓨터 앞에 있는 시간을 제한하려고 애썼다. 학교 숙제할 때를 제외하고는 어떤 기기로든 하루에 한 시간만 쓰게 했다.

저항이 만만치 않았다. "난 여기에 열정을 쏟을 거란 말이야. 앞으로 직업 삼을 거라고. 누가 엄마한테 잡지 일을 하루에 한 시간만 하라고 하면 좋겠어?" 이머진은 항복했다.

놀랍게도 동영상은 십대 여자애들 사이에서 작게나마 히트했다. 다른 지역의 여러 소녀들도 다양한 요리 비디오를 만들었는데, 애너벨에 따르면, 다들 서로 연결돼 있다고 했다. 이머진으로서는 도저히 이해하기 어려운 취미였지만, 알 수 없는 소녀들의 세계에서 건강한 스무디 만들기 비디오는 충분히 무해한 편에 속했다.

"여러분, 영양도 만점, 오늘도 만점으로 보내요." 딸아이는 카메라를 향해 명랑하게 손을 흔들었다.

"영양도 만점, 오늘도 만점이라고?" 이머진이 눈썹을 올리며 웃었다.

카메라 앞에서는 그렇게 자신만만하던 애너벨이 갑자기 새침해졌다. "재밌을 것 같아서." 약간 풀 죽은 목소리였다.

이머진은 딸아이를 놀린 게 미안해졌다. "귀여웠어. 그냥 놀린 거야. 유쾌한 표현이었다고 생각해."

애너벨이 인상을 쓰더니 거실로 나가버렸다.

이머진은 주방 의자에 주저앉았다.

"오늘 좀 예민하네." 틸리가 말했다.

이머진은 오래전부터 자신의 아이 기분에 대해 유모가 더 잘 아는 상황에 익숙해져 있었다. 그래서 질문하듯 틸리를 쳐다보았다.

"별거 아닐 거야. 하지만 오늘 아침 애너의 유튜브 페이지에 노골적으로 심술궂은 댓글이 달렸어."

딸아이를 인터넷 세상에 내보낸 게 실수였다. 어디 눅눅한 지하실에 틀어박혀 있던 늙은 변태가 애너벨의 비디오를 보고 또 보다가 좋다고 역겨운 글을 올린 게 분명했다.

이머진의 생각이 더 나아가기 전에 틸리가 막았다. "또래 여자애일 거야. 말투가 딱 그렇더라고. 이거 봐." 틸리가 조리대 위의 랩톱을 보여주었다. 화면엔 딸아이가 앞치마를 하고 주방장 모자를 쓰고 밝은 미소를 띠고 있는 사진이 떴다. 틸리가 스크롤을 내려 비디오 하나를 클릭하자 댓글들이 보였다. 전부 십대 여자아이 말투로, 저질 단어들과 아이콘, 느낌표가 혼합된 글들이었다. 처음 몇 개는 유쾌한 내용이었다.

너 디게 쿨맞다! ☺ 그리고 스무디도 열라 잘 만듦.

같은 시에 살았으면 친구해도 좋겠는데. 머리 멋지다.

망고로도 만들어봐. 망고 우적. 망고 우적. 나 ♥♥♥ 망고.

그러고 나서 이 댓글이 나왔다.

너 대빵 몬생김. 스무디 아무리 먹어도 소용엄씀. 징그러.

'캔디 쿨'이라는 이름이었다.

이머진은 한숨이 나왔다. 이게 뭐야? 누가 '못생김'을 저렇게 쓰지?

틸리는 그저 고개만 저을 뿐이었다. "열 받기 전에, 저 또래 소녀들은 신이 이 지구에 창조한 존재 가운데 가장 심술궂은 생물이라는 걸 기억해둬. 태초 이후 계속해서 서로를 씹어왔고 인류 멸망의 그날까지 계속 그럴 거야. 저렇게 다들 보도록 써놨으니 심각해 보이지만, 수업 시간에 여자애들이 쪽지로 험담 주고받는 거보다 별로 더 나쁠 것도 없어."

"그러게 내가 인터넷에 올리지 않는 게 좋겠다고 했는데."

"소용없어, 이머진. 인터넷에 자기 얘기를 안 올리는 애가 없다고. 원래 저러고 노는 거야. 서로 갈구고. 애너가 이 스무디 비디오 만드는 걸 얼마나 좋아하는데. 칭찬하고 부러워하는 댓글이 훨씬 많아. 다른 건 보여주지 말아야겠다."

"다른 것도 보여줘."

"젠장."

이번 것은 사진이었다. 병적으로 살찐 사람의 몸에 딸아이의 얼굴을 합성해놓았다. 건강 뉴스 프로그램에서 너무 살이 쪄 현관으로 나오지 못하게 된 사람들에 대한 특집을 했을 때나 나올 법한 몸집이었다. 누가 애너벨의 예쁜 하트 모양 조그만 입을 위아래로 움직거리게 만들어놓았다.

이머진은 무기력감을 느꼈다. "애너벨이랑 얘기해봐야겠어."

"지금은 내버려둬. 정말로. 나한테도 얘기 안 하려고 해. 보긴 했고 잔뜩 화가 났다는 건 알 수 있지만. 또 이런 일이 일어나면 알려줄게."

틸리, 이성적인 그녀는 가족 내 모든 감정적 문제를 원활히 조정해내는 사람이었고, 이번에는 태도를 약간 바꿔서 이머진에게 연민을 담은 시선을 보내고 있었다. "들어올 때 보니 기분이 안 좋아 보이던데. 이브가 또 사악하게 굴었어? 이번엔 또 뭐야? 새끼 고양이들을 주머니에 담아 링컨센터 연못에 빠뜨린 건 아냐?"

이머진이 틸리를 참 좋아하는 이유 중 하나는, 신랄하기가 프레첼에 뿌려진 소금 못지않다는 것이었다.

"아직은 아냐."

틸리가 스테인리스스틸 냉장고를 열었다. "잠깐만. 와인 필요하겠다. 한 잔 마시면 분이 좀 가라앉을 거야."

사실이었다. 상세르 와인을 홀짝이자 들끓던 울화가 꽤 가라앉았고 오늘 있었던 트위터 사태를 틸리에게 전부 털어놓았다. 테크블라라는 사이트에 이브가 찌른 이야기부터 이머진이 애슐리한테 듣게 된, 가장 창피한 순간까지.

"내일은 또 어떻게 되려는지! 난 아직도 트위터 바보인데 내일부턴 패션쇼 내내 생중계를 해야 해. 난 즉흥적인 사람이 아니야. 내가 하고 싶은 말을 생각할 시간이 필요해. 순간순간 충동적으로 하면 잘할 수 없어.

청중에게 들려주기 전에 숙성 시간을 가지고 싶은데. 그렇지만 이제 트위터에서 내 팔로워 수가 이브보다 많아."

두 여자는 작은 하이파이브를 교환했다.

틸리는 보기 좋게 둥글둥글한 외모였다. 씩 웃을 때면 이가 모두 드러나고 주근깨가 드문드문했다. 그런 외모에 어울리지 않게 창부도 울고 갈 단어들을 사용해, 족히 5분은 이브에 대한 아일랜드인 특유의 맹렬한 욕설을 퍼부어주었다. 자기 와인을 꿀꺽꿀꺽 마시고 새끼손가락으로 딸기처럼 빨간 머리를 빙글빙글 돌렸다. 머리를 한바탕 굴리고 있는 게 분명했다.

"한번 더 설명해줘. 왜 하루 종일 트위터를 해야 한다고?"

이머진은 틸리의 질문을 받고 입술에 와인잔을 댄 채 잠시 생각에 빠졌다.

"이브는 회사를 위해서 좋대. 친밀성을 낳고 위스콘신 주 독자들에게도 패션쇼장에서 우리 바로 옆에 앉아 있는 것 같은 기분을 느끼게 해줘야 한다며." 이머진은 이브의 표현들을 그대로 사용하고 있었다. "아침마다 무슨 속옷을 입는지도 트윗에 올렸으면, 할걸."

"흠…." 틸리는 들어주기만 했다. 이머진은 틸리가 와인을 한 잔씩 더 따라서, 말할 수 없이 고마웠다. 틸리의 간은 석탄으로 만들어진 듯했다. 이머진과 앨릭스가 그녀와 술을 마시다 나가떨어진 게 몇 번인지 모른다. "알겠다!" 틸리가 화강암 조리대를 하도 세게 내리쳐서 이머진은 조리대 대신 비명을 지를 뻔했다. "너는 말보다는 이미지에 강한 사람이야. 그래서 잡지를 만드는 데 천재적이었던 거지. 화보 촬영을 해놓으면 잡지 페이지들이 영화처럼 춤을 추잖아."

이머진은 칭찬에 미소 지었다.

"게다가 사진보다 더 친밀한 게 어디 있어. 특히나 네 놀라운 감식안으로 찍은 사진이면."

"트위터에 사진도 올릴 수 있어? 글을 올리는 것보다 더 복잡할 것 같은데."

"아냐, 아냐. 인스타그램을 쓰면 되지. 해봤어? 진짜 좋아."

이머진도 인스타그램에 대해 알고 있었다. 칼 라거펠트[펜디, 샤넬 등을 거친 H&M 디자이너]가 참여해서 자신의 오만한 하얀 고양이 슈페트 사진을 올려서 화제가 됐었다. 하지만 트위터와 마찬가지로 직접 할 생각은 못 했다. 관심이 없었다.

"아주 쉬울 거야. 인스타가 훌륭한 게, 트위터랑 연결시킬 수 있거든. 그럼 인스타에 올리는 게 전부 트위터로 바로 올라가. 인스타그램은 훨씬 쉬워. 글에 대해서 걱정할 필요도 없고. 멋진 사진 찍는 데만 집중하고 각각에 대한 느낌 정도만 캡션을 붙이면 돼. 그럼 트위터로도 올라가고 다들 좋아할 거야. 네 팔로워들도 글로시닷컴 독자들도 패션쇼장에서 네 옆에 앉아 있는 것 같을 거고."

틸리가 귀여운 빨간 에나멜가죽에 금테 두른 케이스에서 아이패드미니를 꺼냈다. 조그만 갈색 카메라 렌즈 모양의 앱을 열더니 글자를 치기 시작했다.

"계정 이름은 뭘로 할래?"

"트위터랑 같은 걸로 할 수 있어?"

"물론이지. 그게 편하지."

"그럼 @GlossyImogen으로." 이머진이 말하고 인상을 썼다. "70년대 포르노 스타 이름 같지 않아? 비키니 제모가 특히 잘됐다는 뜻으로 말이야. 글로시 이머진, 뭐든지 할 거예요." 이머진이 캘리포니아 여자애들 말투를 흉내 내자 틸리가 콧소리를 크게 내며 웃었다.

"@GlossyImogen으로 됐어. 방법을 알려줄게."

틸리는 훌륭한 선생님이었고, 15분 만에 이머진은 필터와 테두리를 쓸 수 있게 되었다. 틸리는 또한 실제 올리지 않고 포스팅 연습을 하는 법을 알려주어 아침에 트위터에서와 같은 재난이 반복되지 않도록 해주었다. 인스타그램의 필터들은 마법 같은 기능을 발휘했다. 이머진은 Rise 필터가 만들어내는 소프트렌즈 효과에 반해버렸다. 스물다섯이 넘은 사람의 근접 촬영 때 참 좋을 것 같았다. X-Pro II 필터를 쓰면 모든 것이 생기 있고 따뜻해 보였다. Sutro는 그녀가 기르는 고양이 코코의 얼굴에서 회색과 갈색을 강조해, 상당히 불길해 보이는 체셔 고양이 같은 표정을 만들어주었다.

"그건 꼭 올려." 틸리가 이머진 옆에서 들여다보며 말했다. "인터넷에선 다들 고양이를 좋아해."

Valencia 필터를 쓰면 모든 것이 80년대 폴라로이드 카메라로 찍은 것처럼 보였다. 아이들이 웃긴 표정을 짓고 있는 스냅사진에 적용해보았다. 애너벨이 혀를 옆으로 쭉 빼고 조니는 물구나무를 서려고 하고 있었다.

또 틸리가 사진을 아주 짧은 비디오로 바꿔 트위터에 올리는 방법을 알려주었다. 전화기에서 문자와 이메일 말고도 이렇게 많은 걸 할 수 있는 줄 미처 몰랐다.

이머진은 중독되었다. 인스타그램은 더 밝고 세련되게 연출된 삶의 모습들을 보여주었다. 인스타그램 필터들은 인터넷상의 보톡스였다. 모든 것을 멋져 보이게 만들었다. 즉석에서 자기 구두 사진을 찍고 '구두야, 사랑해!'라고 캡션을 달아 올렸다.

이머진이 틸리를 껴안고 와인으로 알딸딸해져 외쳤다.

"머틸다 프레스턴, 이제부터 인터넷 관련된 건 모두 가르쳐줄래? 스승으로 모실게!"

틸리가 예의를 차리며 허리를 살짝 굽혔다.

"물론이죠, 부인."

그렇게 해서 두 여자와 아이 둘, 네 명은 킬킬대며 한데 뭉치게 되었다.

"셀피 타임!" 애너벨이 외쳤다.

"뭐?" 이머진이 난색을 표했다. "안 돼. 내가 셀피를 찍고 인터넷에 올리는 건 아닌 것 같아. 그건… 나답지 않아." 입술을 오므리고 카메라를 쭉 뻗던 이브의 모습이 떠올랐다.

애너벨이 불만스러운 표정을 지었다. "어휴, 엄마. 셀피는 다 찍는 거야."

"정말 보기 싫던데."

애너벨이 과장되게 눈을 치뜨며 팔짱을 꼈다.

이머진은 지고 말았다. "좋아. 한 장만이다. 대신 어색하지 않게 이리 와서 같이 찍어."

딸아이가 자세를 잡고 몸을 45도로 돌리며 이를 드러냈다. 조니가 껑충껑충 뛰어가 싫어하는 고양이를 데리고 왔다. 이머진은 팔을 쭉 뻗었다.

"좋아… 치ー즈."

7

패션위크 첫날, 이머진은 침대에서 튀어나오며 새로운 에너지가 용솟음치는 것을 느꼈다. 스케줄이 빡빡하여, 9시부터 일과가 시작됐다. 링컨 센터로 가는 택시 안에서 하늘색 스마이슨 다이어리에 접어 넣는 선홍색 『패션위크 캘린더』 페이지들을 꼼꼼히 들여다보며 8일 동안 열리는 300개 이상의 행사 가운데 이머진이 참석해야 하는 57개의 행사에 동그라미를 쳤다.

벌써 가을이 된 것 같았다. 이머진은 재킷 앞섶을 여미며 선선한 공기와 젖은 낙엽, 휘발유 냄새에 섞인 뭔가 달콤하고 알 수 없는 향기를 들이마셨다. 메이플시럽 냄새 같기도 했다. 택시에서 나와 대형 복합 건물 앞의 분수를 향해 가며 주변 상황을 가늠해보았다. 사진기자들이 눈을 부라리며 유명인이나 멋진 옷차림의 사람을 찾아 돌아다니고 있었다. 스트리트 스타일로 주목받고 싶은 사람들이 모여들어 한번 찍히길 바라며 어정거리고 있었다. '분열테크!'의 대척 지점이 있다면 바로 여기였다. 잠옷 비슷한 걸 입은 배 나온 남자들 대신 스틸레토와 선글라스로 우뚝 선 여자들의 세계였다. 패션위크 세계에 속한 사람이라면 보안 본부를 향해 거침없이 계단을 올라가면 됐고, 맥스 야블론스키와 그의 부하들을 똑바로 쳐다볼 것이다. 시타델 시큐리티는 마피아 소설에서 그대로 튀어 나온 듯한 외모의, 퀸스와 브루클린 출신 거친 남자들이었다. 야블론스 키는 불청객을 솎아내는 법을 알았다. 눈을 내리깔고 아이폰만 뚫어지게 들여다보거나 가방에서 초대장 비슷한 것을 찾는 척하지만, 가진 것은 네일 살롱 영수증뿐인 사람들.

야블론스키 양옆에는 각각 법원과 공항의 경비대였던 톰과 마이크 카 니 형제가 지키고 있었는데, 그들은 패션위크 입구의 로젠크랜츠와 길든 스턴[햄릿의 친구였으나 나중엔 햄릿을 죽이려 했던 무사들로, 톰 스토파드의 패러디극 〈로젠크랜츠와 길든스턴은 죽었다〉로 유명]으로, 하루에 열 시간씩 서 있는 동안 끝임없는 농담의 주인공들이 되곤 했다.

맥스가 곰처럼 이머진을 힘껏 얼싸안아 이머진은 시가, 땀, 올드스파 이스 스킨 냄새에 숨이 막힐 듯했다.

"내가 제일 좋아하는 패션 걸, 어떻게 지냈나?" 야블론스키가 물었다. 아버지뻘의 노인에게서라도 걸이라는 호칭을 듣는 것은 기분 좋은 일이 었다.

"잘 지냈어요, 맥스. 애들은 잘 지내요?" 야블론스키는 고등학교를 중퇴 했지만 뉴욕에서 모든 패션 관련 행사에 보안 인력을 제공했고, 네 아이를 조지타운과 노틀담에 집어넣었다. 이머진은 맥스를 좋아했지만, 아이들을 언급한 것은 실수였다. 15분 동안은 꼼짝 못하게 될 것이기 때문이다.

"맥스, 이따 나가면서 요즘 찍은 아이들 사진 좀 봐도 되죠?" 이머진이 맥스의 팔을 꼭 잡았다. "자리를 뺏기면 안 돼서."

"이머진 테이트. 당연히 맨 앞줄에 앉혀줄 텐데."

이머진은 윙크를 하고 카니 형제를 빠른 속도로 지나쳤다.

분열테크!와 메르세데스벤츠 패션위크 사이에 공통점이 하나 있다면 광고였다. 눈길 닿는 곳이면 어디나 천장에서 바닥까지 내려오는 배너와 브랜드 이름을 박은 키오스크가 보였다. 맥MAC이 만들어놓은 메이크업 살롱도 있었다. 신제품 메르세데스 S클래스 보닛 위에 모델들이 널브러져 있고, 그 두 승용차 사이에는 작은 주류 판매대에서 17달러짜리 파이퍼하이직 샴페인 미니어처 병과 8달러짜리 에스프레소를 팔고 있었다. 쓰레기통은 스마트워터 페트병으로 가득했고 다이어트콜라 작은 캔이 여기저기 흩어져 있었다. 한쪽에서는 삼성갤럭시 태블릿이 벽 하나를 차지하고 쇼를 중계했다. 또 다른 스마트기기 전시 벽에서는 인스타그램에 올라온 쇼 사진을 실시간으로 보여주었다. '내 사진도 저기 올라가야 해.' 이머진은 생각했다. 모든 것이 달라 보이기 시작했다.

패션위크는 2000년대 중반 아이패드 체크인부터 시작해서 완전히 디지털화돼가고 있었다. 클립보드를 들고 초대장을 확인하던 안내인들은 이제 모두 아이패드를 들고 빛나는 화면 속 초청 명단을 스크롤했다. '패션 GPS'의 기계들이 늘어서 바코드를 갖다 대기만 하면 좌석표를 발급해주었다. 입구 하나에 에디터와 바이어들이 몰려들어 북새통을 이루던 과거의 풍경은 공항 카운터만큼이나 효율적으로 바뀌었다. 이머진도 센비 파시드 쇼 행사장 앞 단말기로 성큼성큼 걸어가 받아온 바코드를 능숙하게 찍고 좌석표 인쇄를 기다리는 동안 누가 와 있나 두리번거렸다. 경호원들에 둘러싸인 올리비아 와일드와 제시카 채스테인이 막 문을 들어섰다. 둘 다 마크 제이콥스의 옷으로 빼입었다. 영화배우들 뒤를 소피아 코폴라가 혼자 천천히 따라 들어왔다. 언제나 그렇듯 조용하고 아름다웠다. 어린 기자들이 두 신예 스타에게 몰려들 동안 코폴라는 곧바로 단말기로 가 표를 출력했다. 더욱 많은 군중이 우르르 입구로 몰려갔다. '또 누가 왔지?' 귀네스 펠트로라도 되나? 아니, 유쾌한 스트리트 스타일로 인스타그램에서 유명한 패션블로거이자 '남자 퇴치제' 린드라 메딘 ['좋은 패션은 여자를 기쁘게 하기 위한 것이고 그래서 남자는 트렌드를 증오한다'는 말을 남김]이었다.

리얼리티쇼 스타 하나가 카메라 부대를 몰고 왔다. 뭘 너무 많이 집어넣은 얼굴에서 패션위크에 온 자부심이 넘쳐흘렀다. 1년 전만 해도 캘리포니아 유명 족의학자의 심심해하는 아내였는데 말이다. 커다란 가방을 든 조그만 여인들이 커다란 검은 오버코트를 입은 아시아 남자들 앞에서 팔꿈치로 몸싸움을 벌였다. 10도를 웃도는 기온에도 어디를 보나, 가짜든 진짜든, 모피가 넘쳐났다.

가는 구멍에서 복권처럼 종이가 쏙 튀어나왔지만 이머진은 굳이 숫자를 확인하지 않았다. 맨 앞 11번 자리에 앉게 될 것임을 알고 있었다. 잡지 에디터들은 모두 앞줄, 손 뻗으면 옷이 닿을 만한 자리에 앉는다. 이 런웨이에서 저 옷을 하나 선택하고 다른 쇼에서 다른 옷을 가져와 짝지은 다음, 해석을 거쳐 촬영한 사진을 잡지에 실으면, 그것이 전 세계 여성들이 옷을 입는 기준이 된다. 사진만으로는 옷을 평가할 수 없다. 모델들이 입고 움직이는 모습을 봐야 하고 조명 아래서 색감을 봐야 하며 촉감도 느껴야 한다. 심지어 모델들의 워킹에 따라붙는 음악 같은 디테일에도 주의를 기울여야 한다. 모두 감정적이고 시각적인 효과를 만들어낸다. 이런 것들이 모여 잡지에 실을 내용이 결정된다. 복잡하고 설명하기 어려운 과정이며, 패션쇼의 맨 앞줄 자리에서 모든 것이 시작된다고 이머진은 믿는다.

또한 그렇게 해야 디자이너들도 에디터들을 관찰할 수 있다. 런웨이무대와 무대 뒤 대기실을 가르는 검은 장막은 반투명이다. 대기실에서는 런웨이가 내다보인다. 에디터의 표정이 좋지 않으면, 상처받은 디자이너는 칼을 갈며 그 에디터의 잡지에서 광고를 뺄 것이다. 이머진은 모든 쇼가 끝나면 반드시 대기실로 가서 칭찬에 칭찬을 거듭 해주곤 했다. 몰리 왓슨이 가르쳐준 교훈이었다.

"세 시간이나 앉아 있을 순 없겠지." 몰리가 말했었다. "그래도 최소한 얼굴 도장을 찍고 네가 쇼에 갔다는 걸 알려야 해." 대부분의 디자이너는 쇼가 끝나면 녹초가 되었지만 충신들의 알현은 허락하곤 했다. 발렌티노는 예외였다. 그 이탈리아 디자이너는 구석에 혼자 떨어져 앉아 샴페인만 홀짝였다.

이머진은 센비 쇼장으로 들어가다가 느닷없이 기습을 당했다. 누군가의 두 손이 이머진의 양 엉덩짝을 꽉 쥐었던 것이다. "이 엉큼한 말괄량이!" 이머진이 휙 돌자 브리짓 하트가 있었다.

"언제 왔어?" 이머진이 그녀를 껴안았다.

"야간 비행기 타고 세 시간 전에 왔지." 이머진의 오랜 친구이자 전 룸메이트는 이제 할리우드에서 제일 잘나가는 스타일리스트가 돼 있었다. 그리고 몇 달 있으면 열릴 아카데미 후보로 기대를 한 몸에 받고 있는, 엄청 잘나가는 열일곱 살 여배우의 옷을 입혀주러 2주 동안 로스앤젤레스에 있었다. 브리짓은 늘 고객들과 특별한 친교를 쌓았다. 그냥 스타일리스트가 아니라 여자친구였다. "세상에서 가장 아름답고 은밀하고 가장 불안정한 여자들의 완전한 알몸을 보고 다녀." 브리짓은 그렇게 말하기도 했다. "자기랑 그 방에 같이 있는 사람이 절친이라고 느끼게 해줘야 하지."

브리짓은 야간 비행에도 전혀 피곤해 보이지 않았다. 비행기에서 자는 데 선수였고 1999년 '일주일에 세 번 산소마스크 요법'을 발견한 이래, 어떻게 해선지 비용을 능숙하게 세금 공제까지 받으면서, 조금이라도 피곤해 보인 적이 없었다.

브리짓은 토론토 교외에 살던 열일곱에 모델로 스카우트되었다. 에이전트는 그녀를 뉴욕으로 보냈고 확 뜨기 전에 1년 동안 일레인 포드[전설적인 모델 에이전트]와 살았다. 거기서 버디[작은 새라는 뜻]라는 별명을 얻었다. 딱히 새처럼 보여서가 아니라 촬영을 시작하면 몹시 긴장하고 도통 먹지를 않았기 때문이다.

이머진은 모다 매거진 촬영 때 처음 브리짓을 만났고 곧 둘은 함께 살게 되었다.

브리짓은 화장품 회사 커버걸의 대표 광고 모델로 발탁됨과 동시에 『보그』의 표지를 찍은 최초의 흑인 여성이었다. 그녀의 몸은 보는 사람 혼을 쏙 빼놓는 두드러진 굴곡을 가지고 있어 빅토리아시크릿이 늘 모델로 쓰고 싶어 안달이었지만 브리짓은 계속 거절했다. 고양이 같은 초록색 눈도 사진발이 환상적이었지만 얼굴 가득 퍼지는 따뜻한 미소야말로 모델로서의 성공에 결정적이었다.

하지만 브리짓은 모델 일을 싫어했다. 긴 촬영시간과 야간 비행, 매번 자자고 조르는 역겨운 사진가들을 증오했다. 브리짓은 이머진에게 유명인들의 스타일리스트가 될 생각은 해본 적이 없었다고 털어놓았다. 어쩌다 보니 인생 2막을 시작하게 된 것이다. 수년간 카메라에 찍히다 보니, 몸을 어떻게 해야 혹은 하지 말아야 하는지 정확히 알게 되었다. 스타일리스트로 일하기 시작하고 얼마 되지 않아 베르사체, 발렌티노, 막스마라 같은 브랜드의 주요 광고를 따냈다. 이탈리아인들이 특히 좋아했다. 브리짓은 안목이 대단하고 새로운 것을 발굴하는 데도 재능이 있었다. 랠프 로렌이 전속으로 일해달라고 애원했지만, 한 명의 고객에 만족할 수 없었다.

스타일링을 시작할 당시, LVMH[루이비통, 세포라, 크리스찬디올, 헤네시, 지방시, 태크호이어 등이 포함된 기업]의 회장이 개인적으로 조언을 해주어, 브리짓은 그가 시키는 대로 LVMH의 상장 때 주식을 사서 첫 주주 가운데 하나가 되었고 돈을 꽤 벌었다.

이머진의 친구는 가장 평범한 일상 중에도 전력을 다해 충만한 삶을 추구하는 사람의 결정판이었다. 오늘날까지도 브리짓은 새로운 도시에 가게 되면 이머진에게 반드시 엽서를 보냈다. 지나칠 정도로 솔직하고 거리낌이 없었고, 그것이 브리짓을 그토록 재미있는 사람으로 만들었다. 또한 그녀는 매우 의리 있는 여자였다. 때로는 그것이 지나쳐, 자격이 없는 남자에게까지 잘못된 정성을 다하곤 했다.

"올해도 네 옆에 앉는 기쁨을 누릴 수 있겠지?" 이머진이 말하며 브리짓의 팔짱을 끼었다.

"설마 그렇겠지." 브리짓이 씩 웃었다. 오래전부터 홍보 담당자가 둘을 함께 앞줄에 앉혀주고 있었다.

"자리가 어디야, 자기?" 이머진이 물었다.

"12A."

"그럼 나는 11A겠네. 잘됐다. 이제 할리우드의 모든 것 좀 이야기해 봐."

"나는 〈이브의 모든 것〉[1950년대 쇼 비즈니스 세계를 다뤄 아카데미 작품상을 받은 영화]을 듣고 싶은데?"

두 여인은 영화 제목과 맞아떨어지는 상황에, 처음 만났던 이십대 시절처럼 까르르 웃었다. 이머진이 친구에게 짧은 이메일을 몇 번 보내긴 했지만 회사에서 있었던 일 전부를 제대로 알려주진 못했다.

둘은 입구의 고참 홍보 담당자와 가볍게 인사하고 행사장으로 들어갔다. 메인스테이지, 즉 주요 패션쇼가 모두 열리는 런웨이로 가는 통로에서 아이패드를 든 조그마한 여자애가 분주히 입장객들을 확인하고 있었다. "좌석표는요?" 코맹맹이 소리로 물으며 화면을 흘긋거렸다.

두 여자가 조그만 종이를 내주었다. "미즈 하트, 12A 좌석으로 안내해드릴게요. 미즈 테이트, 조금만 기다리세요. 다른 담당자가 VIP 스탠딩석으로 모실게요."

이머진은 이해가 가지 않았다. 이머진은 맨 앞줄 표를 가지고 있었고 VIP에 스탠딩이라니 말이 안 됐다. 서서 패션쇼를 본 적은 없었다! 게다가 다른 쇼도 아닌 이 쇼에서! 호의를 베풀어 참석해준 것인데. 이머진은 친구를 응원하기 위해서 여기에 왔다. 그녀는 센비의 컬렉션을 표지에 내보낸 첫 에디터였다. 오늘의 센비가 있게 도운 사람이었다.

"센비가 지금 장난이라도 치는 건가요? 난 늘 11A에 앉았는데. 이 쇼만이 아니라 모든 쇼에서 말이에요. 다시 한 번 확인해보겠어요?"

브리짓은 이머진이 바로 뒤따라올 거라고 생각하여 이미 가버렸고 파파라치들의 플래시만 요란하게 터지고 있었다.

아이패드 여자애가 통통한 손가락을 화면 위에서 움직였다. "올리가 11A인데요. 올리 알죠? 최고의 패션 블로그 운영자잖아요. 패시걸닷컴. 아, 올리다! 안녀어어어엉!"

이머진 뒤에 바로 그 올리가 서 있었다. 열두 살도 안 돼 보였다. 턱까지 내려오는 단발머리는 밝은 파랑에 바깥으로 날카로운 컬이 져 있어 마치 〈날아다니는 수녀〉[1960년대 텔레비전 코미디로 수녀의 두건이 날개처럼 양쪽으로 뻗어 있다]와 켄 키지[『뻐꾸기 둥지 위로 날아간 새』 등을 쓴 소설가]가 불륜으로 낳은 아이 같았다. 센비의 오렌지색 유아용 점프수트를 입고 초록색 망토를 둘렀다. 그리고 스텔라 매카트니의 20센티 웨지를 신었다. 멋져 보였지만 동시에 놀랍기도 했다. 오른쪽에 조그만 카메라가 달린 무테안경을 요정 같은 얼굴에 쓰고 있었다. 아이패드 여자애가 요정에게 침을 튀기며 사인을 애걸하는 동안 올리가 이머진에게 말했다. "당신 작품 좋아해요." 그리고 허리를 굽혀 여자애의 아이패드에 키스를 했다. 밝은 핑크 입술 자국을 사인으로 남기고 사라락 11A 자리로 가버렸다.

"이머진 테이트가 서 있을 순 없어요." 이게 누구 목소리지? 낮고 허스키하고 정중한 척 거만을 떠는, 이브. 언제부터 보고 있었지?

"내 자리를 대신 드리죠." 이브가 큰 소리로 말했다. 다시 한 번 되풀이 말했다. "내 맨 앞줄을 이머진 테이트에게 주고 싶어요."

이머진은 옆에서 씨근거리고 있는 이브의 도움을 받으니 차라리 서 있는 게 나았다. 숨결이 느껴질 정도였다.

"내가 설게, 이브. 스탠딩석이라니… 지금은 흥분되는걸." 이머진은 힐을 신고 180이 된 키를 최대한 늘려보았다. "우리에겐 소비자가 최고고, 소비자들은 스탠딩석에 있잖아. 독자들이 있는 곳에 나도 있고 싶어. 어떻게들 반응하는지도 보고 싶고. 셴비는 무대 뒤에서 만나면 되니까. 나중에 보자."

아이패드 여자애는 아직 올리를 알현한 충격에서 헤어 나오지 못하고 VIP스탠딩석표를 가진 사람을 안내할 본분은 까맣게 잊고 있었다. "벽쪽으로 가 있어요. 쇼가 시작되기 직전에 들여보내줄게요."

이머진이 조심스레 통로 끝으로 가보니, 보안요원이 외치고 있었다. "벽을 따라 서세요! 벽을 따라 한 줄로!"

'감옥이 따로 없군. 내가 〈오렌지가 새로운 흑인〉[Orange Is the New Black, 중산층 백인 여자가 마약에 연루되어 오렌지색 죄수복을 입고 감옥에 들어가서 겪는 일을 그린 시트콤]에 출연한 건가.' 이머진은 생각했다.

VIP스탠딩석 관객들은 그들 옆을 줄줄이 지나가는 사람들에 비해 다소 허술했다. 비어져 나온 머리칼이 더 많았고 아이라이너는 좀 더 두꺼웠으며 브랜드 의상은 몸에 잘 맞지 않아, 백화점이 아닌 샘플 세일에서 할인된 가격으로 구매했음을 드러냈다. 아이패드 여자애를 그대로 통과해 지나가는 관람객들은 옷도 더 좋았을 뿐 아니라 골격도 더 좋았다.

이머진은 누가 볼까 봐 고개를 숙이고 열심히 벽을 따라 움직였다. 사람이 많아질수록 통로가 더워졌다. 이머진은 관자놀이에서 땀이 떨어지는 것을 느끼며 주위 대화를 주워들었다.

"패션쇼는 처음이야. 너무 신나."

"프라발 쇼에서 홀딱 벗은 사람 얘기 들었어?"

"뭐 하는 거지?"

"여기서 얼마나 더 기다려야 돼?"

"알렉산드라에게 문자 보냈어? 우리가 여기 온 걸 알면 쓰러질걸."

"아, 뭐야, 아무도 안 들여보낼 거야?"

"다 들어가도 너는 안 될걸."

이머진은 목을 쭉 빼보았으나 그게 누군지 알 수 없었다.

"이 프레첼 먹을까?"

"요구르트 맛이야, 초콜릿 맛이야?

"초콜릿."

"그럼 먹지 마."

머리가 부스스한 여자가 이머진의 발등에 물병을 떨어뜨리고 호들갑을 떨며 사과하는데, 아이패드 여자애가 와서 이제 들어가도 된다고 알려주었다. 이머진의 눈은 곧바로 맨 앞줄을 향했다.

브리짓은 올리 맞은편에 앉았고 브리짓의 최고 고객인 제니퍼 로런스는 그 왼쪽에, 애너 윈터와 안드레 레온 탤리가 그 오른쪽에 앉았다. 제시카 채스테인과 올리비아 와일드도 근처에 있었다. 건너편 앞줄은 올리와 또래거나 다섯 살 정도 많아 보이는 여자애들이, 똑같이 웃게 생긴 안경을 쓰고 무릎에는 랩톱을 올리고 앉아 있었다. 그 끝자리에 이브가 똑같은 안경을 쓰고 앉아 있었다. 이브의 안경은 그녀가 입은 카나리아 색 원피스에 맞춰 다리가 노랬다. 이브 옆에는 마시모가 휠체어에 앉아 있었다. 경악에 찬 표정을 짓고 있는 것으로 보아 이 행사장 상황을 보고 무슨 생각을 하고 있는지 알 만했다.

"블로거와 유튜브 스타들이지."

뒤에서 들리는 소리에 이머진은 고개를 돌렸다. 이소벨 해리스였다. 바니스 백화점의 오랜 구매 담당자였다. 그녀는 어깨를 바꿔 가방을 매며 스탠딩석의 사람들을 헤치고 이머진과 포옹했다. 어쩜, 이소벨은 쉰 살이 넘었을 텐데도 검은 블레이저재킷과 회색 시가렛팬츠를 입은 모습이 정말 멋져 보였다. 이머진은 이시가 결혼하기 전부터 알고 지내는 사이였다. 남편은 이제 유명 극작가가 되었지만 전에는 발타사르 레스토랑의 웨이터였다. 열 살 많은 이소벨은 당시 샤넬 마케팅 부서에 있었다. 샴페인을 한 잔 더 가져다준 웨이터를 이소벨이 돌아보았고, 그 웨이터가 이소벨을 잡았다. 그렇게 둘은 부부가 되었다.

"우린 왕좌를 빼앗겼어, 자기. 디자이너들은 모두 저 애들을 앞줄에 앉히고 싶어 해. 자리 배치를 어떻게 했는지 좀 봐." 이소벨이 완벽하게 다듬어진, 그러나 매니큐어는 칠하지 않은 검지를 들어 애너, 안드레, 브리짓, 제니퍼, 제시카, 올리비아가 앉은 줄을 가리켰다. "찍혀야 하는 사람들을 한쪽에 몰아 앉히고, 건너편에는 찍을 사람들을 앉혔지. 다들 이 쇼를 구글글래스로 찍어 생중계로 자기들 사이트에 올릴 거야."

"구글글래스가 뭐야?" 이머진이 아는 척하길 포기하고 물었다.

"쟤들 쓰고 있는 웃긴 안경 말이야. 안경(glasses)이 아니라 안경알(Glass)이라고 불러야 해. 안경알 한쪽에만 스마트폰이 들어가 있으니까. 명령어를 말하거나 옆을 두드리면 사진과 동영상을 찍을 수 있어. 구글에서 패션계 유망주 서른 명을 선발해서 패션위크를 찍으라고 줬대."

"그런 걸 다 어떻게 알았어?"

이소벨이 어깨를 으쓱했다. "『우먼스 웨어 데일리』에 여름 내내 계속 나왔어." 그러고선 멈칫하더니 이머진의 소식을 생각해냈다. "내가 제정신이 아니네. 보자마자 안부부터 물었어야 했는데. 이제 좀 괜찮아?"

"멀쩡해. 정말로. 컨디션도 좋고. 여기서는 이렇게 허우적거리고 있는 것 같지만." 이머진이 절친하지 않은 사람에게 패션업계의 변화를 따라잡으려 고전하고 있다는 걸 인정하긴 처음이었다.

이소벨이 또 한 번 이머진을 포옹해주었다. 그러고 보니 다른 베테랑 바이어들과 패션 기자들도 스탠딩석에서 부대끼고 있는 것이 보였다. 다들 좌석을 배정받던 사람들이었다. 불빛들이 깜빡이며 쇼 시작 5분 전을 알렸다. 『우먼스 웨어 데일리』에 칼럼을 쓰는 교활한 기자 애디슨 카오가 보였다. 그들을 향해 곧장 다가왔다.

"맙소사, 이머진 테이트가 스탠딩석에서 뭘 하고 있는 거야?" 애디슨이 매 단어마다 끝을 한 음씩 올리며 끼어들었다.

"살 빠졌네." 이머진이 장난스럽게 애디슨의 배를 간질이며 말했다. 패션계에선 가십 칼럼니스트만이 이렇게 통통하고도 살아남을 수 있다. 아무도 그를 따돌리거나 사진을 찍어 가십난에 올리지 않는다.

"주스 장세척으로 4킬로 빠졌어." 애디슨이 잘 다림질된 바지 앞섶까지 손바닥으로 쓸어내리며 말했다. 그러고 나서 둘은 이런 일을 전부 벌이고 있는 패션위크에 대해 쌓였던 불만을 쏟아냈다.

"올해 스케줄이 너무 빡빡해."

"제때 시작하는 쇼가 없을 거야."

"끝나면 난 요양원 들어갈 거야."

상황이 상황이니만큼 세심하게 처리해야겠다 싶은 생각에, 이머진은 애디슨에게 바짝 다가서 그의 체취와 감자튀김 냄새를 들이마시며 속닥였다. "내가 왜 스탠딩석에 와 있는지 알고 싶어?" 이머진은 애디슨의 취향이 젊은 아시아 남자라는 걸 잘 알고 있었지만 귓속말로 속삭이는 섹시한 분위기를 싫어할 사람은 없기에 간드러진 목소리를 더했다.

"응." 애디슨의 숨이 거칠어졌다.

이머진은 아까 입구에서 이브와 마주쳤을 때 늘어놓았던 헛소리를 다시 반복했다. 에디터가 아닌 소비자의 관점에서 패션쇼를 보고 싶기 때문이라고. "난 15년 동안 맨 앞줄에서 쇼를 봐왔어. 재미없어지지. 올리 같은 애들도 인생에 한 번쯤 그런 경험 해보라지. 독자들이 패션쇼에서 무엇을 보는지 나도 보고 싶어. 독자들은 맨 앞줄에 앉지 못할 테니까." 이브가 했던 분열테크! 연설에서도 문구들을 좀 빌렸다. "글로시는 우리만큼 패션을 사랑하는 소비자들에게 직접 공급하는 멀티미디어 회사야. 이런 시대엔 잡지 에디터도 다른 관점에서 상황을 볼 필요가 있어." 이머진은 자신이 입에서 나오는 단어들이 무슨 뜻인지 반도 이해하지 못했지만 말은 술술 나왔다.

애디슨은 종이와 펜을 사용하는 데 조금의 부끄러움도 느끼지 못하는 듯, 수첩에 정신없이 받아 적었다. "정말 사랑해, 이머진 테이트." 애디슨이 수첩을 착 닫으며 말했다. "우리 같이 셀피 찍을까?"

이머진은 미소 지으며 끄덕이고 최대한 팔을 뻗어 애디슨의 어깨를 둘렀다. 애디슨이 팔을 위로 쭉 뻗어 사진을 찍었다.

"이렇게 하면 턱이 둘인 게 안 보여."

"똑똑한데, 애디슨."

객석 조명이 꺼지자 이머진도 다른 이들과 함께 아이폰을 준비했다. 10년 전의 사람이 타임머신을 타고 온다면, 모든 사람이 똑같은 행동을 하고 있는 걸 보고 뭐라고 생각할까? 전화기를 얼굴 앞에 들고 현실 대신 밝게 불이 켜진 화면을 들여다보는 모습을 말이다. 패션쇼에서 카메라가 엄격하게 금지되던 시절이 그리 오래전도 아니었다. VIP스탠딩석이라더니 장점도 있었다. 이 위치에 서니 런웨이 전체와 맨 앞줄의 특급 게스트들 사진을 모두 찍을 수 있었다. 이머진도 첫 번째 모델부터 찰칵 대기 시작했다.

틸리가 해시태그에 대해서도 전부 가르쳐주었다. 글로시의 메인 트위터 계정인 @Glossy와 인스타그램 피드도 태그하고 '#메르세데스벤츠패션위크'와 '#패션'이라는 포괄 태그도 잊지 않았다. 또한 틸리에 의하면, 창의적인 해시태그도 중요했다.

"해시태그를 가지고 놀아야 해. 인스타그램 팔로워들은 창조적인 사람을 좋아하니까."

그래서 이머진은 '#뒷줄에서본풍경'이라는 태그를 만들었다. 그리고 서른 장 이상의 사진을 찍어 올렸다. 런웨이를 걸어가는 모델들 한 장씩. 재단과 색감에 대해 논평하고 세 가지 다른 필터를 써서 거리감과 조명을 벌충하자 하얀 런웨이에 마법 같은 분위기가 더해졌다. 이브도 랩톱으로 트위터 피드를 보고 있을 것이다. 아니면 구글글래스 장치 한쪽에 떠오르고 있는지도 모르지. 이브가 목을 쭉 빼고 이머진을 찾고 있는 것이 보였다. 하지만 런웨이 쪽의 조명이 너무 눈부셔서 가장자리 실내는 어둠에 잠겨 있었다.

마지막으로 모델들이 모두 나와 함께 캣워크를 걷고 센비가 무대로 나와 인사를 할 때 이머진은 기다리지 않고 나왔다. 미로를 누비는 테세우스처럼, VIP 스탠딩석에서 평민 스탠딩석으로, 그리고 출입금지 구역까지 차례로 지나, 무대 뒤 대기실을 향해 가기 시작했다. 살짝 장막 뒤로 들어가자 그쪽을 지키고 있던 보안요원이 깜짝 놀라 달려왔다. 맥스의 부하 중 하나였다.

"미즈 테이트, 왜 무대 입구로 들어오지 않았어요?"

이머진은 남자의 허리에 손을 대고 말했다. "아, 그냥 그쪽은 정신없을 것 같아서요. 센비를 축하해주러 제일 먼저 오고 싶었지."

"그러셨군요, 미즈 테이트."

이브가 다른 사람들과 함께 들어오려고 애쓸 때쯤, 이머진은 벌써 센비와 웃으며 담소하고 있었다. 센비는 이머진이 쇼 내내 어디에 쭈그리고 있었는지 전혀 모르는 눈치였다. 이머진은 이 여성의 미모에 매번 만날 때마다 감탄했다. 베트남과 이집트 유전자가 완벽하게 결합해 탄생한 아몬드 모양 눈과 금빛이 점점 박힌 코코아빛 피부.

이브는 두 사람이 팔라초팬츠의 안쪽 솔기를 살펴보는 모습을 보고 눈을 부라렸다. 그들 뒤에선 미용사들이 다음 쇼를 위해 정신없이 모델들을 매만졌다. 그런 다음 아부그라이브 교도소처럼 머리에 검은 봉지를 씌워서 화장을 망치지 않고 옷을 갈아입을 수 있게 했다. 헤어 스타일리스트 한 명이 단호한 표정으로 30센티미터는 돼 보이는 업스타일을 만들며, 망 조각으로 가장자리를 장식하고 고정하려 스프레이 한 통을 다 쓰는 듯했다. 또 다른 메이크업 아티스트는 완벽한 스모키 눈화장을 위해 최선을 다하고 있었다. 먼저 맥MAC의 펄베이지 섀도를 바르고, 점점 어둡게 윤곽을 칠해가다가, 속눈썹을 따라 검은 크림 라이너를 그어 화장을 완성했다.

이머진이 한창 얘기하고 있는데, 이브가 블로거 한 명을 팔꿈치로 밀치고 들어왔다.

"전화기가 망가지기라도 했어요?" 이브가 이머진에게 으르렁거렸다.

"아니. 왜, 자기야?" 이머진이 7분간 보지 않았던 아이폰을 흘긋 보았다. 이브가 문자 여섯 통을 보냈다.

>> 무대 뒤로 갈 거예요?
>> 난 갈 거예요.
>> 우리 무대 뒤에서 만나는 거죠?
>> 벌써 들어갔어요?
>> 대체 어딨는 거야?
>> 무대 뒤로 어떻게 들어가죠?

이브는 마치 자기 손에서 이머진의 머릿속으로 문자가 바로 들어갈 거라 생각한 것 같았다. 이머진은 일단 무시하기로 했다.

"이브, 재밌게 봤는지 모르겠네. 하지만 내 친구 센비를 꼭 소개해주고 싶어." 친구라는 말은 과장이 아니었다. 센비와 그녀의 파트너가 첫 아이를 입양할 때 마침 조니도 태어났다. 그래서 둘은 아기와 함께 수영하기 수업을 같이 들었다.

"센비, 드디어 만나게 되어 기뻐요." 이브가 말했다. "당신 정말 근사해요!"

센비가 이브를 냉랭하게 쳐다보았다. "목소리가 낯익네요."

"이브가 예전에 내 전화를 모두 받았으니까." 이머진이 이브에게 다정하게 미소를 지었다.

"지금은 글로시닷컴의 편집이사예요." 이브가 만회를 해보려 애썼다. "정말 근사해요! 새 글로시 플랫폼에 참여해주면 좋겠어요. 멀티미디어 애플리케—"

디자이너가 이브의 말을 잘랐다. "이머진이 다 얘기해주었어요. 이머진이 맡아서 한다면 참여할게요." 디자이너는 이머진과 세 번 볼뽀뽀를 했다. "무대 인사를 하러 가야 해서."

올리가 조금씩 이머진 쪽으로 다가오며, 파란 헬멧 같은 머리가 오르락내리락 했다. "#뒷줄에서본풍경 해시태그 너무 좋았어요. 천재적이에요. 내 인스타그램에서 당신을 리그램하고 당신 피드를 패시걸닷컴에 링크시켰어요. 나도 패션쇼에 처음 왔을 때 똑같았거든요. 그때 느낌을 정말 제대로 표현해냈어요." 올리가 갑자기 몰려든 다른 블로거들에 둘러싸여, 이머진은 그들의 안경이 서로 너무 가까이 부딪히면 합선돼서 전부 불덩이가 되는 건 아닌지 걱정됐다. 영화 〈캐리〉의 무도회 장면에서처럼 말이다.

그 이후로도 자리 배정에 상관없이(VIP스탠딩석에서 맨 앞줄까지, 매번 달랐다) 이머진은 스탠딩석으로 갔다. 애디슨이 계속 이머진에게 윙크를 날렸다. 올리는 안경다리를 톡톡 두들기며 실시간으로 인스타그램을 했다. 이브는 맨 앞줄에 부루퉁하게 앉아 있었다.

브리짓이 문자를 보냈다.

>> 꾀바른 섹시한 년 같으니.

이머진이 답장을 보냈다.

145

>> 오늘은 좀 그렇지? 내일은 어떨지 보자고.

마지막 쇼가 끝나고 이머진은 다시 애디슨 카오와 마주쳤다.

"이머진, 질문이 있어. 누가 살짝 일러줬는데. 내일 기사로 써보려고 머리를 굴리고 있어. 앤드루 맥스웰과 이브 모턴에 대해 아는 거 있어?"

그 이름이 누군가의 입에서 나오는 것을 결국 듣다니, 소름이 쫙 끼쳤다. 1년 전만 해도 이머진은 앤드루 맥스웰이 지구 표면에서 완전히 사라졌다고 진심으로 믿으며 안심했다. 앤드루는 정말이지 최악의 남친이었다. 이머진이 이십대 때 지금만큼만 나르시시스트를 알아보는 능력이 있었더라면 얼마나 좋았을까. 하지만 그때는 그의 자신감과 매력, 그리고 맨해튼에서 가장 교제하고 싶은 여자로 낙점되었다는 허울에 현혹되었다. 최상층 자제 가운데 하나였던 그는 분홍 셔츠를 하도 자주 입어, 마시모와 브리짓은 그를 그냥 '분홍셔츠'라고 불렀다.

절대 앤디라는 애칭을 쓰지 않았던 앤드루는 젊을 때 금발을 너풀거리며 항상 수염이 까칠하던 로버트 레드퍼드를 닮았다. 그의 부모는 1980년대 주택담보대출 투자로 신흥 부자가 된 사람들로, 그들의 매디슨 애비뉴 펜트하우스는 끔찍할 정도로 비싸지만 딱히 취향이 있어 보이지는 않는 예술 작품으로 가득했다. 돈이 많다는 건 그에게 일할 필요가 없다는 뜻이었고 그래서 그는 일을 하지 않았다. 2년의 시간을 어마어마한 양의 코카인과 이머진에게만 썼다. 젊은 여자애들이 매력적인 남자를 차지하기 위해 따르게 마련인 방식들은 역겨운 법이고 당시 이머진도 예외는 아니었다. 활짝 웃는 얼굴과 자연스러운 카리스마는 결국 어떤 어른이 되고 싶은지 알 수 없어 하는 그의 본모습을 가려주었다.

이머진이 웨스트 4번가 조그만 원룸에서 혼자 살게 되었을 때였다. 엘리베이터 없는 3층에 침대를 놓고 나면 남는 공간도 거의 없었지만, 널찍한 쌍여닫이 창문이 가로수가 늘어선 웨스트빌리지 거리를 내려다보는 집이었다.

앤드루는 이머진을 품바에서 마주친 이후 구애를 하면서, 그 아파트로 하루에 열 다발의 꽃을 보냈다. 그리고 둘은 그의 부모 전용기를 타고 전 세계를 날아다녔다. 앤드루는 이머진과 떨어져 있는 걸 참을 수 없어했고 곧 둘은 이머진의 좁다란 집에서 함께 살게 됐다. 같이 살기 시작한 지 몇 달 되지 않아, 앤드루는 살이 찌기 시작했다. 기괴할 정도로. 낮 동안 할 일이 없었던 앤드루는 말단 편집자였던 이머진이 일하러 가면 숙취로 늦잠을 자고 나서, 길고양이들이 계산대 주변을 얼쩡거리는 길 아래의 수상쩍은 중국집에서 음식을 배달시켰다. 이머진이 가끔 이른 새벽 촬영을 끝내고 녹초가 되어 오후에 집에 와보면, 앤드루는 아래층에 사는 나이 든 아르메니아 여자와 연속극을 보고 있었다.

"이웃이랑 친하게 지내야지." 앤드루는 무거운 몸을 이머진에게 기대고 계단을 올라가며 느릿느릿 말했다. "속물처럼 굴지 마."

어느 날은 전화요금이 1,300달러 나와서 보니 유료 폰섹스 전화 때문이었다. 그의 부모는 억만장자였지만 이머진은 조그만 원룸 방세도 간신히 내는데 앤드루는 방세의 두 배나 되는 전화료를 쓴 것이다. 앤드루는 그날 밤 늦게 시퍼렇게 멍든 눈으로 비틀거리며 들어와 딱 잡아뗐다. 그런 다음 화장실로 가서 20분 동안 코카인 한 봉지를 흡입하고 나와 모든 것을 고백했다.

그의 어머니가 다음 날 아침 보석을 치렁치렁 달고 버번과 절망의 냄새를 풍기며 그를 데리러 와서 네바다 사막에 있는 비싼 재활원으로 보냈다.

3개월 후 이머진은 앨릭스를 만났다. 일요일 아침 일찍 벨이 울려 문으로 갔다. 이머진은 프렌치75 칵테일의 숙취에서 미처 회복되지 못한 채 악연의 전흔을 핥으며 앤드루의 낡은 맞춤 분홍 셔츠에 사각 팬티를 입고 호텔에서 훔친 하얀 슬리퍼를 신고 있었다. '지금이 몇 신데…' 생각했지만 곧 앤드루가 간 곳의 시간대를 고려했고 현관문을 열었다.

멋진 남자가 서류를 한 뭉치 들고 서 있었다. 헝클어진 검은 곱슬머리가 길게 자라 권투선수 같은 강인한 턱까지 내려왔다. 이머진이 너무 뚫어지게 쳐다봤는지, 살짝 갈라진 도톰한 입술이 슬쩍 미소를 지었다.

"미안하지만 다시 한 번 얘기해줄래요?" 이머진이 잘생긴 낯선 남자에게 물었다. 남자는 앤드루에게 법원 문서를 전달하러 온 것이었다. 앤드루가 술집에서 싸움을 벌였던 자식이 상대가 부자라는 것을 알게 돼 폭행으로 고소한 것이다.

"이제 여기 안 살아요. 알코올중독 치료하러 사막으로 갔어요."

앨릭스는 앤드루 손에 문서를 직접 전달하거나 새 주소를 알게 될 때까지 못 간다고 했고 이머진은 차라도 마시라며 들어오게 했다. 화장실로 달려가 산발한 머리를 꼭 묶고 눈 밑에 콘실러를 바르고 립글로스도 좀 문지른 다음 입에 민트 스프레이를 뿌리고 나왔다. 앨릭스가 조그만 무명 안락의자에서 몹시 불편해하는 모습을 보고 이머진은 푹 웃음이 터졌다. 그리고 앤드루의 정신없는 어머니에게 전화를 걸어 주소를 물어보았다. 다시 전화가 걸려오길 기다리는 동안 이 젊은 변호사가 집안에서 대학에 간 첫 번째 자식일 뿐 아니라 예일 법대까지 나왔다는 걸 알게 되었다. 그는 아버지가 운영하는 로어이스트사이드의 체육관에서 권투로 190센티에 달하는 체격을 관리하고 있었기 때문에 옷에 관심도 없고 그럴 필요도 못 느꼈다. 디자이너 이름만 박혀 있다고 스타일이 사는 것은 아니라는 것을 이머진은 알고 있었다. 앨릭스는 이머진이 지금까지 사귄 그 누구와도 달랐다. 아주 똑똑했고 평등과 민주주의의 가치를 믿으며 스스로 변호하지 못하는 사람들의 권리를 보호하기 위해 늦은 시간까지 일해야 하는 직업에 자부심을 느꼈다. 정계로 들어가려는 야망을 품고 있었지만 현재로선 지금의 일에 만족했다. 심지어 감사하게 생각했다. 특히나 이머진의 아파트에 들어오게 되어 황송해하는 듯했다.

이머진이 미꾸라지 같은 앤드루의 주소를 알려주자, 앨릭스는 서부로 배달원을 보냈고, 성공적으로 고소를 마무리했다. 하지만 저녁을 먹자고 전화하기까지 9일이나 걸려 이머진을 심란하게 만들었다. 첫 데이트 날, 그들은 웨스트 10번가의 피아디나를 임시 휴업시키고 볶은 마늘 냄새와 담배 연기로 꽉 찬 비좁은 지하에서 조그만 나무 탁자에 앉아 몇 시간을 킬킬거렸다. 구석 책장 뒤 숨겨진 스피커에서 딘 마틴이 흥얼거리고 탁자 가운데 키안티 와인병에 끼워진 초에선 밤이 끝나기 전에 촛농이 모두 흘러내려버렸다.

이머진은 앨릭스가 와인을 천천히 홀짝이는 걸 눈치챘다. 잔을 들어 향을 훅 들이마신 다음 입안에서 약간 후르륵거리면서 진정으로 음미했다. 맛보다는 취하기 위해 꿀꺽꿀꺽 마셔대는 앤드루와는 달랐다. 앨릭스는 식사를 하면서 이머진을 바라보았다. 이글거리는 눈엔 그녀의 몸에 대한 욕망이 가득했다. 깊게 파인 캐시미어 스웨터를 입은 우유처럼 하얀 살결을 구석구석 훑어보는 눈길을 숨기려 하지도 않았다. 영국에서 십대 때 데이트를 시작한 이래 처음으로, 배 속이 불안하게 널뛰지 않았다. 대신 이머진은 이 남자와 함께 강력한 안정감을 느꼈다. '이제야 만났구나.' 이머진은 생각했다. 그렇게 간단했다. '드디어 찾았어.'

이머진은 최대한 시간을 끌다가 몇 주 후 이스트빌리지에 있는 앨릭스의 조그만 원룸에서 끝내주는 섹스를 했다. 그의 원룸은 책과 거대한 침대가 다 차지하고 있었다. 그는 그녀를 천천히 벗기고 온몸에 키스를 했다. 이렇게 이타적인 애인은 처음이었다. 그리고 그는 여자친구의 할머니뿐 아니라 여자친구의 남자인 친구와도 사이좋게 지낼 수 있는 희귀한 종자였다. 그것도 앤드루와 정반대였다. 디자이너 행사에 초대될 때마다 홍보 담당자는 항상 이머진에게 앨릭스도 같이 올 수 있느냐고 묻곤 했다. 이머진은 이 키 크고 잘생긴 남자와 같이 어디를 갈 때마다 무척 자랑스러웠다. 자연스러운 기품이 있고 법정 드라마 같은 일을 실생활에서 하고 있는 그는 인기 초대 손님이었다.

앤드루는 금세 잊어버렸다. 그때는 구글도 없었고 있었다 하더라도 이머진은 몰랐다. 페이스북은 분명히 없었다. 이런 것들이 모두의 삶을 얽어매기 전에 이머진은 행복하게 유부녀가 되었다. 게다가 인맥이나 사교활동으로 볼 때 이머진과 앤드루는 그 후 서로 마주칠 일이 별로 없었다. 1년 전에 이머진은 신문을 보다가 그가 하원의원이 되었다는 것을 알았다. 그리고 최근에는 상원의원이 되려고 선거운동을 하고 있다고 들었다.

그래도 이머진은 설마 이브와 한 묶음으로 그 이름을 듣게 될 줄은 꿈에도 몰랐다. 그렇다고 애디슨에게 섣불리 감정을 들킬 수는 없었다. "자기가 나보다 훨씬 많이 알 텐데."

"어, 나도 잘은 몰라. 이브가 7월 정도부터 앤드루 맥스웰을 찍었고 3주 전부터 여섯 번이나 이른 아침에 105번가 그의 아파트 건물에서 나오는 모습이 포착되었지."

"그 건물에 사는 사람은 많아, 애디슨."

"차고로 통하는 개인 계단실을 이용하는 사람은 많지 않지."

"내가 조사 좀 해줄 테니까, 그러는 동안 자기도 날 좀 도와주면 어때? 글로시닷컴에서 환상적인 새 인스타그램 홍보를 하고 있거든. #뒷줄에서본풍경 해시태그 말이야."

"협상을 잘한단 말이야, 테이트. 내일 문자 보낼게." 애디슨은 자칭 21세기의 J. J. 헌세커[1950년대 영화 〈성공의 달콤한 향기〉에 등장하는 칼럼니스트]였다. '21' 클럽에 놓여 있던 헌세커의 전화는 태블릿으로 대체되었지만 말이다.

이머진은 소문을 캐는 데 젬병이었지만 브리짓은 아니었다.

"분홍셔츠와 분홍붕대원피스 사이에 대해서는 처음 들었어. 하지만 알 만한 사람들에게 물어볼게." 이머진의 전화를 받은 브리짓이 말했다. 그녀는 백스테이지에서 한 시간은 더 『엑스트라』와 인터뷰 촬영을 해야 했다.

하지만 이머진이나 브리짓이 정보를 캐내어 애디슨을 돕기 전에, 이머진은 '페이지 식스'에서 보내는 문자 알림을 받았다.

>> 뉴욕9 선거구의 하원의원 앤드루 맥스웰에게 새 연인이 생겼다. 49세의 정치인은 26세의 글로시닷컴 편집이사 이브 모턴과 사귀는 중이다.

이머진은 링크를 눌러 뒷부분도 읽었고 앤드루와 이브의 사진까지 볼 수 있었다. 이브는 영부인이라도 된 듯 머리를 쪽 지었고 앤드루는 켄 인형[바비 인형의 남자친구]의 투구형 헤어스타일처럼 머리를 찰싹 붙여 넘겼다. 앤드루는 턱시도를 입고 이브는 바닥까지 끌리는 빨간 베즐리미슈카 드레스를 입었다.

새 커플은 이번 주 초 뉴욕시장 공관인 그래시 맨션에서 열린 태국국왕 환영연회에 나타났다. 2년 전 하원에 뽑힌 맥스웰은 젊은 뉴욕 기반 기업가와 만나고 있었다. 그녀는 뉴욕대를 졸업하고 하버드 경영대학원을 나와 다시 뉴욕으로 돌아왔고, 로버트매너링 사에서 디지털 애플리케이션을 출시했다. 맥스웰과 모턴은 최근 햄프턴에서 함께 있는 것이 목격되어 사귄다는 소문이 돌았다. 그들은 23세의 나이 차에도 불구하고 매우 열정적으로 보였으며 커플인 것이 분명하다고 한다. "손을 잡고 구석에서 키스했어요." 목격자 가운데 하나가 여름 동안 이스트햄프턴에서 그들의 행각을 제보했다. 다른 사교계 정보원은 그들이 얼마나 멋져 보이는지 침을 튀겼다. "그 나이라고 믿을 수 없는 몸매였어요. 금발의 존 F 케네디 주니어 같았다니까." 지난번 저녁 행사 때 사진기자들 앞에서 손을 잡고 포즈를 취한 것으로 보아 교제를 공식화한 듯하다. 우리가 그들에게 직접 연락을 취한 지 한 시간 후에 그들의 사진이 사교계 사진가 빌리 퍼렐의 웹사이트에서 지워졌다가 잠시 후 다시 나타났다. 아마도 그들 홍보팀에서 이 상황을 어떻게 설명할지 마음을 정하지 못했던 것 같다. 특히나 맥스웰이 과거 모턴의 현 글로시 동료 이머진 테이트와 사귀었기 때문이다.

'윽. 나는 왜 끌고 들어간담?'
이머진의 전화기로 문자가 쏟아지기 시작했다. 브리짓과 마시모였다.

>> 이브와 분홍셔츠라니. 우웨엑.
>> 권력과 금주가 과연 분홍셔츠의 판단력을 흐려놓았구먼.

그리고 애디슨에게서도 왔다.

>> 우리 새 됐네.

요 조그만 년이 이머진의 인생을 훔치고 있었다.

8

이브는 이머진에게 잘해주려 애썼다. 하지만 센비 쇼에서는, 와, 뭐지? 백스테이지로 가는 방법을 알아내려고 이머진에게 문자를 한 50통은 보낸 것 같다. 전화기도 안 보고 사는 거야? 게다가 대체 왜 하루 종일 찌질이들처럼 뒷좌석에 숨어 있는 거야? 무슨 꿍꿍이지?

패션위크의 두 번째 날 오전 5시, 이브는 늘 그랬듯이 해도 뜨기 전에 침대에 일어나 앉아, 지휘본부처럼 각종 기기를 늘어놓고 다이어트 레드불을 마셔댔다. 자기 전에 찍은 인스타그램 '#졸린나'가 536회 좋아요 된 것을 보니 미소가 떠올랐다. 그녀는 그것을 공식 글로시 계정에서 리그램했다. '우리 편집이사는 잠들기 전에 너무 사랑스러워!!'라고 캡션을 달았다. 좋아.

이젠 이머진만 잘하면 된다. 어젯밤 늦게 이브는 이머진에게 제발 구글독[구글에서 만든 문서 공유 시스템]을 만들어서, 글로시닷컴에서 같이 일해야 하는 디자이너들의 연락처를 전부 달라고 부탁했다. 그랬더니 이머진은 구글독이 뭐냐고 묻는 답장을 보냈다. '장난해? 지금 진심이야?'

그래서 이브는 이머진에게 글로시 이메일 말고 다른 이메일은 뭘 쓰냐고 물어보았다. 그랬더니 글쎄, 이머진은 지메일 계정을 가지고 있지 않았다. 개인적인 메일은 핫메일을 사용하고 있었다. 이브는 심지어 사람들이 핫메일 사용을 그만둔 이후 태어났다.

앤드루는 어떻게 저런 여자랑 그렇게 오래 사귄 거지? 물론 이머진 테이트는 뛰어난 패션 에디터다. 하지만 어떻게 이런 지위에까지 오른 사람이 테크놀로지에 이렇게 무능할 수가 있담? 이브는 정말 뚜껑이 열려버렸다. 무슨 이런 경우가 있어?

이브와 앤드루의 사이에 대해서 이머진이 아주 좋지 않은 추측을 하리라는 것을, 이브도 짐작하고 있었다. 이머진 때문에 둘이 만나게 되었다고 말이다. 물론 이브는 앤드루와 이머진 사이에 대해 전부 알고 있다. 최고의 어시스턴트들이 그러듯 예전에 이머진을 위해 온갖 일처리를 다 했으니까. 몇몇 기자와도 얘기하고 옛 친구들과도 얘기해보았다. 저 여자가 쓰는 거의 모든 이메일을 읽었다. 그렇게 해서 상사의 삶을 대신 꾸려주었다. 뭐, 재미있고 유익하기도 했다. 앤드루가 이머진의 전 남친 가운데 하나였다는 것도 알고 있었다.

여름에 일스퍼스 페퍼의 햄프튼 집에서 열린 '앤드루 맥스웰의 젊은 친구들' 후원 행사 때 이브에게 다가온 앤드루는 이브가 이머진을 아는지 전혀 몰랐다. 더구나 그 밑에서 일한 줄은 전혀 알 수가 없었다. 서른 살 이하의 중요한 사람들로 꽉 찬 파티였다. 대부분은 더 중요한 사람들의 자녀였다. 이브만 빼고. 이브는 이들에게 자신의 존재를 각인시킬 준비가 돼 있었다. 그녀는 더 이상 커노샤 출신의 꼬마 에비 모턴이 아니었다. 하버드를 나온 여자였고 그건 특별한 지위였다. 바에서 화이트와인 한 잔을 주문했지만 마시지는 않고 있었다. 이브는 술을 마시지 않았다. 통제 불능이 되는 것을 증오했으니까.

앤드루는 파티장을 한 바퀴 돌며 악수를 했고, 한 번은 멈춰 서서 임시

변통 댄스플로어 위에 올라가 잔디 깎이 같은 춤도 선보이며 자기도 젊고 유행에 민감한 사람이라는 걸 보여주려 했다. 이브는 추파 섞인 눈빛을 던지다가, 춤을 끝낸 그와 눈이 마주치자 장난스레 혀를 쏙 내밀고 대리석 테라스로 나갔다. 테라스에서 내려다보이는 테니스 코트는 흙을 깨끗이 다듬어놓은 상태였다.

"테니스 쳐요?" 앤드루가 자기소개도 하지 않고 이브에게 물었다.

"선수는 못 돼요." 이브가 몸을 돌려 앤드루를 똑바로 마주 보았다. 바로 이 순간을 위해 새로 산 15센티미터 크리스티앙루부텡 샌들을 신고 몸을 쭉 폈다. "골프를 더 잘 치죠."

앤드루는 다음 날 이브에게 문자를 보내 18홀을 함께 치자고 했다. 이브는 그를 확실히 낚았다고 생각되기 전까지 자기가 글로시에서 큰 건을 노리고 있다는 이야기를 굳이 하지 않았다. 거짓말은 아니었다. 그저 빼먹었을 뿐. 그리고 앤드루가 이머진을 안다는 얘길 꺼내자, 이브는 아무것도 모르는 척했다.

남자들은 멍청하다.

분명 앤드루는 전성기에 수많은 여자를, 아마도 한 번에 한 명 이상 가져본 남자였다. 이제 그는 아내가 필요했다. 총각 정치인이란 이상해 보이는 법이다. 그러다가 공공장소의 남자 화장실에서 기웃거리며 상대를 찾더라는 소문이 시작된다.

이브는 『뉴욕포스트』를 클릭해 자신과 앤드루에 대한 기사를 다시 읽었다. 벌써 하루가 지났지만 가십난에 실린 자신의 이름을 보자 다시 흥분이 밀려들었다. 그러고 나서 이브는 다른 이메일 계정을 열어 『뉴욕포스트』의 말단 가십 칼럼니스트에게 보낸 '정보'를 지웠다. "그 나이라고 믿을 수 없는 몸매였어요. 금발의 케네디 같았다니까"는 꽤 괜찮은 묘사였다. 이브의 엄마도 『피플』 같은 데 나온 케네디 사진을 홀린 듯 들여다보곤 했다.

이제 언론에서 그들에게 관심을 가지기 시작했으니, 어디로 저녁을 먹으러 가야 대서특필되려나?

어제 미셸 오바마와 모델 킴 카다시안이 갔던 카르보네? 둘이 같은 자리에 앉은 것은 아니었지만, 가까운 자리에 앉아서 동시에 사진이 찍혔다. 오늘도 파파라치들이 지키고 있을 거다.

완벽해.

이브는 킨들을 집어 들어 오늘의 명언을 큰 소리로 읽었다. 손자병법의 구절이었다. "싸우지 않고도 적의 저항을 박살내는 것이 가장 탁월한 법이다."

이머진이 파티를 열기까지 일주일도 남지 않았지만 도와주는 직원은 거의 없었다. 낡은 바인더를 꺼내 인덱스가 달린 카드철을 엄지로 쓸어보았다. 주방 탁자 서랍에 깊이 넣어두었던 것이라 누가 훔볼까 걱정하지 않아도 되었다. 재단사와 구두수선공에서부터 취임식 때 이머진이 의상 조언을 해준 영부인 둘을 거친 백악관 요리팀에 이르기까지, 20년에 걸쳐 쌓인 연락처의 무게로 바인더의 이음매가 갈라졌다.

이 카드들을 넘겨본다는 것은 이머진의 개인적이고 직업적인 삶 속으로 걸어 들어가는 것이나 마찬가지였다. 이렇게 모으다 보니 자신에게 약간 연락처 수집벽이 있다는 걸 깨달았다. 누가 죽어도 그 사람의 카드를 버리는 것은 불운을 가져온다고 이머진은 믿었다. 대신 오른쪽 모서리를 접어놓았다. 이건 누구한테도 설명해본 적 없는 기벽이었다. 21세기에 들어서자 연락처는 점점 전화기 안에 쌓였지만, 파티나 행사를 계획할 때면 아직도 이 고대 생물 같은 카드철을 가지고 손님 명단 작업을 하는 편이었다.

좋아. 이브가 디자이너를 원한단 말이지. 의리 있는 업계 친구들을 잠깐 들르게 하는 것은 쉬운 일이었다. 카롤리나, 마이클 코어스, 래그앤본 신사들. 거기다 이런 창립 파티에 꼭 나타나 홍보 기회를 노리는 뜨내기 같은 젊은 디자이너들도. 알렉산더 왕, 프레벌, 제이슨 우, 타쿤, 피터 솜 같은 아시아 남자 디자이너 패거리도 당연히 올 것이다.

프로엔자스쿨러에서도 오면 대단하겠지만, 헛수고할 필요 없다는 걸 이머진은 잘 알았다. 요즘에는 이탈리아의 『보그』와 연결될 수 있는 행사가 아니면 아무 데도 나타나지 않았다. 미국에 관심을 기울이기엔 너무 잘나신 분들이다. 잠시 이머진은 카롤리나 에레라를 초대할까 생각해보았지만, 그녀 역시 나타날 리 없었다. 대신 비할 데 없이 독특한 홍보녀 메르세데스에게 초대장을 날리기로 했다. 메르세데스처럼 파티에 대해 트윗하는 사람도 없었다. 해시태그로 무장한 프루스트랄까.

시간이 너무 촉박하긴 했다. 예전엔 글로시의 연례행사인 '우먼 인 패션' 준비를 6개월 전부터 시켜서, 3월 마지막 주에 어김없이 치르곤 했는데. 이머진은 이브가 자신의 실패를 바라리라는 생각을 지우려 애썼다. 이런 행사에 이상적인 예산은 웨이벌리 인에서의 만찬과 파티를 포함해 15만 달러 정도였다. 주 칵테일은 프렌치75가 되어야 했고 예스러운 잔에 제공되어야 했다. 이머진이 마음대로 할 수 있다면 앤서니 토드에게 모든 꽃 장식과 테이블 장식을 맡길 텐데.

이머진은 잠시 자신이 참석했던 최고의 패션위크 파티 중 하나를 떠올리며 추억에 잠겼다. 2004년 파리. 소규모였지만. 모든 최고의 것들은 소규모다. 발렌티노의 홍보 담당자가 겨우 몇 시간 전에 초대 멤버들에게 전화를 해서 더욱 긴급하고 은밀한 분위기가 조성되기 시작했다.

"아무에게도 말하면 안 돼요." 전화기 너머로 낮고 허스키한 목소리의 여자가 말했다.

파티는 밤 11시에 리츠호텔의 극도로 휘황한 지하에서 시작되었다. 온통 번들거리는 검은 유리 장식에 까맣게 칠한 낮은 탁자 위로 조그만 조명이 켜져 있고 자개 장식 의자가 놓여 있었다. 방 안의 모든 사람이 막 프랑스판 『보그』에서 튀어나온 것처럼 유달리 섹시해 보였다. 담배 연기 사이로 몇몇 모델이 모여 꽝꽝 울리는 롤링스톤스의 노래에 맞춰 춤을 추었다. 여배우 몇 명, 사진가 브루스 웨버, 조니 로스차일드 같은 완전 역겨운 영국 귀족이자 모델 사냥꾼 부류도 조금, 듀란듀란 멤버도 있었다. 아무도 얘기를 나누는 사람은 없었다. 음식도 없었다. 하지만 웨이터들이 입에서 사르르 녹는 분홍 샴페인을 은쟁반에 받쳐 끊임없이 가지고 왔다.

백일몽은 그만.

이브는 5천 달러를 책정했다(믿을 수 없을 만큼 후한 예산이라고 확실하게 밝히고 싶어 했다). 그 돈으로 장소, 직원, 음료 제공, 다과, 음악과 꽃을 다 해결하라는 것이다. 200명을 초대한다고 하면, 한 사람당 25달러다. 크리스토퍼 스트리트의 도자기 색칠 공방에서 열어주었던 애너벨의 지난 생일 파티 단가보다도 5달러가 적다.

"술은 후원사를 알아봐요! 장소는 이머진 집으로 하고. 그 정도는 되잖아요." 예산을 듣고 이머진이 감히 한쪽 눈썹을 치켜올리자 이브가 쏘아붙였다.

이머진이 로버트매너링 그룹과 계약했을 때 근무 조건 가운데 하나가, 지금 그녀의 가족이 살고 있는 제인 스트리트의 700만 달러짜리 타운하우스의 주택담보대출에 보증을 서주는 것이었다. 악마와의 계약이었던 셈이다. 새러 브레이, 지금은 폐간한 인테리어 디자인 잡지의 크리에이티브 디렉터가 이머진 집의 인테리어를 도왔다. 세심한 멜랑주[조그만 색색의 요소로 아기자기한 효과를 내는 디자인] 스타일로 세련되게 편하고 따뜻한 분위기를 만들었다. 맞춤 조색한 오드닐[탁한 연녹색으로 '나일 강의 물'이라는 뜻] 페인트로 타운하우스 1층의 대부분을 차지하는 탁 트이고 천장이 높은 거실 벽을 칠했다. 벽면에는 앨릭스가 모로코의 탕헤르 밤시장에서 획득한 태피스트리와, 아주 조그맣지만 가치 있는 사이 트웜블리의 스케치를 포함한 현대미술 작품을 걸었다. 한쪽 구석엔 이머진이 뉴올리언스 로열 스트리트의 골동품 가게에서 산, 커다란 푸른 나팔이 달린 빅터 축음기가 자분자분 돌아가고 있었다. 본래의 몰딩과 양철 주름 천장은 놔두었지만 달걀껍질 같은 무광택 마감 칠을 다시 했다. 동쪽 벽은 책들로 채웠고 실제 벽난로 위는 가족사진들로 장식했다. 골동품과 모던 가구들을 혼합시키고 아주 푹신한 안락의자를 놓아 이머진의 아늑함에 대한 욕구와 향수, 그리고 앨릭스의 청결하고 질서 있는 공간에 대한 욕구를 둘 다 충족시켰다. 호두나무로 된 창문 겸 문을 열면 나오는 정원엔 하나하나 고른 알록달록한 판톤 가구들로 채웠다. 담장은 등나무 덩굴이 타고 올라갔다. 그 가지엔 파티용으로 조그맣고 하얀 전구들을 매달아 마법 같은 분위기를 만들 수 있었다.

『뉴욕타임스』 스타일 섹션에 펼침면 기사로 실린 적도 있었다. 거실의 회색 벨벳 장의자에 예쁘게 앉은 이머진의 사진이 실렸다. 이브 클라인의 파랑으로 칠한 거실 탁자 위에 잡지『그라치아』와 프랑스판『보그』를 놓고 가운데는『글로시』과월호들을 부채꼴로 펼쳐놓았다. ("그녀는 프라다를 입고 있다. 하지만 이 편집장을 악마라 부르진 마시길"이라는 익살스러운 캡션이 붙었다.)

이머진은 파티를 좋아했다. 무시무시한 주택담보대출 계약을 한 지 5년, 열 번이 넘는 파티를 집에서 열었다. 대부분은 잡지를 위한 것이었지만, 이따금 친구의 생일파티를 열기도 했고 뉴욕 시 상원의원을 위한 후원 파티도 한 번 열었다. 절반은 시끌벅적한 성공을 거두었다. 다른 절반은 손님들이 오고 식사를 했다는 데 만족하는 정도의 성공이었다. 가장 기억에 남았던 날은 이머진이 자기가 주최한 파티에 30분이 늦은 저녁 만찬이었다. 도착했을 때는 손님들이 이미 첫 코스를 끝내고 있었다. 일하는 엄마가 모든 일을 다 해내려 노력해도 다 잘 풀리기는 어렵다.

애슐리가 술 후원사를 확보하기 위해 급파되었다. 이 여자애는 매일 새롭게 이머진을 놀래켰다. 일이 되게 만들었고 우아한 해결책을 찾아냈으며 기술을 창조적으로 사용했다. 특히 그 부분에 재능이 있는 것 같았고, 이머진의 젊은 시절도 생각났다. 그때는 140자 이하로 사고하던 시절은 아니었지만 말이다.

긴급 초대장을 '페이퍼리스 포스트'로 보내고 이머진이 문자로 돌발 행사를 공지하자는 아이디어를 낸 것은 애슐리였다. '철저한 계획도 기발한 아이디어를 따라잡을 수 없는 법. 편집장 자택에서 열리는 글로시닷컴 창립 파티에 이머진 테이트, 이브 모턴과 함께해요.' 이머진은 친구 대니와, 새로 뜨는 요리사 한 명(주로 거품과 분자 쪽 전문가)을 설득해서 겨우 4,500달러에 음식을 맡아달라고 했다. 아이오와 주 디모인에서 갓 상경한 남자 모델들이 패션 피플들과 어울릴 기회를 갖기 위해 무보수로 웨이터와 바텐더 일을 해주기로 했다.

이걸 다 해냈다.

아이들 등굣길에 모인 엄마들은 모두 이머진의 패션위크 파티 초대를 받으려고 난리였다.

"올해 통틀어 가장 신나는 일이 될 텐데!"

이머진이 컨트리빌리지 초등학교의 고풍스러운 철문으로 들어서서 차폐 가로수가 외부와 격리시켜주는 오아시스 같은 교내 가장자리에 수선화가 심어져 있는 길을 따라 걸어가는데, 잭의 엄마 세라가 다가와 말했다. 조그만 몸집에 커다란 까만 눈, 검은 숏컷 머리를 한 세라는 세무사로 지나치게 자의식이 강했다. 아들 잭은 똑같은 눈에 역시 거의 같은 머리 스타일이지만, 두상은 땅콩 모양이었다. 이머진의 학교에는 두 부류의 엄마들이 있었다. 일하는 엄마들과 '사업가' 엄마들로, 재력가 남편이 유기농 피부관리제품이나 캐시미어 핸드백 사업에 자금을 대주었다. 잠시였지만 병가 동안 이머진도 이 '집에 있는 엄마'라는 족속이 되는 체험을 해보았다. 처음 몇 주는 황홀했다. 제시카 사인펠트의 요리책 전체를 직접 만들어보았다. 4주 차가 되자 불안해지며, 자신도 유기농 립밤 사업을 해볼 수 있을까란 생각이 들었다.

사업가 엄마들은 늘 머리에서 발끝까지 검은 스판덱스로 차려입고(운동하러 가는 사람 복장이라기보다는 캣우먼 의상 같았다) 다 함께 스피닝[고정 자전거를 타는 단체 수업 운동]으로 가꾼 가장 끝내주는 몸매를 가졌다. 일하는 엄마들은 대부분 제시간에 출근을 못 할까 불안해 서둘러 움직이며 재빨리 학교를 빠져나가지만, 오늘은 그들 역시 패션위크 소식에 들떠 미적거리기를 주저하지 않았다. 유모들은 끼어들지 않았다.

"그럴 리가. 하지만 당연히 와도 되죠." 이머진이 말했다.

세라가 기뻐서 꺅 소리를 질렀을 때, 학교가 보유한 아카데미 상 수상 여배우 엄마인 비앙카 와일더가 대화에 끼어들었다. 할리우드 미인형을 따라 비앙카의 눈썹은 놀란 모양으로 영구적 아치를 그리고 있었다. 또

한 세상에서 제일 조그말 것 같은 장미 봉오리 모양의 입술과 새 학기가 될 때마다 더욱 팽팽해지는 피부를 지녔다.

"좀 탄 것 같네?" 세라가 비앙카의 완벽한 갈색 피부를 보고 한마디 하며 뺨이라도 만져볼 것처럼 손을 위로 흐느적거렸다.

비앙카의 얼굴이 확 굳었다. 이머진은 누구보고 탔다고 하면 칭찬이 되었던 90년대를 떠올렸다. 생바르텔레미 섬[서인도제도의 프랑스령]에라도 가서 멋진 휴가를 보냈다는 뜻이었기 때문이다. 요즘에는 탔다고 하면 모욕이 되었다.

"터크스[서인도제도의 영국령]에 있는 동안 모자 쓰고 다녔는데." 비앙카가 항변했다.

"딱 알맞게 탔는데 뭐." 이머진이 끼어들었다. "완벽한 빛깔이 됐어."

비앙카가 콩고에서 대형유인원들과 사는 하지마비 생물학자 역으로 상을 탄 게 겨우 3년 전이었지만, 이머진이 보기에 그녀의 가장 성공적인 배역은 아이들 학교에서 '평범한 엄마'의 모습을 연출할 때였다. 상을 탄 후 몇 주 동안에는 아예 산발을 하고 아이들을 데려다주러 나타남으로써 그 점을 확실히 해두었다. 누가 축하의 말을 건넬 때마다 끈기 있게 "어휴, 너무 과분한 상을 받아서" 같은 대꾸를 계속하며, 오스카를 받은 사람만이 지을 수 있는 적당히 찌푸린 표정과 함께 너털웃음을 터뜨렸다. 그런 다음 목소리를 확 낮추며 덧붙이곤 했다. "내 진짜 직업은 소피의 엄마예요. 할리우드에서 일하긴 하지만, 거기 사람은 아니거든요."

비앙카는 학교 엄마들과 허울 좋은 친교를 쌓으려 많이 노력했고 동네 여기저기에 그녀를 따르는 일군의 평범한 엄마들을 거느리며 늘 이런저런 도움을 받았다. 비앙카가 런던에 상 받으러 간 주말 동안 유모와 아이들을 초대해 심심하지 않게 해준다든가, 모레아에서 현지 촬영을 하는 동안 하루에 세 번 고양이에게 먹이를 준다든가.

비앙카는 머리를 말끔히 하나로 묶고 물었다. "직장은 잘돼가, 자기?" 하며 이머진을 활기차게 끌어안았다. 비앙카도 작년 이맘 때 『글로시』 표지 촬영을 했었다. 이머진은 촬영 때 가지 않았지만, 그때 비앙카의 행동이 얼마나 가관이었는지는 들어서 알고 있었다. 예능인 가운데 일부는 표지 촬영 때 했던 귀걸이나 스커트 등을 가지고 싶어 한다. 비앙카는 전부 가지고 싶어 했다. 속옷에서부터 다이아몬드 브로치까지. 게다가 색깔별로 세 가지를 더 달라고 했다.

"오랜만에 복귀하니 많이 달라졌더라고." 이머진이 중립적으로 말했다. "잡지가 앱이 되었으니까. 엄청난 변화지. 새 편집이사도 생기고. 젊고 야심만만한 데다 가끔씩 부담도 꽤 줘. 나도 트위터를 시작해야 해서 고생깨나 했지."

"어휴, 지겨워…." 캐라가 진저리를 쳐서 다른 엄마들이 의아한 표정으로 바라보았다.

"캐라, 넌 트위터 도사잖아." 세라가 말했다.

"어, 그거 나 아니야. 나 대신 트위터 하라고 사람을 썼어."

이머진은 충격받지 않았고, 대놓고 질문을 던지지 않고는 못 배겼다.

"얼마 주는데?"

"1년에 12만 달러." 캐라가 무덤덤하게 대답했다. "근데 지난주에 그만뒀어. 뭔가 더 의미 있는 일을 하고 싶다나. 요즘은 온라인 중매 회사에서 일하는 것 같아. 그 새 편집이사는 어때? 좋은 사람이야?"

이머진은 잠시 고민했다. 하지만 여기서 사탕발림 같은 대답을 내놓을 필요는 없어 보였다. "매력적으로 보일 순 있지. 그 점은 인정해." 이머진이 단호하게 대답했다. "하지만 아니, 좋은 사람 아니야. 전혀."

"나도 좀 경험하고 있지." 매리앤이 끼어들며 목청을 높였다. 매리앤은 재정 자문가인데, 최근 큰 은행에서 신생 기업으로 직장을 옮겼다. 새 직장인 MEVest는 간단한 자산 관리가 가능한 플랫폼을 제공했다. 계절에 관계없이 매리앤은 늘 완벽하게 재단된 검은 바지정장에 딱 떨어지는 단발을 하고 검은테 안경을 썼다. 차갑고 성공한 여자의 기운을 뿜어내는 사람이었다. "MEVest의 CEO는 노골적으로 나쁜 년이야. '착한'이란 게 뭔질 모르는 년이지."

"걔도 하버드 경영대학원 나왔어?" 이머진이 웃었다.

"아니, 대학 나와 바로 회사를 차렸어. 펜실베이니아대학 학부에서 경제랑 컴퓨터 전공할 때부터 다른 애들 돈을 관리해주기 시작했대. 별별 소문이 다 있어. 한번 기고만장하더니 눈에 뵈는 게 없지. 자기 입에서 나오는 건 다 복음인 줄 안다니까. 자기가 지구에서 제일 똑똑한 사람인 거야."

이머진이 또 웃었다. "이 여자애들은 왜 이러는 거야? 세대 문제인가?"

세라가 한숨을 쉬었다. "우리 회사에서 고용한 이십대들도 6개월만 지나면 코너 자리에 자기 사무실을 달라고 한다니까."

엄마들 수다에 좀처럼 끼지 않던 케이블티브이의 중역인 캠벨도 맞장구를 쳤다. "우리 회사에도 그런 애들 천지야. 대학만 나오면 억대 연봉을 받아야 하는 줄 알아."

"세대 차이인가 보다. 밀레니엄을 탓하자고." 매리앤이 말했다. "헬리콥터부모[끊임없이 아이 주위를 돌며 참견하고 일을 대신 해주는 부모를 일컫는 표현]에다 매일 칭찬만 들으니 애들이 괴물이 되는 거야. 하지만 옛날 우리 X세대한테도 게으름뱅이라고 난리였는데, 지금 보면 괜찮잖아." 매리앤이 주위를 둘러보더니 목소리를 낮췄다. "그리고 우린 혼자가 아니라고."

"무슨 말이야?" 이머진이 물었다.

"페이스북 해?"

이머진이 한숨 쉬었다. "어쩔 수 없이."

엄마들 주위로 아이들이 줄을 이어 학교로 들어가고 있었다. 엄마 수다엔 관심이 없었지만 아직 손을 잡고 있는 아이도 있었고 또래 무리로 가버린 애들도 있었다.

"페이스북에서 테크비치TECHBITCH라는 그룹에 가입해봐." 매리앤이 아이들을 의식해 목소리를 최대한 줄였다.

"그게 뭔데?" 이머진이 흥미를 느끼며 물었다. "테크비치? 온라인 모임이야?"

"동사로 쓰는 말이야. 테크비치하다. '아, 나 테크비치할 일이 너무 많아' 처럼 쓰는 거야. 뭐, 명사로 쓸 수도 있지. 완전 테크비치인 상사 밑에 있는 사람이 많으니까. 나처럼. 너도 그렇지만." 매리앤이 씩 웃었다. "초대를 받아야 가입할 수 있어. 테크업계 사람들이 울분 푸는 곳이야. 누구든 초대받을 수 있지만 대부분 우리처럼 테크업계에 새로 들어와 갑자기 스물두 살짜리 천재 CEO, CTO, CMO 들을 상사로 모시게 된 여자들이야."

"이브는 내 상사가 아니야."

이머진이 반박했지만 매리앤은 중요하지 않다는 듯 손을 휘저었다.

"어쨌든. 사람들이 별별 얘길 다 해. 어떤 여자는 마이애미로 출장을 갔는데, CEO, CTO가 돈을 절약하려고 자기네랑 같이 침대를 써야 한다고 했대. 일어나 보니 둘 사이에 누워 있었다는 거야."

이머진이 자기도 모르게 입을 막았다. "어머, 나도 그랬는데! 이브는 우리 둘이 한 침대를 써도 아무 문제 없다고 생각하더라고. 이건 너무 이상하지 않느냐고 말은 했지만… 동료의 속옷을 보게 되는 날이 올 줄이야…."

다른 여자들이 깜짝 놀라 이머진을 보았다.

"직원들한테 군무를 배우게 하고 회사에서 다 같이 추게 한 CEO 얘기도 화제였어." 매리앤이 담담하게 말했다. "어떤 상사는 금요일에 모두 똑같은 색으로 옷을 입게 하고, 또 어떤 애는 하루 종일 직원들이랑 셀피를 찍으려 한대. 너무 웃겨. 꼭 들어와봐."

"익명 모임이야?"

"응. 누가 올린 글인지 알 수 없어."

일하는 엄마들이 모두 모여들었다.

이머진은 문득 궁금해졌다. "이중에 자기보다 어린 상사랑 일하는 사람?"

반 정도 되는 엄마들이 손을 들었다.

이머진은 다시 질문했다. "동료 중에 테크비치가 있는 사람은?"

모두가 손을 들었다.

맙소사. 이머진은 이게 자기만의 문제인 줄 알았다. 모든 업계에서 이런 일이 일어나고 있는 줄 몰랐다.

"어떻게 가입하면 돼?"

"어, 내가 초대해줄게. 하지만 조심해. 잘못하면 하루 종일 그것만 들여다보게 된다."

"당장 들어가봤으면 좋겠다." 이머진이 미소 지었다. 어떻게 하면 페이스북 그룹에 가입이 되는지 자신이 없었지만 출근하기 전에 프린스 스트리트의 애플 스토어에 있는 '지니어스 바'에 들러 알아보기로 마음먹었다. 지니어스 바 이용은 좀 켕기는, 이머진만의 비밀이었다. 거기 남자애들이 이머진의 이름도 알고 있었다. 놀랍게도 그들은 잘난 척하는 일 없이, 늘 명랑하게 새로운 기술을 가르쳐주었다. 이머진에게 페이스북 계정을 만들어준 것도 지니어스 바의 마이크였다. 늘 콧노래로 철 지난 유행가 가락을 흥얼거리는, 코걸이를 하고 눈이 또랑또랑한 아이였다. 그때는 완벽한 음정으로 버네사 윌리엄스의 〈세이브 더 베스트 포 래스트Save The Best for Last〉를 조용히 흥얼거렸다. 아침 일찍 가면 앨범 만들기 앱을 배우려고 열심인 하얀 머리의 노부인들밖에 없어서 좋았다.

매리앤이 아이폰을 꺼냈다. "개인 이메일이 어떻게 돼?"

"어, 그냥 글로시 이메일로 보내." 이머진이 말했다.

매리앤이 코웃음을 쳤다. "이걸 직장 이메일로 보내라고? 혹시 그만두기라도 하면 회사 사람들이 마음대로 뒤질 수 있다는 건 알지?"

이머진은 몰랐다. 무얼 어떤 이메일 계정으로 보내는지 별로 신경 쓴 적이 없었다. 개인적 이메일 함에도 업무 메일이 잔뜩 섞여 있었다. 이머진은 얼마나 한심해 보일까 걱정하며 핫메일 계정을 매리앤에게 알려주었다.

하지만 매리앤은 전혀 내색하지 않았다. "회사에 도착해서 테크비치 초대장 보낼게. 재미있을 거야."

그 말대로, 회사에 도착해서 보니, 핫메일 받은편지함 속 음경확대술과 제이크루 광고 이메일들 사이로 매리앤의 이메일이 와 있었다. 본문에는 다음과 같은 경고가 있었다. '난 하루에 30분만 보기로 나 자신과 약속했어. 안 그러면 일을 내팽개치게 될 테니까. 재밌게 봐!!!'

이머진은 뭔가 못된 짓을 할 때처럼 짜릿한 흥분을 느꼈다. 링크를 클릭하자 패스워드를 입력하라는 페이지가 떴다. 이머진은 반짝이는 맥 화면 너머, 유리벽으로 회사를 둘러보았다. 보는 사람은 없었다. 불필요한 걱정이었다. 어차피 그녀의 컴퓨터 화면을 볼 수 있는 위치의 사람은 없었다. 첫 페이지에서부터 웃음이 나왔다. 이머진 나이대의 여성이 컴퓨터 앞에 앉아 머리를 쥐어뜯고 있었다. 분하고 좌절하고 다급한 표정이었다. 이머진이 하루에도 열 번씩 겪는 상황이었다.

매리앤이 옳았다. 모든 것은 익명으로 처리되었다. 글과 댓글 모두 글쓴이를 알 수 없었다. 재밌는 글도, 슬픈 글도, 악에 받친 글도 있었다. 모든 글이 남 얘기가 아니었다.

'어떤 때는 직장 내 유령이 된 기분이 든다. 여행업계에서 20년을 일했는데. 전문가라 자부해왔다. 그러나 이 신생 여행 회사에서 최고의 스타는 스물세 살 된 설립자이자 CEO다. 나의 오랜 경험에도 불구하고 사람들은 회의에서 내 말을 무시하고 그녀만 따른다. 나는 고통스럽지만 자세를 낮춰야 함을 배우기 시작했다. 누가 알아들을 수 없는 말을 하거나 내가 훨씬 잘 알고 있는 일을 그녀에게 물어볼 때마다 화를 내면서 에너지를 낭비할 순 없다.'

'우리 사장은 오줌을 누면서 나한테 말을 한다.'

'우리 CMO는 회사를 돌아다니며 싫어하든 좋아하든 모든 사람의 머리를 땋아준다.'

'우리 스물여섯 살짜리 CEO는 내가 일찍(7시에!) 퇴근해 아이들과 저녁을 먹어야 한다고 할 때마다 눈을 굴린다.'

'우리 상사는 듀란듀란이 누군지 모른다.'

'나는 자바와 자바스크립트의 차이가 뭔지 모르지만 상관없다.'

이머진과 비슷한 곤경에 처한 사람들의 직장 생활을 들여다보며, 이십대들 때문에 괴로운 사람이 자기만이 아니라는 걸 알게 되어 너무 재미있었다. 게다가 거기엔 끔찍한 댓글과 현명한 조언까지 뒤섞여 달려 있었다.

'밀레니얼 세대 고용주에게 정말 뛰어나시다고… 매일 말해주는 거 잊지 마세요.'

'문법 오류 고쳐주지 말아요.'

'어떤 일이 있어도 그들 부모가 회사에 오게 하면 안 돼요.'

'되도록 밀레니얼 세대한테는 전화 걸지 말아요. 기겁하니까.'

이 페이지에 뭔가 쓸 생각을 하니 무섭기도 하고 흥분도 됐다. 뭔가 잘못될까 봐 걱정이 되는 것이다. 뭔가 개인 정보 보호 설정이 잘못돼서 정체가 드러나면 어떻게 하지? 트위터 때와 같은 대참사로 이어질 수 있다. 게다가 뭘 써야 할지 확신이 없었다. 이브가 이머진의 트위터 실수를 언론에 흘린 일을 쓸 수도 있지만, 괜찮을까? 같이 침대를 썼던 일이나, 이브가 자기는 어디든 딱 붙는 초미니 에르베 원피스를 입고 가면서 이머진은 점점 더 엄마처럼 입히려고 노력하는 것도 들려줄 수 있다. 솔직히 쓸 이야기는 넘쳐난다. 매리앤이 옳았다. 글들을 읽고 자신이 쓸 소재에 대해 멍하니 생각하는 동안 어느덧 45분이 흘러갔다. 이 토끼굴에 빠져 하루 종일이라도 보낼 수 있었다. 중독적이고 속이 후련했다. 정말 오랜만에 외로움을 느끼지 않을 수 있었다. 이런 말을 하는 것은 처음이자 마지막일 것이었지만, 이머진은 페이스북 창을 닫으며 조용히 뇌까렸다.

"인터넷 참 좋네."

9

이 큰 파티의 꽃 장식에 쓸 돈이 500달러밖에 없었다. 롤리비에에 주문하려면 5천 달러는 있어야 했다. 이브의 태도는 분명했다. "꽃은 무슨. 매출에 도움도 안 되는 난리를."

이머진은 꽃이 파티 분위기를 만들기도 하고 깨기도 한다고 믿었다. 향기가 기분을 고조시키고 풍경을 완성한다. 앨릭스는 사귀기 시작했을 때, 별말도 하지 않았는데 이머진이 생화를 좋아한다는 것을 바로 알아챘다. 일주일에 한 번은 틀림없이 백합, 수국, 장미가 조화된 더할 수 없이 아름다운 꽃다발을 가지고 와서, 이머진은 앨릭스가 그 체격에 미적 감각이 천재적인 사람인 줄 알았다. 수년 후에야 앨릭스가 코리아타운의 조그만 꽃집 주인과 친구가 되었다는 걸 알게 되었다. 몇 단어 안 되는 한국어 지식으로 호감을 사고 검사 봉급으로는 어마어마한 액수를 매주 꽃 사는 데 바쳤던 것이다. 지금은 아예 꽃 거리가 돼버린 곳에서 여전히 송 리가 가게를 운영하고 있었다. 이머진은 송이 도와주기만을 기원하며 파티 전날 점심시간에 링컨센터에서 중심가로 향했다. 스물다섯 블록을 걸어갈 요량으로 이자벨마랑 부츠를 발레 플랫슈즈로 갈아 신었다.

도착하고 보니 송이 없어서 이머진은 당황했다. 송의 두드러진 광대뼈를 닮은 아름다운 아가씨가 주황색 탱크탑과 갈색 가죽 레깅스를 입고 현금출납기 뒤에서 아이패드를 두드리고 있었다.

"엄마는 할머니 돌보러 몇 달 한국 갔어요. 10월에 돌아오실 거예요. 뭐, 혹시 결혼식 같은 거 준비하세요?"

여자애는 쳐다보지도 않고 완벽한 영어로 말했다. 송의 귀여운 엉터리 영어와 매우 대조가 되었다. 오른쪽 가슴의 이름표에 '엘렌'이라 씌어 있었다.

이머진은 미소를 띠며 말했다. "무척 아쉽네. 어머니 안목이 대단해서 언제나 우리 행사를 알뜰하게 꾸며주었는데. 하지만 너도 해줄 수 있겠지. 내일 저녁에 글로시닷컴 파티를 열거든."

여자애 눈이 휘둥그레졌다. "나 글로시 엄청 좋아하는데! 앱도 내려받았어요!"

이머진도 우연에 놀라 고개를 갸우뚱했다.

"웬일이니. 어제 샬럿올림피아 고양이 구두를 주문했어요. '바로 구매!'" 엘렌이 글로시의 표어를 외치며 주먹을 들어 올렸다.

"그래, '바로 구매!'" 이머진도 연대를 표시하며 주먹을 조금 흔들고 어색하게 마주 쳤다. 바보가 된 기분이었다.

"좀 골라드릴 수 있을 거예요. 그런데 정말 예산이 없나 봐요? 대부분 번듯한 회사들은 몇 달씩 미리 주문하는데. 지금 있는 거 가지고 해봐야죠, 뭐. 얼마나 쓸 거예요?"

이머진은 액수를 말하기가 싫었다. 545달러짜리 샬럿올림피아 고양이 구두를 산 여자애에게 '번듯한' 파티 꽃 장식에 그보다 적은 액수를 쓸 거란 말을 하기 창피했다. 그래서 살짝 거짓말을 했다.

"그냥 가까운 사람들만 모여서 조용히 하는 파티거든. 지난달에 큰 꽃 주문은 했어. 너희 가게에서 했으면 좋은데, 회사에 큰 고객이 있어서 거기 주문하느라고. 실은 지금은 중앙에 놓을 꽃만 필요한데 미처 생각을 못 했지 뭐야." 이머진이 윙크를 했다. "아무도 눈치 못 채게 내 돈으로 해결할 생각이야." 그리고 빳빳한 다섯 개의 100달러 지폐를 꺼냈다.

"파티가 내일 저녁이라고요?"

"응, 그래."

"좋아요. 재고 처리할 기회네요."

"재고라고?"

"꽃 가게는 정말 낭비가 심해요." 엘렌이 인상을 썼다. "늘 넘치게 주문해야 하거든요. 고객에게는 일주일 이상 시들지 않을 꽃만 팔기 때문이죠. 산 다음 날 시들어버리면 얼마나 허접해 보이겠어요. 그렇죠? 그래서 우리한테 재고란, 오늘은 멋져 보이지만, 아마 모레나 글피까지도 괜찮겠지만, 새 꽃들보다는 좀 오래된 애들이죠. 슈퍼마켓에 싼값에 넘기기도 하고요. 대부분은 그냥 버려요. 이리 와요. 재고 창고를 보여줄게요."

엘렌이 앞장서서 좁은 가게 안쪽으로 들어갔다. 백합, 난초, 모란, 달리아, 아마릴리스, 튤립, 다육식물 들이 아름답게 정돈된 냉장고를 지나, 너무 작아서 이머진은 몸을 웅크려야 하는 문으로 들어가자 뒷방이 나왔다. 이 가게의 심장부, 고객은 들어가볼 일이 없는 곳이었다. 바닥은 시멘트에 톱밥이 굴러다니고 있었다. 오른쪽에는 또 다른 유리문 냉장고가 있었고 가게 안 냉장고보다 좀 더 지저분하고 낡고 웅 하는 소리를 내고 있었다.

"여기예요. 저것들이 재고죠. 마음대로 골라요. 뭐든 아주 싸게 드릴게요. 그러고 보니 기억이 나네요. 엄마가 얘기했어요. 당신 남편 진짜 귀엽다고."

이머진은 아직도 누가 자신의 남편을 보고 매력적이라고 할 때마다 기분이 좋았다. 확인이 필요한 건 아니었다. 이머진도 자신의 남편이 섹시하다는 건 잘 알고 있었다. 그를 정착시킨 게 자신이라는 사실이 기분 좋았다. 비록 운명의 장난처럼 약물에 중독된 전 남친 덕분에 만나긴 했지만.

"그렇지…. 난 진짜 행운녀야."

'한번 해보고 싶은 아빠.' 학교 크리스마스 파티 때 엄마 하나가 술 취해 앨릭스를 두고 한 말이었다.

우중충한 시설이었지만, 재고 냉장고는 아름다운 꽃들이 있는 보물 창고였다. 잎이 갈색이 되거나 꽃잎이 시들시들한 것도 있었지만 대부분 아직 완벽한 모습을 유지하고 있었다. 이머진은 이 장소에서 감상적이 되는 것을 느꼈다. 유효기간이 생각보다 빨리 다가온 아이들. 누군가의 결혼식을 꾸며줄 기회조차 가지지 못하고 여기서….

이머진은 목련 꽃다발 속에 얼굴을 묻었다. 어지러울 정도의 바닐라 향기를 맡자 뉴올리언스에서 난생처음 촬영을 하던 생각이 났다. 몰리가 미국으로 취직 온 지 몇 달 되지도 않은 이머진을 뉴올리언스로 데리고 갔다. 그런 도시는 처음 보았다. 그 냄새들, 가든 디스트릭트의 좁고 기다란 오래된 맨션들, 백인과 흑인이 뒤섞인 풍경, 나무 사이로 떠돌던 재즈 선율…. 늘 어딘가에서 파티가 열리는, 영화 속을 거닐고 있는 것 같았다. 그리고 그 음식들! 이머진은 매일 아침 카페뒤몽드에서 베녜를 먹었다. 목련 향기 때문에 그 달콤한 반죽 냄새가 떠올라 당장이라도 비행기표를 사고 싶어졌다. 이머진은 목련을 모두 냉장고에서 꺼냈다.

엘렌은 또 전자기기에 푹 빠져 있었다. 이머진이 양팔 가득 재고를 안고 나타나자 좀 살펴보더니 말했다. "다 해서 450이에요. 나머지 50달러로는 배달해드릴게요."

이머진은 주소를 주고 틸리에게 배달을 받아달라고 문자를 보냈다.

이브가 이머진 사무실의 소파에 앉아 있었다. "내일 저녁에 뭐 입을 거죠?"

이머진은 아직도 이브가 자신을 이렇게 편하게 대할 때마다 뜨악함을 느꼈다. 공정하지 못한 태도라는 건 알고 있었다. 이브가 아닌 다른 사람이었다면, 이브의 위치로 승진한 이후에도 계속 부하로 여기는 자신의 태도에 죄책감을 느꼈을 것이다. 하지만 이머진은 아직도 은근히 이브가 예전에 2년 동안 그랬던 것처럼 존중하며 대해주기를 기대했다. 저렇게 소파에 편하게 앉아 원피스는 허벅지 위로 한껏 말려 올라가고 긴 다리는 방 한가운데로 뻗어놓고 손은 머리 뒤로 깍지 끼지 않았으면 했다.

"자크에게 얘기해서 새 컬렉션 중에 뭐 하나 골라달라고 했어." 이머진도 자리에 앉아 다리를 꼬며 대답했다.

"나는요?"

"지금은 좀 늦지 않았을까? 하지만 전화해볼게."

"자크 포센도 파티에 오나? 나 너무 좋아하는데."

"아직 잘 모르겠네."

이브가 입을 삐죽이며 얇은 아랫입술을 더욱 얇은 윗입술 밖으로 쑥 내밀었다. "오게 못 만들어요?"

이머진이 웃었다. "내가 마음대로 할 수 있는 사람은 없어."

"우리 사이트에서 추방시켜버릴 수도 있는데."

"최고의 여성복 디자이너를 우리 앱에서 추방시키다니, 그래서 우리한테 좋을 게 뭐야?"

"누가 오긴 하는 거예요? 짜증 나. 끝내주는 사람처럼 보여야 하는 게 당신 일이잖아. 제대로 해낼 수는 있는 거죠?"

'이 버르장머리 없는 년을 언제까지 참아줘야 하지?'

"이번 파티는 영원히 기억할 만한 밤이 될 거야. 멋질 거라고, 이브. 너 지금 사이즈 2 입지? 내가 얼른 전화 한번 할게. 오후에 여기서 몇 벌 입어보도록 하자."

바로 배달된 재고 꽃들을 이머진이 거실에 신문지를 깔고 펼쳐놓자, 방해되지 않도록 앨릭스는 아이들을 데리고 저녁 영화를 보러 나갔다. 틸리가 이머진에게 핀터레스트를 보라고 알려주었다. 힙스터들이 '#편의점꽃'으로 동네 가게에서 산 저렴한 꽃들을 활용하는 방법을 선보이고 있었다.

알고 보니 꽃꽂이는 묘하게 명상적인 데가 있는 작업이었다. 이 색과 저 색을 맞추고 이 모양이랑 저 모양을 배열하는 과정이 모든 감각을 깨우고 근 몇 달 동안 경험하지 못했던 창조적인 에너지를 불러일으켰다. 하얀 목련 한 다발을 분홍 작약, 은방울꽃, 캐모마일로 감싸 들고, 손톱가위를 이용해 갈색 잎 몇 개를 잘라낸 다음, 검은 리본으로 줄기를 단단히 감쌌다. 자투리 가지와 잎사귀들을 입구가 넓은 긴 유리병에 모으는데 휴대전화가 울렸다. 넓은 하얀 리본을 이로 물고 스피커폰으로 전화를 받았다.

"자기야, 뭐 해?" 마시모의 간드러진 목소리였다.

"내일 밤 파티 꽃 장식하고 있어."

"그런 일은 사람 써도 되는 거 아냐?"

"직접 하는 것도 재미있잖아."

말하지 않아도 마시모는 이렇게 하는 게 이브 때문이라는 걸 알 터였다.

"그럼 길게 통화하긴 힘들겠다. 내일 7시에 보자고."

"우와, 온다니 너무 기쁜걸. 내일 가야 할 파티가 얼마나 많을 텐데."

"하지만 이머진이 있는 파티는 하나뿐이잖아."

이머진이 웃었다.

"이제 그만 끊을게."

"그래, 전화해줘서 고마워. 적어도 한 사람은 온다니 기쁘다."

"아유, 왜 그래. 프리실라도 내 휠체어 때문에 같이 갈 테니 적어도 두 사람이야!" 이런 마시모가 이머진은 너무 좋았다. "참, 그리고 요즘 꽃꽂이에는 허브랑 잡초가 대 유행이라는 거 알아? 참고해!"

'허브? 무슨 뜻이지? 무슨 허브? 게다가 잡초라니?'

이머진은 조그만 뒷마당 정원으로 갔다. 시작했다가 그만두기를 열두 번도 더 했던 정원 일은 사실 좋아했지만 삶이 끊임없이 끼어들어 책임감 있는 원예가의 길을 막았다. 뒷마당의 아주 작은 연못 옆에, 애너벨이 깔끔하게 심어놓은 작은 채소 텃밭이 있었다. 가장자리에는 허브로 경계를 삼았는데, 로즈메리, 타임, 민트가 정신없이 웃자라 있었다. 이머진은 민트와 로즈메리를 한 움큼 뜯었다. '뭐 어때?' 하면서 장식으로 조금씩 넣었다.

한 시간 후, 꽃꽂이 열 개가 완성되었다. 보고 있자니 아주 뿌듯했다.

"나보다 뛰어난데?" 앨릭스가 어느새 들어와 뒤에서 이머진을 감싸 안고 어깨에 키스하며 말했다. "송이 도와준 거야?"

이머진이 고개를 저으며 남편에게 기댔다. "송은 한국 갔대! 대신 송의 딸인 엘렌을 만났어."

"내가 마지막으로 본 건 열두 살 때였는데." 남편이 머리를 긁으며 말했다.

"그럼 나한테 꽃을 사준 지 그렇게 오래됐단 말이야? 지금 엘렌은 적어도 열여덟은 넘었어. 지금은 아주 아름다운 아가씨가 됐으니, 당신이 봤으면 기억 안 날 리가 없지."

"내 아내 말고는 어떤 예쁜 여자도 기억 안 나는데." 앨릭스가 이머진의 목에 코를 문질렀다. 낮 동안 자란 수염이 까칠하면서도 기분 좋게 느껴졌다.

"애들은?"

"위층에. 팝콘을 너무 먹었나 봐. 둘 다 색색거리면서 눈꺼풀이 반쯤 내려왔어." 앨릭스도 하품을 했다. "나도 그렇고. 당신은?"

"조금 있다가. 정리 좀 하고. 이 꽃들 괜찮아?"

"물론이지." 앨릭스가 다시 한 번 꽃꽂이를 둘러보며 말했다. "엘렌이 자기 엄마만큼 재능이 있나 본데? 나한테 아내를 얻어준 재능이잖아."

이머진은 왠지 모르게, 새로 발견한 이 재능을 당분간 아무에게도 알리고 싶지 않았다. 자신만 아는 특별한 재능으로 하고 싶었다. "재능 있는 아이야! 몇 분만 더 있다 올라갈게. 애들한테 책 읽어주고 있어. 나도 곧 갈게."

큰 행사를 앞두고 미의 전사들이 회사로 몰려와 여자애들을, 에디터와 마케팅 담당자들을 모두 단장시키던 시절이 얼마나 그리운지. 파티 날이면 헤어스타일리스트, 매니큐어리스트, 메이크업 아티스트 들이 로버트매너링 사 건물로 떼 지어 올라와 회사를 거대한 미용실로 바꿔놓곤 했다.

오늘 이머진은 그냥 단골 미용사 앨리슨만 집으로 불러 드라이를 맡겼다.

"오늘 누가 와?" 애너벨이 수키 에이브러햄의 집으로 자러 가기 전에 주황 배낭을 메고 와서 이머진 침대 발치의 장의자에 걸터앉아 물었다.

"누구나 올 수 있지." 이머진이 온통 손님 목록에 쏠렸던 신경을 돌리며 대답했다. '페이퍼리스 포스트'를 발송한 지 몇 분 만에 쏟아져 들어온 참석 답장을 부지런한 어시스턴트들이 일일이 정리해 만든 긴 손님 목록을 애슐리가 보여주었지만, 어차피 패션위크 때는 다들 참석 답장을 보내고서 발길 닿는 대로, 타운카들이 움직이는 대로 흩어져버린다는 것을, 이머진은 누구보다 잘 알고 있었다.

이머진도 다른 파티에 갔다가 천천히 오고 싶었지만 이번에는 그럴 수 없었다.

이브에게서 문자가 쏟아졌지만 무시할 수밖에 없었다.

>> 당신 뭐 입어요?

>> 나 머린 어쩌죠?

>> 누구누구 와요??

>> 왜 답장을 안 해요!!!!! 😠

이머진은 딸아이에게 작별 인사를 하고 천천히 아래층으로 내려가 한잔했다. 유리병에 담긴 꽃들은 생생하고 예뻐 보였다.

애슐리가 현관 계단에서 손님들을 맞고 있었다. 이른 저녁 햇살이 비쳐 멋진 손님들을 어른어른 비추었다. 대부분 머리에서 발끝까지 검은색이나 흰색으로 차려입었고 구두나 장신구에 눈에 확 띄는 색으로 포인트를 주었다.

이머진이 애슐리와 가볍게 볼에 입을 맞추며 인사를 하는데 뒤에서 이브의 목소리가 튀어나왔다. 목덜미 털이 바짝 일어서며 경례라도 붙일 기세였다.

"꽃에 돈 쓰지 말라고 했을 텐데요." 이브가 사납게 말했다.

애슐리가 안절부절못하다가 다시 조그만 아이패드를 들고 몸을 돌려 손님들을 맞이했다.

"안 썼어. 공짜로 얻었으니까." 불행히도 이브를 상대하려면 뻔뻔한 거짓말이 최선이었다.

공짜라는 말에 이브는 바로 풀어져 꽃을 바라보았다. "아, 그래요? 그럼 됐네. 뭐, 멋지네요. 그런데 다들 언제 오죠?" 이미 북적이고 있는 집이 완전히 비었다는 듯이 말했다.

유리잔들이 쨍그랑거리고 잘 차려입은 손님들이 삼삼오오 모여 한가로이 재잘거리는 와중에 벌써 내실이 다 찼다. 얇게 썬 토마토 위에 노란 파르메산치즈를 네모나게 뿌리고 동전 크기만 한 우윳빛 부라타치즈 덩이를 얹은, 은제 칵테일소스 대접 옆에 불안하도록 큰 새우를 놓은, 얇게 썬 송로버섯을 곁들인 연어 카르파초를 골무보다 조금 큰 그릇에 담은 오르되브르 쟁반들이 돌아다녔다.

언뜻 도나 캐런이 보였다. 멋진 검은 멜빵바지를 입고 주황색 캐시미어 스카프를 걸치고 오스카 수상 배우와 그의 모델 아내와 열띤 논쟁을 벌이고 있었다. 저쪽에선 〈프로젝트 패션〉의 에이드리언 벨라스케스가 모호크족 느낌이 있는 매력적인 바텐더와 수다를 떨었다. 모델 카라 델러빈은 구석에서 최근 여자친구와 손을 잡고 뭔가 속닥거리고 있었다. 살만 루슈디는 손을 들어 손가락을 꼼지락거려 '앨리스 앤 올리비아'의 릴리 앨드리지와 스테이시 벤뎃에게 인사했다. 또 이머진이 보고 있자니, 브로드웨이에서 새 공연을 막 끝낸 배우 앨런 커밍이 아무나 입지 못

179

할(혹은 입지 말아야 할) 깡총한 트위드 정장을 입고 알렉산드라 리처즈 뒤로 몰래 다가가 볼에 쪽 소리가 나도록 키스했다. 앤젤리카 휴스턴과 잘생긴 조카 잭이 한쪽 구석에서 환담 중이기도 했다.

브리짓이 저쪽에서 뭐에 흥분해 껑충껑충 뛰어왔다. 긴 다리에 비단 하렘팬츠[발목을 묶는 통 넓은 중동 스타일 바지]가 총천연색 날개처럼 양쪽으로 펄럭였다.

"방금 나도 앱을 만들 아이디어가 생각났어." 브리짓이 안 그래도 관능적인 목소리를 더욱 은밀하게 낮추며 말했다.

"말해봐, 자기. 끝내주는 아이디어겠지." 이머진이 브리짓의 검은 캐시미어 셸[소매 없는 블라우스]에서 보푸라기를 집어내며 말했다.

"내 고객들이 매일 아침 옷을 고를 수 있게 도와주는 앱이 전화기에 저장돼 있으면 좋잖아. 옷장 속에 있는 걸 전부 입력해놓으면 매일 앱이 훌륭하게 조합을 해주는 거지."

"그럼 네가 할 일이 없어지는 거 아냐, 자기?" 이머진은 여전히 대부분의 기술 발전이란 누군가의 일을 빼앗기 마련이라는 믿음을 가지고 있었다.

브리짓이 잠시 생각에 빠졌다. "아니, 그렇진 않아. 그래도 무얼 입을지 나한테 물어봐야 할 테니까. 그리고 앱이 있으면 새 고객도 얻을 수 있어. 시간이 없거나 돈이 없어 나를 자주 못 만나는 사람들이나 다른 주에 사는 사람들도."

이머진은 잠시 생각해보았다. 괜찮은 생각이었다. 브리짓이 자신을 사람들 전화기 속에 넣는다면 베벌리힐스에서 캐피털힐까지 사업을 확장할 수 있을 터였다.

"정말 좋은 생각이다." 이머진이 말했다. "정말 한번 만들어봐야 할 것 같아." 그리고 이머진은 브리짓에게 완벽한 사람을 소개해줄 수 있었다. 독특한 머리 묶음이 명랑하게 통통거리며 문으로 들어왔다. 이곳의 패션 왕국 사람들과 너무나 잘 어울려 보였다. 단순한 흰 셔츠 위에 톰 브라운의 적갈색 하이웨이스트 스리피스 정장을 입었다. 그리고 이머진과 분열 테크!에서 처음 만났던 날처럼 흠집 하나 없는 로퍼 구두를 신었다. 어슬렁거리며 지나가는 그의 팔꿈치를 잡고 이머진이 말했다.

"브리짓, 라시드를 소개할게. 라시드는 블라스트! 창업자인데, 둘이 그 앱 얘기를 해볼 수 있을 것 같아." 이머진이 그러고 떠나는데 라시드가 브리짓의 손을 잡아 키스했다.

보풀거리는 회색 금발의 바니스 백화점 구매 책임자 팔로마 베츠가 복잡한 구슬 장식의 검은 크레이프 미니 원피스를 입고 비트적거리며 다가와 "저 디제이, 내가 아는 그 사람이야?" 하고 물었다. "요즘 인기 좋더라."

하얀 위장 스키복을 입고 이머진의 종조부 앨프레드의 유화 아래서 작은 단을 펼치고 있는 디제이 첼시는 (요즘은 성 없이 이름만으로 통했는데) 사교계 워너비였다가 디제이가 되었다.

이머진은 조심스레 미소 지었다. "응, 그래." 5년 전만 해도 애너벨을 봐주던 베이비시터였고 지금은 공짜로 파티 디제이를 해주고 있다는 말은 하지 않았다.

"이머진, 대단한데!" 팔로마가 라이어널 리치와 믹스되는 핏불 음악에 머리를 까딱이며 말했다.

'그런 때가 있었지.' 이머진은 생각했다. "대단하긴, 그냥 애써보는 거지." 이머진이 어깨를 으쓱하며 말했다. "내가 디제이 첼시 연락처 알려줄게."

팔로마는 에이드리언과 얘기하고 있는 모호크 바텐더를 보더니 슬금 슬금 그쪽으로 가서 로제와인 한 잔을 주문했다.

탁자 위에는 글로시닷컴의 상품권이 흩어져 있었다. 하나당 50달러치의 지금 '바로 구매!'가 가능했다. 그 옆의 검은 팔찌들은 무시되고 있었다.

이머진은 노출된 등, 허리 부근에 따뜻한 손이 와 닿는 것을 느꼈다. 이머진의 드레스는 앞쪽에 수녀복과 같은 높은 칼라가 달리고 뒤쪽은 위험하도록 엉덩이 가까이 파인 옷이었다. 앨릭스라고 생각해서 슬쩍 몸을 꼬듯 뒤를 돌아보았다. 그러나 얼굴을 맞닥뜨린 것은 거의 10년 만에 보는 앤드루 맥스웰이었다.

"이미!" 이제 이머진을 이미라고 부르는 사람은 없었다. 세월은 부유한 남자들에게 늘 그렇듯 앤드루에게도 너그러웠다. 관자놀이만 겨우 희끗희끗해졌을 뿐, 그마저도 그에게 잘 어울렸다. 헤어스타일은 전형적인 정치인다운 투구 모양으로 깎여 있었다. 정장은 흠잡을 데 없는 맞춤에 특유의 분홍 셔츠 칼라는 말끔하게 다려져 있었다. 앤드루는 방 안을 찬찬히 둘러보았다.

"우리 동거하던 조그만 집이랑은 많이 달라졌네, 그렇지?"

'꼭 저렇게 큰 소리로 말해야 하나?' "앤드루, 다시 보게 돼서 반가워. 와줘서 고맙고."

"타의 추종을 불허하는 이머진 테이트의 근거지를 볼 기회를 어찌 마다하겠어?" 앤드루의 이에는 더 이상 니코틴 얼룩이 남아 있지 않았다. 너무 하얘서 눈이 부실 지경이었다. 그러면서 특유의 넉넉한 미소를 지어 보이자 눈가에 주름이 잡혔지만, 그런 주름은 여자만 나이 들어 보이게 만들 뿐 남자에겐 연륜 깊은 인상을 선사했다.

육감적으로 누가 지켜본다는 느낌이 들더니 아니나 다를까. 이브가 와락 달려들어 앤드루의 품에 안기더니 정통으로 입술에 대고 난폭한 키스를 퍼부었다. 이브는 이머진이 골라놓은 드레스 중 아무것도 선택하지 않았다. 대신 자신의 비축물, 또 다른 붕대 미니드레스 가운데 블랙 앤 화이트 색상으로 입었다. 가슴은 천박하게 푹 파인 목선 밖으로 유혹하듯 부풀어 있었다. 저런 붕대 드레스를 몇 벌이나 가지고 있는 거지? 앤드루는 눈길을 이브의 가슴에 노골적으로 고정시킨 채 돌릴 줄 몰랐다.

"우리가 골라놓은 드레스 마음에 안 들었어?"

"너무 구닥다리라. 숨이 막힐 것 같더라고. 당신한텐 잘 어울리겠지만. 난 아녜요."

"그래. 지금 입은 것도 예쁘네." 이머진이 품위 있게 대꾸했다.

"그렇죠?" 이브가 대답하며 몸을 빙글 돌려 저쪽에 모여 있는 블로거 세 명을 향해 천천히 걸어갔다.

이머진은 한숨을 쉬고 한 바퀴 돌기 시작했다. 베라 왕에게 그날 아침 쇼가 너무 잘됐다고 축하하고, 이 손님 저 손님에게 옮겨 다녔다. 이름이 '오'로 시작되는 건 알겠는데 더 이상 생각이 나질 않는 유명 발레리나, 늘 입에서 고양이 똥 냄새가 나는 미술 비평가, 프라다의 크리에이티브 디렉터. 그러다 뒤쪽에서 블로거 올리를 보고 깜짝 놀라 걸음을 멈췄다. 올리는 20세기 중반에 제작된 하얀 안락의자에 조용히 앉아 토스트에 푸아그라를 바르고 있었다. 그 부드러운 반죽이 세모난 빵 끝까지 잘 펴지도록 신중을 기하고 나서 알갱이가 살아 있는 디종 겨자 한 덩어리를 올리고 끝에서부터 깔짝이며 먹기 시작했다. 새파란 눈에 같은 색 머리, 마른 몸 위로 둥둥 떠 있는 듯한 좀 너무 큰 머리가 마치 요정 같은 인상을 주는 외모였다.

애너벨에 아주 가까운 나이로 보이는지라, 이머진은 그녀의 머리를 쓰다듬으며 재미있게 보내고 있냐고 묻고 케이크 한 조각 줄까 물어보고 싶을 정도였다. 하지만 이머진이 미처 옆으로 가기 전에, 올리가 눈을 들어 이머진을 보더니, 마치 인자한 할머니처럼 자기가 앉은 의자 옆자리를 손으로 토닥였다.

"이런 데선 어떻게 해야 할지 모르겠더라고요." 올리가 조그만 손을 양옆으로 날개처럼 파닥거리며 말했다.

"내가 손님 대접을 잘못하고 있었네." 이머진이 대답하며, 가능한 한 어른스러운 말투를 쓰면서도 거만하게 들리지 않도록 조심했다. "집주인으로서 사람들을 서로 소개해줘야 하는 건데. 이런 파티에서 어떻게 해야 하는지 정말 잘 아는 사람은 없는 것 같아. 나도 마찬가지야."

이 여자애는 이브와 전혀 달랐다. 아주 소탈하고 솔직했다. 굳이 이머진의 비위를 맞추려 하지도 않았다. 방법을 배운 적이 없으니까.

"나랑 같이 좀 다니자." 이머진이 올리에게 손을 내밀었다.

방 가운데서 마시모가 아름다운 인기 여자애들을 거느리고 환담을 나누고 있었다. 마시모는 흥미로운 외모의 남자와 여자 모두를 좋아했다. 프리실라가 마시모의 휠체어 뒤 손잡이에 솜씨 좋게 걸터앉아 있었다. 이머진은 조심스레 마시모의 무릎에 앉았다. 아름다운 여성이 이런 식으로 자기 몸에 걸터앉아 좌중의 주목을 받게 되면 좋아하는 걸 알기 때문이었다. 하지만 몸무게 대부분은 다리로 지탱하도록 신경을 쓰고 있었다. 이머진은 마시모의 입술에 키스했다.

"패션위크 내내 거의 보질 못했네." 이머진이 노려보는 척했다.

"그거야 나는 여전히 맨 앞줄에 앉는데 너는 하루 종일 재밌는 인스타그램 사진을 찍어대느라 구린 평민처럼 뒷줄에 숨어 다니니 그렇지."

"마시모, 올리를 소개할게. 많이 들어봤겠지. 올리가 너에게도 한두 가지 정도는 가르쳐줄 게 있을 거야."

올리의 얼굴이 밝아졌다.

챙챙 하고 포크가 유리잔을 부딪는 소리가 나서 보니, 이브가 의자 위로 올라가려 하고 있었다. 두 웨이터가 달려가서 도와주며 허벅지 위쪽으로 말려 올라가는 드레스를 끌어내리려 애썼다.

"안녀어엉!" 이브가 모인 사람들에게 외쳤다. 계획에 없던 일이었다. 원래는 한 시간가량 사람들이 서로 어울리게 둔 다음, 이브와 이머진이 '함께' 모두에게 환영 인사를 건네며 새로운 글로시닷컴에 대해 짧은 연설을 할 예정이었다. 보아하니 이브가 혼자 하려는 모양이었다. 이브와 수다를 떨던 세 블로거가 손님들을 팔꿈치로 밀치며 앞으로 달려 나왔다. 이머진은 이브의 개인 다큐멘터리 촬영자인 그 애들을 '셀피라치'라고 부르고 있었다.

"우린 이렇게 해야 한단 말이에요." 그들 중 하나가 빽 소리 질렀다.

"이게 그니까, 우리 일이에요." 다른 하나가 몸집이 작은 디자이너 신시아 롤리를 벽으로 밀치며 말했다. 또 하나는 구글글래스의 옆구리를 톡톡 두드리기 시작했다. 다른 둘은 누구 앞을 가로막든지 상관하지 않고 휴대전화를 높이 쳐들고 이브를 찍었다.

"올해 패션위크엔 그런지[때가 묻거나 낡아서 찢어진 느낌의 패션] 스타일이 다시 돌아온 것 같더군요." 이브가 잠시 뜸을 들였다. "그래선지 링컨센터에 유난히 노숙자가 눈에 많이 띄었고요." 농담을 하는 것이었지만 말하는 태도나 받아들이는 쪽이나 서로 한참 어긋나, 청중 가운데서는 불쾌한 침묵이 감돌았다. 이브는 알아채지 못하고 말을 계속했다.

"그나저나 갑자기 열게 된 이 작은 사랑스러운 파티에 와줘서 다들 고마워요."

그때 〈프로젝트 패션〉의 스타가 방으로 들어오자, 이브는 잠시 말을 멈추고 손을 흔들었다. "안뇽, 그레천." 그레천은 딱딱한 미소를 짓고 고개를 끄덕였다.

"드디어 글로시닷컴을 런칭하다니, 얼마나 흥분되는지 몰라요. 재미없는 낡은 잡지들은 잊어주세요. 이것이 미래입니다." 이브의 목소리엔 언제나 어떤 권위가 실려 있었다. 비록 의자 위에 올라가 있는 상황에서도 말이다. 하지만 그녀는 청중을 읽을 줄 몰랐다. 여기 모인 청중이 바로 그 잡지들을 사랑하고 그 잡지들 속에서 성장한 사람들이며, 여전히 그 잡지들의 일부라는 사실을 깨달을 만한 분별력도 없었다. 하지만 이브는 연설을 계속하며 샌프란시스코에서와 같은 장광설을 이어갔다. 이머진은 주변 손님들의 불편한 뒤척임과 수군거림이 점점 강해지는 것을 느낄 수 있었다.

"여기 너무나 많은 훌륭한 디자이너들이 와줘서 무척 기쁩니다. 티모 웨일랜드, 올리비에 테이스컨스, 리베카 민커프, 피비 필로 고마워요. 알렉산더 왕, 나 지금 당신이 만든 부츠 신고 있어요" 하면서 이브가 타쿤을 가리켰다. 알렉산더는 파티에 오지 않았다. 알렉산더와 타쿤은 같은 아시아계라는 것 이외에는 공통점이 없는 다른 사람이었다.

"내 목표는 패션을 다시 신나게 만드는 거예요. 또한 여러분 모두를 이 지랄맞은 디지털 세상 속으로 데려오는 것도 목표고요." 이브가 방 안의 모두를 꺼안을 것처럼 팔을 쫙 펼쳤다. "그 목표를 이루는 날까지 쉬지 않을 겁니다." 이브는 욕설을 섞어 극적인 효과를 노리는 것이 사람들의 주목을 받는 확실한 방법이라고 믿었지만, 청중은 인상을 찡그렸다.

"난 인터넷이 어떤 곳인지 압니다. 고양이, 가슴 훔쳐보기, 쩍벌 사진을 좋아라 하죠. 우린 이런 모든 것들을 이용할 방법을 찾아서, 글로시닷컴을 모든 밀레니얼 세대를 위한 궁극의 쇼핑 장소로 만들 겁니다."

이머진은 '쩍벌 사진' 같은 말이 누구 입에서 실제 나오는 건 처음 들었다. 깊이 숨을 들이 쉰 다음, 이브가 말을 마치길 기다렸다가 조심스레 앞으로 나갔다. 이브가 이머진의 존재를 알아챌 수 있도록 허리에 살짝 손을 올린 다음 미소를 지으며 올려다보았다. '나도 말 좀 해도 될까?'라는 의미였다.

"이머진이 여러분에게 할 말이 있나 봅니다." 이브가 청중의 반응에 눈에 띄게 풀이 죽어 말했다.

실수에 아주 긍정적인 이머진조차, 조금 전의 끔찍한 연설을 돌이킬 방법이 생각나지 않았다. 이머진이 목청을 가다듬었다. "고마워, 이브. 이브는 테크놀로지 천재예요. 그동안의 고생과 나에게 가르쳐준 것들을 생각하면 어떻게 고마움을 전해야 할지 모르겠어요." 이머진은 흉흉한 분위기를 반전시켜야 했다. "우리는 미쳐 돌아가는 세상, 새로운 개척의 시대를 살고 있어요. 6개월 전에 내 잡지가 앱이 되리라고 누가 상상이나 했겠어요. 알았으면 휴직을 연장했을 텐데요." 그러자 작은 킥킥거림이 새어 나왔다. "우리가 오늘 여러분을 이곳에 초대한 이유는 여러분이 글로시의 일원이라고 생각하기 때문입니다. 우리의 모든 미래 계획에 여러분을 동참시키고 싶어요. 여러분, 모두, 오늘 밤에 참석할 파티가 얼마나 많았는지 압니다. 그중에서도 우리 파티에 참석해주어서 고맙습니다. 요즘 해시태그가 정말 중요하더군요. 트위터와 인스타그램에도 많이 올려주세요. 어떻게 하면 화제가 될지, 나름대로 고심해서 준비한 게 있으니, 어디 가지 말고 기다려주세요. 마시고 먹고 해주세요. 고마워요, 대니. 당신은 놀라운 요리사예요. 그러고 난 다음에는 물을 많이 드시고요. 내일 숙취가 남으면 안 되잖아요."

이머진이 잔을 들어 올리자 청중이 짧게 갈채를 보냈다. 첼시가 다시 음악을 쏟아내, 청중은 이기 어제일리어의 〈팬시Fancy〉 오프닝 코러스 속으로 휩쓸려 들어갔다.

이머진이 말하는 동안 이브는 겨우 의자에서 내려왔다. 다시 사람들은 환담을 나누고 음식을 먹었다.

"그게 다예요?" 이브가 이머진의 귀에 대고 씩씩거렸다. "할 말이 그것뿐이었나요? 이 사람들이 숙취에 시달리지 않게 하려고 우리가 5천 달러를 쓴 거예요? 지금 우리 앱에 이들이 입점을 하도록 하려고 초대한 거잖아요!"

이브는 대체 무슨 말을 하고 싶은 거지?

"이 업계에선 그런 식으로 사업하지 않아, 이브." 이머진 역시 날카롭게 대꾸했다. 망가진 분위기를 살리느라 애를 써놨더니 곧바로 또 일을 몰아붙이는 이브의 우격다짐에 화가 났다. "이런 일엔 시간이 걸린다고. 좀 참고 사람들이랑 얘기를 나눠봐. 이런 일은 너보다 내가 더 잘 아는 것 같구나."

"우린 이들이 당장 필요해. 진작부터 필요했다고. 그리고 당신은 손님 초대도 제대로 못 해요? 나도 여기 온 사람들하고는 대부분 안다고."

이머진은 주위를 한 번 더 둘러본 후, 그것이 사실이 아님을 확신할 수 있었다. 이브는 여기 모인 사람들 반도 제대로 소개받은 적이 없을 터였다. 몇 년 전 전화 통화를 한 사람들은 있겠지만.

"난 새로운 사람들을 원했는데, 온 사람이 별로 없잖아."

이브는 입을 떡 벌린 이머진을 남겨두고 느릿느릿 화장실로 가버렸다. 이머진이 이브와 얘기하는 동안 앨릭스는 저쪽 사람들에게 가 있다가 이머진을 보고 손을 흔들었다. 그러다가 이머진이 화가 잔뜩 난 걸 알고 얼른 달려왔다.

"훌륭한 연설이었어. 짧고 요점도 분명하고. 밤에는 마시고 사업은 낮에 해야지." 앨릭스는 몇 년 전 카터 워싱턴을 만났을 때 들은 말을 써먹었다. 광고주와 파티를 하던 어느 날 마가리타를 좀 너무 많이 마신 앨릭스가 이머진의 고용주인 카터에게 이런 행사에 이렇게 많은 돈을 쓰는 이유가 대체 뭐냐고 물었던 것이다.

"이브랑 얘기 좀 해야 해서." 이머진은 앨릭스에게 서둘러 키스하고 욕실로 따라갔다. 하지만 욕실 앞 복도에서부터 헉헉거리는 심호흡 소리가 울려 나왔다. 이머진이 자신의 화장실 문을 노크했다. "이브, 이머진이야. 들어가도 돼?" 자물쇠가 딸각 열리는 소리가 들렸다.

이브는 온통 땀에 젖어 있었다. 눈물을 흘린 흔적은 없었지만 얼굴은 울음을 터뜨리기 직전처럼 뒤틀려 있었다.

"심장마비가 올 것 같아." 이브가 씩씩거리며 말을 더듬었다. 그리고 몸 전체가 후들후들 떨리기 시작했다.

이머진은 크리넥스 한 장을 별갑 상자에서 뽑아 세면대를 닦고 조심스레 기댔다. 공황 발작이라면 좀 알고 있었다. 지나가길 기다려야 한다. 조잡한 작은 아파트에 브리짓과 살 때, 브리짓은 적어도 일주일에 한 번은 불안 발작을 일으켰더랬다. 일이 잘 안 풀린 날이라든지, 지하철에서 쥐를 봤다든지, 어떤 문제로도 발작은 촉발될 수 있었다. 병원에서 알맞은 처방을 찾아내고 난 후에야 조마조마한 고통에서 벗어날 수 있었다.

욕실은 작고 좁았다. 이머진과 이브는 가까이 있을 수밖에 없었기 때문에, 손만 조금 뻗으면 얼마든지 등을 토닥인다든가 해줄 수 있었다. 하지만 좀 전과 같은 일을 겪고 나서 바로 이브의 몸에 손을 댄다는 것은 정말이지 내키지 않았다. 이머진은 제한된 공간이 허락하는 한도 내에서 최대한, 이브에게서 멀리 떨어져 서 있었다. 그래도 이브가 이를 우두둑 악무는 소리가 들렸다. 마치 굽 높은 부츠가 자갈을 밟는 듯한 소리였다.

이브의 숨소리가 높은 수위를 유지했다. "다들 날 미워해." 이브가 토하듯 말을 뱉었다. 끝이 꼬부라진 머리를 양손으로 잡고 턱 밑으로 꽉꽉 잡아당기다가, 어린애처럼 한쪽 끝을 입에 넣고 빨기 시작했다. "여기 온 사람들 다 날 싫어해. 오늘 완전 망했어."

이머진은 얘가 과호흡이 되는 게 아닌지 걱정됐다.

결국 눈물이 쏟아졌고 이브는 손을 뻗어, 물에 빠진 사람이 구명구를 움켜쥐듯 이머진의 드레스 자락에 매달렸다. 그 와중에도 이브의 왼쪽 마스카라만 뭉개졌고 오른쪽은 완벽한 상태를 유지했다. 그나마 남아 있던 파티의 즐거움이 이브의 입에서 나오는 말 하나하나에 죄다 빠져나가 버렸다.

"숨을 쉬어." 이머진이 자기 샴페인잔을 비우고 차가운 물을 틀어 잔에 담았다. "이거 마셔." 그리고 재낵스 두 알을 건넸다. "이것도 먹어. 눈물 닦고." 너무 엄마 같은 말투였나?

이브는 헐떡대는 와중에도 이머진을 노려보았다. 얼굴이 벌겠다. "파티 망치길 바랐죠, 안 그래?"

이머진은 심장이 쿵 내려앉았다. 이머진이 어떻게 하든 아무 소용이 없었다. 이브의 행동 방식은 사이코패스 그대로였다. 이런 때의 이브를 보면 예전에 기르던 잭러셀종의 개가 생각났다. 런던의 집에서는 완벽하게 얌전하던 개가 켄트로 소풍을 가자 본색을 드러냈다. 넛킨은 열린 차창으로 억지로 빠져나가, 들판 가장자리 철망에 걸린 작은 양 한 마리에게 곧장 달려들었다. 다리가 90도로 꺾여 피를 흘리고 있던 양이었다. 넛킨은 피 냄새를 맡고 눈이 뒤집혔다. 도시 개의 탈을 쓴 사냥개였던 것이다. 개가 양을 죽인 직후, 양치기 소년이 소총으로 넛킨을 쏘았다. 그것이 넛킨의 운명이었다. 타고난 본성이 그랬고 이브도 그렇게 타고났다.

분노에 흐려진 이브의 눈이 이머진을 향해 이글거렸다. "내가 왜 당신을 그냥 놔둬야 하지?"

이머진이 목소리를 확 낮추고 이 못돼먹은 년을 마주 쏘아보았다. "정신 차려, 이브. 나도 너만큼이나 이 파티의 성공을 바라. 그리고 지금까지는 성공하고 있어. 지금 이 집에 패션계에서 가장 영향력 있는 사람들이 와 있다고. 다들 너와 글로시닷컴에 대해 기꺼이 얘기하려고 온 거야. 내가 너라면, 이런 기회를 그냥 내던지지 않아."

이브가 멍하니 허공을 응시하더니 문득 일어나 세면대로 몸을 돌렸다. 그러고는 토해서 이머진은 피할 새가 없었다. 어쩔 줄 모르고 지켜보는데 이브는 물을 벌컥벌컥 마시고 나서 재낵스도 삼켰다.

"나가요. 난 몇 분 더 있어야겠어."

이머진은 어이가 없어 고개를 절레절레 흔들었다. "정신 차리고 나와서 잘 좀 해." 냉정하게 말하고 화장실을 빠져나왔다.

화장실 밖 좁은 복도에는 앤드루 맥스웰이 서 있었다. 스치듯 지나가 뒤뜰로 나갔다.

"이브는 괜찮아?"

"사람 같진 않지만, 괜찮아질 거야. 당신도 꽤 힘들 거 같네, 앤드루."

앤드루가 자기 머리를 향해 손을 올렸다. 한바탕 쓸어 올리고 싶었을 테지만 엉망이 될 게 뻔하니 마음을 고쳐먹고 다시 주머니에 손을 찔러 넣었다. "완벽주의자라서 그래. 이번 프로젝트를 너무 성공시키고 싶어 하니까."

이머진은 입술을 깨물었다. "이브가 원하는 건 그게 아냐. 이번 프로젝트가 모두 자기 차지가 되기를 원하지." 말을 뱉은 순간 후회하고 말았다. 이브가 들을 수도 있었을 뿐 아니라, 지금 못 들어도 앤드루가 전할 게 뻔했다.

욕실 밖으로 나온 이브는 더욱 상태가 나빠 보였다. 파티에서 계속 겉돌며 전화기에 뭔가를 맹렬히 쳐 넣고 있는 그녀를 이머진은 못 본 척하려고 애썼다. 늘 그렇듯 눈에 확 띄는 푸른 크러시트 벨벳[쭈그러뜨린 듯한 무늬가 불규칙하게 새겨진 공단] 정장을 입은 애디슨 카오에게만, 이브는 이따금씩 뭔가 쑥덕이다가 검은 우버를 불러 타고 인사도 없이 가버렸다.

이브가 떠난 직후, 이머진의 야심작이 도착했다. 여기까지 위태위태하게 왔지만, 인터넷에서 어떻게 하면 잘되는지 조금은 알게 되었고, 이번 건은 한번 시도해볼 만하다는 생각이 들었다. 친구 지니퍼(학교 엄마 무리 가운데 한 명이자 동물보호협회의 오랜 자원봉사자)가 9시 정각에 꼬물거리고 낑낑거리는 유기 강아지 한 상자를 안고 도착했다. 애너벨이 낸 아이디어였다. 전날 이머진이 파티가 망할까 봐 전전긍긍하고 있는데, 딸아이가 아이패드 사이로 고개를 삐죽 내밀었다.

"그냥 강아지나 잔뜩 데려와." 애너벨이 심드렁하게 말했다.

이머진은 어리둥절했다. "왜?"

애너벨이 어깨를 으쓱했다. "왜냐면… 인터넷에선 그러니까." 그러고서 자기 방으로 휘적휘적 가버렸다.

그래, 딸의 말이 옳았다.

파티에 온 사람들은 좋아 날뛰었다. 인스타그램 비디오가 수도 없이 올라가고 휴대전화 배터리가 나갔다. 특히 챔프라는 이름의 뚱하게 생긴 조그만 불도그를 안아보려고 작은 난투극이 벌어질 정도였다. 맞춤 의상에 개털이 묻었지만 신경 쓰는 사람은 없었다. 귀여운 강아지 아홉 마리가 꿈도 꿔보지 못한 집을 얻었다.

파티는 자정까지 계속되었다. 이브가 떠나고 나자 그렇게 분위기가 좋아질 수 없었다. 떠들썩하고 흥이 넘치는 밤이었다. 아니면 전부 시끌벅적해지고 풀어졌다는 건 이머진의 상상일 뿐이었는지도 모른다. 박자에 맞추려는 팔다리들의 몸부림에 가구들은 방 가장자리로 밀려나고 손님들은 마치 리츠호텔 지하에 온 것처럼 춤을 추었다.

패션, 개판이 되다
애디슨 카오, WWD 칼럼니스트

어젯밤 패션위크를 기념해 열린 글로시닷컴 파티에서 패션은 개판이 됐다. 돌아온 편집장 이머진 테이트는 어제 웨스트빌리지 자택 타운하우스에서 도나 캐런, 타쿤, 티모 웨일랜드, 카롤리나 에레라 등 구와 신 패션 귀족들과 권커니 잣거니 하며 어울렸다. 밤이 끝날 무렵에는 아무도 우아한 의상 따위엔 관심을 기울이지 않았다. 정말로! 모든 관심은 강아지들에게 쏠렸다. 인터넷 만세. 패션위크 사상 가장 많이 인스타그램에 올려진 파티였을 것이다. 이머진 테이트가 귀여운 입양 대기 강아지들을 한 궤짝 데려온 덕이었다. #완벽한작전.

모두가 좋아 날뛴 것은 아니었다. 글로시닷컴의 새 편집이사, 이브 모턴은 그 소란통을 일찍 빠져나갔다…

10

2015년 10월

어느 맑은 가을 금요일 밤, 이머진은 불그스름한 산타클로스의 얼굴을 자기도 모르게 노려보고 있었다. 론 호바트는 이머진의 심령가이자 심리치료사(연봉 계약에 포함된)로, 크리스마스 할아버지와 유난히 닮은 외모를 지녔다. 에디터들과 디자이너들은 그의 말이라면 껌뻑 죽었다. 그의 별명은 '패션계의 심령가'. 도나와 톰은 론 호바트에게서 가장 좋은 날이 언제인지 받아놓지 않고는 그 계절 패션쇼를 열지 않았다. 론은 이로운 날들을 점지하고 모델들의 앞날을 예언해주는 재주도 있었지만, 존스홉킨스대학에서 임상심리학으로 박사 학위를 받은, 공인된 심리치료사라는 사실을 대부분의 사람은 잘 몰랐다. 그는 또한 기 치료사 자격증도 가지고 있다는 사실을 사람들에게 알리고 싶어 했다.

10년도 전에 처음 이 심령가를 만나던 날, 론이 이머진에게 특이한 반점이 있는 키 큰 검은 머리 남자와 결혼하게 될 거라고 했다. 당시 이머진은 노랑머리 앤드루 맥스웰과 결혼할 거라고 확신하고 있었으므로 웃어넘겼다. 6개월 후 앨릭스를 만났고, 그에게 왼쪽 허벅지 뒤에 테디베어 모양의 반점이 있는 것을 알게 되었다.

이머진이 론의 사무실에 도착한 순간, 줄줄 눈물이 흘러내려 뺨을 적셨다. 론은 이머진이 울도록 내버려두었다. 내리닫이로 깔린 모조 양탄자 위 못생긴 초록 안락의자에 이머진과 마주 앉은 론은, 반달 모양 안경 너머로 연민 어린 눈길을 슬쩍슬쩍 던지며, 표지가 닳은 칼릴 지브란의 『예언자』 구절들을 조용히 읽어나갔다. 뒤쪽에서 가짜 모닥불이 타닥거리고 있었다. 벽난로 위에는 론의 우상인 디팩 초프라[의사였다가 영성과 대체의학 전도자가 된 인도계 미국인]와 오프라 윈프리의 사진들이 놓여 있었다.

겨우 진정이 좀 되자, 이머진은 심리치료사에게 이브와 있었던 일을 털어놓았다. 예전 상담은 주로 남편 문제, 딸 문제, 친구 문제였다. 일에 대해 얘기하는 일은 드물었다.

"이 상황에서 제일 괴로운 게 뭔가요?" 론이 검지를 세워 턱을 받치고 물었다. "아직 앤드루에 대한 환상이 남아 있는 건 아니죠? 그 문제인가요?"

"아뇨." 이머진이 진정으로 격하게 고개를 흔들었다. 사실이었다. "하지만 이브가 가진 다른 것들에 대한 환상은 남아 있어요. 다시 능력 있는 사람이 되는 거요. 사람들이 중요한 결정을 내려주길 부탁하고 내 의견을 존중하고, 이브한테 그렇듯 주목해주는 거요." 이머진이 웃다가 다시 흐느꼈다. "투명 인간이 된 기분이에요. 눈에 띄지 않는 나이 든 여자요. 내가 회사에 들어가도 아무도 쳐다보질 않아요. 알아채지도 못하는 것 같아요. 그러고 나면 사람들이 주목해주기 바라는 내 자신이 한심해져요."

"당신이 투명 인간이 될 리가요."

"우리 회사에 와보면 알아요."

"당신이 해야 할 일이 뭔지 알아요?"

"감사해야 하죠." 이머진이 말했다. 뭔가 덫으로 걸어 들어가는 기분이었다. "감사하고 있어요. 매일 감사 일기를 쓸 정도라니까요."

"겸손하려고 필사적인 성녀 귀네스 펠트로 같네요."

이머진은 절망감을 가라앉히려 노력했다. "매일같이 내가 우라질 사기꾼이 돼가는 기분이에요. 정말 싫어. 마흔둘이나 먹어서, 젠장. 이런 멍청이가 된 기분을 느껴야 하다니."

론이 인상을 썼다. "이 직장에서 과연 무엇을 얻어낼 수 있을지 고민을 해봐야 할 것 같습니다. 당신 말에 따르면 소시오패스인 여자에게 괴롭힘을 당하면서까지 버틸 수 있는지도요."

론이 잠시 아무 말이 없더니 눈이 뒤집혔다. 몸도 덜덜 떨리기 시작했다.

"뭐가 보여요?" 이머진이 조심스레 물었다. 처음 겪는 일은 아니었지만, 심리치료사와 심령가는 같은 사람이 아닌 게 나을 듯했다.

론이 손가락을 부들부들 떨며 우주와 직접 교신하는 모습을 보여주었다. "상황이 훨씬 더 나빠진 후에야 좋아질 겁니다." 론이 주저하며 말했다. "많은 일들이 바뀔 거예요."

이머진이 등을 곧게 세워 똑바로 앉았다. "뭐가 바뀌나요?"

론이 멍한 표정으로 이머진을 보았다. 늘 미래를 들여다보고 나면 진이 빠진다고 주장했던 것이다. "당신은 뉴욕을 떠나게 될 거예요. 아주 가버리는 것은 아니지만. 남부에서 지내는 모습이 보였어요. 그리고 결혼식이 열릴 거예요."

"이브와 앤드루가?"

론이 천천히 고개를 끄덕였다.

"만난 지 얼마 되지도 않았는데!"

론은 어깨를 으쓱했다. 우주가 말했다는 것이다.

론의 아이폰 타이머가 삐삐거렸다. 상담 시간이 끝났다. 론은 관자놀이를 꾹꾹 누른 후 팔을 머리 위로 쭉 뻗었다. 이머진은 앞에 앉은 남자의 긴 하얀 수염이 배 위에서 부르르 떨리는 것을 보았다. 폴짝거렸다고 할 수도 있었다.

한 가지 더 부탁할 게 남아 있었다. "론, 트위터 해요?" 이머진이 머뭇거리며 물었다.

론이 북슬거리는 눈썹을 치켜올렸다. "합니다만."

"나 팔로우 좀 해줄래요?"

11

이머진은 왼쪽 젖꼭지 부근이 쓰라려 참기 힘들었다. 점점 심해져 입술을 깨물 정도가 되었다. 괜한 죄책감이 들어 앨릭스를 깨우고 싶지 않았다. 지난 몇 달간 너무 몸을 돌보지 않았나? 이브와 일에만 신경을 쓰느라 건강관리에 소홀했다. 수술하고 나서 한동안은 모든 걸 제쳐놓고 치료에만 집중했다. 온갖 자질구레한 일들을 하나하나 챙기면서 주렁주렁 매달린 배출관도 신경 써야 했고 몇 시간마다 액체도 빼내야 했다. 팔근육이 약해지지 않게 운동도 열심히 했다. 하지만 직장에 복귀한 이후로는 그러지 못했다. 의사들이 감염을 막으려면 이 모든 것을 다 잘 지켜야 한다고 주의시켰는데. 이머진은 정말이지 앨릭스를 깨워 징징거리고 싶지 않았다.

"엄마."

"오, 존, 존. 토요일인데 왜 이리 일찍 깼어?"

"나쁜 꿈 꿨어."

이머진은 변기 시트를 내리고 앉은 다음, 존을 무릎 위에 올렸다. 그랬더니 가슴 통증이 더 심해졌다.

"무슨 꿈이었는데? 마녀가 나왔니?"

존이 고개를 끄덕여 금발 곱슬머리가 달랑거렸다.

"정말 무서웠겠다. 그래서 어떻게 했어?"

"숨었어."

"용감하네. 똑똑하고. 어디 숨었어?"

"나무에!"

"마녀한테서 숨기엔 나무가 최고지!"

겁에 질렸던 조니의 표정이 의기양양하게 바뀌었다.

"다음에 또 사악하고 못된 마녀가 꿈에 나타나면 어떻게 해야 할지 알려줄까?"

"뭔데, 엄마?"

"숨을 필요 없어. 그 앞에 똑바로 서서 얼굴을 들이대는 거야." 이머진이 조니에게 얼굴을 들이대며 간질였다. "그리고 말해주는 거지. '썩 꺼져. 여긴 내 집이고 이건 내 꿈이란 말이야.'"

"엄마는 참 똑똑하다. 똑똑하고 참 부드러워." 조니가 이머진의 품속으로 파고들자 잠옷 레이스가 아픈 가슴 부분에 쓸렸다. 하지만 이머진은 포옹이 꼭 필요한 아들을 위해 그쯤은 견딜 수 있었다.

"언제 들어도 기분 좋은 말인걸, 우리 아기. 이제 돌아가서 잘 수 있겠니?"

조니가 고개를 끄덕였다. 이미 눈에 졸음이 어려 있었다. 이머진은 아들을 양팔로 들어 올려 오른쪽으로 안으며 다시 입술을 꾹 깨물었다. 아이는 침대에 눕자 작은 콧소리를 냈다. 애너벨이 있는 옆방을 들여다보았다. 랩톱이 침대에 놓여 있었다. 이머진은 그걸 가지고 아래층으로 내려갔다. 다시 침실로 이머진과 앨릭스가 같이 쓰는 랩톱을 가지러 가면 앨릭스가 깰 것 같았다.

컴퓨터에 다시 불이 들어오자, 메신저, 샴고양이 비디오, 레디트[뉴스 구독 및 평가 사이트], 머리 모양이 비대칭인 세 명으로 구성된 보이밴드 팬 페이지 등 열두 개의 창이 떠 있었다. 이머진은 하나하나 닫다가 페이스북 창에 이르렀다. 애초에 이머진이 페이스북을 시작하게 된 것은 딸 때문이었다. 엄마도 (자주는 못 보더라도) 지켜보고 있다는 걸 알면 애너벨이 좀 더 신중하게 온라인 생활을 하지 않을까 싶어서였다. 이머진은 애너벨의 프로필 사진이 너무 귀여웠다. 애너벨이 조니와 코코를 무릎 위에 함께 앉히려고 애쓰는 사진이었다. 엿보고 싶은 건 아니었지만, 절대 엿보려 한 것은 아니었지만, 새로 달린 댓글을 보고 말았다. '앤 대체 왜 이럼? 거울 보면 니 몬생김에 눈물 안 나냐?'

이머진은 아랫배를 한 대 맞은 것처럼 훅 숨을 멈췄다. 또 캔디 쿨이었다. 진짜 이름 같진 않았지만 뭐라도 나올까 싶어 구글에 검색해보았다. 페이스북 프로필만 떴다. 잘난 척하는 표정의 갈색 머리 여자애 얼굴은 완벽한 피부 결에 오른쪽 턱 아래만 조그만 반달 모양 상처가 있었다. 뭐 이런 년이…. '내가 지금 열 살짜리 여자애를 "년"이라고 부른 건가?'

틸리의 불개입 방침에도 불구하고 이머진은 본능적으로, 저 기분 나쁜 댓글로부터 착하고 다정한 딸아이를 즉각 보호하고 싶었다. 컴퓨터를 저 멀리 던져버리거나, 페이스북을 폐쇄하거나, 최소한 댓글이라도 지우고 싶었다. 이머진은 댓글 주위에 조그맣게 뜨는 버튼들을 찾아보기 시작했다. '이걸 누르면 이게 영원히 지워집니다'라고 분명하게 씌어 있는 버튼이 나타나면 좋겠지만, 망할, 그런 버튼은 없었다.

이머진은 화가 나고 답답해서 미칠 지경이 되었다. 그때, 드디어, 댓글 오른쪽 위에 조그만 화살표를 클릭했더니 메뉴가 펼쳐졌다. 불쾌한 댓글을 타임라인에서 숨길 수 있었고, 조금이나마 기분이 뿌듯해졌다. 그래,

이머진도 인터넷의 사악한 이들로부터 딸아이를 지킬 수 있다.

이제 이머진은 다른 검색을 시작했다. '유방암 통증'. 제일 위에 뜬 것은 '유방암 증상'이었다. 이젠 너무 익숙해진 밝은 분홍 웹사이트였다[미국에서 일어난 유방암 조심 캠페인의 상징이 분홍 리본이다]. 여덟 번째 증상은 '한곳에서 생겨나 좀처럼 가라앉지 않는 통증'이었다. 예전과 같았다. 암을 전부 없애지 못한 것이다. 그럴 수 있다는 걸 알고 있었다. 수술 후 내내 괴로웠던 생각이 그것이었다. 그 모든 과정을 또다시 겪어야 하지는 않을까, 그리고 그 후에도 또… 끊임없는 치료와 회복을 반복하며 결국 완전히 정상적인 생활로는 돌아가지 못하는 게 아닐까 걱정했다.

이머진은 소리를 지르며 울고 싶었다. 자신의 몸이 저주스러웠다. 자신의 직장이 저주스러웠다. 2년 전, 높은 연봉을 제시하는 기업에 들어가지 않은 앨릭스가 저주스러웠다. 이머진이 가지 말라고 하긴 했지만, 앨릭스가 갔더라면 이머진이 돈을 벌지 않아도 됐을 텐데. 이머진은 우라질 잡지를 이해 못 할 앱으로 바꾼 워싱턴이 저주스러웠다. 이머진은 한동안 멍하니 앞을 노려보았다. 창밖으로 길 건너에서 아주 커다란 개를 산책시키는 조그만 남자가 보였다. 그레이트데인종이었다. 조니가 그레이트데인을 무척 좋아했다. 어릴 때부터 그랬다. 윗빌리지의 망아지라고 부르면서. 조니는 작년까지도 웨스트빌리지를 윗빌리지라고 발음했다. 이머진은 담배 생각이 간절했다. 그리고 다시 암에 걸렸다는 것을 알게 된 후 담배가 피고 싶어지다니 쓸쓸했다. 아직 집 안에 숨겨둔 담배가 있을까 궁금했다. 처음 담배를 끊을 당시, 담배 한 갑을 만일의 경우에 대비해 냉장고 깊숙이 숨겨두곤 했지만 지금은 없다는 걸 알았다. 1년 전의 일이다. 그동안 잘 참았다. 파티에서 칵테일을 한두 잔 하고 난 후에만 여기저기서 한 개비씩 얻어 피웠다. 의사에게 전화하고 싶었다. 하지만 아직 아침 7시도 안 되었다. 9시까진 전화받는 사람도 없을 것이다.

이머진은 즐겨 입는 낡은 랑방 카디건을 걸치고 한 블록을 돌아 '저어서 만드는 잭의 커피'에 갔다. 신경이 곤두선 채 차례를 기다리는데, 뒤쪽에서 트위드 바지를 입은 두 여자가 커피에 라벤더를 넣는 효능에 대해 논쟁을 벌였다. 학교 엄마들도 모든 것에 라벤더를 우려 마시기 시작했다. 사람들은 몸에 좋다면 뭐든 살 것이다. 예쁘다면 추가요금을 지불할 것이다. 라벤더의 전성시대가 도래하고 있었다.

다시 거리로 나와, 밝은 빨강 문 밖의 벤치에 앉아 있는 커피숍 주인 잭에게 인사를 했다. 잭은 무릎 위에 『타임스』를 펼쳐두고 제대로 된 에티오피아 커피를 마시고 있었다. 잭은 은행가였다. 부모의 돈을 가지고 더 많은 돈을 벌다가 부동산 거래가 잘못되는 바람에 대부분을 잃고 인생 2막으로 커피숍을 열었다. 두 번째 아내와 함께 아이도 새로 태어났다.

공기 중에 감도는 커피 냄새가 니코틴의 차선책인 카페인으로 위로를 전해주었다. 벌써 한결 기분이 풀어졌다.

"정말 오래 못 봤네." 이머진이 몸을 숙여 잭의 거친 뺨에 키스했다.

"킵이 태어나고 외출을 못 했어."

"불쌍하기도 하지. 점점 나아질 거야. 겪어봐서 알아."

이머진의 얼굴이 확 어두워졌나 보았다.

"이머진, 괜찮아?"

이머진은 막 솟아나려는 눈물을 꾹 참았다.

"괜찮아. 좀 졸려서 그래. 당신네 맛있는 커피 좀 마시면 확 깰 거야."

잭이 사려 깊게 고개를 끄덕였다. "나도 잠 좀 잤으면 좋겠어." 신음하듯 말이 나왔다. "킵이 열여덟이 되면 가능할까?"

이머진이 웃고 심각한 척 고개를 끄덕였다. 둘은 각자의 카페인 음료로 살짝 건배를 하고 이머진은 집으로 돌아왔다.

집으로 들어가는데 다시 가슴에서 불이 일어나는 듯했다. 수술 후 일주일 만에 독한 진통제를 끊었다. 머리를 몽롱하고 흐릿하게 만들었던 것이다. 하지만 더 이상 참을 수 없어 조그만 주황색 병을 찾는데, 손이 떨려왔다. 뚜껑을 열 수가 없어서 결국 눈물이 흐르고 말았다. 세 알을 연달아 삼키고 앨릭스 옆에 누웠다.

이머진은 가볍게 뺨을 때리는 손에 깨어났다.

"드디어 깼네…. 찌르고 꼬집고 엉큼한 데를 만져도 깨질 않는 거야. 슬슬 걱정되던 참이었어. 이머진 테이트가 오후가 되도록 안 일어나다니."

이머진이 팔을 위로 쭉 펴는데 다시 따끔한 통증이 찾아와, 놀라기도 하고 아프기도 해 비명을 지르고 말았다.

"왜 그래, 자기?"

더 이상 참을 수 없었다.

"암이 재발한 것 같아."

앨릭스의 표정이 걱정하는 남편에서 잔뜩 날이 선 검사로 변했다.

"뭐? 그건 불가능해."

"맞아. 통증이 너무 심해. 증세 중 하나라고. 다 치료하지 못한 거지. 새로운 지점에 통증이 생겼어. 전에는 아프지 않던 곳에. 불이 붙은 것처럼 아파."

앨릭스가 침대 옆 탁자에서 안경을 집어 썼다.

"보여줘."

"설명이 나와 있는 웹사이트를 보여달라고?"

"가슴을 보여달라고. 어디가 아픈지 봐."

"당신은 의사가 아니잖아." 이머진이 스웨터를 꼭 여미며 말했다.

앨릭스가 한숨을 쉬었다. "도와주려는 것뿐이야. 할 수 있는 게 그것뿐이잖아. 병원에 전화는 했어?"

"아니, 약 먹고 잠이 들어서." 이머진은 방어적이 됐다.

"내가 전화할게. 당신은 여기 있어." 다시 다정한 앨릭스가 되었다. 앨릭스가 가고 나자 이머진은 다시 잠이 왔다. 잠 덕분에 통증을 잊을 수 있었다.

"당신 의사가 딸 생일파티 하러 주말 동안 바닷가에 갔대. 내일 밤 늦게 돌아온다는군. 월요일 아침 일찍 당신을 봐주기로 했어. 그때까지 참을 수 있겠어?" 앨릭스가 다시 나타나 말했다.

이머진은 고개를 끄덕이고 나서 다시 고개를 저었다. "젠장! 이브랑 루시아 반 아펠과 월요일에 아침 먹기로 했는데." 루시아는 가장 잘 알려진 요즘 여성복 디자이너로, 70년대에 랩드레스[크기가 고정되지 않고 개방된 앞부분을 몸에 여며 입는 원피스]를 직접 개발하고 2000년대 초반에 부활을 이끌어냈다. 한 벌에 400달러 이상에 팔리는 랩드레스들을 옷장에 한 벌 가지고 있지 않은 직장 여성은 없을 것이다. 루시아는 아직 글로시닷컴에 판매를 내주지 않고 있었고, 재래식 매장이든 디지털이든 소매점을 고르는 데 까다로웠다. 이런 점을 이머진은 잘 알고 있었지만 설득할 수 있을 것 같아서 이브에게 이번 건은 혼자 알아서 하겠다고 했다. 그러나 이브는 자기도 루시아를 만나야겠다고 고집을 부렸다. 또 같이 셀피를 찍으려 할 게 분명했다.

"넌 가면 안 돼."

"절대 갈 거예요."

이머진은 앨릭스가 뭔가를 골똘히 생각할 때 이마에 깊게 파이는 주름이 보기 좋았다.

"11시로 변경해줄게. 아침 먹고 바로 가."

틸리는 주말에도 몇 시간 정도 일해줄 수 있었다. 이머진은 토요일과 일요일 내내 거의 일어나지 않고 보냈다. 아이들은 더없이 착하게 굴며 아이패드를 엄마 침대로 가져와서 같이 영화를 보았고 이머진은 가슴이 눌리지 않도록 조심하며 자다 깨다 했다.

루시아 반 아펠은 어디를 가나 15분 일찍 도착했다. 그러니 다른 사람들이 선수를 치려면 30분은 일찍 도착해야 했다. 제일 먼저 도착하면 장소를 찬찬히 둘러볼 수 있고 제일 좋은 테이블과 제일 좋은 좌석을 고를 수 있다. 루시아는 자신이 상황을 통제하고 싶어 했던 것이다. 이머진도 정말 그래보고 싶었다. 그러나 이머진은 그 우아한 여성이 이미 두 잔째 커피를 마시고 있을 때 도착했다. 튀어나온 광대뼈 때문에 실제보다도 더 엄격해 보였다. 갈색 머리는 모두 같은 길이로 떨어져, 단순한 크림색 캐시미어 스웨터 목선 위에서 완벽하게 찰랑거리고 있었다.

몰리 왓슨이 오래전 이머진과 루시아를 소개해준 이래, 둘은 우호적 관계를 유지하고 있었다. 수많은 일도 같이해왔다. 루시아의 손녀딸이 조니와 같은 학교를 다니고 있기도 했다. 서로 사진을 교환해 보고 있을 때 이브가 루시아의 밝은 노랑 랩드레스를 입고 문을 박차고 들어왔다. 디자이너를 만나러 갈 때 그 디자이너의 옷을 입고 가서는 안 된다. 이브는 자리에 앉기도 전에 손가락을 딱 튕겨 지나가는 웨이터를 불렀다.

"물에 넣을 레몬 좀 갖다줄래요?"

그때 루시아의 휴대전화가 울렸다. 루시아가 미안한 표정을 지으며 휴대전화를 들고 일어났다. "정말 미안해요. 이 전화는 꼭 받아야 하거든요. 일본에서 큰 광고를 할 예정인데 그쪽은 지금이 슬슬 퇴근해야 할 시간이라."

이머진이 고개를 끄덕였다.

"무례하잖아!" 이브가 말했고, 웨이터가 커피 주전자와 라임을 한 접시 가져왔다.

이머진은 이브가 커피에 인공감미료를 휘저어 넣는 모습을 지켜보았다. "우리 모두 식사 중에 전화를 받잖아. 다들 어쩔 수 없는데. 너야말로 잘 알지 않니."

이브가 인상을 구기며 웨이터가 가져온 라임 조각을 바라봤다. "레몬을 달랬는데. 라임과 레몬이 같은 줄 아는 저능아야?"

이머진이 흠칫 놀라는데 루시아가 돌아왔다.

"이제 됐습니다, 숙녀분들. 여러분에게 집중할게요."

먼저 이브는 검은 고무링을 탁자 건너로 굴려 보냈다. '굿, 그레이트, 고저스, 글로시닷컴!'이라 씌어진 팔찌였다. "자, 루시아. 당신 주려고 가져왔어요. 글로시 사무실의 아가씨들 모두 이걸 했답니다.

루시아는 어리둥절한 표정으로 팔찌를 집어 들고 눈살을 찌푸리며 살펴보았다.

다음 이브가 자신의 이력을 늘어놓았다. 글로시에서 이머진과 일하다가(어시스턴트였다는 말은 하지 않았다) 하버드 경영대학원에 가서 최우등으로 졸업했다고 재잘댔다. 그런 다음 연설을 시작했다. "우리에게 당신 제품을 팔도록 허락해주면 잡지 콘텐트로 그대로 통합돼요. 우리 사이트 방문자가 하루에만 100만 명에 달해요. 그 대다수는 고소득 젊은 여성이고요."

이브는 경영대학원의 방식대로 유혹하고 있었다. 그녀에 대해 정말 할 말은 많지만, 똑똑하지 않다고는 절대 말할 수 없었다.

루시아가 웨이터를 불러 과일을 넣은 요거트에 그래놀라를 살짝 뿌려 달라고 주문했다.

"설탕이 너무 많이 들어가요." 이브가 동석자들에게 속닥거렸다. "다들 그래놀라가 건강에 좋은 줄 알지만, 내 영양사가 그러는데 제일 해로운 게 그래놀라래요."

이머진도 같은 것을 주문했다. 이브는 커피만 더 달라고 했다. 전주부터 음식을 먹지 않는 다이어트 중이었다.

"벌써 우린 100만 달러어치 제품을 움직이고 있어요." 이브가 말을 계속했다.

루시아가 손을 들었다. "당신네 웹사이트, 인상적이었어요. 정말로. 이번 주말에 꽤 둘러보았지요. 다만 우리 브랜드 상품을 팔기에 적합한 곳인가는 의문이에요. 아직은 우리에게 어떤 혜택이 있을지 모르겠거든요. 요즘 나는 우리 브랜드의 강점이 희석될까 봐 걱정이 많답니다."

이브가 느닷없이 몸을 숙여 탁자 위로 팔을 뻗더니, 말릴 새도 없이, 길디긴 다섯 개의 밝은 빨강 손톱으로 루시아의 입을 덮었다. "쉿." 이브가 패션계 우상의 입을 누르며 말했다.

이머진은 공포에 질려 움츠러들었다. 지나가던 웨이터는 커피잔을 떨어뜨렸다. 이브가 공공장소에서 루시아 반 아펠의 입을 막은 것이다.

"루시아." 이브가 한 수 가르치는 말투를 감추지 못하며 말했다. "난 하버드 경영대학원에서 석사를 받았어요. 그러니 믿어야죠. 당신 브랜드에 뭐가 좋은지 내가 더 잘 알아요."

루시아의 눈동자에서는 분노가 번득였지만, 그 정도의 상황은 차분히 대처할 만큼 오랜 세월을 살아온 사람이었다. 손을 들어 천천히 이브의 손가락들을 입에서 떼어냈다.

"깜짝 이벤트 고마워요, 이브." 그리고 손을 뒤로 돌려 스카프를 집어 들었다. "불행히도 난 다른 회의에 가야 해요. 곧 다시 얘기하기로 하죠." 루시아는 총총하지만 흔들리지 않는 걸음으로 문을 나갔다.

이머진은 손을 들어 웨이터에게 계산서를 달라고 했다. 이 상황에 대해 더 이상 아무 말도 하고 싶지 않았다.

"설득한 것 같아." 루시아가 사라지자 이브가 말했다.

이머진의 전화기가 진동으로 문자 수신을 알렸다. 루시아였다.

>> 그 돼먹지 않은 아이를 다시는 만나고 싶지 않아. 그 애와 사업하는 일은 없을 거야. 대체 어떻게 자랐는지는 모르겠지만, 뭔가 단단히 잘못됐어.

"이브, 그렇게 간단한 게 아냐. 네가 방금 한 짓은 엄청 무례했어. 너도 알지?"

"내가 방금 한 일이 루시아 반 아펠을 설득했다고요." 이브는 전혀 잘 못을 느끼지 못했다.

이머진은 이브에게 문자를 보여줄까도 잠시 생각했지만, 생각을 고쳐 먹었다. 이브에게 깨달음을 주는 것보다 루시아와의 신뢰 관계를 지키는 게 더 중요했다.

"이브, 넌 방금 엄청난 실수를 저질렀어."

"이머진, 당신이 아는 게 뭐가 있죠? 우리 사이트를 제대로 본 적이나 있어요?" 이브가 이머진을 남겨두고 일어섰다. "회사에서 봐요."

"난 다른 약속이 있어." 이머진이 말했다. "점심 끝나고 들어갈게."

이브가 어깨를 으쓱했다. "그러시든지."

12

병원 검사대는 놀라울 정도로 호화롭고 마치 스파 같았다. 조금만 움직여도 앞이 벌어지는 종이로 만든 가운을 입고 있지 않았다면 참 편안했을 것이다.

이머진은 인스타그램을 엄지로 넘기며 긴장을 풀어보려 했다. 전날 올린 사진에 얼마나 많은 '좋아요'가 달렸는지를 보자 잠시 짜릿한 행복이 밀려들었다. 이머진은 브리짓이 자동차들이 쌩쌩 지나가는 7번가 한가운데 서 있는 사진이 좋았다. 대체 어떻게 그런 사진을 찍었는지는 알 수 없었다. 애슐리의 #난이렇게일어나셀피 사진도 좋았다. 아이라이너와 마스카라가 없으니 눈동자가 더 파래 보였다. 색이 옅은 머리카락이 얼굴 위쪽으로 쫙 펼쳐졌다.

마시모의 미니어처 요크셔테리어 랠프의 사진도 좋았다. 어떤 여자의 눈부신 빨강 손톱 사진도 좋았다. 손가락에는 알록달록하고도 정교한 반지들을 겹겹이 꼈고 같은 색의 셀린느 클러치백을 들고 있었다. 그 사진의 주인공을 확인해보았다. 애린2006. 낯선 이름이었지만 이머진은 인스타그램에서 모르는 사람을 많이 팔로우하고 있었다. 틸리에게 재미있는 계정들을 등록해달라고 맡겼던 것이다.

애린2006의 사진들을 더 찾아보려는데 클로디아 퐁 선생이 조용히 들어왔다. 작은 안경을 끼고 쪽 곧은 긴 검은 머리가 거의 엉덩이까지 내려오는 겸손한 여자였다. 걸음걸이도 조심스러웠고 말소리도 작았다. 정중하고 친절한 데다, 작년『뉴욕』지에서 뽑은 최고의 의사들 특집에 의하면 최고의 종양학 의사였다.

의사는 부드럽게 이머진의 오른쪽 젖꼭지 주변을 눌렀다.

"통증은 왼쪽이에요." 이머진이 초조하게 말했다.

"알아요, 이머진." 불안해하는 환자에게 익숙한 클로디아가 미소 지으며 말했다. "아프다는 쪽을 검사하기 전에 괜찮은 쪽을 먼저 검사하는 거예요."

이머진은 고개를 끄덕인 다음, 입을 닫고 의사에게 맡기자고 다짐했다.

클로디아는 오른쪽을 끝내고 왼쪽으로 옮기면서 경고했다. "아플 수 있어요" 하더니 맨날 하는, '뉴욕이 얼마나 살기에 좋지 않은 곳인가' 하는 푸념을 또 시작했다. "왜 우리가 뉴욕에서 살아야 하죠? 대체 왜? 난 하루에도 몇 번씩 자문해요. 사람은 이렇겐 못 살아요. 추위뿐이 아니에요. 하루 종일 일하고 돈도 충분히 못 벌죠. 그렇게 멋진 곳이라는 뉴욕을 전혀 누리고 살 수가 없어요." 그러면서 '그렇게 멋진 곳이라는 뉴욕' 부분에서 양손 따옴표를 만들었다. "난 남편에게 계속 산타페로 가자고 해요. 산타페에 이모가 있거든요. 건조하고 따뜻한 곳이죠."

이머진은 의사가 유두 주변의 연조직을 쑥쑥 누르자 아프기 시작했지만 협조적으로 고개를 끄덕였다. 의사가 내리누를 때마다 집게로 꽉꽉 꼬집는 듯했다. 그러다 퐁 선생이 드디어 멈추고 산타페의 아득한 추억에 젖은 듯 미소를 지어서, 이머진은 좀 놀랐다.

"전혀 문제 없는 것 같아요, 이머진. 하지만 확실히 해두기 위해 방사선을 찍죠. 바로 찍고 옵시다. 그래야 걱정이 없어질 테니."

그럴 리가 없었다. 이머진은 암이 재발했다는 것을 느낄 수 있었다. 안에서 자라나며 다시 그녀의 삶을 차지하려 했다. 방사선사진이 의사의 오류를 밝혀줄 것이다.

하지만 그렇게 되지 않았다. 퐁 선생의 사무실에 앉아, 평면 모니터에 뜬 가슴 내부 사진을 보면서, 이머진도 둘 다 문제없어 보인다는 걸 인정할 수밖에 없었다. 퐁 선생은 하얗게 보이는 가슴 가장자리 선을 따라 빨간 포인터를 쏘며 말했다. "보이죠? 여기 보형물이 있어요. 실제 조직보다 밀도가 낮아 보이죠. 하지만 젖꼭지 주변에는 실제 조직이 남아 있어요. 보형물 밑에도요." 의사가 뿌옇게 보이는 부분들을 가리켰다. "이 조직들은 밀도가 높죠. 하지만 완벽하게 건강해 보여요. 이머진, 당신이 겪는 통증은 환상통이에요."

이머진은 미칠 것 같았다. "그럼 내가 다 지어낸 거란 말인가요?"

퐁 선생은 재빨리 고개를 저었다. "아니에요, 전혀 그런 게 아닙니다. 환상통은 굉장히 실질적인 통증이에요. 명칭이 좀 그렇긴 하지만…. 환자의 머릿속에서 만들어지는 경우도 있지만, 대부분은 신경 회로가 혼선되어서 일어나요. 수술 과정을 겪으면서 그렇게 돼요. 있지도 않은 통증 신호를 두뇌에 보내는 거예요. 통증은 우리에게 유용하죠. 몸에서 뭔가 잘못되었다고 말해주는 신호니까요. 조그만 빨간 깃발을 여기저기서 들어 올리는 심판 같은 거라고 생각하면 돼요. 당신 몸의 경우에는 통증이 오류를 일으킨 거죠. 그 밖에 문제 있는 부분은 없어요."

"그럼 어떻게 해야 하죠?"

"좀 쉬면서 긴장을 풀어요. 진통제를 좀 더 처방해줄게요. 가슴과 팔 운동도 계속해야 해요." 퐁 선생은 태블릿에 진찰 내용을 적고 나서 처방

전을 썼다. "근육을 강화시키면 더 빨리 나을 수 있을 거예요. 그 외에는, 당신이 건강해서 얼마나 기쁜지 모른다는 말 말고는, 별로 해줄 게 없어요."

이머진은 안도가 됐지만 또 화가 나기도 했다. 환상통이라니, 사람들에게 말하기 창피했다. 꾀병같이 들리니까.

"앨릭스에겐 뭐라고 한담."

퐁 선생은 이머진이 진단 결과에 불만이라는 것을 알 수 있었다. "사실대로 얘기해요. 당신 신경이 새로운 조직에 적응하고 있고 진도가 약간 느리다고. '환상통'이라는 명칭을 사용할 필요는 없어요."

가짜가 너무나 진짜처럼 느껴지는 때가 있는 법이다.

이머진은 물러 나와 앨릭스에게 문자를 보냈다.

>> 별문제 없대. 당신 아내, 살 수 있나 봐.

13

아까 루시아 반 아펠과 아침을 먹을 때 일어났던 일도 전부 없었던 일이 아닐까? 이머진의 머릿속 환상이 아니었을까? 이머진은 계속 그 생각을 하며 약국에 들러 처방약을 받고 회사로 가는 중에 또 생각했다. 이브의 손이 슬로모션으로 탁자를 건너고, 무슨 일이 일어난 건지 놀라, 루시아의 흰자가 확 커지고…. 실제로 일어난 일이 아니었을 수도 있다. 너무 영화의 한 장면 같았으니까. 하지만 전화기를 보니 루시아의 문자가 있었다.

회사에 들어가 에스프레소를 한 잔 만들어 마시려 주방에 들어가니, 이브가 테이블 위에 걸터앉아 직원들에게 루시아와의 만남을 자랑하고 있었다.

"그러고 나서 내가 말했지. '당신 브랜드에 뭐가 좋은지는 내가 알아요.' 그 표정을 너희도 봤어야 하는데."

"그래, 너희도 봤어야 하는데." 이머진은 이제 이브의 뻔뻔함에 더 이상 놀라고 싶지 않았지만 아직도 하루에 두 번은 기습을 당하고 있었다. "이브, 그 미팅에 대해 내 사무실에서 얘기 좀 해."

이브는 테이블에서 풀쩍 뛰어내리더니 입술을 깨물고 엉덩이를 흔들면서 짧게 춤을 추었다.

이머진은 이브에게 문자를 보여주는 수밖에 없었다. "루시아는 다신 너랑 일하지 않을 거야, 이브. 네가 한 짓 때문에 루시아는 너를 전형적인 테크비치로 여기게 됐다고."

'비치'란 말에 이브는 조금도 당황하지 않았다. 오히려 기운이 솟는 모양이었다. 머리카락 한 가닥을 손가락으로 비비 꼬며 말했다. "우리가 미래라는 사실을 루시아가 깨닫지 못하다니, 내 잘못은 아니지. 루시아에겐 우리가 필요하다고요."

"아니야, 이브. 지금은, 그녀에게 우리가 필요한 것보다 우리에게 그녀가 필요해. 루시아 같은 사람들이 우리 웹사이트에서 제품을 팔아야 한다고. 루시아의 드레스 같은 옷이 바로 우리 독자들이 정말 사고 싶어 하는 제품이야."

이브가 어깨를 으쓱했다. "그럼 다시 전화해봐요. 또 미팅을 잡아보죠."

"너랑 만나고 싶지 않다고 하잖아."

"좋아요. 그럼 어떻게 하죠?"

이머진이 한숨을 쉬었다. "돈밖에 없지. 우리가 정말 그녀와 잘해보겠다는 걸 증명하려면 200만 달러를 한꺼번에 주문해야 해."

이브가 코웃음 쳤다. "200만 달러라니 말도 안 돼. 그 돈이면 우리 새 투자액의 30퍼센트란 말이에요."

"루시아와의 문제를 해결할 유일한 길이야, 이브. 그리고 한 가지 더 말해둘게. 루시아는 이런 일을 떠벌리고 다니는 사람이 아니야. 하지만 그 밑의 직원들은 다르지. 우리가 이 업계에서 왕따당하길 원하는 게 아니라면, 이 상황을 해결할 방도가 필요해."

이브가 눈을 치켜뜨더니 어안이 벙벙한 표정으로 이머진을 노려보았다. 이런 순간이 닥칠 때마다 이머진은 정말 기분이 좋지 않았다. 마시모에게 이머진이 하고 있는 업무를 설명했더니 그는 그녀가 '밑천을 까 보이는 대가로 돈을 받고 있다'고 표현했다. 이머진은 이브에게 자신의 인맥을 개방하고 있었다. 아니, 정확히는 글로시닷컴에 이머진의 인맥을 개방하고 있었다. 그렇게 생각해야 했다. 회사를 위해 전력을 다하고 있다고. 하지만 그 대가는? 이브의 광대 짓으로부터 얼마나 더 글로시의 명성을 보호할 수 있을까?

"그럼 그 년한테 돈을 주든지." 이브가 일어섰다. "난 잘못한 거 없어요, 이머진. 내가 좀 독단적이긴 했지. 그러나 내가 남자였다면 루시아는 박력 있다고 했을걸."

'네가 남자였으면 루시아는 성폭력을 당했다고 했겠지.' 이머진은 한마디 해주고 싶은 걸 참았다. 권력이 있는 남자는 완전한 개자식처럼 굴고도 승승장구할 수 있지만 여자는 아주 작은 결례만 해도 재수 없는 년이라는 소리를 듣는다고, 이머진도 늘 생각해왔다. 그렇더라도, 심지어 도널드 트럼프라고 해도 이브와 같은 짓을 하고 무사할 수는 없었다.

"다음 미팅 때는 손 조심하는 게 좋겠어, 이브."

이브와 애슐리의 구글챗:

글로시이브: 나 진짜 미치겠어. 이머진 때문에. 대체 왜 저러지?

애슐리: ??

글로시이브: 왜 **아무것도** 제대로 할 줄 아는 게 없는 거야? 맨날 컴퓨터, 아이폰, 아이패드 다 문제가 생기고. 절대 자기 잘못이 아니라는 거야. 맨날 기계 탓이라고 하지.

지금도 자기 사무실에서 끙끙대는 소리가 들려.

애슐리: 점점 나아지고 있어.

글로시이브: 저렇게 성공한 사람이 컴퓨터 하나 못 쓰다니 정말 정상이 아니야. 나도 도우려고 애쓴다고. 정말이야. 난 좋은 사람이니까. 너도 알지? 너무 답답해서 잠깐 하소연하는 거야. 언제까지 똑같은 걸 반복해서 알려줘야 하는지 모르겠어. "자기, 내 암호가 뭐더라?" 자꾸 잊어버리는 게 귀여운 일인 것처럼 킥킥거리지만 무슨 알츠하이머 환자도 아니고.

애슐리: (어깨 으쓱)

글로시이브: 게다가 화면에 대고 왜 자꾸 소리를 지르는지, 유럽에 처음 간 얼간이 미국인처럼. **이제는** 익숙해질 때도 됐잖아? 넌 어떻게 그렇게 하는지 모르겠어. 어떻게 이머진에게 그렇게 잘해줘?

애슐리: (어깨 으쓱)

글로시이브: (데굴데굴 웃음)

애슐리: 이제 배우기 시작했잖아. 나아지겠지.

글로시이브: 너무 느리니까 그러지.

이브는 한국에서 배달된 짝퉁 루부텡 하이힐을 슬쩍 벗고 맨발로 바닥을 디뎠다. 발끝으로 섰다가 뒤꿈치를 내리면서 쭉 밀어 종아리를 스트레칭했다.

서서 일하면 결정을 더 빨리 내린다는 것은 증명된 사실이었다. 책상에 하루 종일 앉아 있으면 사람이 게을러진다.

이브의 책상엔 기계를 빼면 아무것도 없었다. 랩톱, 아이패드미니, 아이폰과 삼성 안드로이드. 이브는 질서를 원했다. 다른 여자애들은 방을 기념품과 상패로 도배해놓지만 이브는 조그만 예쁜 상자에 넣어 침대 밑에 두었다. 호텔 스위트룸처럼 깔끔한 방이 이브의 자랑이었다.

루시아에게는 딱 필요한 만큼만 세게 나갔을 뿐이었다. 무슨 이마를 한 대 친 것도 아니고. 애정의 표현이랄 수도 있는 방식이었는데. 이머진은 그걸 호들갑으로 망쳐버렸다.

하여간 이머진 테이트가 얼마나 더 오래 여기 필요할까? 과도기 동안에는 그냥 두는 게 나았다. 하지만 제 값어치를 못하고 문제만 일으킨다면? 그녀에겐 너무 많은 돈이 든다. 워싱턴이 이머진을 정말 좋아하긴 하지만 이머진이 새 글로시닷컴을 위해 협심해서 일하는 사람이 아니라는 걸 이브가 증명해 보인다면, 워싱턴도 이머진을 원치 않게 될 것이다. 워싱턴도 이브와 같은 부류의 남자다. 감정보다는 돈의 견지에서 사고한다. 회의 동안 탁자 아래서 못된 손장난 좀 하면 어떤가? 하루 종일 내 허벅지를 만져도 상관없었다. 다음 주에 저녁 먹자고 해야겠다. 새로 주문한(당근 글로시 사이트에서!) 깊이 파인 알라이아 드레스를 입어주고, 그가 이머진의 미래에 대해 무슨 말을 하는지 들어보자.

14

2015년 11월

　로버트매너링 사의 인사부가 이번에, 누구를 회사에서 해고할 때에는 두 사람이 참석해야 한다는 회사 규칙을 공지했다. 화가 난 해고자가 소동을 부리거나 부당한 환경에서 해고되었다고 고소할 경우에 대비해서였다. 이 회칙은 이브가 세 사람을 문자로 해고한 이후 하달되었다. 알 수 없는 이유로 이브는 애슐리 안스데일을 참석자로 지명했고 격주로 집행한 해고에 증인으로 삼았다. 그러다 보니 이것이 애슐리의 업무 가운데 하나가 돼버렸지만, 애슐리는 아무에게도 얘기하지 않았다.

　애슐리는 2009년 여름, 가족과 몬턱 별장에서 지낼 때 올드타임 아이스크림 가게에서 해고된 적이 있었다. "넌 참 잘하는 일이 많아." 그 가게를 오래해온 윌슨 씨가 애슐리에게 말했다. "하지만 아이스크림은 너무 못 담아." 타당한 사실이었다. 애슐리는 대부분의 근무시간을 손님들에게 아이스크림을 떠주기보다 손님들과 아이스크림에 대해 수다를 떨며 보냈다. 윌슨 씨는 적어도 애슐리를 해고할 때 일주일 치 급료를 주며 친절한 미소를 보였다. 이브도 사람들을 해고할 때 미소를 지었지만 전혀 친절한 미소가 아니었다.

"넌 우리한테 필요한 사람이 아닌 것 같아." 이브가 회의실에서 앞에 앉은 어린 남자 엔지니어에게 말했다. 밤 10시가 훌쩍 지난 시간이었다. 이렇게 늦은 시간에 해고하는 것에 대한 규칙은 없나?

"정말이지" 이브가 말을 계속했다. "지난 3주간 다들 너보다 최소한 열 시간은 더 일했는데, 내가 널 계속 잡아두어야 하는 이유라도 있을까?"

아, 맙소사. 애슐리는 회의실의 커다란 하얀 탁자 밑으로 들어가 숨고 싶었다. 아니면 남자애를 안아주거나. 아니면 둘 다. 인간은 다른 인간을 이런 식으로 대접해서는 안 된다. 이건 그야말로 최악이다.

"난 매일 자정까지 일했어." 남자애가 힘없는 반박을 시도했다.

"다른 사람들은 여기서 잔다고." 이브가 말끝에 입술까지 뒤틀었다. "너는 팀을 위해 협동하는 사람이 아니야. 성공을 바라지 않지. 게다가…" 하면서 이브는 말을 멈추고 그의 꾀죄죄한 컨버스 운동화, 그리고 〈스타워즈〉의 스톰트루퍼가 그려진 빛바랜 회색 티셔츠 위에 걸친 체크무늬 셔츠를 향해 과장된 손짓을 해 보였다. 그는 키가 크고 허여멀겠으며 너무나 많은 밤을 심리스로 살찌운 배를 안고 있었다. 눈은 살짝 사시였다. "여기랑 문화 코드도 안 맞는 것 같고."

애슐리가 보기엔 전형적인 테크범생이었다. 운동화, 청바지, 셔츠, 모두 그들의 유니폼이나 마찬가지였다. 이브는 그저 '문화 코드' 같은 단어를 쓰는 걸 좋아할 뿐이었다. 경영대학원에서 배웠겠지. 그런 학술 용어를 들으면 대학 때 남자친구였던 벤지가 생각났다. 대학을 졸업하고 바로 노스웨스턴 경영대학원을 간 왕재수였다.

'문화 코드' 같은 말에는 딱히 대응할 방도가 없었다. 이브가 '네 옷차림이 게으름뱅이나 노숙자 같아'라고 말한 게 아니니까. 어쨌든 모두 거짓말이었다. 이브는 프로그래밍을 모두 외주로 내보내려 했다. 발칸반도 가 컴퓨터 괴짜들의 새로운 온상지로 뜨고 있었다.

애슐리는 방 안을 날아다니며 절망적으로 유리벽에 날개를 부딪고 있 는 나방에 초점을 맞췄다. '너도 힘들지?' 애슐리는 생각했다. 농담을 던 져 분위기를 풀고 싶은 충동이 일었지만 감히 그럴 수 없었다. 이브의 말 에 토를 달지 말아야 한다는 것을 배우고 나서 이번이 여섯 번째 참석하 는 해고 자리였다. 그때 호되게 당했다. 가만히 앉아 있는 게 최선이었다. 이 일에 애슐리보다 더 부적합한 사람도 드물었다. 애슐리는 무표정을 유지하기 힘든 사람이었다. 이브가 딴 데 보고 있을 때, 전 동료에게 소 리 안 나게 입 모양으로 '미안해' 혹은 '괜찮니?' 하곤 했다. 내일 상담 시 간에 이 얘기를 털어놓아야 했다. 8월부터 일주일에 두 번 가고 있었고 이제부터는 세금 공제가 가능한 액수에 도달했다. 그래서 이번 주엔 세 번 갈 예정이다. 공짜 상담! 야호!

"넌 글로시닷컴에서 일하기 어렵겠어." 이브는 그렇게 결론을 내리더 니 말을 끝내고 나가버렸다.

엔지니어가 지친 눈으로 애슐리를 보며 믿을 수 없다는 표정을 지어 보였다.

"책상 정리 도와줄게." 애슐리가 말하고서 그에게 자기 휴대전화 번호 가 적인 종이쪽지를 건네주며 목소리를 낮췄다. "내가 일급비밀 프로젝 트의 일자리를 줄 수도 있을 것 같아."

이머진은 자신이 점점 더 있으나 마나 한 사람이 되어가는 듯해 걱정 이었다. 그녀는 바보가 아니었다. 아직 편집장으로 지내고 있으나 언제 든 오늘이 마지막 날이 될 수 있었다. 패션업계는 늘 살벌한 곳이었다.

지금 내놓은 신상, 직전의 촬영 혹은 최근 표지로만 평가받을 수 있었다. 모두 남을 깎아내릴 기회만 노리고 있다 해도 과언이 아니었다. 참 오랫동안 이머진은 일을 계속 잘해왔다. 뛰어난 특집기사들을 만들어냈고 잡지는 잘 팔렸다. 빼빼 마른 묘목 같은 여자애들을 발굴해 차세대 케이트 모스로 바꾸어놓았고 재능 있는 무명 디자이너와 연결시켜주었으며 그 디자이너에게는 화제를 일으킬 수식어를 붙여주어 차세대 거물로 만들었다. 그렇게 일해오는 동안 만들어진 이력은 우연한 선택의 결과라기보다는 이머진의 성격에서 비롯된 불가피한 귀결이었다.

그러나 이 새로운 세상에서 그녀는 빌어먹을 마네킹이 된 기분이었다. 분개하고 멍청한 편집장이 성공할 가능성은 별로 없었다. 조그만 여자애들이 보고하는 도표들을 보며 사무실에 앉아 고개를 끄덕거렸지만 이머진에겐 까치집처럼 뒤엉킨 숫자들이나 다름없었다. 그동안의 법칙들은 사라져갔다. 경력은 더 이상 차근차근 밟아가는 것이 아니었다. 이브가 그 사실을 증명해 보였다. 어시스턴트에서 넘버 투(혹은 넘버 원일지도)로 단숨에 뛰어올랐다.

이브는 매일같이 이머진에게 굴욕감을 줄 새로운 방법을 찾아냈다. 회의 때 이머진을 빼놓았고 의논도 없이 중요한 결정을 내렸다. 직원을 새로 뽑을 때도 마찬가지였다.

물론 이 새로운 세상에도 이머진이 좋아하게 된 것들이 있었다. 인스타그램과 트위터를 통해 맺어진 완전히 새로운 사람들과의 순간적 교감은 카페인의 효과만큼이나 중독적이었다. 좋아요, 담아두기, 리트윗 같은 것들이 이상하게도, 새로운 인정 욕구를 채워주었다. 현실에서 받는 비웃음과는 딴판이었다. 인스타그램으로 보정된 세상 속에선 모든 것을 완벽하게 만들어주는 황금빛 매력으로 감쌀 수 있었지만, 그 필터 밖으로 나오면 가끔씩 숨을 쉬기조차 힘들었다.

산업혁명 시대 노동자들도 이런 기분이었을까? 하루아침에 삶 전체가 뒤집혀버렸다. 한 달 전만 해도 동네에서 가족이 운영하는 소규모 말굽 편자 공장이나 치즈 가게를 했는데, 이름도 모르고 얼굴도 모르는 고객들을 위한 물건을 만들러 공장으로 떠밀리게 된 것이다. 인터넷에서 이머진이 느끼는 심정이 그것이었다. 당연히 글로시 잡지를 발행할 때도 대부분의 독자는 만나본 적 없는 사람이었지만, 그들과 연결되어 있다고 느꼈더랬다. 이머진은 독자들을 이해했다. 반면에 '추수감사절에 호박 딸 때 시크해 보이는 20가지 필수 아이템'이나 '차 안에서 물병으로 할 수 있는 10가지 근력 운동 비법' 같은 글을 클릭하는 젊은 여자애들은 잘 이해가 가지 않았다. 너무나 이해하고 싶었고, 밀레니엄 세대들의 뇌 속으로 들어가 그 톱니바퀴와 전선들을 분해해보고 무슨 원리로 똑딱이며 가는 건지 알아내고 싶었다.

매일 아침 눈을 뜨면 먼저 무력감이 엄습했다. 그 둔중한 막막함에 이머진은 침대를 박차고 나오기가 힘들었다. 아무리 일찍 일어나도 받은 편지함에는 이메일이 산더미처럼 쌓여 있었다. 대부분은 약어와 축약 구절로 이루어져 있고 제임스 조이스의 의식의 흐름 기법을 따라 작성된 듯한, 이브가 밤새 보낸 이메일들이었다. 온 세상을 가진 듯 잘나갈 때는 침대에서 일어나기가 너무 간단했다. 인생이 잘못된 방향으로 전환을 하면, 이불 하나 젖히기가 하루 할 일 중 가장 힘든 일이 된다. '그냥 누워 있고 싶다.' 매일 아침 베개에 얼굴을 묻고 있으면 머릿속에서 속삭이는 소리가 들렸다.

예전엔 매일 6시면 퇴근하던 곳에서 지금은 9시에 집으로 가면서 자기도 모르게 살금살금 걷고 있었다.

222

그렇게 빠져나오던 어느 날 이머진은 엘리베이터에서 우는 여자애와 마주쳤다.

매일이 똑같았다. 일과에 변화가 없었다. 월간 잡지의 일정에 따라, 미쳐 돌아가게 바쁘다가 좀 풀어지고 다시 점차 바빠지며 모든 것이 반복되던, 리드미컬하게 움직이던 스케줄이 사라졌다. 이머진은 편집권을 조금이라도 유지하려 최선을 다했다. 웹사이트에 올라가기 전에 한번 보기라도 하려 했다. 어떤 때는 수정을 왕창 하기도 했다. 사진 게시를 승인하고 취소시키면서.

이머진은 교열 편집자로 일을 해본 적은 없었지만, 이렇게 많은 오류를 발견하긴 난생처음이었다.

"이거 누가 편집했어?" 그날 아침에 이브에게 물었다.

이브는 랩톱에서 고개도 들지 않고 벗은 어깨만 으쓱했다. "아무도 안 했는데. 그냥 바로 올리는 거예요. 인터넷이니까. 언제든 고칠 수 있잖아요."

"너무 조잡한 거 같지 않아?"

"좋은 거보다 많은 게 중요해요."

대화는 거기서 끝났다.

쉬는 시간이 없었다. 웹사이트는 하루에 24시간 업데이트되었다. 콘텐트의 중요도는 트래픽이 결정했다. 어떤 유명인이 약혼했다고 하면, 웹사이트는 그 유명인의 스타일, 약혼자의 스타일, 태어날 아이의 스타일, 다가오는 결혼식의 스타일에 대해 열세 개까지 관련 패션 글을 게시했다. 현재 하루 평균 100건 이상의 콘텐트를 올리고 있었다. 모든 글은 똑같이 유치찬란한 광고 문구로 끝났다. '우리의 와우! 제품들을 하나도 놓치지 마세요! 글로시닷컴 뉴스레터에 오늘 가입하세요!'

눈치를 보며 8시에 퇴근하는데, 회사에선 여전히 여성 돌격대들이 키보드를 달각거리며 이브가 저녁으로 주문해준 초밥 도시락을 우물거리고 유쾌한 색색의 오가닉 애버뉴 주스와 다이어트 레드불을 쭉쭉 빨고 있었다.

이머진은 회사에 있으면 자신의 아이들에게 미안했고 집으로 가면 여자애들에게 미안했다. 그러다 보니 사무실 불은 늘 켜두고 의자에는 스웨터를 남겨두곤 했다. 컴퓨터 화면도 환하게 켜두고서 잠시 자리를 비운 듯한 분위기를 만들려 했다. 하지만 그날 퇴근하면서는 이브를 속일 수 없다는 것을 알고 있었다. 이브는 언제든 이머진이 어디 있는지 정확히 알고 있다는 것을 깨닫게 되었던 것이다. 무슨 앱 같은 게 있는 모양이었다.

그 여자애는 엘리베이터 앞에 서 있었다. 완벽하게 둥근 머리를 푹 수그리고 어깨를 떨고 있었다. 엘리베이터가 도착하자 조용히 타더니 돌아서지 않고 계속 뒷벽을 보며 서 있었다. 그러다 문이 안전하게 닫히고 나자 도살장에 끌려간 동물처럼 엉엉 울음을 터뜨렸다. 꿀색 머리에 약간 낯이 익긴 했지만 많은 직원 가운데 하나일 뿐이었다. 새로 들어오는 사람도 너무 많아서 누가 누군지 구분이 잘 가지 않았다.

이런 때면 아직도 조그마한 자수가 놓인 흰 손수건을 핸드백에 넣어 가지고 다니는 보람이 있었다. 작은 휴지도 한 통 있었다. 엄마가 되면 한 달에 한 번은 대량으로 구매하게 되는 필수품이었다. 이머진은 여자애 어깨를 조용히 두드리고서 제대로 된 손수건을 내밀었다. 여자애는 보지도 않고 받아 들더니 마스카라를 뺨까지 닦아 내리고서 코를 푼 다음 다시 서럽게 통곡하기 시작했다.

"별일 아니야. 잊어버려." 이머진이 그녀를 토닥이며 자신 없게 말했다. 자신이 왜 이런 말을 했는지 알 수 없었다. 회사에서 살벌한 일들이 일어나고 있다는 걸 잘 알면서.

"그렇지 않아요. 너무 무서운 여자예요." 여자애가 마침내 지친 눈을 들어 이머진을 보았다. "이브가 시키는 건 다 했어요. 3일 동안 쉬지 않고 일하다가 책상에 엎드려 잠들었다고요. 그랬더니 잠이 필요한 건 패배자뿐이래요. 그걸로 끝이었어요. 더 이상 생각할 필요도 없었던 거죠. 방금 날 해고했어요. 모두가 보는 앞에서. 나더러 짐 챙겨 집에 가고 내일은 굳이 오지 말래요."

그제야 이머진은 여자애가 누군지 생각났다. 이브가 고용한 편집 어시스턴트 가운데 하나였다. 전형적인 어시스턴트 업무를 맡고 있었다. 받아쓰고, 전화받고, 미팅 약속 잡고, 이브 자신이 겨우 2년 전에 했던 일이었다.

"왜 3일 동안 집에 못 갔어?"

"회람 못 받았어요? 이브가 월말까지 투자자들에게 약속한 트래픽 목표를 달성하기 전까지 우리 모두 집에 가지 말고 도우랬어요. 비품실에 풍선 매트리스도 깔아놓았어요. 거기서 교대로 자라고요. 하지만 시끄러워서 잠이 잘 안 오더라고요."

그제야 어린 여성의 눈 밑에 드리워진 다크서클이 보였다. 열 살은 더 들어 보였다.

"저 말고도 진짜 많이 해고됐어요. 그러니까 무슨, 누가 제일 오래 버티나 보자는 것 같아요."

이머진은 할 말이 없었다. 이브가 사람들을 어떻게 자르는지 수군대는 소리를 들었다. 하지만 직접 본 적은 없었다. 밤늦게 하는가 보다 짐작했다. 이브가 하도 사람을 줄줄이 뽑고 줄줄이 해고하니 이머진은 누가 새로

왔는지도 거의 알 수 없었고 누가 나갔는지는 전혀 파악할 수 없었다.

"미안하구나"라는 말밖에 할 수 없었다. "그렇게 해고를 당해도 되는 사람은 없는데." 이머진은 그렇게 사람을 내보내도 합법인지조차 알 수 없었다. 이머진은 평생 단 세 사람을 해고했다. 게다가 그때마다 한 달에 걸쳐 그들의 문제점을 기록한 문서를 만들었고 인사부 직원을 동석시켰다. 여자애는 잠깐 이머진을 동정 어린 눈으로 쳐다보았다. 마치 엘리베이터에서 통곡할 다음 타자는 이머진이 되리라 생각하는 것처럼.

이제 엘리베이터가 거의 다 내려왔다. "난 저축도 없고 다음 달 집세도 못 낼 거예요." 한탄이 아니었다. 무덤덤하게 사실을 말하는 것뿐이었다. 입 밖으로 내서 말해서 세상이 그 사실을 인지해주기 바라는 것처럼. 그리고 더 이상 이머진에게 할 말이 남지 않은 그녀는 빠른 걸음으로 건물을 나가며 한 번도 뒤돌아보지 않았다.

이머진은 로비에서 몇 걸음 내딛다가 휙 돌아 다시 엘리베이터로 갔다. 27층으로 가는 버튼을 눌렀다. 이머진이 다시 회사로 들어서자, 한가운데 우뚝 선 이브가 보였다.

"출발!" 이브가 소리를 질렀다. 열두 명의 어린 여성이 건너편에 열 맞춰 서 있었다. 각자 숟가락을 앞에 들고 그 위에 하얀 달걀을 올려놓았다. 이브가 외치자 그들은 사무실을 가로질러 달리기 시작했다. 반이 넘는 숟가락에서 달걀이 날아올라 바닥에 떨어졌다. 사무실은 미리 짜놓은 장난질을 수행하는 긴장감으로 가득했다. 새해 전야나 핼러윈 같은 때 회사들이 그러듯이 말이다. 놀고 파티하고 춤추고 마시며, 시내 한복판 회사 건물에서 숟가락 위에 달걀을 얹고 달리기를 하는 이유가, 모두가 그렇게 하고 또 그렇게 하는 것이 즐기는 방법이라고 누군가 말했기 때문인 것이다. 하지만 사무실 안의 여성들은 그저 피곤해 보였다. 이머진은 그들이 차라리 책상에 앉아 할 일을 마저 하고 자기 집에 가서 진짜 친구와 가족들과 시간을 보내고 싶어 하리라는 것을 알았다.

"쉬는 시간 끝났어." 이브가 손뼉을 치자 모두 자기 자리로 돌아갔고 바닥엔 터진 달걀들만 남았다.

이브는 이머진이 들어오는 것을 보았으나 게임이 끝날 때까지 기다렸다가 아는 척을 했다. "안녕, 이머진. 집에 간 줄 알았어요."

"아래층에 마키아토 마시러 갔다 왔어."

"커피는 어딨죠?" 이브가 다 안다는 듯 싱글거리며 반박했다.

"돌아오면서 마셨지. 내 사무실에서 얘기 좀 할까?"

이브는 어깨를 으쓱하고 따라 들어왔다. 이머진의 방은 불이 꺼졌고 컴퓨터도 꺼졌다. 겨우 10분 전에 해놓고 나간 풍경이 아니었다.

"네가 내 컴퓨터 껐니?"

"물론 아니죠." 이브가 공격적으로 눈을 치떴다. "난 절대 당신 방에 안 들어가요. 청소부가 그랬든지 했겠지."

"방금 내보낸 여자애는 누구야? 엘리베이터에서 많이 울던데."

이브가 손을 휘저었다. "그냥 어시스턴트였어요. 오늘 전부 내보냈죠."

이머진은 올바른 단어를 찾아가며 천천히 대답하고 싶었다. "어시스턴트는 필요하잖아. 내일 인사부에 새로운 사람을 뽑아달라고 얘기했어?"

"필요 없어요. 따로 계획이 있거든요. 돈이 엄청나게 절약될 거예요. 그럼 대신 새 콘텐트 프로듀서를 고용할 수 있죠."

이머진이 눈썹을 치키며 이브의 다음 설명을 기다렸다.

"어시스턴트 업무를 모두 외국으로 외주 줄 거예요. 대학원 친구 하나가 끝내주는 가상 어시스턴트 회사를 설립했어요. 한 시간에 5달러면 어시스턴트가 하던 모든 잡무를 처리시킬 수 있어요. 인터뷰 녹취도 시키고 약속도 잡게 하고 사무용품도 주문시킬 수 있죠. 음식 배달까지 시켜 줘요. 진짜 분열적이죠. 천재예요."

이머진이 고개를 절레절레 흔들었다. "어시스턴트를 쓰는 이유는 그들을 더 많은 일을 할 수 있도록 훈련시켜서 나중에 승진시키려는 거잖아. 나도 어시스턴트에서 시작했고. 너도 그랬지." 숨을 깊이 들이마시자 이브의 미스 디오르 향수가 확 풍겨왔다.

이브가 다시 손을 휘저었다. "그래요. 하지만 우린 어시스턴트가 더 이상 필요 없어요. 예전엔 일이 그런 식으로 돌아갔지. 난 새로운 시스템을 만들고 있어요, 이머진." 그러고 나서 인상을 확 구겼다. "왜 당신은 내가 만들고 있는 변화들을 받아들이지 못하는 거죠? 난 글로시를 21세기로 데려왔어요. 당신도 따라 와주길 바라요. 하지만 그러질 못하네."

"옛 시스템 중에도 효과적인 것이 있어, 이브. 무작정 모든 것을 버리고 새로 시작할 필요는 없다고."

이브도 지지 않았다. "그만 좀 해요. 내가 알아서 할게. 당신은 당신 일이나 잘하고요. 어서 집에 가서 아이들이랑 놀아요. 마키아토 마시고 오지 않은 거 알아요. 나 훈계하려고 다시 올라온 거잖아. 말은 알아들었어요. 내일 봅시다."

젊은 여성들은 모두 다시 자리에 앉아 헤드폰을 끼고 자판 위에서 맹렬히 손을 움직이고 있었다. 이머진은 정신이 아득해짐을 느꼈다. 하지만 소란을 일으키긴 싫었다. 다시 엘리베이터로 향하며, 끈끈한 달걀이 구두에 묻지 않도록 조심했다.

15

이머진은 집에 와서 손수 목욕물을 한참 받고, 와인 한 잔을 따르고, 라벤더 오일을 다리가 달린 고전적인 모양의 욕조에 조금 떨어뜨렸다. 라벤더는 커피보다는 목욕물에 넣는 게 좋았다. 이머진과 앨릭스는 이 욕조를 페니키아의 한 조그만 벽촌 골동품점에서 발견했다. 몇 시간 동안 흥정을 한 끝에 집에 가져와보니 엄청 새는 곳이 있었다. 전부 다시 방수를 하느라 한밑천 들였다. 그래도 이머진은 이 욕조가 무척 마음에 들어 그 모든 고생이 보람 있다고 여겼다. 충분히 깊어서 몸 전체를 물속에 잠기게 하려 미끄러지거나 웅크리지 않아도 되었다. 목 중간까지 물에 담그고 더워서 참을 수 없을 때까지 있을 수 있었다.

집에 와보니 애너벨은 잠들었다. 딸의 페이스북에서 본 댓글들 생각이 자꾸 났다. 어린 여자애에게 그런 글을 쓰는 건 또 어떤 종류의 괴물이란 말인가? 딸아이의 사생활을 훔쳐본다는 인상을 주지 않고서는 이 화제를 입에 올릴 방법이 없었다. 그랬다간 논의를 시작하기도 전에 모든, 그 어떤 대화도 끊기게 될 게 확실했다.

모든 것이 엉망이었다. 딸아이는 온라인에서 괴롭힘당하고 이머진은 직장에서 괴롭힘당하고 있었다. 매일 아침 잠에서 깨어 회사에 가서 이브를 봐야 한다고 생각하면 위장에 돌이 얹히는 듯했다. 이머진이 몰랐던 사실이나 이머진이 잘못한 일에 대해 매일 아침 이브가 언급하지 않고 넘어가는 날이 없었다. 문서를 올바른 형식으로 보내지 않았다, 사진은 이제 서버가 아니라 클라우드에 저장하는데 아직도 접근할 줄 모르느냐, 이메일에 전부 답장할 필요 없다는 거 모르느냐, 이메일에 전부 답장을 좀 더 자주 할 수 없느냐, 트윗을 더 많이 할 수 없느냐….

이제 이머진의 인생에 아주 분명한 선이 하나 그어졌다. 이브 이전과 이브 이후. 워낙은 암 이전과 암 이후로 나뉘어야 하지만, 이머진의 삶에 암 발병이 이브의 재등장보다 더 큰 영향을 미쳤는지 확신할 수 없었다.

우리는 모두 머릿속에서 마구 들끓는 댓글들을 달고 있다. 이브가 나타나기 이전의 이머진은 끊임없이 최고의 편집장이 되고 경쟁에서 이기고 더 많은 잡지를 팔 생각에 골몰했다. 머릿속의 조그만 목소리들은 이머진이 더욱 열심히 하면 글로시는 꼭 더 좋아질 거라고 속삭였다. 이제 머릿속 조그만 목소리는 말투도 바뀌었다. 이제 이머진은 잘할 수 없다고, 여기서 살아남을 수 없으니 포기하라고 한다.

이머진은 다리를 스트레칭했다. 기분이 좋았다. 발가락도 꿈틀거려 보았다. 20년이 넘게 신고 다닌 15센티미터 힐이 발에 좋을 리 없었다.

수도에서 뜨거운 물이 떨어지며 거센 콸콸 소리를 기분 좋게 내고 있었다. 이머진은 새로운 몽상에 젖어 들었다. 다 두고 떠나버릴까? 타운하우스에 걸려 있는 터무니없는 액수의 주택담보대출과 사립학교 수업료를 포기하면 어떨까? 짐을 모두 싸서 뉴올리언스로 이사가버리면? 와인을 입안 가득 마시고 이머진은 자신이 뉴올리언스를 얼마나 사랑했는지 기억해냈다.

뉴올리언스에서 살면 생활비가 얼마나 들까? 뉴욕에서 체면 차리고 사는 비용의 5분의 1? 욕조 옆의 조그만 골동품 대나무 탁자 위에 있는 전화기를 집어 들었다. 젖은 손으로 더듬거리며 부동산앱을 띄웠다. 역시 틸리가 깔아놓은 앱이다. 물에 닿지 않게 조심하면서, 카테고리를 좁혀갔다. 뉴올리언스, 가든 구역, 방 네 개 이상.

수많은 매물이 떴다. 엄지에서 물방울을 털어내고 매끄러운 화면을 스크롤해 내려갔다. 그리고 이머진은 사랑에 빠졌다. 19세기에 지어진 역사적인 저택이었다. 독특하고 아름다웠다. 온통 하얀 외장재에 청록색 창틀, 어마어마한 철제 울타리가 정원을 나른하게 휘감고 있었다. 사진을 확대하니 현관 입구 옆에 망가진 그네 의자가 보였다. 이 보물의 가격이 타운하우스의 20퍼센트였다.

저 남부에서, 앨릭스는 지역 변호사로 간판을 내걸고, 음주 운전이나 이혼 문제를 해결해줄 수 있을 것이다. 아이들은 공립학교에 가고, 이머진은 당분간 앞으로 무얼 하고 싶은지 무엇을 할 수 있을지 알아보는 시간을 가지고 말이다. 사진? 인테리어 디자인? 많이 다른 분야고 디지털화되었겠지만, 이머진에게는 안목이 있었다. 뉴올리언스는 뉴욕을 제외하고 이머진이 창조력을 펼칠 수 있겠다는 느낌이 오는 유일한 도시였다.

가슴이 떨렸다. 흥분되었다. 뉴올리언스는 새롭고 신선할 것이다. 물론 힘들 수도 있다. 하지만 새로운 도전이었다. 젠장. 꼭 한길만 가란 법 있나? 경력은 대각선으로 움직일 수도 있는 것이다. 앨릭스가 집에 오면 '당신 직장 그만둬' 해볼까? 해볼 수도 있다!

이머진은 와인을 비웠다. 왜 병째 가져오지 않았을까?

전화기가 손에서 빠져나가 욕실 매트 위에 떨어졌다.

뉴욕이 전부라고 생각했지만 더 이상 그렇지 않은 때가 온다.

이머진은 한숨을 쉬었다. 실은 그저 꿈일 뿐이다. 물론 집을 처분하고 사립학교를 포기하면 좀 여유가 생기겠지만, 이머진과 앨릭스에겐 둘 다 노부모가 있었고 은퇴에 대비한 저축도 거의 없었다. 또한 이머진의 병원 청구서도 잔뜩 쌓인 데다 자꾸 추가되고 있었다. 그러니 로버트매너링 사의 가뿐한 보험 혜택이 필요했다. 가족 전체의 무게가 이머진의 어깨를 짓눌렀다. 아무리 뜨거운 물을 받아두었어도 어느새 서늘한 기운이 올라와 살갗에 소름이 돋기 시작했다.

16

2015년 겨울

액설로드 맥머리의 '휴식 이론'에서 발췌:

생산적이 되기 위해서는 행복할 필요가 있다. 성과와 혁신을 극대화하기 위해서는 일터의 경계선들을 밀어내고 어른들이 자기 안의 아이를 찾아내도록 도와주어야 한다. 어른인 직원이라도 일과 시간 동안 체계적이지 않고 창조적인 방식으로 사람들과 어울릴 시간이 주어지는 것이 중요하고, 관리자가 책임지고 이를 장려해야 한다. 이때의 놀이는 목표가 정해지지 않아야 한다. 일터에서 적절히 사용하면 한 시간의 놀이 시간으로도 결국 기하급수적인 성과 향상을 확인할 수 있다.

2013년 땅딸막하고 대머리까진 하버드 경영대학원 교수 액설로드 맥머리(스탠퍼드 박사, 하버드 MBA)가 '휴식 이론'을 제안하는 책을 하나 썼다. 수년에 걸쳐 맥머리 박사 본인에 의해 지휘된 특허 연구에 기반한 내용이다. 생산성을 강화시키려면 어른들이라 해도 체계적이지 않은 '놀이' 시간이 한 시간은 필요하다는 것이 다양한 나이대의 사람들에게서 증명

되었다.

이브는 2014년 맥머리의 수업을 들은 후 최단 시간에 그의 수제자가 되었고 때로는 야간의 동반자도 되었다. 둘의 스쳐 지나간, 그러나 분명 유쾌했고 생산적이었던 만남 덕분에, 이브가 직원 전체를 스피닝 학원의 '스피릿 사이클' 수업에 보낼 생각을 했는지도 모른다. 학교 엄마들은 모두 이 '정신적 자전거 타기'에 빠져 있었다. 이런 종류의 뉴에이지 유행은 유산소운동을 정신과 육체의 통합 운동으로 탈바꿈시켰다. 이머진은 헛소리라고 생각했다. 그녀도 이십대와 삼십대 때는 운동으로 달리기를 했었다. 지금은 그냥 균형 잡힌 식사를 하고 트레이너와 필라테스를 했다. 2000년대 초반 황제 다이어트 열풍 때 그랬던 것과 마찬가지로, 어쩌다 보니 스피닝에도 관심이 가지 않았다.

하지만 일찍 퇴근할 수 있는 건 좋았다. 스피릿 사이클 교실이 이머진의 타운하우스에서 가까웠다. 끝나면 바로 집으로 갈 생각을 하니 기분이 한껏 좋아져 어두운 자전거 교실에 들어섰다. 형광노랑 고정 자전거들이 놓여 있고 벽에는 영감을 주는 문구들이 씌어 있었다.

이브가 스피릿 사이클의 노란 바지와 어깨끈이 달린 티를 입고 머리는 모아 올려 꼭대기에서 하나로 묶은 멋진 모습을 뽐내며 들어왔다.

"이야, 스피릿!!! 여기 너무 좋아. 우리 정신을 바짝 세워보는 거야." 이브는 강사와 하이파이브를 했고 다른 직원 여자애들은 자전거에 올라탔다. 이머진도 안내 데스크에서 받은, 금속 클립이 바닥에 달린 웃긴 신발을 받아 신고 자전거 교실까지 뒤뚱거리며 들어왔다. 그런데 자전거에 올라타고 나서, 이 망할 장치를 어떻게 결합시키는 건지 알 수가 없었다. 페달에 대고 발의 각도를 조절해봤지만 클립은 끼워지지 않았다. 여기저기서 딸깍딸깍하고 발과 페달이 경쾌하게 들어맞는 소리를 내고 있는데 이머진에게선 괴상한 챙챙 소리만 나고 있었다. 점점 초조해지며 더욱 발은 페달에서 미끄러지기만 했다.

애슐리가 앞줄의 이머진 한쪽 옆에 자리를 잡았고 다른 쪽 옆엔 이브가 앉았다. 애슐리가 조용히 손을 뻗어 이머진의 발을 제자리에 넣어주었다. 딸깍.

강사가 자몽 냄새 나는 촛불만 켜진 단상 위에서 펄쩍펄쩍 뛰었다. "어이, 스피릿 시스터!" 백인 여성이지만 드레드락 레게머리에 장착된 헤드셋으로 우렁찬 목소리가 울려 퍼졌다.

이브가 이머진에게 몸을 기울이더니 속삭였다. "저 강사가 앤젤리나 스타예요. 그러니까, 스피닝의 여신이죠."

'앤젤리나 스타라고? 분명 예명일 테지. 언제부터 스피닝 강사가 예명을 쓰기 시작했지?'

앤젤리나 스타는 너무 살을 태웠고 땀을 흘리기엔 너무 화장이 짙었다. 좁디좁은 밴도톱과 작디작은 검은 라이크라 팬티 말고는 아무것도 입지 않았다.

스피릿 수업을 정기적으로 듣는 듯 보이는 이브와 다른 여자애들은 일제히 "어이, 앤젤리나!" 하고 화답했다.

"다들 준비됐나?"

"물이 좀 있었으면 좋겠는데요." 이머진이 예의 있게 손을 들며 말하자 앤젤리나는 피식 웃었다.

"아, 그러세요? 저지방 우유도 같이 가져다드릴까? 스플렌다는요? 아예 그리 가서 머리도 묶어드릴까?" 이머진이 입을 떡 벌리는데, 앤젤리나는 재빨리 다른 사람들에게로 관심을 돌렸다. "스피릿 충전 준비된 사람?" 강사가 소리쳤다.

"우리!" 다들 일제히 외쳤다.

제이지의 《블랙 앨범》이 보이지 않는 스피커에서 울려 퍼지기 시작했고 강사가 자전거에 올라타 독백을 시작했다.

"우리는 우리를 위해 이곳에 왔습니다. 우리는 서로를 위해 이곳에 왔습니다. 이 수업에선 아무도 말할 필요 없습니다. 우린 자전거를 함께 타며 나를 위해 그리고 나의 스피릿 시스터를 위해 여기에 왔습니다. 우린 모두 하나입니다. 시작하기 전에 우리 스피릿 시스터의 이름을 적읍시다. 바로 옆 사람입니다. 그 이름을 적습니다. 신발에 넣습니다."

똑같은 노란 스피릿 셔츠를 입은 직원들 몇 명이 스튜디오 안을 돌아다니며 작은 종잇조각과 조그만 골프 연필을 나눠주었다.

이브가 자기 이름을 필기체로 휘갈긴 종이를 이머진에게 내밀었다. "내 이름을 당신 신발에 넣어요." 감정이 배재된 명령조였다.

이머진은 이렇게 멍청한 짓을 해보긴 처음인 것 같았다.

"이제 여러분의 스피릿 시스터의 이름이 발에서 심장까지 에너지를 전달해줄 겁니다. 자, 페달을 밟읍시다. 앞줄에 있는 분들은 스피릿 전사입니다. 자매들에게 본보기가 되어야 해요. 속도를 늦추느니 차라리 내 뺨을 쳐요."

갑자기 실내 기온이 이상해졌다. 너무 더웠다. 땀이 줄줄 흐르기 시작했다. 실제보다 운동을 더 하고 있다고 느끼게 하려고 히터를 올린 게 틀림없었다. 신발이 불안했다. 아무래도 제대로 끼워진 것 같지가 않았다. 이머진은 속도를 늦추고 발을 꼼지락거려 구멍에서 빼내 다시 제대로 맞춰보려 했다.

그러자 앤젤리나 스타가 잡아먹을 듯 노려보기 시작했다. "앞줄은 리듬을 유지해야지!" 소리를 꽥 지르는 대상은 바로 이머진이 분명했다.

"왼쪽, 오른쪽, 왼쪽, 오른쪽."

박자에 맞춰 다리를 펌프질하며, 이머진은 학교 엄마들이 왜 이 망할 스피닝 한 판에 50달러씩 지불하는지 이해가 가지 않았다. 발은 페달에 묶고 정신 나간 듯 도리깨질하면서 정교한 안무를 따라 하는 건 도무지 자연스럽지 못하다. 고문도 아니고. 여기서 학대당하는 데 소중한 돈을 지불한다는 말인가?

불이 꺼졌다. 강림술이라도 하는 것처럼 으스스하게 강사 주변을 둘러싼 촛불을 제외하곤 깜깜하게 어두웠다.

"오른손 머리에 올려!"

"배에 힘줘!"

"하품하면 얼굴에 침을 뱉어주겠어!!!!!"

"엉덩이 조여! 엉덩이 조여!"

당연히 이브는 프로였다. 한껏 올려 묶은 말총머리를 오른쪽 왼쪽으로 까딱거리며 밟고 또 밟았다. 그러는 내내 나치청년단처럼 열광적으로 힙합 노래를 따라 불렀다.

"당신들은 더 좋은 사람이 된 거야, 여기에 왔으니까! 당신들은 성공했어!! 당신들은 놀라워! 바로 지금 바로 여기에 온 당신들은 최고의 인간이야. 당신들은 자신을 너무 사랑해! 인생이 엉망이라고? 어떻게 청소하느냐가 중요해!!"

강사가 외치자 이브는 양 주먹을 위로 찔러 올리며 목청껏 울부짖었다. "우워어어어어!"

이건 그냥 운동 수업이 아니었다. 땀을 이용한 심리치료였다. 유산소 운동을 하러 와서 금언들에 빠지는 것이다.

이머진은 이 운동이 너무 싫었다. 수업이 끝나가자 머리가 땀으로 푹

젖었다. 아프지 말아야 할 곳들이 아팠다. 레너드 코언의 노래 가사가 생각났다. "예전엔 즐기던 부위들이 아프네." 신발 속에서 너덜너덜해져 갈 이브의 이름이 적힌 쪽지는 거의 잊어버렸다. 결승선을 향한 마지막 돌진이 시작되고 다른 사람들과 함께 이머진도 어쩔 수 없이 속도를 올렸다.

"더 빨리. 드디어 결승선이 보여. 당신들의 목표야. 오늘 밤 여기 온 이유가 그거야. 당신들은 바로 지금 최고의 상태야. 바로 지금!"

이머진은 더 세게, 세게 페달을 밟았다. 다리가 슬슬 멋대로 움직이기 시작했다. 마음속에서 결승선이 보였다. 이머진은 더욱 빨리 달리며 더이상 이브나 애슐리나 다른 누구에게도 신경 쓰지 않았다.

딸깍. 오른쪽 발이 페달에서 빠져나가며 이머진은 옆으로 넘어졌다. 조금이라도 멈추는 사람은 없었다. 이머진은 엉덩방아를 찧고 앉아 자신의 자전거와 이브의 자전거 사이에 끼어버렸다. 숨을 좀 돌린 후 좌우를 둘러보았다. 이브의 페달이 눈앞에서 잔디 깎이 날처럼 돌아가고 있었다.

"스피릿 시스터… 좀 도와줘." 이머진이 끙끙거렸지만, 그녀의 정신적 자매는 자전거가 결승선에 도달할 때까지 다른 데 신경 쓸 생각이 전혀 없었다. 이브는 멈추지 않고 계속 달렸다.

애슐리는 수업 중 슬며시 헤드폰을 썼기 때문에 무슨 일이 일어났는지 알아채지 못했다.

아무도 이머진을 도우려 하지 않았다. 이브의 다리가 소용돌이치고 있는 터라 불구가 되려는 게 아니면 일어나기가 불가능했다. 이머진은 엉금엉금 기어 단상 쪽으로 빠져 나왔다. 그제야 몸을 일으킬 수 있었다.

문으로 걸어 나오며 끔찍한 불량 신발을 쓰레기통에 던져 넣을 때도, 사람들은 그저 스피닝만 계속했다.

17

'과거의 목요일'은 이머진이 인스타그램에서 제일 좋아하는 이벤트 중 하나였다. 일주일에 한 번 옛날 사진을 올려보자는 발상에 대해 틸리가 알려준 후부터, 이머진은 침대 밑에 보관해두었던 상자들을 뒤지기 시작했다. 옛날 화보들, 패션위크 백스테이지에서 찍은 폴라로이드, 20년 동안 겪어온 촬영장 사진들이 들어 있었다.

월요일에 이머진은 완벽한 옛날 사진을 하나 찾았다. 20년 전인 듯했다. 나오미 캠벨, 크리스티 털링턴, 린다 에반젤리스터가 욕조에서 샴페인을 홀짝이는 사진이었다. 가장자리는 광택이 닳았고 한쪽 모서리가 사선으로 깨끗이 찢겨 있었다. 모델들은 깔깔거리며, 나오미는 8캐럿 다이아몬드를 낀 가는 손가락을 입술에 얹은 채 얼굴을 가리고, 크리스티는 다른 여자들 아래쪽에 반쯤 가려져, 아름답게 불완전한 얼굴이 살짝만 보였다. 사진의 반은 뒤엉킨 긴 다리들이 차지해서, 어느 다리가 누구의 것인지 불분명했다. 이머진은 그 사진을 파리쿠튀르 쇼가 끝나고 리츠의 스위트룸에서 찍었다. 폴라로이드 카메라가 포착한 완벽한 순간이었고, 오늘날 찍었더라면 훨씬 유명해졌겠지만 인터넷 이전 시대에는 몇 명의 선택된 사람만이 이 사적인 순간을 볼 수 있었다.

이머진은 이 옛날 사진을 전화기로 찰칵 찍은 다음, 회사로 들어가기 전 잭의 커피숍에서 마키아토를 마시며 올렸다. '한 마디로: 슈퍼들. #과거의 목요일' 이머진은 미소 지었다. 인스타그램을 박살 낼 아이템이었다.

"재미있는 과거의 목요일이네요, 이머진." 가냘프고 귀여운 백인인 블로거 나탈리가, 팔꿈치에 가죽을 덧댄 크림색 굵은 니트 스웨터에 얇은 검은 가죽 레깅스를 입고서, 이머진이 책상들 사이를 누비고 지나갈 때 말했다.

"고마워 자기. 내가 정말 예뻐했던 애들인데. 즐거운 나날이었지. 나중에 사무실에 들러. 얘기도 해줄게."

"버즈피드에서 방금 그 사진을 올렸어요!"

이머진이 놀라 눈을 크게 떴다. "아, 저런! 좋은 일이지?"

"대단한 일이에요. 다른 곳에서도 분명 다 공유될 거예요. 괜찮으면 나도 우리 웹사이트에 올릴게요."

"당연히 좋지. 그 트래픽을 우리가 가져와야지." 이머진은 트래픽이라는 말을 딱 맞는 경우에 썼다는 확신이 들었다. 하이파이브를 하려고 손을 들었다. 나탈리는 잠시 어리둥절해서 쳐다보더니, 진심으로 손뼉을 마주 쳐주었다. 돌 같은 침묵에 빠져 있던 다른 직원들도 고개를 들더니 둘의 모습에 미소를 지었다. 다른 날보다 출근하는 기분이 조금 가벼웠다. 오늘은 좋은 날이 될 것 같았다.

이브가 책상 앞에 서 있는 것이 보였다. 구글글래스를 쓰고 눈동자를 정신없이 컴퓨터 화면과 아이폰 사이에서 왔다 갔다 하고 있었다. 뭘 하는지 거기 빠져, 지나가는 이머진을 쳐다보지 않아 고마웠다. 자기 자리에 앉아 이머진은 인스타그램을 확인해보았다. 그녀의 #과거의목요일에 9,872명이 좋아요를 눌렀다. 지금까지 가장 많이 받은 좋아요보다 9,800개나 많았다. 버즈피드란 게 장난이 아니었다.

이머진의 전화기가 띵 울렸다. 열어보기도 전에 그룹 쪽지라는 것을 알 수 있었다.

네 장의 사진이 결합된 것이었다. 먼저 두 손이 샴페인잔을 부딪는 사진, 그리고 30송이 안팎의 흰장미 꽃다발, 그다음은 거대한 프린세스컷 다이아몬드 반지의 클로즈업, 마지막으로 앤드루와 이브가 키스하는 사진이었다. 이브의 왼손이 앤드루의 뺨에 놓여 다이아몬드에 완벽한 빛이 떨어지고 있었다.

'앤드루가 이브에게 프러포즈를 했다. 이브가 앤드루와 결혼한다. 이브가 이머진의 전 남친과 결혼한다.' 이 세 가지 생각이 머릿속을 달음질치다가, 이브가 방금 자기 약혼 사진을 주소록 전체로 보냈다는 데 생각이 미쳤다. 이브의 자리 근처에서 여자애들이 꺅꺅대는 소리가 들렸다. 이머진도 가야 했다. 가지 않으면 직원들이 어떻게 생각할지 뻔했다. 하지만 다리에 납덩이를 단 것 같았다. 앨릭스를 만난 이후로는 앤드루가 다음에 누구와 사귈 것인지 생각해보지도 않았다. 다음 여자가 불쌍하기는 했다. 앤드루는 결코 완전히 변하지 못할 사람이라고 확신했던 것이다. 얼마나 성공하든지, 얼마나 높은 곳에 사무실을 얻든지. 그러나 이제는 앤드루가 불쌍했다. 질투가 아니었다. 이브가 이머진을 괴롭히려고 일부러 이런 짓을 했다는 불쾌한 감정이 일었다. 점점 더 끓어오르는 이 생각을 누구에게도 말할 수 없었다. 너무나 자기중심적인 사람으로 보일 테니까. 어쩌면 이머진과 상관없는 일일 수도 있다. 이브는 예전부터 권력 있는 나이 많은 남자들과 만나왔고 앤드루가 바로 그랬으니까. 앤드루는 젊고 똑똑한 여자를 좋아했다. 하지만 뉴욕에는 그런 두 가지 부류의 남녀가 수두룩하다. 우주가 엄청난 장난을 친 게 아니라면, 하필 이

둘이 맺어진 것은 정확히 이런 효과를 노린 이브의 계획적인 접근이었을 것이다.

이머진은 머리를 흔들고 코로 숨을 들이마셨다. 너무 오래 시간을 끌었고 이제는 정말 가봐야 했다. 사무실 내 미니 냉장고를 열어, 직장에 복귀했을 때 마크 제이콥스가 보낸 빈티지 분홍 돔페리뇽을 꺼냈다. 이브의 책상 근처에서 여자애 열다섯 명쯤이 모여 이브의 반지를 보며 감탄하고 있었다.

"내가 그 사람한테, 커다란 다이아몬드를 원한다고 말했어." 이브가 말하고 있었다. "그게 내 보험이니까. 이런 반지를 주고 난 다음엔 무를 수가 없잖아." 그러고는 자기 농담에 제일 크게 웃었다.

이머진은 유리벽 밖에서 마개를 뽑았다. 마음속에서 어두운 생각이 피어났지만 이브를 겨냥하지 않도록 조심했다.

"축하해, 자기. 우리 모두 건배할 일이 생긴 것 같네."

흡족하게도 이브는 깜짝 놀란 표정을 지었다. 이머진이 오리라 생각을 못 한 것이다. 시무룩해져 있을 줄 안 듯했다. 이머진은 그 예상을 깨주어 기분이 너무 좋았다.

"우리한테 제대로 된 샴페인잔이 충분히 있는지 모르겠네. 하지만 어떻게든 이브와 앤드루를 위해 건배를 해보자고. 그리고 사진편집 기가 막혔어, 이브. 우리 소셜네트워크들에도 다 공유했지?" 있는 힘을 다해 미소를 짓느라 경련이 일 지경이었지만 농담도 하나 생각해냈다. "우리 독자들이 '바로 구매!'도 할 수 있을 거야."

"잘 공유했죠, 이머진." 이브가 냉랭하게 대꾸하며 손가락에 낀 반지를 비틀었다. "우리 독자 대부분은 이런 반지 사기가 어려울 것 같지만, 나쁘지 않은 생각이네요. 짝퉁 몇 개 올려야겠어요." 그러면서 이브는 경계하듯 앞으로 나서지 않았다. 이머진이 샴페인병으로 내려치기라도 할 거라는 태도였다. 동시에 실망한 표정이었다. 이머진의 공격을 기다리고 있었던 것처럼.

"주방에 가서 컵이 있나 찾아볼게" 이머진이 윙크를 날리며 말했다. "우리가 회사에서 오전 10시부터 술 마신다고 트윗 날리면 안 돼!"

네 명이 회사에서 샴페인을 마신다고 트윗을 날렸지만, 이머진은 조금도 신경 쓰지 않았다. 계속 이브 때문에 기분이 좋은 척하느라 바빴다.

정오에 이브가 모두를 회의실로 불렀다. 두 손을 탁자 위에 올려놓고, 다이아몬드가 최대한 빛을 받을 수 있는 완벽한 각도가 되도록 끊임없이 움직였다. "오늘 아침 다들 축하해줘서 고맙다는 말을 하고 싶어. 깜짝 놀랐다고는 말 못 하겠어. 알게 된 지 몇 주 됐으니까. 사실… 이것도 내가 직접 고른 거나 마찬가지야. 그래서 이 결혼이 우리 모두에게 혜택이 될 수 있는 방법을 찾아보기로 결정했어. 우린 한 달 후에 결혼할 예정이거든. 정말로… 한 달 후에. 그러니까… 그럴 수 있느냐고, 어떻게 결혼식을 한 달 만에 준비하느냐고 생각하겠지. 미쳤냐고…"하며 이브가 검지를 오른쪽 귀 주변에서 빙빙 돌렸다.

"미친 게 아니야. 계획은 이래. 글로시 사이트에서 결혼식을 생방으로 중계할 거야. 정말 끝내주지 않아? 결혼식을 보는 동안 독자들은 거기 나오는 것들을 사이트에서 살 수 있을 거야. 들러리 드레스부터 하객들의 드레스와 심지어 내 드레스까지! 모든 것을 바로 구매할 수 있는 거지. 위스콘신 같은 곳의 집에 앉아 있는 여자애가 컴퓨터 화면을 보면서 화려한 뉴욕 결혼식에 초대된 기분을 느끼고 보이는 것들도 다 살 수 있다니, 정말 매력적이잖아. 안 그래? 자화자찬을 하고 싶진 않지만, 정말 천재적인 생각인 것 같아."

이머진은 뭔가 할 말을 생각해내려 애썼다. 자기 지위 강화를 위한 천재적인 아이디어였다. 또한 영리하다고 인정할 수밖에 없었다. 그런 쇼는 글로시 앱의 엄청난 홍보가 될 것이기도 했으니까. 물론 몇몇 언론에게 비판받을 수는 있었다. 하지만 엄청난 주목을 받게 될 것이다. 이머진이 자신의 결혼식에서 원했던 것과는 정반대이기도 했다.

이머진과 앨릭스는 모로코로 도망쳐 브리짓과 앨릭스의 형 지노 앞에서 결혼 서약을 했다. 세상에서 가장 낭만적인 호텔, 마라케시의 라마모니아에서였다. 랠프에게서 빌린 하늘색 리넨 정장을 입은 미래의 남편처럼 잘생긴 남자는 본 적이 없었다. 여름옷 광고에 나오는 사람 같았다. 이머진은 친구인 베라 왕이 디자인한, 가느다란 어깨 끈이 달린 거품같이 하얀 실크 바이어스 재단 드레스를 입고 앨릭스를 향해 나아갔다. 발에는 아찔하게 높은 은색 샌들을 신고 장신구는, 앨릭스가 할머니에게서 물려받은 예스러운 아르데코 세팅의 작은 다이아몬드 반지뿐이었다. 지구상에 단 하루 허락된 낙원 같은 날이었다.

그러고 나서 이머진의 엄마를 위해, 런던의 성당에서 소규모 결혼식을 한 번 더 치렀다. 환상적으로 재미있는 사제가 있는, 담쟁이덩굴에 둘러싸인 작고 오래된 첼시의 성당에서 엄마 친구와 이웃만 40여 명 모였다. 그 자리에서 고개만 쭉 빼면 모퉁이 너머 엄마의 집이 보일 정도였다.

웨딩드레스를 두 번 입을 수 있어서 이머진은 남몰래 기뻐했다. 마시모와 브리짓이 색종이를 잔뜩 가지고 왔다. 그날 사진 중에 제일 마음에 드는 것은 흑백으로 찍은, 사방으로 색종이가 날리고 이머진과 앨릭스가 성당 문만큼이나 활짝 웃고 있는 사진이었다. 그 사진은 인스타그램에 올릴 필요가 없었다. 머릿속에 또렷하게 남아 있으니까.

차와 샌드위치만 나왔다. 앨릭스의 부모님은 왔지만, 그의 다른 가족들은 퀸스에서 런던까지 여섯 시간이나 비행기를 타고 올 생각이 전혀 없었다. 그날의 최고 인기는 케이크였다. 머랭[달걀 흰자를 거품내 설탕과 섞고 오븐에 구워 딱딱하게 만든 과자]에 휘핑크림을 바르고 딸기를 덮었다. 이머진의 꿈을 실현한 케이크로, 그들은 다른 결혼식 준비를 모두 합친 것보다 케이크에 공을 더 많이 들였다. 20분 동안 그것은 이제까지 본 것 중 가장 아름다운 케이크였다. 다섯 층의 머랭 구름 위에 영국에서 구할 수 있는 가장 잘 익은 딸기를 얹었다. 모두가 우와아아 탄성을 지르고 나서 신부의 사진을 찍으러 돌아섰다. 그러고 나서 돌아보니 케이크는 블랙홀이라도 뚫린 것처럼 안쪽으로 무너져 내려 있었다. 머랭케이크에 딸기를 올리지 않는 것은 다 이유가 있었다. 과일에서 나온 산성즙 때문에 녹아내렸던 것이다. 신혼부부가 커팅도 하기 전에 꺼져버린 케이크였지만, 대접에 담아 수프처럼 먹지 못할 이유는 없었다.

그 추억을 떠올리며 미소를 짓고 있자니, 이브가 이머진을 보며 인상을 썼다.

18

이머진은 자기 집 주방 식탁에서 커피를 마시며 생각해보았다. '인스타그램에서 모르는 사람을 스토킹하는 게 정상일까?' 틸리가 이머진에게 인스타그램을 가르쳐주면서, 누구든 팔로우할 수 있고, 차라리 낯선 사람을 팔로우하는 게 낫다고 했다.

애린2006의 인스타그램은 볼수록 기분이 좋았고 자꾸 더 보고 싶어졌다. 꽤 영리하기도 했다. 사진 중 하나를 누르면 애린2006이 입고 있는 디자이너의 이름이 마법처럼 나타났다. '다들 부릴 수 있는 기술인가?'

이렇게 잘 기획된 사진들 뒤에 있는 여자는 누구일까? 그 계정은 분명 여성의 것이었다. 포스트의 반이 #오의(OOTD), 즉 오늘의 의상(Outfit of the Day)이었던 것이다. 사진을 찍은 사람은 늘 그녀의 얼굴을 교묘하게 잘 랐다. 사진 대부분이 일터로 가는 듯 보이는 택시 뒷좌석에서 솜씨 있게 찍은 것이었다. 늘 욕실의 도기 세면대에 널려 있는 애린2006의 화장품 사진도 무척 좋았다. 어떤 사진에서는 사무실 책상 위에 색색의 군침 도는 마카롱이, 듣도 보도 못한 맛 이름과 짝을 지어, 줄줄이 끝없이 놓여 있기도 했다. 소금꽃 캐러멜, 허니 라벤더, 리치 로즈 등등. 거기엔 #숍잇오피스 혹은 #오피스스낵 같은 태그가 붙어 있었다. 검색해보니 숍잇Shoppit은 새로 나온 전자상거래 플랫폼으로, 고급 패션계에서 아마존과 경쟁하고 있었다.

아기, 고양이, 개, 베이컨 같은 뻔한 사진으로 도배되는 인스타그램 피드 가운데 애린2006의 사진은 신선했다. 배타적인 계정이기도 했다. 56만 7천 명의 팔로워를 거느린 데 비해 97명만을 팔로우하고 있었다. 애린2006이 자신을 팔로우한다는 공지를 받고 이머진은 짜릿했다.

커피를 한 잔 더 마시고 싶어 화강암 조리대 한쪽에 도사리고 있는 네스프레소 기계를 못마땅한 눈으로 흘긋 보았다. 아침이면 마키아토부터 찾는 이머진을 위해 앨릭스가 정성스레 사준 선물이었다. 커피메이커계의 페라리나 다름없었지만, 이머진에겐 매번 서투르고 멍청한 사람이 된 것 같은 좌절감만 안겨주었다. 이머진은 구식 프렌치프레스[원두가루와 뜨거운 물을 넣고 필터를 눌러 커피를 거르는 기구]가 훨씬 마음에 들었다. 이머진이 처음 뉴욕에 아파트를 얻었을 때 어머니가 준 선물이었는데, 거의 20년 동안 든든한 주방 기구였다. 네스프레소 기계는 컵 데우고 우유 거품을 내는 기능도 장착했고 버튼이 여섯 개나 있었지만 누를 때마다 매번 뭔가 다르게 작동이 되었다.

이머진은 착색된 낡은 프렌치프레스를 꺼내고 주전자를 가스레인지에 올려놓았다. 물이 끓기를 기다리는 동안 애린2006의 사진 중 하나에 댓글을 달았다. 모델 하나가 거대한 발렌티노 가방을 머리 위로 들어 올린 사진과 하키 선수가 스탠리컵을 높이 들어 올린 사진이 나란히 붙어 있었다.

'승리란 제 눈에 안경'이라 쓰니 꽤 만족스러웠다.

다 쓰고 막 이메일을 확인하려는데, 애너벨이 아래층으로 내려왔다. 보통 아침에 일어나서 오는 시간보다 15분이 빨랐고, 앨릭스의 두툼한

꽈배기 스웨터를 카키색 교복 바지 위에 입고 있었다. "이렇게 입으면 뚱뚱해 보일까?" 아이가 물었다.

이머진은 아름다운 딸이 그런 말을 입에 담는 것을 듣자 가슴이 아팠다. 이머진은 애너벨이 아기 때부터 긍정적인 신체 이미지를 심어주려 주의 깊게 노력해왔다. 패션지 에디터라는 자신의 직업이 딸아이를 외모에 대한 불안으로 이끌지 않도록. 객관적으로 보아도 애너벨은 아름다운 소녀로 앨릭스와 판박이였다. 조니가 곱슬한 금발에 피부도 흰 섬세한 생김새로 이머진을 닮았다면 애너벨은 남편의 짙고 강렬한 외모를 물려받았다. 튼튼한 체구여서 지금 다니는 학교의 많은 소녀처럼 삐삐 마른 게 아니라 탄탄한 근육을 지녔다. 수년간 축구를 하고 잘 먹어 자연스러운 결과였다.

"얘, 네가 얼마나 사랑스러운데."

애너벨은 '사랑스럽다'는 말에 눈동자를 굴렸다. 하긴, 열 살이면 사랑스럽다는 말을 들을 나이는 한참 지났다.

이머진은 말을 이었다. 다른 방도가 생각나지 않았다. "예쁘기만 하네. 머리 땋아줄까?"

애너벨이 고개를 저었다. 검은 곱슬머리가 어깨 부근에서 출렁였다.

"정말? 아주 멋진 '돌려 땋기' 방법 알아뒀는데. 그거 지난주에 셀레나 고메즈가 영화 시사회 날 하고 온 거야. 내가 유튜브 보면서 공부했거든. 너 해주려고. 정말 잘 어울릴 거야."

애너벨은 다행히도 아직 납작한 가슴 위로 팔짱을 끼고 의심스러운 표정을 해 보였지만, 거부하지 못할 유혹이라는 걸 알 수 있었다. 지금이야말로 캔디 쿨 얘기를 꺼낼 기회인 듯했다.

"그리고 나한테 뭐 할 얘기는 없니?"

애너벨은 그저 고개만 저었다. 대신 이머진 앞에 폴짝 앉았다. 이런 식으로 애너벨은 말하지 않으면서 말했다. 머리를 땋아달라고.

이머진은 잠시 멈춰 딸아이의 머리 냄새를 들이마셨다. 애너벨과 조니가 아기 때부터 이머진은 아이들의 머리 냄새를 그 무엇보다 좋아했다. 갓난아기 특유의 냄새가 사라지면 끝일 거라고 생각했는데, 걸음마를 하게 되어도, 심지어 지금 애너벨이 십대가 되어가는 나이에도 계속 좋았다. 어쨌거나 이머진은 애너벨의 부드러운 머리칼을 헤집으며 전날 밤 본 영상을 기억해내려 노력했다. 결과는 놀라울 정도로 훌륭했다.

이머진은 인스타그램용으로 사진을 찍어도 되냐고 물었다. "얼굴은 안 나오게 할게."

애너벨이 시무룩해졌다. "내 얼굴이 별로 안 예뻐서?"

"아니야, 우리 딸. 전혀 그런 이유가 아니야. 네 프라이버시를 침해하고 싶지 않아서 그렇지. 네 얼굴을 넣어도 좋지." '내 딸 머릿속에 이런 끔찍한 생각을 불어넣은 게 누구지? 그토록 자신감 있던 아이가 언제 이렇게 약해진 거야?'

"아니." 애너벨이 대답했다. "내 얼굴은 빼자. 그냥 예쁜 머리만."

이머진은 순순히 뒤통수 전체를 감싼 땋은 머리 사진을 찍고 나서 학교 준비를 도와주었다. 현관문을 나서려는데, 애린2006이 머리 땋은 사진에 좋아요를 누른 것을 보고 이머진은 미소를 지었다. 그리고 미소 이모티콘을 남겼다.

회사 가기 전에 라시드를 만나 커피를 마시기로 했다. 트래픽에 대해 속성 강의를 해주기로 했다. 이머진이 문자를 보냈다.

>> 트래픽에 대해 좀 가르쳐줄 수 있어?

>> 귀엽네요.

잭의 커피숍에 도착해보니 여섯 테이블 가운데 하나에 라시드가 벌써 와 있었다. 아이패드로 뭔가를 두드리다가 이머진이 걸어 들어가니 재빨리 치우고 양 볼에 키스한 다음 포옹까지 했다. 이머진은 라시드의 색감에 감탄했다. 오늘은 남색 스웨터 위에 밝은 노랑 울코트를 걸치고 발목까지 딱 떨어지는 주름 없는 올리브색 바지와 끈으로 매는 검은 브로그 [단단한 가죽에 구멍을 뚫어 장식한 구두]를 완벽하게 맞춰 입었다. 양말은 아예 신지 않는 편인가?

라시드가 다시 의자에 앉았다. 이머진이 또 라시드에게 좋아하는 점 한 가지는 사람을 만날 때 전자 기기들을 치워놓고 온전히 관심을 쏟아준다는 점이었다. 이브처럼 중요한 건 자기 기계들이고 상대가 오히려 방해가 된다는 듯 행동하지 않았다.

이머진이 라시드에게 마키아토를 사겠다고 했지만 라시드는 손을 저으며 자기가 벌써 두 잔을 주문했으니 이제 가져오면 된다고 했다. 이머진은 다시 한 번 그의 효율적인 움직임에 감탄했다. 정말 카운터에 가보니, 완벽한 거품을 얹은 마키아토 두 잔이 준비돼 있었다.

"라시드, 숍잇에 아는 사람 있어?"

"그럼요. 거기 최고 기술 책임자와 스탠퍼드를 같이 다녔어요."

"언제? 어제?" 이머진이 장난을 쳤다.

라시드가 발끈했다. 누가 나이 들어 보인다는 농담과 마찬가지로 어려 보인다는 농담 역시 무례한 말이었다. "6년 전에요. 어리게 봐줘서 참 고맙네. 어쨌든, 걔는 괴물 같은 천재였어요."

"너도 그렇지 않니?" 이머진이 물었다.

"전혀! 걔만큼은 아니죠. 에리크는 열네 살에 스탠퍼드를 들어갔어요. 8년 동안 다녔는데, 도중에 나랑 만났을 때는 학부를 마치고 석사 두 개를 딴 상태였어요."

이머진은 대학을 다닌 적이 없어 뭐라 반응해야 할지 알 수 없었다.

"근데 왜 물어요?" 라시드의 금색 눈동자가 호기심에 차 이머진을 쳐다보았다.

"거기서 일하는 누가 좀 궁금해서. 내가 인스타그램을 팔로우하는 여자인데 사진이 다 마음에 들더라고. 그 여자도 내 사진을 좋아하고. 그냥누구인가 싶어서."

라시드가 고개를 끄덕였다. "아마 애린 장일 거예요."

"그래! 애린2006. 맞아. 누구야?"

"거기 최고 경영자예요. 이머진, 취향이 좋네요. 애린의 인스타그램은끝내주죠."

이머진은 고개를 끄덕였다. "그 친구도⋯ 열 살이나 그런 거야?" 이런농담은 그만 쪼개야 하는데.

"2006년에 졸업한 것 같아요."

이머진이 암산을 해보았다. 그럼 서른 살의 CEO였다!

"역시 스탠퍼드를 나왔고요. 나보다 몇 년 전이요. 놀라운 여자예요. 둘이 꼭 만나봐요."

이머진은 움칠했다. 온라인에서 친교를 맺고 오프라인으로까지 이어진다는 게 찜찜하게 느껴졌다. "조만간 소개해줄 수 있어?"

라시드가 고개를 끄덕였다. "물론이죠. 둘이 아주 잘 맞을 거예요. 애린은 패션을 사랑하거든요. 디자이너도 좋아하고. 정말 존경하죠. 버릇없는 전자상거래 키드들과는 달라요."

이브 얘기를 하는 것 같았다.

"애린은 뭐가 뜰지 알아보는 안목이 있어요. 자, 오늘 날 보자고 한 진짜 이유를 말해봐요. 애린 장을 사이버 스토킹하는 거 도와달라고 부른 거예요?"

이머진이 웃으며 고개를 저었다. 하지만 문제가 있긴 했다. 이머진은 자신이 정확히 무엇을 알고 싶은지, 혹은 라시드에게서 어떤 도움을 받고 싶은지 알 수가 없었다.

이머진은 회사 여기저기서 사람들이 '트래픽'이라는 단어를 입에 올리는 걸 들었다. 마치 무슨 유명인 이름이라도 되는 것처럼. 트래픽이라는 것이 많은 사람이 웹사이트로 온다는 뜻이라는 건 알았다. 그게 좋은 일이라는 것도. 하지만 트래픽과 관련해서 이브가 끊임없이 언급하는 다른 것들은 하나도 이해가 가지 않았다.

"트래픽에 관한 강좌도 따로 있다는 거 알죠? 책도 팔고." 라시드의 눈에서 또랑또랑한 빛이 났다.

이머진은 그의 말을 있는 그대로 받아들일 수 있어 기뻤다. "내가 알고 싶은 건, 회의 때 우리 웹사이트 관리에 대해 내가 아는 척할 수 있는 방법이야."

"아, 그건 쉬워요. 전환율을 향상시키는 얘길 해봅시다."

"뭘 향상시킨다고?"

"전환율이란 웹사이트와 앱의 방문자가 고객으로 바뀌는 비율을 말해요. 트래픽에서 가장 중요한 요소죠. 내가 고객들에게 한 가지 알려주는 것, 그나저나 이 마키아토가 괜찮긴 하지만 이보다는 훨씬 높은 대가를 받아야 하는데" 하며 라시드가 이머진을 째려보는 시늉을 했다. "웹사이트에 더 오래 머물수록, 뭔가 구매할 확률이 높다는 거죠. 괜히 시간

낭비하고 싶어 하는 사람은 없어요. 시간을 들였으면 뭐라도 사고 싶어 하죠. 그러니 어떻게 해서든 사람들의 눈을 화면에 붙들어두고, 일단 낚은 다음에는 정말 돈 쓰기 쉽게 만들어주면 돼요."

이머진도 이해가 가기 시작했다. "그래서 '바로 구매!'가 그렇게 잘 먹히는구나."

라시드가 고개를 끄덕이자 꼭대기에 쪽 진 머리가 꿀렁거렸다. "그렇죠. 방문자들에게 어떻게 하라고 말해주는 거니까. 사람들은 의외로 지시받길 좋아해요."

"그럼 우리 전화율을 향상시키기 위해 내가 어떤 제안을 하면 좋을까?"

라시드가 한숨을 쉬었다.

"전환율이요, 아가씨. 전화율이 아니고. 이머진, 정말 안 되겠네요. 하지만 당신이 브리짓을 소개해줘서, 끝내주는 앱 아이디어를 가져왔기 때문에 우리 블라스트!가 엄청 돈을 벌 가능성이 있어 보이니, 기꺼이 보답할게요. 내가 보기엔 그래요. 당신네 사이트는 사실 주문 처리, 그러니까 구매를 정말 쉽게 만들었어요. 그 과정에서 정보가 쌓이고요. 모든 것을 한 번에 해결할 수 있죠. 현재로선 원클릭 쇼핑의 최대치를 실현해놓았다고 봐요. 더 개선시킬 수 있는 점이 있다면, 경계선에 있는 고객을 알아내는 거예요. 3분 이상 머물렀다면, 뭔가 살 생각이 있는 사람이라고 봐야죠. 잠재적 구매자의 옆구리를 어떻게 찔러줄 거죠?"

이머진은 마키아토를 한 모금 마시고 스푼으로 거품을 한 번 저었다. 다시 한 모금 마시기 전에, 자신이라면 그 자리에서 바로 물건을 사게 만드는 게 무엇일까 생각해보았다. "아, 생각났어." 좀 너무 큰 목소리로 말해 옆자리 커플이 눈총을 주었다. "웹사이트에 3분 이상 머물러 있으면

10퍼센트 할인쿠폰이 뜨게 하면 돼."

"아이고. 뭐, 맞아요. 쿠폰은 좋은 방법이죠. 하지만 옛날식의 평범한 쿠폰은 재미없어요. 비타믹스[비싼 믹서 브랜드]를 원하는 사람에게 보통 믹서를 주는 거나 마찬가지예요."

그래도 제대로 된 방향으로 나가고 있는 것 같다.

"생각을 해봐요, 이머진." 라시드가 일어서더니 팔을 위로 쭉 뻗었다. 가는 손가락을 벌리니 뚝뚝 소리가 났다. "어떻게 고객을 끌어들일 거예요? 어떻게 당신네 사이트를 뭘 꼭 사야 할 곳으로 보이게 만들 거죠?"

보이게 만드는 것. 그거였다. 이머진은 이브가 샌프란시스코에서 셀피의 핵심은 눈빛이라고 열변을 토하던 게 생각났다.

"살 얼굴을 보여달라고 해야 해!" 이머진이 불쑥 뱉었다. "그러니까 '살피' 말이야. 그게 쿠폰이야. 우리 물건을 살 생각에 흥분한 얼굴 셀피를 찍어서, '살피'라는 해시태그를 달고 인스타그램에 공유하는 거야. 그러면 우리가 쿠폰을 보내줘. 근데 그럴 수가 있나?"

이머진은 잠시 라시드가 덤벼들지 않을까 걱정이 됐다. 너무 흥분한 것처럼 보였으니까.

"그거, 정말 괜찮네요."

"그래? 지금 만들어낸 말인데, 좀 조잡하진 않아?" 이머진은 이브가 신조어를 바보 같다고 생각하는 걸 알고 있었다.

"인터넷 자체가 만들어낸 말이잖아요. 구글, 트위터는 어떻고. 아기들이나 쓰는 단어였잖아요. 그런 말들을 어떻게 써먹느냐가 중요하지." 라시드가 '써먹다'에서 손가락을 딱 튕겼다.

맞는 말이었다. 이머진은 라시드가 이렇게 쉽게, 회의 때 이브와 팀원들에게 한 방 먹일 말을 찾도록 도와주다니 감탄스러웠다. 이머진이 일어나 라시드를 끌어안았다.

"이 빚 꼭 갚을게."

"그럴 필요 없어요. 해시태그 '살피'는 혼자 생각해낸 거잖아요. 난 그 저 이머진의 옆구리만 찔렀죠. 나한테 빚진 거 없어요." 라시드가 싱글거 리며 마키아토를 조심스레 마셨다. "사실, 내가 '살피 닷컴'을 등록할 수 있나 알아봐야겠네. 우리 더 얘기해봐야 할지도 모르겠어요. 이머진도 그 멋진 머릿속에 웹사이트나 앱 아이디어가 들끓고 있는 것 같아. 구체 적으로 잡히면, 내가 만들어줄게요."

이머진이 고개를 저었다. "그런 거 없어. 솔직히, 어디서부터 시작해야 할지도 모르겠는걸."

"곧 알게 될 거예요. 아주 작은 아이디어로도 수백만 달러를 벌게 해줄 게요. 최고의 앱은 시장 내 비효율을 개척하는 것들이에요. 에어비앤비 [숙박업소 예약 및 주거 공유 앱]를 봐요. 사람들이 가지고 있는 별장이 놀고 있거나 본가도 휴가 동안에는 비어 있다는 엄청난 낭비를 발견한 거잖아 요. 사람들이 이미 가지고 있지만 가치가 있는지 몰랐던 것으로 돈을 벌 게 도와준 거죠. 그렇지 않나요?"

이머진이 고개를 끄덕였다. "내가 정말 아무것이라도 앱으로 만들 수 있을까? 만일 누가 뭔가 상하기 쉬워서 3일밖에 안 가는 걸 가지고 있다 면 그게 지금 필요한 사람과 연결해주는 방법을 마련한다든지?" 이머진 이 냉장고를 가득 채우고 있던 재고 꽃들을 떠올리며 물었다.

"그렇죠. 바로 그거예요." 라시드가 두 손을 비비며 말했다. 미소가 사 라진 후에도 보조개가 남아 있어 보기 좋았다. "생각을 더 해봐요." 라시 드는 머리 옆을 손가락으로 톡톡 치고 일어나서 노란 코트를 한쪽 팔에 조심스레 걸고 서둘러 문을 나가 다음 회의를 향해 떠나갔다.

결혼식에 '페이퍼리스 포스트'를 이용했다는 커플은 듣도 보도 못했다. 그런데 아니나 다를까, 이머진의 받은편지함에 1월 15일 별이 빛나는 저녁 플라자호텔 그랜드볼룸에서 열리는 미스터 앤드루 맥스웰과 미스 이브 모턴의 결혼식 청첩장 이메일이 도착해 있었다. 하객들은 글로시닷컴의 웹사이트를 방문해 무엇을 입을지 추천받도록 권장되었다.

이머진은 책상에서 고개를 들어 회사 내 모두가 동시에 청첩장을 받았는지 살펴보았다. 그동안 이브가 떨어온 법석과 글로시 사이트에서 이브의 결혼식을 엄청나게 홍보하고 있는 점을 생각하면, 그랬을 것 같았다. 줄줄이 늘어선 컴퓨터 책상 여기저기서 젊은 여성들이 서로 수군대며 화면을 가리켰다. 저들은 동시에 맹렬히 글을 올리고 있을 터였다. 또한 분명히 글로시의 특별 코너(기다란 세로 배너 하나를 통째로 차지한 '결혼!' 섹션)로 가서 이브가 하객들에게 어떤 옷을 요청하는지 알아볼 것이다. 이머진도 궁금했다. 이브가 어떤 결혼식을 그리고 있을까? 창을 열어보니 페이지가 네 부분으로 나뉘어 있었다. 신부, 들러리, 숙녀 하객, 신사 하객. 신부를 먼저 클릭해보았다. 열여섯 가지의 드레스가 있어서 방문객들이 투표를 하게 돼 있었다. 이브는 그날 드레스 선택에 투표 결과를 최대한 고려하겠다고 약속했다. 이머진은 뒤로 버튼을 눌러 '숙녀 하객'으로 갔다. 여러 가지 독특한 아이스크림 색깔의 에르베레제 밴디지드레스가 유난히도 많은 것은 놀랄 일도 아니었다. '겨울 결혼식에 딱이지.' 이머진은 필요한 만큼만 냉소를 보냈다.

시간이 지나자 이브가 직원 전체를 초대한 것은 아니라는 게 분명해졌다. 이브에게 무시당한 여자들의 얼굴에 상처받은 마음이 그대로 드러났다. 이브는 개인적인 선호에 따라, 특히나 이브가 중요하게 생각한다는 것을 이머진도 알게 된, 부모가 뉴욕 사교계의 저명인사거나 화려한 남자친구가 있거나 특히 매력 있는 여자애들을 필수로 초대했다. 회사에서 누가 결혼식에 참석할지 알아맞히기는 쉬웠다. 비록 자신들의 상사를 경멸한다 해도 초대장을 받은 사람들은, 다른 사람들은 제외된 무엇인가에 포함되었다는 데서 나오는 우쭐한 감정을 숨기지 못했다.

"어떻게 생각해요?" 이브가 이머진의 책상에 나른하게 기대며 꼬부라진 붉은 머리 한 가닥을 귀 뒤로 넘기자, 프리스비 크기의 못 보던 다이아몬드 귀걸이가 보였다. 앤드루가 선물한 것임이 분명한 보석이 통통한 귓불을 장식하고 있었다.

"뭘?" 초대장에 대해 물어본다는 짐작은 갔지만 아무리 이브라도 5초 전에 보낸 이메일에 대해 물어본다는 건 지나쳤다.

"뭐야…, 내 결혼 청첩장요." 지금 같은 순간은 이브가 둘이 서로를 경멸하는 직장 동료가 아니라 절친 사이인 것처럼 구는 때였다. 이머진은 이런 때 그저 장단이나 맞춰주는 것이 최선이라는 것을 배웠다. 그리 오래가지도 않으니까.

"기발한 생각이야. 페이퍼리스 포스트를 이용하다니. 나라면 생각도 못 했을 거야. 아주 친환경적인데."

"그렇죠? 있죠, 나도 바로 그래서 그런 거예요. 그니까, 사실 결혼을 좀 급하게 하다 보니, 카드 고르고 발송하고 그러는 게 시간을 너무 잡아먹어서 그런 것도 있지만 말이죠. 게다가 다른 테크 계열 회사를 도와주면 기분 좋잖아요." 이브는 양 팔뚝을 손으로 쓸며 따뜻하고 포근한 기분을 표현해 보였다.

이머진은 고개를 끄덕이고 다시 컴퓨터로 시선을 돌렸다. 얼마나 더 응석을 받아줘야 하나 싶었다.

이브가 미간을 좁히며 우스꽝스러운 표정을 지어 보였다. "결혼 청첩장을 페이퍼리스 포스트로 받아본 적 있어요?"

"아니, 없는데. 진짜 최초야."

제대로 된 답변이었나 보다.

"그래요, 그렇겠죠. 앤드루 설득하느라 힘들었지만. 말하니까, 죽으려고 했어. 이머진은 누구보다 그 사람이 얼마나 보수적인지 알잖아요."

이머진은 안다는 뜻으로 고개는 끄덕였지만 더 이상은 아무것도 말하지 않으려 조심했다. 뭔가 말을 하도록 미끼를 내미는 듯했다. 이브가 이머진의 오래전 남친에 대해 사적인 내용을 알아내려는 듯해서 당황스러웠다. 이머진은 주제를 바꾸기로 했다.

"직원 중에는 누구 초대했어?"

"알잖아요. 제일 가깝게 일하는 사람들. 제일 오래 있었던 사람들. 정말 애들은 내 결혼식에 올 자격이 있는 것 같아요. 그렇지 않아요?"

이머진은 이브에게 맞장구를 쳐줘야 할지 아니면 진심을 말해야 할지 헷갈렸다. 이 결혼식을 사실상 글로시닷컴의 행사로 기획을 한다면, 여기 근무하는 모든 여자애에게 참석 자격이 있다고, 적어도 파티 시간에는 초대해야 한다고. "네 결혼식이니까, 네가 원하는 사람을 초대해야겠지. 드레스는 정했어? 아니면 정말 투표로 결정하려고?" 이 아이디어는 아무래도 텔레비전 리얼리티쇼에서 빌려온 콘셉트 같았다.

이브가 고개를 뒤로 젖히고 웃었다. "당연히 투표로 선정된 건 안 입죠. 여자애들이 최악의 드레스를 뽑아줄 게 뻔한데. 우리 트래픽의 대부분이 중부에서 온다고요." 이브가 토하는 시늉을 해 보였다. "참여도를 높이기 위해 그러는 것뿐이에요. 그런 걸 투표시키면 사이트에 오래 머물게 되니까 그런 지속성은 광고주들 보기에도 좋고요. 아직 완전히 결정은 못 했어요. 다음 주에도 몇몇 디자이너가 더 보내주기로 했어요. 그 것도 보고 결정해야죠. 하지만 한 가지 드레스만 입을 것 같진 않아요. 그런 중요한 날엔 적어도 세 벌은 입으려고요."

"너한테 중요한 날이니까. 원하는 만큼 더 갈아입어도 된다고 생각해." 이머진이 엄마 같은 표정을 지으려 노력하며 미소 지었다. 머릿속으로 자신의 딸은 절대 이런 돼먹지 못한 기집애로 자라지 않게 하겠다고 맹세했다.

이브는 대답이 마음에 들었다. "이머진 결혼식에는 드레스를 몇 번 갈아입었어요?"

"그냥 한 벌."

이브는 잠시 이머진의 대답을 곱씹었다. "지금이랑은 많이 달랐네. 오래전 일이니까." 마치 이머진이 2004년이 아니라 1904년에 결혼했다는 투였다.

이머진이 화제를 바꾸지 않으면 이브는 결혼식 계획을 끝도 없이 늘어놓을 것 같았다. "나한테도 아이디어가 좀 있는데." 조심스럽게 말을 꺼냈다.

이브는 흥미를 잃은 듯했다. "아, 그래요? 화보 촬영이랑 당신이 좋아하는 길고 한심한 기사들 같은 거 말이에요?"

이머진은 그냥 말을 계속하기로 했다. "아니. 실은, 우리 전환율 얘기 좀 하려고. 우리 독자들을 좀 더 구매자로 전환시킬 방법을 생각해봤거든."

이제 이브는 관심을 보이기 시작했다. 좀 믿기지 않는다는 표정이긴 했지만. "좋아요" 하며 더 이상 말을 자제하는 눈치였다. "얘기해봐요."

이머진은 자기 컴퓨터로 글로시닷컴을 열었다. 틸리가 홈페이지로 설정해주어 다행이었다. "보통 구매자들은 주로 3분 동안 둘러보다가 물건을 사. 3분이 지난 다음에도 물건을 사지 않으면 분명 살 생각은 있지만 망설이고 있는 거야. 그럴 때 옆구리를 좀 찔러주면 좋을 것 같아. 팝업을 하나 띄워서, 인스타그램에 아주 흥분한 '살 얼굴'을 찍어 셀피를 올리라고 하는 거야. 즉 '살피'를 올리고 해시태그를 달면 할인 코드를 보내주는 거지.

이머진은 라시드가 해준 말을 수첩의 할 일 목록 페이지에 그대로 적고 적어도 스무 번은 읽어보았다. 그러길 잘한 것이, 그렇게 많이 읽고 나자, 입에서 나오는 말이 정말로 이해가 되기 시작했다.

이브는 이머진의 키보드를 두드리다가 생각에 잠겨 무심결에 여기저기를 클릭했다. 이머진은 이브가 어떤 반응을 보일지 알 수 없었다.

"언제 생각해낸 거죠?"

"지난번에 고객통찰팀 여자애들이 얘기하는 걸 듣다가 생각이 났어."

"다른 사람한테 얘기했어요?"

"아직. 우리끼리 먼저 상의해야 할 것 같아서."

그러자 이브는 이머진을 꽉 끌어안았다. "끝내주는 아이디어예요. 그리고… 개발팀과 얘기해봐야겠지만… 그렇게 할 수 있을 것 같네요."

이런 이브의 모습은 이머진도 싫지 않았다. 이 아이가 정력적으로 반응하며 일을 추진하는 모습을 보면, 왜 몇몇 사람은 진심으로 이브와 일하고 싶어 하는지 이해할 수 있었다. 이럴 때의 이브는 똑똑하고 창조적이며 같이 일하기 좋았다. 두 여자는 잠시 나란히 앉아 협동의 순간을 이어나갔다.

"내가 좀 더 궁리해볼게요, 이머진." 이브가 귀에 박힌 다이아몬드를 멍하니 잡아당겼다. "아직 아무한테도 말하지 말아요. 하지만 정말 좋은 생각이에요."

이머진은 이브가 또다시 자신의 어깨를 꽉 쥐어짜도록 내버려두었다. 다른 때처럼 이브의 신체 접촉이 싫지 않았다. 이브는 방을 걸어 나가면서도 생각에 빠져 있었다.

이브가 사라지자마자, 이머진은 아이폰을 꺼내 라시드에게 문자를 날렸다.

>> 우리가 해냈어. 네가 최고야!

19

이머진이 퇴근하며 시간을 보니 이미 9시였고 아이들이 잠자리에 들기 전에 도착하기는 너무 늦었다. 앨릭스도 이번 주 매일 늦을 거라고 예고를 해서, 틸리가 계속 도와주러 와 있었다. 앨릭스가 큰 사건을 맡고 있긴 했지만, 이렇게 오래 계속 남편이 보이지 않을 때는 뭔가 이머진이 모르는 게 있나 하는 의문이 들었다. 실은 스파이 아냐? 이머진은 남편이 스파이일지도 모른다 생각하며 혼자 투덜거렸다.

이머진은 택시 기사에게 집보다 몇 블록 전에 내려달라고 부탁했다. 유럽 수제초콜릿 가게 라일락에 들러 에스프레소 빈이 든 다크초콜릿을 몇 개 사기 위해서였다. 이머진이 가장 좋아하는 초콜릿이라, 오늘 같은 날을 보낸 후에는 꼭 먹어줘야 했다. 제인 스트리트에 늘어선 가로수에서 황금 크리스마스 전구가 반짝였다. 이머진은 잡지가 전통적으로 문을 닫던 시기인 크리스마스와 새해 사이에 계획돼 있던 연례 가족 여행을 취소해야 했다.

"인터넷에는 방학이 없어요. 난 신혼여행도 안 간다고요!"

이브의 목소리가 머릿속을 울렸다. 이머진은 어쩔 수 없이 호텔 예약을 엄마와 새아버지에게 넘겼다.

가게에서 나오다가 이머진은 진회색 코트를 입은 키 큰 남자와 부딪칠 뻔했다. 그런데 몸을 추스른 후 남자의 얼굴을 확인하기도 전에 이미 익숙한 느낌을 감지했다.

"이미!"

"앤드루."

앤드루는 취해 있었다. 한두 잔 이상은 아닌 듯했지만, 완벽한 투구형 머리 모양이 다소 흐트러졌고 미소가 풀리며 좀 바보 같은 표정이 되었다.

"오늘 청첩장 받았어." 이머진이 말했다.

"내 결혼 이메일?" 앤드루가 약간의 짜증을 담아 대꾸했다.

"요즘 페이퍼리스 포스트 쓰는 사람 많아. 나도 아이들 생일파티 때 전부 그걸로 보냈어. 돈이 얼마나 절약되는데."

앤드루가 코웃음 쳤다. "왜 이래, 이미. 내가 돈에 신경 쓰지 않는 거 알면서. 너라면 결혼식에 인터넷 초대장을 보내겠어? 아니겠지. 절대 그런 짓은 안 할걸. 품격을 아는 사람이니까."

여전히 애칭으로 부르는 앤드루의 태도에 당혹감을 느끼며, 그와 반대로 이브에게는 품격이 없다는 양단론적 함의는 현명하게 무시하기로 했다. 이머진은 딱딱한 미소를 지었다. 평소라면 함께 이브에 대한 험담을 나눌 사람이 생겨 펄쩍 뛰며 좋아했겠지만, 이브의 약혼자이자 이머진의 전 남친과 그런다는 것은 큰 잘못으로 느껴졌다.

"저번에 너에 대한 뉴스를 본 것 같은데."

작전이 먹혔다. 당근을 주자 앤드루는 다른 모든 화제는 잊고 자신에 대해 집중하기 시작했다.

"그랬을 거야." 185센티미터가 넘는 키를 쭉 펴며 고개를 끄덕였다. 심각하고 진중한 정치인의 꺼풀을 뒤집어썼다. "뉴욕 내 대용량 탄산수 금지법을 바꾸려고 많은 노력을 기울이고 있거든. 연방법에 저촉될 뿐 아니라 개인의 자유도 침해하고 있어. 우리가 이길 수 있는 싸움이고 유권자들이 정말 잊기 쉬운 싸움이기도 하지.”

그제야 이머진은 어디서 앤드루 뉴스를 보았는지 기억이 났다. 텔레비전에서가 아니라 『뉴욕포스트』 만평에서 보았던 것이다. 빅걸프[큰 꿀꺽이라는 뜻으로 편의점 세븐일레븐에서 파는 소다수 브랜드명]에서 앤드루의 머리가 삐죽 솟아 있고 그 입에서 나오는 거품에 다음과 같이 씌어 있었다. ‘나를 좋아해줘.’

이머진은 관심 있는 척 고개를 끄덕이면서도 앤드루에게서 시선을 돌려 길을 바라보아, 이제 가야 한다는 뜻을 나타냈다. 하지만 앤드루는 신호를 알아채지 못했다.

“참! 우리 한잔하자.”

이머진은 고개를 저었다. “오늘은 안 돼, 앤드루. 난 완전히 지쳤다고.”

“왜 이래, 딱 한 잔만. 그러고 보니 마침 우리가 자주 다니던 곳에 와 있잖아. 짧게 한 잔만 하면서 회포를 풀자고.” 그러고 앤드루는 고개를 푹 숙였다. “벌써 집에 가기는 싫어.”

앤드루가 이브와 같이 살고 있는지는 알 수 없지만, 이브가 집에 있어서 앤드루가 가고 싶어 하지 않는 것 같았다. 불쌍한 마음이 들었다. 그래서 이러면 안 된다는 이성적 판단에도 불구하고, 허락하고 말았다.

“딱 한 잔이야.”

앤드루는 추억이 어린 곳으로 가기를 고집하면서 웨스트빌리지에 있는 동네 지하 술집 가운데 한 곳으로 이끌었다. 퀴퀴하긴 했지만 뉴욕 최고의 주크박스를 보유하고 있었으며 천문학적인 동네 임대료에도 불구하고 맥주값이 쌌다. 이십대 때 밤을 많이 지새운 곳이다. 이머진도 어마어마하게 마시고 담배를 피웠으며 앤드루는 웨이트리스에게 수작을 걸고 화장실에서 코카인을 흡입했다.

"뭐 마실 거야, 이미?"

"로제 한 잔만."

"숙녀분께는 핑크와인 한 잔, 나는 더블 버본 스트레이트" 하며 앤드루는 100달러 지폐를 휙 꺼내 바에 내려놓았다. "잔이 비면 계속 채워줘요." 모델 같은 얼굴에 보디빌더 같은 팔을 가진, 문신을 한 여자 바텐더에게 말했다.

"앤드루, 난 정말 한 잔밖에 못해. 아이들 자기 전에 들어가고 싶거든."

앤드루가 검지를 이머진의 입술 위에 올려놓았다. "쉿, 이러지 마. 이머진 테이트가 아이들을 9시가 지나도록 자지 않게 내버려둘 사람이 아니라는 걸 아는데. 벌써 잠자리에 들었잖아. 안 그래?"

이건 정말 실수였다. 이머진은 다시 한 번 마음을 다잡았다. 약속한 이 한 잔만 하고서, 이미 불편해진 상황이 얼마나 더 불편해지든 간에, 20분간 상대해준 다음에는, 나갈 것이다.

앤드루는 술잔이 바에 놓이는 순간 집어 들어 단숨에 들이켜고 바텐더에게 한 잔 더 달라고 신호했다. 예전과 똑같았다. 그는 언제나 빨리 마셨다. 알코올중독자들이 자주 그러듯이, 자신이 술을 마시는 걸 혐오하기 때문에 그 달콤한 효과를 최대한 단시간 내에 방해 없이 느끼고 싶은 것이다.

"그래, 애덤은 어때?" 앤드루는 이제 말이 늘어지기 시작했다.

이머진은 숨을 들이마시고 앤드루의 옆얼굴을 찬찬히 들여다보았다. 한때 깎은 듯했던 턱선이 밀가루 반죽처럼 허물어져 있었다.

"앨릭스야. 내 남편 이름은 앨릭스라고."

"애덤이나 앨릭스나. 그게 그거지. 니가 결혼한 나 아닌 남자 말이야."

앤드루는 이머진에게 프러포즈한 적도 없었을뿐더러 어머니에 의해 재활원으로 끌려간 후(오늘 보니 별 효과가 없던 것 같지만) 다시 연락한 적도 없다는 사실을 상기시켜봤자 소용없을 터였다.

"앨릭스는 좋은 사람이야. 요즘 큰 사건을 맡고 있어. 폰지 사기 사건."

"아, 그래, 그 사람 좋은 늙은이!" 앤드루가 자기 허벅지를 철썩 쳤다. "우리 꼰대도 마티한테 투자 좀 했지. 당신 남편한테 걸리는 바람에 땡전 한 푼 못 건졌지만." 그러고는 하하 웃었다. "나는 그 미친 사기꾼한테 절대 돈 안 맡겼어. 나는 부동산이 좋더라고. 그동안 잘되기도 했고. 하지만 아빠는 마티한테 홀딱 넘어갔지." 이머진은 앤드루가 자신의 아버지에 대해 가지고 있던 겹겹의 적대감이 기억났다. "마티가 기소되었다는 걸 알고 우리 꼰대의 표정이 어땠는지 봤어야 하는데. 분명 당신 남편을 죽이고 싶어 할 거야."

그 말에 이머진은 흠칫했다.

바텐더가 더 주문하겠느냐고 물었지만 앤드루는 전화기를 확인하느라 너무 바빠 이머진이 대신 고개를 살짝 저었다.

이머진은 와인잔을 엄지와 검지로 잡고 굴리다가 화제를 다시 앤드루로 돌렸다.

"당신 부모님 본 지 오래됐네. 결혼식에서 보겠지."

앤드루는 고개를 뒤로 젖히고 한참 웃더니, 갈색 술을 목구멍에 쏟아넣고 또 그렇게 웃었다. 그리고 한 잔 더 주문했다.

이머진은 구명구에 매달린 남자처럼 술잔을 꽉 쥐고 있는 앤드루 손등에 난 엷은 노랑 솜털을 노려보았다. 좀 더 마시면 그 손아귀의 힘이 풀어지며 비틀거리게 된다. 그의 팔에 손을 얹고 천천히 마시라고 하고 싫었지만, 더 이상 그건 자신의 역할이 아님을 얼른 상기했다. 지금 이머진은 잔을 비우고 여기를 떠나는 것이 상책이었다.

"결혼식에서 보게 되겠지. 우리 부모님은 이브에 대해 별 불만 없어. 좀 천박하다고 생각하지만 경력은 좋아하지. 하버드 경영대학원 같은 거 말이야." 앤드루의 발음이 더욱 질질 끌렸다. "칠칠치 못한 당신들 아들은 가지 못했던 경영대학원이니까. 그래, 결혼식에 참석할 정도로는 좋아하는 것 같아."

혹시 이머진과 앤드루가 맺어졌다면 그의 부모는 결혼식에 참석할 정도로 마음에 들어 했을 것 같지 않지만, 이머진은 침묵을 지켰다.

"이브는 선거 유세에 최고지…. 젊은 유권자들을 끌어 모으는 데 큰 도움이 돼. 똑똑하고 의욕 넘치는 애들. 그런 젊은 여자들. 기업가들. 여자애들과 테크 산업계의 환심을 사는 데. 여기 유권자 중에 그 비중이 커졌다고 아랫사람들이 그러더군." 앤드루는 이제 눈이 충혈됐고 피곤해 보였다. "사진도 잘 찍지. 우리 팀에서는 좀 더 몸을 가려주기 원하지만, 사진은 잘 받거든."

이머진은 잔을 들어 내키지 않지만 한 모금 마셨다. 이제 정중하게 양해를 구하고 빠져나가기까지 몇 모금 남지 않았다. 앤드루는 계속 주절거렸다. 목뼈를 가렸던 넥타이 매듭이 어느새 풀어져 있었다.

"하지만 이브는 네가 아니야, 이머진. 정말이지 네가 아니지. 이브에겐 쿨한 데가 전혀 없어. 넌 언제나 너무 쿨했지. 어떨 때는 이브가 로봇이 아닌가 싶어. 너도 그런 생각 한 적 있어?" 앤드루는 눈앞의 허공에다 네모난 모양의 사람 형상을 그리고 이머진을 돌아보았다. 눈빛이 그녀의 동의를 열망하고 있었다. 이머진은 웃음을 터뜨렸다. 앤드루가 일견 맞는 말을 했기 때문이었다. 이머진도 가끔 이브가 현재의 문제를 고쳐놓으라고 미래에서 보낸 사이보그 가운데 하나가 아닌가 생각한 적이 있었다.

하지만 신중하게 말을 골랐다. "좀 기계적일 때가 있다는 생각은 들지."

"감정이 전혀 없는 사람 같아."

이머진은 잔에 남은 술을 입에 털어 넣었다.

앤드루는 이제 손을 위로 올려, 1980년대 로봇 춤이 어렴풋이 떠오르는, 뚝뚝 끊어지는 모양으로 휘젓고 있었다. "난 이브야. 난 로봇이지. 난 이브야. 이번엔 입으로 해줄게. 그래도 괜찮지" 하고 억양 없는 목소리로 중얼거렸다.

이머진이 아무리 이브를 경멸하고 있어도, 앤드루의 말을 듣고는 둘 다에게 연민을 느끼지 않을 수 없었다.

"나에게 그런 말을 해선 안 돼."

앤드루가 고개를 끄덕이고 창피당한 강아지처럼 이머진을 쳐다보았다. 그러다 킥킥거리려 했지만 중간에 흐지부지돼버리고 더욱 불쌍한 표정이 되었다.

무슨 일인지 알아채기도 전에 앤드루가 이머진을 향해 몸을 기울였다. 버번 냄새가 나는 숨결이 훅 끼치며, 미처 피하기도 전에 입술이 정면으로 마주쳤다. 이머진은 충격받아야 할지 의기양양해야 할지 확신이 서지 않았지만, 그 짧은 순간 거센 감정이 밀려드는 것을 느꼈다. 이머진은 확 밀쳐냈다.

"대체 무슨 짓이야, 앤드루?"

"너는 어떻고, 이머진 테이트?" 앤드루는 짧은 키스에 정신이 번쩍 든 듯 등을 쭉 폈다. 그리고 실크 타이의 뾰족한 끝으로 이마를 닦았다. "너도 호응해줄 줄 알았는데."

"넌 방금 순순히 옆에 앉아 힘든 이야기를 들어준 친구를 이용해먹은 거야."

이머진은 혐오감을 느끼며 일어섰다. 그에 대한 혐오감이자 키스에 대한 자신의 끔찍한 반응, 그리고 그에 대한 대처를 신속히 하지 못한 데서 오는 혐오감이었다. 이머진은 가방을 들었다.

앤드루가 이머진이 입으려던 코트의 팔을 잡았다. "한 잔만 더 하지 않을래?"

이머진은 고개를 저었다. "그럴 수 없어, 앤드루. 그리고 너도 더 마시면 안 될 것 같아. 집에 가. 좀 쉬어. 이러면 너 선거에 좋지 않을 거야. 잘 알잖아."

"난 딱 한 잔만 마시고 자러 갈게." 앤드루가 풀이 죽어 말했다. "들어가기 전에 정말 한 잔만 더 마셔야 할 것 같아서 그래."

이머진은 바깥으로 나와 차가운 공기를 한껏 들이마셨다. 이머진이 다른 여자였다면 즉시 친구 중 하나에게 전화를 걸어 전부 털어놓았을 것이다. 대신 그녀는 코트를 더 꼭 여미고 집으로 발걸음을 재촉했다.

20

아, 10시에 출근할 수 있던 날들이 얼마나 그리운지. 이제는 너무나 퇴폐적으로 보이는 시절이었다. 이머진이 8시 반에 도착해도 회사는 바쁘고, 바쁘고, 바빴다. 그러고 보니 일벌들의 공간에 뭔가 새로운 장소가 더해진 듯했다. 한구석에 새로운 콩주머니 의자 한 무리가 아무렇게나 던져져 있었다. 누가 안내판을 프린트해서 붙여놓았다. '낮잠 코너'. 지금은 낮잠 자는 사람이 없는 듯했지만, 간밤에는 누가 이용했는지 콩주머니 의자 두 개에 몸뚱이 자국이 선명했다.

"좋은 아침, 이머진." 이브가 자기 자리에서 손을 흔들었는데, 더구나 아침 첫 만남에 이렇게 친근한 태도를 보이는 건 정말 이례적이었다. 이머진은 눈썹을 치키며 마주 손을 흔들어주었다. 어제 앤드루가 집에 가서 이브에게 이머진과 술을 마셨다고 했을까 싶자, 위가 꽉 죄는 느낌이었다.

"안녕. 잘 잤어?" 이머진은 이브가 어디까지 알고 있는지 알아보지 않고는 견딜 수 없었다.

"아, 난 거의 4시까지 회사에 있었어요." 세 시간밖에 못 잔 사람 같은 기색은 전혀 내보이지 않았다.

이머진은 억지로 호호 웃어주었다. "집에 가서 조금 자기는 한 거야?"

이브가 고개를 저었다. "그럴 필요 없었어요. 체육관 가서 운동 한참 하고 거기서 샤워했으니까. 필요하면 오늘 좀 자면 되죠." 이브는 정말 로봇이란 말인가.

이머진은 안도감에 휩싸였다.

이브는 아침 회의 때도 이상할 정도로 활기가 넘쳤다. 다들 앉자 활짝 미소를 지었다. "어젯밤에 끝내주는 아이디어가 생각났어. 그래서 오늘 아침 모두에게 알려주고 싶어 얼마나 기분이 좋았는지 몰라. 이 아이디어를 어떻게 실현시킬까 궁리하느라 밤을 꼴딱 샜어. 정말이지 이 아이디어는 우리 판매 전략에 전환점이 될 거야."

이머진은 미소를 지었다. 뭔지 알 것 같아 짜릿했다. '살피' 얘기를 하는 것이다. 그런데 방금 자기 아이디어라고 했나?

"그래서 내가 생각한 건, 일단 방문자가 사이트에 들어와서 3분 이상 머물면, 우리가 화면에 쿠폰을 띄우는 거야. 인스타그램에 '살피'라는 해시태그를 달아서 셀피를 올리면 10퍼센트 할인해주는 거지. '살피!' 그러니까 '사려고 하는 얼굴 셀피'인 거야. 끝내주지? 내가 개발팀에 얘기해서 걔들이 이걸 만들어내느라 밤을 꼴딱 새웠어. 그리고 오늘 아침 전환율이 두 배가 되었다는 것을 알리게 돼서 너무 기뻐!"

모두 박수를 쳤다. 내 이름은 왜 안 나오는 거지? 이머진은 이럴 줄 알고 있었는지도 몰랐다. 입안이 마르기 시작했다. 말을 꺼내고 싶었지만, 무슨 말을 해야 좋을지 몰랐다. 이건 이브가 해온 그 어떤 짓보다 저급했다. 이머진이 일어나 이의를 제기해보려는데, 이브가 특유의 날카로운 박수 소리를 내며 회의를 종료시켰다.

"좋아, 엄청 바쁜 하루가 될 거야, 다들. 자, 자. 일해."

이브는 벌써 지나치게 높은 하이힐을 또각대며 복도로 나가고 있었다.

이머진도 얼른 따라 나갔다. "이브!" 너무 크게 소리쳤나?

이브가 휙 돌아섰다. 완전 엄청 짜증 난 표정을 그대로 드러냈다. 마치 지금 이 순간을 위해 준비한 것처럼. "무슨 일이죠, 이머진?" 목소리는 상냥했다.

"얘기 좀 하자."

"그러죠, 당신 사무실에서?"

이머진이 문을 닫자, 이브가 소파에 편히 앉았다.

"그건 내 아이디어였잖아."

"뭐가요?" 이브의 눈이 놀랍다는 듯 휘둥그레졌다.

"살피는 내 아이디어였어. 어젯밤에 퇴근하기 전에 얘기해주었잖니. 너도 알 텐데."

이브가 고개를 기우뚱거렸다. "그랬다고? 이건 내가 수 주 전에 적어 놓은 아이디어 중 하나였어요. 맹세도 할 수 있죠. 어떻게 하면 전환율을 높일까 고객통찰팀이랑 잡담하다가 나온 아이디어예요."

이머진은 평행 우주 속으로 들어온 기분이었다. "어젯밤에 우리가 한 얘기잖아."

이브는 여전히 이상하다는 표정으로 이머진을 뚫어지게 보고 있었다. "내가 매일매일 얼마나 많은 아이디어를 얼마나 많은 사람과 얘기하는데요, 이머진. 내 역할은 그 모든 것이 효율적으로 실현되게 하는 것이고, 이 아이디어도 그랬어요. 당신이 한 얘기도 내가 생각해낸 아이디어에 뭔가 일조했을 거라 확신해요." 이브의 얼굴은 이제 거의 동정하는 표정으로 바뀌고 있었다.

"이건 저급하다, 이브. 아이디어를 훔치다니."

이브는 미소만 지었다. "모든 아이디어는 모두에게 속하는 거예요, 이머진. 우린 팀이라고."

이머진은 더 할 말이 없었다. 아무리 얘기해봤자 소용없을 터였다. 이브는 이머진을 완전히 궁지에 몰아넣었다.

"난 약속이 있어." 이머진이 남은 힘을 모두 짜내 거짓말을 했다. "몇 시간 회사를 비울 거야."

이브는 벌써 전화기를 들여다보고 있었다. "걱정 마요, 이머진. 우리 모두 당신 없어도 무사할 테니까."

이머진은 찡그리며 실눈을 뜨고 흐릿한 겨울 태양을 쳐다보았다. 생각할 필요가 있었다.

이 사안을 의논하고 싶은 사람은 하나뿐이었다. 건물 밖으로 나와 전화기를 꺼낸 이머진은 단축 번호로 몰리 왓슨의 어퍼이스트사이드 아파트 전화번호를 눌렀다. 몰리는 휴대전화를 가져본 적이 없었다. 몰리의 어시스턴트들은 늘 어떻게 하면 몰리에게 연락되는지 알았고, 실패할 경우 몰리가 매일 저녁 엄숙하게 확인하는 아파트의 자동응답기에 용건을 남겼다.

"사람이 항상 연락 가능해야 하는 건 아니야." 열한 시간의 촬영을 마치고 늘어져 있던 어느 아침, 몰리가 이머진에게 했던 말이다. "늘 좀 연락이 잘되지 않는 사람은, 모두가 더욱 찾기 마련이지."

옛날 상사와 얘기해본 게 얼마 만인지. 적어도 다섯 달은 넘은 듯했다. 여름 이후 이머진이 음성을 남겨도 더 이상 전화가 오지 않았다.

세 번째 신호음에 누가 전화를 받았다. 목소리가 작아서 이머진은 몰리의 많은 수하 가운데 하나겠거니 했다.

"이머진 테이트인데요, 몰리 왔슨 있나요?"

수화기에서는 침묵만 흘렀다.

"임, 나야, 자기."

몰리의 목소리는 호프다이아몬드만 한 자존심을 가진 모델들로 가득한 방을 장악했었다. 소곤거리기만 해도 촬영팀 전체가 딱 멈춰서, 지독히 중요한 뭔가를 빼먹었나 공포에 떨었다.

그러나 지금 이머진이 전화선으로 들은 목소리는 어눌하면서도 불안한 날이 서 있었다.

이머진이 점심 전에 잠깐 들러 하고 싶은 이야기가 있다고 하자 몰리는 잠시 주저했지만, 오래지 않아 허락했다.

"그것도 좋겠지, 자기. 바로 올라와. 아이작에게 말해둘게." 아이작은 몰리의 도어맨으로, 이스트 87번가 100번지의 로비를 30년간 티 한 점 없이 관리해왔다. 몰리가 소유한 방 세 개짜리 아파트는 테라스가 장관인 데다 미국 어디에서도 보기 어려운 광대한 패션 학술서 서가를 갖추고 있었다. 몰리는 결혼한 적이 없다. 몰리는 그 소리 듣기를 죽기보다 싫어할 테지만, 뉴욕의 수많은 '패션 과부' 중 하나였다. 패션에 모든 것을 바치고 남자보다는 승진을 택한 여자들 말이다. 직업 때문에 독신으로 지내는 것만 빼면, 몰리는 이머진이 닮고 싶은 모든 것을 가지고 있었다. 거칠면서도 공정하고 강압적이면서도 기꺼이 다른 말에 귀를 기울였으며 전염성이 강한 에너지를 뿜었다. 하지만 무엇보다 몰리는 이머진이 너무나 사랑하는 직업을 찾도록 이끌어준 멘토였다.

"자기가 하는 일을 사랑해야지. 그렇지 않으면 이게 다 무슨 지랄이야?" 몰리가 수없이 했던 말이다.

대리석 깔린 로비에서 빳빳한 제복을 입은 아이작이 이머진의 이름을 부르며 맞아주었다. 이머진이 12층으로 올라가는 엘리베이터를 타려는데 아이작이 뭔가 말을 참는 것처럼 입을 오므렸다.

엘리베이터는 왼쪽에서 열리며 아파트의 접객실로 곧장 연결되었다. 보통 친구들과 캐비어, 담배 연기로 꽉 차 있던 곳이 이제는 책장에 너무 오래 놔뒀던 책처럼 좀 퀴퀴한 냄새를 풍겼다. 멀리 안쪽 방에서 텔레비전 소리가 들리는 듯했지만, 어디서 나는 소리인지는 알 수 없었다. 이머진은 몰리가 텔레비전 보는 것을 본 적이 없었다. 몰리의 오랜 가정부이자 이따금씩 요리도 하는 룰라가 보이지 않았다. 코트와 숄을 획 채가고 나서 홍차나 커피를, 유난히 불안해하는 손님에게는 남은 재넉스를 내오곤 했는데 말이다. 이머진은 〈투데이쇼〉의 캐시 리 기퍼드와 호더 코트비의 목소리가 나오는 텔레비전 소리를 찾아갔다.

몰리의 아파트는 아늑함의 교본이었다. 예술에서 패션, 역사에 이르는 주제의 책들이 모든 벽을 채웠다. 20세기의 위대한 디자이너의 전기가 모두 있었다. 책꽂이 사이로 맞춤 인쇄된 콜팩스앤파울러 벽지의 빅토리아 스타일 장미 무늬가 언뜻언뜻 보였다. 페르시아 깔개가 겹겹이 깔려 있었지만 그 아래의 마루가 이머진의 하이힐에 부드럽게 삐걱대는 것을 막지는 못했다. 구석에 걸린 마호가니 벽시계가 두 바늘을 벌린 채 멈춰 있었다. 눈을 찡그리지 않으면 6시에 멈춘 건지, 12시 30분에 멈춘 건지 알 수 없었다. 멋진 철제 벽난로 위 선반에는 긴 하얀 양초들이 놓여 있고 오래전 화보 촬영 때 찍은 폴라로이드 사진들을 거기 기대놓았다. 그 위에는 이머진이 이 집에서 가장 좋아하는 물건, 에드워드 호퍼의 진품 〈대로High Road〉가 걸려 있었다. 유화는 어느 전원 마을로 부드럽게 내려가는 시골 도로를 보여주고 있었다. 그 그림은 지난 18개월 동안 휘트니 미술관에 임대되어 있었다. 이머진은 그림이 돌아온 것을 보니 반가웠다. 아름다운 그림 이상의 작품으로 제목은 몰리의 기도문과 같았다. '늘 큰길을 따라가라.' 이머진은 매번 그 그림을 볼 때마다 새로운 것을 발견했다. 오늘은 어떤 영감을 주는 것 같았다. 도시의 존재인 자신에게, 도시 밖으로 멀리 펼쳐진 길을 보여주는 듯했다. 이브에게서 멀리 벗어나는 길.

스무 개도 넘는 쿠션으로 채워진 육중한 진녹색 벨벳 체스터필드 소파가 방 대부분을 차지했다. 사람들은 몰리가 매일 오후 쿠션들을 털라고 부르는 이가 있다고 숙덕거렸다. 교사의 딸로 자란 이머진으로서는 늘 경탄하지 않을 수 없었다. 베개만 터는 사람이 따로 있다니!

그 많은 쿠션에 둘러싸여, 몰리가 앉아 있었다. 몰리의 시선은, 아직 비닐도 채 벗기지 않은 것으로 보아, 산 지 얼마 안 된 듯한 초박형 평면 텔레비전에 고정돼 있었다. 이머진은 발걸음을 늦추며 목소리를 가다듬어 몰리의 시선을 끌어보려 했다. 그러자 몰리가 우아한 진회색의 발레리나 같은 쪽머리를 돌려 자신 없는 미소를 지으며 이머진을 맞이했다. 칠십대에도 주름 하나 없는 얼굴이었다. 50년간 종교적 의무처럼 태양을 피한 덕이었다. 몰리는 늘 그랬듯 위아래 모두 검은색으로 입고 있었다. 올라츠의 검은 실크 파자마는 어쩌나 재단이 잘되었는지, 멀리서 보면 빳빳하고 고전적이며 고혹적이기까지 한 맞춤 바지정장처럼 보였다. 튀는 색깔은 목에 건, 네 줄이 연결된 빈티지 샤넬 그리푸아 목걸이의 붉은 구슬들뿐이었다.

한때 미스 포터의 예비신부학교에서 교본 취급을 받았던, 핀처럼 꼿꼿한 자세만큼은 그대로였다.

이머진이 다시 그림으로 시선을 돌렸다. "돌려받았네요."

"그랬지." 몰리가 간단히 대꾸하고 자기도 작품을 뜯어보았다. "저게 없이는 뭔가 모자란 곳 같더라고. 안 그래? 실없는 생각일까? 그림이 공간을… 혹은 사람을 완성할 수 있다고 생각하는 게 말이야. 에드워드 호퍼는 그림을 사랑했지. 그림을 그려서는 돈을 별로 못 벌었지만 그래도 사랑했어. 광고 일러스트를 그려서 번 거 알아? 그 일을 경멸했지만, 생활은 해야 했으니까. 여기 바로 이 완벽한 경치가 그가 진정으로 사랑한 무엇이야."

"좋아 보이네요." 이머진이 말했지만 정확히 말하자면 사실이 아니었다. 몰리는 피곤해 보였다. 칙칙한 푸른빛 그림자가 눈 밑에 드리워진 것이 흠 없는 얼굴의 유일한 결점이었다. 그녀의 냄새가 공기 중에 감돌았다. 고급 담배와 장 파투의 '조이' 향수가 혼합된 향기였다. "전화했었어요." 자신도 모르게 절박한 말투가 되었다.

몰리가 손을 뻗어 자신보다 젊은 여성의 손을 잡았다. "담배나 한 대 피울까?" 전화에서 들은 것과 같은 조그만 목소리였다.

이머진은 자기도 모르게 가슴을 슬쩍 보며 암 생각을 하고, 고개를 슬쩍 저었다. 몰리는 혼자 담배를 피워야 했다.

이머진은 이국적일 정도로 커다란 소파에 앉았다. 몰리 옆에 앉으니 한결 차분해지는 듯했다. 세상이 바로잡히고 예전대로 돌아갈 수 있는 듯한 기분이었다.

몰리가 정말이지 내용물을 비워줘야 할 것 같은 담녹색에 금으로 장식된 리모주Limoges 재떨이를 끌어당기고 소파 팔걸이에서 쭈그러진 던힐 한 갑을 꺼냈다. 담배 연기를 내보내려 창을 빠끔히 열자 묵직하고 커다란 라일락색 사라사 무명 커튼이 가을바람에 광대 춤을 추는 것처럼 펄럭거렸다.

몰리가 첫 모금을 내뿜을 때까지 둘 다 말이 없었다. 그래도 편하고 익숙한 침묵이었다.

이머진은 자기 쪽으로 끼쳐오는 담배 연기를 오래 연락이 끊겼던 친구를 만난 것처럼 받아 들였다.

"그래, 어떻게 지냈어?" 몰리가 물었다.

물론 몰리도 글로시에 일어난 변화에 대해 알고 있었고 모다에서 자신을 내보낸 것을 이머진이 안다는 것도 알고 있을 터였다. 이머진은 곧바로 불편한 얘기들을 털어놓고 싶지 않았지만 어쩔 수 없었다. 모두 자세히 들려주었다. 잡지로 복귀했을 때 받은 충격과 이브의 뻔뻔한 행동에 경악한 일, 이브가 직원들을 다루는 방식 등.

"더 이상 참을 수 없을 것 같아요, 몰리. 글로시를 떠나서 다른 잡지로 가야 할까 봐. 엘르에서 1년 전에 연락이 왔었어요."

그런 식으로 일자리를 제안할 가능성이 있는 이런저런 잡지들을 더 읊을 수도 있었지만, 몰리의 눈이 이머진을 꿰뚫어보는 듯했다.

"그냥 있어, 이머진." 몰리가 단호히 말했다. "그만두지 마."

"하지만—" 이머진이 입을 열었다.

"지금은 1995년이 아냐. 2005년도 아니고. 2015년이지. 우린 죽어가는 세계에 사는 죽어가는 종족이야. 나는 다른 일자리를 얻을 수 없었어. 아무도 고용하려 하지 않았지. 전화 안 해본 사람이 없어. 이 도시에서 너무나 오랫동안 나에게 너무나 많은 빚을 진 모든 사람에게, 갚으라고 할 필요가 없었던 사람들에게 전화를 다 돌렸어. 이번에는 내가 부탁을 하니, 답이 없더라. 나는 공룡이었어. 멸종된. 내 사랑하는 아가, 넌 그냥 위험에 처한 것뿐이야. 너는 스스로를 구원할 수 있어. 자리를 지켜. 하라는 대로 해. 나처럼 끝나지 마."

이머진은 무슨 말을 해야 할지 알 수 없었다.

"이브는 대체 뭐 하는 앨까요? 내가 그냥 포기할 거라 생각할까? 알아서 그만둘 거라고?" 이머진의 목소리가 떨렸다.

"그렇겠지. 우리 같은 빈티지 에디터들은 은퇴시켜서 시골에나 보내버려야 한다고 생각하는 게 분명해."

이머진은 멍했지만 아직 반박할 거리는 남아 있었다.

"제일 속상한 건, 이런 식으로 나를 배신했다는 거예요. 내가 가르친 아이라고요. 나는 그 애의 성공을 바랐는데, 그 애는 뒤에서 칼을 찌르고 짓밟았어요."

"그랬지, 자기. 그랬어. 정말 은혜를 모르는 년이야." 몰리의 눈이 흐려졌다.

"넌 좋은 사람이야, 이머진. 아직 열정을 가지고 있어."

몰리가 이머진의 무릎을 다독였다. "난 좀 쉬어야겠어." 몰리가 일어나자, 이머진은 처음으로 몰리의 나이를 실감할 수 있었다. 등이 약간 굽어 있었다. 몸은 조금이라도 움직이는 것이 괴로운 것처럼, 지레 움츠러드는 듯했다. 몰리는 천천히 발을 끌며 옆의 침실로 향했다. 그러다 아주 약간 돌아보며 말했다. "혼자서 나갈 수 있지, 자기?"

그러고 나서 생각난 듯, 조용히 덧붙였다. "행운을 빌어."

21

전화가 울리자 이머진은 안도감이 들었다. 애너벨의 학교 교장이었다. 교장에게 전화를 받고 싶은 학부모는 없겠지만, 이머진에게는 직장으로 돌아가지 않을 구실이 되었다.

"테이트 씨, 즉시 학교로 와주셔야겠습니다." 엄한 목소리의 오글소프 교장이었다. 방금 뭔가 불쾌한 것을 먹은 훈련 교관 같은 모습의 여인이었다. 그 소리에 이머진의 마음이 불길한 상상으로 달려갔다. 최악은 사기꾼 마티의 부유한 이전 고객이 마침내 꼭지가 돌아 검사의 아이들을 납치하기로 하고 유괴로 보상금을 노리는 것이었다.

"애너벨은 괜찮나요?"

"괜찮아요. 다치지 않았습니다. 그건 약속할 수 있어요. 하지만 직접 와서 데려가셔야겠습니다."

"딸아이에게 무슨 일이 생겼는지 제발 말씀해주실 수는 없나요?" 말은 그렇게 했지만, 이머진은 전화로 아무 얘기도 들을 수 없으리라는 걸 알고 있었다. 오글소프 교장은 학부모에게 그들의 자녀가 얼마나 큰 잘못을 저질렀는지 직접 만나 알려주는 재미를 인생의 낙으로 삼았다.

교장실 밖의 널찍한 의자에 앉아 있는 애너벨은 조그매 보였다. 초조함을 달래려는 듯 다리를 앞뒤로 흔들고 있었다. 고개를 푹 숙이고 있었지만 울지는 않는 것 같았는데, 손가락으로 턱을 들어 보니 눈가가 붉었다.

"엄마, 미안." 애너벨의 첫 마디였다. "누가 그런 짓을 하는지 알고 싶어서. 누가 나한테 그런 말도 안 되는 소리를 하는 건지 알아야 했어." 애너벨의 통통한 뺨에서 눈물이 흘렀다.

대체 무슨 일이지?

깊숙한 눈 사이에 엄격한 주름이 새겨진 오글소프 교장이 사무실에서 나와 목청을 가다듬었다. "테이트 씨, 들어오시죠. 마레티 양은 조금 더 거기 앉아 있어도 괜찮을 겁니다."

이머진도 아이가 된 것처럼 교장의 위압적인 마호가니 책상 앞에 옹송그리고 앉았다.

"아무래도 애너벨은 말썽을 일으킬 만한 아이가 아니에요. 뭔가 오해가 있었던 것 같은데요."

교장은 두 손을 모아 관절이 굵고 불그레한 손가락을 깍지 꼈다. 애너벨에 대해 조금도 너그러워지는 기색은 없었다. "먼저, 교실에서 스마트폰을 사용하지 못하는 우리 교칙을 알고 계시죠? 학부모들이 매년 점점 더 어린 나이의 자녀에게 아이폰이든 아이패드든 그 무슨 '아이' 자 붙은 온갖 기계를 사줘야 할 필요를 느낀다는 것은 이해합니다. 하지만 교사가 전력을 다해 가르치고 있는 수업 시간에는 그런 것들을 사용할 수 없습니다. 엄청난 방해가 되거든요."

이머진이 고개를 끄덕였다. 애너벨의 친구들은 한 명도 빠짐없이, 여덟 번째 생일이 지나기도 전에 스마트폰을 선물받았다. 이머진 부부는 애너벨이 아홉 살 때까지 미룰 수 있었지만, 조니는 더 일찍 사줘야 할 것이다. 벌써 그림책을 보며 손가락을 슥 밀어 페이지를 넘기려 했다.

"애너벨이 수업 시간에 스마트폰을 사용했다고 오라고 하신 거예요?" 아무리 이런 학교라도 어이가 없었다.

"아닙니다. 애너벨이 하퍼 마틴과 다른 여자 학생들이 있는 테이블을 향해 음식을 집어 던지면서 소리를 지를 때, 스마트폰을 가지고 있었다는 점을 지적하고 싶었어요."

이머진도 하퍼 마틴의 어머니를 알았다. 엘라 마틴은 브루클린 네츠 농구팀의 소유주인 조지 마틴의 네 번째 아내로 사교계 신참이었다. 만일 마틴 양도 그 거만한 엄마와 비슷하다면 소리를 지르고 싶어진 건 이해하겠으나, 왜 애너벨이 그런 행동까지 했는지는 알 수 없었다. 하퍼가 그 못된 댓글을 단 아이가 아니라면.

"교장 선생님, 분명 무슨 이유가 있을 거예요. 애너벨에게 왜 그랬는지 물어보셨나요?"

"그랬죠. 입을 꽉 다물더군요."

이머진이 한숨을 쉬었다. "제가 딸아이와 얘기해봐도 될까요? 무슨 일인지 알아볼게요. 분명 그럴 만한 이유가 있었을 겁니다."

"그보다는 집에 데려가주셨으면 좋겠군요. 오늘과 내일 정학입니다."

이머진은 무슨 말을 해야 좋을지 몰랐다. 내 딸이 학교에서 정학을 당하다니.

애너벨은 교장실에서 나오는 이머진을 겁에 질려 쳐다보았다. 자리에서 일어나 작은 손으로 엄마의 손을 잡았다. 요 몇 년 동안 보이지 않던 모습이었다. 둘은 집까지 여섯 블록을 말없이 걸었다. 집에 도착해서 이머진은 애너벨에게 위층으로 올라가 세수를 하고 15분 후 주방으로 다시 내려오라고 했다. 딸은 조용히 따랐다. 이머진도 분주히 몸을 놀려 차를 준비했다.

애너벨은 조그만 펭귄이 점점이 찍힌 파자마를 입고 맨발로 내려왔다. 그러고 있으니 훨씬 어려 보였다.

이머진은 애너벨에게 식탁에 앉으라고 하고 잉글리시브렉퍼스트 홍차를 따라주었다. 애너벨은 조그만 손으로 따뜻한 머그잔을 감싸 쥐고 앉았다.

"무슨 일인지 말해줄래?"

애너벨이 고개를 끄덕였다.

"얘기해봐."

"누가 자꾸 댓글을 다는 거야." 애너벨이 머뭇머뭇 말을 꺼냈다. "처음에는 페이스북 담벼락에 달더니, 나중에는 쪽지까지 보냈어. 어떤 때는 비열한 댓글을 인스타그램과 유튜브에도 달고."

"나도 봐도 될까?"

"다 지웠어. 누가 보는 게 싫었으니까. 하지만 아직도 남아 있는 게 몇 개 있어." 애너벨이 식탁 의자에서 내려가 밝은 분홍 백팩에서 랩톱을 꺼냈다. 인터넷을 켜고 페이스북을 열었다. 물론 쪽지는 '캔디 쿨'에게서 온 것이었다.

아직도 애너벨의 쪽지함에는 네 개의 글이 남아 있었다. 이머진은 그 내용을 보고 기겁했다.

너 좋아라 하는 남자애는 하나도 없을걸. 얼굴이 원숭이 같아서.

잘난 엄마한테 물어봐. 너 얼마나 뚱뚱한지. 당연히 그렇다고 생각할걸.

거울 보면 안 우냐?

안녕, 뚱보. 너 구려!

이머진이 부르르 몸을 떨었다. "왜 이게 하퍼가 쓴 거라고 생각했어?"

애너벨이 어깨를 으쓱했다.

"하퍼랑 걔 친구들 왕재수잖아. 나 싫어하고. 비웃는단 말야. 하퍼가 식당에서 몰래 전화 보는 거 봤는데, 내 페이스북을 보고 있더라고. 그거 보면서 웃고 있었어."

애너벨은 다시 눈물을 흘렸다. 이머진이 어떻게 애너벨을 야단칠 수 있을까? 지금의 이머진도 따돌림을 당해 벼랑 끝까지 몰리는 심정을 누구보다 잘 알았다. 이머진은 식탁을 넘어가서 애너벨을 안아 든 다음, 그 자리에 앉아 애너벨을 무릎에 앉히고 자신에게 기대 울게 놔두었다. 딸아이의 머리 냄새를 들이마시며 이머진의 가슴도 찢어지는 듯했다.

"너한테 그런 못된 짓을 한 아이가 하퍼인 것 같다는 얘기를 교장 선생님에게 하는 게 좋겠어."

애너벨이 격하게 고개를 양쪽으로 흔들었다.

"해야 해."

"정말 그 앤지 확실하지 않잖아. 내가 식당에서 소리치니까 걔가 아니라고 했단 말이야. 그래서 내가 만든 스무디를 집어 던졌어."

"맞았니?"

애너벨이 끄덕였다. "얼굴에."

이머진은 웃지 않으려 노력했다. 다른 여자애 얼굴에 초록 스무디를 집어 던져 문제를 해결할 수 있다니, 좋은 점도 있는 나이였다.

애너벨이 계속했다. "하지만 무슨 일인지 모르는 것 같더라고. 처음엔 그냥 거짓말이라고 생각했는데, 그렇게 거짓말을 잘하는 애는 아니거든. 지금 생각하니까 걔가 아닌 것 같아."

"좋아, 애너벨. 하지만 학교에서 정학당하는 게 얼마나 심각한 일인지 알지? 아빠가 얼마나 실망하겠니?"

애너벨이 다시 엄마 가슴에 얼굴을 묻었다. "응… 제발 말하지 말아줘."

"애너, 말은 해야 해." 밤에 앨릭스가 얼마나 꾸지람을 할지, 애너벨이 얼마나 스트레스를 받을지 아는 이머진은 좋은 경찰 노릇을 하기로 했다. "그래, 오늘 우리 둘 다 땡땡이 신세가 됐으니, 제대로 놀아보는 건 어떨까? 여자들끼리! 조니는 틸리에게 부탁하고."

"뭘 하려고?"

"살롱에 가서 제대로 숙녀처럼 머리 할까?"

애너벨은 소녀 취향이 아닌 편이었지만 머리는 우아하게 꾸미는 걸 좋아했다. 고개를 끄덕였다.

"그럼 옷도 제대로 입어야지."

애너벨이 계단을 달려 올라갔다.

이머진은 딸아이의 페이스북을 뚫어지게 쳐다보다가, 잠시 자신의 이메일을 확인했다. 이브에게서 여섯 개의 이메일이 와 있었다. 모두 점점 더 급하게 이머진을 찾는 내용이었다. 이머진은 답장하지 않을까도 생각했지만, 무슨 의미가 있으랴 싶었다. 이메일만 더 잔뜩 받을 텐데.

'나 오늘 하루 쉬려고, 이브. 내일 회사에서 봐.'

나머지 이메일은 아침에 확인하면 되겠지. 계단에서 내려오는 애너벨을 보며 전화기를 치웠다. 스키니진과 밝은 보라 스웨터를 입고 있었다. 길고 검은 머리는 머리 위로 틀어 올렸다.

"애너, 있지, 사람들은 때로 아주 못될 때가 있어. 안 그랬으면 좋겠지만, 어떤 사람들은 그냥 왕재수일 수밖에 없는 것 같아." 딸한테 거짓말을 해봐야 무슨 소용이 있을까?

애너벨이 고개를 끄덕이고 이머진의 허리를 감싸 안았다. 이머진은 딸이 얼마나 컸는지 깜짝 놀랐다.

"네가 얼마나 아름다운지 알고 있지, 아가? 정말이지 눈부셔." 이머진이 말했다.

애너벨이 인상을 썼다. "엄마는 엄마니까 그러는 거지."

이머진은 그냥 말을 이었다. "더 중요한 거는, 네 인간성이 아름답다는 거야. 넌 외부와 내부가 둘 다 아주 멋진 사람이란다. 엄마라서 하는 소리가 아냐. 난 세상에서 가장 유명한 슈퍼모델들과도 잘 알잖니. 그래도 내가 만난 가장 아름다운 사람들이란 바로 너 같은 사람이라고 객관적으로 얘기할 수 있어…. 진정으로 선하고 다정한 사람들."

애너벨이 웃었다. "오프라가 하는 소리 같아."

이머진이 팔을 쭉 위로 뻗고 최대한 오프라 목소리를 흉내 냈다. "그리고 여러분 모두에게 자동차를 드리겠습니다!" 그래도 이머진은 아직 딸아이를 웃게 만들 수 있었다.

훈계 시간은 끝났다. 이제 둘 다에게 기분 전환이 좀 필요했다.

"자, 이제 미용실 가자. 셀피도 엄청 찍고. 그리고 나서 누가 우리 보고 못생겼다고 하는지 보자고."

추위에 몸을 둘둘 감싼 애너벨은 보도 위의 갈라진 틈새나 낡은 뉴욕 콘크리트를 뚫고 나온 나무뿌리를 피해 종종거리며 걸었다. 엄마와 같이 다니는 건 근사했다. 아주 끝내줬다. 엄마는 정말 좋은 엄마지만, 요즘 아이들 인생이 어떤지 제대로 이해하는 부모는 아무도 없었다. 엄마가 아이였을 땐 인터넷은 발명되지도 않았다. 지금과는 너무 달랐다.

캔디 쿨은 우리 학교 아이가 아닐지도 모른다. 누군지 알 수가 없다. GIF[애니메이션 효과를 낼 수 있는 이미지 파일]랑 밈[meme, 원래는 리처드 도킨스가 창안한 '비유전자적 유전 인자'를 일컫는 개념이지만 인터넷에서 전파되고 변형되는 특정 화제를 가리키는 말로도 쓰인다]이랑 괴상한 그림 같은 걸 정말 정말 잘 만드는 '그린 걸'일 수도 있다. 역시 열 살이고 부모랑 산다. 지역은 뉴욕이 아니라 플로리다지만. 작년에 처음 스무디 유튜브를 만들기 시작했을 때 그린 걸이 애너벨에게 쪽지를 보내 제조법을 알려줄 수 있느냐고 물었고 그때부터 둘은 서로 팔로우하고 있다. 하지만 그러고 나서는 이상하게 경쟁적으로 굴고 있다.

알 게 뭐람.

애너벨은 신경 쓰고 싶지 않았다. 하지만 모두가 보는 곳에 그런 글을 올리는 건 완전 엿 같다. 캔디 쿨이 제일 나쁜 건, 학교의 모든 아이가 캔디 쿨의 글을 보고 애너벨을 비웃고 있다는 거다. 캔디 쿨을 친구 끊거나 차단할까도 생각해봤지만, 사람들이 뭐라고 하는지 모르면 더 안 좋지 않을까? 안 그런가?

게다가 자신이 이미 좀 느끼고 있는 점들에 대해 쓰니 더 상처가 된다. 애너벨은 자신이 좀 살이 찐 게 아닌가 생각하고 있었다. 가족 모두, 엄마, 아빠, 조니 모두 시들시들한 루콜라처럼 말랐다. 애너벨이 어릴 때, 젖살이 지금보다 더 많았을 때는, 자신이 할머니 배 속에서 나온 아이가 아닐까 생각할 정도였다. 마마 마레티 할머니는 라자냐라면 사족을 못 썼다.

애너벨은 자기가 예쁘다고 느낀 적이 없었고, 엄마가 좀처럼 없어지지 않는 영국식 발음으로 '아름답다(gorgeous)'고 말해주는 것도 듣기 싫었다. '핏덩이 주스(gore-juice)'라는 말하는 것처럼 들렸을 뿐 아니라 사실이 아니었으니까. 눈 사이가 너무 멀고 콧날은 너무 얇았다. 머리는 애너벨의 마음은 아랑곳 않고 제멋대로 뻗쳤고 최근에는 턱에 여드름까지 나기 시작했다.

엄마는 언제나 완벽하고 예뻤다. 그에 비하면 애너벨은 허접해 보였다. 찰리 브라운 만화에서 늘 먼지 구름을 몰고 다니는 아이 같았다. 애너벨은 엄마를 사랑했다. 몇몇 친구의 엄마처럼 매일 집에 없어도 괜찮았다. 늘 애너벨과 조니에게 시간을 많이 쏟으려고 노력했으니까. 게다가 직업도 멋지다. 지난여름에는 애너벨에게 최신 드레스와 구두를 사주었고 마사 스튜어트 텔레비전 프로그램 촬영장에 데리고 가주었으며, 애너벨을 마사 스튜어트에게 인사까지 시켜주었다! 마사 스튜어트라니!!! 엄마는 가든 스무디 유튜브 채널이 무슨 대단한 일이라도 되는 것처럼 마사에게 들려주었고 애너벨도 마사랑 얘기를 하게 되어, 둘 다 케일이 아무 데나 잘 어울린다고 똑같이 생각하는 걸 알게 되어서 신이 났다!

한 달 전만 해도 이머진은 애너벨이 컴퓨터 화면에 띄워서 보여줘야 비디오를 볼 수 있었는데.

그러면 이머진은 멍하니 화면에 대고 손을 저으며 "아휴, 언제 한번 어떻게 찾아볼 수 있는지 알려줘야 하지 않겠니?" 같은 말을 하곤 했다. 그러다 다음에 보게 되면 또 같은 말을 반복했다. 그래도 요즘에는 많이 나아졌다. 빠르게 익혀가고 있다. 애너벨은 엄마의 직장에서 일어난 일에 대해 조금밖에 주워듣지 못했지만 상황이 꽤 나쁜 것 같긴 했다. 왕재수인 것 같은 새 상사가 생겼다. 애너벨은 이머진을 올려다보았다. 완벽한 금발 머리가 빳빳한 하얀 옷깃 위에서 출렁이고 있었다. 엄마가 상사 얼굴에 초록 스무디를 뒤집어씌워줄 수 없어서 안타깝다. 애너벨이 그 얘기를 하자 엄마는 웃었다.

22

다음 날 이머진은 위가 아파 잠에서 깼다. 상태가 너무 좋지 않아서 병가를 낼까 생각하다가 이브에게 좋은 일만 시켜줄 거라 생각되어 마음을 다잡았다. 누워서 몸을 쭉 늘린 후, 몸을 굴려 엎드린 다음 네발로 일어나, 요가로 고양이와 암소 자세를 하면서 뭉친 위를 풀어보려 했다. 소용이 없자 론이 추천한 호흡법을 시도해보았다. 여덟을 셀 동안 숨을 들이마시고 열을 셀 동안 호흡을 참았다가 여덟을 세며 숨을 내뱉었다. 숨을 멈출 때마다 머릿속에서 이브의 비웃음이 떠올랐다.

이번에는 이브가 이겼다. 경기는 공정하게 할 줄 알았는데. 어제까지만 해도 이브의 모든 결점에도 불구하고 같은 팀이라고 생각했다. 이제는 결코 그렇지 않다는 진실을 알게 되었다.

이머진은 한 시간 전 앨릭스가 누웠던 옆자리를 쓰다듬어보았다. 매일 네 시간 정도밖에 자지 못하는 것 같았다. 다음 주부터 재판이 시작되었다. 그렇게 되면 좀 규칙적인 생활을 할 수 있을 것 같았다.

최근 이머진은 자신의 옷차림에 신경을 잘 못 쓰고 있었다. 수년 동안 공들여 의상을 계획해 입었는데. 이제는 세탁소에서 돌려받는 대로 아무거나 걸쳤다. 그래도 검은 펜슬스커트 스커트, 터틀넥 스웨터를 입고 슬링백 펌프스를 신은 자태는 아직 쓸 만했지만 매일 밤 무엇을 입을까 시간을 들일 때랑은 달랐다. 이머진은 성공을 위해, 직장 동료들에게 보여주기 위해 옷을 차려입어왔다. 이제 그녀는 무조건 착 달라붙는 옷에 하이힐을 신는 어린 여성들과 경쟁하고 있었다. 대부분의 동료는 회사를 떠났다. 이머진 자신 외에는 차려입은 옷을 진정으로 봐줄 사람이 없었다.

회사가 이상했다. 보통은 핀 하나 떨어지는 소리도 들릴 정도였는데, 오늘은 뭔가 분위기가 침울했다. 다들 눈을 내리깔고 있었고, 타이핑 속도도 이전처럼 정신없지 않았다. 8시 30분에 문을 들어섰는데도 이브가 보이지 않았다. 이머진이 컴퓨터를 켜자마자 애슐리가 노크를 했다.

"무슨 일 있어?" 이머진이 물었다.

애슐리가 고개를 끄덕였다. "어제 이머진이 나간 다음에, 투자자 몇 명이 왔어요. 이브랑 회의실에 오래 앉아 있었어요. 제가 듣기론 사이트 열고 두 달 동안의 트래픽이 목표에 도달하지 못해서 실망하는 것 같더라고요."

"엿들은 거야?" 이머진은 비난하는 투로 들리지 않게 조심해서 말했다.

애슐리는 애너벨이 풀이 죽었을 때와 좀 비슷한 표정이 되었다. "네, 주방에서 회의 내용을 다 들었어요."

"그럼 어떻게 되는 거야?"

"아무 일도 없을 거예요. 아직 돈은 많으니까요. 그렇게 오래되지도 않았고. 투자자들은 그저 만족하지 못했다는 점을 알리고 싶었던 거였어요. 그래도 이브는 꽤 심각하게 받아들인 것 같아요."

"왜 그렇게 생각해?"

"왜냐하면 이브가 회의 끝나고 나서 모두에게 소리를 질러댔으니까.

아무도 제대로 일하는 사람이 없다고. 다들 밤을 새우라고 지시했어요. 콘텐트를 더 많이, 더 훌륭하게 올리라고. 미친 사람 같았어요. 그러더니 자정쯤 나갔죠. 그리고 다른 사람들은 다들 남아서 밤을 새웠어요. 콩주머니 의자에서 번갈아 자면서."

"불쌍한 것들. 주방에 커피는 있어?"

"며칠 전에 떨어졌어요."

이머진이 애슐리에게 자기 신용카드를 건넸다. "스타벅스에 전화해서 사람 수대로 마키아토, 아니면 커피나 카푸치노 좀 배달해달라고 할래? 먹을거리도 좀."

"스타벅스는 배달 안 할 텐데요."

"어디나 양만 많으면 배달해준단다."

이머진은 이 회사에서 자기가 직원들 앞에 나서서 격려의 연설을 해야 하는 일이 생긴다면, 그건 바로 지금이라는 생각이 들었다. 택시에서 빠져나오며 흐트러진 머리를 한번 쓰다듬었다. 이 직원들은 이머진의 부하이기도 했다. 이머진이 뽑은 사람이 많진 않았지만, 이머진 밑에서 일하는 사람들이었고 이머진에게는 그들을 돌볼 의무가 있었다. 이머진이 손뼉을 짝 쳤지만, 고개를 들어 보는 사람이 거의 없었다. 모두 헤드폰을 끼고 있었다.

애슐리는 옆에 그대로 선 채 아이폰을 두드렸다. "지금 이메일을 보내고 있어요. 이머진이 말할 게 있다고. 그럼 주목할 거예요."

당연히 그렇겠지. 이메일이 쨍 도착하자, 수십 명이 고개를 번쩍 들었다.

"좋은 아침, 아가씨들, 다들 지친 거 알아요. 커피 사오게 시켰으니까 마시고, 밤샘을 해서 집에 가서 좀 자야겠다, 하는 사람은 얼마든지 그렇게 하고 나머지 일은 집에서 하도록 해요." 이머진은 손뼉을 쳤다. "다들 지난 세 달간 너무 열심히 일해줬어요. 모두 칭찬받을 자격이 있습니다."

여성들은 좀비처럼 멍한 눈으로 이머진을 보고 있었다. 이 회사에서 그들에게 소리 내어 친절한 말을 해주는 사람은 그동안 없었으니까.

"정말이지, 뭔가를 새로 만드는 일이란 너무 힘들죠. 하지만 다들 온 힘을 쏟아서 해내줬고 나는 여러분 하나하나가 모두 정말 자랑스럽습니다."

그러자 드디어 웃는 얼굴이 좀 보였다.

"아직 할 일은 많습니다. 달성해야 할 목표도 있고요. 우리가 꼭 이뤄낼 수 있다고 생각합니다."

어디서 몇몇이 조그맣게 안도의 숨을 내쉬는 소리가 들렸다. 애슐리는 두 엄지를 치켜들었다. 아무도 비디오를 찍거나 사진을 찍지 않았다. 그럴 에너지도 없었던 것이다.

이머진은 어떻게 연설을 마쳐야 할지 알 수 없어서 대신 그냥 박수를 한 번 더 쳤다. "조금만 더 일하다가, 좀 요기하고 나서 집에 갈 사람은 가세요."

그러자 그녀들은 근면하게 책상 위로 눈을 돌렸다. 이머진도 사무실로 돌아가며, 어디선가 이브가 짠 나타나 감히 직원들을 이 시간에 보내느냐고 소리 지르지 않을까 반쯤 기대를 했지만, 이브는 나타나지 않았다.

젊은 여성들 대부분은 커피를 마신 후에 기운을 차렸고, 정말 침대가 절실해 보이는 두세 명만 퇴근하며 이머진의 사무실에 고개를 들이밀고 저녁에 다시 돌아오겠다고 했다.

"가서 좀 쉬어. 내일 다시 시작하면 되잖아. 내일 보자."

오랜만에 처음으로 이머진은 다시 책임자가 된 기분이 들었다. 이브가 없자 직원들은 그녀에게 와서 질문을 했다. 이머진도 능력이 닿는 한 정성을 다해 대답해주었다. 답을 모를 때는 설명해줄 사람을 찾아 물어보았다. 결국 그날은 8월에 직장에 복귀한 이후 가장 생산적인 하루가 되었다. 이머진이 웹사이트를 운영하고 있었다.

이브는 5시쯤 회사에 나타났다. 그다지 피곤해 보이진 않았다. 전날 밤에 충분히 잔 게 분명해 보였고 양 볼 혈색으로 보아 체육관에 갔다 왔든지 스피릿 사이클 수업을 듣고 온 것 같았다. 몇몇 자리가 빈 것을 흘긋보더니 물었다. "다들 어디 갔어?"

이머진에게도 그 소리가 들렸다.

남은 여자애 중 하나가 대담하게도 대답을 했다. "이머진이 몇몇은 집에 가서 쉬어도 좋다고 했어요."

다들 화산 폭발이라도 일어날 거라고 기대했지만, 이브는 아무 말 없이 이머진의 사무실로 들어가 문을 닫았다. "우린 내일 여섯 명을 더 해고해야 해요." 이브가 아무 감정이 담기지 않은 말투로 선언했다.

"뭐?"

"내일 여섯 명 정도의 직원을 내보내야 한다고요."

"알아들었어, 이브. 하지만 왜지? 지금 직원들도 집에 못 갈 정도로 일이 많은데, 누굴 내보낸다는 거야?"

"왜냐하면 직원 수를 두 배로 늘려야 하니까. 대부분 5만 달러 이상 받는 애들을 자르고 3만 5천이나 4만 달러 받는 직원을 더 많이 고용할 거예요. 더 많은 직원은 곧 더 많은 콘텐츠를 의미하고, 즉 더 많은 트래픽을 의미하니까."

"하지만 콘텐츠 질이 떨어지는 건 어쩌고? 몇몇 애는 정말 좋은 글을 쓰잖아."

이브는 이머진이 딱하다는 듯, 어차피 이해할 거라 생각하지도 않았다는 듯 쳐다보았다.

"더 많은 건 언제나 더 좋은 거예요."

23

열 시간 후 이머진은 제인호텔 구석진 곳에 자리한 작은 프렌치 비스트로에서 레몬 껍질로 장식한 더블 마티니를 홀짝였다. 그런 하루를 보내고 나서 마시는 술은 마약처럼 느껴졌다. 두 사람은 이머진의 더러운 직장 얘기는 생략하고 바로 브리짓의 애정 생활에 대한 화제로 옮겨갔다.

"대단한 남자랑 사귀고 있어." 브리짓이 무덤덤하게 말했다.

이머진은 어떤 사람인지 알 것 같았다. 오랜 세월 같이 살면서 자신이 좋아하는 남자 유형만큼이나 친구가 좋아하는 남자 유형에 대해서도 잘 알게 되었다. 브리짓은 나이가 많고 저명하며 부유하고 성공한 남자에게 잘 빠져들었다. 요즘엔 이머진을 제외한 모두가 싱글이 되어 다시 데이트를 시작한 것 같았다. 대부분의 싱글 친구와 등굣길에 만나는 싱글 엄마들이 온라인 데이트에 발을 담그고 있으며, 모두 자신의 나이를 속였다. 브리짓만 빼고. 브리짓은 자신이 사십대라는 점에 대해 놀라울 정도로 솔직했다. 대부분의 친구가 프로필에 올려둔 흐릿한 사진이나 10년 전 사진을 사기 광고나 마찬가지라고 생각했다.

그들과 친한 어떤 여자 친구는 15년 전에 찍은 게 분명한 사진을 이용했다. 데이트 상대를 술집에서 만났을 때, 남자는 그녀를 한번 보더니 그대로 가버렸다. 한마디도 남기지 않았다.

브리짓은 정말이지 절대 서른다섯 넘게는 보이지 않아서, 직접 만난 남자는 늘 얼마나 젊고 멋져 보이는지 모른다는 칭찬을 늘어놓기 마련이었다.

"왜 거짓말을 하겠어?" 브리짓은 늘 조근조근 말했다. "누굴 처음 만났을 때 '우와, 훨씬 어려 보이네요!'라고 감탄하는 소리를 듣는 게 낫지, 후회하는 구매자를 만들고 싶진 않다고."

남자들도 적극 호응했다. 브리짓의 지난번 남자친구는 소니픽처스의 2인자였다. 키가 160도 안 됐지만, 로스앤젤레스에서는 원하는 여자를 대부분 손에 넣을 수 있었다. 그는 브리짓의 온갖 신경과민을 스펀지처럼 다 받아주었고, 브리짓이 난리를 칠수록 더욱 헌신적으로 행동했다. 그러다가 두바이에서 찍는 1억 달러 액션 영화의 촬영장에서 훨씬 어리고 더욱 신경과민으로 보이는 여배우가 그의 관심을 훔쳐갔다. 그래도 스카이프 통화로 관계를 끝낼 정도의 예의는 보여주었다. 문자나 이메일 따위로 이별을 통보하지는 않았다. "그 조그만 얼굴을 보게 해주다니, 사려 깊기도 하지." 당시 브리짓의 논평이었다.

"나도 아는 사람이야?" 현실로 돌아와, 이머진이 물었다.

브리짓은 미적미적 말을 끌며 즐겼다. "너도 알아."

"내가 사귀었던 사람이야?" 이머진은 묻지 않을 수 없었다.

"그런 것 같진 않아."

"스무 고개 계속해야 해? 아님 그냥 말해줄래?"

그러자 브리짓이 입고 있던 카디건 앞섶을 열어 연한 회색 티셔츠를 보여주었다. '블라스트!'라고 씌어 있었다.

"어, 괜찮네. 라시드가 준 거야?"

"그렇지." 브리짓이 밤색 눈동자를 반짝이며 이머진의 팔을 애정을 담아 토닥였다.

"귀엽다. 다음에 보거든, 애너벨이랑 조니 주게 나도 두 벌만 달라고 해. 꽤 괜찮다. 너네 금방 또 만나서 앱 얘기 할 거지?"

브리짓은 이머진을 보며 갸우뚱했다. "이머진, 나 라시드랑 사귀고 있어."

그건 미처 짐작 못 했다.

"하지만 난 라시드가…."

"게이인 줄 알았지?"

"응."

브리짓은 씩 웃고 마른 올리브가 점점이 박힌 부드러운 부라타 한 조각을 떠먹었다. "너 정도면 성급히 결론을 내리진 말았어야지. 라시드는 그저 옷 잘 입고 잘 꾸미고 주관이 뚜렷한 남자일 뿐이야. 드물긴 하지만 이성애자 남성 중에도 예의 있고 품격 있는 사람이 있어."

이머진은 그들의 15년 가까운 나이 차를 가늠해보고, 자기도 모르게 좀 비판적이 되자 두 배로 죄책감이 들었다. 그 감정을 억누르며, 친구를 위해 할 수 있는 모든 축복의 말을 생각해냈다.

라시드는 멋진 남자였다. 똑똑하며 친절했고, 브리짓은 바로 그런 남자와 사귈 자격이 있었다. 데미 무어, 하이디 클룸, 마돈나에게 배운 것이 있다면, 어린 남자들은 강하고 자주적인 나이 든 여성에게 홀딱 빠진다는 것이었다.

이머진에게 그런 충격을 준 것으로도 모자랐는지, 브리짓은 이머진의 버킨 백을 뒤지기 시작했다.

"뭐 하는 거야?"

"네 약 좀 내가 검사해봐도 될까?"

"내 뭐를?"

"네가 처방받은 약 좀 볼게."

"지금 여기서?"

브리짓이 어두운 실내를 둘러보고 말했다. "아무도 안 봐." 그러고 백 속 작은 주머니에서 비타민, 영양보충제, 약병 네 개를 꺼냈다.

"이게 뭐야? 뉴포진?"

"항암제."

"이 큰 건?"

"비타민."

브리짓이 큰 약통에서 하나 꺼내 입에 넣었다. "와, 졸로프트[항우울제] 네. 잘됐다. 하나 먹어야지."

"브리짓!" 이머진이 눈을 흘기며 웃었다. "그냥 막 먹으면 안 돼. 재 낵 스랑은 다르다고."

브리짓은 손을 내저었다. "아유, 괜찮아. 네가 공황 발작이 뭔지 들어 본 적도 없을 때부터 먹어온 약이야. 나도 내일 새 처방전 받을 건데, 사 무실에 약을 두고 와서 그래. 괜찮아…. 게다가 너랑 내 새 남친이랑 같 이 어울리려니 좀 긴장이 돼서."

그 말이 나오자마자 카페지탄느 입구에 라시드가 나타났다. 현란한 빨 간 스웨터에 회색 혼직 바지를 입었다. 라시드는 이머진의 양 볼에 입을 맞추고 나서 브리짓의 입술 위에 유혹적으로 살짝 키스했다.

"둘이 충분히 얘기할 시간을 드렸나 모르겠네요. 이머진이 아직 모르는 거면 우리 키스에 무척 당황스러울 텐데." 라시드가 얼굴이 발개진 브리짓 옆에 앉으며 말했다. "그리고 이머진, 당신 앱 아이디어는 생각해봤어요?"

"새 회사 창업은커녕 숨 쉴 틈도 없이 보냈어."

라시드가 웃었다. "그러다 보면 숨 쉴 틈도 생기고 새 회사 구상도 떠오르기 시작할 거예요. 당신에겐 잠재력이 있어요." 그러더니 목소리를 확 낮추고 기계처럼 단조로운 말투로 덧붙였다. "강한 포스가 느껴져."

두 여인은 그를 멍하니 바라보았다.

"요다 몰라요?" 라시드가 의아한 표정으로 물었다. "〈스타워즈〉는요?"

브리짓이 목소리를 높였다. "이거 세대 차 아니지?"

라시드가 고개를 저었다. "아뇨, 찌질이 차이예요."

찌질이라는 말에 이머진은 이브 생각이 났다. 마치 이브는 그것이 '테크'와 동의어인 것처럼 아무 데나 붙이기 좋아했다.

이머진이 라시드에게 이브 이야기를 웬만큼 들려주자 라시드는 푹 한숨을 내쉬었다.

브리짓이 물었다. "이브는 찌질이가 전혀 아니지 않아?"

이머진이 어깨를 으쓱했다. "이브가 정확히 어떤 인간인지 분류해본 적은 없어. 매일매일 바뀌니까."

라시드가 설명을 시도해봤다. "요즘 테크놀로지 분야에서 일하는 똑똑한 여자가 정말 많아요. 애린 장도 그중 하나죠. 그녀 같은 경우는 어찌나 무섭게 똑똑한지 난 어지러울 정도니까. 이제 우리 블라스트!의 프로그래머도 절반이 여성이에요. 작년만 해도 겨우 둘뿐이었으니 엄청 달라졌죠. 나는 테크 분야에서 일하는 여성을 좋아해요. 하지만 이브 같은 애들은 싫어요. 분명 학교에서도 인기녀였겠죠."

이머진이 고개를 끄덕여 동의를 표했다.

라시드가 말을 계속했다. "테크계의 남자애들 대부분이 고등학교와 대학 때 뭘 했는지 알아요?

두 여인은 고개를 저었다.

"책상머리에 앉아 컴퓨터로 '던전 앤 드래곤' 같은 게임만 죽어라 했어요. 이브 같은 애들은 비욘세 콘서트에 가서 와인쿨러[와인, 과일주스, 소다수를 섞은 음료]를 마시는 동안 우리는 프로그래밍을 배우고 프로그래밍을 하고 게임을 하고 게임을 만들었죠. 대부분 친구가 별로 없었으니까. 여드름쟁이에다 키도 작고. 괴상한 냄새도 나고. 교외 주택 지역 부모님 집 지하가 우리의 축구 경기장이었어요. 나도 평생 괴상한 갈색 피부 아이로 남아 있을 줄 알았죠. 우리가 테크 분야로 진출하게 된 건 그게 멋져서가 아니었어요. 그저 우리가 잘할 수 있는 분야였기 때문에 간 거죠. 그런데 이브 같은 여자들이 밀려들고 있어요. 뜰 것 같으니까 올라타려는 거죠. 이브는 우리 일을 좋아해서 들어온 게 아니에요. 돈 때문에 들어온 거죠."

라시드가 잠시 말을 멈췄다.

"그것도 난 존중해요. 나도 돈을 좋아하니까. 하지만 이브는 모든 생활을 바쳐 이 일을 해온 우리 같은 사람들 앞에서 거들먹거리고 있어요."

이머진도 이해할 수 있었다. 이브는 이머진 앞에서도 거들먹거렸으니까. 패션지에 평생을 바친 이머진 앞에서 잘난 척하고 있는 것처럼, 테크놀로지에 대해 이브는 상상도 못 하는 것들을 알고 있는 라시드 앞에서도 그러는 것이다. 이브는 그냥 모든 사람 앞에서 아는 척을 했다. 이브가 못된 년인 것은 테크놀로지 때문이 아니었다. 그냥 이브가 못된 년일 뿐이었다.

이머진의 전화기가 아기 새처럼 짹짹거렸다.

"재미있는 알림음이네요." 라시드가 논평했다.

이머진이 얼굴을 붉혔다. "바꾸려고 했는데 잘 안 되더라고."

라시드가 전화기를 가져가더니 몇 번 쓸어 넘기고 두드린 다음 돌려주었다. "이제부턴 꽤 품위 있는 작은 종소리가 날 거예요."

"고마워."

"아, 그리고 당신이 반한 여자도 같은 감정을 느낀 모양인데요?"

이머진이 어리둥절한 표정을 지었다.

"내가 잘못 본 게 아니라면, 그 유명한 애린 장에게서 이메일이 온 것 같아요."

이머진은 너무 허둥지둥 메일함을 열지 않으려 노력했다. 아니나 다를까, 제일 위에 Aerin2006@gmail.com에게서 메일이 와 있었다.

From: 애린 장 (Aerin2006@gmail.com)

To: 이머진 테이트 (ITate@Glossy.com)

제목: 커피 한잔 할래요?

안녕하세요, 이머진?

내 이메일이 너무 성급한 게 아니면 좋겠네요. 나는 당신과 글로시의 팬이랍니다. 당신 인스타그램을 폭풍 팔로우하고 있었어요. 그래서 당신과 글로시 및 이곳 숍잇에 대해 얘기를 좀 나누었으면 해요. 실은 내가 똑똑한 여자들과 커피 마시는 걸 좋아해요. 우리 사이엔 공통점도 많은 것 같고요. 내가 마키아토 한잔 사도 될까요?

건배와 함께,

애린

이머진은 '마키아토'라는 말에 그냥 넘어갔다. 헤벌쭉 웃기까지 했는지, 브리짓과 라시드가 이머진을 보며 킬킬거렸다.

"나랑 커피 마시고 싶대. 네가 이메일 보내서 알려준 거야?" 이머진이 라시드에게 물었다.

"아뇨. 그러려고 했는데, 아직 못 보냈어요. 잘해봐요. 커피 마시고, 숍잇에 자리도 알아봐요. 그 망할 마녀는 내버리고요."

"음, 그래서 만나자고 한 거는 아닌 것 같아. 게다가 우선, 신생 기업에 내 자리가 있겠어? 둘째로, 애린은 나에 대해 아는 게 없잖아. 왜 나를 고용하려고 하겠어? 그리고 셋째, 나는 내 일을 사랑해."

"그 세 가지 전부 내가 반박해줄 수 있지만" 브리짓이 말했다. "굳이 그러진 않을게. 어쨌든 꼭 만나봐."

"인스타그램에서 친구 같은 걸 맺고 실제로 만나는 게 좀 이상하지 않아?" 이머진이 물었다.

브리짓과 라시드가 동시에 고개를 저었다.

"요즘엔 다 그래요." 라시드가 말했다. "대부분 먼저 온라인에서 만나죠." 잠시 생각을 하다가 말을 이었다. "한동안은 온라인에서만 대화를 나눴는데, 이제는 다들 직접 만남에 뛰어드는 것 같아요. 그래서 온라인 친구는 오프라인 친구가 되고, 실제 현실에서 만나 놀고 싶어 하죠."

브리짓도 계속 끄덕이고 있었지만, 이머진은 자신의 오랜 친구가 자기만큼이나 이 모든 걸 이해 못 하고 있는 게 아닌가 의심스러웠다. 브리짓은 이머진보다 아는 척을 잘했다.

"바로 답장을 쓸까 아니면 좀 기다릴까?"

브리짓이 웃었다. "같이 자보려는 거 아니면, 그냥 바로 답장하고 만나. 이런 일에 밀당할 필요가 뭐 있어?"

"네 말이 옳아." 그래도 이머진은 전화기를 가방에 넣었다. 나중에 혼자 있을 때 적당한 말을 골라 답장하고 싶었다. 이머진은 자신이 왜 애린

장의 관심을 받고 싶은지 알 수 없었다.

　이머진은 자신의 오랜 친구와 새 친구를 한참 바라보았다. 정말 특이한 커플이었지만, 여기는 뉴욕이었고 더 특이한 커플도 수도 없이 보았다. 중요한 것은 둘의 행복이었다.

　"둘 다 사랑해."

　두 사람이 일어나 이머진을 안았다.

　이머진은 집으로 걸어 돌아오며 머릿속으로 답장을 궁리했다.

From: 이머진 테이트 (ITate@Glossy.com)

To: 애린 장 (Aerin2006@gmail.com)

제목: 정말 만나고 싶네요!

친애하는 애린,

　당신 이메일은 성급할 게 전혀 없었어요. 난 그저 근근이 인스타그램에서 버티고 있는데, 당신 사진은 전부 너무 좋더라고요. 커피든 술이든 정말 한잔하면 좋겠네요. 다음 주에 언제 어디가 좋을지 알려줄래요?

키스를 담아,

이머진

답장은 바로 왔다.

From: 애린 장 (Aerin2006@gmail.com)

To: 이머진 테이트 (ITate@Glossy.com)

제목: RE) 정말 만나고 싶네요!

정말 신나요! 실은 내일 오후에 시간이 비는데요. 너무 빠르죠? 정신없이 바쁘실 텐데. 그래도 혹시 괜찮으면 숍잇 사무실에 점심 먹으러 들르면 어때요? 여기서 주문해 먹게요. 완전 격식 없이요. 답장 부탁해요!

키스를 담아,

애린

'안 될 게 뭐람?' 이머진은 생각했다. 숍잇 사무실에서 애린 장과 점심이라. 재미있을 것 같았다. 이머진은 마치 첫 데이트에 나가는 사람처럼 가슴이 떨렸다.

24

"이 드레스는 완전 쓰레기야!"

이머진이 다음 날 회사에 출근해 처음 들은 말이었다.

"누가 이 쓰레기 좀 벗겨줘."

모퉁이를 돌자, 이브의 책상 옆에 웨딩드레스가 줄줄이 걸린 스테인리스 이동 옷걸이가 세 대가 늘어서 있고 거기서 소동이 일고 있었다. 한 쌍의 빨강 레이스 브라와 팬티를 입은 이브가, 삼가는 태도라곤 조금도 없는 모습으로 드레스들을 벗어 던지며, 자신의 대담한 노출이 주변의 누구를 불편하게 할지도 모른다는 생각은 전혀 하지 않는 듯했다.

이머진이 드레스의 상표를 흘긋 확인했다. 베라왕, 데니스바소, 파니나토네, 림아크라, 랑방, 템펄리. 모두 1만 달러가 넘는 드레스였다. 옷걸이 한 대에만 10만 달러가 걸려 있는데, 이브는 그것들을 마치 티제이맥스의 할인 상품 더미에서 꺼낸 옷처럼 취급했다. 이브가 모니크뤼리에의 인어공주 드레스에서 간신히 빠져나와 저 멀리 드레스를 던져버렸다.

"제대로 된 게 아무것도 없어!" 이브가 옷걸이를 노려보았다.

이머진은 눈 둘 곳을 찾으며 복부의 식스팩과 타원형 키위처럼 조각된 삼두근, 지방 한 점 보이지 않게 적당히 그을린 몸을 훑어보지 않으려 애썼다. 저런 자신감을 가지면 어떨까? 거칠 것도 없고, 다른 사람은 어떻게 생각할까 불안감도 없으면? 이머진의 이브의 높은 책상을 살펴보는 척하며, 괜히 그 위의 유일한 잡동사니, 플라스틱 공룡을 집어 들었다. 긴 목을 보니 브론토사우르스인가 보았다. 자연사박물관에 데리고 갈 때마다 조니가 사달라고 조르던 장난감이었다. 손에 뭘 쥐고 있으니 좋았다. 장난감의 우툴두툴한 표면을 더듬어보았다.

"이머진." 이브가 빽 소리쳐 이머진은 화들짝 놀랐다. "당신은 어느 드레스가 좋아요?"

이머진은 옷걸이로 걸어가면서 명령에 따르는 것 같은 기분을 애써 외면했다. 정말 흥미가 있는 척 드레스들을 살펴보았다.

"글쎄, 이브…" 이머진이 천천히 운을 뗐다. "네가 어떻게 보이고 싶으냐에 달렸지. 어릴 때 네 결혼식이 어땠으면 좋겠다고 생각했어? 공주처럼? 스타같이 화려하게? 섹시하게?"

이브가 아랫입술을 삐죽 내밀더니 살짝 깨물었다. 손을 허리에 올렸다.

"케일리 쿼코가 입었던 핑크 웨딩드레스가 마음에 들더라고요…. 크리스 티건이 존 레전드랑 결혼할 때 입은 드레스도. 아, 그리고 〈배첼러〉에 나왔던 그 까다로운 년이 결혼식 중계방송할 때 입었던 것도. 케이트 결혼식 때 동생 피파가 입었던 옷도 좋아요. 아무래도 내 스타일은 '섹시한 공주'라고 정의해야 할 것 같군요." 올림픽 피겨스케이팅 심판이라도 되는 것처럼 결단을 내렸다.

이머진은 문득 이브를 잡고 흔들며 너 같은 사람 때문에 신부들이 그렇게 욕을 먹는 거라고 소리치는 상상을 했지만, 그 대신 늘 그렇듯 에디답게 생각을 가다듬고 드레스들을 살펴보았다. 옷감들이 손끝을 스쳤다. 이머진은 웨딩드레스를 사랑했다. 드레스를 만드는 특별한 의미를 사랑했고, 구슬과 레이스와 수작업의 정성을 사랑했다. 웨딩드레스는 그 자체로 하나의 의식이었다. 어떤 여성들에게 있어서는 결혼식의 가장 중요한 부분이었다. 어쩌면 신랑보다도 중요했다.

"좋아, 그럼 우리에겐 더 풍성한 스커트가 필요하겠어. 그렇다고 너무 풍성하면 안 되고, 어깨끈은 없어야 해." 이머진은 실크 새틴으로 자연스러운 허리선을 만들고 구슬 장식으로 수놓은 알렉산더매퀸의 사랑스러운 야회복을 꺼내 이브에게 주었다. "조심해야 해. 구슬이 아무 데나 잘 걸리고 손끝으로 잘못 건드리기만 해도 전부 끊어질 거야."

이브가 눈알을 한 바퀴 굴리고 뒤뚱거리며 드레스를 입다가 발이 안쪽 솔기에 걸렸다. 뭔가 찢어지는 소리에 이머진은 귀를 막았다. 이브가 확 잡아당기다가 드레스가 브라에 걸리자 애슐리에게 고래고래 소리를 지르며 와서 풀라고 했다.

'저런 아름다운 드레스를⋯.' 이머진은 생각했다. 고급스러우면서도 동시에 섹시했고 딱 적당한 만큼의 살갗을 드러내는, 왕가의 결혼에도 어울리는 드레스였다.

이브가 찡그리며 물었다. "이거 너무 구식 아니에요?"

"웨딩드레스는 좀 구식이어야 한다고 생각해."

"당연히 그렇게 생각하겠죠." 이브가 딱하다는 듯 웃었다. "마음엔 들어요. 후보에 올려놓죠." 이브가 손을 뒤로 돌려 보기에도 힘든 각도로 팔을 꺾어 지퍼를 확 잡아 내렸다. 드레스가 바닥에 털썩 떨어졌다.

"이브, 조심해." 이머진이 주의를 주었다.

"내가 망가뜨려도 그쪽에서 다시 보낼 거예요. 이 결혼이 얼마나 홍보가 되는지 아니까." 이브가 드레스를 마구 구겨진 채 벗어놓고 나오다가 자기 책상 모서리에 골반을 부딪었다. 멍을 문지르며 있는 대로 인상을 썼다. 마치 가구가 일부러 부딪쳐왔다는 듯이. 그리고 완벽한 엉덩이를 실룩이며 저쪽에 벗어두었던 딱 붙는 검은 스커트와 푹 파인 스웨터를 다시 입었다. "내가 『마사 스튜어트 웨딩』 잡지를 어떻게 끌어들였는지 얘기했던가요?"

"아니."

"그래요, 어젯밤 스피릿 사이클에서 거기 에디터를 만나서 결혼식에 초대했어요. 초대하면 기사를 쓸 테니까. 얼마나 특별한 기분이 들겠어요. 올해 최고의 결혼식에 참석하다니."

꼭 그렇진 않았지만, 화제의 행사가 되리라는 것은 분명했다.

"잘됐네." 이머진은 말을 하는 순간, 결혼 전에 이십대 후반 때 몰리가 해주었던 충고가 떠올랐다. 이머진의 멘토는 믿을 수 없을 만큼 직관력이 뛰어나서, 어떤 직원의 인생에 무슨 문제가 생겼는지 물어볼 필요도 없이 정확히 알아채곤 했다. 그때 이머진은 앤드루와 사귀고 있었는데, 주변 친구 여섯이나 약혼을 하게 되었고, 이머진은 자기에게 그런 해피엔드가 어려울 거라고 생각했다. 라그르누이에서 함께 점심을 먹던 몰리는 이머진의 울적함을 감지하고 말했다. "모든 결혼에는 기뻐해주는 것이 최선이야…. 모든 약혼과 모든 아기와 모든 승진에 대해서도. 이런 것들에 대해선 진정으로 기뻐해주려고 노력해야 해."

이브와 환담을 나누기는 절대 쉽지 않은 일이었지만, 이머진은 그래도 시도해보는 게 좋겠다는 생각이 들었다.

"아버지 손 잡고 입장할 거니?"

"우리 아빠 죽었어요." 이브가 아무렇지도 않게 말했다. 그러고 나서 너무 경박했다고 깨달은 듯 덧붙였다. "지난가을 경영대학원 다닐 때 돌아가셨죠. 그 시즌 마지막 풋볼 경기 중에 심장마비로요."

이머진은 할 말이 없었다. 다른 사람이었다면 진심으로 사과했을 것이다. 안아주었을지도 모른다. 이브는 벌써 자기 전화기를 불쑥 꺼내 들었다. 감정을 숨기느라 그러는지도 몰랐다. 그리고 옷걸이에 걸린 드레스들 사진을 찍어 트위터에 올렸다.

"미안하네." 이머진이 말했다.

"괜찮아요. 자기가 제일 좋아하는 걸 하다가 갔으니." 잠시지만 이브의 강철 같던 태도가 흔들렸다. "그래도 지금 나를 보면 자랑스러워할 거예요. 늘 내가 책임자의 자리에 오르길 바랐으니까." 이브는 재빨리 태도를 바꾸었다. "저 드레스는 목록에 표시해놔."

이브는 다시 자리로 돌아가고 애슐리가 남은 드레스들을 바닥에서 주워 구겨진 새틴과 오간자 옷감을 열심히 편 다음, 다시 옷걸이에 걸어 다른 곳으로 가지고 갔다.

"이브, 나 오늘 점심 약속이 있어." 이머진이 운을 뗐다.

"좋겠네요. 새 직원들은 만나봤어요?"

그러지 못했다. 그날 아침 열두 명의 새 여성이 출근해 전날 내보낸 여섯 명을 대체했다.

"아직. 오후에 하지."

"좋아요. 벌써 콘텐트 양이 늘고 있어요. 트래픽도 올라가고. 시작이 좋아요. 내 결정이 정말 옳았죠." 이브가 잠시 뜸을 들였다. "이 도시는 만만치 않아요." 그리고 초조하게 마른침을 삼켰다. "모두가 적응할 수 있는 곳은 아니죠."

"때론 사람들에게 기회를 줄 필요도 있어."

"내가 그러지 않나? 이 사람들이 일자리를 얻었잖아요?"

이머진은 다시 화제를 바꾸기로 마음먹었다. "그래, 나 점심 먹은 후에 겨울 전략 패션 촬영 세부 사항을 검토해보는 건 어때?"

겨울 패션 촬영은 이머진의 회심작 같은 것이었다. 이브가 돈 낭비를 싫어한다는 것을, 특히 사진 촬영에 쓰는 돈을 아까워한다는 것을 알았지만, 디자이너들의 작품을 혁신적인 방식으로 제시하는 것은 이머진에게 여전히 중요한 전략이었다. 글로시의 핵심이기도 했다. 이머진의 직원들이 이번 촬영에 영감을 주었다. 테크 분야에서 일하는 젊은 여성들이 끝내주는 디자이너들의 옷을 입는 구상을 하고 있었다. 모델도 몇 명 기용할 예정이었지만 대부분 실제 직원을 쓸 예정이었다. 지하철에서 아이패드를 들고 있거나 시내에서 구글글래스를 쓰고 다니고 조깅하러 가면서 전화 회의를 하거나 여기저기서 랩톱을 두들기며 앉아 있는 모습으로 말이다. 아주 매혹적이며 동시에 강력해 보일 게 분명했다. 이머진은 이 촬영에 딱 맞는 사진가를 알았다. 그녀의 좋은 친구인 앨리스 홉스였다. 같은 영국 출신이기도 한 앨리스는 런던과 스위스에서 자랐다. 그녀는 여성을 이해하고 여성 내면의 강인함을 포착해냈다. 2000년대에는 2년간 패션계 활동을 중단하고 나미비아의 부족 여성들을 찍어 『용기 있는 사람들』이라는 제목의 첫 사진집을 냈다. 앨리스는 비싼 사진가였지만 이머진은 앨리스가 제값을 톡톡히 한다는 것을 알고 있었고 이브를 설득해냈다. 이브는 이머진이 중요하게 생각하는 부분에 대해서는 돈을 쓰고 싶어 하지 않았지만 자기와 관련된 문제에는 글로시닷컴의 현금을 술술 풀었다.

애슐리가 슬쩍 일러준 바에 따르면 몇몇 유명 신인 여배우에게 결혼식에 참석해 30분만 사진 찍히는 대가로 1만 달러와 2만 달러를 주기로 했다고 한다. 또한 신부 입장 때 이브의 우상인 인기 가수 클래리스가 축가를 부르도록 협상 중이라고 한다.

이브는 어깨를 으쓱했다. "그러든지. 그냥 사진 촬영일 뿐인데. 난 누가 아이폰으로 찍는대도 대만족이에요. 심지어 그게 더 나을지도. 안 그래요? 더 생생하잖아요! 다시 생각해보는 건 어때요?"

"벌써 앨리스랑 계약서를 썼잖아!"

"그래요? 그럼 다음에 하지, 뭐. 앨리스 홉스를 써서 트래픽이 얼마나 더 올라가는지 보죠. '인턴 넘버 투' 같은 사람 대신 당신 말대로 그 유명한 분을 쓰면 뭐가 달라지는지." 그러고 나서 이브는 혼자 투덜거렸다. "인턴을 더 받아야 하는데…" 이번엔 이머진에게 말했다. "얘기할 게 하나 더 있네. 크리스마스 지프GIF를 어떻게 만들지 생각해봅시다."

"네 말이 맞아. 나도 너무 바빠서 크리스마스 기프트gift 지침을 깜빡 잊고 있었어. 올해는 좀 틀에서 벗어난 걸 생각해봐야 할 것 같아. 전통적인 엄마 아빠 선물, 상사 선물을 제시할 수도 있지만 좀 형식을 탈피해보자고. 최고의 게이 친구에게 해줄 선물, 직장 내 친구이자 적에게 해줄 선물. 정말 재미있을 거야."

이브가 왜 저렇게 웃는 거지? 너무 껄껄거리다가 입에서 꾸르륵꾸르륵 소리까지 내고 있다.

"지G 아이I 에프F요, 이머진. 퍼 나르기 좋은 이미지를 만들자고요. 버즈피드 같은 데서 맨날 올리는 움직이는 그림들 있잖아요…. 기프트래. 나 완전 뒤집어졌어. 트위터에 올려도 돼요? 올려야지." 이머진은 얼빠진 멍청이가 된 기분으로 자기 사무실을 향해 몸을 돌렸다. 손에 공룡 장난감을 들고 있는지도 몰랐다.

그때 이브가 소리를 쳤다. "어이, 그건 두고 가요."

화들짝 놀란 이머진이 자신의 손을 내려다보았다. "애들이 맨날 여기저기 놔두니까 치우느라 들고 다니는 데 익숙해져서." 이머진은 장난감을 들고 책상 위에 원래 있던 자리에 돌려놓으려 했다. 그러다 보니 한쪽에, 미처 보지 못했던 글자가 두꺼운 검은 매직으로 아주 또렷하게 씌어 있었다. 그것은 이머진의 이름이었다. 이머진. 깔끔하게 모두 대문자로 씌어 있었다. 왜 이머진의 이름이 플라스틱 장난감에 씌어 있는 거지?

이브가 눈치채고 잠시 당황하는 듯했다. 그러나 그 순간은 짧았다. 이브는 브론토사우르스를 집어 들었다. "내가 이머진이라고 이름 붙였어요." 한 손으로 높이 쳐들고 잠깐 춤까지 추어 보였다. "왜냐하면 당신은 우리 회사의 공룡이니까." 이브의 입꼬리가 잔인한 미소를 지으며 올라갔다.

이머진이 어떻게 반응해야 할까? 이브의 얼굴엔 죄책감이라곤 찾아볼 수 없었다. 똑바로 눈을 맞추고 피하지도 않았다.

'웃어넘기자. 웃어넘겨야 해.'

"나는 티라노사우르스에 더 가깝다고 생각했는데" 하면서 이머진은 이브의 책상을 떠나왔다.

이브는 입장 때 누구의 손도 잡고 싶지 않았다. 그날은 그녀를 위한 날이니까. 만일 아빠가 있었더라면 조명을 빼앗겼을 것이다. 아빠는 늘 그랬다. 동네에서 가장 인기 있는 남자의 원치 않는 딸로 태어난다는 건 엿 같은 일이었다.

존 모턴은 두툼한 귓불과 커다란 입만큼이나 확실히 자신의 의욕과 고집을 딸에게 물려주었다. 그 인간은 위스콘신 주 커노사에서 가장 성공한 실패자였다. 그게 아빠였다. 주 최고의 기록을 보유한 고교 풋볼 코치였지만 더 이상 위로 올라갈 수 없었다. 불같은 성격 때문에 더 윗단계의 교육기관에서 아무도 그와 함께 일하려 하지 않았다.

덩치 큰 존이 아들을 원했다는 것은 비밀도 아니었다. 이브에 대한 실망을 숨기려 한 적도 없었다. 이브의 엄마가 죽고 난 후 상황은 더 악화됐다. 비슷한 얼굴 생김과 붉은 곱슬머리인 딸을 보면 존은 질색을 했다. 이름 대신 보통 '저 여자애'라고 불렀다. 남자아이들이 하는 모든 일을 따라잡으려는 이브의 노력도 소용없었다.

로널드 레이건 기념 초등학교 여자아이들은 이브에게 잔인했다. 아버지는 이브에게 고집스레 줄무늬 럭비 셔츠와 헐렁한 카키색 반바지 같은 중성적인 옷을 사주었다. 머리도 남자애처럼 잘랐다.

마침내 중학교 때 이브는 패션을 통해 반항을 시작했다. 최대한 여성스럽게 입었으며 머리도 길렀고 립스틱, 아이섀도, 마스카라까지 야단스레 칠했다. 남자애들의 관심을 받기 시작했다. 남자애들이 좋아하면 다른 어린 여자애들도 좋아하게 된다. 혹은 그런 척이라도 해준다.

고교 대표 수영 선수가 되고 4.0을 받아도 Y염색체의 결핍은 용서받지 못했다. 하버드는 처음으로 아빠를 자랑스럽게 만든 사건이었다. 이제 그는 세상을 떠났다. 이브도 자신이 더 강한 감정을 느껴야 한다는 것을 알고 있었지만, 장례식에서 사람들이 기대하는 표정을 만들어 보이기가 참 힘들었다. 이브는 그냥 동부에 있을까도 생각했지만 그랬다간 아빠의 장례식을 빼먹은 여자애로 영원히 각인될 것이었다. 페이스북에서 얼마나 끔찍해 보이겠나.

이브는 장례식에 참석해서, 위스콘신을 떠난 삶은 생각도 못 하는 모든 패배자를 보았다. 이브가 뉴욕과 케임브리지에서 성취한 모든 것에 좀 더 감동했어야 하지만, 하버드나 글로시 얘기를 꺼내는 사람은 아무도 없었다. 그러니까, 이브 소식을 전혀 모르는 것 같았다. 그래도 이브는 몇 명을 결혼식에 초대했다. 그러면 적어도 그들은 사진을 올릴 테고 그

동네 사람들도 (곧 이브 맥스웰이 될) 이브 모턴이 인생의 승자가 되었다는 사실을 봐야만 하리라.

  이머진이 보았던, 엘리베이터에서 울던 여자애는 낙담한 것처럼 보였지만 악의는 없어 보였다. 그래서 이머진은, 그날 오후 그 애가 보낸 이메일을 보고 놀라지 않을 수 없었다. 그것은 이머진에게 보낸 이메일이 아니었다. 이브에게 보낸 것이었다. 이머진은 참조로 수신되어 있었다. 이머진만 그런 게 아니라 다른 스무 명의 글로시 직원과, 『포스트』와 『뉴욕데일리뉴스』와 비판적인 『옵저버』 같은 신문을 비롯, 고커와 버즈피드와 테크블라와 데일리비스트 등의 웹사이트에 이르는, 도시 전역의 매체 기자들도 포함되었다. 이메일은 그녀가 일하는 동안 이브에게서 받았던 처우와 계획적 해고에 대해 비난하고 있었다.

From: 레슬리 도킨스 (Leslie.Dawkins@LeslieDawkins.com)
To: 이브 모턴 (EMorton@Glossy.com)

안녕, 이브,
  아마 날 기억 못 하겠지. 넌 두 달 전에 나를 글로시닷컴의 어시스턴트 프로듀서로 고용했어. 그랬다가 지난밤에 갑자기 해고했지. 아무 설명도 없이. 난 며칠을 쉬지 않고 일한 상태였어. 피곤했지만, 그렇다고 하던 일을 놔둘 순 없었으니까.
  넌 나를 해고하는 게 즐거운 것 같았어. 내내 웃고 있었지. 내가 이 직업에서 성공하기 위한 자격을 갖추고 있다는 걸 알아. 펜실베이니아대학에서 컴퓨터과학과 영문학 두 학위를 받았으니, 이 직업은 나에게 **안성맞춤**이지. 넌 나와 같은 똑똑한 젊은 여자들이 필요했어. 지금은 그저 너의 명령에 따르기만 하는 로봇 직원을 육성하고 있지만.

직원들 보고 네 친구가 되라고 강요하는 것은 정상이 아니야. 우리 모두에게 밤까지 남고 게임을 하라고 하는 것도 정상이 아니야. 우리 모두 진실 게임을 하게 만든 것도 정말 이상했어.

우리는 자매가 아니고 가족도 아니야.

난 너의 피고용인이길 원했어.

넌 잘못된 결정을 내렸어. 내 목소리가 네가 해고한 모든 젊은 여성을 대신하는 것으로 들리길 바라.

너처럼 사람을 쓰고 버리는 물건처럼 다뤄서는 안 돼.

너처럼 직원들이 하루에 24시간을 일하도록 강요해서는 안 돼.

너를 위해 일하는 사람들에게 벙어리, 저능아, 게으름뱅이라고 해서는 안 돼.

너를 위해 엉덩이가 짓무르도록 일한 사람들이 왜 해고돼야 하느냐고 물었을 때 입을 막아서도 안 돼.

나는 더 이상 너를 위해 일하고 싶지 않지만 네가 얼마나 글로시닷컴을 형편없이 이끌고 있는지 내 생각은 꼭 전하고 싶어. 그러다 이 다리를 태워 잿더미가 되어 무너져 내려도 괜찮아. 다시는 건너고 싶지 않은 다리니까.

마지막으로 꼭 이 말을 전하고 싶었어.

레슬리 도킨스

이머진은 이 젊은 여성 때문에 당황스럽고 안타까웠다. 이메일을 쓸 때 취해 있었던 걸까?

'이게 뭐지?' 이머진은 애슐리에게 이메일을 복사해 붙여서 쪽지를 보냈다.

애슐리는 찡그린 얼굴 이모티콘을 보냈다. 그리고 1분 후 이머진의 사무실에 나타나 한숨을 쉬었고 평소보다 기운이 없어 보였다. "이런 일이 이제야 일어난 게 놀라울 뿐이에요. 이거 요즘 일종의 트렌드예요. 해고 당하고 새로 직장도 못 구하면 이런 공개 항의 글을 날려요. 곧 어느 웹 사이트에 올려질 거예요."

이머진은 오싹했다. 이런 이력은 조용히 덮어두고 다른 일을 찾아야 하는 거 아닌가? 애슐리가 이머진의 표정을 정확히 읽고 설명해주었다.

"우리가 좀 노출증이 심하잖아요." 여기서 '우리'란 밀레니얼 세대를 말하는 것 같았다. 전통적으로 사생활을 중시하는 어퍼이스트사이드의 백인 중산층을 말하는 것 같진 않았다. 이머진은 끄덕이며 계속 듣겠다는 신호를 보냈다. "이런 짓을 하고 나면 다른 곳에서 일자리 제안을 받는 편이에요. 무모한 행동이지만, 누군가의 구미엔 맞을 수도 있죠."

"어째서?"

"어떤 신생 기업들은 자기를 무작위로 노출시키길 두려워하지 않는 사람들을 고용하고 싶어 하거든요. 그러니까 이런 글은 마치, 이력서를 수백만 명에게 쏘아 보내는 거나 비슷해요. 누군가 필요한 사람에게 얻어걸리겠지, 하면서."

"하지만 너무 망신이잖아." 이머진이 말했다.

"요즘엔 보기 나름이에요. 그럴 수도 있고 아닐 수도 있고. 이 글은 어차피 이브가 형편없는 상사라는 얘기뿐이잖아요. 그래서 자기가 해고됐다고. 인터넷에서는 더 안 좋은 일도 일어날 수 있어요."

"그럼 우리는 어떻게 해야 하지?"

"아, 그냥 무시하면 돼요. 누가 반응 부탁한다고 연락하면, 우리 회사는 전·현직원에 대해서 논평하지 않는다고 하면 돼요. 이런 글은 수명이 24시간쯤 되니까… 다른 사이트에 올라간다고 해도 마찬가지예요." 애슐리가 심드렁하게 말했다.

"맙소사. 점심 약속에 늦겠네." 이머진이 일어나 캐시미어 캐멀코트를 집어 들었다. "사람들이 이 글을 그냥 지웠으면 좋겠다. 아무도 더 전달하거나 게시하지 않고. 휴, 왜들 그러나 몰라."

그날 아침 이머진은 숍잇 점심 약속에 입고 갈 완벽한 의상을 찾아 옷장을 뒤져, 마침내 구릿빛 클로이 펜슬스커트와 피터필로토 패턴의 윗옷으로 낙점했다. 그리고 적갈색 멀버리 켄징턴 백을 들고 베라왕의 검은 스웨이드 펌프스를 신었다. 시크하고 보수적이지만 너무 답답하지 않은 차림이어서 이브가 친절하게도 '구식'이라 하지 않았을 정도였다. 이머진은 책상에 앉아 브러시질을 하며 주말에 뿌리 염색을 해서 다행이라고 생각했다. 지난 6개월간 흰머리가 빠르게 는 듯했다. 어떤 여자들에게는 현명해 보이는 외모를 더해주겠지만 이머진에게는 어울리지 않았다. 이머진은 관 뚜껑이 닫히는 그날까지 금발을 유지할 작정이었다.

숍잇은 시내 한복판 건물 꼭대기 층에 있었다. 새해 초에 브루클린 윌리엄스버그의 도미노 제당 공장을 개조한 건물로 이전할 예정이라고 라시드가 알려주었다. 지금은 그리니치 스트리트의 어느 빌딩 반을 사용하고 있었다. 숍잇의 안내 데스크는 1층에 있었다.

"안녕하세요, 이머진." 달걀 모양 두상에 커다란 빨간 안경을 낀 생기 넘치는 아시아 여자애가 맞아주었다.

"안녕하세요." 이머진이 깜짝 놀란 표정으로 대답했다. '아는 애였나?'

여자애가 킥킥 웃었다. "불쑥 이름으로 부르면 정말 깜짝 놀라는 사람들이 있더라고요. 마법이나 그런 건 아니고요, 당신이 애린을 보러 온다고 우리 시스템에 등록돼 있어요. 구글에서 검색된 당신 사진도 같이 뜨거든요. 준비돼 있으면 이름을 부르며 환영하는 게 좋은 것 같아서요." 그러고 나서 여자애는 목소리를 깔았다. "소름 끼쳐 하는 사람도 있지만."

이머진은 따라 웃으면서도 반 발짝 뒤로 물러섰다. "확실히 오싹하긴 하네요."

"여기 화면에 등록해주실 수 있을까요?" 안내대 위의 매끈한 하얀 태블릿을 가리켰다. "배지가 나올 거예요. 이름 같은 건 이미 들어 있지만 당신 신분증도 찍어 넣고 싶어요. 조그만 붉은 불빛 보이죠? 거기 면허증 좀 대주실래요?"

이머진이 뉴욕 주 운전면허증을 꺼내 깜빡이는 붉은 점 아래 댔다. 태블릿 옆에서 배지가 나왔다. 로버트매너링 사 건물의 체육관에 갈 때 사용하는 전자열쇠처럼 생긴, 거의 엄지만 한 회색 플라스틱 조각이었다.

"이 배지가 길을 안내해줄 겁니다. 소리도 나고 좀 진동도 하면서요. 가면서 마실 물 드릴까요?" 안내원이 가리키는 곳을 보니 냉장고에 라시드가 '분열테크!'에서 주었던 것과 비슷한 물 팩들이 쌓여 있었다.

이머진은 매끄러운 플라스틱 조각을 엄지로 만지며, 그 작은 회색 물체가 완벽한 영국 옥스퍼드 발음으로 말까지 하자 좀 징그러웠다. "오른쪽 엘리베이터를 이용해주십시오. 목적지는 4층입니다."

안내데스크의 여자애는 신기술에 신이 나서 눈썹을 파닥거렸다. "우리도 처음 써보는 거예요. 당신을 만날 사람에게 안내하도록 프로그램돼 있어요. 또한 GPS가 들어 있어 현재 위치가 파악되고요. 당신이 가지 말아야 할 곳으로 가면 우리한테도 알려주게 돼 있죠. 길을 따라 문도 저절로 열릴 거예요. 정말 끝내주는 것 같아요."

"그렇네요." 이머진이 끄덕였다.

이머진은 오른쪽 엘리베이터로 가서 장치를 들어보았다. 전혀 아무 특징이 없게 생겼다. 한쪽에 스피커로 보이는 작은 구멍만 세 개 난 플라스틱 조각이었다. 이머진이 엘리베이터에 타자 그것은 예의 바르게 4층을 누르라고 알려주었다.

4층에 도착하자 밝은 색으로 꾸미고 낮은 안락의자가 몇 개 놓인 로비 비슷한 공간이 보였다. 하지만 안내실은 없었다. 벽은 매직펜으로 쓴 글씨로 뒤덮여 있고 왼쪽과 오른쪽으로는 유리문이 있었다.

"오른쪽 문으로 계속 진행해주십시오."

이머진은 여자의 목소리를 따랐다. 목소리는 크지 않지만 그걸 든 손을 옆으로 내리고서도 똑똑히 들렸다. 1미터 이상 떨어진 사람에게는 들리지 않을 듯했다. 유리문에 가까이 가자 삑 소리가 나더니 딸깍하는 소리와 함께 문이 열렸다. 이 조그만 장난감의 마법이 분명했다.

"직진하십시오."

거친 콘크리트 바닥에 탁 트인 공간이었다. 숍잇 회사는 신생 기업 업무 공간에 대해 이머진이 들어왔던 온갖 도시 전설을 확인시키고 있었다. 줄줄이 늘어선 책상에서 젊은이들이 열기를 뿜고 있는 모습은 글로시닷컴과 별다르지 않았다. 안락의자와 콩주머니의자들도 보였고 이브처럼 책상에 서서 일하는 사람도 몇 있었다. 어떤 직원은 한 술 더 떠서 책상 앞 러닝머신에서 걸으며 일했다. 전형적인 풍경을 완성하려는 듯 마침 누가 전동기를 타고 휙 곁을 지나갔다.

그 사이를 천천히 걷고 있는 이머진에게 관심을 기울이는 사람은 별로 없었다. 맞은편에 다른 사무실 유리벽이 나타났다. "오른쪽으로 꺾으세요." 장치가 말했고, 이머진은 네 개의 방을 지나쳐 모퉁이에 자리한 방에 도착했다. "목적지에 도착했습니다." 그 말에 좀 긴장이 됐다.

오른쪽 끝의 의자에 애린 장이 앉아 있는 것이 보였다. 의자 등받침이

유리창에 기대어져, 금방이라도 저 아래 강으로 굴러떨어질 듯했다. 애린은 환하고 따뜻한 미소를 지으며 마카롱 접시가 놓인 탁자 쪽을 손짓하고 문 건너편에 있는 이머진을 불렀다. 그러고 일어나 다가와 이머진을 껴안은 다음 웃기 시작했다.

"당신 인스타그램을 보던 날부터 알아온 사이 같아요. 그래서 포옹해야 할 것 같았죠. 하지만 그러고 보니 우리 실제로 만난 적은 없군요."

이머진도 웃으며 자기도 마찬가지 기분인 게 신기했다.

"당신 인스타그램을 보면 너무 질투가 나요." 애린이 말했다.

"아녜요, 나야 말로 그래요."

애린은 짐짓 무관심하게 꾸민 차림을 하고 있었다. 편한 매끄러운 레깅스에 그래픽 티셔츠와 이자벨마랑 가죽 재킷을 입고 탐나는 스터드 장식의 하이힐 부츠를 신었다. 어깨까지 내려오는 검은 머리에는 래그앤본의 페도라를 썼다. 자그마한 몸집이었다. 10센티에 달하는 힐을 신었음에도 이머진의 어깨 정도밖에 되지 않았다. 왼손 중지에는 놀라운 아르데코풍의 에메랄드 반지가 반짝이고 있었다. 약지에는 아무것도 끼워져 있지 않고 얇은 자국만 보였다.

"당신이 오기 전에 어시스턴트에게 마카롱 판매대에 다녀와달라고 했어요. 당신이 그 사진을 좋아했던 게 기억나서." 애린이 주머니에서 구겨진 종잇조각을 꺼냈다. "무슨 맛인지도 적어주었죠. 레몬 머랭, 피스타치오 드림, 모카 라즈베리 프라페."

이머진은 마카롱을 보다가 연노랑 과자를 집었다.

"그게 레몬 머랭이에요." 애린이 손뼉을 치며 즐거워했다.

이머진이 깨물어보니 단맛이 혀 위에서 톡톡 춤을 추며 만남의 긴장을 아름다운 나무 마루 아래로 녹여 내리는 듯했다.

"이것들을 마카롱 판매대에서 가져왔다고요?" 이머진이 어리둥절해서 물었다.

"그래요, 좀 황당하죠? 우리 회사 안에 마카롱 가게가 있어요. 우리는 전부 아홉 층을 쓰고 있고 온갖 종류의 편의 시설을 갖추고 있죠. 마카롱은 공짜는 아니지만 아주아주 싸요. 바비큐 코너랑 타코 매대는 공짜예요. 카페테리아도… 당연히 그렇고. 미용실에서는 면도가 5달러, 커트가 10달러죠. 2층에는 아케이드 상점가가 있고 옥상 일광욕실에는 체육 시설이 있어요. 곧 국수 가게도 열 거고요. 다들 국수를 좋아해서 기대가 커요."

디즈니랜드에 재현된 미국식 중심가의 축소판 같았다.

"앉아요, 앉아." 애린이 말했다. "와줘서 기뻐요. 카페테리아에서 샐러드 좀 갖다달라고 시켰어요. 우리가 최근 페이스북에서 주방장을 훔쳐왔답니다! 너어무 잘해요. 하지만 나가서 먹고 싶으면 나가도 돼요."

이머진이 고개를 저었다. "여기 있고 싶네요."

애린이 맞은편 의자에 앉았다. "좋아요, 좋아." 아이폰으로 재빨리 메일을 하나 보냈다. "곧 음식이 올 거예요."

"그럼 물어봐야겠네요." 이머진이 목청을 가다듬었다. "왜 나를 만나자고 한 거죠?"

"초대를 받고 의아했을 거예요." 애린이 양손으로 뺨을 덮었다. "나 좀 괴짜 같죠?"

이머진은 애린이 자신을 정말 괴짜라고 생각하지는 않는다는 것을 알수 있었다. 애린은 모든 행동에서 차분한 자신감을 풀풀 발산하며 갈색눈은 주의 깊게 이머진을 관찰하고 있었다.

"난 새로운 사람 만나는 걸 좋아해요." 이머진은 한 손을 아래쪽에서 획 그어 말을 강조했다. "사실 내 친구 라시드가 우리 둘을 소개해주려 하고 있었답니다. 당신이 먼저 연락을 한 것뿐이지."

"블라스트!의 라시드요?" 애린이 눈을 휘둥그레 떴다. "걔 끝내주는데. 최고의 패션 취향을 가진 괴상한 초 천재예요."

"라시드는 당신이 그렇다고 하던데요."

"저언혀요!" 애린이 과분한 칭찬을 지워버리겠다는 듯 손을 양쪽으로 휘저었다. "걔가 천재예요. 아주 작은 아이디어만 있어도 수십억 달러 회사를 만들어줄 수 있는 사람이니까."

이머진이 주위를 슥 둘러보았다. "당신은 벌써 수십억 달러짜리 회사를 일궈낸 것 같군요."

"아직… 그 정도는 안 돼요."

애린은 많은 여성에게서 보기 쉽지 않은 태도를 편안하게 연출했다. 겸손하면서도 칭찬에 부담스러워하지 않았다. 자신의 회사에 대해 말하기 시작하자 더 자세가 꼿꼿해졌다. 퀸스의 롱아일랜드시티 아파트에서 세 친구가 시작한 숍잇에 네 번째 직원으로 입사한 이야기를 들려주었다.

"난 세인트루이스의 교외 주택 지역에서 자랐어요. 패션은 갭Gap 정도밖에 없었죠. 오해하진 마세요. 난 갭도 좋아하니까. 하지만 다른 것도 입어보고 싶었어요. 비싼 것들이 아니어도요. 차이나타운의 행상들을 둘러보며 2달러짜리 샌들이나 소호의 좌판에서 10달러짜리 목걸이를 발견하는 것도 괜찮았을 텐데요. 그래서 숍잇이 존재하는 거예요. 진짜 지구적인 패션 장터를 만들려는 거거든요. 큰 회사든, 작은 브랜드든, 그저 장신구 하나면 되는 미주리 주의 아이든, 모두 혜택을 받을 수 있게요. 패션은 성을 쌓는 산업인데 내 성격은 정반대예요. 나는 벽을 허무는 데만 관심이 있어요. 패션은 이제 라이프스타일이죠. 수 세기 동안 패션은 아무나 접근할 수 없는 것이었지만요."

이머진은 애린이 일부러 쉬운 말로 하고 있다는 것을 알 수 있었지만, 그래도 인상적이었다. 트래픽이니, 수익이니, 데이터니 하는 단어는 한 번도 나오지 않는 게 좋았다. 창조적인 개념을 이야기했고 그 개념에 대한 애정을 이야기했다. 이머진에겐 초기 글로시가 바로 그랬다. 이머진은 애린에게 그 이야기를 했다.

"당신도 그렇게 생각할 줄 알았어요." 애린이 대답했다.

"하지만 우리가 소셜미디어에 너무 많은 에너지를 쏟고 있다는 걱정은 안 해요? 사생활도 너무 많이 노출되고?" 이머진이 물었다. 용감한 질문이었지만 후회는 되지 않았다.

애린이 마카롱을 하나 입에 넣고 씹으며 생각에 잠겼다. "디자이너들은 신화에 싸여 있었어요. 코코 샤넬이 어떤 사람이었는지 난 거의 몰라요. 몇 년 전만 해도 사람들은 칼 라거펠트가 어떤 사람인지, 밤에 집에서 어떻게 지내는지 전혀 몰랐어요. 이젠 그도 인스타그램에 고양이 사진을 올리고, 프라발 그룽이 체육관이나 휴가지에서 올리는 사진을 볼 수 있어요. 사람들은 더 이상 신비주의를 원하지 않아요. 실제 사람에게서 제품을 사고 싶어 하는데, 소셜미디어는 이 신비로운 인물들을 실제 사람으로 만들어준다고 생각해요."

젊은 여성의 대답이 끝나자 연녹색 체크 셔츠를 입은 매력적인 남자가 샐러드와 채소와 레모네이드가 담긴 쟁반 두 개를 들고 들어왔다.

"척, 이쪽은 이머진 테이트예요."

"안녕하세요, 이머진." 척이 웃으며 말했다.

"척은 우리 데이터 과학자예요…. 그리고 잠시 샐러드를 배달해주러 왔지요."

"만나서 반가워요, 척. 데이터 과학자가 뭐 하는 건지는 전혀 모르겠지만." 이머진이 솔직하게 말했다.

"어떨 땐 나도 모르겠더라고요."

다들 웃어버렸다.

"척은 통계의 신이에요. 우리랑 같이 먹을래?" 애린이 진심으로 물었다.

척이 고개를 저었다. "할 일이 너무 많아서. 나중에 봐. 또 봐요, 이머진." 척이 윙크했다.

"너무 다정하다."

"그리고 일도 정말 잘해요." 애린이 말하며 샐러드 그릇 하나를 무릎 위에 올렸다. "그냥 여기서 먹어도 괜찮죠? 소풍 온 것처럼. 당신은 주로 멋진 곳에서 드실 텐데."

"요즘에는 화려하지 않은 점심도 많이 먹죠. 이 정도면 훌륭해요."

둘 다 잠시 먹는 데 집중했다.

"그냥 직접 만나보고 싶었다는 거 진심이었어요." 애린이 케일 몇 조각을 삼킨 후 말했다. "어릴 때부터 글로시를 좋아했거든요."

"이렇게 만나게 되어 나도 기뻐요." 이머진이 말했다.

"레슬리 도킨스가 이브에게 보낸 이메일을 봤어요." 애린이 말했다.

이머진은 다른 일들은 까맣게 잊고 있었기에 레슬리와 이메일에 대해 기억해내는 데 시간이 좀 걸렸다.

"어떻게? 여기 도착하기 겨우 20분 전에 보낸 메일이었는데."

"이머진이 도착하기 5분 전에 '테크블라'에 올라왔어요. 더 캐묻거나 거기서 일하는 게 어떤지 묻지는 않을게요. 짐작은 가요. 이브 같은 여자들을 알거든요. 하지만 조금도 이브 같지 않으면서도 당신 같은 사람과 꼭 일하고 싶어 할 이 업계의 젊은이도 많이 알아요."

이머진이 한숨을 쉬었다. "내가 요즘 새로운 기술들 배우느라 정신이 없죠." 잠시 고민을 하다가 부끄러운 작은 비밀도 털어놓았다. "애플 지니어스 바의 단골이 됐어요."

애린이 따뜻한 미소를 지었다. "그럼 우리 숍잇의 '워크업 윈도'도 좋아하겠네요. 우리도 도움 창구를 운영하고 있거든요. 낮이나 밤이나 언제든 찾아와서 테크놀로지 관련된 건 거의 뭐든지 물어볼 수 있어요."

애린이 다시 샐러드를 입에 넣었다.

"어차피 이것들은 거의 누구에게나 새로운 기술들이잖아요. 10년 전만 해도 없던 것들이에요. 5년 전만 해도 90퍼센트가 존재하지 않던 기술들이죠. 지금 테크 분야에서 사용하고 있는 많은 기술이 겨우 5분 전에 발명된 것들이에요. 어지러운 속도로 새로운 산업이 나타나고 또 사라져요. 우리 모두 매일 새로운 것에 적응해야 해요."

이머진은 그렇게 생각해본 적이 없었다. 혼자만 뒤처져 소외당한다는 자기 연민에 빠져 있었으니까.

"비밀 하나 알려드릴까요?" 애린이 목소리를 낮췄다.

이머진이 고개를 끄덕였다.

"인간이 인터넷을 구축하긴 했지만, 제대로 이해하는 사람은 없어요. 나조차도 이런 테크놀로지가 뜨리라고는 예상 못 했어요. 부모님은 내가 미쳤다고 생각했죠. 왜 은행이나 더 좋게는 법대를 가지 않고? 왜 당신네 같은 잡지에 안 들어가고? 초기에 내가 이 신생 기업에서 저 신생 기업으로 옮겨 다닐 때는 이런 것들이 성공하리란 생각을 전혀 못 했어요. LSAT와 GMAT과 MCAT[각각 법학, 경영, 의학 대학원 입학 자격시험]를 치며 매일 어떻게 여길 빠져나갈까 궁리했죠. 겨우 2년 전에야 그만뒀어요. 그때서야 이게 내 길이라는 걸 깨닫고 즐거움을 느끼기 시작했죠."

이머진은 미소를 짓고 마카롱을 하나 더 집었다. 애린과의 대화가 즐거웠다. 그 즐거움은 애린의 다음 질문 때문에 사라졌다.

"이머진은 글로시닷컴에서 마음에 안 드는 점이 있나요?"

이머진은 애린을 신뢰하고 싶었다. 애린의 질문은 진심으로 들렸다. 이브처럼 노골적인 야망을 보이지도 않았다. 최소한 이브처럼 드러내지는 않았다. 애린은 똑똑하지만 계산적이진 않아 보였다. 이머진은 자기도 모르게 자신을 돌아버리게 만드는 글로시닷컴의 문제점을 술술 늘어놓고 있었다. 실수들, 유치한 콘텐츠, 트래픽에 대한 집착, 기사에 보충하듯 덕지덕지 붙여놓은 사진과 동영상들, 싸구려 디자인, 화면에서 옷이 튀어나올 듯하게 만들지 못하는 사진 촬영.

애린은 이머진에게서 눈을 떼지 않고 고개를 끄덕이며 들었다. 전화기를 확인하거나 어시스턴트에게 지시를 하는 일도 없었다.

이머진은 이야기를 마치자 어깨에서 한 짐 내려놓은 기분이었다.

애린이 말했다. "제대로 개조하려면 잡지를 정말 사랑했어야 해요. 글로시닷컴은 훨씬 더 훌륭하게 바뀔 수 있다고 생각해요. 패션지와 쇼핑몰을 결합한다는 건 뛰어난 아이디어였어요. 다만 정말 영리하고 멋진 방식으로 해야 한다고 봐요. 글로시닷컴이 그렇게 됐는지는 모르겠어요." 그러더니 잠시 멈췄다. "제 비판이 너무 주제넘었으면 말해주세요."

이머진이 고개를 작게 저었다.

"우리가 함께 일할 방법이 있지 않을까, 생각해보지 않았다면 거짓말이겠죠."

"무슨 뜻이죠?"

애린이 낮은 탁자에 접시를 내려놓았다. 몸을 앞으로 숙이고 무릎 위에 팔꿈치를 올려놓았다. "아직은 모르겠어요. 파트너십 같은 거겠죠. 그 이상이 될 수도 있고요. 숍잇은 뚜렷한 편집 방향이 부족해요. 창조적인 안목이 필요하죠. 패션을 아는, 사랑하는 사람이 더 있어야 해요. 어떤 역할이 좋을지는 아직 모르겠어요. 이렇게 물어야겠네요. 당신은 글로시를 떠날 생각이 있나요?"

애린은 이머진이 하루에 적어도 두 번씩 글로시를 그만두려 고심하는 것을 알까? 아침에 일어나자마자 한 번, 밤에 자기 전에 또 한 번.

"좀 더 노골적으로 물어볼게요." 애린이 말을 이었다. "숍잇 같은 곳에서 일해볼 생각 없나요? 아마 생각 못 해봤겠죠? 우리 같은 건 지질한 무리라고 생각할 테니까." 애린은 이머진의 망설임을 눈치챈 듯했다.

"지금 대답할 필요 없어요. 그냥 한번 생각해보라는 것뿐이에요."

이머진은 한편으로는 펄쩍펄쩍 뛰며 소리를 지르고 싶었다. '그래! 얼른 날 이 지옥 같은 나날에서 구해줘!' 하지만 한편으로는, 그 모든 일에도 불구하고 자신의 잡지를 보호하고픈, 끝까지 함께하고픈 마음도 있었다. 글로시에 대한 애정을 쉽게 포기할 수 없었다.

"제안 정말 고마워요. 그런 이메일까지 봤으니 글로시가 끔찍해 보일 수도 있겠죠. 하지만 그렇게 나쁜 일만 있는 건 아니랍니다. 나는 우리 잡지를 사랑해요." 이머진은 목소리에 감정이 많이 실리지 않도록 조심했다. "글로시가 잘되는 걸 보고 싶어요. 비록 온라인에서만 존재하더라도. 지금은 머물러 있을 작정이에요. 그럴 수 있다면. 하지만 그런 제안을 해줘서 얼마나 고마운지 모르겠어요." 이머진은 몰리 생각이 났다. 어쩌면 몰리가 여기서 일할 수 있을까? 이브의 책상 위에 있던 브론토사우르스 장난감 생각도 났다. "정말이지, 나 같은 사람을 찾는 애린 같은 사람이 별로 없잖아요. 우리가 계속 친구로 지내면서 연락을 했으면 좋겠네요. 가능하다면요."

"나도 바로 그걸 원한답니다. 자, 이제 마카롱 다 먹을 수 있게 도와주실래요?" 그리고 애린이 잠시 뜸을 들였다. "그리고 하나 더 알려드려야 할 게 있는데요, 당신이 자리를 비운 사이에, 또 다른 이메일이 테크블라에 떴어요."

이머진은 긴장했다. 누가 쓴 거지?

애린이 일어나서 책상에 놓여 있던 매끄러운 검은 아이패드를 집어 웹 주소를 쳤다. 이브가 방글라데시의 외주 회사 조스드의 어시스턴트에게 보낸 이메일이었다.

From: 이브 모턴 (EMorton@Glossy.com)

To: 루파 샤리 (RChary@Zourced.in)

루파에게,

나의 친애하는 방글라데시 어시스턴트, 잘 지내? 결혼식 손님들을 드레스 사이즈별로 분류해서 표로 정리해줄 수 있어? 대부분 내가 초대한 여자애들은 사이즈 2에서 4일 거야. 사진 잘 나오겠지.

사이즈 6이 하나 있긴 한데, 남편이 아주 유명한 방송인이야. 글루텐 알레르기가 있어서 그런 것 같으니까, 그녀 잘못은 아니지.

'은발'도 하나 초대했는데, 내 예전 상사 이머진이야. 결혼식에 방해되면 안 되니까, 그녀 자리는 어디로 배정됐는지 되도록 빨리 알려줘.

마지막으로 하나 더. 모든 여자에게 어떤 일이 있어도 검은 옷을 입고 와선 안 된다는 이메일 하나만 보내줘. 정말 톡톡튀는 날이 되었으면 하거든!

그곳이 너무 덥지 않기를!

이브

이머진이 자신의 머리를 더듬었다. "내가 노인이라고 생각하나 보네."

"당신 머리 얘기를 한 게 아니에요." 애린이 곧바로 반박했다.

이머진은 애린이 자신을 지켜보고 있었다는 걸 깜빡했다.

"은발이란, 은어 같은 건데, 테크 분야 투자자들이 쓰는 말이에요. 유능한 VC라면…" 애린이 천천히 말을 풀었다. "유능한 벤처 캐피탈리스트라면 애들만 모여 있는 곳이나 좋은 아이디어만 가진 애들한테 돈을 주지 않아요. 그런 아이디어는 하루에 100만 개씩 나오니까요. 투자자들은 그런 애들에게 '은발'을 데려오게 해요. 그 업계에서 연륜이 깊은 사람, 애들을 잘 잡아줄 사람이요. 글로시에서는 이머진이 '은발'이 되겠죠." 애린이 미안하다는 표정으로 말했다.

이머진은 그 별명이 형편없는 염색 상태를 뜻하는 게 아니어서 일부분 안도감이 들었다. "숍잇에도 '은발'이 있나요?"

그 말에 애린은 웃음을 터뜨렸다. "우리한테는 '보라 머리'들이 있어요. 우리 투자자들은 너무 보수적이라 우리 회사엔 이 업계 베테랑들이 한 부대는 포진해 있어요. 이머진이 가면 어린애라고 할걸요."

그 말에 이머진은 다시 웃을 수 있었다.

"그나저나 테크블라에 누가 이런 걸 올린 건지 모르겠네."

"누구든 보낼 수 있죠. 난 이제 이메일 보낼 때, 미 대통령한테 보내도 괜찮은 건지 잠시 생각해보지 않고는 아무것도 안 보내요. 아니면… 우리 아빠가 봐도 괜찮을 것만요."

이머진이 한숨을 쉬었다. "어떻게 그러고 사는지."

"늘 정직하게 사는 거죠." 애린이 손을 뻗어 이머진과 악수했다. "다시 만나는 거죠?"

이머진도 손을 마주 잡았다. 애린의 손은 부드러웠지만 악력이 제법 있었다. 아플 정도는 아니었지만. "물론이죠. 그리고 우리에겐 인스타그램이 있잖아요."

"그러네요." 애린이 대꾸했다. "그렇죠."

다시 사무실로 돌아가는 이머진은 에너지가 솟는 듯했다. 애린 장이 나와 함께 일하고 싶어 하다니! 비록 이머진이 '은발'일지는 몰라도, 애린처럼 젊고 힙한 사람이, 숍잇 같은 회사가, 테크 분야에서 이머진이 가능성이 있다고 생각한다. 이머진은 한 블록쯤 지나오고 나서야 조그만 플라스틱 네비게이터를 돌려주지 않았다는 것을 깨달았다. 잠시 만져보다가, 기념품으로 두기로 하고 가방에 넣었다.

그날 밤 아이들이 잠들고 나서, 이머진은 그날 놓친 수많은 이메일을 살펴보았다.

오전 7시 포시즌스에서 홉스의 촬영이 예정돼 있었다. 애슐리가 이머진의 지휘를 도왔다. 모델 여섯 가운데는 코코 로샤, 캐럴린 머피, 힐러리 로더도 포함되었다. 이머진은 또한 라시드에게 부탁해 테크 분야에서 전도유망한 여성 넷을 뽑았다. 젊은 설립자와 최고경영자들을 모델로 쓰기 위해서였다. 디자이너는 마이클 코어스부터 마크 제이콥스, 루시아, 도나 캐런, 캘빈 클라인 등 모두 고전적인 미국 브랜드였다. 촬영이 끝나면 모든 사진에 '바로 구매!'가 달리겠지만 이머진은 촬영 콘셉트가 무척 마음에 들어서 그런 건 신경 쓰이지 않았다. 이머진은 젊고 힘 있는 최고경영자들이 구글글래스나 블루투스 백, 기분 감지 액세서리 같은 컴퓨터광 장치로 한발 앞선 패션을 입고 태블릿을 들고 일하는 모습을 포착하고 싶은 열의에 불탔다. 그들은 촬영 내내 고프로[방송용 화질의 소형 비디오

카메라 상표]를 핸드백에 부착하고 있을 예정이었다. 애슐리의 아이디어였다. 거기서 나온 동영상은 '무대 뒤' 장면들로 편집할 예정이었다. 아이폰으로 사진을 찍는 게 좋다고 했던 이브의 말이 내내 이머진의 머리에 남아 있다가, 마침내 해법을 찾은 듯 보였다. 앨리스 홉스가 촬영을 아이폰으로 하면 되었다. 창조적이고 자유로운 애플리케이션, 인스타그램을 사용해서 거기에 앨리스의 절묘한 시선을 더해 이야기를 들려주도록 하지 못할 이유가 뭐란 말인가. 듣자 하니 마리오 테스티노가 『뉘메로』에 이와 같은 촬영을 계획 중이라고 했다. 창조적이면서도 싼 방법이었다.

화보 촬영을 이렇게 하기로 마음을 정하고 나서, 이머진은 테크비치 페이스북 페이지에 접속했다. 이 페이지는 이제 악마의 유혹이 돼버려서, 이머진은 매일 방문하지 않으려 노력했지만 댓글들을 보면 너무 웃게 되었다.

- 우리 사장이 누구도 자기를 똑바로 쳐다보지 말라고 명령했다.
- 내 상사가 토요일 아침 6시부터 주말 내내 쉬지 않고 이메일을 보냈다.
- 사무실에서 45일 연속으로 매일 밤 심리스에서 저녁을 시켜 먹었다.
- 나도 코데카데미에 등록했다! 이제 누가 진짜 테크비치인지 겨뤄보자!

여기에 1분도 안 돼서 댓글 세 개가 달렸다.

- 힘내라!
- 나도 다닌다. 끝내준다. 지금은 자바스크립트를 배우고 있다! 난 이제 자바스크립트 닌자.
- 인생이 바뀔 겁니다.

• 좋네요.

슬슬 하품이 나왔다. 5분만 더 보자. 주소창에 '코데카데미'를 쳐보았
다. 온갖 화려한 장식이 난무할 줄 알았더니, 소박하고 단순했다. '프로
그램을 코딩하는 법을 공짜로 배우세요. 전 세계 사람들이 코데카데미를
이용하고 있습니다.' 직접 사이트를 만들거나 모임에 가입하거나 이력서
를 올릴 수도 있었다. 생각했던 것만큼 어지럽지 않았다. 이머진도 등록
메뉴를 눌러 이름을 적고 이메일(지메일!) 주소와 암호를 넣었다. 이머진
은 늘 같은 암호를 사용했다. 개인정보 도둑이 판치는 시대에 바보나 하
는 짓인 줄 알면서도 '조니-애너벨1234'였다. 조만간 바꾸자고 머릿속에
새겨두었다. 다음은 첫 코스인 HTML & CSS 등록 화면이었다. 짐작조
차 할 수 없는 약어였다. 이머진은 잠시 멍하니 저게 대체 무엇의 약자일
까 생각했다. 고급 두더지색 경화 가죽(Haute Taupe Milled Leather), 진청 여
름 샌들(Cerulean Summer Sandals)…. 이머진은 실없이 킬킬거렸다. 다시 하
품이 나왔고, 저게 무슨 뜻인지는 내일, 아니면 주말쯤에 알아보자고 결
정했다.

화면 한쪽에 숍잇의 광고가 떴다. 이머진은 클릭해봤다. 사이트는 제
품 유형별로 잘 정리돼 있었고 세상의 누구든 원하는 것은 모두 팔고 있
을 것같이 보였다. 웹사이트의 패션 섹션을 클릭해봤다. 단순하고 실용
적이었고 이머진이 패션 콘텐트에서 무엇보다 중요하게 찾는 섹시함이
없었다. 애린의 말이 옳았다. 그녀의 사이트는 반짝이가 좀 필요했다.

이머진은 생각에 잠겼다. '숍잇이 글로시와 반대로 가면 어떨까? 잡지
를 쇼핑몰로 전환시키는 것이 아니라 쇼핑몰을 잡지로 전환시킨다면?
미친 짓일까? 더 이상 미친 짓이랄 게 있나?' 침대 옆 탁자 서랍에서 수

첩을 꺼내 구상을 그려보기 시작했다.

애린은 숍잇 웹사이트에 고급과 저급을 동시에 들여오고 싶다고 진지하게 말했다. 사이트에는 아예 소호의 프린스 스트리트 노점상들의 길거리 장신구 섹션이 따로 존재했다. 저 물건들을 둘러싼 이야기들을 담는 잡지를 만들면 어떨까? 장인들을 인터뷰하고 그들의 이야기를 들려준다면. 저 장신구를 멋진 옷과 짝지어준다면? 그러면 누가 영감을 받아 '바로 구매' 하지 않으려나?

이머진은 랩톱을 열고 수첩 내용을 문서편집기로 옮기기 시작했다.

이렇게 숍잇을 위해 할 수 있는 일이 있었지만, 이머진은 글로시를 위해 일해야 했다. 컴퓨터를 닫은 다음에는 바로 잠자리에 들었다.

25

예약한 대로, 곧 부서질 듯 낡은 촬영용 트레일러트럭이 오전 7시 포시즌스 앞에 주차돼 있었다. 머리, 화장, 요기가 가능한 트레일러였다.

애슐리는 6시 59분에 도착했다. 머리는 정수리에 높게 올려 묶고 옆머리는 굵은 곱슬머리로 만들어 층층이 뺨 쪽으로 늘어뜨렸다.

"내가 늦었나?"

아디다스 오리지널 운동화를 신고 찢어진 래그앤본 청바지를 입고 완벽하게 날이 선 흰 턱시도 셔츠를 입은 애슐리는 전화기로 시간을 보더니 뿌듯한 미소를 지었다.

"아뇨, 제가 1분 일찍 왔어요." 애슐리는 옆에 '애시'라고 휘갈겨진 스타벅스 큰 컵을 들고서, 이머진에게 다른 한 컵을 내밀었다. "저지방 마키아토예요."

이머진이 보니 애슐리의 한쪽 귀에는 아무것도 걸려 있지 않았고 다른 쪽에는 마르니의 거대한 귀걸이가 걸려 있었다. 보석이 잔뜩 박힌, 장신구라기보단 조각 작품 같은 귀고리였다. 아무에게나 어울릴 물건은 아니었다.

카페인에 고마워하던 찰나, 밖에서 사이렌이 요란히 울려 이머진은 몸을 움츠렸다. 구급차나 소방차겠지 했는데, 두세 번 더 울리는 것이었다. 트레일러 문 밖으로 고개를 내밀어 보니 경찰 둘이 문을 두드리려 손을 들어 올리고 있었다.

"안녕하세요, 신사분들." 이머진이 이를 악물고 환한 미소를 지어 보였다.

"안녕하십니까, 부인. 차량 허가증 좀 보여주시겠습니까?"

"물론이죠. 전혀 문제없어요. 잠시만 기다려주세요." 이머진은 안으로 들어가 목소리를 낮췄다. "애슐리, 이 차 허가증 복사해왔니?"

애슐리의 멍한 시선이 답을 대신해주었다.

"여기 주차 허가증을 받긴 했지?"

애슐리가 고개를 끄덕였다. "이브가 알아서 하겠다고 했어요." 애슐리가 몸을 긴장시키며 방어적인 자세를 취했다. 천천히 스타벅스를 한 모금 마셨다. "너무 세세한 일이 많아서… 모델도 연락하고 머리랑 화장도 예약하고… 거기다 이브가 새로운 머리와 화장을 해보자고 했어요. 버그도프 백화점의 존 배럿 살롱에서 앨리슨 갠돌포를 섭외하랬는데 연락이 잘 안 됐어요. 그리고 나서 이 차를 예약하고 포시즌스에 전화했는데 이브가 자기가 알아서 하겠다고—"

이머진이 말을 끊었다. "그럼 허가증이 없는 거야?"

"제가 이메일을 보낼게요. 연락은 없었어요." 애슐리가 허둥거리기 시작했다. "보냈는데 놓친 걸 수도 있어요. 트위터, 페이스북, 텀블러, 핀터레스트, 인스타그램 몽땅 해볼게요!"

애슐리가 어시스턴트 겸 소셜미디어 매니저까지 훌륭히 해내느라 얼마나 힘든지 알고도 남았다. 없는 시간을 늘리고 늘려봤자, 어느 일도 제대로 해낼 수 없었다. 어쩔 수 없이 각각의 일에 능력을 반씩 투자하여 간신히 유지해나갈 뿐이었다.

이머진은 깊이 숨을 들이마셨다. 이제까지 이런 일은 한 번도 해본 적이 없었고 솔직히, 이런다고 먹힐지도 알 수 없었다.

애슐리는 잠깐 찾아보더니 고개를 저었다.

"아무 연락도 없어요."

이머진이 문을 열었다.

"경관님들, 잠시 커피 한잔 드려도 될까요?"

"부인, 허가증을 꼭 주셔야 합니다."

"제가 너무 무례했네요. 제 소개 좀 해도 될까요? 전 이머진 마레티라고 해요." 이머진이 최대한 영국 발음을 구사하며 남편 성을 댔다. "우리 만난 적이 있던가요? 낯이 익어서요. 경찰 주최 무도회에서 본 적 있을지도 몰라요. 제 남편 앨릭스가 검사거든요. 경찰들을 아주아주 좋아하기도 하고요. 경찰이 얼마나 힘들게 일하는지 아느냐고 난리랍니다. 이리 들어오세요. 제가 허가증 찾는 동안 커피 한잔 하세요."

두 경찰이 트레일러로 들어와 조그맣고 지저분한 탁자에 앉았다.

"부인 남편을 압니다." 이십 대 후반의 잘생긴 첫 번째 경찰이 말했다. 배지에 '코르테즈'라는 이름이 씌어 있었다. "좋은 사람이죠. 앨릭스 마레티. 작년에 제가 잡아온 마약상을 몇 명 기소했어요."

"부인 되는 분이 영화 일을 하시는 줄 몰랐네." 다른 경찰, 대머리에 검은 눈썹이 북슬북슬하고 억센 턱선에 덩치가 큰 남자가, 자신이 무척 재밌는 사람이라는 투로 말했다.

덩치 큰 남자는 바지 지퍼가 열린 줄도 모르고 있었다. 이머진은 그걸 보고 작은 우월감을 느꼈다. 다른 사람이 보지 않을 때 눈을 끔뻑하고는 바지 지퍼를 가리켰다. 경찰은 고맙다는 미소를 지어 보였다.

"귀여운 분들이네. 나는 영화 일 하는 게 아니에요. 잡지 편집자예요. 잠깐만 기다려주세요. 허가증 좀 찾아볼게요." 이머진은 애슐리에게 갔다. "저 아래 작은 가게에 가서 도넛 한 박스만 사 와."

애슐리는 트랜스 지방과 정제 설탕 얘기에 인상을 찡그렸지만 아무 말 없이 따랐다.

이머진이 특정 문서나 이메일을 찾아 랩톱을 뒤지는 척했다. 실은 이브에게 트레일러 주차 허가증을 가지고 있느냐고 묻는 메일을 작성하고 있었다.

"곧 찾을 거예요, 걱정 마세요." 랩톱 너머로 일렀다. "이렇게 잘생긴 남자분들을 이런 데서 기다리게 하다니 너무, 너무 죄송해요. 이 도시에서 여러분이 얼마나 바쁜지 아는데. 이번 촬영이 제 첫 복귀작이랍니다. 앨릭스가 동료들한테 얘기했는지 모르겠는데, 제가 병가를 내고 몇 달 쉬었어요. 이제야 정말 어지럼증이 없어져서요." 이머진은 곤경에 처한 아가씨 시늉을 경멸했지만 어떤 남성 종자들에겐 이렇게 해야만 원하는 것을 얻어낼 수 있었다. 다음 말은 더욱 하기 싫었지만 목소리를 착 깔았다. "암이었죠."

"정말 힘드셨겠네요, 부인."

"제발 이머진이라고 부르세요." 이머진은 잠시 뜸을 들였다가 공포에 질린 표정을 지었다. "난 정말 바본가 봐요." 그리고 울부짖기 시작했다. "내가 이런 멍청한 짓을 저지르다니, 믿을 수가 없어요."

코르테즈가 고개를 갸우뚱했다.

이머진은 계속해나갔다. "잘못된 날짜에 허가증을 신청했어요."

대머리 경찰이 고개를 조금 저었지만 코르테즈가 애원조로 바라보았다.

"음… 이러면 안 되는데, 이머진. 하지만 이번에는 봐드리기로 하죠."

정말 먹힐 줄은 몰랐다.

코르테즈가 이머진을 토닥였다.

"스트레스가 정말 많으셨겠어요. 정말이지 우리도 돕고 싶습니다. 남편분도 매일 우리를 도와 나쁜 놈들을 거리에서 몰아내고 있는데요. 우리가 트레일러 주변에 경찰 저지선을 좀 둘러서 일이 끝날 때까지 아무도 방해 못 하게 해드리면 어떨까요?

이머진이 경찰을 껴안았다.

"그리고 경관님, 정말 미안하지만 앨릭스한테는 말하지 말아주실래요? 제가 일을 이따위로 하고 있는 줄 알면 정말 창피해서요. 걱정 끼치기도 싫고."

그때 애슐리가 도넛 한 상자를 가지고 돌아왔다. 탁자 위에 내려놓자마자 통통한 손이 즉시 하나를 집어 입으로 가져가다가 멈췄다.

"이게 뭐지?" 경찰이 브로콜리를 받은 경찰견 같은 어리둥절한 표정으로 빵을 보았다.

"도놀리예요!" 애슐리가 선언했다. "반은 도넛이고 반은 카놀리[크림과 과일 등을 넣은 파이]죠. 새로운 크로넛[크루아상과 도넛을 합친 것] 같은 거예요."

애슐리는 미드타운에서 이런 섬세한 미식 빵을 발견한 자신이 무척 자랑스러웠지만 경찰들은 고개를 절레절레 저었다.

"뭐, 그렇겠죠" 하고 경찰이 한입 깨물자 크림이 콧수염에 묻었다.

코르테즈는 파트너를 향해 살짝 눈살을 찌푸리고 나서 이머진에게 고개를 끄덕였다. "오늘 일은 우리만의 비밀입니다." 남자들은 아름다운 여자와 비밀에 연루되는 기분을 얼마나 즐기는지 모른다.

경찰들은 트레일러를 어기적거리며 내려가 범죄 현장처럼 경찰 저지선을 두르기 시작했다. 이머진은 남편에게 문자를 보냈다.

>> 허가증 잊어서 경찰한테 울며불며 당신 이름을 흘려야 했어. 괜찮겠지?
>> 얼마든지. 걔들한테 잘해주고.

몇 초 후 한 줄로 된 이브의 이메일도 도착했다. '당신 사진 촬영에 허가증 받는 건 당신 일 아녜요?'

다행히도 그 밖의 다른 사람들은 20분 정도 늦었다. 코코와 힐러리가 기적적으로 정확히 동시에 도착했다. 둘 다 말끔한 얼굴에 머리도 감은 모습으로, 색칠을 기다리는 빈 캔버스 같았다.

"좋아, 애슐리. 이브가 화장 세팅을 바꾸고 싶어 했다고?" 이머진이 어시스턴트에게 물었지만 애슐리는 뭔가를 분주히 트위터를 하고 있었다. "팻 맥그래스로 예약한 줄 알았는데."

애슐리는 거의 쳐다보지도 않고 대답했다. "이브가 더 싼 사람으로 하고 싶다면서 직접 화장을 예약했어요."

이머진은 분노로 창백해진 얼굴을 보이지 않으려 애썼다. "누군지는 알고?"

"공짜로 섭외했다고 했어요."

"애슐리, 나 좀 보고 얘기할래? 이제 촬영을 시작해야지. 지금은 내 말을 듣는 게 네 일이야."

"트위터하는 것도 제 일인걸요." 이머진은 애슐리가 말을 뱉는 순간 후회하는 게 보였다. "죄송해요. 제가 좀 정신이 없어서…."

'얼른 털고 가자. 심호흡하고.' 이머진은 생각했다. 그래도 머리와 화장팀은 와 있었다. 허가증과는 달리.

힐러리와 코코 둘 다 배가 고프다고 했다. 하지만 도놀리는 절대 아니었다.

"글루텐 없는 아침은 제공 안 돼요?" 코코가 물었다.

"단백질 셰이크는 없어요?" 힐러리도 거들었다.

이머진이 애슐리를 봤지만, 그녀는 양손을 치켜들어 보일 뿐이었다. 이머진이 케이터링도 해결해야 했다. 그런데 이번엔 애슐리가 시키지도 않았는데 유기농 식품점을 찾아 트레일러를 나섰다. 그와 동시에 이머진은 아무도 스팀다리미를 가져오지 않았다는 것을 깨달았다. 이동 중에 옷이 모두 구겨졌다.

앨리스는 9시 반 정각에 도착했다. 조그만 체구가 네 겹은 돼 보이는 다양한 회색의 카디건과 캐시미어 숄에 휩싸여 있었다. "정말 전화기로 촬영을 하게 되다니, 믿을 수가 없네." 앨리스가 말했다. "흥분도 되고, 긴장도 되고."

앨리스 홉스의 입에서 이 정도나마 잡담에 가까운 말을 듣는 건 처음인 듯했다. 패션 사진가들은 의사소통에 문제가 많기로 악명이 높다. 적어도 말로 하는 의사소통에는 그랬다. 어찌 된 일인지 패션 사진가들은 늘 그들 사진의 웅대한 뜻을 한 마디 욕지거리나 손짓, 발 까딱임으로 표현해내는 듯했다. 어쨌든 대화술은 그들의 강점이 아니었다.

"2만 달러짜리 카메라나 마찬가지로 아이폰으로도 천재적인 사진을 찍어낼 거예요." 이머진이 웃으며 대꾸했다. "잠깐만 기다려줘요, 뭐 좀 확인하고 올게요."

이머진은 틸리에게 집에 있는 스팀다리미 좀 갖다달라고 문자를 보냈다.

머리와 화장은 그럭저럭 돼가고 있었다. 완벽하진 않았지만 괜찮았다.

이머진은 트레일러로 들어가서 스타일리스트 하나에게 힐러리의 머리를 전체적으로 감싸 땋는 법을 설명했다. 코코는 영화 〈길다〉의 리타 헤이워스처럼 끈 없는 드레스에 굵은 곱슬머리를 풀어 헤치고 가슴은 모아 올리길 원했다. 그런 다음 진짜 담배 대신 전자담배를 들고, 구글글래스를 쓴 채 벽에 유혹적으로 기댈 것이었다.

리타 헤이워스 얘기를 하자 두 스타일리스트는 멍하니 이머진을 노려보았다. 애슐리가 스팀다리미를 들고 트레일러로 들어왔다.

"애슐리, 넌 리타 헤이워스 알지?"

"물론 알죠. 제 스타일 아이콘들은 모두 죽었거나… 쉰이 넘었거든요." 애슐리는 트위터를 하면서, 약어들을 집어넣고 작은 신호음들을 울려대며 말을 했다.

이머진이 전화기에서 사진을 찾아내 보여주었다.

다른 모델들과 미베스트MeVest의 최고경영자, 블라스트!의 비즈니스 개발자 여성, 땀과 체취를 빨아들이고 세탁이 필요 없는 하이테크 요가 바지를 발명한 여자 등이 속속 도착하면서, 다음 다섯 시간 동안은 정신없이 보냈다. 다들 머리와 화장을 마치고 레스토랑 안팎을 한 바퀴 돌며 사진을 찍었다. 이머진은 여자들에게 옷 입히는 걸 도와줄 프리랜서 스타일리스트 둘을 고용했는데, 둘 다 프로여서 한 치의 오차도 없이 과업을 수행해냈다. 틸리가 스팀다리미를 들고 와서 이머진이 애슐리에게 옷의 구김을 어떻게 펴는지 시범을 보여주었다. 정말 이런 일도 해야 하나?

"정말 일이 많네요." 애슐리가 다리미를 왼손으로 대충 들고 트레일러 바닥에 물을 뚝뚝 떨어뜨렸다.

"넌 내 어시스턴트잖아, 애슐리. 이건 네 일이야. 내가 어시스턴트일 때 어떤 일까지 했는지 아니? 내가 처음 일했던 잡지의 크리에이티브 디렉터는 스튜어트와이츠먼 구두를 내 얼굴에 던졌어. 내가 스팀다리미질을 제대로 못 했다고. 난 눈이 찢어졌지." 이머진 버전의, 눈 속을 헤치고 6킬로미터를 걸어 산속 학교를 다녔다는 식의 고생담이었지만 어쨌든 들려주지 않을 수 없었다. "내가 모다의 어시스턴트였을 때는 옷을 전부 준비하러 두 시간 일찍 촬영장에 도착해야 했어."

그때 늘어지는 남부 말투가 들렸다. "애야, 내가 도와주마."

이머진이 돌아보니 현란한 금발에 잘 차려입은, 온몸이 베개처럼 푹신푹신한 여자가 있었다. 아주아주 비싼 옷을 입은 폴라 딘[스타 요리사이자 방송인] 같았다.

"엄마아!" 애슐리의 하얀 피부가 루부탱 구두 밑바닥처럼 붉게 물들었다. "조용히 지켜보기만 하라고 했잖아!"

"애슐리." 이머진이 슬며시 웃으며 말했다. "소개 안 해줄 거야?"

당황한 애슐리가 우물거렸다. "이머진, 우리 엄마 콘스턴스예요. 엄마, 여기는 제 상사인 이머진 테이트예요. 너무 죄송해요, 이머진. 우리 엄마가 앨리스 작품을 너무 좋아해서, 와보고 싶다고 해서요."

"도우려고 그러는 건데" 노부인이 끼어들었다. "아가씨들이 얼마나 바쁘겠어요. 내가 허드렛일 좀 해줄게요. 뭘 하면 되죠?" 콘스턴스는 평생 허드렛일이라곤 한 번도 해본 적 없어 보였지만, 이머진의 손에서 스팀다리미를 잡아채 일을 시작했다.

콘스턴스는 자산가였고 애슐리가 조금씩 흘린 정보에 의하면 직업을 가져본 적이 없었다. "엄마는, 어떻게 보면 내 일에 푹 빠져 있다고 할 수 있어요." 애슐리가 이머진에게 말한 적이 있었다. "나를 통해 인생을 대리 체험 한달까."

이머진은 다음 불을 끄러 갔다. 몇 달 전 데뷔한 나이지리아 모델 미나 에퀸시가 놀랄 만큼 발이 큰데, 애슐리가 역시나 신경 쓰지 못했던 것이다.

"괜찮아요." 미나가 사이즈 11인 발을 사이즈 9 구두에 욱여넣으며 이머진에게 말했다. "예술에는 고통이 따르는 법이죠." 이머진은 착잡한 마음으로 모델이 레스토랑 입구로 절뚝이며 들어가는 모습을 지켜보았다.

모든 일이 끝날 때까지 이머진은 잠시도 앉거나 생각을 가다듬을 시간이 없었다. 오후 4시에 앨리스가 의기양양한 표정으로 레스토랑에서 걸어 나왔다. 머리 위로 아이폰을 치켜들며 환히 웃었다.

"내 최고의 작품 가운데 하나가 될지도 모르겠네. 게다가 전화기로 한 촬영이라니." 전화기를 보다가 다시 이머진을 보았다. "이 작업을 할 수 있게 해줘서 고마워."

그때의 앨리스가 보도를 쏜살같이 달려오는 자전거 퀵서비스를 볼 수 있을 리 없었다. 자전거는 보도로 달리면 안 되었으나, 허가증도 없이 노란 경찰 저지선을 두른 트레일러가 자전거 도로를 막고 있었다. 게다가 오후 그 시간은, 유리 빌딩들이 길거리로 사람들을 토해내기 약 한 시간 전, 인도가 도로보다 덜 붐비는 시간이었다. 퀵서비스는 서두르고 있었고, 이머진도 너무 늦게 알아챘다.

충돌 직전 자전거가 브레이크를 잡아 타이어 찢어지는 소리를 냈다. 그래도 바퀴는 앨리스의 허벅지를 정통으로 쳤고, 그 작은 여인은 바닥에 쓰러졌다. 끔찍한 사건이 일어나면 뇌가 순간 느려진다고 한다. 이머진은 전화기가 제대로 된 포물선을 그리며 허공을 날아 바닥에 착지하는 모습을 지켜보았다. 두 번을 튀어 오르더니 도랑에 쑥 빠졌다. 그리고 기름때가 둥둥 뜬 썩은 물속으로 금방 가라앉았다.

"안 돼애애애!" 이머진이 외치며 도랑으로 뛰어들어, 검은 캐시미어 터틀넥에 구정물이 잔뜩 튀었다. 전화기를 집어 이리저리 닦다 보니, 지나가던 사람들이 모여 뉴욕의 지저분한 길가에 무릎을 꿇고 있는 그녀를 보고 있었다. 액정은 깨졌지만, 아직 켜질지 모른다고 생각하여 이머진은 전원 버튼을 눌렀다. 전화기는 윙 하며 불이 들어와 깜빡였다. 마지막으로 한 번 주인을 기쁘게 해주고 싶은 늙은 개처럼, 씩씩하게 부팅되려 노력했다. 이머진은 마음속으로 기도를 하면서, 어떤 높은 존재가 있어 이 전화기가 다시 켜지고 앨리스의 사진들을 빼낼 수 있게만 해준다면, 그동안 저지르던 온갖 종류의 소죄를 일소하겠다고 약속했다. 하지만 이머진이 아이들 앞에서 다시는 욕설을 투덜거리지 않고, 다크초콜릿 씌운 에스프레소 빈을 먹지 않겠다고 약속하는 순간, 전화기는 마지막 신음 소리를 내며 그녀의 손안에서 익사했다.

울어봤자 소용없었다. 10만 달러 이상이 도랑에 처박혀버렸다. 이머진은 앨리스를 쳐다볼 수도 없었다. 앨리스는 부들부들 떨고 있었지만, 괜찮아 보였다.

"다친 데 없지?" 이머진이 물었다.

앨리스가 고개를 끄덕였다.

"그리고 촬영은 이 전화기로만 했지?" 이머진이 여전히 검은 화면을 노려보며 물었다.

"응."

이머진은 침착한 표정을 유지하려 애쓰며 일어났다. 그리고 그대로 트레일러로 들어가 문을 잠갔다. 이제 체면은 길거리에 버려두고 온 그녀는, 조그만 소파에 풀썩 엎드렸다. 그리고 플라스틱 벽을 주먹질하기 시작했다.

맙소사, 이머진은 무너져 내리고 있었다. 언제 이런 적이 있었던가? 무너져 내려? 이머진이? 절대… 그런 적은 없었다.

의사들이 처음 종양을 발견했을 때도, 이머진은 일주일이나 무시했다. 6일 동안 아무에게도 말하지 않았다. 그냥 하던 일을 계속했다. 무언가 잘못되었다는 것을 인정하는 순간 모든 것이 바뀌리라는 사실을 알고 있었던 것이다. 이머진이 옳았다. 이제 이머진은 울고 싶었지만, 이 정도의 상황은 울기엔 너무 하찮아 보였다.

어쩌다 인생이 이렇게 엿 같아졌을까? 이머진은 온갖 노력을 다했다. 옷을 다림질하고, 스튜디오 바닥을 청소했다. 모델들을 섭외하고 허가를 받아냈다. 우라질 15년 동안. 그러니 이제는 이런 일들을 더 이상 하지 않아도 되는 게 아닌가. 뼈 빠지게 일했으니 기분 좋게 책상에 앉아서 그래라, 말아라 지시를 내리고 점심이나 먹으며 거래하면 되지, 보도에 무릎을 꿇고 앉아 더러운 물속에 손을 집어넣을 필요는 없는 게 아닌가? 더 이상은 못 한다. 더 이상 이럴 순 없다. 이브가 이겼다. 이브가 이머진을 무너뜨렸다. 결국 이렇게 됐다. 촬영은 말 그대로 똥물에 빠졌다.

예전에도 딱 한 번 이런 적이 있었다. 10년 전이었다. 패멀라 핸슨과 스태튼 섬으로 가는 페리에서 촬영을 했었다. 겨우 두 시간 배를 빌리고 시 당국에 엄청난 비용을 지불해야 했다. 10년이면 그리 오래전도 아니지만, 당시 사진가들은 필름을 선호했다. 위험천만한 속도로 촬영을 마치고 일이 잘 끝난 것을 자축하며 화이트홀 터미널에 도착해 돔페리뇽을 한 병 땄다. 다들 좀 알딸딸해진 후에야 카메라에 필름을 넣지 않았다는 걸 깨달았다. 다행히도 다음 날 촬영할 돈이 그때는 있었다. 지금은 그럴 수 없었다.

이머진은 문을 두드리는 소리도 듣지 못했다. 애슐리가 들어와 옆에서 있는 것도 깨닫지 못했다. 이머진은 어깨에 와 닿는 손길에 깜짝 놀라 일어났다.

"누구 또 같이 들어왔니?" 이머진이 가라앉은 목소리로 물었다.

"아뇨, 문은 잠겨 있어요."

"너는 어떻게 들어왔어?"

"열쇠가 있어서요."

"누구 또 내 꼴 본 사람 있니?"

"아뇨, 조심해서 들어왔어요."

이머진은 여전히 애슐리를 보지 않았다.

다시 입을 여는 애슐리의 목소리는 침착하고 전에는 들어보지 못한 권위가 실려 있었다.

"제가 고칠 수 있을 것 같아요."

"전화기를 켤 수 있다고?" 이머진이 몸을 돌려 팔꿈치로 버티고 일어 났다. 그러나 아직도 완전히 일어나 앉을 상태는 아니었다.

"앨리스의 전화기는 완전히 망가졌지만, 다른 전화기가 있어요."

이머진은 다시 엎드리는 자세가 됐다. "앨리스가 전화기 한 대로만 찍 었다고 그랬어."

"그래요, 앨리스는 그랬지만 앨리스의 어시스턴트 맥 보셨어요?"

그러고 보니 레깅스에서 아이라이너까지 온통 검은색으로 차려입은 멋진 젊은 게이가 생각났다. 조명 장비를 한 아름 들고 앨리스 뒤를 따라 다녔다. 키 크고 마른 데다가 매일 아침 새 옷을 갈아입히려면 한참 구슬 려야 할 것같이 생겼다.

"얘기는 못 해봤어."

"훌륭한 사람이에요. 다리미질을 도와줘서 잠깐 얘기를 해봤는데요. 어쨌든 앨리스가 촬영하는 내내 따라다니면서 사진을 찍었던 것 같아요."

그제야 이머진은 일어나 앉았다.

"백업 사진이 있다고?"

"백업 사진이 될 수도 있어요."

맥은 주저했지만 영웅이 돼주었다. 자신의 상사이자 스승에게 어떻게 해야 하는지 잘 알고 있었으니까. 강력한 위계질서가 있는 업계는 축복 받은 곳이다. 애슐리가 간신히 그의 손에서 전화기를 빼냈다.

사진들을 넘겨보는 애슐리의 표정으로 사진이 괜찮다는 것을 알 수 있었다. 이머진이 어시스턴트의 어깨너머로 같이 들여다보았다.

앨리스 홉스의 사진은 아니었다. 하지만 거의 근접한 수준이었다. 맥은 꼭 앨리스 뒤에서 찍은 것은 아니었다. 장소를 연구하고 앨리스도 생각지 못했던 각도를 찾아냈다. 어떤 사진에서는, 모델들 위로 올라가 촬영되고 있는 장면을 찍었는데, 그 절묘한 자기 지시성에 이머진은 완전히 반해버렸다.

앨리스는 자신의 이름을 달고 나가게 된 맥의 사진을, 하늘에서 내린 선물로 간주했다. 웬만해서는 흔들리지 않는 그녀의 자부심이 다소 타격을 입었음을 이머진은 감지할 수 있었다.

"아주 재능이 있네." 앨리스가 이머진에게 말했다. "나랑 3년 일했어. 프랫 인스티튜트 졸업한 걸 바로 채용했거든. 이제 놔줄 때가 됐나 봐."

이머진이 구석에 앉아 지시를 기다리는 맥을 찬찬히 쳐다보았다.

"아직 그럴 필요는 없지만, 꼭 승진시켜줘야겠네." 그리고 맥에게 가서 덥석 끌어안았다.

"맥, 당신이 우릴 구했어."

젊은이는 그제야 잘생긴 얼굴에 슬며시 미소를 지었다. 왼쪽 입꼬리만 광대뼈를 향해 올라갔다.

"사진이 괜찮나요?"

"괜찮으냐고? 훌륭해! 앨리스의 사진이 망가지지 않았어도 훌륭한 사진이었어. 당신, 정말 예술적 재능이 있어. 계속 지켜볼 거야!"

맥의 입이 쫙 벌어졌다.

애슐리도 와서 둘을 한꺼번에 끌어안았다.

"우리 사무실로 돌아가야 하나?"

"그래야죠."

"맥, 당신이랑 앨리스에게 다시 연락할게요."

"물론이죠, 부인." 맥이 굽은 어깨를 좀 펴며 대답했다. "고맙습니다, 부인." 이머진은 여전히 '부인' 소리가 좀 걸렸다.

"애슐리, 우리 우버 불러서 타고 갈까?" 그러다 말을 바꿨다. "아니야, 내가 직접 할 수 있을 것 같네. 내가 우버 불러볼게."

26

눈 오는 날 뉴욕은 마법 같을 수도 있고 지옥 같을 수도 있다. 눈보라가 몰아칠 때마다 도시는 매번 놀라고, 5센티미터 이상 쌓이면 어김없이 도시 행정이 마비되며 학교는 늦어지고 교통은 정체된다.

애슐리와 이머진이 그날 밤 회사를 나설 때는 모두가 폭설 제우스 얘기뿐이었다. 시장이 휴교령을 내릴까? 아니면 아침까지 기다려봐야 하나? 기상학자에 따라 예상이 달랐다. 날씨 채널은 맨해튼이 30센티미터의 적설량을 기록할 거라 장담했고 CNN은 약간 뿌릴 테니 걱정할 필요 없다고 했다.

오전 6시 30분까지 40센티미터의 눈가루가 도시를 덮었고 멈출 기미는 보이지 않았다. 거리 양쪽으로 주차된 차들은 꼼짝도 못하고 엎드린 채 이글루가 되었다.

이머진이 눈을 떠보니 조니가 벌써 침대 발치에 책상다리를 하고 앉아 있었다. "학교 안 가도 되지?" 조니의 금발 곱슬머리가 숱 많은 속눈썹 위까지 내려와 있었다.

"밖 내다봤어? 어때, 꼬마 아저씨?" 이머진이 아이를 끌어안으며 물었다.

"엄마 전화기 줘봐." 조그만 아이가 요구했다.

이머진이 전화기를 쥐여줬더니 조니는 자박거리며 창문으로 가서 능숙하게 카메라를 켜 사진을 찍었다. 그리고 이머진에게 갖다주었다. 앨릭스가 옆에서 베개에 얼굴을 묻고 코 고는 소리를 크게 냈다.

"이거 봐. 학교는 안 가." 하얗게 파묻힌 거리를 가리키며 조니가 말했다.

이머진이 끄덕였다. "그래, 학교는 못 가겠네. 회사도 못 가겠다." 이메일을 확인해보니 새로 온 것이 없었다. 휴업하겠다는 말도 없었지만, 지난번 3년 전에 이런 폭설이 내렸을 때 로버트매너링 사는 사무실을 3일 동안 닫았다. 결국 이머진이 결정할 일이었다. 이머진은 직원들이 이런 상황에 억지로 출근하려다가 자동차 사고가 나거나 멈춘 대중교통 때문에 오가지도 못하는 상황에 빠지면 안 된다고 생각했다. 이제는 온라인으로 일하고 있었다. 인터넷의 좋은 점이 뭔가. 누구나 어디서든 일할 수 있다는 거 아닌가?

지난밤 이머진과 애슐리는 회사로 돌아가서 맥의 사진을 모두 검토한 다음 멋진 화보를 만들 수 있겠다고 의견을 모았다. 하지만 몇 주 정리할 시간이 있었다.

이머진은 침대에서 일어나 등을 기대고 조니를 무릎에 앉혔다.

From: 이머진 테이트 (ITate@Glossy.com)

To: 글로시 전직원(GlossyStaff@Glossy.com)

제목: 폭설

신이 우리에게 폭설을 선사하셨네. 오늘은 집에서 일하도록 해요. 물론 직속 상사와 최대한 빨리 연락하고 정해진 기일은 다 지키도록 해야겠지만, 다들 당분간 외출은 삼가고요.

따뜻하고 보송하게 지내길.

애정을 담아

이머진

이머진이 쿡쿡 찌르자 앨릭스가 신음했다. 조니가 아버지 머리를 헝클며 소리쳤다.

"아빠아아, 일어날 시간이야!"

이머진이 앨릭스의 까칠한 뺨에 키스해주었다. "오늘 법원이 열리는지 확인해야 할걸."

앨릭스가 다시 신음 소리를 좀 내고는 몸을 굴려 조니를 올라탔다. 마구 간질이자 조그만 조니가 웃음을 터뜨리며 비명을 질렀다. 앨릭스가 그러고 나서 조신하고도 능숙하게 이불로 몸통을 토가처럼 감싸고 창가로 나갔다.

"오늘 문 여는 곳은 없겠군."

조니가 침대 위에서 펄쩍펄쩍 뛰었다.

"팬케이크 만들어 먹어야 해." 조그만 뺨이 신이 나서 달아올랐다. "꼭 초코칩 팬케이크 만들어 먹어야 해!!!"

"베네도." 이머진도 갑자기 뉴올리언스 스타일의 설탕 뿌린 도넛이 몹시 당기며 침이 고이는 것을 느꼈다. "난 베네를 만들어야겠어."

앨릭스가 회의적인 시선을 보내는 것도 당연했지만, 현명하게도 입을 다물었다.

틸리가 어퍼웨스트사이드의 아파트에서 이곳 다운타운까지 올 수 있을 리도 만무했다. 눈은 계속 마구 내려 제인 스트리트를 다 덮고 현관까지 차오르기 시작했다. 몇몇 굳건한 이웃이 폭설 따위로는 중단될 수 없는 업무 때문에, 얼음과 바람에 대항해 몸을 꽁꽁 싸매고 지하철역으로 가려 힘겹게 한 걸음 한 걸음 길을 헤쳐나가고 있었다. 웨스트빌리지까지 와준 제설차는 보이지 않았다. 제아무리 악착같은 택시도 이런 길을 다닐 수는 없을 터였다.

여섯 시간 동안 이메일 몇 통이 드문드문 날아왔지만, 대단한 일은 아니었다. 다들 이머진의 충고를 받아들여 느긋한 하루를 보내고 있는 듯했다. 콘텐트 프로듀서들은 물론 집에서도 글을 올릴 수 있었다. 직원들에게 휴식이 되겠다고 생각하니 기분이 좋았다.

앨릭스가 몇 시간이나마 원거리 업무를 보도록 놔두고, 이머진은 아이들을 데리고 워싱턴스퀘어파크로 나왔다. 대규모 눈싸움이 벌어지고 있었다. 공원 저쪽 끝에서 몇몇 큰 아이들이 지금까지 본 것 중 가장 큰 눈사람을 만들고 있었다. 여전히 눈은 펑펑 내렸다. 아이들은 30분도 못 버티고 따뜻한 집으로 돌아가 핫초콜릿을 마시고 싶다고 졸랐다.

집으로 가면서 양쪽으로 아이들 손을 잡고, 이머진은 잠시 최고의 행복감을 느끼며 이렇게 전업 주부가 되면 어떨까 몽상에 잠겼다. 그러나 재빨리 그 생각을 떨쳐버렸다. 이런 생활이 계속될 리가 없었다. 일을 하지 않으면, 아이들은 둘 다 학교에서 종일 지낼 텐데, 이머진만 바보같이 지루해질 것이다.

눈송이가 눈썹 위에 내려앉자, 모든 것에 반짝이는 가루를 한 겹 씌운 듯 보였다. 배달 직원 한 명이 고개를 푹 숙이고 걸어서 지나갔다. 방수 판초가 바람에 펄럭이자 정의의 저울처럼 양손에 무겁게 나눠 들고 있는 봉지 여섯 개가 보였다. 보폭이 그들의 두 배는 되는 듯, 음식을 따뜻하게 목적지에 전달하겠다는 결의로 가득해 보였다. 어떤 사람들에게는 이런 날 직장에 안 갈 선택의 여지가 없다는 걸 이머진은 상기하며, 집에서 일할 수 있다는 것이 얼마나 축복인지 깨달았다.

아이들이 옷을 갈아입는 동안 이머진은 테크비치에 접속했다.

- 내 상사는 MBA 학위가 있지만 제대로 된 직장 경험이 없다. 어떤 때는 그가 실은 실험실에서 만들어진… 사이보그가 아닐까 하는 생각이 든다.
- 저번에 우리가 5천만 달러 투자를 받고 나서, 다음 날 아침 인터넷에 우리 CEO가 벌거벗고 돈 위에서 구르는 사진이 인터넷에 올라왔다. 나는 집세 내기도 어려운데.
- 글래스도어닷컴에 직장에 대해 글 올린 사람은 없나요?
- 글래스도어닷컴도 이 페이지만큼이나 좋아요!!!

'글래스도어닷컴이 뭐지?' 이머진이 찾아보니, 회사들이 구인 광고를 올리는 곳 같았다. 여기저기 눌러보니, 직원들도 자기가 일하는 회사의 평가를 올릴 수 있었다. 이머진이 검색창에 '글로시'를 쳐보았다. 아무 글도 없었다. 그래서 글로시닷컴을 쳐보았더니 평가와 함께 별 등급이 떴다. 글로시닷컴은 스물다섯 명의 평가로, 다섯 개 중 평균 두 개를 받았다. 첫 번째 글은 겨우 별 한 개를 주고 있었다. 제목은 '비열한 여자애들이 자라면 여기서 일한다'였다.

좋은 점: 맨해튼 중심부의 멋진 로버트매너링 사 빌딩에 위치한, 매력적인 위치

건강 간식 제공(게다가 불량 식품도 제공 ☺)

나쁜 점: 미친 근무 시간

고등학교 때 같은 패거리 문화

출판 기업 같지가 않음

'불량 식품'을 먹으면 편집이사는 인상을 구기며 자기랑 '스피릿 사이클'에 가자고 함. 누가 안 가겠다고 했다가 잘림. 진짜로!!!??? 상사랑 스피릿 사이클 타고 싶은 사람이 어디 있냐?

옆자리 여자애가 자꾸 울고 있으면 일을 하기가 힘들다.

끔찍한 사무실 분위기.

거기 간부들에게 건네는 충고—관리자들은 사람을 사람같이 다루는 법을 배워야 할 필요가 있다. 우리는 당신들의 기계가 아냐. 직원 해고할 때 그렇게 비열한 이유가 주스 장세척 때문이라면, 당장 그만두길.

친구에게 추천할 수 없는 직장.

이 회사의 미래 전망—비관적.

이런 글도 있었다. '테크 분야 아가씨들이 갈 수 있는 최악의 직장'.

장점: 그런 게 있을 수가!

잠깐, 하나 있네. 사무실 옆에 점심 먹기 좋은 곳들이 있다.

단점: 테크놀로지의 혁신이 결코 이뤄지지 않는 곳. 다른 곳에서 베낀 웹사이트 디자인과 기능뿐.

테크팀은 탈출할 곳을 찾고 있다. 간부 누구는(여기서 뭐하러 감추랴? 편집이사 말이다) 나한테 주스 장세척 좀 해보라고 하더니, 나를 뚱보 기술자라고… 면전에 대고 부르기 시작했다.

같은 편집이사는 늘 개발팀(나)에게 사람들 암호를 알려달라고 요구한다. 그들의 이메일, 계정, 문서, 소셜미디어를 갖고 놀기 위해서다. 전지전

능 놀이를 좋아하니까! 무서운 여자다. 내가 안 된다고 하니까 자르겠다고 위협했다. 어차피 다른 사람이 해준 것 같다.

간부에게 건네는 충고—니 섹시 셀피 좀 그만 보내! 주제 파악 좀 하라고. 그리고 그런 문제들로 언론에 그렇게 오르내리면 회사에 안 좋아. 니 사생활 좀 공개적으로 까발리지 마. 게다가 안 좋아하는 척해도… 좋아하는 거 다 보여.

이런 글도 있었다. '지옥으로 가는 직장!!!'

장점: 다음엔 보그에 취직할 수 있지 않을까? 이머진 테이트랑 일하는 건 멋지다.

단점: 내 상사는 자기 결혼식에 직원들을 참석시킨다. 친구가 없으니까. 너무 싫다. 이머진 테이트가 오래 못 버틸 거라 안타깝다.

간부에게 건네는 충고—제발 우리 일 좀 하게 놔둬. 제발!!! 누가 보그에 연결 좀 시켜줘!

다른 평가들도 대동소이했다. 한 명은 정확히 이브를 언급하며 전자상거래 분야의 크루엘라 드 빌[〈101마리 달마시안〉에 나오는 악녀]이라고 했다. '우리는 모두 그녀의 강아지들이라, 시키는 대로 앉고, 기다리고, 똥을 싸야 한다.'

이머진이 오래 못 버틸 거라고? 이건 또 무슨 말? 이 불평불만 직원이 무슨 말을 들은 걸까? 대체 누구람? 이머진은 애슐리가 아닐까 생각해보았다.

그때 책상 위에 놓여 있던 이머진의 아이폰으로 알 수 없는 번호에서 전화가 걸려왔다.

　"무슨 짓이야, 이머진?" 격노한 여인의 목소리가 전화기 너머에서 씩씩거렸다.

　"미안하지만, 누구시죠?"

　"앨리스야."

　'앨리스가 왜 나한테 이런 전화를?' "앨리스, 자기. 전화를 주니 좋네. 대체 무슨 일이야?"

　"어제 내 전화기로 찍은 사진은 잃어버린 거 알고 있고, 내 어시스턴트 덕에 해결돼서 기뻐. 하지만 내가 당신과 몇 주 동안 콘셉트를 기획하고 촬영을 지휘했는데, 내 이름 없이 그 애 사진을 웹사이트에 올려놓고, 게다가 올린 사진 대부분은 쓰레기 같다고. 정말이지 골라도… 이름 안 올라간 건 둘째치고… 오늘 사진 올린다고 연락도 못 받았어. 사진 고를 때 나도 발언권이 있고, 보정 작업을 할 시간도 주어질 줄 알았는데. 대체 일을 어떻게 하는 거야?"

　이머진은 허둥대며 인터넷에 접속할 다른 기계를 찾았다. 소파에 앉은 앨릭스와 아이들에게 랩톱이 필요하다고 손짓을 해보았지만 그들은 알아듣지 못하고 어리둥절한 표정으로 손을 벌렸다. 그러다 바닥에 놓인 아이패드를 발견하고 집어 들었다. 배터리가 나가 있었다.

　"앨리스, 자기, 잠시만 기다려줘."

　이머진이 아래층으로 달려 내려가 랩톱을 켰다. 웅 하다가 한참 만에 전원이 들어왔다.

　전화기에서 앨리스의 한숨 소리가 들려왔다. "우리 정도 되면 상호 믿음이 있고 업계 예의를 지키는 사이라고 생각했어. 잡지와 일하든, 웹사이트와 일하든, 의류 회사랑 일하든 그 어떤 일에서도 이렇게 뒤통수를 맞기는 처음이야."

'웹사이트 뜨는 데 왜 이렇게 시간이 오래 걸리지?'

"이머진 듣고 있어?"

"어, 듣고 있어, 앨리스."

이머진이 기겁했다. 아, 젠장. 앨리스 말이 옳았다. 저 사진을 누가 올렸지? 글로시닷컴의 첫 페이지 특집란이었다.

'이게 테크다, 이 여자야!' 헤드라인이 소리치고 있었다. '사진: 맥 슈워츠'라고 돼 있었다. 실은 그냥 '바로 구매!' 글자들을 도배해놓은 사진 모음에 불과했다. 이렇게 하려던 게 아니었다. 화보 촬영을 굳이 하는 이유는 아름답게 배치하여 강렬한 인상을 주는 이미지로 탈바꿈시키기 위해서였다. 심지어 이 사진들은 보정도 안 돼 있었다. 이머진이 차례차례 클릭을 해보았다.

"귀띔이라도 해줬어야 하는 거 아냐?"

"앨리스, 정말 미안해. 이건 실수야. 난 전혀 결재한 적이 없는데… 맹세해, 난 너한테 말도 없이 이런 짓 안 해. 어찌 된 일인지 진상 조사를 해볼게…."

"넌 편집장이잖아. 그래서 내가 이번 기획에 계약을 한 거고. 내가 거리에서 만난 아무 블로거하고나 일하는 줄 아니? 네가 이 일에 지휘권을 쥐고 있지 못하면 어떻게 해?"

이머진은 뭐라 대꾸를 하려다가, 할 말이 없음을 깨달았다.

"미안해, 앨리스."

"당장 내려. 수정본으로 내보내. 내 확인도 받고. 내 어시스턴트가 아니라 내 허락을 받으라고."

전화는 끊어졌다. 이머진은 어떻게 해야 할지 생각을 가다듬었다. 누가 사진을 올린 거지? 누가 사진에 접근할 수 있더라? 애슐리도 있고. 하지만 이머진에게 말도 없이 사진을 올릴 리 없었다.

사무실에 누가 있는 거지?

이머진은 애슐리에게 전화를 걸었다. 신호음이 울리는 동안 이머진은 아래층 가족실의 원목 마루 위에 주저앉았다. 이 지하를 2년 전에 개조해서 지금은 주방과 함께 가장 많이 사용하는 공간이 되었다. 이머진은 어린이 책과 청소년 책, 가족 사진첩이 가득 찬 책장들을 올려다보았다.

신호가 다섯 번이 울린 끝에 음성사서함으로 넘어갔다. "안녕, 난 애시야. 정말 지금 음성 남기게? 정말 구식이구나. 연락받고 싶으면 문자를 해."

이머진은 벌떡 일어나서 왔다 갔다 서성이며 어떻게 해야 할지 머리를 짜냈다. 그냥 직접 관리자 페이지로 접속해서 사진들을 싹 지워버릴까?

앨릭스가 드디어 자기 일을 끝내고 이머진을 불렀다. "자기도 모노폴리 할래?"

"먼저 시작해."

막 이브에게 전화를 걸려는데 이머진의 전화가 울렸다. 애슐리의 사진이 화면에 보였다. 푸른 눈을 크게 뜨고 머리를 한쪽으로 살짝 기울인 셀피였다. 어떻게 이 사진을 여기 뜨게 했지? 애슐리가 넣은 게 분명했다.

"안녕, 애슐리. 방금 전화했는데."

애슐리의 목소리는 수화기를 손으로 막고 있는 듯 들렸다. "봤어요. 그래서 건 거예요. 무슨 일이에요?"

"지금 어디야? 잘 안 들려. 더 크게 말할 수 없니?"

"지금 이브 집에 다들 같이 있어요."

"또 누가 왔는데?"

"전부 다요."

"무슨 말이야?"

"이브가 우리보고 자기 집으로 일하러 오라고 했어요. 눈 때문에요."

"난 못 들었는데."

"당신에겐 아무 말 말랬어요. 당신은 아이들을 돌봐야 할 테니까, 방해할 필요 없다고요."

"거긴 다들 어떻게 갔어? 교통이 전부 마비됐을 텐데."

"대부분 걸어서요. 새빈은 아빠한테 큰 SUV가 있어서 가지고 나왔어요. 그래서 어퍼이스트사이드에서 몇 명 태워 왔죠. 하지만 눈 더미와 충돌하는 바람에 정말 늦게 왔어요."

이머진은 할 말이 없었다. 이브가 이머진이 아이들과 있으라고 연락하지 않을 리는 없었다. 다들 일하는데 혼자만 바보 되도록 만든 것이다.

"내가 아침에 전부한테 이메일 보냈는데, 받았니?"

"2분 후에 이브가 전체 메일을 돌려서 무시하고 어떻게든 자기 아파트로 오라고 했어요." 그리고 이브 특유의 콧소리를 흉내 냈다. "'눈 좀 흩날린다고 생산성을 떨어뜨려선 안 돼' 하고."

격노라는 단어로도 지금의 이머진의 감정을 표현하긴 어려웠지만, 사진 업로드의 진상을 밝히기 전까지는 잠시 보류해두려 무진 애를 썼다.

"애슐리, 왜 사진이 웹사이트에 올라가 있지?"

애슐리는 자기도 모르게 목소리가 올라가다가 속삭여야 한다는 것을 깨닫고 확 낮췄다. "어, 네. 구린 거 알아요. 이브가 오늘 아침에 올리라고 해서요."

"뭐?"

"이브가 오늘처럼 동부 사람 모두 눈 때문에 집에 박혀 있을 때, 원본 콘텐트를 올려야 한다고 했어요. 우린 지금 폭설 특판을 하는 중이고 판매량이 엄청나요. 그래도 잘됐잖아요, 안 그래요?"

"내가 촬영을 진행했고, 내가 편집을 승인하기로 돼 있었어. 앨리스는 사진 보정을 원하고. 계약이 그렇게 돼 있지. 그 사진들은 아직 공개될 준비가 안 됐어."

그러자 애슐리는 당황하며 다소 방어적으로 나왔다. "이브가 우리 작업을 승인했어요. 이브와 이머진은, 그러니까, 같은 권한이죠? 이브가 허락하면 괜찮은 거잖아요."

"애슐리, 우린 전혀 같지 않아. 촬영을 힘들게 해 온 사람은 나야. 너도 알잖아. 너도 나랑 같이 열심히 했고. 하지만 웹사이트의 모양은 우리가 기획한 대로가 아니야. 앨리스와 나의, 그리고 글로시닷컴의 관계는 이제 끝났어."

"돌겠네. 이머진, 끊어야겠어요. 이브가 뭐 때문인지 소리를 지르고 있어요." 그러더니 목소리를 더욱 낮추었다. "우리가 여기서 '폭설 잠옷 파티'를 할 거래요. 아무도 집에 못 갈 모양이에요…. 허락한다고 갈 수 있는 상황도 아닌 것 같지만…."

전화가 끊어졌다.

이브에게 지금 이메일을 한들 무슨 소용이 있을까? 직원 전부 거기 있다. 이브의 원룸 아파트 여기저기 흩어져 있겠지. 이머진이 전화를 걸어 봐야 바보만 될 뿐이다.

이머진은 전화기를 노려보았다.

브리짓이나 마시모에게 전화를 걸기는 너무 창피했다. 연락처를 스크롤해 내려가다가, 결국 'R'에 도달했다. 이머진은 론에게 응급 전화를 걸어본 적이 없었다. 전화는 음성사서함으로 넘어갔다. 이젠 어떻게 하지?

메시지를 남겨? 이제 전화받는 사람은 아무도 없는 건가?

그냥 바닥에 책상다리로 앉아 있던 이머진은 심리치료사에게서 문자 한 통을 받았다.

>> 잠시만, 내가 스카이프로 연락할게요.

이머진이 잠시 머뭇거리다 답장을 보냈다.

>> 좋아요.

론이 미소 이모티콘을 보냈다. 스카이프 상담? 왜 안 되겠나. 정말 엉망인 상태는 아니라는 것을 알리기 위해 이머진도 미소를 보냈다.

전화기가 번쩍였다. 이머진이 통화를 수락하자 화면에 심리치료사의 수염 난 얼굴이 커다랗게 떠올랐다.

"이머진? 무엇에 대해 얘기해볼까요?"

이머진이 전화기의 비디오 기능을 이용해본 것은 처음이었다. 전화기를 어떻게 들어야 할지 감이 잡히지 않았다. 멀수록 더 좋아 보인다고 하니, 가능한 한 팔을 쭉 뻗어 전화기를 들었다. 론은 자신의 모습이 어떻게 보일지 신경 쓰지 않는 듯했다. 이머진은 그의 양 콧구멍을 그대로 들여다볼 수 있었다.

"정말 미안해요, 론. 이렇게 전화를 걸다니 완전 미쳤다고 생각하겠죠."

"이머진, 내 직업이 미친 사람이랑 얘기하는 거예요."

"그러네요." 이머진이 웃었다. "난 그냥… 한계점에 서 있는 것 같아서.

얼마나 더 그 여자애의 장난질과 속임수를 참아줄 수 있을지 모르겠어요, 론."

"이번엔 이브가 무슨 짓을 했나요."

"설명하려니 정말 멍청이 같은 얘기가 되네요. 중학교 애들 장난도 아니고. 하지만 내 인생이 결국 그렇게 됐어요." 이머진은 론에게 눈 때문에 재택근무를 지시한 일과 이브가 이머진만 빼고 직원 전체를 자기 집으로 부른 얘기를 들려주었다.

론이 잠시 뜸을 들였다가, 아주 중립적인 대답을 들려주었다. "혹시, 혹시나요, 이브가 실제로 '이머진에겐 두 아이가 있으니 이런 날은 집에 있어야지… 귀찮게 하지 말자' 하고 생각했을 수는 없을까요?"

그럴 리 없었다. 그랬더라면 이브가 일방적으로 결정을 내리지는 않았을 것이다. 이머진에게 연락해서 의사를 알아봤을 것이다. 이브는 이머진에게 타격을 주기 위해 직원들만 자기 집으로 부르고 이머진은 빼놓았던 것이다. 이브는 똑똑한 애였다. 사진들을 올릴 때, 그 의미를 정확히 알고 있었다. 이머진과 앨리스의 관계를 망가뜨릴 수 있다는 것도 잘 알고 있었던 것이다. 이브는 이머진의 어시스턴트로 일할 때 앨리스 홉스와 여러 번 촬영을 같이 했고, 그녀가 어떤 사진가인지 잘 알았다.

론은 팔이 아프기 시작했는지 화면이 흔들리며 내려가기 시작했다. 그의 흰 피부에 있는 점이 보였다.

"아이고, 론. 옷은 입고 있는 거예요?"

"아뇨, 이머진. 안 입고 있어요. 나는 지금 북부의 멋진 나체촌에 와 있답니다. 말할 수 없이 자유로운 기분이에요. 실은 당신에게도 이런 휴식이 필요한 게 아닌가 하는 생각이 듭니다."

"미쳤어요, 론? 나체촌엔 가고 싶지 않아요. 부탁인데, 전화기는 절대 내리지 말아요."

"물론이죠. 미안합니다…. 당신은 선택을 해야 해요. 정말 이 일이 하고 싶나요? 당신은 힘든 도전을 즐기는 여성이에요. 이기고 싶죠. 하지만 당신은 또한 암에서 회복 중이고 어린 두 아이가 있는 엄마이며 말할 수 없이 스트레스가 심한 직업을 가진 남편의 아내예요. 매일 증오하는 여자애와 일하며 자신을 조금씩 죽일 건가요?"

이머진은 생각해보았다. 지금, 잡지의 미래는 깎아지른 절벽을 향해가는 도로와 같았다. 그 아래는 너무 까마득해 바닥이 보이지 않았다. 하지만 이머진에게는 잡지 만드는 것 말고 다른 기술은 없는 것 같았다.

"론, 심리치료사로서 말하는 거예요, 아니면 심령술사로서 말하는 거예요? 왜냐하면, 만일 당신이 내 미래에 대해 뭔가 중요한 운명을 알고 있다면, 정말 아는 것처럼 보이는데요, 이제는 꼭 말해줘야 할 때인 것 같아요."

"친구로서 말하는 거예요. 심리치료사도 아니고 심령술사도 아니고 말이에요. 이 직장이 정말 이 정도 가치가 있는지 고민해보세요. 어떤가요?"

이머진의 목소리가 기어들어갔다. "두려워요."

"뭐가요?"

"아무도 다시는 나한테 전화 안 할까 봐. 내가 끝난 걸까 봐."

"내가 이래라저래라 할 순 없죠. 하지만 한 가지만 물어볼게요. 정말 매일 이렇게 살고 싶어요?"

이머진은 다시 말이 없어졌다.

"인생은 재밌죠. 계속 이어지는 글이 아니랍니다. 장으로 나뉘어 있지요. 장 끝에는 당신 예상과는 아주 다른 결말이 기다리고 있을지 몰라요."

"알아요. 생각해봐야죠."

"좋아요. 언제든 스카이프로 연락해요. 기다릴게요."

'옷도 안 입고 말이지' 하고 이머진은 생각했다. "알았어요, 론."

이머진은 허공에 대고 작별 키스를 한 후 말없이 소파에 푹 파묻혔다. 주초에 틸리와 애너벨이 슈퍼에서 산 장미가 가득 꽂힌 화병이 눈앞의 낮은 탁자에 놓여 있었다. 나흘 정도 되니 복숭앗빛 장미가 가장자리부터 갈색이 되기 시작했고 가운데 부분도 시들시들해졌다.

아무 생각 없이, 이머진은 전화기를 들어 사진을 찍었다. 인스타그램에 올렸다. 소셜미디어에 행복한 사진만 올릴 필요가 있을까? 슬픔을 위한 인스타그램은 어디에 있나? 캡션은 '죽어가는 장미'로 올렸다.

식구들은 모노폴리 게임을 하는 중이었지만 이머진은 할 마음이 나지 않았다.

"저녁 먹기 전에 한숨 자야겠어."

애너벨은 보드워크와 파크플레이스에 호텔 둘을 세웠고 조니는 네 개나 되는 철도를 관리하고 있었다. 셋은 너무 열중해서 고개도 제대로 들지 않았다.

이머진은 침대에 누워 론이 알려준 명상법을 모두 사용해보려 애썼다. 의식을 발끝까지 내려보낸 다음 풀어지는 모습을 상상해보았다. 다리를 따라 올라온 생각이 구름을 타고 둥둥 떠오르게 했다. 100에서부터 거꾸로 세었다. 10초 동안 숨을 들이마시고 12초 동안 내뱉었다. 머릿속의 다람쥐 쳇바퀴를 계속 굴렸다.

얼마나 이완 운동을 했을까. 그러다 정말 잠이 들었다. 자면서 몸을 옆으로 뉘었는지, 깨어보니 앨릭스가 뒤에서 이머진을 꼭 끌어안고 있었다.

"저녁 먹을 때야?"

"아직. 애들은 한 시간 정도 눈 속에서 놀다 온다고 나갔어."

이머진의 몸은 아직 딱딱하게 굳어 있었다. 앨릭스가 손을 위로 가져와 목의 근육을 풀어주었다.

"여보, 무슨 일이야? 전화도 많이 하던데. 그 로어이스트사이드의 사악한 마녀가 이번엔 또 무슨 짓을 했어?"

그제야 이머진은 조금 웃었다. 부부는 이브를 로어이스트사이드의 사악한 마녀라고 부르고 있었던 것이다. 어떤 친구가 이브가 바워리 역과 크리스티 역 사이 휴스턴 스트리트의 유기농 마켓인 홀푸드Whole Foods 매장이 있는 건물의 호화로운 고층 아파트로 이사했다고 알려주었기 때문이다. 페이스북 설립자 마크 저커버그가 그 꼭대기 층에서 산다고 알려져 있었다. 그래서 이브가 그렇게 거기 살고 싶었을 것이다. 이브는 명성에 가까이 가는 것만으로도 황홀해하니까.

"이브가 오늘 직원들에게 자기 집으로 일하러 오라고 하고 나한테는 말하지 않았어." 이런 말을 입 밖으로 내서 할 때마다 이머진은 자신이 점점 더 유치해지는 것 같았다. 고맙게도 남편은 문제를 심각하게 받아들였다.

"누구랑 의논해봤어? 인사부에는? 워싱턴한테는 얘기 안 했지? 그 애 행동은 도가 지나쳐."

"내가 뭐라고 하겠어? 이브가 나만 빼고 다들 자기 집으로 오라고 명령했다고? 나만 옹졸한 사람 되지."

"그것뿐이 아니야… 물론 상사가 직원들에게 자기 집으로 오라고 강요한 것은 심각한 인권 침해의 소지가 있는데, 거기다 해고도 그렇고, 사무실 내 언어 폭력을 비롯해서 모든 것이 문제야. 당신 말고 누가 나서서 개입해야 해."

이머진은 워싱턴에게 말하고 싶지 않았다. 그러면 패배를 인정하는 거니까.

이머진이 몸을 돌려 앨릭스를 마주 보았다. "내가 해야 해."

앨릭스가 이머진의 뺨을 감쌌다. "왜 당신이 해야 하지?"

아, 정말 이머진이 그 이유를 말해야 할까? 이머진에게도 굴욕적인 얘기였다. 이머진은 앨릭스를 너무 사랑해서 대놓고 말할 수는 없었다.

앨릭스도 금방 알아챘다. "당신이 이 집의 주 수입원이 될 필요는 없어."

"그래야 해."

"그럴 필요 없어."

이상주의적인 남편이 너무 답답해 이머진은 눈을 꾹 감았다.

"눈 떠, 이머진."

이머진은 그럴 수 없었다.

"정말이야, 눈 떠…. 우리가 바꿀 수 있는 게 스무 가지는 돼. 내일 당장은 아니어도, 우리 사는 방식을 바꾸면, 그 대단한 에디터 봉급 더 이상 필요 없어. 이 집을 팔고 아파트로 이사 가서… 다른 사람들처럼 살면 돼. 나는 큰 로펌에 취직하고, 아이들은 공립학교 보내고. 아예 다른 곳으로 이사 가버릴 수도 있지. 우린 선택의 여지가 없는 처지가 아니야. 교육도 잘 받고 경력도 훌륭히 쌓아왔으니까. 나에겐 이 가족보다 중요한 게 없어. 당신에게 그 직장이 없어도 우리 삶을 잘 풀어나갈 수 있을 거야."

이머진은 무슨 말을 해야 할지 알 수 없었다. 앨릭스가 이머진을 지지해줄 것은 알았지만, 여기까진 기대 못 했다.

그날 밤 두 사람은 사랑을 나누고 싶은 마음이 무르익었지만, 또다시, 늘 그랬듯, 육체적으로나 정신적으로 지쳐버린 둘은 부부 관계 대신 기절하듯 잠이 들어버렸다.

애슐리는 여기서 일하기 시작하고부터, 이브에 대한 아부성 인스타그램 사진 게시 개수와 이브의 직원에 대한 호감도 사이 직접적 연관성을 일찌감치 깨우쳤다. 그래서 자신의 상사를 찍은 잘 보정된 사진을 매일 적어도 두 장은 올리는 수련을 하루도 거르지 않았다. 아부 가득한 해시태그(#고급상사 #귀여운가최고인가?)를 다는 것도 철칙이었다.

그러다 보니 이브의 통상적인 화풀이를 많이 면할 수 있었다. 이브는 오른쪽 모습이 더 나았기에, 오늘도 애슐리는 이브가 운동복을 입고 과카몰레[으깬 아보카도에 토마토, 양파 등을 넣어 만든 소스]를 만드는 모습과 눈 내리는 발코니에서 가부좌를 틀고 무릎 위에 엄지와 검지를 붙이고 앉아 명상하는 척하는 모습을 오른쪽에서 찍어 올렸다.

애슐리는 정말이지 돌아버릴 지경이었다. 이브의 이머진에 대한 복수극에 졸로 이용된 기분이었다. 게다가 이브의 소름 끼치는 아파트에서 거지 같은 하루를 보내고 있었다. 개인 용무를 봐야겠다고 하자, 이브가 마지못해 침실에 딸린 욕실을 가리켰다. 침실은 마치 정신병원처럼 하얀 바탕에 하얀 물건 일색이었으며, 이브가 왜 그녀들이 방 쪽으로 가는 것을 꺼렸는지 금방 알 수 있었다.

욕실은 작았지만 깨끗했고, 티 한 점 없는 하얀 벽 때문에 사방에 붙은 노란 포스트잇이 더욱 두드러졌다. 또박또박한 글씨로 쓴 다짐의 글들이었다. 아침마다 스스로 일깨우려는 게 분명했다. '친절하게' '고맙다고 꼭 말하기' '정중하게' '미소 잊지 말기' '눈 맞추기'. 소시오패스가 인간처럼 보이기 위해 취해야 할 행동 지침이었다. 그 아래는 진한 분홍색 립스틱으로 흘려 쓴 문구가 있었다. '넌 모든 걸 가질 자격이 있어!'

27

From: 이브 모턴 (EMorton@Glossy.com)

To: 오디션 (Auditions@Ted.com)

담당자께,

올해 테드의 연례 콘퍼런스에서 제가 '테드 토크'를 해보면 어떨까 싶어 이 편지를 보냅니다. 테드 토크 시리즈를 하버드 경영대학원 시절부터 들어왔고 무척 좋아합니다.

현재 저는 세계적으로 가장 영향력 있는 패션 회사 가운데 하나인 글로시닷컴(이전 글로시 잡지)을 운영하고 있어요. 폭설 때문에 직원들과 지난 24시간 동안 갇혀 있게 됐는데, 그러다가 번쩍하는 아이디어가 떠올라 널리 나누고 싶네요.

내용은 다음과 같습니다. 콘퍼런스에서 얘기할 내용은 '적응하거나 죽거나'라는 제목입니다. 눈길 확 끌겠죠? 이 얘기는 토니 로빈스의 '왜 우리는 이 일을 하는가'나 스티브 잡스의 '어떻게 살 것인가'에 필적하는 얘기가 될 수 있을 거라 생각해요.

이 얘기는 개인적 체험에서 시작된 구상을 담고 있습니다. 저는 현재 두 세대 위의 사람들이 잔존하는 환경에서 일하고 있는데요. 이 산업의 미래, 그러니까 아주 기초적인 테크놀로지에 대한 그들의 파악 능력과, 낡은 관습에 매달리고자 하는 절박한 저항이 그들의 종말을 자초할 것입니다. 단순하게 말하면 분명한 진화론이라고 할 수 있겠죠. 이렇게 연결 지은 것은 제가 처음이 아닐까 싶은데요. '직장에서 적응하거나 죽거나'. 이 공룡들은 소행성이 다가온다는 걸 알지만 계속 살던 대로만 살고 있죠. 마치 멸종을 두려워하지 않는 것처럼요. 그러는 동안 나의 세대는 계속 치고 나가며 모든 것을 접수할 준비를 하고 있습니다.

다시 한 번 말하지만, 죽여주는 얘기가 될 거예요. 정말 끝내줄 거라고요! 더 많은 얘기를 들려드릴 기회가 있으면 좋겠네요. 이 이메일로 언제든 연락 주십시오.

'굿, 그레이트, 고저스, 글로시!' 한 날이 되시길!!!

글로시닷컴 편집이사, 이브 모턴

From: 에이미 테넌트 (Aten@ted.com)

To: 이브 모턴 (EMorton@Glossy.com)

친애하는 모턴 씨,

테드에 지원해주셔서 감사합니다. 짐작하시겠지만 우리는 매주 수천 통의 테드 토크 신청서를 받습니다. 이번에는 귀하의 제안을 받아들일 여유가 없네요.

그리고 우리 테드는 다양한 방식으로 표출되는 창조와 혁신의 가능성을 진심으로 믿기에 제출된 연설 기획서에 대해 비판을 하는 경우가 드물긴 하지만, 당신의 제안에는 문제가 있으며 배타성보다는 포용성을 전파하려 애써온 테드의 윤리 강령에 위배된다는 점을 주지시켜드리지 않을 수 없습니다. 53세임을 자랑스럽게 여기는 여성으로서 나는, 당신이 이 구상을 다른 사람들에게는 밝히지 않는 것이 좋겠다고 생각합니다.

따뜻한 염려를 담아,

테드의 재능 기획 부문 이사, 에이미 테넌트

제설차와 소금 트럭이 밤새 마법을 부려놓아, 이머진의 출근길은 놀라울 정도로 순조로웠다.

이머진은 남편의 충고에 설득당해 워싱턴과 오전 11시에 만나기로 했다. 날을 세울 생각은 없었다. 사실만 들려줄 생각이었다. 직원들이 파리 목숨처럼 죽어나가고 있었다. 업계에서 글로시의 명성이 추락하고 있었다. 이브는 디자이너들을 모욕했고 디자이너들은 더 이상 글로시와 협력하려 들지 않았다. 회사의 사기는 사상 최저였다. 아무리 다 같이 운동을 하고 사무실에 곡예사들과 국제적 DJ를 초대해 파티를 벌여도 소용없었다.

이머진은 긴장되지 않았다. 전날 한 짐 덜고 났더니, 워싱턴이 무엇을 집어 던져도 감당할 준비가 돼 있었다. 당장 나가라고, 이브가 최고라는 소리를 듣더라도, 이머진은 그냥 걸어 나와 다시는 돌아갈 필요가 없다는 홀가분함을 느낄 것이다.

심지어 출근하자마자 이브가 사무실로 들어와 소파에 털썩 앉았을 때도, 이머진은 동요하지 않았다. 이브는 굵은 검은 글씨로 '돈 워리, 비 욘세'라고 쓴 단순한 흰 티셔츠를 입고 주름 하나 없는 주시쿠튀르의 주황색 운동복 바지를 입은 다리를 꼬았다. 이머진은 그저 이메일을 확인하고 웹사이트 기사 계획들을 검토하는 등, 습관적인 아침 일과를 마저 완수하고 싶을 뿐이었다.

"어제 어디 있었어요?" 이브가 능글맞게 물었다. 요사스러운 년.

"집에."

"왜 우리 집에 안 왔어요?" 이브가 공격을 시도했다.

"어제 늦게야 다들 네 집에 있는 줄 알게 됐지. 아무도 얘긴 안 하더군."

"그렇지 않아요." 이브가 받아쳤다.

이머진은 이브가 웃음을 참느라 애쓰고 있다는 걸 알 수 있었다. "내가 일어나자마자 이메일도 보내고 문자도 보냈는데."

"이메일도 문자도 못 받았는데."

"못 봤겠죠."

요즘엔 모든 게 이런 식이었다. 문자나 이메일이 스팸으로 분류되거나 전송이 불량했던 탓이지, 누구의 잘못도 아니었다는 것이다.

"넌 나한테 이메일도 문자도 보내지 않았어, 이브."

"난 정말 보냈다고요. 못 받았다니 정말 이상하네. 어쨌든 우린 정말 생산적인 하루를 보냈어요. 당신도 왔어야 하는데."

"애들은 언제 갔니?"

"아, 다 같이 잤어요. 잠옷 파티를 벌였죠. 야영처럼 다들 바닥에서요. 글루텐 제거 냉동 피자를 데워 먹고. 춤도 추고. 비욘세의 〈크레이지 인 러브Crqzy in Love〉 안무를 끝까지 맞춰봤다니까. 볼래요?"

이머진이 군무 구경에 관심 없다고 할 새도 없이, 이브가 책상을 가로질러 팔을 뻗어 전화기를 수평으로 들고 플레이 버튼을 눌렀다. 직원들의 얼굴은 전혀 재미있어하는 표정이 아니었다. 관타나모 수용소에서 찍었다고 해도 될 정도였다. 맨 앞줄 가운데 선 이브는 가사를 크게 외치며 발을 벌리고, 양옆에서 주먹을 흔들다가, 엉덩이를 오른쪽 왼쪽으로 씰룩이고 팔을 가슴에서 엇갈렸다. 다른 애들은 비디오를 찍고 있으니 따라 했지만 즐거운 기색이 아니었다. 이브도 머리를 휙 날리며 돌릴 때와 카메라를 향해 엉덩이를 흔들며 돌 때, 직원들은 열의 없는 표정을 알아챌 수도 있으련만, 그녀는 너무 열중해 있었다.

"이런 놀라운 광경 본 적 있어요?" 이브가 자랑스레 씩 웃었다. "이거 우리 웹사이트에 올려야겠어요."

"그러지 마." 이머진이 이브의 손을 치우고 자기 컴퓨터 화면을 보며 말했다.

무시당하는 것을 좋아하지 않는 이브는 이머진 책상 위에 걸터앉아 운동화로 책상 옆을 텅텅 치기 시작했다.

"맥의 사진은 어때요?"

"앨리스의 사진이겠지."

"아뇨, 사진은 맥이 찍었어요. 그게 뭘 증명하는지 알아요? 앨리스 같은 사람에게 그 많은 돈을 들일 필요가 없다는 거죠."

이머진이 그 자리에 없었더라면, 앨리스가 자전거에 부딪혀 전화기를 떨어뜨리는 장면을 두 눈으로 똑똑히 보지 않았더라면, 이브가 그 모든 방해 공작을 설계해 촬영을 망친 거라고 확신했을 것이다.

"운이 좋았지."

"아뇨, 맥은 그저 더 젊고, 더 똑똑하고, 더 빨랐을 뿐이에요. 앨리스는 죽어가는 종이고 곧 멸종될 거라고요."

'나처럼 말이지?' 하고 이머진은 생각했다. 하지만 아무 말도 하지 않았다. 이브가 책상을 더 세게 치기 시작했다. 텅, 텅, 텅, 텅.

"어쨌든 어제 당신도 왔어야 했어요. 이런 일에 나타나지 않으면 분위기가 흐트러지잖아요."

"이브, 말했듯이, 나는 아무 연락 못 받았어. 네가 아무리 맹세해도 난 그렇게 생각하지 않아. 문자도 못 받았지. 그보다도, 나는 직원들에게 집에 있으라고 했어. 집에서 일할 수도 있었는데. 뉴욕에서 일하는 사람 대부분이 어제 그랬어. 직원들을 네 집으로 오라고 해서 비욘세 노래에 맞춰 우스꽝스러운 춤을 추게 할 이유는 없었어."

이브의 눈이 가늘게 찢어졌다.

이머진이 유리벽을 통해 직원들을 내다보았다. 행복해 보이는 사람은 아무도 없었다. 다들 지치고, 자기 침대에서 못 잔 듯 후줄근해 보였다. 몇 명은 이브의 옷을 입은 것을 알아볼 수 있었다. 주시 운동복을 너무나 많이 입었고 제 크기가 아닌 에르베 원피스를 입고 있었다.

"이건 동료애가 아니야, 이브. 이건 강제 노동 수용소야."

"당신은 알지도 못하면서. 당신은 테크 분야에서 절대 성공하지 못해요, 이머진. 아는 것도 없으면서. 우린 지금 팀을 만드는 중이에요. 공동체를 건설 중이라고. 여기 당신 같은 사람, 외로운 늑대를 위한 자리는 없어." 이브는 가상의 달을 향해 울부짖는 늑대 흉내를 내며 자신의 주장을 구체적으로 표현하고, 고무 밑창을 찍 돌려 성큼성큼 나가버렸다.

6개월 전이었다면 이런 충돌은 이머진을 뼛속까지 뒤흔들어놓았을 것이다. 이제 이 정도는 가볍게 넘기고, 테크비치 페이지에 접속해 글을 하나 올렸다. '우리 테크비치가 직원 전체에게 비욘세의 〈크레이지 인 러브〉에 맞춰 군무를 추도록 강요했다. 그러고 나서 늑대 새끼처럼 울부짖었다.'

속속 여섯 개의 웃는 얼굴, 네 개의 깔깔 웃는 이모티콘, 네 개의 데굴데굴 구르며 웃는 이모티콘, 웃겨서 펄쩍펄쩍 뛰는 붉은 원숭이 GIF 하나가 올라왔다. 이머진은 테크비치가 판치는 세상의 동료 피해자들, 아니 생존자들이 보내주는 애정에 가슴이 벅찼다.

15분 전에 이머진은 콤팩트를 꺼내 화장을 점검하고 머리를 빗었다. '아, 피곤해 보이네.'

워싱턴의 어시스턴트 책상 둘이 비어 있어서, 이머진은 잠시 발행인이 이브를 본받아 나 해고하고 아웃조스드의 외국 어시스턴트 부대를 이용하나 했다. 하지만 아니었다. 여전히 못생긴 둘이 워싱턴의 사무실 안에서 맥북을 두드리며 바쁘게 일하고 있었다.

"이머진 테이트." 워싱턴의 목소리가 울려 퍼졌다. 툭 튀어나온 이마 위로 머리칼을 꼼꼼히 올려 대머리를 가렸다.

이머진은 워싱턴의 책상 맞은편 의자에 앉고 나서야 갈색 종이 상자들이 벽을 따라 줄줄이 놓여 있는 것을 깨달았다. 워싱턴도 평소의 정장 차림이 아니었다. 낸터킷의 붉은 치노 바지에 잘 재단된 블레이저를 입고 산뜻하게 어울리는 빨간 포켓치프를 꽂았다.

"인테리어 다시 하게요? 디자이너 추천 좀 해드릴까?"

워싱턴이 깔깔거리며 무릎을 찰싹 쳤다. "실내 장식가들을 회사 돈으로 부리던 시절이 기억나는군! 하하, 그때 재미 좋았는데, 안 그래? 나 인테리어 다시 하는 거 아니야. 이사하는 거야."

로버트매너링 사가 건물을 팔고 싼 곳으로, 뉴저지 같은 곳으로 옮겨갈 정도로 상황이 안 좋아진 걸까, 하고 이머진은 모골이 송연해지며 부르르 떨었다.

"우리 어디로 이사 가는 거죠?"

"우리가 아니야. 나만이야. 오늘 아침에 연락 줘서 잘됐어. 잡지사 전체에 알리기 전에 당신을 직접 만나 얘기해주고 싶었거든. 나 로버트매너링 사를 떠나."

잠시 이머진은, 이브가 이제 워싱턴의 자리까지 꿰차는 거냐고 농담하고 싶었지만, 혀를 깨물고 참았다.

"어디로 가는 거예요? 왜 그만둬?"

"그만두는 게 아니라 명예퇴직이야. 노땅들에겐 모두 제안이 갈 거야. 고위 간부 모두. 회사는 젊은 피를 수혈하기 원해. 싼 피를. 나도 최대한 오래 버텼지. 이브 같은 애들을 내가 고용하긴 했지만, 날 원하지 않는다는 걸 알고 있었어."

이머진은 할 말을 잃었다. 하지만 자신이 그렇게 놀라고 있지는 않음을 깨닫고 놀랐다.

"이제 뭘 하려고요?"

"한두 달 태국에 가 있으려고. 거기 여자들도 있고." 워싱턴이 크게 휘파람을 불었다. "상상도 못 한 걸 해준다고. 그러니까, 물론 아내도 함께 가겠지만, 혹시 모르니까⋯." 워싱턴이 눈썹을 위아래로 꿈틀거려, 이머진은 절대 중립의 표정을 유지하려 애썼다.

"멋진 여행이 되겠네요. 하지만 아주 은퇴하려는 건 아니죠?"

워싱턴이 이머진 옆의 소파로 와서 털썩 앉으며 통통한 다리를 꼬았다. 그러다 허벅지가 닿는 바람에 이머진은 몸서리를 쳤다.

"그렇게 쉽게 날 보내버릴 순 없지. 화끈한 보상을 받기로 했어. 이혼수당이 얼만데. 적어도 내년까지는 버텨야지. 가르칠 수도 있고. 아직 콜롬비아 경영대학원에서 잘리지 않았다고. 나눠줄 지혜가 아주 많아."

워싱턴은 허심탄회하게 말했다. 10센티미터밖에 떨어져 있지 않은 얼굴에서 시가와 알토이즈 민트사탕 냄새가 풍겨왔다.

"시내의 아파트는 처분할 거야. 세를 주든지. 해변으로 이사 가야지. 애들이랑 시간도 보내고. 이게 최선은 아니야. 이 잡지들을 죽을 때까지 끌고 가볼 수도 있겠지만, 우리 이사들이 잡지는 더 이상 원하지 않아, 적어도 내가 창간한 것들은. 모든 것이 변하고 있는데, 나는 굳이 따라잡고 싶은지 잘 모르겠어."

지금까지 이머진이 본 워싱턴의 모습 중 가장 인간적이었다.

"직원들한테는 언제 말하려고요?"

"오후에. 이사회가 열릴 거야. 말하자면, 또 누구에게 명예퇴직의 황금 낙하산을 제안할 것인지 결정하러."

"어떤 사람들에게 제안이 갈까요?"

"50만 달러 이상 받는 사람은 다. 이 출판의 신세계에서 정당하지 않다고 생각되는 월급을 받는 사람은 누구든. 당신한테도 제안을 할 수 있지, 이머진. 하지만 당신은 받아들일 필요 없어."

"그래요?"

"그렇지" 하면서 워싱턴은 고개를 끄덕였다. "지난 몇 달간 당신이 적응하는 모습을 봐왔어. 지난 10년간의 내 적응 속도보다 빠르더라고. 이제 거의 다 적응한 것 같던데."

"그럼 왜 명예퇴직 제안을 하겠어요?"

워싱턴이 한숨을 쉬었다. "봉급이 높고 40이 넘었으니까. 나이 차별은 여전히 잘 살아 있다고. 어여쁜 이별 선물로 당의糖衣를 입혀놓았을 뿐. 생각해봐. 말했듯이, 당신은 잘해내고 있어. 그 웹사이트를 운영하는 데 필요한 것들도 갖추고 있지. 하지만 새로운 일에 도전해볼 기회를 찾아나갈 수도 있어."

"지금은 나가기 싫어요." 이머진이 자기도 모르게 불쑥 말했다. 이런 확신을 느낄 줄은 몰랐다.

"그럼 그렇게 해. 실세들에게 당신이 그러더라고 알려줄게. 그럼 여긴 무슨 말을 하러 올라온 거야?"

이머진은 잠시 생각에 잠겼다. 이렇게 되면 이브에 대한 얘기를 꺼낼 필요가 없었다. 내일이면 워싱턴은 발행인이 아니니까. 더욱 이브와 유사한 누가 이 자리를 대신하겠지.

실감 나는 데 잠시 시간이 걸렸지만, 워싱턴이 방금 이머진에게 격찬을 보냈다. 이머진이 적응했다고. 사실이었다. 지난 석 달간 이머진은 테크에 대해 과거 10년간보다도 많은 것을 배웠다. 고통과 희생이 수반됐지만, 원하면 계속 일할 수 있는 가능성은 있었다. 하지만 명예퇴직 제안을 받을 수 있고 완전히 다른 새로운 일을 시작할 수 있다는 건 솔깃한 유혹이었다.

"글로시는 어떻게 될까요? 글로시가 그대로 남을 수 있을까요?"

"내가 보기에 글로시는 어떤 형태로든 영원히 살아남을 거야. 훌륭한 브랜드, 누구나 아는 브랜드니까. 여자들은 글로시를 알고, 글로시를 믿지. 하지만 우리끼리 하는 얘긴데, 그 웹사이트는 이브가 말한 것처럼 잘돼가고 있지 않아. 말들이 많더라고…. 아니지, 여기서 이런 얘기를 꺼낼 순 없지."

"뭐야, 카터." 이머진이 워싱턴의 이름을 부르는 일은 드물었다. "얘기해봐요."

"까짓것. 결국 당신도 알게 될 텐데. 글로시닷컴을 어느 테크 회사에 판다는 얘기가 있어. 우리보다 약간 더 잘하고, 이브가 약속한 트래픽, 판매, 데이터 수집 모두 달성 가능한 곳에. 걔는 천재적인 구상은 들고 나왔지만, 실행은 제대로 하고 있는지 모르겠어. 회사 분위기도 흉흉하게 만들고."

당연히 워싱턴도 아래층에서 벌어지는 일들에 대해 알고 있었다. 그런 것들도 파악 못 하고 저 위치까지 오를 수는 없는 법이다. 어떻게 들었는지는 알 수 없었다. 아래층에 밀정이라도 있겠지. 이머진의 발전에 대해 알고 있다면, 이브의 부적절한 행동들에 대해서도 아는 것이다.

"로버트매너링 사가 글로시를 만들었어요. 그렇게 쉽게 팔아버린다고?"

"글로시가 자식도 아니잖아. 사업체일 뿐인데. 말했지만 강한 브랜드니까, 값을 후하게 받을 수 있으면 팔아치울 거야."

갑자기 너무 많은 정보를 알게 되었다. 워싱턴과 늘 관점이 같았던 것은 아니었다. 사실 그 밑에서 일하는 동안 크게 충돌했던 적도 몇 번 있었다. 하지만 이머진은 사업가로서의 워싱턴을 존중했다. 종종 머리를 구름 속에 넣고 다니는 창조적인 몽상가가 우글우글한 곳에서 결단을 내려야 하는 사람이었으니까.

이머진은 달덩이 같은 얼굴의 두 어시스턴트를 건너다보았다. 둘 다 워싱턴을 흠모의 눈길로 보고 있었다.

"여러분 둘은 어떻게 할 생각이죠?" 이머진은 두 사람의 이름을 알아 놓으려 하지 않았던 자신을 책망했다.

키 작은 쪽이 활짝 미소 지었다. "우리 창업 계획서가 막 투자를 받았어요!"

키 큰 쪽도 끼어들었다. "워싱턴 씨가 친절하게도 벤처 캐피탈에서 일하는 친구분들을 소개해주셨어요. 그래서 이번 첫 투자를 받을 수 있었죠."

이머진은 두 친구의 회사가 어떤 것이냐고 묻고 싶기도 했고 묻고 싶지 않기도 했다.

워싱턴이 먼저 자랑스레 칭찬했다. "테스와 마니한테 끝내주는 아이디어가 있더라고."

두 여성의 얼굴에 환한 웃음이 떠올랐다.

"사람들이 식당에서 기다리는 방식을 분열시킬 거야. 라인도지 LineDodge라는 앱을 개발했거든. 사용자들이 세계 어느 식당에서든 대기 줄이 얼마나 긴지 입력할 수 있어. 멋모르고 갔다가 줄 서지 않게."

키 큰 쪽이 덧붙였다. "그리고 나서 옐프Yelp[미국 식당 리뷰 사이트]의 후기들을 수집해서, 같은 요리로 그다음으로 좋은 평가를 받았으면서도 줄이 짧은 곳이 어딘지 알려줘요."

"나도 푼돈 좀 투자했지." 워싱턴이 고백했다.

키 작은 쪽이 어깨를 으쓱했다. "위워크WeWork에 공동 사무실을 빌렸어요. 주식회사도 설립했고요. 정말 놀라워요."

라시드의 말이 옳았다. 요즘에는 누구나 꿈이 있으면 창업할 수 있었다.

"누가 글로시닷컴을 사려 하죠?" 잠시 후 화제를 바꿔 이머진이 물었다.

워싱턴이 머리를 긁었다. "이제 막 얘기가 시작된 단계야. 대부분은 그냥 없던 일이 된다고. 하지만 중국 기업 하나가 관심을 보이고 있고. 또, 숍잇이라는 전자상거래 회사 사람들이 몇 번 문의해왔지."

이머진은 등골이 오싹해졌다. "숍잇이요? 애린 장 만났어요?"

"맞아, 장. 그 건방진 애송이랑 만났지. 똑똑하더군. 잡지에 애정이 있고. 당신도 좋아하던데. 칭찬을 잔뜩 늘어놓았어."

애린은 왜 이머진의 웹사이트를 사려 한다고 말하지 않았을까? 이건 중요한 문제였다. 그들의 만남은 사업체에 대해 더 알아보려는 계산된 게임이었을 뿐인가? 이머진은 이용당한 기분이었다.

"숍잇이 언제 왔었죠?"

"몇 주 전에. 이사회에서는 걔들이 좀 미쳤다고 생각했지만, 뭐 어때, 낡은 제품을 2억 5천만 달러에 팔 수 있으면, 그 조그만 한국 여자애가 그걸 가지고 뭘 하든 상관있나."

애린은 진지하게 인수를 고려하고 있었다. 점점 더 그때의 만남이 이머진에게서 정보를 빼내기 위한 술책처럼 생각됐다. 특히나 애린이 잡지에서 마음에 들지 않는 점이 뭐냐고 물었을 때. 너무 뻔한 일이었다. 친구를 새로 사귀려 만난 것이 아니었다. 사업적 정탐이었던 것이다.

그런 애린이 이브보다 나을 것이 있나?

이머진은 워싱턴에게 악수를 청하려다가 마음을 바꿔, 끌어안았다. 워싱턴은 깜짝 놀란 것 같았지만, 곧 포옹에 응하며 이머진의 목덜미에서 좀 너무 오래 킁킁거렸다.

"우리 신나게 달려봤잖아, 이 친구야." 워싱턴이 이머진의 귀에 대고 속삭였다. "명예퇴직도 고려해봐. 글로시의 이머진 테이트는 뒤로하고 새로운 이머진 테이트가 돼봐. 소설을 쓰든지 빵집을 열든지, 인생 2막을 시작해. 뉴욕이잖아. 자신을 재창조하지 못하면 뒤처지는 곳이야."

"당신이 이제까지 한 말 중 가장 진실된 말인 것 같네요, 카터."

"게다가" 하고 워싱턴이 은근하게 윙크를 했다. "난 더 이상 네 상사가 아니야."

이머진은 웃으며 워싱턴의 어깨를 토닥였다. 지저분한 늙은이에게 화내기는 힘든 법이다. "그래요, 그렇게 되겠죠."

어시스턴트 둘은 맥북에 뭔가를 정신없이 쳐대며, 이제는 새로운 위엄을 발산하고 있었다. 이머진은 그들을 향해 씩 웃어주고서 작게 경의를 표하고 걸어 나왔다. 워싱턴에게는 이번 여름에 아이들과 배우자를 데리고 해변 같은 데서 한번 만나자고 약속했다.

다시 사무실로 가는 엘리베이터를 타면서 이머진은 자신에게 어떤 선택지가 있는지 생각해보았다. 애린에게 전화해서 자신이 안다는 걸 알려줄 수도 있었다. 무슨 말을 할 것인가? '감히 나를 너희 회사로 불러 마카롱을 나눠 먹으면서, 내 잡지를 사려 한다는 말은 안 한 거야?'

주머니 속에서 이머진의 전화가 진동했다. 깊은 생각에 잠겨 있다가 놀라서 좀 허둥대며 찾아보니 애슐리였다.

>> 당신 딸이 사무실에 와 있어요.

아직 컨트리빌리지 초등학교의 점심시간인 12시도 안 됐는데.

이머진은 숨이 턱까지 차서 회사가 위치한 층에 도착했다. 늘 그렇듯 조용했다. 매니큐어 칠한 손이 키보드에 부딪는 딸깍딸깍 소리만 들리고 있었다. 휙 둘러보니 이브의 높은 책상은 비어 있었다.

그 둘은 이머진의 사무실에 있었다. 이브와 이머진의 딸이 사무실에 같이 있었다.

이번에는 애너벨이 책상 의자에 앉아 웃고 있었고 이브는 책상 옆에 걸터앉았다. 이머진은 자신의 묶은 머리를 한 번 쓸어내리고, 혹시 마스카라가 번져 있을까 싶어 검지로 눈 밑을 한 번 닦았다.

"애너벨 테이트 마레티, 여기서 대체 뭘 하고 있는 거니?"

이머진의 엄한 목소리에 이브와 애너벨 둘 다 화들짝 놀랐다.

"엄마." 애너벨이 억울하다는 듯 쳐다보았다. "엄마 보러 왔지." 뭔가 너무 정직하고 순수한 눈빛이었다. 그리고 이머진이 이브를 보니, 뭔가 찔리는 게 있는 듯했다.

"이브, 우리 둘이 얘기 좀 할게."

이브가 억지웃음을 터뜨렸다. "뭐 대단한 문제라도 돼요? 그냥 엄마 보러 온 건데."

"나가줘, 이브."

이머진은 이브가 눈을 한 바퀴 굴리더니 뭔가 은밀한 표정으로 하고 싶은 말이 있는 듯 애너벨과 눈을 맞추려 한다는 느낌이 들었다. 하지만 애너벨은 깨닫지 못하고 바닥만 내려다보았다.

"왜 학교에 안 있고 이리 온 거지? 여기까진 어떻게 왔니?"

"엄마 보고 싶어서." 애너벨이 말했다. 이제는 눈물이 양 볼에서 흘러내리고 있었다. 이머진이 껴안아주어도 가만히 있었다. '내 문제는 잠시 접어두자.' 이머진은 생각했다.

딸아이는 훌쩍거리는 간간이 말을 꺼냈다. "너무 비열해. 캔디 쿨 말이야. 오늘 아침에 학교 애들 전부에게 이걸 보냈어." 애너벨이 아이폰을 병균이라도 들어 있는 것처럼 엄지와 검지로 쳐들어 보였다.

애너벨의 사진에 뚱보 여인을 합성한 『글로시』 잡지 표지를 만들어놓았다. 제목은 '우리 엄마도 날 못생겼다고 생각해'였고 345개의 좋아요와 57번의 공유가 돼 있었다.

캔디 쿨은 비열한 기집애였다.

애너벨의 눈은 연민을 갈구하고 있었다. 유기농 재료와 비타믹스를 섞어 수천 명의 다른 어린이들이 보는 유튜브 채널에 올리던 강인하고 자신감 있던 소녀는 간 곳 없었다. 엄마가 필요한 겁먹은 어린아이일 뿐이었다.

"우리 아기, 아직도 캔디 쿨이 하퍼 마틴 같아?"

애너벨이 고개를 살래살래 저었다. "아니, 하퍼가 더 못됐지만 컴퓨터도 잘 못 쓰는걸. 이런 건 못 만들어."

"누구인 것 같니?"

"모르겠어. 하퍼가 우리 학교에서 제일 못된 애긴 하지만, 이 정도는 아니야. 이 글 다음은 더 끔찍해."

"뭐라 그랬는데?"

"너네 엄마는 니가 엄마를 안 닮아서 못생겼다고 생각해."

이머진은 당장 그 자리에서 고함이 터져 나오는 걸 참느라 온 힘을 다했다. 대신 더욱 목소리를 부드럽게 했다. "내가 그렇게 생각하지 않는 거 알지?"

애너벨은 끄덕이지 않고 시선을 피했다. "어떤 때는 엄마도 내가 엄마처럼 예뻤으면 좋겠다고 생각하는 것 같아."

"애너벨, 그게 무슨 소리야. 너는 나 정도로 예쁜 게 아냐. 너는 나보다 더 예뻐. 너는 아름답단다. 너처럼 멋진 곱슬머리와 완벽한 올리브색 피부를 내가 얼마나 부러워하는지 아니? 밀가루 반죽처럼 허연 살이 얼마나 끔찍한데. 조금만 태양을 쬐면 벌겋게 돼. 너처럼 아름다운 소녀를 나는 본 적이 없어. 이 못된 아이가 누군지 모르겠구나. 우리가 찾아내자. 약속할게."

이머진은 앨릭스에게 나쁜 경찰 노릇을 시킬 작정이었다. 이머진은 애너벨을 여기서 내보내야 했다.

"집에 가자."

애너벨과 이머진은 손을 잡고 사무실을 나갔다.

이브는 그런 그들을 뚫어지게 쳐다보았다. 그 입술에 머금고 있던 보일 듯 말 듯 한 미소는 무슨 뜻인지, 이머진은 해석되지 않았다.

이머진은 그 못된 글에 일말의 진실도 없다고 딸아이를 안심시켜 주고 나서, 애너벨의 유튜브 채널을 금지시켰다.

애너벨은 난리가 났다. "내가 사랑하는 거란 말야. 금지시키면 안 돼. 세상에서 제일 좋아하는 건데."

"애너벨, 지금은 너를 이런 식으로 공개해서는 안 될 것 같구나. 넌 너무 어려."

"안 그러는 애가 어딨어! 엄마도 인스타그램 하잖아. 잡지에도 나가고. 이건 내 거란 말이야. 제발 나도 내 것을 갖게 해줘. 내 비디오를 보는 애들은 친구들이야. 실제로는 몰라도 내 친구들이고 난 친구가 필요해. 엄마나 아빠가 늘 곁에 있어주는 것도 아니잖아."

그 말에 가슴이 찔렸다. 사실이었으니까. 부모 둘 다 집에 있지 않았다. 집을 비우는 엄마라고 비난하는 딸아이를 꾸짖을 수 있을까? 이머진의 최우선 순위는 누구인가? 바보 같은 패션지인가, 자신의 아이인가?

이머진은 지금은 그대로 놔두기로 하고 애너벨의 잠든 머리를 쓰다듬었다.

아이들을 재우고 나서야 워싱턴과의 대화가 생각났다. 마치 까마득한 옛날 일처럼 느껴졌다.

"워싱턴이 로버트매너링 사를 떠난대." 이머진이 앨릭스에게 말했다. 이제는 그다지 긴급한 소식처럼 느껴지지 않았다.

"뭐?" 앨릭스가 침대에서 일어나 앉으며 말했다.

"명예퇴직을 선택했대. 인건비를 줄이기 위해서 고위 간부들에게는 대부분 제안할 거라고 하더라."

"앞으로는 뭘 할 거래?"

이머진은 워싱턴의 황당한 말이 생각나 웃었다. "태국에 갈 거래. 강의를 할 수도 있고."

"경영할 회사가 없으면 2주도 안 돼 미쳐버릴걸."

"그래, 누가 금방 채가겠지. 나도 제안받을 거라고 하던데."

"아, 그래? 얼마나 될까?"

"1년 치 봉급이겠지."

앨릭스가 휘파람을 불었다. "웃어넘길 수 없는 액순데."

"그래." 이머진이 조용히 말했다.

"받아들일 거야?"

"다른 소식도 있어. 글로시를 팔지도 모른대."

"누구한테? 중국인?"

"어쩌면. 그리고 숍잇도 관심 있어 한대. 내가 얘기한 애린 장이라는 여자애 기억나? 내가 그 회사 가서 만났잖아."

앨릭스는 끄덕이긴 했지만 누가 누군지 전혀 기억나지 않는 눈치였다.

"내가 보기엔 우리 잡지를 사는 데 정보를 얻으려고 나랑 친구하고 싶은 척한 거 같아."

앨릭스가 신음을 흘렸다. "또 다른 이브 같군."

"그렇게는 생각하고 싶지는 않아. 그런 느낌은 아니었거든." 이머진은 왠지 애린을 변호하고 싶었다.

"모르겠다, 여보. 나는 그냥 그런 이십대, 밀레니얼 세대 여자들이랑 사업할 필요가 없어서 다행일 뿐이야. 무서워서, 원." 앨릭스가 한숨을 쉬었다.

"애린이랑 얘기해봐야 할까? 이메일을 보내든지? 걔가 잡지를 사면 어쩌지? 이브 같은 상사가 둘이나 생기면 어떻게 해?"

"그럼 명퇴 받아들일 거야?"

이머진이 한숨을 쉬었다. "사태 파악도 잘 안 돼서, 모르겠어."

28

2016년 1월

애슐리는 모두가 보는 앞에서 저울에 올라가고 싶지 않았다. 너무 창피했다.

"55킬로그램. 놀라운데, 친구. 금상 감이야. 7킬로그램이나 빠졌어." 앞서 페리가 저울에서 내려서자 이브가 손뼉을 쳤다.

애슐리도 어쩔 수 없이 저울 위에 서며 눈을 질끈 감았다. 그때 이브가 애슐리의 엉덩이를 세게 꼬집었다.

"우와, 넌 2킬로나 늘었어. 주스만 줘야겠다." 이브는 킥킥거리더니 다시 애슐리를 위아래로 훑어보았다. "여기서 처음 일하기 시작했을 때는 더 예뻤는데." 그러고는 다음 애에게 관심을 돌렸다.

카파세타 여학생 클럽에서 선배들이 신입생들을 속옷만 남기고 발가벗긴 다음 지방 부위에 동그라미를 그렸을 때 이후 이렇게 굴욕적인 일은 처음이었다.

몸무게 측정은 표면적으로 '글로시 몸짱 대회' 즉 새해를 맞아 '새로운 나'를 촉진시키자는 주스 장세척 및 극기훈련 3주 프로그램의 일환이었다.

"실은 자기 결혼식에 맞춰 전부 사이즈 0을 만들기 위한 핑계예요. 모두 병자로 보이게 만들려고!" 안전한 이머진의 사무실에 숨어서 애슐리가 툴툴거렸다. 이머진은 극기훈련이든 세척 요법이든 참여할 필요가 없었다. 이브는 적어도 그런 데서는 이머진을 빼주었다.

"이번 주말에 이브가 우리 몇 명한테 뭘 보냈는지 알아요?" 애슐리는 전화를 뒤져 이브가 일요일에 보낸 사진을 보여주었다. 거울 앞에서 찍은, 브라와 팬티만 입은 이브의 사진이었다. 배는 쏙 들어가고 허벅지는 나뭇가지 같았다. 캡션은 다음과 같았다. '결혼식 다 됐어, 기집애들아! 이거 보고 필 받아!'

이머진이 눈살을 찌푸리고는 놀리듯 말했다. "이런 부적절한 사진을 보내선 안 된다고 말해." 애슐리가 이브에게 그런 말을 하지는 못하리라는 것을 이머진도 알고 있었다.

"그래야겠죠." 애슐리가 다리를 꼬고 목걸이에 달린 조그만 금닻을 만지작거렸다. 입에 넣었다 뺐다 하면서 이에 금속 조각을 부딪었다. "난 비열해지려고 노력하고 있어요. 새해 결심 중 하나예요. 더 비열해지기!"

이머진은 웃고 말았다. "그러지 마. '더 단호해지기'나 '참지 말고 저항하기'는 어때?"

유리벽 너머에서 콘텐트 프로듀서들이 이브의 그날을 위해 조용히 글로시 할인 카드를 하얀 선물 주머니에 집어넣고, 그 종이 주머니 위를 커다란 빨간 리본으로 묶고 있었다.

"오늘 밤 위염에 걸려서 결혼식에 못 갈 수도 있죠." 애슐리가 토하는 흉내를 내다가 얼른 몸을 바로잡았다.

다행히도 이머진은 웃어주었다. "그랬다간 감봉 조치당할걸."

"농담이 아니라 진짜잖아요. 재미없어요."

애슐리는 이머진에게 최근 자신에게 생긴 좋은 소식을 알려주고 싶었다. 기뻐해줄까? 별거 아니라고 생각할까? 애슐리는 이머진이 반짝이는 맥북에어 자판을 치는 모습을 지켜보았다. 몇 달 전만 해도 같은 컴퓨터 앞에 앉아 이마의 주름을 도통 펴지 못하던, 쩔쩔매던 모습은 보이지 않았다.

애슐리는 아직은 일을 그만둘 생각이 없었다. 10만 달러 투자로는 사실 충분하지 못했다. 관리자 하나, 엔지니어들, 마케팅 인력도 고용해야 했다. '섬싱올드'를 전업으로 하기 전에 성과를 좀 낼 필요가 있었다. 게다가 이머진에겐 아직 애슐리가 필요했다.

"저, 재밌는 얘기 하나 해드릴까요?" 애슐리는 올 A 성적표를 들고 엄마에게 온 아이가 된 기분이었다.

"뭐지, 자기?"

"제가 오래전부터 창업을 해보고 싶은 회사가 하나 있었는데요. 음, 아니, 실은 창업했어요. 그러니까 회사가 실제 생긴 거죠. 그리고 최근 목표 투자액을 모았어요. 10만 달러요."

이머진이 컴퓨터를 닫고 그 위에 팔꿈치를 올렸다. 턱을 손으로 받친 다음 말했다. "멋진데? 전부 말해봐."

29

글로시에서 그 결혼식이 열리는 날 아침, 틸리가 숨이 턱까지 차서 주방으로 뛰어 들어왔다.

"어퍼이스트사이드에서 여기까지 뛰어온 거야, 틸?" 이머진이 능숙하게 메밀바나나팬케이크를 뒤집었다.

"저 아래 가게서부터 뛰어왔어. 내가 정신없이 군다고 고소할 거야? 『포스트』 1면 봤어?"

"아직. 오늘 이브 결혼식 준비 때문에 정신없었어."

"결혼식이 열릴지 장담할 수 없다고!" 틸리가 꺅꺅거리며 아일랜드 스타일로 몸을 흔들었다.

"무슨 소리야. 허드슨 강 동쪽 신문 기자와 사교계 인사는 전부 오늘 오후에 플라자호텔에 모일 텐데."

"신랑이 엄청난 섹스 스캔들에 연루되면 얘기가 달라지지." 틸리가 토요일자 『뉴욕포스트』를 조리대 위에 쫙 펼쳤다. 앤드루의 사진이 1면 오른쪽에 나와 있었다. 아파트에서 나오다가 기습을 당한 듯 깜짝 놀란 표정이었다.

이머진은 순간 적의 불운을 예감하는 짜릿한 전율을 느낄 수 있었다.

타블로이드 신문의 왼쪽은 예쁘장한 금발 여성의 란제리 차림 사진이 있었다. 요란한 제목이 꽝꽝 찍혀 있었다. '불쏘시개로 나를 때려줘!'

"이게 대체 무슨 뜻이야? 넌 읽었어?"

틸리가 이머진이 따라준 물을 꿀꺽꿀꺽 마셨다.

"앤드루가 이 여자애랑 6개월 동안 섹스팅을 했대. 이름이 브리-앤이고 퀸스 출신이라는군. 지난주에… 열여덟이 되었대. 간단히 요약하자면, 이 미성년 소녀와 앤드루가 불쏘시개[Tinder] 사이트에서 만나 섹스팅을 해왔다는 거야."

이머진이 기사를 찾아보았다. 틸리가 말한 대로 추잡한 내용이었다. 누가 앤드루의 전화를 해킹해 그의 불쏘시개 계정으로 들어갔고, 대화 내용을 『뉴욕포스트』에 준 것이었다.

"이 메시지들 좀 봐." 이머진이 눈을 의심하며 읽어 내려갔다.

"그런 메시지를 '섹시지'라고 한대."

"뭐라든지."

>> 나를 벌주면 좋겠어. 난 아주 나쁜 아이야.

>> 얼마나 나쁜데?

>> 너무 나빠서 못됐다고 꾸짖으며 엉덩이를 때려줘야 할걸.

>> 또 뭘 해줄까?

>> 우리 엄마처럼 차려입고 내 XXX에 XXX를 넣어줘.

이머진이 신문을 확 덮었다.

"더 이상 못 읽겠다."

틸리는 눈물까지 흘리며 어깨를 떨며 웃었다.

"앤드루랑 사귈 때, 너한테도 엄마처럼 입고 그의 엑스엑스에 엑스엑스를 넣어달라고 한 적 있어?"

"절대로 그런 적 없었어." 그러고 나서 생각해보니 한번 유난히 취해 들어와서 엉덩이를 때려달라고 한 적은 있었다. 하지만 그건 어디까지나 거친 섹스 유희 정도였다.

"그럼 결혼식은 취소로군." 틸리가 신문을 다시 폈다.

"취소된다 만다 하는 얘기는 없어. 이브나 앤드루의 발언이 실리지도 않았고."

이머진은 가족실로 달려가 충전 중이던 아이폰을 집어 들었다. 이브에게서 온 연락은 없었다. 애슐리에게 전화하려는데, 마침 전화가 걸려왔다. 둘 다 인사 따위는 집어치우고 동시에 외쳤다.

"신문 봤어?" 이머진이 말했다.

"구글 알림 받았어요?" 애슐리가 말했다.

"아니, 응. 그러니까 기사를 봤어." 이머진이 대답했다. "이브랑 통화했어?"

"아뇨, 전화를 안 받아요."

"결혼식은 아마 못 하겠지?"

"못 하겠죠! 아우우우, 너무 창피할 거예요."

잠시 이머진은 이브가 불쌍했다.

"잠깐, 문자가 왔어요. 잠시만요…. 우와. 정말이지, 우와."

"뭐? 뭐래?"

"페리한테서 온 거예요. 결혼식 한대요. 플라자호텔로 최대한 빨리 오래요."

이머진도 삑 소리를 듣고 자신의 전화를 보았다. "나도 문자 받았어."

"누구한테서요?"

"애디슨 카오. 전부 알려달래."

"열일곱 살 난 애한테 엉덩이를 때려달라고 해서 『뉴욕포스트』1면에 나온 남자랑 결혼식을 올리는 여자는 대체 뭐지?" 플라자호텔 그랜드볼룸에서 샴페인 한 잔을 집으며 브리짓이 중얼거렸다.

경찰 바리케이드가 호텔 주 출입구를 둘러싸고 그랜드아미플라자와 아이러니하게도 퓰리처 분수를 막아서, 장사진을 친 기자들과 사진가들을 저지했다. (사실 결혼식에 초대받지 못한 기자는 많지 않았다.) 브리짓과 이머진, 그리고 마지못해 온 앨릭스는 겨우 밖의 난리를 피해 뒷문으로 들어올 수 있었다.

"왜 아직도 체포되지 않은 거야?" 브리짓이 은밀히 소곤거렸다. "경찰에 뇌물이라도 줬나?"

"아직 충분한 증거가 없는 거 아닐까?" 이머진이 대꾸했다. "여자애는 이제 열여덟이고 아무도 그게 꼭 앤드루의 전화기라는 걸 증명은 못 하잖아."

이머진과 브리짓은 화려한 호텔 로비로 들어섰다. 오직 브리짓만이, 신부의 흰옷 전통은 가부장제적이라고 묵살하고 자신의 옷장에는 랑방의 아이보리 시스 드레스밖에 없다고 주장하여, 결혼식에 흰옷을 입고 왔다. 이머진은 이브의 모든 지시에도 불구하고 단순한 검은 제이슨우 드레스를 입었다.

"정말 결혼식을 올릴 거라고 생각해?" 브리짓이 물었다.

랜드마크 역할을 하는 이 특급 호텔 안의 분위기로 짐작해보건대, 쇼를 진행한다는 이브의 결심은 확고했다.

신부를 본 사람은 아무도 없었지만 사람들은 온통 신부 얘기뿐이었다. 이머진과 브리짓은 여기저기서 들려오는 다른 손님들의 대화를 엿듣느라 너무 정신이 팔려서 자기들끼리는 얘기를 나눌 새가 없었다. 글로시 여자애들이 사방을 누비고 다니며 구글글래스로 결혼식 차림의 모든 손님을 찍고 있었다. 실시간으로 중계되는 그 영상들에서 모든 옷과 장신구는 '바로 구매!'가 가능했다. 우아한(그리고 밝은 색색의!) 드레스들의 바스락거림을 배경으로 현악사중주단의 음악이 징징거리며 실내를 떠돌았다.

테라스룸의 바에 선 이머진은 이 식전 파티를 관찰해보았다. 전부터 이 호텔은 좀 몰개성하다고 생각했었다. 너무 이브다웠다. 이머진은 아무런 감명도 받을 수 없었다. 찰스 윈스턴 크리스털 샹들리에에서 반사된 불빛이 천장의 명랑한 르네상스 프레스코풍 그림 위로 그림자를 던지고 있었다. 실내 장식마저 이 농담 같은 결혼식에 가세하듯 윙크와 미소를 던졌다. 비용은 아낌없이 지출되었다. 그러니까 앤드루의 신탁 기금이 아낌없는 비용 지출을 가능케 했을 것이다. 높은 테이블에 진주로 가장자리를 장식한 아마포를 덮었다. 그 가운데 특대형 크리스털 꽃병에는 거대 백합꽃을 꽂았다.

이브는 식전에 칵테일파티를 한 시간 두어서 글로시 웹사이트에서 주최하는 생중계 행사의 효과를 극대화하고자 했다. 이머진도 싫어할 이유가 없었다. 손님들은 결혼 서약을 보기 위해 앉기 전에 약간 흐물흐물해지는 게 좋다고 늘 생각했으니까. 이런 시간은 모든 것이 너무나 미국적인 결혼식 중에서 유일하게 영국적인 느낌을 주었다.

저편에서 애린 장이 턱시도 차림의 잘생긴 아시아 젊은이들과 수다를 떨고 있었다. 조그맣고 아담한 체구를 매혹적으로 드러내는 사선 재단된 진청 실크 드레스 위에 흰 캐시미어 랩을 휘감았다. 이머진이 보고 있는 것을 보고 손을 올려 기분 좋게 흔들었다. 조그만 귀에 커다란 금장식이 매달려 있었다. 애린은 오른쪽 신사의 열변에 귀를 기울이며 이머진 쪽을 흘긋거리다가 양해를 구하고 빠져나왔다.

"친구야, 있지, 내 남편 잠깐 봐주고 올래? 일 안 하는 오후라고 너무 마시지 않나 확인해줘." 이머진이 브리짓에게 말하고 가운데로 나갔다. 앨릭스는 저쪽에서 자신을 너무 오래 혼자 남겨놓지 말라는 눈빛을 보냈다. 이머진은 키스를 날려 보냈다. 그래도 와준 게 어디인가.

이머진이 애린의 양쪽 뺨에 키스했다. "당신이 올 줄 몰랐네요." 이머진이 조심스레 말했다. 이머진은 잠시 망설였지만, 애린에게 잡지 인수 문제에 대해 퍼붓기 적당한 상황이 아니라고 마음을 접었다.

"이브가 뉴욕 사람 반은 초대한 것 같아요." 애린이 의뭉스레 웃었다.

"그래도 둘이 친구인 거 아닌가?" 이머진은 묻지 않을 수 없었다.

애린이 고개를 저었다. "아뇨. 같이 아는 친구들이 있어서 사교상 아는 사이라고는 할 수 있지만 절대 친구는 아니에요. 어쨌든 이머진을 봐서 무척 반갑네요. 또 같이 점심 먹을 수 있을지 이메일 보내려고 했어요." 애린이 목소리를 낮추며 주위를 둘러보았다. "당신들끼린 뭐 좀 아는 얘기 있어요?"

'뭐에 대해서? 합병? 결혼?'

이머진은 "전혀!" 하면서 손을 내저었다.

애린이 손짓을 흉내 냈다. "나도 그렇지만, 물어볼 수밖에 없잖아요? 안 그래요? 그러니까, 나도 알아요. 결혼식을 취소하기는 어렵겠죠. 약혼이라면 몰라도, 손님들 비행기표도 예약 끝났고 다른 것들도 다 지불했으니, 무슨 일이 있어도 식을 올리는 거죠."

"그렇죠."

브리짓도 자기 나이 두 배의 선박왕과의 약혼을 결혼 6개월 전에 파기한 적이 있었다. 그러고 나서 프랑스 남부의 카페뎅호호텔에서 친한 친구 200명을 불러 난장판 파티를 벌였다. 계약금이 환불되지 않기 때문이었다. 당연히 전 약혼자는 초대받지 못했다.

"파티는 재미있나요?" 이머진이 물었다.

애린은 웃다가 한숨을 쉬었다. "솔직히 이렇게 차려입고 일로 만나지 않은 남자들과 얘기하니 좋네요. 지난 6개월 동안 살벌한 이혼 과정을 견뎌야 했답니다."

이머진은 당황해 즉석에서 떠오르는 대로 말을 뱉고 말았다. "저런, 안됐네. 전혀 몰랐어요. 애린을 잘 모르긴 하지만, 뭐랄까, 인스타그램에서 보기엔 삶이 너무 완벽해 보였거든."

"인스타그램에서는 모든 게 더 좋아 보이죠. 안 그래요?" 애린이 말했다. "그래서 인스타그램이 존재하는 게 아닐까… 우리가 늘 소망해왔던, 그리고 싶은 우리 자신의 모습… 나에겐 오히려 당신이 완벽 그 이상으로 보였어요. 세상에서 가장 조화로운 여자가 아닐까 싶으니까."

"그렇지 않아요." 이머진이 고백했다. 애린 장보다는 자신에게 하는 말이었다.

"내 생각엔…." 애린이 잠시 망설였다. "우리가 빨리 다시 만나야 할 것 같아요. 이머진에게 꼭 해야 할 얘기가 있거든요."

'나도 그렇게 생각해.' 이머진이 생각했다. 이머진은 다시 한 번 예의 바르게 볼 키스를 하고 식장으로 가, 앨릭스 옆에 앉았다. 가는 길에 이런저런 대화가 들렸는데, 모두 이브가 식장으로 들어올까 말까 하는 얘기였다.

시끌벅적한 잡담이 계속되다가, 조명이 확 밝아지며 종이 울려 손님들이 일어섰다. 쇼가 시작되려 했다. 앨릭스가 애정을 담아 허벅지에 손을 올렸다. 브리짓은 한가로이 라시드에게 #섹시셀피 메시지를 보냈다.

이머진은 조명이 어두워지기 전, 흰색으로 칠된 의자들을 쭉 훑어보았다. 글로시 직원 가운데 날씬한 축들이 여기저기 보였다. 다들 짠 듯이 완벽한 상대의 팔짱을 끼고 있었다. 남자친구도 있었고 게이 절친인 게 분명한 남자도 보였다. 올해 최고의 스캔들을 현장에서 볼 기회를 마다할 사람은 없을 터였다. 앤드루의 소름 끼치는 어머니가 앞줄에 앉아 있었다. 얼굴이 과한 보톡스의 효과로 영원히 근심하는 표정으로 얼어붙어 있었다. 일부 젊고 늙은 사교계 인사들 사이에 하급 패션 디자이너들도 드문드문 보였다.

이머진이 머리 위에서 윙 하는 느낌에 올려다보다가, 기겁하고 앨릭스의 팔을 꽉 잡았다. 앨릭스가 올려다보더니 속닥였다. "공중 폭격까지 시작됐네. 드론 카메라야."

"뭐라고?"

"드론 비디오카메라."

모든 눈이 위로 쏠렸다. 손님들은 손가락질하며 놀라, 작게 공포 어린 비명까지 질렀다.

"군대에서 쓰는 거 아냐?" 이머진이 남편에게 물었다.

"그렇지." 전혀 동요하지 않고 앨릭스가 대답했다. 오히려 감명받은 듯, 전화기를 꺼내 사진을 찍었다. "여기서 비디오 찍어도 될까?" 앨릭스는 이제 속닥이지도 않았다. 다른 사람들도 마찬가지였다.

"이런 데선 그게 의무 사항이지." 이머진은 대꾸하고, 망설이다 덧붙였다. "글로시라고 태그 다는 거 잊지 마."

물론 이브는 작은 섹스 스캔들이나 로봇 사진가의 소음이 자신의 결혼식 주인공 자리를 빼앗도록 놔둘 사람이 아니었다. 오늘은 그녀만을 위한 날이었다. 이건 전 세계로 생중계되는 행사였고, 우라질, 그녀가 주연이었다.

누군가 스위치를 껐고, 실내는 어둠에 잠겼다. 드론들은 어쩔 줄 몰라 제자리를 지켰다. 신부가 입장할 마호가니 문을 부분 조명이 때렸다. 하지만 전통적 의미의 신부 행진은 아니었다. 이브는 강렬한 빨강 양탄자 위를 걸어 나올 예정이었다. 파헬벨의 〈카논〉이 연주되는 가운데 둥근 빛에 감싸인 이브가 나타났고 모두가 쳐다보았다. 잠시 이머진조차 조명 속 이브의 아름다움에 숨을 멈출 정도였다. 드러난 어깨와 가슴 윗부분이 하얗게 빛나며 머리는 비스듬하게 아래쪽에서 완벽한 쪽을 지었다. 드레스는 좁은 엉덩이까지 날렵한 곡선을 그리다가 옷자락이 문밖으로 아주 살짝 끌렸다.

다시 불이 들어오자 이브는 자신 있게 첫 번째 발걸음을 뗐다. 식장은 대혼란에 빠졌다. 드론들은 머리 위에서 정신없이 붕붕거리고 사람들 얼굴은 보이지 않고 높이 쳐든 전화기만 보였다. 이 순간을 포착해 트위터, 페이스북, 킥, 인스타그램에 올린 후 안내문에 포고된 대로 모두 #글로시웨딩 해시태그를 달 예정이었다. 이 모든 와중에 이브는 얼굴 위에 대담한 빨강 립스틱으로 쭉 그린 것 같은 것 같은 미소를 짓고 식장 앞쪽을 쏘아보았다.

이브가 다가가자 앤드루의 목에선 눈에 보일 정도로 땀이 쏟아져 내렸다. 이머진과 사귈 때랑 좀 더 비슷해 보였다. 붓고 번들거리는 얼굴은, 여기까지 오느라 술기운을 빌렸음을 드러냈고, 공포에 질린 표정으로 얼어 있었다. 그날 아침 이브가 얼마나 난동을 부렸을지 짐작이 갔다. 사실 앤드루가 도망가지 않은 것이 놀라웠다. 하지만 공직 생활에 대한 미련과 도망가서 당할 창피를 생각하면, 도망가버린다는 건 그의 연약한 자존감에 버거운 행동이었다. '완전 좆 된 거지.' 이머진은 생각했다. 서 있는 동안 얼굴이 실룩거리는 것으로 봐서, 또 다른 그의 옛 악덕, 즉 코카인에도 의지했을 것으로 짐작되었다. 식 직전에 했겠지. 이브가 다가오자 떨기 시작했다.

이브가 중간쯤 걸어왔을 때, 중간 크기로 울리던 음악이 멈추었다. '이거구나.' 이머진은 생각했다. '여기서 그냥 나가려는 거야. 이렇게 끝내는구나.' 그리고 이머진은 이브에게 잠시나마 존경심이 생겼다. 비록 너무 공개적인 이별을 안무했다고 해도.

하지만 아니었다.

어디선가 스피커에서 팝음악이 쿵쿵 울리기 시작했다. '무슨 노래더라?' 아는 노래였지만 제목이 생각나지 않았다. 통로 옆으로 놓인 자리에서 글로시 직원들이 모두 밝은 분홍 드레스를 입고(그리고 무서울 정도로 마른 몸으로) 일어나 이브 주위를 둘러쌌다. 발을 엉덩이 넓이로 벌리고 서서 엉덩이를 오른쪽 왼쪽으로 흔들며 가슴 앞에서 팔을 엇갈렸다. 코러스가 울려 나오기 시작했다. "사랑에 너무 미쳐 보여 / 난 그렇게, 완전 미쳐 보이게 됐지."

비욘세였지. 폭설에 갇힌 날 이브의 집에서 애들이 배웠던 군무였다. 이 군무의 일부인 양, 드론들이 그들의 머리 위를 박자에 맞춰 돌았다. 인터넷은 이 교묘하게 계획된 자발적 순간을 1초도 놓치지 않을 것이다.

이브는 깜짝 놀란 척했다. 마치 직원들이 이런 이벤트로 자신의 결혼을 응원할 줄 몰랐다는 듯이. 심지어 왜 이러냐는 투로 피식 웃으며 살짝 찌푸리기까지 했다. 하지만 이머진은 굳이 물어보지 않아도, 겁에 질린 표정으로 신부를 막고 서서 엉덩이를 썰룩거리는 애슐리를 보며, 이 쇼가 세세한 손짓 하나까지 이브가 직접 지시한 일임을 알 수 있었다.

여자애들이 이브를 앤드루에게 인도했다. 앤드루의 어머니는 밝은 분홍 결혼식 안내장으로 절박하게 부채질을 하고 있었다. 졸도한대도 무리는 아니었다.

결혼식 자체는 짧았고 종교의식은 포함되지 않았다. 이머진은 이브가 앤드루에게 가만히 서 있게 옥박지르느라 옆구리를 꼬집는 것을 보았다. 막 연방순회고등법원 판사가 하객에게 성혼을 알리려는 찰나, 이브가 손을 들어 판사의 얼굴 앞에서 쫙 펼쳤다.

'또 뭐?' 이머진은 생각했다.

"잠시만요." 이브는 겹겹의 웨딩드레스 어디서 아이폰을 꺼냈다. "내 페이스북 상태를 업데이트해야 해서요." 몇 번 화면을 누르더니 마치 상패처럼 머리 위로 추켜올렸다. "페이스북에서 공식화될 때까지 공식적인 게 아니죠." 이브가 소리쳤다. "그리고 전화기를 꺼낸 김에, 뒤풀이 때 입을 걸 찾아봐야겠네."

'아, 이건 아냐.'

이런 순간에조차 이브는 광고용 연기에 열을 올리고 있었다. 혼자 중얼거리는 척했지만, 그녀에겐 마이크가 달려 있었고, 말은 식장 전체에 크고 또렷하게 울렸다. "좀 짧은 걸 입어야겠어. 흰색이긴 해야겠고, 타다시 걸로. 뭘 해야 할까? '바로 구매!'를 해야지." 그리고 이브가 버튼을 누르자, 산뜻한 턱시도를 입은 이십대 남자 하나가, 이브 옆에 서 있는 비염 걸린 중독자보다는 훨씬 이브에게 잘 맞아 보이는 남자가, 웅장한 이중문을 지나 하얀 상자를 들고 왔다. 공단 리본으로 아름답게 묶인 상자는 폴크스바겐 크기만 했다.

"뒤풀이 드레스가 벌써 왔네." 이브가 청중을 향해 킥킥거렸다. 청중은 그 이벤트에 박수를 보냈다. 저 여자애에게 보냈는지는 모르겠지만.

그러고 나서 공식적인 인사 시간은 없었다. 앤드루는 바 쪽으로 슬쩍 숨었고 이브는 총 10만 달러를 주고 모셔온 신인 여배우들과 셀피를 찍겠다고 고집했다. 웨이터들이 샴페인과 화이트와인과 허여멀건 에피타이저들을 들고 돌아다녔다. 이브가 혹시 자기 옷에 쏟아져도 괜찮게 모든 음식에서 색깔을 빼라고 명령했던 것이다.

이브는 전 남친도 몇 초대했다. 훨씬 나이 많은 사람 몇몇에, 그녀의 나이대도 있었는데, 남학생 사교 클럽에서 놀았음직한 은행가 부류로, 빈야드바인스의 장난스러운 타이와 포켓치프를 편애했다. 그들은 여기저기 삼삼오오 모여, 비슷하지만 20년은 더 나이가 들고, 몸무게도 10킬로그램은 더 나가며 몇몇은 이혼한, 돌턴 출신의 앤드루의 친구들을 향해 눈짓했다.

인접한 정찬 룸에는 댄스 플로어 주변으로 교묘하게 만찬 테이블이 배치되었다. 세련되게 변하고 있는 브루클린의 힙스터 여피들 사이에서는 꽤 알려진 밴드가 무대에서 연주를 했다.

다섯 코스로 이루어진 정찬 자리에 앉기 전에 이머진은 사람들 사이를 헤치고 화장실에 짧게 늘어선 줄 뒤에 섰다. 이머진 앞에 선 여자들은 이브의 위스콘신 고향에서 온 모양이었다. 정장 드레스를 입었지만 다른 사람들만큼 세련되지는 못했다. 머리를 조금 너무 크게 부풀렸고 손톱은 약간 야했으며 드레스는 5년쯤 지난 디자인이었다. 셋 모두 왼쪽 약지에 금반지를 끼고 있었다. 대화 내용으로 보아 세 여인 모두 이브와 자주 연락하고 지내지 않은 게 분명했다.

"에린… 오니 좋냐?"

"주말 동안 뉴욕 구경하라고 이브가 공짜 비행기표를 보내주니 좋지!"

여인들은 낄낄거리며 서로 하이파이브를 했다.

"쟤 정말 달라 보인다." 여자애 하나가 이브를 향해 턱짓했다. 십대 뱀파이어 텔레비전 연속극에 나오는 빨간 머리 스타의 허리에 팔을 두르고 사진가에게 사진을 한 장 더 찍으라고 명령하고 있었다.

"하는 짓은 옛날이랑 똑같을 거야. 꼬리가 문에 낀 고양이처럼 심술보일걸."

셋 중 키가 작고 뚱뚱한 편인 여자가 이브를 변호하고 나섰다. "자, 자. 얘들아, 그렇게 나쁘지만은 않잖아. 졸업 무도회 준비하면서 얼마나 재밌었는지 기억 안 나?"

"자기가 무도회 여왕 되려고 표 조작한 거 기억 안 나?" 더 큰 여자가 말했다. "게다가 지금 여길 봐. 자기 결혼에까지 농간을 부리고 있잖아." 여자는 거대한 호텔 전체를 다 가리키려는 것처럼 팔을 쫙 펼쳤다가 목소리를 낮추었다. "그러다가 쓰레기 같은 인간에게 걸린 것 같지만. 캔디 쿨이 또 역습을 당한 거지."

이머진은 꿈에서 확 깨는 듯했다.

캔디 쿨이라니. 저 여자애는 그게 마치 실제 누군가의 이름인 것처럼 말했다. 옛날 친구, 아는 사람인 것처럼. 이머진은 소름이 쫙 끼쳤다. 딸아이를 괴롭히고 있는 자의 이름. 어쩌면 잘못 들었을지도 모른다는 생각도 들었다. 저 중부에서 온 새댁 세 명이 어떻게 십대 깡패를 알겠는가?

작은 여자가 자기 허벅지를 철썩 치며 콧방귀를 뀌었다. "아, 캔디 쿨, 까맣게 잊고 있었네."

이머진은 자기가 제대로 들은 게 맞는지 확인해야 할 필요가 있었다. 이들의 진한 중서부 발음을 잘못 알아들었을 가능성도 있었다.

이머진이 큰 여자 어깨를 톡톡 두드렸다. "실례합니다. 죄송하지만 캔디 쿨이라는 이름이 들려서요. 어떻게 아는 사람이죠? 그게 누구예요?"

"캔디 쿨이 누구냐고요?" 양쪽의 두 여자는 이머진을 의심스레 쳐다보았지만, 이머진이 어깨를 두드린 여자는 누가 자기 얘기를 들어주는 게 신나는 듯했다.

"이미 아실 텐데요. 그녀 결혼식에 와 있잖아요."

"무슨 말인지 모르겠어요."

"이브가 고등학교 때 인터넷에서 사용하던 이름이에요. 그러니까, 채팅이나 메신저 같은 데서. 근데 멍청했지. 학교 투표 시스템을 해킹해서 자기를 무도회 여왕으로 만들려다가 들켰어요. 이브에게 투표한 사람 이름이 모두 캔디 쿨로 바뀌어버렸거든요."

작은 마을에서 자라 모두 결혼을 한 탓인지 이브보다 훨씬 나이가 들어 보이는 세 여자는 한꺼번에 와 웃음을 터뜨렸다. 당시 이브의 곤경을 추억하며 눈물까지 줄줄 흘렸다. 모든 것을 알게 된 이머진의 심장은 차갑게 얼어붙었다.

이브가 캔디 쿨이었다. 이브가 이머진의 딸을 괴롭혔다. 아무것도 모르는 순수한 아이일 뿐인 애너벨을. 이머진은 페이스북에 올라와 있던 끔찍한 글들이 떠올랐다. '넌 절대 너희 엄마만큼 예뻐질 수 없을 거야.' '넌 못생긴 조그만 돼지고 모두 그렇게 생각할걸.' '그리고 어떻게 매일 거울을 들여다보니?'

이머진은 평정을 유지하려 애썼지만, 순간 모든 것이 멈추는 듯했다. 모든 것이 무섭도록 맞아떨어졌다. 머릿속 생각이 수천 갈래로 쪼개지는 듯했다. 몇 달 전만 해도 이머진은 이런 일들이 가능하다고 생각조차 못 했을 것이다. 성인 여성이 어떤 아이를 괴롭히고 언어적으로 학대하다니. 이브에 대해 아는 지금은, 그것이 사실임을 의심의 여지없이 알 수 있었다.

"대단한 이야기네요, 아가씨들. 이브에 대해 들려줄 얘기가 정말 많을 것 같아요. 하지만 난 파티가 시작되기 전에 남편을 찾아봐야겠어요."

이머진은 간신히 그들 틈을 빠져나왔다. 그리고 걸어가면서 전화기를 꺼내 딸애에게 문자를 보냈다.

>> 내가 널 얼마나 사랑하는지 알지?

답장이 바로 왔다. 애너벨은 전화기를 손바닥에 붙이고 사는 게 틀림없었다.

>> 어휴…. 나도 알아 엄마 ☺

이브는 웨딩드레스를 어떻게 벗는지 알 수가 없었다. 회사 애들이 등에 달린 100개도 넘는 조그만 단추들을 채워주었는데, 이제 오줌을 누려 하니 풀 수가 없었다. 혼자 할 수 있을 줄 알았지만, 그랜드볼룸의 금박 화장실에서 방광이 터지기 직전인데도 드레스는 꿈쩍도 하지 않았다.

"정말 결혼을 하다니 말도 안 돼." "돈에 환장한 여자가 아니고서야." "어떻게 식장에 들어올 수가 있지?"

이브는 사람들이 하는 얘기를 한마디도 빼놓지 않고 다 들었다. 심지어 이브가 가까이 가면 험담을 멈추고 입을 닫을 때 혀가 입천장에 철썩 붙는 소리까지 들렸다. 이브가 다가가면 아첨꾼으로 돌변해 축하의 말을 쏟아내며 얼마나 아름다운 신부였는지 모른다고 했다.

'못된 년들.'

손을 뒤로 돌리면 제일 위의 단추가 닿을 듯 말 듯 했다. 그것만 풀리면 다른 단추들도 꽤 쉽게 풀릴 것 같았다. 거의 될 뻔했지만, 공단 때문에 손이 미끄러졌다.

다들 이브가 왜 식장으로 들어왔는지 알고 싶어 했다. 오늘 아침에 『뉴욕포스트』를 보고도 왜 도망가지 않았느냐고. 다들 이브가 얼마나 알고 있는지 알고 싶어 했다. 물론 이브는 알았다. 처음부터 알고 있었다. 젠장, 세 번째 데이트 날 앤드루가 이브에게 교복을 입고 시그마카이 남학생 클럽 노를 가지고 때려달라고 했던 것이다. 이브도 전부 들었지만, 개뿔도 신경 쓰지 않았다. 결혼식을 왜 취소해야 한단 말인가. 이 도시에서 결혼이란 승진과 같은 것이었다. 엉덩이가 부르트도록 애써 쟁취했으니, 이제는 다음 단계를 위해 이용할 차례였다. 아기를 갖거나, 더 좋은 집을 얻거나, 사회적 지위를 높이거나 두 번째 결혼을 위해 더 나은 위치에 올라서는 것이라도 말이다. 이 결혼은 동맹 결연이었다. 힐러리를 보라. 후마[후마 애버딘은 힐러리 클린턴 곁을 20년간 지킨 보좌관으로 뉴욕 시 하원의원인 남편과 결혼한 지 1년도 안 돼 여대생과 섹스팅을 한 사실이 『뉴욕포스트』에 보도되었으나 이혼하지 않았고 그 직후 임신 사실이 밝혀져 화제가 됐다]를 보라. 실다[실다 스피처는 하버드 출신의 변호사이자 세 아이의 엄마로 활발한 사회 활동을 했으며, 검사에서 뉴욕 주지사가 된 남편이 성매매로 사임을 발표할 당시 강인한 모습으로 옆을 지켜 화제가 됐다]를 보라. 이브는 이 정도는 얼마든지 감당할 수 있었다. 더구나, 결혼식으로 글로시닷컴이 완벽하게 홍보되었다. 그들은 이제 현미경 아래 놓였다. 상어가 주변을 맴돌고 있다. 뭔가 큰일이 벌어지려 하고 있다. 애린 장이 결혼식에 왔다. 뭔가 있는 게 분명했다.

앤드루는 그저 전채 요리 같은 남편일 뿐이다. 이브를 뉴욕 사교계와 비즈니스(사실 둘은 정말이지 같은 것이다)에서 한 단계 탈바꿈시켜줄. 이름이 알려진다는 것은 투자에 중요하다. 이브는 많은 투자자의 관심을 받을 수 있게 되었다. 앤드루와는 결국 이혼할 것이다. (아이는 없어야 한다… 이브는 이미 이 부분을 조치해두었다.) 삼십대 초에 다시 결혼할 수 있을 것이다. 테크 분야의 사람으로 생각하고 있다. 그 결혼 소식이『뉴욕타임스』에 날 때는 '사랑스러운 두 테크 연인'으로 묘사될 것이다.

어쩌면 드레스를 밑에서부터 끌어올릴 수도 있을 것 같다. 천이 허벅지에 너무 들러붙어 있긴 하지만, 다리를 잘 꼬기만 하면….

값비싼 옷감 찢어지는 소리가 대리석으로 치장된 화장실을 울렸다.

'아, 썅.'

분노로 반쯤 눈이 먼 이머진은 사람들을 마구 헤치고 지나왔다. 주변 하객들은 마음 편한 뒷담화를 계속했다. 이머진은 주변 사람들이 마치 꿈속에 있는 것처럼 느껴졌다. 남편과 단짝 친구가 마침내 시야에 들어왔다.

"놀라운 얘기를 하나 건졌지."

브리짓이 이머진을 둘 사이로 잡아당기며 분홍 샴페인 한 잔을 건네주었다. 이머진이 한 모금 마셨다. 시큼하기만 했다.

브리짓이 이야기를 계속했다. "이브의 하버드 경영대학원 친구한테서 들었는데. 이브는『뉴욕포스트』에서 기사를 보고도 눈썹 하나 까딱하지 않았대. 휙 보더니 일은 계속 진행시켜야 한다며 앤드루에게 언론에 전부 부인하라고 명령했대. 자기의 완벽한 결혼식을 망쳐선 안 된다면서. 정말 역겹지?"

"훨씬 역겨운 얘기 들려줄까?" 이머진의 얼굴은 핏기가 하나도 없었다.

"여보, 무슨 일이야?" 앨릭스가 이머진의 팔을 잡았다.

"쟨 악마야. 실제 악마. 내가 알고 있던 것보다도 훨씬 더 좋지 않아."

이머진 신체의 모든 부분이, 그녀를 어머니로 만들었던 모든 세포가, 딸에게 그런 짓을 한 이브를 찾아내 갈기갈기 찢어버리고 싶었다.

"여기서 당장 나가자."

이머진에게 얘기를 듣고 나서 앨릭스는 경찰에 전화하고 싶어 했고 브리짓은 신문사에 전화하고 싶어 했다. 이머진은 다시는 이브의 얼굴을 보고 싶지 않은 마음과 그 낯짝을 뭔가 묵직한 걸로 내리쳐주고픈 마음 사이에서 흔들렸다. 다음 몇 시간 동안 여러 가지 방법을 저울질해보았다.

일요일 아침, 앨릭스는 일하러 가고 앨릭스의 어머니 '마마 마레티'가 주말 동안 두 아이를 퀸스로 데려갔기에, 이머진은 혼자 집에 남아 꼭지가 돌다가, 계략을 짜보다가, 속을 끓이다가 했다. 이머진이 테크블라에 이브가 한 짓을 모두 폭로하는 가차 없는 이메일을 쓰려고 할 때, 컴퓨터가 맛이 갔다.

"젠장!" 이머진이 빈집에 대고 소리치며 어떻게든 다시 부팅시켜보려고 파워 버튼을 검지로 마구 찔렀다. 100만 개의 창이 뜨면서 프로그램들이 올바로 종료되지 않았다고 알려주었다. 중단됐다가 어딘론가 사라졌던 워드 문서 창이 뜨고 또 뜨면서 복구되고, 복구되고, 또 복구됐다!!!

이건 뭐지? 숍잇잡지.doc(복구됨).

까맣게 잊고 있던, 애린을 만난 후 떠오른 숍잇 잡지의 방향을 적어본 문서였다. 제대로 저장해놓지 않았던 모양이다. 꽤 괜찮았다. 살을 붙이려면 시간이 더 필요하겠지만, 뭔가 알찬 구상들이 담겨 있었다. 이머진은 크게 한숨을 쉬고 랩톱을 식탁 위로 가지고 갔다. 이제는 이머진도 사무실 여자애들처럼 한 손으로 능숙하게 랩톱을 받쳐 들 수 있었다.

'이 제안서에 윤기 좀 더해준다고 해될 건 없지.'

다음 여섯 시간 동안 이머진은 그 작업에 열중했다. 이브와 복수와 글로시와 합병 같은 건 잊어버렸다. 자기도 모르는 새에 20쪽에 달하는 성명서를 작성해버렸다. 디지털 잡지가 나아갈 방향은 쌍방향적이며, 사용자 친화적이고, 독자를 말과 사진과 비디오와 소셜미디어로 감화시켜야 했다. '바로 구매!' 방망이만 휘둘러서는 되지 않았다. 확 끌어당긴 후 계속 생각이 나서 구매하도록 장려해야 했다.

이머진은 실제 여성들에게 옷을 입힐 생각이었다. 온갖 몸매와 키와 피부색의 여성들 화보를 찍으며 촬영 후기 비디오도 만든다. 디자이너가 실제 옷을 만드는 과정도 스톱모션으로 보여줄 수 있다. 디자이너들이 숍잇의 인스타그램과 트위터를 맡아 하도록 할 것이었다. 애독자들도 대신할 수 있었다. 패션의 민주주의를 이룰 수 있다. 이머진은 옛날 잡지들을 세세히 조사해보았다. 자정이 되자 식탁 위가 잡지들에서 떼어낸 페이지, 사진, 구상을 휘갈긴 종이들로 뒤덮였다. 엉성한 것도 있었지만 꽤 괜찮은 아이디어도 있었다. 정말 괜찮았다. 이머진은 수년간 이렇게 짜릿하고 흥분되는 창조의 시간을 가져보지 못했다. 이머진은 구성안을 연필로 그려서 아이폰으로 찍은 다음 컴퓨터상의 문서에, 구글독(!)에 붙여넣었다.

이제 어쩐다? 될 대로 되라지. 그냥 애린 장에게 보내는 수밖에 없었다. 헛고생이 되더라도. 딴생각이 들기 전에 문서를 첨부해 이메일을 연 다음 보내기 버튼을 눌렀다.

이머진은 전화기를 들고 이 얘기를 브리짓에게 해줄까, 마시모에게 해줄까 고민하며 손을 꼼지락거렸다. 그때 받은편지함에 메일 하나가 떴다.

From: 로버트 매너링 (RMannering@ManneringCorps.com)

To: 이머진 테이트 (ITate@Glossy.com)

친애하는 이머진,

　내일 오전 10시 전체 회의에 참석해주시기 바랍니다.

로버트 매너링 주니어 드림

　이 회사의 최고경영자는 어느 항공사 상속녀와 결혼한 후 세이셸에서도 꽤 떨어진 그녀 소유의 하트 모양 섬에서 서핑으로 시간을 보내게 된 이후, 적어도 3년 이상 아무도 직접 본 적이 없었다.

　워싱턴의 명예퇴직 때 돌아온 걸까? 이머진은 보지 못했다.

　내일 아침 10시에 이머진에게 명예퇴직을 제안하려는 걸까? 이것으로 잡지계 경력은 끝나는 걸까?

　이머진은 자신이 정말 고민하고 있는 건지 알 수 없다고 생각하며 잠들었다.

　다음 날 아침, 사무실로 가는 내내 이머진은 이브에게 말할 내용을 생각하고 또 생각했다. 이머진은 아는 사실 모두를 가지고 정면 대응할 예정이었다. 그러고 나서 로버트 매너링 주니어에게 사표를 제출하든지 해고하게 할 작정으로, 어느 쪽이든 이브와 결판을 보려 했다.

　이머진은 닫히고 있는 엘리베이터로 달려갔다. 섬세한 상아색 손이 열림 버튼을 눌러주었다. 애린 장이 이머진을 보고 깜짝 놀랐다. 숍잇의 CEO는 조그만 양쪽 귀 뒤로 머리를 넘겼다.

"여기서 뭐 하는 거죠?" 이머진이 물었다. "어제 내가 보낸 이메일 받았어요?"

애린이 머뭇거렸다. "받았어요. 답장하려고 했는데, 아침에 일이 너무 급하게 돌아가서…."

이머진은 첫 질문에는 답을 하지 않은 여자애에게 다시 물었다. "여긴 무슨 일이죠?"

애린이 신중하게 말을 골랐다. "롭 매너링과 약속이 있어요." 표정에서는 아무것도 드러나지 않았다.

갑자기 이머진은 그 이유를 확신할 수 있었다. "글로시 인수 때문인가요?"

엘리베이터 문이 글로시 사무실 아래 여러 파트가 나눠 쓰는 층에서 열렸다. 판촉, 회계, 인사 부서들이 모여 있었다.

애린은 그 층으로 나갔다. "이머진, 지금은 얘기할 수가 없네요. 당신과 얘기를 하고 싶은데. 어젯밤 이메일에 대해서도요. 모든 것에 대해서."

그 말을 남기고 문은 닫혔고 이머진은 계속 세 층을 더 올라갔다.

이머진은 사람의 품성에 대한 자신의 판단을 한 번도 의심한 적이 없었다. 이브가 다시 나타나기 전까지는. 이브는 이머진이 사람들의 마음과 의도를 읽는 자신의 능력에 대해 회의하게 만들었다. 애린의 인스타그램을 팔로우하기 시작했을 때 느낌이 아주 좋았고 실제 만나고서는 더 확고해졌었다. 애린은 진정한 천재로 보였다. 알고 보니 이브는 결코 천재가 아니었다. 그저 열망이 가득했을 뿐, 그 열망이 가려주었던 노골적인 야욕은, 한 줌 권력을 획득하고 나자 민낯으로 드러났다.

매너링이 글로시를 숍잇에 팔았구나. 이머진은 알 수 있었다. 그래서 회의가 소집된 것이었다.

그렇다면 이머진은 잘리지 않을지도 모른다. 애린 장은 이머진과 일하고 싶어 하니까. 하지만 그렇더라도, 이브와 단 하루라도 같이 있는 걸 참을 수 있을까? 누가 회사를 소유하든 저 끔찍한 여자애와 일하는 고문을 견뎌야 할 것이다. 인수는 글로시에 잘된 일이었다. 그 점에 대해서는 이머진도 확신했다. 애린은 훌륭한 머리에 믿을 수 없을 만큼의 안목을 겸비한 듬직한 경영자였다. 하지만 론이 옳았다. 이머진은 선택을 해야 했다. 이머진은 이브가 없는 삶을 원했다. 이머진은 애린에게 축하를 건네고 명예퇴직을 선택해야 할 것이다.

이머진은 사무실을 둘러보았다. 중요한 회의에 들어가기 전에 이브와 먼저 대면하고 싶었다. 먼저 끝내야 할 일이었다.

사무실을 가로지르며, 이브가 자기 아이폰에 대고 밝은 빨강 립스틱을 칠하며 입술을 쭉 내미는 것을 보자, 이머진의 분노가 표면으로 솟아올랐다. 그 목에 둘러 있는 것은, 이머진이 2년 전 작별 선물로 준 빨강 에르메스 스카프였다.

'숨 쉬자.' 이머진은 숨 쉬는 것을 잊지 않기 위해 노력해야 했다.

이브에게 도달하기 전에 애슐리가 먼저 막아섰다.

"나 좀 도와주세요." 평소보다도 더 정신없어 보였다.

"애슐리, 좀 있다 얘기하면 안 될까?"

"아뇨, 지금 당장 필요해요." 애슐리가 이머진을 사무실로 끌고 들어갔다. "우리 사이트에 이브의 결혼식 이후 안 좋은 댓글이 달리고 있어요. 이브한테는 얘기 못 해요. 알잖아요, 본인 결혼식이었는데. 내 선에서 막을 수 있게 좀 도와주세요."

"내가 그런 방법을 어떻게 알겠니?"

"나도 모르겠단 말이에요. 글들이 저어엉말 심각해요."

이머진은 뭐가 '저어엉말 심각'한지 굳이 묻지 않고 직접 들어가봤다.

비욘세 노래에 맞춰 춤춘 백인 여자애들 중 최고로 슬픈 경우. 감옥에서 추는 줄 알
았네.
결혼 파티가 전부 저렇게 얄팍할 수도 있나? 역겨워!
보니까 구석에 갓난쟁이도 하나 있던데. 신랑이 파트너로 데려왔나 보지?
발악을 하는구나!
지금 아무것도 구매하고 싶지 않구나. 이 결혼식 안 본 눈 삽니다.
저 신부 너무 무서워… **로봇이야?**

이머진이 시계를 보니 10분이 남았다. "전화 한 통만 해보자. 장담은
못 하지만."
이머진은 의자 깊숙이 몸을 묻고 아무것도 하지 말까 생각해보았다.
이브가 마녀사냥을 당하든 말든. 그래도 쌌다. 글로시가 집단 증오의 표
적이 되든 말든. 이머진은 몇 시간 후면 떠날 사람이었다.
하지만 이머진은 그럴 수 없었다. 이것은 그녀의 잡지였다. 누가 더 이
상 그렇지 않다고 말할 때까지는. 그리고 그녀에겐 자존심이 있었다.
라시드가 바로 전화를 받았다.
"안녕, 멋진 아가씨."
"기술적인 문제 좀 도와줄 수 있어?"
"물론."
"이브의 결혼식에 대한 모든 블로그 글에서 댓글을 차단하고 싶어."
라시드가 잠시 생각하더니 말했다. "어떤 CMS를 사용하고 있는데
요?"

이머진은 자신이 그 대답을 알고 있다는 데 놀랐다. "워드프레스 기반이야."

"아, 그럼 쉽죠. 관리자 모드로 들어가서 댓글들이 달린 글을 클릭해요."

이머진이 그대로 했다.

"드롭다운 박스가 보일 거예요. 그중에서 댓글 숨기기를 선택해요."

너무 간단했다. 3개월 전이라면 하지 못했을 일이었다. 안도의 한숨을 내쉬고 다시 의자를 물려 앉았다.

"라시드… 한 가지만 더 해줄 수 있어? 트위터 계정 해킹 어려워?"

"보통 사람들한테요?"

"아니, 너한테."

"쉽죠. 비윤리적이어서 그렇지. 이브의 계정을 해킹하고 싶어요?"

"그런 것 같아."

"당신이 원하는 거면 뭐든지."

아직 계획이 완전히 서진 않았다. 이머진은 회의에 들어가야 했다. 그러고 나서 이브와 캔디 쿨 문제를 해결하리라.

이브는 벌써 자리를 비우고 없었다.

이머진은 천천히 애슐리에게 갔다. "고마웠어" 하고 귀에 속삭였다.

"뭐 때문에요?" 애슐리가 눈을 크게 뜨며 어리둥절해했다.

"나 복귀 후 해준 일 전부. 잘해줘서 얼마나 고마운지 몰라."

애슐리가 얼굴을 붉혔다. "제 일인걸요. 그렇게 도와드리라고 채용된 건데."

"나도 알지, 자기야. 하지만 다른 일도 같이 하잖아. 다른 사람들도 알아줘야 할 텐데."

애슐리의 완벽한 스모키 화장이 눈물로 위협받고 있었다.

이머진이 애슐리를 안아주었다.

"워싱턴 씨 말이 옳았어요." 애슐리가 이머진의 어깨에 대고 말했다.

"뭐라고 했는데?"

"떠나면서 나한테 그랬거든요. 최대한 이머진과 시간을 많이 보내라고. 나보고 자라서 더욱 이머진 같은 사람이 되도록 노력해야 한다고 했어요."

이머진은 전 상사의 칭찬에 웃음 지었다. "넌 이미 꽤 어른이야."

그때 전화가 이메일 도착을 알렸다.

From: 이브 모턴 (EMorton@Glossy.com)

To: 글로시 전직원 (GlossyStaff@Glossy.com)

한 시간 후 회의실에 모여서 나의 승진을 축하해줘. 잡지에 대한 엄청난 소식도 들려줄게!!!! 우린 대기업이 될 거야, 아가씨들!

오늘은 정말 굿, 그레이트, 고저스, 글로시 데이야!!!

이브

중역 회의실로 가는 복도의 담황색 벽은 로버트매너링 사의 잡지 역사를 보여주는 표지들이 확대되어 걸려 있었다. 『스포팅』, 『시크』, 『비즈니스워치』, 『뷰티풀 홈스』, 『요트 열정가』, 그리고 마지막으로 『글로시』가 있었다. 이 패션지의 초기 호들 표지는 무릎길이의 원피스를 입은 이십대 주부들이 머리에 예쁘게 두건을 쓴 아름다운 그림이었다. 그러다가 사진이 등장했고 해가 감에 따라 세련되고 섹시해졌다. 살갗도 점점 더 많이 드러나게 되었다. 회의실 문 몇 걸음 앞에서 표지들은 사라졌다. 벽에 아무것도 없었다. 이머진은 웃고 말았다. 웹사이트를 벽에 걸 순 없었다.

환하고 휑한 회의실 내부에는 로버트매너링 이사회의 열한 명의 은발 구성원이 마호가니 테이블에 모여 앉아, 맹렬히 블랙베리를 두드리고 있었다. 브리짓은 아직도 업무에 블랙베리를 쓰는 사람은 육십대 중역들뿐이라고 농담하기 좋아했다. 이머진은 타이핑하기 쉬운 블랙베리의 키보드를 부러운 눈으로 흘긋 보았다.

회의실은 벽 두 면이 전면 창으로 돼 있고 맑은 날은 전망이 코니 아일랜드와 그 너머 대서양까지 보였다.

애린 장이 탁자 한쪽 끝에 앉아 있었고 로버트 매너링 주니어가 다른 쪽 끝에 앉아 있었다. 불행히도 빈 좌석은 이브 옆자리뿐이었다. 이브는 얼굴 가득 득의만만한 미소를 띠고 있었다. 자신이 빛을 발할 순간임을 믿어 의심치 않는 표정이었다.

이머진도 중역 스타일의 높은 등받이 가죽 의자로 걸어가며 자부심 어린 표정을 유지했다. 앉는데 뭐가 엉덩이를 찔렀다. 다른 사람은 눈치 채지 않게 내려다보니, 이브의 플라스틱 공룡이 의자에 놓여 있었다.

이브가 콜라겐으로 붉게 부푼 입술을 움직여 '으르렁' 하는 입 모양을 만들었다. 파란 매니큐어를 칠한 손톱까지 세워 보이니, 더욱 파충류 같았다.

'누구 본 사람 있나?'

이런 게임이라면 상대해줄 수 있었다. 이머진은 플라스틱 장난감을 자기 앞 탁자 위에 올려놓았다. 이머진은 이브보다 나이가 많다. 그래서 뭐? 얼마든지 인정할 수 있었다. 이런 때의 이브의 미성숙함은 우스울 뿐이었다. 이머진은 떨리는 무릎에 손을 얹었다.

이머진이 앉자 애린이 일어섰다. 톰 브라운의 아주 가는 줄무늬 스키니 바지정장을 입고도 아주 침착하고 권위가 있어 보였다. 애린이 머리칼을 귀 뒤로 넘기고 깊이 숨을 들이마신 후 이머진을 똑바로 보며 웃음 지었다.

"이머진, 당신이 와줘서 정말 기뻐요. 당신이 도착하기 전까지는 시작할 수 없었거든요."

매너링 주니어 역시 그때 일어섰다. 그은 얼굴이 마치 해변에서 억지로 끌려와 이사회에 참석한 듯했다. 그가 나른하게 이머진을 쳐다보았다. "안녕, 이머진. 오랜만이에요." 로버트가 말을 시작하자 이사들도 차례차례 고개를 들었다. "먼저, 이런 말 할 필요가 없다는 건 알지만, 어쨌든 하렵니다." 최고경영자가 말하며, 누가 너무 꽉 매준 목줄처럼 넥타이를 불편하게 당겼다. "이제부터 내가 하는 말은 이 방을 나가서는 안 되며, 언론에 발표하기 전까지 절대 기밀을 유지해야 합니다."

다들 전화기를 끈다는 걸 보여주느라 분주하게 움직였다.

이브는 이머진만 바라보고 있었다. 이브가 빨간 스카프를 쓰다듬는 게 이머진의 시야에도 들어왔다.

"이제까지 아주 신중하게 작업해주신 이 방의 모든 분께 감사드리며, 이제 드디어 로버트매너링 최대의 인수합병 건을 알려드리게 되었음을 기쁘게 생각합니다. 여기서 기탄없이 말씀드리죠. 최신 글로시 플랫폼을 떠오르는 인터넷 강자 숍잇에 2억 9천만 달러에 팔았습니다."

매너링이 미인대회 수상자처럼 웃으며 고개를 끄덕이는 동안 청중은 예의 바르게 박수 치는 시늉을 했다.

그러고 나서 로버트는 털썩 앉았다. 그의 일은 끝났고 수표는 벌써 은행에 들어갔을 터였다.

414

아마도 매너링의 어시스턴트일 칠흑 같은 머리에 검은색 고급 정장을 입고 얼굴에 비해 너무 큰 안경을 낀 나긋나긋한 젊은 남자가, 갓 튀긴 도넛이 담긴 은쟁반을 들고 방으로 미끄러져 들어왔다.

"아직 따뜻합니다." 그가 마치 그들이 회의 때 늘 이런 간식을 먹는다는 듯 말했다. 그 따뜻한 빵 향기가 이머진의 콧구멍을 간질였다. 카페뒤몽드가 생각났다. 뉴올리언스는 여전히 가능성 있는 선택지였다. 늘 그 자리에 있어줄 테니까.

애린이 능란하게 미소 지으며 회의를 넘겨받았다. "이 자리에 불러줘서 감사합니다. 이번 건이 전통적인 매체 인수처럼 보이지 않을 수도 있다는 거 압니다. 글로시를 지켜본 지 꽤 됐어요. 이브 모턴이 포맷을 바꿔놓기 전부터도 생각을 해왔지요."

애린은 자리를 떠나 회의실 안을 서성였다. 이사들도 그녀를 보려 이리저리 고개를 돌려야 했다. 애린은 맨해튼 전경이 광활히 펼쳐진 전면창을 따라 걸었다.

"난 잡지 팬이에요." 두 손을 올리며 말했다. "정말 사랑하죠. 여러분도 대부분 아실 겁니다. 난 종이 잡지를 사랑해요. 디지털 잡지도 사랑하고요."

애린은 매너링의 간행물이 모두 보관된 구석의 책장으로 가 글로시의 마지막 종이 잡지를 꺼냈다. 반들거리는 표지를 손으로 쓸었다.

"둘이 공존할 수 있어요. 제 포부는 글로시의 멋진 목소리를 숍잇 플랫폼 전반에 통합시키는 겁니다. 잡지에서와 같은 우리 편집 감각이 온라인에서도 생생하게 발휘되기를 바랍니다." 애린은 멈췄다. 다시 발을 떼며 이제는 똑바로 이머진 쪽을 향했다.

"거기에 더해, 글로시를 다시 인쇄할 예정이에요. 아마 곧장 1년에 열두 번 발행할 순 없겠지만, 아름답게 편집된 종이 잡지를 연간 네 번 발행해서 숍잇 사이트의 특별판으로 삼을 겁니다. 여성들에게 인쇄 매체의 경험은 아주 특별해요. 디지털판과는 전혀 다르게 해야겠죠. 분리시키면서도 대등하게 유지하는 것이 늘 새로운 감각을 지켜줄 겁니다."

이 부분은 이머진이 전혀 기대하지 못했다. '글로시를 다시 인쇄한다고?' 애린은 그 계획을 밝히면서 이머진의 표정을 가장 잘 확인할 수 있는 자리에 섰던 것이다. 이머진은 고개를 살짝 숙이면서 한 손으로, 애린에게 계속하라는 신호를 보냈다. 이브는 목청을 가다듬으며 입을 씰룩거렸다. 중간에 끼어들고 싶은 듯했지만, 애린은 말을 계속 이었다.

"그리고 이제 나의 회사를 위해 이 엄청난 과업을 이끌, 내가 고심해서 선택한 팀을 발표하고 싶습니다. 우리는 이 계획에 아주 크고 매우 비싼 도박을 걸었기 때문에, 나와 함께 일할 최고의 인력이 필요합니다."

이브가 자리에서 허리를 좀 더 꼿꼿이 세웠다. 비스듬히 이머진 쪽을 보며 히죽거렸다. 숍잇은 테크 회사였다. 당연히 이브가 중심 역할을 맡을 것이다. 아마도 이머진보다 한 단계 위일 것이다. 그래서 이머진은 일을 계속할 수 없었다. 애린에게 같이 일할 수 없다고 말하는 건 힘들 것이다.

애린이 탁자 한가운데를 가리켰다. 거기에는 평범한 종이봉투가 놓여 있었다. "이머진, 당신에게 드리는 제안이 저기 들어 있습니다. 먼저 열어 봐주세요. 그다음에 더 얘기하도록 하죠."

'뭐지?' 이머진이 봉투를 집어 들자, 이브가 다른 봉투는 더 없는지 여기저기 두리번거리며 찾았다. 손톱으로 금속 잠금장치를 열어 맨 위에 제안서가 붙은 계약서 파일을 꺼냈다. 아래 부분에 굵게 휘갈겨진 애린 장의 서명이 보였다.

이럴 리가 없는데.

"이머진 테이트, 당신에게 숍잇의 아티스틱 디렉터 자리를 제안하게 되어 몹시 기쁩니다. 이사회에서 이 자리에 대한 의견을 물었을 때, 나는 이 업계에서 당신만큼 안목을 가지고 당신 세대의 존경을 받는 사람은 없다고 했어요. 받아들여준다면, 차세대 글로시를 이끌 책임을 지고, 우리의 다른 모든 콘텐트 생산과 전체 구성안 편집을 감독하게 됩니다."

이브와 이머진의 입이 동시에 떡 벌어졌다. 만일 이게 만화였다면, 이브의 귀에서 증기가 뿜어져나왔을 것이다.

프로답게 애린은 회의실 내의 동요에 전혀 영향받지 않았다.

"이브 모턴은 이머진 테이트 직속으로 일하게 됩니다. 부편집장이라는 직함을 가질 거고요."

애린이 이브를 바라봤다. 애린은 이 소식에 이브가 기뻐할 거라 생각하는 걸까? 부편집장도 대단한 자리다. 2년 몇 개월 전만 해도 어시스턴트였던 사람에게는 더욱 그렇다. 하지만 누구보다도 이머진은 이브에게 그 자리가 결코 대단하지 않음을 알고 있었다. 애린이 손에 든 단추를 눌러 그녀 뒤의 화면으로 슬라이드가 나타나자 이브 관자놀이에 핏줄이 불룩거렸다.

이머진이 전날 밤 보낸 문서 가운데 하나였다.

"새로운 글로시는 패션과 진정한 여성들에 대한 매체가 될 겁니다. 디자이너들은 더 이상 상아탑 안에서 살지 않고, 패션지도 그럴 수 없죠. 새로운 글로시는 완전한 쌍방향 매체가 될 겁니다. 독자는 어디서든 즐길 수 있고요. 인쇄 매체로, 전화기로, 태블릿이나 컴퓨터로 말이죠. 이머진 테이트는 우리가 미래의 잡지를 만들도록 해줄 사람입니다.

이브가 신음인지 콧방귀인지 알 수 없는 소리를 내며 의자를 밀고 일어났다. 잠시 서서 이머진을 노려보더니, 한마디 말도 없이 성큼성큼 회의실을 나갔다.

애린은 계속해서 숍잇의 신사업 개발팀을 거명했다. 글로시 광고를 디지털 버전으로 옮겨올 사람들이었다. 그러고 나서 이머진을 보았다.

"이머진, 당신이라면 다시 일급 편집진을 구성할 수 있으리라 믿습니다. 벌써 떠오르는 사람들이 있죠?" 애린이 따뜻한 미소를 보냈다.

이 역시 전혀 기대하지 못한 일이었지만, 이머진도 웃으려 노력하며 고개를 끄덕였다. "네, 있어요."

"잘됐네요." 애린이 검은 옷 일색의 어떤 여자를 쳐다보았다. "새러가 오늘 오후 보도자료를 준비할 겁니다."

애린이 자리에 앉으며 회의가 끝났다. 하지만 다른 임원들이 이번 인수가 추락하던 회사 주가에 미칠 영향을 자화자찬하며 회의실을 빠져나가는 동안, 이머진이 일어나자 애린도 같이 일어나, 둘이 함께 다른 사람들에게는 들리지 않을 회의실 구석으로 갔다.

이머진은 애린을 껴안아주고 싶었지만 대신 손을 내밀었다.

"당신을 과소평가했네요. 숍잇이 글로시를 사려 한다는 소식을 듣고 나는 끝났다고 생각했는데. 내가 잘못 생각했어요."

"그러지 말아요. 내가 처음부터 솔직히 밝힐 수 있으면 좋았겠지만."

이머진이 고개를 저었다. "이해해요. 정말로. 하지만 우리의 만남은 어떤 거였죠?"

애린이 웃었다. "당신이 정말 내가 생각한 대로의 이머진 테이트인지 알고 싶었어요. 이런 유의 일과 도전을 치를 준비가 돼 있는지 알고 싶었죠."

이머진이 고개를 끄덕였다. "아직 배울 게 많지만, 준비는 돼 있죠."

"괜찮아요. 우리가 가르쳐줄게요. 당신도 우리에게 잡지 만드는 법을 가르쳐주고요. 그리고 테크놀로지 회사에서 일하면 얻게 되는 특전을 하나 일러줄게요."

"마카롱?" 이머진이 눈썹을 추켜올리며 물었다.

"아뇨. 테크놀로지요. 거의 어디에서든 쉽게 일할 수 있게 해주죠. 우리에겐 전 세계에 걸쳐 일해주는 사람들이 있답니다."

이머진도 그 회사에서 일하고 싶었다. 하지만 애린에게 할 말이 있었다. "나는 이브와 일하고 싶지 않아요."

잠시 애린의 얼굴이 약간 붉어지는 듯했다.

"나도 그렇게 생각해요. 매너링에서는 우리가 이브에게도 자리를 제안해야 한다고 생각했어요. 하지만 나는 이브가 부편집장 일을 절대 받아들이지 않을 거라 생각해요. 만일 당신과 이브 중에서 택해야 한다면 당신을 택하겠어요."

"정말 고마워요."

"제가 이브에게 말할까요?"

"제가 직접 하고 싶네요."

이머진의 전화기가 탁자 위에서 붕붕거렸다. "정말 미안한데, 오후에 다시 의논을 이어가도 될까요? 아래층에 가서 해줘야 할 일들이 있어서요."

원했던 복수를 다한 것처럼, 평온함이 이머진을 감쌌다. 정말 오랜만에 맛보는 평온함, 암이라는 것을 안 이후 맛보는 가장 평온한, 그리고 직장에 복귀한 이후로는 정말 처음 느끼는 평온함이었다.

문자는 라시드에게서 온 것이었다.

>> 임무 완수. 이브의 트위터 계정에 접속. 이후 지시를 내려주세요.

상황이 바뀌었으니 원래 계획을 바꿀 수도 있었다. 이머진은 잠시 생각하다가 몇 줄 적어 메시지를 보냈다. 이머진이 원하는 내용을 정확히 적어서.

아래층에 내려가보니, 이브가 자기 책상 앞에 서서 곱슬머리에 파묻힌 헤드셋에 대고, 수화기 저편의 누군가에게 사납게 소리치고 있었다.

이머진은 자기 사무실 문에 서서 이브를 소리쳐 불렀다.

"이브, 내 사무실로 와. 당장."

결국 이머진의 말투가 저 애에게 고분고분해질 때가 되었음을 일깨워주었다. 이브는 헤드셋의 수화기에 대고 뭐라고 중얼거리더니 머리에서 벗었다. 그리고는 천천히 걸어 이머진의 사무실로 들어왔다.

이머진은 자신의 책상 의자에 앉았다. 바로 몇 달 전 이브가 빙글빙글 돌리며 까불던 그 의자였다.

이브는 성큼성큼, 거만한 기색을 뚝뚝 흘리며 들어왔다. 이머진은 그 애를 찬찬히 쳐다보았다. 어깨는 활처럼 구부리고 눈은 가늘게 떠 심술궂게 번뜩이며, 한쪽 눈썹은 치켜올린 사악한 표정이었다.

"아까 위에선 정말 말도 안 됐어." 이브가 내뱉었다. 이머진의 책상 한 끝을 짚고 몸을 기울여오는 모습이 마치 공격 직전의 코브라 같았다. 그리고 울분을 터뜨렸다. "대체 당신이 웹사이트 운영에 대해 뭘 알아? 아무것도 모르지. 내가 숍잇의 책임자가 돼야 해. 당신은 대학도 안 나왔지. 나는 빌어먹을 하버드를 졸업했어!"

이머진은 벌떡 일어서서 손을 들어 올렸다.

"입 좀 닥쳐, 이브." 아, 이브의 입을 직접 막아 조용히 시킬 수 있으면 좋으련만. "앉아." 이머진이 명령하자 이브는 다시 따랐지만, 소파에 도사리고 앉아 여전히 이글대는 눈으로 이머진을 노려보고 있었다.

"이제부터 하는 말 잘 들어. 그리고 말이 끝나고 난 후에는 널 다시 보고 싶지 않아. 넌 정말이지 비열하고 질투에 가득한 깡패일 뿐이야. 네가 캔디 쿨이라는 거 알아, 이브. 내 딸을 어떻게 괴롭혔는지도 알고 있어. 넌 정말 역겹고 사악한 년이고, 평생 조금이라도 구제될 수 있을지 알 수가 없구나. 오래전에 영혼을 팔아넘긴 것 같으니. 그래서 네가 사랑하지도 않는 남자와 식을 올린 거겠지. 넌 나와 함께 일하기 위해서가 아니라, 내 자리를 뺏기 위해 글로시로 돌아왔어. 하지만 넌 그저 싸구려 짝퉁일 뿐이야."

"이런 말 듣고 있을 이유가 없어." 이브가 이머진을 향해 이빨을 드러내며 팔짱을 꼈다. 눈은 분노로 타올랐다.

이머진은 다시 한 번 사냥개 넛킨이 생각났다. 이번에는 더 이상 양을 도륙하도록 놔두지 않을 것이다.

"하지만 들어야 할 거야." 이머진이 말했다.

이브는 자기가 천하무적이라고 생각했다. 절대 잡히지 않을 거라고 믿었다. 오래전 무도회의 여왕 투표에 손을 대다 발각될 때도 직전까지 바로 그렇게 믿었음이 틀림없었다.

"넌 천재적인 악마였지, 이브. 나보다 아주 많은 면에서 더 영리했어. 네가 테크놀로지에 대해 아는 것들을 나는 절대 다 이해 못 하겠지. 어쨌든 내가 배우지 않고는 못 배기게 만들었어. 그 점에 대해서는 고마워해야겠지. 그래, 고마워. 이제 나는 다음 단계에 들어섰어. 너도 그렇게 될 거야…. 하지만 글로시나 뉴욕에서는 아니야. 넌 다시는 패션 분야에서 일하지 못할 거야, 이브. 난 널 내 부편집장으로 둘 수 없어. 패션 분야에서 다시 보고 싶지도 않아. 실리콘밸리로 가. 어디든 그런 곳으로 가. 위스콘신에 가서 너만의 회사를 만들어. 그럼 난 상관하지 않겠어. 그쪽에서는 너를 고용하려는 사람이 줄을 섰을 거야. 이 동부 쪽에서는 다시는 네 얼굴 보고 싶지 않아. 멀리 떠나. 내 가족에게 다시는 접근하지 말고. 내 잡지 근처에도 얼씬하지 마."

이브는 턱이 바닥에 닿을 정도로 입을 쩍 벌렸다. 그러더니 갑자기 엄마에게 야단맞는 소녀 같은 표정으로 바뀌었다. 소파에 푹 파묻히며 어깨를 수그렸다. 목소리도 낮아졌다.

"그냥 당신을 괴롭히고 싶어서 그랬을 뿐이야. 애너벨에게 상처 주려던 게 아니었어. 그저 당신에게 상처 주려는 방법이었을 뿐이야."

이머진은 다시 손을 들어 올렸다. 듣고 싶지 않았다. 그 어떤 말도. 당연히 열 살 난 아이를 괴롭힌 이유는 생각해두고 있을 터였다.

그러고 나서 이머진은 침묵을 지켰다. 이브는 항변에 나섰다. 거의 겁이 난 듯 보였다.

"그래서 이제 어쩔 건데? 밖으로 나가서 폭로라도 할 건가? 모두에게 내가 한 일을 떠벌이면서?"

이브의 전화기에 핑 하고 알림이 들어왔다. "젠장, 이게 뭐지?"

이머진이 미소 지었다. "뭔데, 이브?"

"난 이런 트윗 안 올렸어!"

이머진은 자신의 컴퓨터로 트윗 피드를 보았다.

@GlossyEve: @Glossy와 #뉴욕에 애정 어린 작별 인사를 보내. 난 새로운 모험을 떠나려고. C'est la vie!

라시드의 솜씨는 빨랐다. 그렇게 세상에 공표되었으니, 돌이킬 수는 없었다.

이브가 눈을 가늘게 떴다. "난 이런 트윗 올린 적 없어." 다시 한 번 이를 악물고 말했다.

이머진이 놀란 척했다. "그래? 그럼 누가 그런 거지?" 그러고 나서 일어나 문을 열었다. 이브를 향해 일어나 나가라는 손짓을 했다.

이브는 조금씩 문을 향해 움직이며 말을 반복했다. "사람들한테 내가 한 일을 다 말할 거야?"

"아니, 이브. 모두에게 말하지는 않을 거야. 모두가 너한테 관심이 있는 건 아냐."

에필로그

누가 잡지가 죽었다 했는가?

숍잇이 새로운 글로시 잡지를 공개하며 패션계를 뒤흔들다 (그렇다, 종이 잡지다!)

애디슨 카오

2016년 8월 1일

그리고 잡지는 죽을 수 없다고 한다! 숍잇은 전자상거래 분야의 신참으로, 지난 1월 두둑한 가격에 글로시의 발간권을 획득한 이후, 이번 주 잡지의 첫 호를 공개했다.

첫 표지는 구글글래스를 쓰고 발렌시아가 드레스를 입은 눈부신 슈퍼모델 샤넬 이만을 등장시켰다. 새 잡지는 1년에 네 번 발간될 예정이지만 웹사이트는 매일 기사와 사진과 비디오 콘텐트를 새로 올린다. 아티스틱 디렉터 이머진 테이트는 새 회사의 수익이 첫 사분기에 기대를 넘어설 것으로 예상한다고 말했다.

"우리에겐 여전히 인쇄 매체에 믿음을 주는 전통적 광고주들이 있습니다. 또한 우리는 온라인으로 숍잇 제휴 업체와의 협력 기사와 트래픽 몰이를 통해 멋진 일들을 해낼 수 있습니다." 테이트 씨가 우리에게 이 이야기를 들려준 것은 앳된 얼굴의 테크계 거물 라시드 데이비스와 슈퍼 유명 스타일리스트인 브리짓 하트의 결혼식에서로, 신부는 임신 7개월에 접어들었다. 이 호화로운 행사는 리처드 브랜슨의 개인 소유 네케르 섬에서 거행되었다.

이 잡지는 지난 1년간 우여곡절을 겪었다. 로버트매너링 사의 소유하에서 『글로시』는 폐간되고 웹사이트 겸 앱으로 바뀌었으며 대부분 편집이사인 이브 모턴에 의해 운영되었다. 직원들을 다루는 방식으로 악명 높았던 모턴 씨는 숍잇의 인수합병 이후 회사를 떠나 현재 버즈 CEO인 리드 백스터 밑에서(하!) 대외 영업 담당으로 일하고 있다. 모턴 씨는 최근 투옥된 하원의원인 '못된 소년' 앤드루 맥스웰과 갈라섰다. 백스터와 메도 플라워즈가 지난달 〈왕좌의 게임〉을 테마로 한 결혼식을 취소했는데, 들리는 소문에 의하면 그 원인이 이브일지 모른다고 한다.

테이트 씨의 전 어시스턴트이자 글로시의 커뮤니티 관리자였던 애슐리 안스데일(옷차림이 늘 스트리트 스타일 블로그에 멋지게 등장하던)은 숍잇이 관여하고 있는 일급기밀 중고옷 프로젝트를 기획하고 있다고 한다.

하트 씨와 데이비스 씨의 결혼식에서 축배를 들며, 이머진 테이트는 디지털과 인쇄 매체의 결합이라는 새 시대가 무척 반갑다고 했다.

"세상은 인쇄 매체를 버릴 준비가 돼 있지 않아요." 그녀는 샴페인잔을 들어 올리며 말했다. 그리고 웃음과 함께 덧붙였다. "게다가 인터넷 덕분에 절반은 먼 곳에 떨어져서 일할 수 있게 되었으니, 이런 보너스가 없죠." 테이트 씨와 그녀의 가족은 현재 트라이베커의 아파트와 뉴올리언스의 가든 디스트릭트의 수리 중인 집을 오가며 생활하고 있다.

테이트 씨는 다음 달 테드 토크도 할 예정이다. 제목은 '나를 공룡이라

부르지 마라: 새로운 시대를 껴안으며'란다.

사방으로 트인 자택 현관에 앉아, 목련 향기가 실린 훈훈한 여름 바람을 맞으며, 이머진 테이트는 기사를 읽고 만족스러운 미소를 지은 후, 랩톱을 닫았다.

감사의 말

루시가 조에게: 조 피아자에게 감사를. 아이패드로 일하는 법과 공동 집필의 온전한 즐거움을 알려주고 끊임없이 영감을 주는 날씬한 녀이자 훌륭한 친구가 되어주어서.

조가 루시에게: 친애하는 이머진… 그러니까 루시에게 감사를. 모든 놀라운 아이디어와 한없는 창조성, 전염성 강한 열정과 영감을 주는 이 모티콘 사용법에 대해.

한 조각의 아이디어였던 이 책이 서점에 진열되기까지 고맙게 이끌어 준, 정말 훌륭한 분들이 하나의 마을도 만들 수 있을 정도다. '게임체인 저!' 루크 쟁크로, 누구보다도 먼저 가능성을 봐줘서 고마워요. 알렉산드 라 머시니스트, 초짜 저자에게 최고의 지독한 초강력 대리인이 돼줘서 고마워요. 믿을 수 없을 만큼 재능 있는 편집자이자 부단한 낙관주의자 제니퍼 잭슨이 없었다면 우리는 이 책을 펴내지 못했을 것이다. 그녀의 메모는 우리 인스타그램 최고의 아이템 가운데 하나였다. 우리의 손글씨 수정 사항들을 전부 처리해준 윌 헤이워드에게는 후광과 칵테일 한 잔을 바치고 싶다. 영국 펭귄사의 맥신 히치콕과 그의 팀 전체를 우리 편으로 둘 수 있어서 정말 행운이었다. 덕분에 일이 영 풀리지 않는 날에도 우리

427

는 록스타 같은 기분을 느낄 수 있었다.

늘 우리가 더 나은 사람이 되고 싶게 만들어줘서 고마워요, 프랜시스코 클라크.

이 세상에서 가장 테크놀로지에 능한, 위대한 유모(아무나 흉내 낼 수 없는 틸리의 모델이 된) 클로이의 지속적인 지원이 없었더라면 우리 중 누구도 이런 공동 집필 과정을 감당하지 못했을 것이다.

플럼 사이크스, 톰 사이크스, 앨리스 사이크스, 발레리 사이크스, 프레드 사이크스, 조시 사이크스, 앨러스터와 애널리사 렐리, 제미마 렐리, 케이티 댄스, 루캐스터와 케빈 커밍스, 여러분이 아니었다면 우리는 감사의 말을 쓸 일이 없었을 것이다. 유언 렐리, 당신에겐 두 가지 상을 주고 싶다. 최고의 남편과 최고의 책 홍보가.

'The List'의 도움도 이루 헤아릴 수 없다. 우리 둘 다에게 이 대담한 테크놀로지의 신세계에서도 해볼 만하다는 믿음을 주었다.

도움을 주었던 모든 친구, 멘토(온라인이나 현실에서)와 영감이 되어준 모든 이에게 고마움을 전한다.

맥시 스로스, 샌드라 엘리스, 샬럿 클라크, 세라 코스텔로, 클로드 캐플런, 레노어와 션 머호니, 진 보즈윅, 포도, 루시 기네스, 카라 리오트, 벤 위디콤, 콜린 커티스, 글리니스 매니콜, 앨리슨 갠돌포, 레아 커리코프, 트레이시 테일러, 토비 영, 어맨다 포먼, 메리 앨리스 스티븐슨, 어맨다 로스 앤 카루소, 로이드 내이선, 벳시 로즈, 도널드 로버트슨, 제니퍼 샤프, 메리 섀너핸, 폴카바코, 폴라 프로일리치, 재클린 보셰티, 패멀라 피오리, 글렌다 베일리, 레이철 스클라, 보브 모리스, 헤일리 러스틱, 제인 프리드먼, 내털리 머시네트, 트리스턴 스카일러, 디 포쿠, 패트릭 더마셜리어 패멀라 헨슨, 오베르토 길리, 테드 깁슨, 신시아 롤리, 크리스천 루부텡, 베라 왕, 마이클 데이비스, 톰 브라운, 바트 볼드윈, 재크 포전, 그레이스 챙.

플라이바레 운동과 우리 트레이너(그렇다, 우린 같은 트레이너를 두었다) 에밀리 쿡 해리스에게도, 고강도 운동으로 우리가 카페클루니에서 계속 맛있는 브런치를 함께 먹을 수 있게 해준 데에 고마움을 전한다.

"당신 매거진은 이제 '앱'이 됐어!" 중년의 편집장에게 노년의 출판그룹 대표가 선언한다. 사무실에서는 덜 떨어진 옷을 입고 전자기기를 온몸에 휘감은 젊은 애들이 정신없는 시스템으로 바꿔놓고 밤과 낮을 바꿔 일하며 쏟아붙인다. "요즘 누가 전화를 해요? 이메일을 주세요. 문자를 하든지." 모두가 푹 빠져 산다는 핀터레스트, 버즈피드, 행아웃…. 몇 달만 접속하지 않으면 알아듣지 못할 말투성이가 돼 있는 디지털 시대, 급변하는 세상에 중견 직원은 벌써 퇴물이 돼버렸다.

디지털 시대 뉴욕의 패션계를 배경으로 한 이 소설은 패션지 편집장이자 두 아이의 엄마인 사십대가 주인공이다. 이머진 테이트는 유방암 수술 후 6개월 병가를 마치고 직장으로 복귀한다. 그런데 잡지사가 그 사이 완전히 바뀌었다. 예전에 이머진의 어시스턴트였던 이브 모턴이 하버드에서 MBA를 마치고 돌아와 종이 잡지를 없애고, 매거진과 쇼핑몰이 결합된 애플리케이션을 만들어냈다. 나이 든 직원들은 다 잘라버리고, 이머진도 인맥과 노하우만 넘겨받은 다음엔 쫓아내려 한다. 회사에는 갓 대학을 졸업한, 개념 없고 시건방진 이십대만 넘쳐난다.

이머진이 이제까지 쌓아올린 모든 커리어와 시스템이 무너지고, 직장은 물론 사생활까지 위태로워진다. 이브는 상원의원이 된 이머진의 옛날 남자친구와 교제도 시작하며 단숨에 유명인사로 떠오르기까지 한다. 최신 기술, 유명세, 간판의 거침없는 권력을 휘두르는 이브 앞에서, 감성적 창조력과 따뜻한 인품으로 업계의 사랑을 받던 이머진은 속수무책 바보 신세가 돼간다.

잡지사 편집장이 신참 보조 직원에게 뒤통수를 맞고, 사십대 상사가 이십대 부하 밑에서 일하게 되면 어떨까? 스타 디자이너들의 개인 전화 번호는 저장하고 있어도, 페이스북과 포스퀘어도 구분 못 하고 아이폰 설정 하나 제대로 바꿀 줄 모르는 노땅은, 최신 기술에 온종일 코를 박고 살며 '재미'도 능력의 척도라 비윤세 군무 정도는 기본으로 꿰고 있는 신세대를 당해낼 수 없다.

이머진이 글로시의 신품종 처녀들을 무책임한 바보들로 치부해버리려 던 찰나, 그들도 자신만의 치밀한 사업 계획을 펼쳐놓기 시작했다. 누구 하나 야심에 들끓지 않는 이가 없었다. (…) 편집장이라거나 CEO 같은 지위에 관심 있는 사람은 없었다. 오직 회원 수와 투자 유치, 상장과 지분 확보 등에 대해서만 이야기했다. 수십억 달러를 거론하고 있는 것이다. (본문 54~55쪽)

이머진은 문득 궁금해졌다. "이중에 자기보다 어린 상사랑 일하는 사람?" 반 정도 되는 엄마들이 손을 들었다.

이머진은 다시 질문했다. "동료 중에 테크비치가 있는 사람은?"

모두가 손을 들었다.

맙소사. 이머진은 이게 자기만의 문제인 줄 알았다. 모든 업계에서 이

런 일이 일어나고 있는 줄 몰랐다. (본문 166쪽)

무서운 젊은이들에게 나이 든 세대가 어떤 쓸모가 있을까? 늙은이들은 그저 기득권을 쥐고 놓지 않으려는 '공룡'인가, 아니면 오랜 경험에서 우러나오는 풍부한 지혜를 지닌 멘토인가? 물론 아무리 최신 기술과 감각으로 무장하고 있어도, 싸구려 흉내쟁이(넉오프)와 내공 깊은 혁신가는 결국 판가름 나는 법이다.

아무래도 패션지를 배경으로 펼쳐지는 이야기이다 보니, 개요만 들어서는 『악마는 프라다를 입는다』 같은 칙릿소설이 떠오른다. 그러나 막상 내용을 읽어 들어가면, 영화 〈인턴〉의 치열한 버전이며, 〈소셜 네트워크〉를 좀 더 감각적이고 화려하게 만든, 코믹하면서도 진중한 소설이라는 걸 알 수 있다.

여러 작품을 통해 비열한 권력 투쟁의 장으로 비춰지며 악명이 높아진 패션계지만, 이 소설에서 악녀, 냉혈한은 원클릭 '좋아요'와 140자 타이핑으로 세계를 정복하고자 하는 새천년 테크놀로지 세대 가운데서 나온다. 테크비치라는 신조어를 선사받은 젊은 그녀들을 통해 소비자들의 단편적 평가를 계량적으로 추종하는 인터넷 매체의 명암이 좌충우돌 그려진다. 그와 대조를 이루는 기존 언론의 심미안과 인문적 가치에 대해서도 날카롭고 섬세하게 통찰된다.

회의 때 이브는 정력적이고 카리스마가 넘쳤다. 일대일로 대할 때는 차갑고 무관심하기가 마치 파충류 같았다. 그러나 이메일이나 소셜미디어로는 따뜻함이 철철 넘쳐흘렀고 상대방과 전 세계에 이브가 선하고 재미있고 공정하면서도 포부에 가득 찬 사람임을 보여주려고 애썼다. (본문 109쪽)

432

이야기는 사회파 소설에 가깝게, 정보 기술 시대의 세대 갈등 문제를 심도 깊게 파고드는 한편, 더욱 악랄해져가는 신자유주의와 기업인들의 탐욕, 선거와 맞물린 정치인들의 위선도 폭로된다. 늙은이들이 젊은이들에게 밀리고 노땅을 치고 신참들이 올라오며, 선한 사람이 냉혈한에게 밟히고 의로운 사람이 위선자에게 쏟아지는 스포트라이트 뒤로 가려지는 세상에서, 젊은이들은 결국 부모의 경제력에 얹혀 살 수밖에 없을 만큼 값싼 노동력을 착취당하며, 그나마도 좀 더 싼 외국 인력을 찾아냈다는 이유로 몇 달 일하지 못하고 잘린다.

"(…) 5만 달러 이상 받는 애들을 자르고 3만 5천이나 4만 달러 받는 직원을 더 많이 고용할 거예요. 더 많은 직원은 곧 더 많은 콘텐트를 의미하고, 즉 더 많은 트래픽을 의미하니까."

"하지만 콘텐트 질이 떨어지는 건 어쩌고? 몇몇 애는 정말 좋은 글을 쓰잖아."

이브는 이머진이 딱하다는 듯, 어차피 이해할 거라 생각하지도 않았다는 듯 쳐다보았다.

"더 많은 건 언제나 더 좋은 거예요." (본문 293쪽)

그러나 악랄한 경영을 한다고 해서, 깜찍한 신생 기업 하나를 창업했다고 해서, 성공한다는 보장은 어디에도 없다. 패션지와 쇼핑몰을 합친 애플리케이션은 좀처럼 사용자 수를 배가시키지 못하고 지지부진 헤맨다. 이런 상황에서 편집장의 반격은 가능할까? 박물관에나 보내야 할 수첩들을 싸 들고 직장을 나오거나 그동안 다져왔던 근성과 유연성을 발휘하여 망가져가는 잡지도 살리고 자신의 직장도 사수해야 하는데…. 이 소설은 그런 기회와 반전을 꿈꾸는 직장인들의 필독서가 될 것 같다. 혹은 종이책을 읽는 자들이 지금까지 엄두도 내지 못했던, 인터넷을 지배하는 자들에 대한 반격의 방법을 여기서 배울 수 있을지 모른다.

어찌 보면 이 작품은 '기업 소설'이라고도 할 수 있을 것이다. 직장 내 암투에 더해 기업 간의 경쟁도 한 치 앞을 알 수 없게 전개된다. 그리고 다 읽고 나면, '이런 일들이 실제로 벌어지지' 하고 고개를 끄덕이게 된다. 독자의 흥미를 좀 더 돋워드리자면, 이 과정에서 한국계 여성 기업가도 등장한다.

기존 칙릿소설에서 중요하게 부각되던 남녀 간의 결합 문제는, 서로가 서로를 이용하거나 적당히 지위를 맞춰가는 좀 더 실용적인(?) 측면에 초점을 맞춘다. 그 대신 이 작품은, 이제까지 보지 못한 차원에서 여자들 사이의 경쟁과 협력의 문제를 다루고 있다.

곤경에 빠진 이머진을 구원한 것도 왕자님이 아니라 어시스턴트 애슐리와 유모 틸리 같은 여성들, 그리고 결국 이머진 자신이었음에 주목할 만하다. 악녀 이브 모턴 역시 이머진의 감사 인사를 받는데, 그녀가 아니었다면 이머진도 몰리처럼 디지털 세계에 적응할 기회를 얻지 못하고 서서히 고사해갔을 것이기 때문이다. 개인적으로 옮긴이에게 이 지점은, 악인뿐 아니라 다양한 사람들과 어떻게 공존해나갈까 하는 문제를 고민해보도록 해주었다. 어떤 형태로든 인간은 함께 살 수밖에 없고 누구든 함께 사회를 풍요롭게 만드는 길이 있을 수도 있으니까 말이다.

이 책을 함께 쓴 루시 사이크스와 조 피아자도 마찬가지인 것 같다. 트위터상에서 서로 소시오패스라고 농담하면서도 소통과 존중을 멈추지 않는다. 이 책의 번역본을 펴내는 데는 별 갈등이 있을 수 없었지만, 그렇다고 고마움이 덜할 수는 없다. 좋은 소설을 기획하고 번역을 맡겨준 나무옆의자와 낯선 표현들을 풀어 설명해준 알렉스 그랜트 씨에게 이 자리를 빌려 감사드리고 싶다.

이수영

휴 그랜트도 모르면서

초판 1쇄 인쇄 2016년 11월 14일
초판 1쇄 발행 2016년 11월 17일

지은이 루시 사이크스·조 피아자
옮긴이 이수영
펴낸이 이수철
주 간 하지순
편 집 정사라, 최장욱
마케팅 정범용
관 리 전수연

펴낸곳 나무옆의자
출판등록 제396-2013-000037호
주소 (03970)서울시 마포구 성미산로1길 67 다산빌딩 301호
전화 02) 790-6630 팩스 02) 718-5752

페이스북 www.facebook.com/namubench9
인쇄 제본 현문자현 종이 월드페이퍼

ISBN 979-11-86748-75-6 03840

* 이 도서의 국립중앙도서관 출판예정도서목록(CIP)은 서지정보유통지원시스템
   홈페이지(http://seoji.nl.go.kr)와 국가자료공동목록시스템(http://www.nl.go.kr/kolisnet)에서
   이용하실 수 있습니다. (CIP제어번호 : CIP2016022096)